ALFRED BEKKER
Drachenfluch

Zu diesem Buch

Ein Reich der Drachenreiter, ein Reich der Magie, ein Reich des Feuers, ein Reich der Lüfte und ein Reich der Seefahrer – das sind die Länder der Drachenerde.

Jahrtausendelang herrschte zwischen den Fünf Reichen ein Gleichgewicht der Macht. Jetzt gerät es ins Wanken ... Der grausame Katagi, ein Verstoßener aus den Reihen der Drachenreiter, ermordet das Kaiserpaar und schwingt sich selbst auf den Thron. Er ist nun Herr über Drachen und Menschen. Doch seine Pläne reichen weiter! Er will mit einem Heer aus Drachenreitern und Höllenbestien die Fünf Reiche unter seine Herrschaft zwingen. Nur Rajin, der Sohn des rechtmäßigen Kaisers, hätte die Macht, die Herrschaft des Bösen zu beenden. Allerdings ahnt Rajin weder etwas von seiner Bestimmung noch von der tödlichen Gefahr, in der er schwebt ...

Zum Autor:

Alfred Bekker wurde 1964 geboren und veröffentlichte mit großem Erfolg zahlreiche Romane in verschiedenen Genres der Unterhaltungsliteratur. Regelmäßig schreibt er für SF- und Spannungs-Serien wie „Sternenfaust", „Ren Dhark" und „Jerry Cotton", doch sein Herz schlägt seit jeher für die Fantasy.

Der vorliegende Roman ist der erste Band der Drachenerde-Saga, die bei LYX vollständig erscheinen wird:

Band 1: Drachenfluch
Band 2: Drachenring, erscheint im März 2009
Band 3: Drachenthron, erscheint im September 2009

Von Alfred Bekker ist bei LYX außerdem die Elben-Trilogie erschienen:

Band 1: Das Reich der Elben
Band 2: Die Könige der Elben
Band 3: Der Krieg der Elben

Alfred Bekker

DRACHEN FLUCH

Erster Band der Drachenerde-Saga

LYX EGMONT

Originalausgabe September 2008 bei LYX
verlegt durch EGMONT Verlagsgesellschaften mbH,
Gertrudenstraße 30–36, 50667 Köln

Die Veröffentlichung dieses Werkes erfolgt auf Vermittlung der
Autoren- und Verlagsagentur Peter Molden, Köln.

1. Auflage
Redaktion: Peter Thannisch
Umschlaggestaltung: HildenDesign, München, www.hildendesign.de
Umschlagillustration: © Jon Jon Sullivan via Agentur Schlück
Karte: Daniel Ernle
Satz: Greiner & Reichel, Köln
Druck: CPI – Clausen & Bosse, Leck
ISBN 978-3-8025-8163-2

www.egmont-lyx.de

INHALT

Winterborg
Winterland
Borghorst
Nordentha
Witborg
BORGLAND
NORDENTHA
STURMLAND
DAS SEEREICH (LAND DER SEEMANNEN
Storgard
Rar
Noragard
SÜDENTHAL-LAND
Seeborg
GUT
LAND
Südenthal
OSLAND
Kostborg
Osborg
Mittelborg
Ranborg
Rotland
RUNLAND
Waldenborg
Engborg
Insel der Vogelmenschen
Einhorn-Insel
Gesan
Vogelborg
Krakeninsel
Falkenhorst
Fischland
Robland
Lasapur
Tjar
Islaborg
Dalbos
Magussa
Vayakor
DIE MITTLERE SEE
Wal-Land
MAGUS
Capana
Ktabor
Lisi
Duros
Marjani
Faran
Seradan
Insel
der Untoten
FEUERHEIM
Penda
Insel Yadnam
Elabar
Nom-Lo
Noja
Pendabar
WALD VON TEMBIEN
Tembi
Tabara

DIE 5 REICHE VON DRACHENERDE
AND
Ambor
ZWEIFJORDLAND
DAS DRACHENLAND (DRACHENIA)
Tamban
TAMBANIEN
Sondakor
Warangkor
ALTLAND
Drakor
Kenda
Tebua
Ebor
Alter-Fluss
Etana
Menda
andrakor
NEULAND
Agasar
Seng-Fluss
Para
Nangkor
Namsor
Dongkor
Farangkor
Sajar
OSTMEERLAND
Pa-Fluss
Ezkor
Kajina
Sukara
a Ka-Fluss
Kajar
Dach der Welt
Südfluss
Maji
VULKAN
-SEE
Taji
Qô
Insel der
Vergessenen
Schatten
Diria
NW
NO
W
O
S
Ta-Fluss
DAS LUFTREICH
TAJIMA
Tana
Kasii
Ajia
Sini
Ogana

ERSTES BUCH

RAJIN

Fünf Monde stehen in der Nacht am Himmel;
Fünf Reiche teilen sich das Land;
Fünf Meere bilden den Ozean;
Fünf Winde wehen;
Fünf Himmelsrichtungen kennt der Reisende;
Fünf Äonen dauert die Geschichte der Welt – von ihrem Anfang bis zu ihrem Untergang.

Der Gesang von den Fünf

Alle, die den Mächten des Bösen noch hätten Einhalt gebieten können, wurden von den Schergen der Finsternis nach und nach gemeuchelt. Nur Rajin war noch am Leben. Ich hatte den Keim des Wissens in seine Seele gepflanzt, als er noch ein Säugling war. Inzwischen waren achtzehn Sommer und Winter vergangen und Rajin meine letzte Hoffnung …

Die Schriften des Weisen Liisho

Und siehe – es gibt Welten im Polyversum wie Sand am Meer. Es lohnt nicht, sich ihrer Namen zu erinnern, noch ihnen Namen zu geben. Denn kaum ein Sterblicher verlässt je seine Provinz, geschweige denn seine Welt. Und die Götter sind verdammt dazu, dort zu bleiben, wo die Gläubigen ihnen huldigen, denn sie verhelfen ihnen kraft ihres Glaubens erst zur Existenz. Vergessen ist die Größe des Kosmos. Vergessen die Vielzahl der Existenz-Sphären. Vergessen auch die Tore, die sie alle miteinander verbinden und durch die sie alle kamen.

Die Ersten, die diese Tore durchschritten, waren die Drachen.

Es gab sie in jeder Form und Größe; es gab unter ihnen jede Art von Klugheit, Falschheit, Verderbtheit und Erhabenheit, wie sie uns auch von den Völkern der Menschen und der Magier bekannt sind.

Im Ersten Äon beherrschten sie die Welt, die sie darum Drachenerde hießen und die ihnen allein untertan war.

Sie erschufen Gebirge und Landmassen nach ihrem Willen und Gutdünken. Mit der rohen Kraft ihrer monströsen Pranken formten sie alle Länder und verbrannten mit ihrem Feueratem, was ihnen nicht genehm war.

Das Gestein brachten sie zum Schmelzen, ließen es erkalten, furchten ein Flussbett nach dem anderen in den Boden und türmten Felsbrocken übereinander. Sie brachten den Ozean zum Kochen und ließen ihn als Regen wieder herabfallen. Ihre Götter aber hatten die Drachen jenseits der Tore zurückgelassen und spotteten ihrer.

Wer hätte schon mächtiger sein können als die Drachen selbst? Welcher Drache hätte auf dieser Welt, die ihnen allein gehörte, noch göttlichen Schutz gebraucht? Bewiesen sie nicht jeden Tag und jedes Jahrtausend aufs Neue ihre uneingeschränkte Macht, indem sie die Welt zu einem Ort des Chaos machten?

Der Urdrache Yyuum – so groß wie ein Gebirge und mit dem Feueratem eines Vulkans – war ihr Fürst. Gefürchtet wie kein Gott vor ihm und mächtig wie niemand sonst.

Doch jene Welt, der die Drachen ihren Namen und ihre Herrschaft aufgezwungen hatten, sollte sich bitter rächen.

Und es rächte sich auch, dass sie ihre Götter jenseits der Tore zurückgelassen hatten, weil sie glaubten, ihres Schutzes nicht mehr zu bedürfen. Denn darum gab es niemanden, der sie vor der Macht aus dem Erdinneren schützte.

Wie aus einer blutenden Wunde quoll es glühend aus Rissen und Spalten im Erdreich hervor. Eine Feuersbrunst, wie sie kein Drache hervorzubringen vermochte, wütete über das Land und das Meer, und eine Menge an geschmolzenem Gestein, die ausgereicht hätte, einen Kontinent zu erschaffen, wurde zu einem gewaltigen Krater aufgeschichtet.

Dieser Vulkanausbruch von nie gekanntem Ausmaß verschlang die größten und mächtigsten unter den Drachen. Der Urdrache Yyuum selbst wurde ebenso verschüttet wie zahlreiche andere Giganten. Nur ein paar Drachen von kleiner und mittlerer Größe überlebten diesen Tag des Feuergerichts.

Einzig dem Empfinden von Menschen und Magiern nach mögen sie gewaltig erscheinen. Und doch waren die Drachen der folgenden Zeitalter nichts als Winzlinge gegen jene, die den Ersten Äon beherrscht hatten.

Die überlebenden Drachen aber reute es, dass sie so hochmütig gewesen waren, und ihre Tränen füllten den Kratersee auf dem Dach der Welt.

Die mächtigsten von ihnen waren entweder vernichtet oder zu ewigem Schlaf unter den Gesteinsmassen verurteilt, die sie verschüttet und eingeschlossen hatten.

Das Buch des Ersten Äons; Platte I, Vers 1–4

So endete der Erste Äon und die Herrschaft der Drachen, und es dauerte ein Jahrzehntausend, ehe sich die Welt erholte.

Dann folgte der Zweite Äon, in dem das Volk der Magier die Tore passierte, gefolgt von allerlei Schattenkreaturen und den Echsenkriegern, von denen manche annehmen, dass sie entfernte Verwandte der Drachen waren, die der Verbleib unter der Herrschaft der Götter klein hatte werden lassen, sodass sie zu willigen Vasallen wurden.

Stolz und machtbewusst war jedoch das Volk der Magier.

Die Magie dieser Invasoren vermochte jene Drachen zu zähmen, die das Ende des Ersten Äons und die Zeit des geschmolzenen Steins überlebt hatten.

Der Dritte Äon ließ die Völker der Menschen durch die Weltentore treten und sich überall ausbreiten. Sie fürchteten Drachen und Magier gleichermaßen und dienten den Herren der Magie als Sklaven und Narren.

Doch dann geschah es, dass sich ein Magier in eine Menschenfrau verliebte, und es dauerte ihn das schwere Schicksal, das ihr Volk in Armut, Einfachheit und Einfalt ertrug. Sein Name war Barajan, und die Magie war sehr stark in ihm.

So bannte er die Kraft, die die Drachen knechtete, in drei Ringe, mit deren Hilfe auch Menschen in der Lage waren, sich die Drachen gefügig zu machen, sodass sie ihnen durch ihre Dienste das Leben erleichterten.

Die anderen Magier aber waren sehr erzürnt über Barajan, denn sie wollten die Macht über die Drachen nicht teilen. So erklärten sie Barajan fürderhin zum vogelfreien Feind, den jeder töten durfte.

Da verschloss Barajan mit der Macht der drei Drachenringe den Geist aller Drachen vor dem Einfluss der Magier. Er zog mit seiner menschlichen Gemahlin, deren Name Ceranée lautete, nach Osten, setzte einen Stein, den er aus dem Reich der Magier mitgebracht hatte, auf eine Anhöhe an der Küste des Altlandes und sprach: „Hier soll meine Stadt entstehen, die der Kern jenes Reiches werden soll, das ich gründen werde!" Und diese Stadt nannte er Drakor, die Hauptstadt von Drachenia.

So scharte Barajan viele Menschen um sich und erwehrte sich der Angriffe der anderen Magier. Die Menschen aber lehrte er, die Drachen zu reiten und ihren Geist zu beherrschen.

Seine menschliche Gemahlin gebar ihm Söhne und Töchter, und darum fließt bis auf den heutigen Tag das Blut von Magiern in den Adern vieler Adliger des Drachenlandes Drachenia – ganz besonders aber in denen des Kaisergeschlechts.

So begann die Geschichte des Drachenlandes Drachenia und der Vierte Äon.

Die Steintafel des Blinden Schreibers von Kajar

Dies waren die Herrscher der Fünf Reiche im Vierten Äon:

– Der Kaiser des Drachenlandes Drachenia auf dem Thron in Drakor, der größten Stadt der Welt, Herr über Drachen und Drachenreiter.

– Der Priesterkönig des Luftreichs Tajima in der Tempelhalle der Fünf Winde in seiner Feste Taji an den Ufern des Vulkansees auf dem Dach der Welt.

– Der Fürst von Feuerheim, der als Feuerfürst in der Stadt Pendabar residierte, aus deren Mauern Flammen schlugen, wenn sich ihnen jemand unbefugt näherte.

– *Der Großmeister von Magus, der als Herrscher aller Magier an den Zinnen von Magussa stand und seine unheilvollen Formeln vor sich hin murmelte, sodass der Wind und die Kraft mächtiger Magie sie über das Mittlere Meer trug.*

– *Der Hochkapitän des Seereichs, Herr über die tausend Schiffe im Hafen von Seeborg und Kapitän der Kapitäne, Herrscher der Seemannen, deren Flotten so viel Gold und Silber in ihr Land brachten, dass man sich fragte, wie es sein konnte, dass dieser mächtige Strom aus glänzendem Metall nicht längst versiegt war.*

Fünf Herrscher, die die Welt unter sich aufgeteilt hatten und die die Tatsache, dass keiner von ihnen den anderen zu besiegen vermochte, irrtümlich für Frieden hielten.

Doch es gab einen sechsten Herrscher, der mächtiger war als sie alle zusammen.

Es war Yyuum, der Urdrache.

Äonenlang schlief er unter dem Dach der Welt.

Doch die Zeit sollte kommen, da er wieder erwachte.

Die Zeit des Fünften Äons sollte es sein, da die Erde erzitterte und aufriss, da sie blutete wie eine offene Wunde und Yyuums Herrschaft gekommen war. Doch in den Reichen der Menschen und Magier redete man davon nur hinter vorgehaltener Hand und voller Furcht.

Das Buch Yyuum
(Abschrift nach dem einzig erhalten gebliebenen Exemplar in der Großen Bibliothek von Magussa)

Fünf mal fünfundzwanzig Kaiser aus der Blutlinie Barajans hatten in ununterbrochener Folge auf dem Thron von Drakor geherrscht, bis der eine kam, den die Annalen den „Usurpator" nannten und dessen wahrer Name seitdem einem Fluch gleicht.

Das Buch des Usurpators

I

DRACHENFEUER AUF WINTERLAND

„Dein wahrer Name ist Rajin, auch wenn die Zeit noch nicht gekommen ist, da du ihn offenbaren solltest!"

Worte, gesprochen in einer Sprache, die der junge Seemammutjäger außer in seinen Träumen nie gehört hatte.

Wie oft hatte Rajin diese Stimme schon vernommen und dazu das Gesicht das weißbärtigen, mandeläugigen Weisen vor sich gesehen, dessen Namen er kannte, obwohl er sich nicht erinnern konnte, ihm je begegnet zu sein: Liisho. Wie in einem Tagtraum sprach der Weißbärtige zu ihm. Der Kopf dieser Traumgestalt war vollkommen kahl und seine Züge von einer so ernsthaften Eindringlichkeit, dass sich Rajin ihrer Magie nicht zu entziehen vermochte.

„He, Bjonn! Träumst du?", herrschte ihn jemand an.

Bjonn Dunkelhaar – so hieß Rajin bei den Menschen des Winterlandes, einer Insel im äußersten Nordwesten des Seereichs der Seemannen. Dort war er aufgewachsen, unter Seefahrern, Fischern und den Jägern der Seemammuts, die vier- bis fünfmal so groß waren wie die größten Langschiffe.

Ein Ruck ging durch Rajin.

Er trug Kleidung aus Fell, und ein Schwert steckte in einer Lederscheide, die er über den Rücken gegürtet hatte, wie es im Seereich weit verbreitet war. Das blauschwarze Haar fiel ihm bis über die Schultern, und seine Augen waren mandelförmig und dunkel. Dass in seinen Adern nicht das Blut der Seemannen fließen konnte, war ihm schon früh klar gewesen, denn deren Haare waren blond oder rot und ihre

Haut deutlich heller, während Rajins Gesicht einen sanften Braunton aufwies.

Wulfgar Wulfgarssohn, ein rotblonder Hüne von vierzig Jahren, dem der Bart bis unter die Augen wuchs, hielt Rajin eine Harpune hin. Rajin nahm sie an sich. Mit zwanzig anderen Männern standen sie an der Reling der „Stoßzahnsammler“, einem Langschiff, das speziell für die Jagd auf die Seemammuts konstruiert worden war, was sich unter anderem in den Holmen zur Befestigung der Harpunentaue zeigte.

„Was ist los, Sohn Bjonn?“, fragte Wulfgar. Er pflegte Rajin seinen *Sohn Bjonn* zu nennen, obwohl jeder sehen konnte, dass sie von Natur her nicht Vater und Sohn sein konnten und weder Wulfgars Gemahlin noch eine seiner Nebenfrauen oder Mägde als Mutter in Frage kamen, denn keine von ihnen hatte Mandelaugen oder blauschwarzes Haar.

Wulfgar kümmerte das nicht. Er hatte Rajin als seinen legitimen Sohn angenommen und ihn Bjonn genannt. Die meisten Kinder erreichten ohnehin nicht das Erwachsenenalter, ganz zu schweigen von den Gefahren, die danach das karge, raue Leben auf Winterland für sie bereithielt. Da war es besser, mehr Söhne zu haben als weniger, ganz gleich, ob man sie selbst gezeugt oder ob man sie in einem mit Pech abgedichteten Korb gefunden hatte, den offenbar die See an die winterländische Küste gespült hatte.

Ein Geschenk des Meeresgottes Njordir – als das hatte man den Jungen unter den Kapitänen von Winterborg damals angesehen. Und da Wulfgar es gewesen war, der dieses Geschenk gefunden hatte, war jeder Zweifel daran, dass ihm diese Gabe Njordirs zugedacht gewesen war, abwegig.

Wulfgars meergrüne Augen verengten sich. Die „Stoßzahnsammler“ schwankte im eher sanften Rhythmus der Wellen. Die See war für die rauen Verhältnisse des Nördlichen Meeres sehr ruhig. Kein Wunder, es war Sommer. Dann wurden die Winde milder, und das Eis zog sich an der winterländischen Küste einige Meilen ins Landesinnere zurück, sodass die Insel für ein paar Monate von einem grünen Saum umgeben war, der aus der Ferne wie ein schimmerndes Band erschien.

Das Wetter war wie geschaffen für die Jagd auf die Seemammuts …

„Sind es wieder die Träume?“, fragte Wulfgar besorgt.

„Es ist vorbei.“

„Habe ich es doch geahnt …“

„Vater!“

„Es sind wieder die Traumgesichter, über die du nicht sprechen kannst und die dir der Meeresgott eingegeben haben muss, als du draußen auf dem Meer herumgetrieben bist!“

„Es ist vorbei!“, versicherte Rajin noch einmal und diesmal energischer. Er hatte einmal als kleiner Junge versucht, sich Wulfgar anzuvertrauen und über das zu sprechen, was er in seinen Gedanken vor sich sah. Über die Stimme, die er hörte, und das Gesicht des weißhaarigen Alten mit dem kahlen Kopf, dessen Augen wie ein Spiegelbild seiner eigenen Augen auf ihn wirkten. Zumindest hatten sie die gleiche Form, und auch die dunkle Farbe stimmte überein.

Aber Rajin hatte nicht ein einziges Wort hervorgebracht. Obwohl er als sprachgewandt galt und das Seemannische ihm wie eine Muttersprache beigebracht worden war, hatte er keine Worte für das gefunden, was hinter seiner Stirn mitunter vor sich ging. Als ob ein Bann es verhinderte.

Ebenso war es ihm unmöglich, Wörter aus der gleichermaßen vertrauten wie vollkommen fremden Sprache nachzusprechen, die der Weise Liisho in seinen Träumen verwendete. Für jedes Wort, das man ihm in der Sprache der Seemannen von Winterland beigebracht hatte, wusste er eine Entsprechung in der Sprache Liishos – und doch war er nicht fähig, auch nur eines dieser Wörter über die Lippen zu bringen.

Dasselbe galt für den Namen, den die Traumgestalt Liisho als seinen wahren Namen bezeichnete.

Rajin …

Es hatte Zeiten gegeben, da hätte er diesen Namen am liebsten laut herausgeschrien, weil er sich davon eine Befreiung von den Dämonen erhofft hatte, die in seinem Kopf zu spuken schienen. Aber er war nicht dazu imstande gewesen. Eine unheimliche Kraft hatte verhindert, dass der Name „Rajin“ über seine Lippen kam.

Er versuchte, die Gedanken an den weißbärtigen Liisho und seine teilweise rätselhaft bleibenden Worte für den Moment aus seinen Gedanken zu verbannen. Es war ein denkbar schlechter Augenblick dafür, sich von den sprechenden Dämonen in seinem Kopf ablenken zu lassen.

Rajin blickte gespannt auf die graue Wasseroberfläche. Sie war ruhig. Verdächtig ruhig. Jeden Augenblick konnte sie sich plötzlich teilen und ein wahrer Koloss daraus hervortauchen. Seemammuts hatten Hauer so lang wie drei Männer. Wie kunstvoll gewundene, vorne spitz zulaufende Dornen sahen sie aus, und ein einziger von ihnen bestand aus mehr Elfenbein, als es ein halbes Dutzend Elefanten mit sich herumtrug, die es in einigen tiefer gelegenen Gebieten des Luftreichs Tajima sowie im gesamten Osten von Feuerheim gab.

Wenn sich der Koloss unter der „Stoßzahnsammler“ emporhob, waren Schiff und Besatzung verloren. Das Wasser war so kalt, dass jeder innerhalb weniger Herzschläge in den eisigen Fluten erfrieren würde. Rajin konnte schwimmen. Es war ihm angeboren, wie er irgendwann einmal festgestellt hatte, als er im Alter von acht Jahren mit anderen Jungen seines Alters in einem der von heißen Geysiren gespeisten Warmwasserseen gebadet hatte, die es auf Winterland gab.

Viele der winterländischen Seefahrer lehnten es ab, das Schwimmen überhaupt zu erlernen. Diese Fähigkeit verlängerte in ihren Augen letztlich nur das Leiden dessen, der über Bord ging und dem Tod unrettbar ausgeliefert war. In so einer Situation war es ihrer Ansicht nach besser, sich einfach nur mit offenen Armen vom Meeresgott Njordir empfangen zu lassen. Zumindest ersparte es einem die Qual eines Überlebenskampfes, der schon wenige Meilen von der Küste entfernt vollkommen aussichtslos war.

Das Seemammut, dem Wulfgar Wulfgarssohn und die Mannschaft der „Stoßzahnsammler“ schon seit einem Tag und einer Nacht hinterherjagten, war bereits geschwächt. Hunderte von Pfeilen steckten in seinem Rücken. Pfeile, die mit dem Gift der winterländischen Eisspinne getränkt waren.

Es gab kein stärkeres Gift als dieses. Auf einen Menschen wirkten schon kleinste Mengen tödlich, und angeblich hatten es im Ersten Äon sogar die Riesendrachen gefürchtet.

Auf das Seemammut wirkte es natürlich nur allmählich. Es lähmte seinen gewaltigen Körper nach und nach, machte es träge und ließ es schließlich das Bewusstsein verlieren und regungslos an die Oberfläche treiben. Aber bis dahin standen den Schiffsbesatzungen zumeist ein oder zwei Tage des Kampfes und der Verfolgung bevor.

Im Delirium schlug das gewaltige Monstrum um sich und war häufig genug ein blindwütiger, zerstörerischer Gegner. Selbst die größten, fast hundert Mannlängen messenden Langschiffe der Seemannen konnten durch einen einzigen Flossenschlag zerteilt werden. Die Spanten waren gegenüber dieser Gewalt nicht widerstandsfähiger als Papier, das neuerdings das althergebrachte Pergament als Schreibmaterial zu ersetzen begann, seit es die seemannischen Handelsschiffe aus den Ländern des Südens herbeischafften. Selbst der Hauptsteven eines Drachenschiffs war nichts weiter als ein dünner, trockener Ast, wenn ein beiläufiger Flossenschlag ihn traf.

Rajin hatte das bereits mit angesehen. Den betreffenden Besatzungen war meist kaum zu helfen, da es unmöglich war, sich dem Seemammut weit genug zu nähern, um sie an Bord nehmen zu können, bevor sie ertrunken oder erfroren waren. Oft wurden sie jedoch auch von den Beißern bei lebendigem Leib gefressen – etwa handgroßen Fischen, die in Schwärmen den Seemammuts folgten und normalerweise die quallenartigen Parasiten von der dicken Haut der Meeresriesen knabberten. Aber die drei Reihen nagelspitzer Zähne verhakten sich auch gerne in das Fleisch anderer leicht erreichbarer Beute, die sie für Aas hielten. Und ein Ertrinkender gehörte durchaus dazu. Das Wasser färbte sich dann blutrot …

Bei der Jagd auf ein Seemammut mit schon mehreren vergifteten Pfeilen im Leib kam es auf das Geschick des Kapitäns an. Er musste richtig einschätzen, wie agil das Ungeheuer in der Tiefe noch war und wann es zum Atmen an die Oberfläche kam. Die Beißer-Schwärme waren an der Wasseroberfläche oft als wimmelnde Bewegung auszumachen, die das Wasser kräuselte. Wenn dies geschah, stieg das Seemammut im nächsten Moment aus den Fluten hervor.

Und genau das war in diesem Moment der Fall.

Ein erfahrener Kapitän konnte ungefähr abschätzen, wo das Ungeheuer auftauchen würde, aber ein gewisses Risiko war immer dabei.

Die wirbelnden Bewegungen der Beißer waren deutlich auszumachen – und zwar auf einer Breite, die fast fünf Schiffslängen entsprach.

„Bei Njordir! Selbst unter den riesenhaften Ungeheuern muss dies noch ein wahrer Gigant sein!“, stieß Sven Blauauge hervor, der Steuermann der „Stoßzahnsammler“, der ebenso gespannt wie alle anderen auf die Wasseroberfläche starrte. Das Segel hing schlaff im lauen Wind. Die Seile waren gelöst. Während sich zwanzig Harpuniere im vorderen Teil des Schiffs positioniert hatten, saßen fünfzig weitere zumeist hellbärtige und langhaarige Seemannen auf den Ruderbänken, jederzeit bereit, mit der Kraft ihrer Arme kleinere Kurskorrekturen vorzunehmen. Das Leben der Mannschaft konnte davon abhängen, dass sie sich schleunigst in die Riemen legte, um mit einigen Ruderschlägen dem Meeresriesen auszuweichen, falls sich der Kapitän in seiner Einschätzung über die Stelle, an der das Ungeheuer auftauchen würde, geirrt hatte.

Und falls der Riese doch noch munterer war, als es die Menge des durch die Pfeile verabreichten Gifts eigentlich vermuten ließ, und das Seemammut nach einem tiefen Atemzug einfach das Weite suchen wollte, standen zwei Männer bereit, um sofort die Segeltaue wieder strammzuziehen, sodass das Schiff Fahrt aufnehmen und das Monstrum verfolgen konnte.

Die Beißer ließen das Wasser an manchen Stellen regelrecht aufspritzen, so sehr waren sie in Aufruhr. Wenn in dieser Situation ein Mann über Bord ging, hatte er keine zehn Herzschläge mehr zu leben, während derer er sich in ein blutiges Stück Fleisch verwandelte.

Es war kein gutes Zeichen, dass die Beißer so munter waren, ging es Rajin durch den Kopf. Mit fünfzehn Lenzen war er zum ersten Mal auf einem von Wulfgars Schiffen auf Seemammutjagd mitgefahren und hatte inzwischen genug Erfahrung gesammelt, um derlei Zeichen richtig deuten zu können. Wenn die Beißer ruhiger waren, bedeutete dies, dass sie sich überwiegend in die quallenartigen Parasiten verbissen hatten, die sich zu Tausenden auf der Haut des Seemammuts festgesetzt hatten. Nur ein kleiner Teil von ihnen schwamm dann noch frei im Wasser. Bewegte sich das Seemammut aber noch recht munter, zog es die Mehrheit der Beißer vor, erst einmal abzuwarten, denn im Eifer des Gefechts konnte das Ungeheuer mit einem Flossenschlag, der gegen den eigenen Körper klatschte, auch gleich Hunderte von Beißern zerquetschen.

Die Anzahl der Giftpfeile, die Wulfgar hatte abschießen lassen, war groß genug, aber gerade bei sehr großen Seemammuts war oft schwer einzuschätzen, wann die Wirkung einsetzte.

Das Wasser verdunkelte sich, und die Beißer verschwanden; der gewaltige Körper des Seemammuts drängte sie bei seinem Aufstieg zur Seite. Augenblicke später teilte sich das Wasser, und es war, als ob eine kleine, von festgesaugten Quallen und Muscheln übersäte, pockennarbige graue Insel aus der See aufstieg.

Nur gut vier Mannlängen lagen zwischen der Schwanzflosse und dem Bug der „Stoßzahnsammler". Den Kopf hatte der Meeresriese immer noch nicht gehoben, sondern nur mit dem Rüssel Wasser in einer Fontäne in die Luft gestoßen. Ein dröhnender Ton entstand dabei, der so tief war, dass die Männer ihn mehr mit dem Magen spürten als mit den Ohren hörten.

„Werft die Harpunen!", rief Wulfgar Wulfgarssohn.

Er ging offenbar davon aus, dass das Seemammut inzwischen zu geschwächt war, um noch einmal zu tauchen, wobei die Gefahr bestand, dass es das Schiff an den Tauen der Harpunen mit in die Tiefe riss. Falls dies geschah, mussten die Taue rechtzeitig gekappt werden.

Die Harpunen schwirrten im Dutzend durch die Luft, gruben sich in das Fleisch des Seemammuts und blieben mit den Widerhaken aus bestem Feuerheimer Stahl stecken. Weitere Harpunen fanden ihren Weg in die hintere Körperpartie des Meeresriesen. Wenn das Seemammut noch zu fliehen versuchte, würde es seinen Jäger hinter sich herziehen.

Da erst hob das monströse Wesen den Kopf – größer als so manches Haus in Winterborg – aus dem Wasser. Es troff von den geschwungenen Elfenbeinhauern, und aus dem Rüssel und dem Schlund drangen tiefe, gurgelnde Laute hervor, die einen dröhnenden Zweiklang ergaben.

„Holt ihn euch!", rief Wulfgar.

Die Flossen bewegten sich kaum noch. Das war ein Zeichen, dass das Gift der Eisspinne nicht wirkungslos geblieben war. Die Pfeile, die von den Männern der „Stoßzahnsammler" während der bisherigen Jagd abgeschossen worden waren, spickten den Rücken der lebenden Insel.

Die Männer fassten die Harpunentaue und zogen die „Stoßzahnsammler“ bis auf Sprungweite an den Körper des Seemammuts heran. Gleichzeitig wurde das Segel eingeholt, denn es war so gut wie ausgeschlossen, dass dieses Ungeheuer plötzlich doch noch zu einer heillosen Flucht aufbrach und es ihm außerdem noch gelang, die Harpunen abzuschütteln, sodass es notwendig wurde, ihm mit Segelkraft zu folgen.

Rajin war der Erste, der den Sprung wagte.

Er landete auf dem glitschigen, von Quallen und Muscheln übersäten Rücken des Seemammuts. Die Muscheln konnten messerscharf sein, aber die Quallen waren harmlos. Sie erschwerten allerdings das Laufen auf dem inselgroßen Rücken des Meeresriesen, weil man leicht auf ihnen ausglitt.

Rajin lief dennoch voran, so schnell er konnte. Er fühlte unter den Fellsohlen seiner Stiefel, wie sich das gewaltige Wesen bewegte und ein wenig drehte.

Rajin verlor beinahe das Gleichgewicht.

Hinter sich hörte er Schreie.

Einer der Männer, die ihm gefolgt waren, rutschte aus, glitt über die festgesaugten Quallen und fiel ins Wasser.

„Herjolf!“, war ein heiserer Ruf zu hören.

Rajin kannte Herjolf gut. Der hatte ihm beigebracht, wie man mit der Harpune umging und was man tun musste, wenn man auf dem Seemammut ritt.

Herjolfs Gesicht war eine Maske des blanken Entsetzens.

Gefrorene Todesangst.

Sein Schrei wurde von einem weiteren kehligen Doppellaut des Seemammuts übertönt. Der Laut war so dröhnend und tief, dass Rajin seine Bauchdecke vibrieren spürte.

Im Wasser wimmelten die Beißer und stürzten sich auf ihr Opfer. Niemand konnte Herjolf helfen. Innerhalb weniger Augenblicke färbte sich das schäumende Wasser rot.

„Vorwärts!“, hörte Rajin einen der anderen Männer rufen und löste sich aus seiner Erstarrung. Das Seemammut erinnerte ihn mit einer leichten Bewegung daran, wie schwankend der Grund war, auf dem er stand. Er fiel auf die Knie und hielt sich an einer der pockenartigen, tellergroßen und von wulstigen Wucherungen umrandeten Vertiefungen fest, von denen es unzählige auf dem Rücken eines Seemammuts gab. Muscheln hatten sich auf der Haut des Giganten festgesaugt und Quallen, um die das Fleisch während der Wachstumsphase des Seemammuts herumgewachsen war; starben die Quallen ab, hinterließen sie diese Vertiefungen.

Rajin rappelte sich auf. Er bemerkte aus den Augenwinkeln, dass die letzte Bewegung des Seemammuts auch die anderen Männer, die ihm auf den Rücken des Monstrums gefolgt waren, umgerissen hatte.

Rajin war als Erster wieder auf den Beinen. Auch wenn sich das Seemammut durch das Gift in den unzähligen Pfeilspitzen bereits in einem Zustand tödlicher Agonie befand, konnte es durch eine einzige krampfhafte Zuckung durchaus noch Tod und Verderben über diejenigen bringen, die ihm als Jäger nachstellten.

Mit schnellen, sicheren Schritten gelangte Rajin zum Kopf. Die gewaltigen Ohren hingen schlaff im Wasser. Sie wurden normalerweise als zusätzliches Flossenpaar genutzt. Direkt hinter dem Kopf gab es eine charakteristische Vertiefung zwischen zwei Knochenkuppen, eine Stelle, die jeder Seemammutjäger kannte.

Rajin riss das Schwert hervor, kniete nieder und umfasste den Griff mit beiden Händen. Dann stieß er die Klinge mit aller Kraft in den Körper des Seemammuts, bis ans Heft.

Einige Augenblicke lang verharrte Rajin so und wartete ab. Der Rüssel, dessen Öffnung das Seemammut bisher überwiegend über der Wasseroberfläche gehalten hatte, sank in die Tiefe. Rajin hatte gut getroffen. Er hatte das Gefühl, dass sein Schwert nicht einen einzigen Knochen berührt hatte. Wenn man schlecht traf, drang die Klinge nicht tief genug ein, um den Seegiganten zu töten. Und bei diesem besonders großen Exemplar war ohnehin fraglich, ob ein Schwert von normaler Länge überhaupt ausreichte. Aber das war offensichtlich der Fall, denn das Monstrum gab keinerlei Lebenszeichen mehr von sich.

Rajin wartete so lange, bis sich die Vertiefung mit einer grünlichen Flüssigkeit gefüllt hatte – dem Blut des Seemammuts. Es hatte die Eigenschaft, selbst bei größter Kälte Eis zu verflüssigen; die Bewohner Winterborgs nutzten es, um ihre Hafeneinfahrt freizuhalten. Allerdings war Seemammut-Blut auch höchst giftig und musste aus dem Fleisch erst herausgekocht werden, bevor man dieses verzehren konnte. Die Beißer schienen das zu wissen. Jedenfalls hatte Rajin noch nie gesehen, dass sich ein Beißer-Schwarm an einem Seemammutkadaver vergangen hatte. Lediglich die Quallen wurden sorgfältig abgenagt.

„Gut gemacht!", sagte Wulfgar, der sich ebenfalls auf den Rücken des Seemammuts begeben hatte, und einen Schritt hinter Rajin stand. „Du kannst das Schwert jetzt getrost herausziehen, sonst leidet die Klinge."

„Ja", murmelte Rajin.

„Und reinige es sofort, damit kein Klingentod zurückbleibt."

Das Blut der Seemammuts war so giftig, dass es selbst den Stahl der besten Schwerter angriff, wie er von den Schmieden in Feuerheim gefertigt wurde. Wenn eine Waffe dieser Wirkung zu lange ausgesetzt war, blieben Flecken zurück, aus denen sich poröse Stellen bildeten und die sich im Metall fortfraßen.

Das war der „Klingentod".

Rajin zog seine Waffe mit einer kräftigen Bewegung aus dem Leib des Seemammuts.

„Jetzt müssen wir den Koloss nur noch unbeschadet nach Hause bringen", sagte Wulfgar und schlug Rajin anerkennend auf die Schulter. Und mit Blick auf das immer noch anhaltende Gewimmel im Wasser fügte er hinzu: „Die Beißer werden uns den Brocken ganz sicher nicht streitig machen."

„Nein, die nicht", murmelte Rajin und blickte in die Ferne.

Zwei dunkle Punkte waren dort am grauen Horizont zu sehen. Sie schwebten hoch über dem Wasser und bewegten sich in nordwestliche Richtung.

Wulfgar machte eine wegwerfende Handbewegung. „Machst du dir etwa Sorgen wegen Seegeiern oder Adlern? Selbst für die ist das Fleisch des Seemammuts giftig."

„Das sind keine Seegeier, Adler oder sonstige Vögel", sagte Rajin.

„Ach?"

Kein noch so scharfes menschliches Auge hätte Einzelheiten erkennen können. Aber Rajin wusste trotzdem, was für Wesen dort in der Ferne am Himmel schwebten. Er spürte es. Es war so, als wäre da plötzlich etwas in ihm geweckt worden, was lange geschlummert hatte. Wie ein verborgener Sinn, der ihn mit jenen unscheinbaren dunklen Flecken am Horizont auf unheilige Weise verband.

Wulfgar schüttelte den Kopf und lachte auf. „Die einzigen Wesen, die – zumindest der Legende nach – in der Lage sind, ungekochtes Seemammutfleisch zu verzehren, ohne dabei draufzugehen, sind …“

„Drachen!“, vollendete Rajin.

Auch er kannte die Legenden. Legenden, die besagten, dass die Drachen die Vorfahren der Seemammuts auf die Welt geholt hatten, weil es ihnen an leicht zu erbeutender Nahrung gemangelt hatte, die groß genug war, um den Hunger ihrer gigantischen Mägen zu stillen. Jene Vorfahren der Seemammuts hatten noch an Land gelebt und Beine statt Flossen gehabt. Aber die Drachen stellten rasch fest, dass der größte Teil der Welt aus Ozean bestand und das Land knapp war. Zu knapp, um es mit diesen riesigen, appetitlichen Fleischbergen zu teilen. So trieben sie die Vorfahren der Seemammuts ins Meer und zwangen sie dazu, dort zu leben, sodass ihnen schließlich Flossen wuchsen, als wären sie Fische. Ihre Größe nahm noch erheblich zu, da nun der Auftrieb des Wassers und nicht mehr die Kraft ihrer Beine sie trug.

Doch all das waren Legenden aus dem Ersten Äon, aus einer Epoche, da die Drachen allein über die Welt geherrscht hatten. Geschichten, die man sich seit so undenkbar langer Zeit erzählte, dass niemand Vermutungen darüber wagte, wie groß ihr Wahrheitsgehalt war. Tatsache war, dass seit Menschengedenken nie ein Drache auf der Jagd nach einem Seemammut beobachtet worden war – auch keiner der wenigen noch wilden, nicht unter Menschenherrschaft stehenden Drachen, die es noch gab.

Ein Großteil des Seemammutfleisches, das von den Jägern im Norden des Seereichs erbeutet wurde, wurde getrocknet, sodass es eine ähnliche Haltbarkeit erlangte wie Stockfisch. In handliche und brettharte Brocken zerteilt, von denen keiner zu schwer war, um von einem einzelnen Mann getragen werden zu können, brachte man das Seemammutfleisch in die großen Häfen des Seereichs, allen voran Seeborg, Storgard, Borghorst und Mittelborg, die durch den Handel mit Stockseemammut reich geworden waren. Von dort aus wurde es auch an die drachenländischen Küsten verschifft, wo es die Drachenier an ihre imposante Schar von gezähmten Kriegsdrachen verfütterten. Vielleicht traute man diesen riesigen, in den Äonen ihrer Versklavung offenbar geistig degenerierten Ungetümen einfach nicht zu, sich ihre Nahrung weit draußen auf See selbst zu suchen – oder man misstraute ihnen und glaubte nicht, dass sie freiwillig zurückkehren würden.

Rajin blinzelte. Die dunklen Punkte am Horizont strebten auf die winterländische Küste zu. Einen kurzen Moment leuchtete etwas auf, das vielleicht ein Feuerstrahl sein mochte, der aus Drachenschlünden gezüngelt war. Der Dunst tief hängender Wolken verschluckte die beiden dunklen Punkte bereits wenige Augenblicke später.

„Halt dich zurück und such nicht die geistige Berührung mit den Drachen", hörte er in seinem Inneren die wohlbekannte Stimme des Weisen Liisho sagen. *„Denk nicht an sie, und vor allem unterdrücke jeden Gedanken daran, ihren Willen beeinflussen zu wollen. Es wäre dein Verderben."*

2

FLUCH DER HIMMELSBESTIEN

Es dauerte eine Weile, bis sich die Beißer verzogen. Sie hatten zuvor sämtliche Quallen am Körper des toten Seemammuts, die in ihrer Reichweite lagen, abgenagt. Je weniger Quallen noch übrig blieben, desto aggressiver wurden die gierigen Fische, und sie fingen an, sich gegenseitig zu zerfleischen. Schließlich verschwand der Schwarm und tauchte auf Nimmerwiedersehen ab. Die Macht Njordirs schien sie zu lenken wie ein einziges Wesen.

Rajin hatte inzwischen sein Schwert sorgfältig gereinigt, um den Klingentod zu verhindern. Schwerter waren kostbar, und ein nicht geringer Teil des Silbers, das die Seemannen durch ihren Handel mit Stockseemammutfleisch erwirtschafteten, floss den Schmieden Feuerheims zu.

Hjalgor und Glednir – zwei weitere Männer aus Wulfgar Wulfgarssohns Gefolge – entfachten ein Signalfeuer auf dem Rücken des getöteten Seemammuts. Die „Stoßzahnsammler" führte dazu einen Holzvorrat mit, der nur diesem Zweck diente.

Hjalgor Fünfzopf war ein großer, rothaariger Mann, dessen Mähne in fünf Zöpfe geflochten bis weit über seine Schultern hing. Er hatte Njordir und den fünf Mondgöttern versprochen, sich das Haar niemals zu scheren, zum Dank dafür, dass er vor fünfzehn Wintern aus Seenot gerettet worden war.

Glednir war klein und drahtig. Sein Haar war aschblond und die Stirn so hoch, dass man ihn auch Glednir Freistirn nannte; dafür war sein Barthaar umso üppiger.

Die beiden sorgten dafür, dass die Flammen hoch emporloderten. Das Holz war zuvor mit Seemammut-Tran getränkt worden, was dazu führte, dass pechschwarzer, meilenweit sichtbarer Rauch gen Himmel stieg – Tranrauch, wie die Seemannen sagten. Mit einer nassen Decke formten Glednir und Hjalgor daraus Rauchzeichen. Viele Seemeilen weit konnte man so nicht nur erkennen, dass ein Seemammut erlegt worden war, man erfuhr auch, dass es die Mannschaft von Wulfgar Wulfgarssohns Schiff gewesen war, die dies vollbracht hatte.

Aber auf sich allein gestellt konnte die Mannschaft der „Stoßzahnsammler" mit dieser Beute nichts anfangen. Man brauchte die Hilfe weiterer Schiffe, um den riesigen Kadaver in die Bucht von Winterborg zu ziehen und dort anzulanden. Ein Schiff allein war dazu nicht in der Lage – schon gar nicht bei einem so außergewöhnlich großen Exemplar wie jenem, auf dessen Rücken inzwischen ein Dutzend Männer damit begonnen hatten, mit Widerhaken bewehrte Harpunen in das Fleisch des Monstrums zu treiben. An ihren Schäften waren Metallringe befestigt, an denen die Zugseile herbeieilender Hilfsschiffe befestigt werden konnten.

In Sichtweite der Rauchsäule wusste bald jeder Seemannen-Kapitän, dass ein gutes Geschäft auf ihn wartete, denn jeder, der sich an der Bergung eines erjagten Seemammuts beteiligte, erhielt einen festgelegten Anteil am Gewinn.

Rajin war ebenfalls damit beschäftigt, solche Zugharpunen zu verankern. Sie unterschieden sich deutlich von den Wurfharpunen, die bei der Jagd benutzt wurden, waren kürzer und darauf ausgelegt, mit aller Kraft und aus unmittelbarer Nähe in den Seemammutkörper hineingestoßen zu werden. Eine ausgeklügelte Mechanik sorgte dafür, dass Widerhaken im Fleisch der Beute ausgeklappt wurden, sobald man am Schaft zog, und man konnte diese Harpunen mit einer sehr viel größeren Zugkraft belasten als die bei der Jagd eingesetzten Waffen, deren Spitzen nicht so tief in den Körper des Seemammuts eindrangen.

„Sohn Bjonn!", wandte sich Wulfgar an Rajin, nachdem dieser gerade eine Zugharpune gesetzt hatte.

Rajin drehte sich zu seinem Ziehvater um, der ihm einen Bogen hinhielt. Es war ein besonderer Bogen, der nur zu rituellen Zwecken benutzt werden durfte. Er war aus der Rippe eines ungeborenen Seemammutjungen gefertigt, das man vor vielen Generationen im Leib eines Beutetiers gefunden hatte. Wulfgar Eishaar, der in zahllosen Legenden und Erzählungen als Held verehrte Stammvater von Wulfgar Wulfgarssohns Sippe, hatte daraus einen Bogen gefertigt, und seitdem damit das Opferritual für Njordir durchgeführt wurde, war das Jagdglück der Sippe treu geblieben.

„Es ist an dir, das Ritual durchzuführen", sagte Wulfgar. „Du hast den Stoß geführt, der den Geist des Seemammuts zu Njordir schickte, wo er sich über uns beklagen wird."

Aus diesem Grund musste der Meeresgott besänftigt werden, indem man ihm einen zumindest symbolischen Teil der Beute abgab.

Rajin nahm den Bogen.

Glednir und Hjalgor hörten damit auf, Rauchzeichen zu geben. Einer der anderen Männer hatte bereits ein faustgroßes Stück aus dem Fleisch des Monstrums geschnitten, es an die Spitze seines Schwertes gesteckt und ins Feuer gehalten. Der Mann hieß Bratlor Sternenseher. Diesen Namen verdankte er seiner Fähigkeit, aus dem Stand der Gestirne die Himmelsrichtung und die Position des eigenen Schiffs bestimmen zu können. Dazu war er zwei Jahre auf die Sternenseher-Schule in Seeborg, der Hauptstadt des Seereichs, gegangen, wo man ihm den Erwerb seiner Fähigkeiten mit einem Dokument bestätigt hatte. Solche Männer waren bei allen Kapitänen heiß begehrt, und ihre Dienste wurden teuer bezahlt.

Man sagte den Sternensehern eine besondere innere Nähe zum Meeresgott Njordir und den fünf Mondgöttern nach, von denen man annahm, dass sie den Lauf der Gestirne bestimmten. Befand sich also ein Sternenseher an Bord eines Seemammutjägerschiffs, so war es daher stets dessen Aufgabe, die Opfergabe über dem Feuer zu erhitzen. Schließlich wollte man nicht Njordirs Zorn herausfordern, indem man ihm Fleisch anbot, in dem sich auch nur noch eine Spur des giftigen Seemammutblutes befunden hätte.

Nachdem Bratlor der Meinung war, das Stück Fleisch sei ausreichend erhitzt worden, band er es an einen gewöhnlichen Pfeil und reichte diesen Rajin.

„Den Göttern gebe man, was den Göttern zusteht", sagte er.

„Und Frieden der Seele des Seemammuts", erwiderte Rajin; es war die traditionell bei diesem Anlass gesprochene Formel.

Er spannte den Bogen und ließ den Pfeil in einer leicht aufsteigenden Linie in die Ferne schnellen, bevor sich seine Flugbahn schließlich senkte und er mitsamt der Opfergabe in die graue See eintauchte.

„Friede allen Seelen und Geistern", murmelten die Männer im Chor.

Daraufhin gab Rajin den Bogen an Wulfgar zurück, und Bratlor Sternenseher bereitete ein weiteres Stück Opferfleisch vor. Diesmal diente es als symbolische Wegzehrung für Herjolf, den die Beißer zerrissen hatten. Sein Geist sollte sich nicht ohne Proviant auf den Weg in die Gefilde Njordirs machen müssen. Aber in diesem Fall war es die Aufgabe des Kapitäns, den Knochenbogen des Wulfgar Eishaar zu spannen und den Pfeil in den grauen Himmel zu schießen.

Nach einer Weile tauchten die ersten Hilfsschiffe am Horizont auf, die sich an der Bergung des Seemammuts beteiligen wollten. Etwa ein Dutzend von ihnen brauchte man, um den Koloss zu ziehen, falls der Wind günstig stand; ansonsten waren doppelt so viele Schiffe notwendig, denn dann musste das erlegte Seemammut allein mit der Kraft der Ruderer in die Bucht von Winterborg gezogen werden.

An diesem Tag war der Wind schwach, auch wenn er günstig stand. Zu schwach, um sich allein auf ihn zu verlassen. Also mussten sich die Mannschaften zusätzlich in die Riemen legen, während einige Männer auf dem Rücken des Seemammuts zurückbleiben mussten, um darauf zu achten, dass sich die Zugharpunen nicht lösten und sich die Taue nicht verhedderten.

„Dir steht das Recht zu, auf dem Rücken zu bleiben, Sohn Bjonn", sagte Wulfgar zu Rajin. „Schließlich hast du den tödlichen Stoß gesetzt."

„Ich nehme dieses Recht gern wahr", erwiderte Rajin.

„Deiner Achtung unter den Seemammutjägern von Winterborg wird das sicher förderlich sein."

„Ja, Vater."

„Und vielleicht hört nun auch so manches dumme Gerede auf, wenn man dich auf dem Rücken des Seemammuts in die Bucht einfahren sieht und jeder der Ehre gewahr wird, die man dir zugesteht."

Rajins Gesicht verdüsterte sich nur für einen kurzen Moment. „Ich hoffe, du hast recht", murmelte er.

Es gab manchen in Winterborg, der Rajin als drachenischen Bastard bezeichnet hatte, denn schon bald hatten dessen Gesichtskonturen keinen Zweifel mehr daran gelassen, dass drachenländisches Blut in seinen Adern floss.

Aber Wulfgar Wulfgarssohn genoss als Anführer jener Sippe, die ihren Ursprung in direkter Linie auf den legendären Wulfgar Eishaar zurückführen konnte, einen nahezu unangreifbaren Ruf auf ganz Winterland und im nördlichen Festland des Seereichs. So wagten die meisten nur hinter vorgehaltener Hand zu äußern, was sie in Wahrheit dachten.

Mit den Jahren waren die Vorbehalte gegen Rajin mehr und mehr in den Hintergrund getreten. Er hatte nicht, wie zunächst von manchen befürchtet, das Unglück nach Winterborg gebracht. Ganz im Gegenteil: Njordir hatte den Kapitänen in den Jahren seit dem Auffinden des Knaben überreiche Meeresbeute beschert. Ungewöhnlich viele Seemammuts hatten sie erlegen können, und die gesamte Insel hatte in dieser Zeit einen erheblichen Aufschwung genossen.

Die ersten Hilfsschiffe erreichten schließlich das Seemammut. Wulfgar Wulfgarssohn war verpflichtet, ihre Hilfe in jener Reihenfolge anzunehmen, in der sie den Kadaver erreichten. Im Zweifelsfall war ausschlaggebend, wer als Erster sein Tau warf, sodass es an einer der Zugharpunen im Körper des Meeresmonstrums festgemacht werden konnte. Diejenigen, die nicht mehr berücksichtigt werden konnten, wurden mit einem vier Pfund schweren Fleischbrocken entschädigt, der an Ort und Stelle aus dem Fleisch des Kadavers herausgeschnitten und mit der Bordwaage abgewogen wurde. Eine solche Waage hatte jedes Seemannen-Langschiff an Bord.

Innerhalb des Seereichs herrschte das Prinzip der Selbstverwaltung, und so gab es nur wenige Gesetze, die vom regierenden Hochkapitän und dem Kapitänsrat in der Hauptstadt Seeborg verabschiedet wurden. Diese waren dann aber für das gesamte Reich verbindlich, und zu ihnen gehörte unter anderem die Vorschrift, dass jedes Schiff eine geeichte Waage mitzuführen hatte. Zuvor war es immer wieder zu Streitigkeiten zwischen einzelnen Kapitänen gekommen, die dann sehr häufig mit Schwert und Streitaxt ausgetragen worden waren, was insgesamt der Wohlfahrt des Seereichs nicht zuträglich gewesen war.

Aber an diesem Tag hatten alle Glück, die sich die Mühe gemacht hatten, auszulaufen, denn sie wurden alle gebraucht, und niemand musste entschädigt werden.

„Njordirs Segen sei mit dir!“, riefen die Kapitäne der ankommenden Schiffe Wulfgar entgegen. Es war mehr eine Feststellung als ein Wunsch oder eine beschwörende Bitte an die Gottheit – denn wer hätte angesichts dieser überwältigend großen Jagdbeute daran zweifeln können, dass der Meeresgott Njordir seinen Segen tatsächlich Wulfgar, dem Nachfahren von Wulfgar Eishaar, gegeben hatte? Niemand konnte Glück auf der Jagd, beim Fischen oder gar im Handel haben ohne zumindest Njordirs wohlwollende Duldung.

„Njordirs Segen für euch alle!“, lautete die traditionelle Erwiderung, und auch das entsprach den Tatsachen, denn jeder der Kapitäne, deren Schiffe den Kadaver erreichten, konnte sicher sein, dass er von der Beute profitieren würde.

Allerdings waren auch Neuigkeiten zu hören, die Rajin aufhorchen ließen.

Einer der Kapitäne, der als der „Wilde Aeriggr“ bekannt war, berichtete davon, dass zwei Drachen den Hafen von Winterborg überflogen hätten.

„Du bist sicher, dass es Drachen waren?“, fragte Wulfgar.

„Ich habe Augen im Kopf“, erwiderte Aeriggr ungehalten und etwas beleidigt. „Sie flogen so tief über die Häuser, dass jeder Irrtum ausgeschlossen ist.“ Aeriggr atmete tief durch, seine Augen wurden schmal, und er strich sich mit einer beiläufigen Geste über den struppigen Bart, bevor er weitersprach. „Es muss Generationen her sein, dass sich zuletzt Drachen so weit nach Norden gewagt haben.“

„Ich weiß.“ Wulfgar nickte.

„Man mag vielleicht nicht gleich bis zu den Zeiten Eures ruhmreichen Vorfahren Wulfgar Eishaar zurückgehen, aber ich weiß genau, dass selbst mein Großvater nie einen Drachen über Winterland gesehen hat, und er erzählte mir, dass auch sein Vater niemals einer dieser Kreaturen ansichtig wurde.“

„Drachen meiden die Kälte", sagte Wulfgar. „Das ist doch bekannt. Die wenigen wild lebenden Drachen fühlen sich im Süden einfach wohler, und diejenigen, die als gezähmte Reit- und Lasttiere den Dracheniern dienen, fliegen ebenfalls nicht bis hierher, denn der Kaiser in Drakor respektiert die Souveränität des Seereichs."

„So wie wir die seines Reiches", mischte sich Hjalgor Fünfzopf ein. „Die Drachenier wissen genau, dass ihnen niemand genug Nahrung für ihre degenerierten Kampfdrachen liefern kann außer den Seemammutjägern des Seereichs. Fürwahr, ihre Biester sind in den Zeitaltern seit ihrer Zähmung so faul geworden, dass sie nicht einmal mehr für sich selbst jagen können!"

„Warum sollten sie den Dracheniern dienen, wenn sie für sich selbst sorgen könnten?", warf Wulfgar lachend ein.

Aeriggrs Gesicht blieb sehr ernst. „Du solltest mal darüber nachdenken, was es bedeuten könnte, dass auf einmal solche Kreaturen über Winterland auftauchen", grollte er. Dann deutete er auf Rajin. „Vielleicht hat dein Sohn Bjonn Dunkelhaar ja etwas damit zu tun!"

Rajin steckte ein Kloß im Hals. Er fühlte, wie das Blut in ihm zu kochen begann. Zwei der wenigen wilden Drachen, die es noch gab, tauchten am Himmel der winterländischen Küste auf, und schon waren die alten Vorbehalte wieder da. Unwillkürlich krampften sich Rajins Hände zu Fäusten zusammen.

„*Verbanne die Drachen aus deinen Gedanken …*", hörte er die Stimme des Weisen Liisho in seinem Kopf, und plötzlich stand das Gesicht des weißbärtigen Alten vor seinem inneren Auge. „*Verbanne die Gedanken an das, was war und in dir verborgen ist, dann wirst du Unglück abwenden. Schließe ein, was verschlossen bleiben muss, bis der Tag kommt, da es offenbar werden kann. Die Macht muss wachsen, bevor sie sich entfalten kann.*"

Ein Augenblick verstrich, ohne dass Rajin auch nur einen Ton zu seiner Verteidigung hervorbrachte. Seine Zunge schien wie gelähmt. Es hatte in der Vergangenheit immer wieder Momente gegeben, in denen er nicht in der Lage gewesen war, das auszusprechen, was ihm auf der Zunge lag. Der geheimnisvolle Bann, der ihn auch daran hinderte, seinen wahren Namen auszusprechen, musste dafür verantwortlich sein.

„Es ist zu deinem Wohl, Rajin!", versicherte ihm der Weise Liisho, als wäre dies die Antwort auf alle Fragen, die sich Rajin stillschweigend stellte.

In diesem Augenblick stellte sich Wulfgar schützend vor seinen Ziehsohn und rief ungehalten: „Was willst du damit andeuten, Aeriggr? Dass ein Kind, nur weil es unter seltsamen Umständen aufgefunden wurde und weil seine Augen schmal und sein Haar dunkel ist, ein Unglücksbringer sein muss?"

„Hör zu, Wulfgar …"

„Nein, hör du mir zu, Aeriggr!", grollte Wulfgar. „Wir können diesen Streit jederzeit mit Axt oder Schwert austragen, wenn du den Mut dazu hast. Aber du solltest eines dabei bedenken: Njordir hat sein Wort in dieser Frage längst gesprochen, denn andernfalls hätte er die winterländischen Kapitäne in den Jahren seit dem Auffinden meines Sohnes Bjonn Dunkelhaar nicht mit so reichhaltiger Beute beglückt!"

Aeriggr bedachte Rajin kurz mit einem abschätzigen Blick. „Ich habe nie daran gezweifelt, dass dein Sohn Bjonn mit irgendwelchen übernatürlichen Mächten im Bund stehen muss – ob es nun Njordir selbst ist oder ob deinem Sohn einfach nur die Elementargeister gewogen sind, vermag ich nicht zu sagen, dazu fehlt mir das nötige Wissen über derlei Dinge. Aber wenn seit sehr langer Zeit zwei Drachen in die ihnen verhasste Kälte von Winterland fliegen, dann werden ja wohl ein paar Gedanken über die Ursache dieses merkwürdigen Ereignisses erlaubt sein, Wulfgar Wulfgarssohn!"

„Und was sind das für Gedanken?", fragte Wulfgar herausfordernd.

„Wie schon gesagt wurde: Ein wilder Drache würde nicht freiwillig so weit in den Norden fliegen."

„Früher soll das des Öfteren geschehen sein", hielt Wulfgar dagegen.

„Aber das ist so lange her, dass niemand mehr mit Sicherheit sagen kann, ob es stimmt!"

„So zweifelst du an den Worten, die uns mein Vorfahr Wulfgar Eishaar gab?" Wulfgar war mittlerweile sichtlich verärgert.

Aeriggrs Hand umfasste bereits den Griff des Schwerts, das er entgegen der Gewohnheit vieler Seemammutjäger nicht auf dem Rücken, sondern an der Seite trug. „Ich zweifle lediglich am Gedächtnis derer, die Eishaars Worte im Laufe der Zeit von Generation zu Generation weitererzählten."

Rajin erkannte, das alles auf einen handfesten Streit zwischen den beiden Kapitänen hinauslief. Einen Streit, der den Anlass nicht lohnte, wie er fand. Also mischte er sich ein. Schließlich war er die Ursache für den Zwist, und nach all den Jahren, in denen sich Wulfgar Wulfgarssohn immer schützend vor seinen Ziehsohn gestellt hatte, war es an der Zeit, selbst für sich einzustehen.

„Beleidige nicht die Ahnherren unserer Sippe!", herrschte er Aeriggr an. „Wenn du mir etwas vorwerfen willst, dann wende dich damit an mich und nicht an meinen Vater!"

Rajin trat auf den Wilden Aeriggr zu, ohne aber durch eine Bewegung oder Geste erkennen zu lassen, dass er zum Schwert greifen wollte. Im Gegenteil, er stemmte die Hände in die Hüften. „Also, Aeriggr. Was wirfst du mir vor?"

„Es ist doch bekannt, dass Drachenier eine besondere geistige Verbindung zu Drachen haben", sagte Aeriggr. „Vielleicht hast du diese Ungetüme ja gerufen!"

Rajin lag eine entsprechende Erwiderung auf der Zunge, aber erneut war er unfähig, auch nur ein einziges Wort herauszubringen. „*Schweig!*", dröhnte die Stimme Liishos in seinem Kopf, und es gab keine Möglichkeit für Rajin, sich diesem Befehl zu entziehen.

„Was du redest, ist Unsinn, Aeriggr!", schritt Wulfgar erneut ein. „Nur die Macht der Drachenringe des Kaisers von Drakor vermag den Willen wilder Drachen zu zähmen – und kein drachenischer Drachenreiter wäre in der Lage – selbst bei noch so guter Ausbildung –, einen Drachen zu reiten, wenn dessen Willen nicht durch die Macht der kaiserlichen Ringe gebrochen ist!"

„Und was ist mit den Geschichten über Drachenier, die Drachen mit der puren Kraft ihres Willens herbeizurufen vermögen?", fragte Aeriggr.

„Geschichten – mehr nicht!", meinte Wulfgar. „Geschichten, die uns die Drachenier fürchten lassen sollen, damit wir weiter mit ihnen Handel treiben, anstatt ihre Küsten zu plündern, wie es unsere Ahnen taten."

„Es ist doch bekannt, dass in den Adern vieler Drachenier magisches Blut fließt“, entgegnete Aeriggr.

„Soweit ich weiß, nur in denen der Mitglieder des Kaiserhauses und ihrer adeligen Abkömmlinge“, sagte Wulfgar. „Aber auch da bin ich mir nicht sicher, ob es sich nicht nur um eine Legende handelt, die dazu dient, dem Kaiser und der Kaste der Drachenreiter-Samurai die Macht zu erhalten. Schließlich könnte ja sonst das gemeine Volk auf den Gedanken kommen, dass jeder die Fähigkeit hat, einen Drachen zu reiten!“

„Wulfgar Wulfgarssohn hat recht!“, mischte sich nun Bratlor Sternenseher ein. „Ich habe früher auf Schiffen gedient, die regelmäßig nach Etana und Jandrakor segelten, und war neben der Sternennavigation auch für die Verhandlungen mit den drachenisclhen Geschäftspartnern zuständig, da ich ihre Sprache spreche. Ein gewöhnlicher Drachenier verfügt über genauso viel oder wenig magische Kräfte wie du und ich. Wären sie sonst dazu gezwungen, im Schweiße ihres Angesichts ihre Tätigkeiten zu verrichten wie unsereins, wenn es anders wäre?“

„Du redest so viel, dass man denken könnte, du müsstest Knoten in der Zunge haben!“, knurrte der Wilde Aeriggr. „Lernt man das auf der Sternenseher-Schule von Seeborg? Dann habe ich ja einiges zu erwarten, wenn mein dritter Sohn von dort zurückkehrt!“

„Ich spreche nur die Wahrheit“, sagte Bratlor. „Und der beste Beweis dafür ist, dass seit siebzehn Jahren ein Emporkömmling namens Katagi auf dem Drachenthron in Drakor residiert. Zwar versucht er krampfhaft, eine weitläufige Verwandtschaft zu seinem Vorgänger zu konstruieren, aber davon ist augenscheinlich nichts wahr. Doch hat man seitdem gehört, dass die drachenischen Kampfdrachen nicht mehr ihren Reitern gehorchen? Offenbar steckt nicht viel hinter all dem Gerede von magischem Blut.“ Er schüttelte in einer nahezu mitleidigen Geste den Kopf. „Aber die drachenische Propaganda scheint ihr Ziel ja erreicht zu haben, wenn sogar ein Mann, der sich den Beinamen ‚der Wilde‘ verdient hat, einem Jungen mit drachenischen Augen die Macht über alles Mögliche zuschreibt. Warum nicht auch die Macht über das Wetter oder die Wassermenschen, derer wir uns in jedem Sommer erwehren müssen?“

Glednir Freistirn lachte verhalten – verstummte aber sofort, als Aeriggr ihm einen finsteren Blick zuwarf.

„Du versündigst dich an Njordir!", zischte Aeriggr.

„So absurd es ist, Njordirs Macht über das Meer und das Wetter anzweifeln zu wollen, so absurd sind deine Ängste vor einem Paar schmaler dunkler Augen, Aeriggr", entgegnete Bratlor ruhig.

Der Sternenseher gehörte zu Rajins engsten Gefährten unter den Männern der „Stoßzahnsammler". Seit fünf Jahren diente er auf Wulfgars Schiff, nachdem er sich nach einem Streit um eine ausstehende Gewinnbeteiligung von seinem vorhergehenden Kapitän getrennt hatte. Er war der Einzige an Bord der „Stoßzahnsammler", der nicht von Winterland stammte, sondern in Borghorst auf dem seemannischen Festland geboren worden war. Von allen Männern, die Rajin bisher kennengelernt hatte, war er mit Sicherheit derjenige, der am weitesten herumgekommen war, und die Reiseberichte des Sternensehers faszinierten ihn stets sehr. Es waren fantastische Erzählungen über die Luftschiffe der Tajimäer und die feuerspeienden Stahlrohre, die in die Mauern von Pendabar, der Hauptstadt Feuerheims, eingelassen waren und jeden Angriff zum Scheitern verurteilten. Er berichtete auch von den Wundern des Reiches Magus, dessen Bewohner angeblich über geistige Kräfte verfügten, die über alles hinausgingen, was sich ein einfacher winterländischer Seemammutjäger vorzustellen vermochte.

Besonders aber fesselten Rajin immer die Geschichten von den Küsten des Drachenlandes Drachenia. Von der erhabenen Armada von Kampfdrachen, die von stolzen Kriegern geritten wurden. Von Drachen mit Transportgondeln, die wertvolle Güter, wohlhabende Passagiere oder die Söldner des Kaisers innerhalb kurzer Zeit an jeden Ort des Reichs bringen konnten. Gerade diese Berichte waren wie Spiegelbilder dessen, was er vor seinem inneren Auge manchmal sah. Rajin hatte immer das Gefühl, all diese Dinge so zu kennen wie einer, der selbst in diesem fernen Land aufgewachsen war.

Ganz besonders hatte es ihn jedes Mal berührt, wenn Bratlor Sternenseher zur Belustigung der anderen Männer ein paar Worte in drachenischer Sprache hervorbrachte. Die Männer von Winterland machten sich dann über die angeblichen Barbaren Drachenias und deren Sprache, die sie an Tierlaute erinnerte, lustig – nicht ahnend, dass sie in Drachenia selbst als Barbaren galten.

Wulfgars Ziehsohn hatte stets das Gespräch mit Bratlor gesucht, aber leider hielt der Sternenseher Rajins Schweigen zu allem, was mit Drachenia in Verbindung stand, für Desinteresse und erzählte daher mehr über die Luftschiffe Tajimas und die Wunder Feuerheims. Dabei hätte Rajin durchaus gern mehr über jenes Land gehört, dessen Bewohner ihm angeblich so ähnlich sahen, dass manche sogar behaupteten, er wäre einer der ihren.

Es war der Bann des Weisen Liisho, der ihn daran hinderte, sich mit Bratlor über Drachenia zu unterhalten. So manches Mal hatte Rajin in jenen Momenten diesen Bann verflucht, doch schien es keinerlei Möglichkeit zu geben, diesen Einfluss zurückzudrängen.

„Wenn du Bedenken hast, einer Mannschaft von Seemammutjägern zu helfen, unter denen sich ein Unglücksbringer befindet, so entbinde ich dich und deine Mannschaft gern von der Hilfspflicht", sagte nun Wulfgar Wulfgarssohn zum Wilden Aeriggr. „Allerdings entgeht dir dann auch dein Anteil, und du solltest dir überlegen, ob du dir deine Furcht vor einem dunkelhaarigen Jüngling auch leisten kannst."

Dröhnendes Gelächter brach daraufhin aus, und selbst Aeriggrs Männer konnten sich nur schwer beherrschen.

Von einer Entbindung von der Hilfspflicht wollte der Wilde Aeriggr nichts wissen, was niemanden wunderte, denn sein Jagdglück war in den letzten Monaten nur mäßig gewesen, weshalb er auf die Anteile aus der Kadaverbergung angewiesen war, um seine Mannschaft weiter unterhalten zu können. Trotzdem knurrte er: „Ich hoffe, du bereust es nicht eines Tages, dass du meine Warnungen in den Wind geschlagen hast, Wulfgar. Mag sein, dass ich tatsächlich ein Narr bin und nicht genug von diesen Dingen verstehe, aber wenn nach so langer Zeit zwei Feuerspeier am Himmel auftauchen und so tief über Winterborg fliegen, kann das kein Zufall sein!"

So dumm und einfältig die Vorurteile auch sein mochten, mit denen Rajin immer wieder konfrontiert wurde – tief in seinem Inneren ahnte er, dass der Wilde Aeriggr mit seiner Vermutung recht hatte, was das Auftauchen der beiden Drachen betraf. Es hatte auf irgendeine Weise mit dem Geheimnis zu tun, das in der Seele des Achtzehnjährigen durch einen Bann eingeschlossen war.

Hast du darauf nicht auch eine Antwort?, fragte er in Gedanken, an den Weisen Liisho gerichtet. *Warum sagst du dazu nichts, da du mir doch sonst ungefragt alles Mögliche erklärst?*

Aber der ständige Gast in seiner Seele, der ihn von frühester Kindheit an begleitete, blieb diesmal stumm.

Du hörst mich – ich weiß es! Warum sagst du jetzt nichts und flüsterst mir nicht wenigstens einen Teil des Geheimnisses ein, das in mir verborgen ist? Habe ich denn kein Recht darauf, zumindest ein wenig der Wahrheit zu erfahren?

Doch in Wirklichkeit hatte Rajin die Hoffnung, dass er doch noch eine Antwort erhielt, schon aufgegeben, und so wandte er sich wieder der Arbeit zu, der Bergung des Seemammuts. Leinen mussten festgezurrt werden, weitere Hilfsschiffe legten an und warfen ihre Taue herüber, und die Männer der „Stoßzahnsammler" setzten weitere Zugharpunen, an denen die Taue befestigt wurden.

Da bekam Rajin doch noch eine Antwort.

Die Stimme Liishos flüsterte wie ein leichter Landwind in den kurzen Sommern auf Winterland:

„Mag für viele die größte Gefahr in der Unwissenheit liegen – für dich liegt sie im Wissen!"

3

RÜCKKEHR NACH WINTERBORG

Ganz Winterborg war auf den Kaimauern und den weit in die Bucht ragenden Landungsstegen versammelt, als die Flotte der Seemammutjäger zurückkehrte. Rajin stand auf dem Rücken des Kadavers, gleich hinter dem Kopf, sodass jeder sehen konnte, dass er es gewesen war, der dem riesigen Monstrum den Todesstoß versetzt hatte. Diese Ehre stand ihm zu, und sowohl Rajin selbst als auch Wulfgar Wulfgarssohn hofften, dass Bjonn Dunkelhaar dadurch endlich als vollwertiges Mitglied der Gemeinschaft akzeptiert wurde. Wie sonst hätte er noch beweisen können, dass er ein Seemammutjäger unter Seemammutjägern war? Ein junger Mann, der sich – abgesehen von seinem Äußeren – in nichts von den anderen Männern auf Winterland unterschied?

Die Schiffe zogen den riesigen Kadaver in die Bucht von Winterborg, vorbei am Hafen, wo das jubelnde Volk stand und jenen begeistert zuwinkte, die mit diesem Fang dafür gesorgt hatten, dass es den Seemannen auf dieser unwirtlichen Insel im äußersten Nordwesten des Seereichs weiterhin gut gehen würde.

Abseits des Hafens und der eigentlichen Siedlung gab es flache, wenn auch steinige Strände, an denen Hunderte von Seemammutskeletten lagen. Allerdings waren die meisten von ihnen nicht vollständig, und von einigen war nichts weiter geblieben als der Schädel, vor dem die Seemannen einen besonderen Respekt hatten. Denn ihrem Glauben zufolge wohnte die Seelenkraft eines Seemammuts dem Knochenschädel noch lange nach seinem Tod inne – so wie auch dem Herzen, das in kleine Stücke geschnitten wurde, die man bei ablandigem Wind ins Meer warf, sodass sie hinaus in die Bucht von Winterborg trieben und dort von den Beißern und anderem Fischgetier, das die nördliche See bevölkerte, gefressen wurden.

Während der Rest des Seemammutskeletts zur Fertigung von Gebrauchsgegenständen des täglichen Bedarfs benutzt wurde und so manches Rückgrat als First eines Langhauses und so manche Rippe als dessen Türbogen ihre letzte Bestimmung fanden, ließ man die Schädel weitestgehend unangetastet – bis auf die Stoßzähne, denn die waren die legitime Trophäe des Jägers, und das Fleisch, zumal vor allem Hirn und Zunge der Seemammuts als Delikatesse galten.

Den Schädelknochen aber ließ man am Strand, und um sich mit dem Geist des Seemammuts zu versöhnen, brachte man ihm Opfer dar und betete ihn an. Vor allem erhoffte man sich dadurch Unterstützung gegen die Gefahr durch die Wassermenschen, die in der wärmeren Jahreszeit immer wieder Angriffe auf die Siedlungen der Seemannen wagten. Der warme Meeresstrom aus dem Süden brachte die Wassermenschen in die Gefilde des Nordens, wo man zumindest während der klirrend kalten Winter Ruhe vor ihnen hatte, denn der Schnee- und Eisgott Fjendur war ihr Feind. Der Geruch eines frisch erlegten Seemammuts lockte die Wassermenschen an, das war jedem bekannt, der auf die Jagd nach den Meeresriesen ging. Und schon deshalb war es für jeden Seemammutjäger wichtig, dass nicht nur der Meeresgott Njordir ihm gewogen war, sondern auch der eisige Fjendur, den die Wassermenschen fürchteten wie sonst kaum etwas anderes.

Rajin sah die Menschen von Winterborg auf den Kaimauern und Landungsstegen stehen und den erfolgreichen Jägern zujubeln. Insbesondere galt dieser Jubel ihm, dem Mann, der den Meeresriesen letztlich erlegt hatte. Doch täuschte er sich, oder fiel die Freude diesmal verhaltener aus, als Rajin es sonst erlebt hatte? Vielleicht bildete er sich das auch nur ein, weil er davon ausging, dass ihn zumindest ein Teil der Bevölkerung Winterborgs nicht anerkannte.

Das Omen der Drachensichtung lastet auf ihren Seelen!, ging es ihm durch den Sinn. Ein Zeichen des Unheils, das man unweigerlich mit ihm, Bjonn Dunkelhaar, in Verbindung brachte. Allein die unverkennbar drachenische Augenform! Rajin konnte den Menschen von Winterborg ihr Misstrauen nicht einmal verübeln. Er selbst hätte nicht anders empfunden, wäre er an ihrer Stelle gewesen. Und davon abgesehen ahnte er tief in seinem Innern längst, wie begründet dieses Misstrauen ihm gegenüber war.

Vielleicht wäre es das Beste gewesen, einfach wegzugehen. Wulfgar Wulfgarssohn und seine Sippe hatten ihn als Findling aufgenommen und großgezogen. Rajin war ihnen zu großem Dank verpflichtet, und er sah es als seine Pflicht an, jedwedes Unglück von ihnen fernzuhalten. Nie hätte er es sich verziehen, wäre seinetwegen denjenigen, die so viel für ihn getan hatten, etwas zugestoßen.

„*Hör auf, dich zu grämen!*", meldete sich der Weise Liisho zurück, und obwohl Rajin ihn nur in Gedanken hörte, war es ihm, als spräche Liisho in strengem Tonfall. „*Erwarte deine Bestimmung, anstatt dich in Selbstzweifeln zu ergehen, Unwissender!*"

Rajin hatte auf einmal das Gefühl, als würden ihn zwei dunkle mandelförmige Augen durchdringend anstarren. Ihr Blick schien bis auf den Grund seiner Seele zu dringen. Ein Blick, den er schon von klein auf kannte und von dem er lange Zeit angenommen hatte, es wäre sein eigener geistiger Blick, mit dem er selbst sein Innerstes betrachtete, um sich misstrauisch zu prüfen.

Aber inzwischen war er zu der Erkenntnis gelangt, dass sowohl Stimme als auch Gesicht des Weisen Liisho keineswegs nur Widerspiegelungen seiner eigenen verworrenen, widerstreitenden Gedanken und Gefühle waren. Liisho war eine wirklich existierende Person. Er lebte – irgendwo jenseits des Horizonts – jenseits der Grenzen des Seereichs. Vielleicht existierte er in einer der fantastisch anmutenden Städte Drachenias, die er Rajin in ungeheuer real erscheinenden Visionen gezeigt hatte. Und möglicherweise gebot er über den Willen von Drachen, die ihn als ihren Herrn und Reiter akzeptierten und über die Ebenen und schroffen Gebirge des Drachenlandes trugen …

Du nennst mich einen Unwissenden – aber hättest du nicht die Macht, dies zu ändern?, entgegnete Rajin in Gedanken. Vielleicht wurde es Zeit, dass er sich gegen die geheimnisvolle Macht zur Wehr setzte, die ihn in ihrem Bann hielt und zum Stillschweigen verurteilte.

„*Der Tag der Erkenntnis wird früher kommen, als dir lieb ist*", antwortete ihm die Gedankenstimme des Weisen Liisho.

Unter den Menschen am Hafen entdeckte Rajin auch Nya Kallfaerstochter. Sie war – so wie Rajin – achtzehn Sommer jung, und das dunkelblonde Haar, das ihr weit über die Schultern fiel, trug sie zumeist zu einem Zopf geflochten. Für sie schlug Rajins Herz und das ihre für ihn, auch wenn ihr Vater Kallfaer Eisenhammer stets mit aller Deutlichkeit klarmachte, dass er nichts von Bjonn Dunkelhaar hielt – und schon gar nichts von einer eventuellen Verbindung seiner Tochter mit einem Mann, dessen Gesicht sich von dem aller anderen Seemannen Winterlands so deutlich unterschied, dass auch all seinen Nachkommen dieser Makel anzusehen sein würde, den einen vielleicht weniger, den anderen mehr.

Eigentlich hatte Rajin gehofft, dass Kallfaer Eisenhammer seine Meinung über ihn ändern würde, nachdem er diesen wahren Giganten unter den Seemammuts erlegt hatte. Dass er endlich anerkennen würde, dass Bjonn Dunkelhaar ein hervorragender Seemammutjäger war, von dem man erwarten durfte, dass er irgendwann sogar mit einer eigenen Mannschaft in See stechen und auf Jagd gehen würde. Ein Mann also, dem seine Tochter zu geben für Kallfaer eine Ehre bedeutet hätte.

Dieser Hoffnung allerdings widersprach allein schon die Tatsache, dass Kallfaer mit seinem Schiff nicht ausgelaufen war, um Wulfgar Wulfgarssohn und den Männern der „Stoßzahnsammler" bei der Bergung des Kadavers zu helfen. Die Rauchzeichen von Glednir und Hjalgor hatten den Bewohnern von Winterborg nicht nur den großen Jagderfolg kundgetan, sondern auch den Namen desjenigen übermittelt, der den Todesstoß gesetzt hatte. Offenbar war dies der Grund, warum Kallfaer Eisenhammer sein Schiff nicht klar zum Auslaufen gemacht hatte: Seine Ablehnung gegen Rajin war so groß, dass er sogar auf den ihm zustehenden Gewinn aus der Kadaverbergung verzichtete.

Und bei einer so großen Beute war das beileibe kein kleiner Verzicht!

Dabei bestand nicht nur ein Bergungshilfe*recht*, sondern auch eine Hilfs*pflicht*, die verhindern sollte, dass aufgrund von Streitigkeiten ein bereits erlegtes Seemammut nicht geborgen werden konnte, was der Gemeinschaft aller Sippen von Winterborg geschadet hätte. Aber

Kallfaer konnte sich in diesem Fall damit herausreden, dass bereits Schiffe in ausreichender Zahl den Hafen von Winterborg verlassen hatten und seine Mannschaft möglicherweise gar nicht mehr zum Zuge gekommen wäre. Dass er wahrscheinlich mit Absicht so lange gewartet hatte, bis – außer seinem eigenen – kein Schiff mehr im Hafen von Winterborg war, konnte ihm niemand nachweisen – und damit war auch eine Verletzung der Hilfspflicht nicht nachweisbar. Dennoch war Kallfaers Unterlassung kaum anders denn als Affront zu verstehen. Nicht nur als ein Affront gegen Rajin, sondern auch gegen dessen Stiefvater Wulfgar Wulfgarssohn und die gesamte Mannschaft der „Stoßzahnsammler" …

Der Kadaver des Seemammuts wurde so nahe wie möglich an den Strand gebracht, dass sein gewaltiger Körper den Grund berührte. Am Strand warteten bereits gut hundert Männer aus Winterborg, die gegenwärtig keiner Schiffsmannschaft angehörten und hofften, durch die Bergung des Kadavers etwas vom Gewinn abzubekommen. Das Seemammut musste so schnell wie möglich zur Gänze aus dem Wasser geholt werden, denn solange der Kadaver auch nur noch ein Stück ins Meer ragte, konnten ihn die Wassermenschen selbst über große Entfernungen hin wittern.

Das lag wahrscheinlich an dem recht durchdringenden Geruch, den ein Seemammutkadaver sehr schnell entwickelte und den manche unter den Seemannen für eine besondere Wirkung des giftigen Blutes hielten, das in den Adern dieser Monstren floss. Andere glaubten hingegen, dass es mit einem den Wassermenschen angeborenen Zaubersinn zusammenhing, während Bratlor Sternenseher zu berichten wusste, dass unter den Lehrern der Sternenseher-Schule von Seeborg die Ansicht vorherrschte, einer der fünf Mondgötter wäre ein Verräter an den Seemammutjägern, indem er den Wassermenschen verriet, wo Jagdbeute gemacht worden war, sodass diese unheimlichen Wesen dann des Nachts aus der Tiefe stiegen, um sich das zu holen, was sie sich selbst niemals hätten erjagen können.

In der Nähe des Strandes befanden sich gewaltige hölzerne Schwungräder, die mit der Kraft von gezähmten winterländischen Riesenschneeratten bewegt wurden. Der Rücken dieser Tiere war mannshoch, und man benutzte sie auch als Reittiere bei Reisen in das schneeverwehte und ganzjährig vereiste Inland. Im Gegensatz zu ihren Verwandten auf dem Festland, die sich durch ein kurzes dunkles Fell auszeichneten, war das Haarkleid bei den Riesenschneeratten auf Winterland weiß und so zottelig, dass es oft verfilzte. Man verwob diese Wolle zu sehr warmen Stoffen, die hervorragend vor der Kälte schützten und bis an die Nordküste Drachenias oder ins Reich Tajima verkauft wurden.

Armdicke Taue wurden über Flaschenzüge geführt und an den Zugharpunen befestigt und danach der gewaltige Körper des Seemammuts über in großer Zahl bereitliegende Rundhölzer an Land gezogen.

Die Flaschenzüge und die gezähmten Riesenschneeratten waren Allgemeinbesitz, über den der Kapitänsrat von Winterborg bestimmte. Die Jagdbeute eines einzelnen Kapitäns kam schließlich dem gesamten Orte zugute, und es hätte die Möglichkeiten selbst der reichsten Kapitäne überstiegen, eine derartige Anlage zur Bergung von Seemammutkadavern allein zu unterhalten.

Bis spät in die Nacht wurde gearbeitet. Die angeheuerten Hilfskräfte sorgten dafür, dass immer wieder aufs Neue Rundhölzer herangeschafft wurden. Viele von ihnen standen trotz der Kälte bis über die Knie im seichten Uferwasser. Gut verschnürte Stiefel und Hosen aus Seemammuthaut machten das erträglich, denn es dauerte – je nach Sorgfalt, mit der man das betreffende Stück gefertigt hatte – Stunden, bis die Nässe durchgedrungen war.

Wulfgar Wulfgarssohn stand am Ufer und gab die Befehle. Die fünf Monde standen bereits am Nachthimmel. Rot war die Farbe des ersten Mondes, sodass man ihn Blutmond nannte. Die des zweiten war blau, weshalb er Meermond hieß. Den dritten nannte man aufgrund seines grünlich schimmernden Lichts den Jademond. Der vierte Mond war sandfarben und wies zwei deutlich sichtbare Flecken auf, was ihm den Namen Augenmond eingetragen hatte.

Der fünfte Mond aber war weiß wie Schnee, und er war nach den Beobachtungen der Sternenseher im Verlauf der letzten Zeitalter immer größer geworden. Einer alten Prophezeiung zufolge sollte am Ende des Fünften Äons der Schneemond vom Himmel stürzen und die Geschichte der Welt beenden. Da wunderte es auch nicht, dass die

Weisen der Sternenseher-Schule von Seeborg den Gott des Schneemondes, Whytnyr, in Verdacht hatten, der geheime Verräter unter den Mondgöttern zu sein, der die Wassermenschen von der Beute der Seemammutjäger wissen ließ.

Die Legenden berichteten davon, dass Whytnyr dem kalten Gott Fjendur die Herrschaft über Eis und Schnee neidete und daher die Wassermenschen gegen ihn ins Feld führte und sie immer wieder in das Reich des Herrschers der Kälte vorstoßen ließ. Denn die Macht über Eis und Schnee, so war Whytnyr überzeugt, gebührte ihm und niemand anderem. Doch seit ihn der Magier Abrides vor langer Zeit in sein Exil auf dem Schneemond verdammt hatte, waren Whytnyrs Einflussmöglichkeiten auf den Gang der Dinge begrenzt. Er war weitgehend zum Zuschauen verurteilt, und seine Macht wurde von Tag zu Tag und von Zeitalter zu Zeitalter schwächer, weil es kaum noch Geschöpfe gab, die ihn verehrten. So hatte sich Whytnyr ein Volk erwählt, dass er als das Seine ansah und dessen Glaubenskraft ihm vielleicht eines Tages wieder die Kraft geben würde, das verhasste Exil auf dem Schneemond zu verlassen: die Wassermenschen.

Der Meeresgott Njordir hatte sie immer wie seine Stiefkinder behandelt, und so waren sie Whytnyr ein williges Gefolge geworden.

So weit die Legende …

Da sich der Dunst des Tages fast völlig verzogen hatte und der Himmel nun wolkenfrei war, sorgte das Licht der fünf Monde dafür, dass die Nacht sehr hell war.

Für die an der Bergung beteiligten Männer erleichterte das die Arbeit. Aber man sagte auch, dass Whytnyr es bei klarer Sicht leichter hatte, Verbindung zu den Wassermenschen aufzunehmen und sie auf die frische Jagdbeute hinzuweisen.

„Die Beute war zu lange im Meer, als dass wir hoffen könnten, dass sie den Wassermenschen verborgen geblieben sein könnte“, sagte Bratlor Sternenseher zu Rajin, als endlich auch die Schwanzflosse des Seemammuts nicht mehr in die Wellen ragte. Die Helligkeit der fünf Monde ließ den noch immer feuchten Kadaver schimmern, als wurde ihn eine Aura umfloren. Er dampfte förmlich, denn die Hitze in seinem Inneren drang nun nach außen, so als würden die letzten Reste seiner Seele entweichen, um ihre Reise zu Njordir anzutreten.

„Du meinst also, dass wir auf jeden Fall mit einem Angriff der Wassermenschen rechnen müssen?“, gab Rajin zurück.

Bratlor hob die Augenbrauen. „Um diese Jahreszeit, bei einer Beute, die so groß ist und so lange im Wasser lag? Ganz sicher! Ich habe deinem Vater schon gesagt, dass wir ausreichend Wachen aufstellen müssen.“

„Ich melde mich freiwillig“, sagte Rajin.

„Als derjenige, der dem Seemammut den Todesstoß versetzt hat, bist du von der Wache freigestellt, Bjonn. Und außerdem weiß ich jemanden, der es sehr schätzen wird, wenn du etwas Zeit für ihn erübrigen könntest.“

Rajin begriff nicht sofort. Da deutete Bratlor mit der Linken an Rajin vorbei. In einer Entfernung von einer halben Schiffslänge stand Nya. Über ihrem Kleid aus grobem Leinen trug sie einen Umhang aus der Wolle von Riesenschneeratten, der mit einer kostbaren Silberspange zusammengehalten wurde; der Wert dieser Spange zeigte, welche Stellung die von ihrem Vater Kallfaer Eisenhammer angeführte Sippe in Winterborg einnahm.

„Geh schon zu ihr“, sagte Bratlor. „Kallfaer hat sich bisher nirgends am Ufer blicken lassen – und er wird sich auch hüten, das zu tun. Schließlich müsste er sich ja dann der einen oder anderen Nachfrage stellen, wieso er sich nicht an der Bergung der größten Seemammutbeute seit Jahren beteiligt hat.“

Rajin brauchte man das nicht zweimal sagen, und so ließ er Bratlor Sternenseher einfach stehen, was dieser allerdings mit einer wohlwollenden Miene quittierte. Als Rajin auf Nya zuging, lächelte sie verhalten. Er nahm ihre Hände. In ihren Augen spiegelte sich das Licht der fünf Monde, als sie sagte: „Ich bin so froh, dass dir bei der Jagd nichts zugestoßen ist, Bjonn.“

Rajin erwiderte ihr Lächeln. „Was sollte mir schon zustoßen?“, sagte er scheinbar leichthin. „Ich bin ein geschickter Jäger geworden.“

„Und ein Angeber, wie mir scheint!“ Sie seufzte, und ihre Stirn umwölkte sich. Nya kannte ihn gut genug, um ihn zu durchschauen. So fuhr sie fort: „Leider wird fast genauso viel von den beiden Drachen gesprochen, die über Winterborg kreisten, wie von der erfolgreichen Jagd.“

„Ich weiß“, murmelte er. „Die Bergungshelfer reden von nichts anderem, so als hätten sie es jeden Tag mit einer so riesigen Beute zu tun.“

„Aber ein Drache jagt auch nicht alle Tage über Winterborg dahin“, gab Nya zu bedenken. „Und wenn es derer zwei sind, ist das Gerede anschließend umso größer.“

Rajin nickte. „Das stimmt.“ Er hatte das Gefühl, dass so unheimlich viel Wissen in seinem Inneren schlummerte, das er jedoch immer noch nicht greifen konnte, das ihm noch nicht zur Verfügung stand.

Sie sah ihn forschend an und schüttelte leicht den Kopf. „Du hättest es erleben sollen, Bjonn. Wie sie über dem Ort kreisten, wie ihnen das Feuer aus dem Rachen schoss und sie ihre Blicke über das Land schweifen ließen wie borgländische Adler, wenn sie auf Beutejagd sind. Sie haben etwas gesucht, Bjonn – und alle in Winterborg fragen sich, was das sein könnte.“

Was oder *wer*, ging es Rajin durch den Sinn.

Er nahm Nya zärtlich in den Arm, und sie ließ es geschehen und schmiegte sich an ihn. Es war ihnen beiden in diesem Moment gleichgültig, ob irgendjemand davon Kallfaer Eisenhammer berichtete. „Aber ich glaube nicht an dieses abergläubische Gerede, dass das Auftauchen der Drachen irgendetwas mit dir zu tun hätte“, sagte sie.

Als der Morgen graute und sich die ersten Strahlen der Sonne in das mehrfarbige Zwielicht der Monde mischten, versammelten sich die Seemannen von Winterborg auf dem Platz Njordirs, der inmitten des Ortes lag. Ein Felsbrocken von doppelter Mannhöhe erhob sich dort. Die Form dieses Blocks erinnerte an eine zusammengekauerte Riesenschneeratte, und er war von einem so hellen Weiß, dass selbst der Inlandschnee dagegen blass und schmutzig wirkte. Die Oberfläche des Felsens war sehr glatt, als wäre der Stein über unvorstellbar lange Zeiten hinweg geschliffen worden. Nur die Götter selbst brachten so etwas hervor, darin waren sich die Seemannen, die in Winterborg siedelten, von jeher einig.

Man erzählte sich, dass der kalte Eisgott Fjendur diesen Brocken einst aus dem Inneren Winterlands an die Küste getragen hatte, wo Njordir so fasziniert von der außergewöhnlichen Form und dem glatten Schliff des Steins gewesen war, dass der Meeresgott ihn unbedingt besitzen und seinem Götterbruder Fjendur wegnehmen wollte. So kämpften der Legende nach beide – Fjendur und Njordir – lange Zeit verbissen um diesen Stein, und in den Zeitaltern, die dieser Kampf nun schon währte, hatte Njordir das Land, auf dem der Stein lag, mehrfach überflutet. Doch spätestens wenn die Nächte länger wurden und der eisige Nordwestwind blies und Fjendur seine Macht entfaltete, wich Njordirs Einfluss wieder zurück. Zwischen Fjendur und Njordir herrschte eine ewige Schlacht, in der es wohl bis zum Ende der Welt keine Entscheidung geben würde.

Diese Kultstätte rund um den Stein gemahnte die Menschen von Winterborg daran, dass die zornige Macht des Meeresgottes mit ihren verheerenden Fluten jederzeit zurückkehren konnte und die Seemannen ihr dann hilflos ausgeliefert waren. Aber Gleiches galt auch für den eisigen Schneegott Fjendur, dessen Kräfte in der dunklen Jahreszeit anwuchsen und manchmal so übermächtig wurden, dass den Bewohnern Winterborgs der eisige Tod drohte.

Beide – Njordir und Fjendur – wurden an dieser Stätte um Beistand und Gnade angefleht. Beiden dankte man für das Jagdglück, und insbesondere Njordir wurde dazu aufgefordert, die Gier derer zu dämpfen, die in seinem Element ihr Zuhause hatten – die Wassermenschen.

Unter den Seemannen gab es keinen Stand von Priestern oder Schamanen, die den ganzen Tag nichts anderes getan hätten, als über die Absichten der Götter zu grübeln. So etwas entsprach mehr den Sitten der südlichen Länder. Es war Aufgabe der Sippenoberhäupter und Kapitäne, sich den Göttern zu stellen.

Der alte Tworn, ein weißbärtiger Mann mit wettergegerbter Haut, von dem niemand genau wusste, ob er erst neunzig oder schon hundert Jahre alt war, hatte das Amt des Ältesten im Kapitänsrat von Winterborg inne, und so oblag es ihm, die beschwörenden Gebete zu den beiden Göttern des glatten weißen Steins zu schicken. Die gleichmäßige Verteilung der Lobpreisungen auf beide streitenden Götter war dabei besonders wichtig, denn die Bevorzugung von einem hätte den Zorn des anderen erregt, was zweifellos zum Schaden der Menschen von Winterborg gewesen wäre.

Mit zitternder Stimme und voller Inbrunst rief der alte Tworn die Götter an, als das Licht der Sonne bereits zu sehen und das der fünf Monde noch nicht verblasst war. Der Zeitpunkt war also genau richtig, denn die Mondgötter sollten bezeugen, dass Njordir und Fjendur in gleichem Maß und auf gleiche Weise angebetet und verehrt wurden.

Der ganze Ort nahm an der Zeremonie teil. Nur etwa ein Dutzend Männer waren dazu abgestellt worden, den Kadaver des Seemammuts zu bewachen.

Trommler schlugen auf bauchige Pauken, die mit der Haut der Scherenrobbe bespannt waren, andere Musiker spielten auf schrill klingenden Zimbeln, auf Flöten aus dem Elfenbein eines Seemammuts oder bliesen den Dudelsack.

Rajin hatte seinen Platz bei der Sippe und den Gefolgsleuten von Wulfgar Wulfgarssohn eingenommen, während Nya der Zeremonie an der Seite ihrer Sippe beiwohnte. Kallfaer Eisenhammer und sein Gefolge hatten sich am äußersten Rand des Platzes aufgestellt. So weit, dass er der Zeremonie am heiligen Stein fernblieb, ging Kallfaer dann doch nicht. Es war schließlich etwas anderes, ob man nur der Sippe von Bjonn Dunkelhaar und Wulfgar Wulfgarssohn ein Zeichen der Missbilligung gab oder zwei der mächtigsten Götter herausforderte. Ersteres verärgerte höchstens den Geist von Wulfgar Eishaar, der für alle Seemannen in Winterborg eine große Bedeutung hatte. Man betete zu ihm wie zu einem Schutzheiligen. Aber die Geister von beleidigten Toten ließen sich leichter wieder beschwichtigen als beleidigte Götter.

Als der alte Tworn die Arme hob, verstummten die Instrumente. Tworn skandierte eine traditionelle, noch in der alten Sprache Winterlands gehaltene Formel. Die alte Sprache war inzwischen im täglichen Gebrauch vom Hoch-Seemannischen, der Amtssprache des Seereichs, abgelöst worden. Nur die Greise in abgelegenen Dörfern sprachen noch das alte Winterländisch, das mit dem Hoch-Seemannischen zwar eng verwandt, aber doch deutlich von der Hochsprache verschieden war.

Mochte sich Letztere durch den zunehmenden Seehandel auf Dauer überall im Seereich durchgesetzt haben, so zweifelte doch niemand daran, dass die alte Sprache bei Ritualen und Beschwörungen und auch bei der Anwendung von Magie eine größere Macht entfaltete.

„O Fjendur, Gott des Schnees, der Kälte und des Eises – verschone uns vor deinem Zorn. Aber auch du, Njordir, Gott des Meeres und der fünf Winde …"

Tworn brach ab, denn in diesem Augenblick ließ ein lautes, durchdringendes, dröhnendes Geräusch die Menschen von Winterborg erschrocken zum Horizont blicken. Der Grüngürtel, der sich im Sommer um Winterland legte, war selbst im Süden der Insel nicht breiter als zwei bis drei Meilen. Dahinter begannen die blendend weißen Gletscher.

Von dort kehrten in diesem Moment die beiden Drachen zurück, die am Vortag über Winterborg gekreist waren. Ihr Feueratem war schon von Weitem zu sehen. Erneut stieß einer von ihnen einen dröhnenden Laut aus, und dieses Geräusch klang bereits aus dieser großen Entfernung so bedrohlich, dass er selbst den hartgesottenen Seemammutjägern durch Mark und Bein ging.

Früher, vor vielen Zeitaltern, hatte es Kriege zwischen dem Seereich und dem Reich Drachenia gegeben, und die Legenden bewahrten die Erinnerung an die Zerstörungskraft der Armada der Kriegsdrachen des Kaisers in Drakor. Längst waren diese Zeiten vorbei, und schon seit Generationen trugen die Seemannen durch ihren Handel mit Stockseemammut zur Ernährung dieser Armada bei. Dennoch lebte die Erinnerung an die Schrecken der Vergangenheit fort – so wie wohl umgekehrt die Erinnerungen an die Küstenüberfälle der Seemannen für viele Drachenier noch immer ein Sinnbild blindwütiger Grausamkeit waren.

Dass diese zwei Drachen augenscheinlich keine Reiter trugen und daher wohl nicht Teil des kaiserlichen Drachenreiterheeres waren, trug kaum dazu bei, die Furcht zu dämpfen. Im Gegenteil, schließlich lebte man mit den Dracheniern seit Langem in Frieden – einem Frieden, der erst auf gegenseitigem Schrecken und anschließend auf gegenseitigem Handel fußte. Aber diese beiden Drachen waren ohne einen Lenker – wilde Bestien, deren Zerstörungswut keine nachvollziehbare Richtung und kein erkennbares Ziel hatte.

Rajin verengte die Augen.

So vieles, was die Stimme des Weisen Liisho in all den Jahren zu ihm gesagt hatte, fiel ihm auf einmal wieder ein. *„Versuche die geistige Berührung mit den Drachenseelen um jeden Preis zu vermeiden!“*, flüsterte ihm diese Stimme erneut mit großer Eindringlichkeit ein. *„Gleichgültig, was auch geschehen mag. Selbst dann, wenn du das Gefühl hast, dein Gegenüber beherrschen zu können! Ignoriere dieses Gefühl, oder du bist des Todes – und mit dir stirbt die geheime Bestimmung deiner Existenz …“*

Worte!, dachte Rajin in diesem Augenblick bitter. Nichts als Worte, die ihm aber nicht im Mindesten halfen. Nur Weisungen im Interesse irgendeiner ominösen Bestimmung, über die ihn der alte Mann in seinem Kopf bislang nicht aufklären wollte.

Die beiden Drachen näherten sich. Rajin schätzte, dass sie vom Feuer speienden Maul bis zum Schwanz nur gut zehn bis fünfzehn Schritt maßen. Es waren kleine Drachen, erkannte er. Viel kleiner als die Kriegsdrachen, die von den stolzen Samurai des Kaisers geritten wurden. Und selbst die waren nur Winzlinge gegenüber jenen Ungetümen, die schiffsgroße Gondeln in die Lüfte zu hieven vermochten, in denen sich Armbrust- und Katapultschützen verbargen oder eine ganze Hundertschaft von Fußsoldaten transportiert werden konnte. Es gab unzählige verschiedene Arten, Formen und Größen unter den Drachen – aber jene wilden Bestien, die sich nun den Häusern von Winterborg näherten, gehörten der *Drachenhauptart* an, deren Angehörige wiederum sehr unterschiedliche Größen aufwiesen.

Der Kopf ähnelte dem einer Echse und befand sich am Ende eines sehr muskulösen, langen Halses. Aus dem mächtigen Körper wuchsen sowohl kräftige, mit Klauen bewehrte Beinpaare als auch ein Paar großflächiger, lederhäutiger Flügel. Über den Rücken zog sich eine Reihe spitzer Hornstacheln. Um einen Samurai-Sattel anschnallen zu können, mussten sie an der entsprechenden Stelle abgesägt werden. Allerdings wuchsen sie innerhalb weniger Wochen so weit nach, dass die Prozedur wiederholt werden musste.

All das hatte Liisho mittels Visionen und Träumen Rajin gezeigt – und die Geschichten, die ihm Bratlor Sternenseher von seinen Reisen nach Drachenia erzählt hatte, bestätigten Rajin später, dass diese Visionen ihm die Wahrheit gezeigt hatten.

Und doch war es ein ganz eigenartiges Gefühl, zum ersten Mal mit eigenen Augen solche Drachen zu sehen – mochten es auch vergleichsweise Winzlinge sein.

Rajin spürte die kurze, flüchtige Berührung mit einer geistigen Kraft. Er zuckte darunter förmlich zusammen. Nicht einen Herzschlag lang hegte er Zweifel daran, dass einer der beiden Drachen der Ursprung dieser Kraft sein musste. Nur einen Augenblick später nahm er eine zweite, gleichartige Kraft wahr, die ihm allerdings etwas schwächer schien. Ihm schauderte.

„*Es ist eingetreten, wovor ich dich immer gewarnt habe!*“, dröhnte Liishos Stimme in seinem Kopf. „*Jetzt verhalte dich, wie ich es dich lehrte – was auch immer geschehen mag! Gib der Versuchung, dich zu wehren, nicht nach, und auch nicht dem Wunsch, zu töten oder zu herrschen, wenn er dich überkommt. Dein stärkster Gegner ist deine eigene Schwäche – vergiss das nie!*“

4

ANGRIFF DER DRACHEN

Auf dem Platz um den heiligen Stein brachen Angst und Panik aus. Schreie von Frauen und Kindern mischten sich mit den heiseren Rufen der Männer, die zwar der Sitte entsprechend bewaffnet am heiligen Stein zur Zeremonie erschienen waren, aber zumeist nur ihr Schwert auf dem Rücken oder die kurze Streitaxt am Gürtel trugen, die vor allem den Schiffsbauern und Zimmerleuten von Winterborg gleichzeitig als Waffe und Werkzeug diente. Selbst die zur Kadaverwacht eingeteilten Krieger verfügten weder über Speere noch über Bögen oder gar Armbrüste, wie sie vornehmlich von den Dracheniern und Tajimäern verwendet wurden, aber über den Fernhandel immer häufiger auch den Weg in die Häfen des Seereichs fanden. Solche Fernwaffen waren gegen die Wassermenschen auch völlig wirkungslos, da sie deren anscheinend aus Flüssigkeit bestehende Körper einfach durchdrangen, ohne ihnen Schaden zufügen zu können. Nur Schwerter und Äxte, die mit dem Zauber Fjendurs versehen waren, vermochten diesen unheimlichen Räubern etwas anzuhaben.

Der erste der beiden Drachen hatte eine rötlich schimmernde Schuppenhaut, während sein ungefähr eine Schiffslänge hinter ihm fliegender Kumpan von grünen und gelben Flecken übersät war, die ein Muster bildeten. Der rote Drache senkte fauchend die Flugbahn, während der grün-gelb gefleckte seine Höhe beibehielt, nur den Kopf senkte und suchend den Blick seiner großen Augen schweifen ließ, so als würde er nach etwas Ausschau halten.

Oder nach *jemandem*, ging es Rajin durch den Kopf, dessen Herz ihm bis in den Hals schlug. Wieder versuchte etwas nach seiner Seele zu greifen und seinen Geist zu berühren. Rajin beherzigte die Ratschläge des Weisen Liisho, denn im Augenblick schienen sie das einzige Rüstzeug zu sein, das er gegen diesen Angreifer hatte. Und dass diese Drachen als Angreifer nach Winterborg gekommen waren, daran konnte niemand ernsthaft zweifeln.

Kaum eine Mannhöhe über dem Boden flog der rote Drache über die am heiligen Stein versammelten Seemannen hinweg, und aus seinem lang gezogenen, echsenhaften Maul loderten Flammenzungen hervor, fünf, sechs Schritte lang. Kleider fingen Feuer, Männer, Frauen und Kinder wurden bei lebendigem Leib derart verbrannt, dass kein Heiler ihnen mehr helfen konnte.

Manche warfen sich zu Boden, um den Flammen zu entgehen, andere zogen Schwerter und Äxte, um nach dem roten Monstrum zu schlagen. Sven Blauauge riss gleichzeitig Schwert und Axt hervor. Die Axt warf der Steuermann der „Stoßzahnsammler“ dem rot geschuppten Drachen entgegen, doch dessen Feueratem schleuderte sie verrußt zur Seite, sodass die Klinge rot glühend gegen den heiligen Stein prallte. Der völlig verkohlte Stiel zerfiel dabei, sodass nur die Klinge und ein stumpfartiger Rest des Schafts zu Boden fielen.

Mit der Schwertspitze ritzte Sven Blauauge gerade noch den hinteren Teil des rechten Flügels, so schnell flog das Ungeheuer über ihn hinweg. Der Drache brüllte auf, verbrannte dabei mit seinem Feueratem eine ganze Gruppe panisch auseinandereilender Frauen und Kinder, dann sauste der Drache steil nach oben. Blut rann aus der Wunde an seinem Flügel, aber er war nun hoch genug, dass ihn die Schwerter der Seemannen nicht mehr erreichen konnten. Im Flug drehte er sich, vollführte eine Bewegung, die wie ein Taumel wirkte, und schickte einen Feuerstrahl zurück. Sven Blauauge wurde voll davon erfasst.

Diese Bestie!, durchfuhr es Rajin, der wie erstarrt dastand. Er fühlte eine Kraft in sich, die er nie zuvor wahrgenommen hatte. Eine Kraft, von der er wusste, dass sie ausreichen würde, um diesem Drachen zu begegnen und ihn in die Schranken zu weisen. Aber genau das war es, wovor die Gedankenstimme des Weisen Liisho ihn gewarnt hatte.

Der rot geschuppte Drache flatterte unterdessen mit den Lederschwingen wild herum, um seinen Flug zu stabilisieren und die taumelnde Bewegung abzufangen. Doch es gelang ihm nicht rechtzeitig, und so schlug der massige Körper in das Dach eines Langhauses ein. Dem Gewicht des Drachen hatte die Dachkonstruktion des seemannischen Langhauses nichts entgegenzusetzen, die Seemammutknochen, aus denen sie aufgrund des chronischen Holzmangels auf Winterland gefertigt war, zerbarsten, die gegerbte Seemammuthaut, die man dazwischen gespannt hatte, verkohlte, als der Drache einen seiner gefürchteten Feuerstöße ausblies. Wie eine blutrote Zunge leckten die Flammen hervor und trafen auf eine mit Seemammut-Tran getränkte Oberfläche. Schwarzer Rauch stieg daraufhin auf. Die Klauen des mit all seinen Gliedmaßen um sich strampelnden Drachen zerrissen das äußerst widerstandsfähige Seemammutleder, als handelte es sich um Pergament oder gar Papier. Mit ein paar ruckartigen, weit ausholenden Bewegungen sowohl der Flügel als auch der mächtigen Pranken ruderte er sich frei und stieg nach ein paar hastigen, fast panischen Flügelschlägen wieder empor, während unter ihm die Seemammuthaut brannte.

Die Haut des Seemammuts war keineswegs leicht entflammbar, aber der Tran, mit dem man sie getränkt hatte, um sie vollkommen wasserdicht zu machen, wurde auch als Brennstoff für Öfen und Lampen benutzt, und so fand das Feuer genug Nahrung, sodass eine immer breiter werdende pechschwarze Rauchsäule in den Himmel stieg.

Mit einem durchdringenden, dröhnenden Brüllen stieg der Drache wieder zur Höhe seines grün-gelb gefleckten Kumpans auf, der in der Zwischenzeit eine Runde über die Häuser von Winterborg gezogen hatte.

Glednir Freistirn hatte inzwischen seinen Bogen geholt und zielte auf den roten Drachen. Ein Pfeil fuhr dem Ungetüm durch den linken Flügel. Etwas Drachenblut troff zwar aus der Wunde, aber die getroffene Kreatur war durch die Verletzung keineswegs beeinträchtigt. Der Laut, der sich dem geöffneten Maul entrang, in dessen Zahnreihen sich noch ein Stück Seemammutleder vom Dach des Langhauses verfangen hatte, war eher drohend als schmerzerfüllt.

Ein weiterer Pfeil verließ Glednir Freistirns Bogen und drang in den massigen Körper. Der Drache verrenkte den Hals, fasste den Pfeil mit dem Maul und riss ihn sich im Flug aus dem Fleisch, während er kurzfristig noch höher stieg.

Auch ein paar andere Männer hatten nach der ersten Verwirrung, die der Angriff der Drachen ausgelöst hatte, ihre Bögen aus den Häusern geholt – wohl ahnend, dass es vieler Treffer bedurfte, eine Kreatur dieser Größe zur Strecke zu bringen.

Rajin spürte, wie die beiden Drachen mit ihren geistigen Kräften nach ihm suchten und ihre unsichtbaren Fühler nach ihm ausstreckten. Er hatte plötzlich keinen Zweifel mehr, dass die beiden Ungeheuer seinetwegen nach Winterborg gekommen waren, und er ahnte, dass dies irgendetwas mit dem Geheimnis zu tun hatte, das durch den Bann in seiner Seele eingeschlossen war.

Er hörte die Stimme des Weisen Liisho in seinem Kopf: „*Sie suchen nach* dir, *Rajin. Sie sind gekommen, um* dich *zu töten und die Erfüllung* deiner *Bestimmung zu verhindern. Aber du darfst ihnen das nicht gestatten!*"

Der rote Drache vollführte eine Drehung, stieß erneut einen dröhnenden Laut aus, der tief aus der Kehle röhrte. Eine kurz aufflackernde Stichflamme zuckte dabei aus dem halb geöffneten Maul. Die Augen waren weit aufgerissen. Eine namenlose Wut leuchtete aus ihnen – ein Anblick, der Rajin schaudern ließ.

Was trieb diese Kreaturen dazu, sich blindlings auf die Bewohner Winterborgs zu stürzen, wenn sie in Wahrheit doch gar nichts von ihnen wollten, sondern nach Rajin suchten, dem Findelkind, das die Brandung vor achtzehn Jahren an den Strand gespült hatte?

„*Verbirg deinen Geist vor ihnen. Um deiner Bestimmung willen!*", beschwor ihn die Gedankenstimme Liishos.

Da setzte der rote Drache zu einem weiteren Angriff an, während sich sein grün-gelb gefleckter Zwilling weiterhin wie ein Beobachter verhielt, der oben am Himmel seine Kreise zog. Er war inzwischen so hoch gestiegen, dass die Pfeile der Krieger von Winterborg ihn nicht mehr erreichen konnten.

Der Rote suchte jedoch den Kampf – und gab dabei seinem Drang zu töten freien Lauf.

Er stieg zunächst steil empor, um sich dann im Sturzflug auf eine Gruppe von Winterborgern zu werfen, die an der Ecke eines Langhauses kauerte. Männer, Frauen und Kinder mehrerer Sippen waren durch die Panik während des ersten Drachenangriffs durcheinander gemischt worden. Mit einigen anderen Frauen aus Kallfaer Eisenhammers Sippe befand sich auch Nya bei der Gruppe. Mit vor Furcht weit aufgerissenen Augen erwarteten sie den Angriff.

Rajin fühlte, wie das Herz in seiner Brust geradezu hämmerte. Nicht länger als ein Augenaufschlag blieb ihm, um sich zu entscheiden. Er konzentrierte jene Kraft, von der er bisher kaum geahnt hatte, dass er sie überhaupt besaß, auf die Seele des Drachen.

Kraft ...

Das war der einzige Ausdruck, mit dem Rajin das zu bezeichnen vermochte, was da bisher in ihm geschlummert hatte und das sich nun trotz aller Ermahnungen des Weisen Liisho endlich einen Weg nach außen bahnte.

Nya und die anderen aus der von dem Angriff des Drachen bedrohten Gruppe stoben schreiend auseinander, als das Untier sich plötzlich um die eigene Achse drehte und zu Boden taumelte. Der Drache schlug hart auf und rutschte gegen den Eckpfeiler des Langhauses, der wie ein Strohhalm einknickte. Die Wand bestand aus Lehmziegeln und brach unter dem Gewicht des Drachenkörpers ein.

„*Was hast du getan?*", schrie der Weise Liisho in Rajins Kopf. „*Was hast du nur getan, du verfluchter, unwissender Narr?*"

Rajin fühlte sich für einen Moment wie betäubt. Alles schien sich vor seinen Augen zu drehen, und das Geschrei der Flüchtenden und die dröhnenden Drachenlaute des gestrauchelten Monstrums drangen nur noch wie aus weiter Ferne an seine Ohren. Es war, als befände er sich im vergletscherten Inneren Winterlands auf einer schneebedeckten Ebene, wo alles beinahe lautlos war und selbst der stampfende Schritt einer gesattelten Riesenschneeratte zu einem leisen Scharren wurde. Zwei Mal hatte Rajin bereits zusammen mit den anderen Männern der Sippe von Wulfgar Wulfgarssohn den Weg zum Fjendur-Heiligtum zurückgelegt, das inmitten der ewigen Winterlandschaft bei einem schwarzen Felsen lag. Ein Monolith aus dunklem, glattem Gestein, wo der Schnee- und Eisgott verehrt wurde und man traditionellerweise die Schwerter und Äxte aller Männer der Sippe weihte, sodass ihnen fortan der Zauber Fjendurs innewohnte.

Rajin sah, wie sich der Drache am Boden um sich selbst drehte, dabei weitere Mauerteile des Langhauses einriss und die auf ihn einstürzenden Ziegel sowie die zur Errichtung des Dachstuhls und des Fachwerks verwendeten Seemammutknochen abzuschütteln versuchte. Er schnaufte, ließ eine Feuerzunge aus seinem Maul schießen, die im Vergleich zu denen davor überraschend schwach war und sofort zu einer kleinen Rauchschwade wurde. Die trangetränkte Seemammuthaut auf dem Dach, die teilweise auf ihn herabgesunken war, wurde angesengt und sorgte für Schwaden von schwarzem Rauch.

„Es gibt kein Zurück mehr! Was getan ist, wurde getan", meldete sich erneut der Weise Liisho in Rajins Kopf. Wie viel hätte Rajin in diesem Augenblick dafür gegeben, wenn er diese Stimme irgendwie zum Schweigen hätte bringen können. Aber das war ihm unmöglich, zu sehr war sie offenbar mit seiner eigenen Seele verbunden, zu mächtig war der Bann, mit dem ihn der Weise beherrschte. Oder zumindest teilweise beherrschte, denn er hatte Rajin nicht davon abhalten können, diese geheimnisvolle Kraft einzusetzen.

Die Wirkung dieser Kraft auf den Drachen machte Rajin schier fassungslos. Tausende von Gedankensplittern wirbelten in diesem Moment in seinem Kopf durcheinander. Nichts davon schien einen Sinn zu ergeben. *Der Urgrund des Polyversums ist das Chaos.* Rajin hatte keine Ahnung, weshalb ihm dieser Satz gerade in diesem Moment einfiel. Der Weise Liisho hatte ihn einmal rezitiert, und vor Rajins innerem Auge hatte er sogar die Steintafel gesehen, auf der dieser Satz eingemeißelt worden war – an einem Ort, der als ein Heiligtum galt, das zu betreten nicht jedem gestattet war …

Der Drache rappelte sich wieder auf, dann stand er auf seinen stämmigen Beinen, scharrte mit den Krallenpranken und wirbelte dabei Dreck auf. Seemammuthautstücke, die zur Dachverkleidung gehörten und auf ihn hinuntergefallen waren, hatten sich in seinen Rückenzacken verfangen. Er schüttelte sich unwillig, brüllte dabei ärgerlich auf und stieß einen Laut aus, so tief und kehlig, dass wohl nur noch die um ein Vielfaches größeren Seemammuts ihn überbieten konnten.

Die Flügel hatte er auf irgendwie unnatürliche Weise zusammengefaltet. Die Wunde, die ihm durch einen Pfeil beigebracht worden war, blutete auf einmal stärker. Ein weiterer Pfeil, der in Richtung des Ungeheuers abgeschossen wurde, verfehlte knapp den Kopf und ging ins Nichts.

Endlich löste sich Rajins Erstarrung. Er griff nach seinem Schwert, riss es aus der Scheide und umfasste es mit beiden Händen. Ihn durchströmte dieselbe Entschlossenheit, die ihn auch in jenem Moment erfüllt hatte, als er dem Seemammut den Todesstoß versetzte. Alles, was seine Arme an Kraft hergegeben hatten, hatte er in diesen einen Stoß gelegt – und so musste es auch diesmal sein, wollte er dem Drachen Einhalt gebieten, der es offenbar darauf abgesehen hatte, die Bewohner von Winterborg wahllos zu töten – und das seinetwegen, wie Rajin klar geworden war.

Auch wenn er die genauen Zusammenhänge noch nicht begriff und vieles von dem, was gerade geschah, für ihn ebenso ein Geheimnis war wie für alle, die Zeugen davon wurden – er war nicht gewillt zuzulassen, dass die Bewohner Winterborgs für etwas leiden mussten, was nur ihn betraf – Rajin, den man Bjonn Dunkelhaar nannte.

Er trat dem Drachen zwei Schritte entgegen und richtete die Schwertklinge auf den Kopf der Kreatur. Es war, als würde Rajin die Absichten des Drachen bereits im Vorfeld erkennen: Er schnellte zur Seite, kurz bevor ein weiterer Feuerstrahl aus dem Maul der Bestie schoss, machte einen schnellen Ausfallschritt, und das Drachenfeuer versengte dort, wo er gerade noch gestanden hatte, den Boden.

Rajin sammelte erneut die verborgene innere Kraft. Gleichzeitig spürte er, wie sich der Drache gegen den lähmenden Einfluss zur Wehr setzte, wie sich seine Seele aufbäumte und zu verhindern versuchte, dass Rajin seinen Willen brach.

Rajin stieß einen Schrei hervor. Einen Schrei, der die innere Kraft zu bündeln vermochte, sodass sie die Drachenseele mit niederschmetternder Wucht traf.

Niemand hatte Rajin gezeigt oder erklärt, wie man das zustande brachte. Er hatte es einfach gewusst. Dieses Wissen gehörte offenbar zu den schlummernden Geheimnissen, die in der Tiefe seiner Seele verborgen waren.

Der Drache brüllte auf. Während Rajin mit einem weiteren durchdringenden Schrei auf seinen Gegner zustürmte, richtete er sich auf, stellte sich auf die Hinterbeine, schüttelte Ziegelsteine, Fetzen von trangetränkter Seemammuthaut und Stützknochen von sich und ruderte mit den vorderen Pranken.

Rajin fühlte, wie die innere Kraft ihn durchströmte, sich durch den Schrei auf einen einzigen Punkt bündelte.

Sie floss seine Arme entlang, fuhr über die Hände in den Schwertgriff und sammelte sich genau in dem Moment in der Spitze der Klinge, als Rajin sie in die rot geschuppte Haut des Drachen stieß. Bis zum Heft trieb er die Waffe aus bestem Feuerheimer Stahl in den Körper der Himmelsbestie. Der Schrei, der Stoß und die Sammlung der inneren Kraft – all das befand sich im perfekten Einklang, war ein harmonisches Zusammenspiel, so als hätte er sich all das schon von klein auf in langen Jahren unermüdlichen Übens angeeignet.

Die Zeit schien für Rajin während seines Angriffs langsamer zu verlaufen. Die Geräusche in seiner Umgebung klangen tiefer, alles bewegte sich träge, so als stünde die Welt kurz vor einer alles erfassenden allgemeinen Erstarrung.

Aber irgendetwas sagte Rajin, dass nicht die Umgebung es war, die sich auf so erschreckende Weise verändert hatte, sondern vielmehr seine Sicht auf seine Umgebung. Es war die innere Kraft, die diese Veränderung hervorrief – jene Kraft, die Rajin der Weisung Liishos zufolge unbedingt weiter hätte verbergen sollen.

Der Drache beugte den Kopf. In seinen großen Augen spiegelte sich eine Mischung aus Wut, Schmerz, Hass und auch Verwunderung. Das kraftvolle dröhnende Brüllen war zu einem erbärmlichen röchelnden Laut geworden.

Er öffnete das Maul, wollte Rajin mit einem Feuerstoß verbrennen. Aber kein Flammenstrahl entrang sich ihm. Stattdessen würgte er nur einen Schwall übel riechender Gase hervor. Es gab einen Knall, und eine Wolke aus weißem Qualm breitete sich aus, deren beißender Geruch Rajin schier den Atem nahm.

Er zog das Schwert aus dem Drachenkörper und wich ein paar Schritte zurück.

Für einen Moment stand das riesenhafte Geschöpf, das unter seinesgleichen doch nur ein Winzling war, schwankend auf seinen Hinterbeinen, gestützt auf den mächtigen stachelbewehrten Schwanz.

Die Augen des Drachen verdrehten sich, dann brach der Blick. Wie ein gefällter Baum stürzte das Ungeheuer zu Boden.

Rajin war rechtzeitig weit genug zurückgewichen, so als hätte er sogar die Fallrichtung und -weite des gewaltigen Körpers vorausgesehen. Der Kopf lag reglos und mit erstarrtem Blick zu seinen Füßen, während von seiner Klinge noch das Drachenblut troff.

Rajin atmete tief durch. Er fühlte, wie sich die verborgene innere Kraft wieder in jene Tiefen seiner Seele zurückzog, in denen sie so lange geschlummert hatte.

„*Du weißt nicht, was du getan hast!*", wisperte die Stimme des Weisen Liisho in Rajins Kopf. „*Auch wenn man es dir als Heldentat anrechnen wird – es war nichts anderes als pure Dummheit!*"

Die Blicke aller waren auf Rajin gerichtet. Der grün-gelb gefleckte Drache zog unterdessen eine Schleife über den Häusern von Winterborg. Aber anstatt einen Angriff zu wagen, stieg er weiter empor. Einige Pfeile, die auf ihn abgeschossen wurden, fielen wieder in die Tiefe, ohne dass sie ihr Ziel hätten erreichen können. Der Pfeil eines guten Reflexbogens konnte auf dreihundert Schritt genau treffen und auf hundertfünfzig noch einen Harnisch aus Feuerheimer Stahl oder ein Kettenhemd, wie es die Krieger im Süden trugen, durchdringen. Aber schoss man senkrecht in die Höhe, verhielt sich der Pfeil vollkommen anders, als wenn man ihn waagerecht auf ein Ziel abschoss, und an der Sternenseher-Schule zu Seeborg rätselten die Weisen schon seit mehreren Menschenaltern darüber, welche Kraft man dafür verantwortlich machen konnte, dass es viel schwieriger war, hochfliegende Vögel, Drachen oder ein tajimäisches Luftschiff zu treffen als einen viel weiter entfernten Feind an Land oder zur See. Es musste eine rätselhafte magische Energie sein, die all diejenigen schützte, die fähig waren, sich in die Lüfte zu erheben, und es ärgerte die Gilde der Sternenseher seit Langem, dass ihnen diese Art der Zauberei bislang verschlossen geblieben war.

Inzwischen hatte fast ein Dutzend Männer Pfeil und Bogen schussbereit in der Hand, und noch einmal wurden die Bögen gespannt. Aber auch diese Geschosse verloren nach wenigen Masthöhen bereits an Kraft und fielen dann wirkungslos zu Boden. Sie gingen irgendwo auf den kargen, zumeist von Moos bewachsenen Flächen rund um Winterborg nieder. Der gelb-grün gefleckte Drache aber stieg sicherheitshalber noch ein Stück höher. So hoch, dass er aus der Entfernung kaum größer als eine Ente wirkte. So hatte sein Brüllen auch nicht mehr die bedrohliche Kraft wie zuvor, dafür klang es eher wie höhnisches Triumphgeheul.

Für einen kurzen Moment spürte Rajin die geistige Berührung mit diesem Wesen. Er hätte nicht in Worte fassen können, was der Drache ihm dabei übermittelte. Es war eine seltsame Mischung aus vollkommen fremden Gedanken, Bildern und Eindrücken. Zu fremdartig, um sie auch nur ansatzweise verstehen zu können.

Dafür meldete sich die Stimme des Weisen Liisho umso klarer in seinem Kopf.

„Du hast dich ihm zu erkennen gegeben, Rajin. Mehr hat er gar nicht gewollt …“

Der Drache zog davon, und niemand wäre in der Lage gewesen, ihn aufzuhalten. Schon nach kurzer Zeit war er weit draußen über dem Meer in einer Wand aus grauem Dunst verschwunden.

Wulfgar Wulfgarssohn trat zu Rajin und legte ihm die Hand auf die Schulter. „Ihr habt alle gesehen, was geschehen ist!“, rief er. „Viele von euch haben tief in ihren Herzen immer bezweifelt, ob es eine gute Entscheidung war, das Findelkind, das uns Njordir vor achtzehn Sommern schickte, anzunehmen und aufzuziehen, statt es zurück in Njordirs Reich zu werfen. Ja, so mancher von euch hat Bjonn für einen Unglücksbringer gehalten. Aber heute hat er allen bewiesen, dass dies nicht der Wahrheit entspricht! Mein Sohn Bjonn Dunkelhaar hat an einem Tag ein Seemammut erlegt und Winterborg vor zwei marodierenden Wilddrachen beschützt, die ein übellauniges Schicksal an unsere Küste lockte. Kein Unglücksbringer ist er – sondern ein Held, über dessen Taten man sich noch Geschichten an den Winterfeuern erzählen wird, wenn seine Gebeine längst in der See versunken und seine Seele bei Njordir eingegangen ist. Und da die Götter ihm die hässliche Form seiner Augen offenbar nicht zum Vorwurf machen, sollte es auch keiner von euch länger tun!“

Hier und dort war zustimmendes Gemurmel zu hören – aber Rajin entging nicht, dass es vor allem aus Wulfgar Wulfgarssohns Sippe und Gefolge kam. Die meisten anderen Bewohner Winterborgs waren fassungslos und starr vor Trauer über die Verluste, die ihre Familien und Sippen erlitten hatten. Sie waren völlig unfähig, sich darüber zu freuen, dass sie selbst überlebt hatten, geschweige denn, dass sie ihrem ungeliebten Retter Dankbarkeit hätten entgegenbringen können.

„Sie werden noch begreifen, was du für sie getan hast", sagte Wulfgar Wulfgarssohn zuversichtlich zu Rajin. „Glaub mir, Sohn Bjonn. Nur wird es Zeit brauchen."

„Vielleicht werden sie sich aber auch fragen, wie es möglich war, was hier geschehen ist", mischte sich der Wilde Aeriggr ein, der in der Nähe gestanden und Wulfgars Worte gehört hatte. Er trat etwas näher, musterte Rajin von oben bis unten, und in seinem Blick lagen nicht nur Verwunderung und Neugier, sondern vor allem Furcht. „Was ist das für eine besondere Zauberei, die es dir möglich machte, den Drachen zu töten, Bjonn?"

„Es war die Kraft meines Arms und die Schärfe meines Schwerts", behauptete Rajin.

„Scharfe Schwerter aus gutem Stahl besitzen wir alle, sofern wir darauf achten, dass sich nicht der Klingentod in sie hineinfrisst. Und trotzdem glaube ich nicht, dass es einem von uns möglich gewesen wäre, diesen Drachen zu erlegen!"

„Warum wollt ihr nicht Bjonn Dunkelhaars außergewöhnlichen Mut anerkennen, der euch alle gerettet hat?", rief auf einmal eine sehr helle Stimme. Es war die von Nya Kallfaerstochter.

Der Wilde Aeriggr bedachte sie mit erstauntem Blick, während sie sich neben Rajin stellte. „Bjonn hat sein Leben riskiert, um uns alle zu retten", fuhr sie fort, „das sollte niemand hier vergessen!"

Aeriggrs Augen verengten sich zu grimmigen Schlitzen, und eine tiefe Furche bildete sich auf seiner Stirn. Er sah sie abschätzig von oben bis unten an. Dass sie ihm widersprochen hatte, war unerhört. Aeriggr war schließlich Mitglied im Kapitänsrat von Winterborg.

„Hast du deiner Tochter keine Manieren beigebracht, Kallfaer?", rief Aeriggr ihrem Vater zu. „Oder gestattest du ihr, sich ungefragt zu äußern, wenn Krieger und Seefahrer sich unterhalten?"

Kallfaer Eisenhammers Gesicht lief dunkelrot an. „Wenn es um schlecht erzogene Kinder geht, sollten wir vielleicht besser über *deine* Brut reden, Aeriggr!"

„Und ich schlage vor, diesen Streit euren Weibern zu überlassen!", fuhr Wulfgar Wulfgarssohn dazwischen. „Falls ihnen danach der Sinn steht und sie nicht lieber die Toten betrauern, was euch auch gut anstünde!"

Aeriggr stieß ein verärgertes Grunzen aus, und in Kallfaers Miene stand blanke Wut. Aber die galt nur in zweiter Hinsicht Aeriggr und Wulfgar. In erster Linie galt sie Rajin, und der war sich dessen nur allzu bewusst.

Kallfaer sah zuerst seine Tochter an, dann den verhassten jungen Mann. Doch er sagte keinen Ton mehr, drehte sich um und ging davon.

„Im Augenblick bist du der große Held, Bjonn Dunkelhaar", spie ihm Aeriggr zu. „Offenbar reicht dein Zauber, um eine Jungfrau zu beeindrucken, die – so will's scheinen – die Einfalt ihres Vaters geerbt hat. Aber du kannst dir sicher sein, dass ich dich beobachten werde. Ich verstehe nichts von Zauberei – und schon gar nichts von der bösartigen Art der Magie, wie sie im Lande Magus den Bewohnern eigen ist. Dennoch werde ich dich genau im Auge behalten."

„Ich kann dir versichern, dass ich keine üblen Absichten hege, Aeriggr", beteuerte Rajin.

Sein Gegenüber stieß darauf nur ein höhnisches Lachen aus, dann wandte auch er sich ab und stapfte davon.

„Er scheint bei diesem furchtbaren Drachenangriff niemanden aus seiner Sippe verloren zu haben", sagte Nya zu Rajin. „Andernfalls würde er nicht seinen Retter beschimpfen."

„Andere haben Angehörige verloren, Nya", erwiderte Rajin betrübt, „aber auch sie scheinen mir nicht sehr dankbar zu sein für mein Einschreiten."

Nie zuvor hatte er sich in dem Land und dem Ort, in dem er aufgewachsen war, so fremd gefühlt, und selbst Nyas Anwesenheit konnte daran diesmal nichts ändern.

5

GRAUEN AUS DER TIEFE

Den ganzen Tag über liefen immer wieder Schiffe aus, um die Toten hinaus in die Bucht von Winterborg zu bringen. Dort wurden sie dem Meer übergeben, wie es Sitte unter den Seemannen war. Kein Toter sollte seine letzte Ruhe an Land finden, es sei denn, er war im Leben verflucht worden.

Das Wehklagen der Frauen war noch bis in den Abend zu hören. Es gab ein Dutzend Legendensänger in Winterborg, die allesamt im Sold des Kapitänsrates standen. An den langen Winterabenden unterhielten sie die Bewohner Winterborgs mit Gesängen und Geschichten, die zum Klang einer Laute vorgetragen wurden. Und da die Seemannen keinen Priesterstand kannten, oblag es den Legendensängern auch, die Totenklagen zu singen.

Häufig war in der Vergangenheit im Kapitänsrat darüber debattiert worden, ob es für eine letztlich doch verhältnismäßig kleine Siedlung wie Winterborg nicht ein allzu großer Luxus war, sich gleich ein Dutzend Legendensänger in Lohn und Brot zu halten. Immerhin kostete es ja einen nicht unerheblichen Betrag in Bruchsilber, diese Zahl von Sängern im kalten Winterborg zu halten – Silber, das mit dem Handel von Stockseemammut erst mühsam erwirtschaftet werden musste. Aber letztlich hatte sich immer jene Gruppe im Kapitänsrat durchgesetzt, die der Auffassung war, eine mangelnde Abwechslung bei den Legendenliedern würde zu Unzufriedenheit und Streitlust während des langen Winters führen, was nun wirklich nicht im Interesse der Kapitäne war.

Nun war man allgemein froh darüber, Sänger in ausreichender Zahl zur Verfügung zu haben, um alle Opfer des Drachenangriffs in einem würdigen Rahmen bestatten zu können.

Nach einem Gebet zu Njordir, aufgesagt vom jeweiligen Sippenoberhaupt, und einem Trauerlied, vorgetragen von einem Legendensänger zum gefühlvollen Lautenspiel, wurde der Tote feierlich in die See versenkt.

Viel Zeit wurde dem Totengedenken nicht gewidmet. Die Umstände ließen das nicht zu. Schließlich musste der Kadaver des angelandeten Seemammuts weiter zerlegt werden, damit das Fleisch nicht verdarb. Mindestens eine Woche würde das dauern. Und je schneller es geschah, desto besser, denn es bestand noch immer die Gefahr eines Angriffs von Wassermenschen, wenn sie der verräterische Gott des Schneemondes zum Kadaver führte. Mochten die mit Fjendurs Zauber versehenen Äxte und Schwerter auch einen einigermaßen wirksamen Schutz gegen diese unerbittlichen und schwer zu tötenden Gegner darstellen – der beste Schutz gegen einen Überfall von Wassermenschen war noch immer das Nichtvorhandensein einer Beute. Sobald das Blut aus dem Fleisch der Meeresriesen herausgekocht war, hatten die Wassermenschen nämlich keinerlei Interesse mehr am Kadaver des Seemammuts. So brannten die Feuer in den Kesselhäusern nahezu ununterbrochen.

Allerdings kündeten die schwarzen Rauchsäulen auch weithin von dem großen Fang, den die Männer von Winterborg gemacht hatten, und wenn der auf den Schneemond verbannte Verrätergott Whytnyr nicht ohnehin schon bemerkt hatte, was sich in der Bucht abspielte, so konnte er es nun wohl kaum noch übersehen. Nun musste man spätestens damit rechnen, dass Whytnyr seine Verbündeten in der Tiefe des Meeres darauf aufmerksam machte, dass am Strand von Winterborg Beute auf sie wartete.

In den nächsten Tagen wurde bis zur fast völligen Verausgabung gearbeitet. Abends saß man schweigend und ermattet an den Feuern in den Langhäusern, aß etwas und gönnte sich anschließend ein paar Stunden Schlaf. Rajin war dann meist so erschöpft, dass ihm der Weise Liisho nicht in seinen Träumen erschien, und so quälte er ihn auch nicht mit Vorhaltungen und salbungsvollen Ratschlägen.

Dass sich Liisho allerdings auch tagsüber nicht mehr an ihn wandte, machte Rajin dann doch Sorgen. War der Weise etwa beleidigt, weil Rajin entgegen seiner Ermahnung die Leben vieler Winterborger gerettet hatte, die ohne sein Einschreiten mit Sicherheit dem Wüten des roten Drachen zum Opfer gefallen wären?

Auch wenn er damit dem eindringlichen Rat des Weisen Liisho zuwidergehandelt hatte, so bereute Rajin dies nicht. Denn er war überzeugt davon, das Richtige getan zu haben.

An einem Abend nahm Bratlor Sternenseher ihn zur Seite und führte ihn in eine Ecke von Wulfgar Wulfgarssohns Langhaus. Das Herdfeuer prasselte, und der Geruch einer kräftigen Suppe aus Seemammutsud weckte ihren Appetit.

Bratlor sprach in gedämpftem Tonfall, als er hervorbrachte: „Du solltest gehen, Bjonn Dunkelhaar."

„Gehen?", echote Rajin und sah den Sternenseher fragend an. „Wie meinst du das?" In Wahrheit wusste er es genau. Zumindest ahnte er es, und wenn er sich selbst gegenüber ehrlich war, dann musste er eingestehen, sogar selbst schon darüber nachgedacht zu haben.

„Du solltest Winterborg so schnell wie möglich verlassen, um kein weiteres Unglück auf deine Stadt und deine Sippe heraufzubeschwören", stellte Bratlor klar. „Sag nicht, dass du nicht schon selbst erkannt hättest, dass dies die einzige Möglichkeit ist, um weiteres Unglück von den Deinen abzuwenden."

Bratlor machte eine Pause. Der weiche Schein der Tranfackeln, die das Innere des Langhauses in ihr flackerndes Licht tauchten, fiel in das Gesicht des Sternensehers. Rajin fühlte einen Kloß im Hals. Bevor er etwas erwidern konnte, sagte Bratlor: „Keine Sorge, ich bin dein Freund und werde dich begleiten."

„Aber …"

„Du kannst mir nichts vormachen. Ich war in Drachenia und habe gesehen, wie die Drachenreiter dort diese gewaltigen Kolosse bezwingen. Und was ich während des Kampfes mit der roten Bestie gesehen habe …"

Er brach ab, da Glednir Freistirn dicht an ihnen vorbeiging; er hielt eine Schüssel in der Hand und wollte sich offenbar von der Suppe aus Seemammutsud nachfüllen.

Er richtete kurz den Blick auf Rajin und Bratlor, denn natürlich hatte er bemerkt, dass beide bei seinem Nähertreten plötzlich verstummt waren.

Bratlor wartete, bis Glednir Freistirn gegangen war, ehe er wieder das Wort ergriff. „Ich habe nicht die geringste Ahnung, was mit dir vielleicht los sein könnte und weshalb du diesen wilden Drachen beeinflussen konntest, und ich nehme an, dass dir das selbst auch nicht klar ist …"

„Aber du glaubst, dass ich Unglück nach Winterborg bringe", stellte Rajin fest.

Bratlor sah ihn an. „Ich glaube jedenfalls nicht daran, dass sich die beiden Drachen einfach nur so an unsere kalte Inselküste verirrt haben."

Rajin schüttelte verzweifelt den Kopf. „Aber ich würde solche Ungeheuer doch niemals hierherrufen und damit meine Sippe und alle, die mir etwas bedeuten, in Gefahr bringen!"

„Nicht absichtlich vielleicht. Aber da schlummert eine Macht in dir, eine unheimliche Macht, die dich befähigte, den roten Drachen zu töten."

„Worüber ihr alle froh sein solltet!"

„Natürlich."

„So habe ich Unglück von Winterborg abgewandt und nicht herbeigerufen!"

„Du solltest nicht damit anfangen, dir selbst etwas einzureden, Bjonn. Niemand weiß, von wem du abstammst oder von welchem Schiff man dich warf, bevor du an den Strand in unsere Bucht gespült wurdest."

„Ich glaube nicht, dass magisches Blut in meinen Adern fließt", flüsterte Rajin. Nein, dachte er, in Wahrheit *wusste* er es, zumindest wenn er alles das als wahr annahm, was ihm der Weise Liisho eingeflüstert hatte. Aber er konnte noch immer nicht über die Verbindung reden, die es offenbar zwischen ihm und dem Drachenland Drachenia gab, auch wenn dies vermutlich der richtige Zeitpunkt dafür gewesen wäre. Auch das unterlag, so schien es, dem inneren Bann, mit dem Liisho ihn bedacht hatte. Ganz gleich, wie sehr ihm Liisho zürnen mochte oder ob er ihn vielleicht sogar ganz verlassen hatte, dieser

Bann, mit dem Rajin belegt war, hinderte ihn immer noch daran, über diese Dinge zu sprechen.

Bratlor Sternenseher schüttelte entschieden den Kopf. „Nein, Barajan nahm den Magiern im Ersten Äon die Fähigkeit, sich die Drachen zu unterwerfen – aber genau das hast du getan, denn sonst wäre es für den Roten ein Leichtes gewesen, dich zu töten. Nein, ich halte es eher für möglich, dass in dir das Blut drachenischer Samurai fließt. Die Form deiner Augen und deine blauschwarze Haarfarbe sprächen dafür – obwohl es auch unter den Bewohnern des Reiches Magus viele geben soll, auf die diese Eigenschaften zutreffen."

Als Rajin darauf etwas erwidern wollte, war seine Zunge wie gelähmt. „Aber ich habe diese Drachen ganz sicher nicht gerufen", brachte er schließlich hervor, „durch welch geheimnisvollen Kräfte auch immer! Ich müsste doch etwas davon bemerkt haben!"

Bratlor Sternenseher schwieg eine Weile, ehe er antwortete: „Vielleicht ist es auch genau umgekehrt."

„Was meinst du damit?"

„Nun, wenn du so überzeugt davon bist, diese Himmelsbestien nicht *gerufen* zu haben, könnte es dann nicht sein, dass sie *dich* gesucht haben?"

„Aber warum sollten sie das tun? Es waren *wilde* Drachen, keine gezähmten, die dem Willen eines Herrn folgen."

Bratlor zuckte mit den Schultern. „Mag sein, dass ich nicht genug davon verstehe. Ich sage dir nur, was mir so im Kopf herumschwirrt. Aber mein Angebot, zusammen mit dir Winterborg zu verlassen, steht – und du solltest darüber nachdenken. Und zwar bevor das nächste Unheil unsere Stadt trifft und man dich dafür verantwortlich macht!"

In dieser Nacht suchten die Wassermenschen Winterborg heim – und das so schlimm, wie es seit den legendären Zeiten von Wulfgar Eishaar nicht mehr geschehen war.

Der Verrätergott Whytnyr schien es besonders übel mit den Seemannen zu meinen. Vielleicht neidete er ihnen den Erfolg bei der Seemammutjagd, die er von seinem gleichermaßen unfreiwilligen wie ungastlichen Exil sicherlich beobachtet hatte, zumal der Schneemond derzeit besonders tief am Himmel hing, sodass mancherorts bereits die Befürchtung aufgekommen war, dass das Ende des Fünften Äons, da der Schneemond herabstürzen und die Geschichte der Welt beenden würde, bereits gekommen war.

Glednir Freistirn und Hjalgor Fünfzopf gehörten zu den Männern, die in jener Nacht als Wachen für den Seemammutkadaver eingeteilt worden waren. Die fünf Monde standen in einer Reihe am Himmel, und der Schneemond wirkte – wie schon seit einiger Zeit – besonders groß. Dazu war er von einer verwaschenen Aura umgeben, die ihn noch gewaltiger erscheinen ließ. Der Sternenseher sagte bei solchen Himmelszeichen für gewöhnlich einen baldigen Wetterwechsel voraus. Nur wenige Stunden ruhten die Arbeiten am Kadaver – und zwar in den Stunden, nachdem der rote Blutmond, der der Mondkette voranzog wie ein Anführer seiner Sippe, bereits den Zenit überschritten hatte und sich zum Horizont senkte, während der Augenmond auf seiner Bahn gerade seinen höchsten Punkt erreichte.

Der Gott des Augenmondes war Ogjyr, der den Schlaf, die Träume und den Tod sandte und für den die Zukunft ein offenes Buch war; dessen Seiten waren mit einer Variante der Runenschrift beschrieben, die nur er zu lesen vermochte. Die Stunden des Augenmondzenits gehörten allein ihm, und selbst wenn die Nacht durch den Schein von hundert Tranfackeln und das Licht der Monde hell genug gewesen wäre, um weiterhin Brocken aus dem Kadaver herausschneiden und zu den Kesselhäusern tragen zu können, hätten sich kaum Männer gefunden, die bereit dazu gewesen wären, einen derartigen Frevel gegen Ogjyr zu begehen.

Denn mit Ogjyr war nicht zu spaßen.

Er erstickte Säuglinge, Wöchnerinnen und Alte im Schlaf, und den anderen sandte er quälende Albträume, sodass sie in ihren Betten keine Ruhe fanden. Wen Ogjyr besonders strafen wollte, dem sandte er im Traum das Wissen über Ort und Umstände des eigenen Todes, sodass das Leben bis dahin vollkommen von der Ahnung des kommenden Endes erfüllt war und zu einem Vorspiel des Todes wurde.

Die Verse der Legendensänger berichteten davon, dass der Hang zur Gemeinheit, der Ogjyrs Charakter bestimmte, darin begründet sei, dass ihn die Menschen des Seereichs in früherer Zeit beleidigt hatten. Zwar war Ogjyr der Gott des Todes, aber niemand wollte nach seinem Ende die Ewigkeit bei ihm auf dem Augenmond verbringen. Stattdessen zogen es die Seemannen vor, in Njordirs feuchtes Reich einzugehen. Dies war noch immer so und der Grund dafür, dass Ogjyr darauf angewiesen war, die Lebenden zu quälen, da ja die Toten unter den Schutz des Meeresgottes flohen.

Es schien, als hätten sich die Wassermenschen die Stunden Ogjyrs mit Bedacht für ihren Angriff gewählt. Der sonst so stetig über das Meer wehende Wind ließ mit einem Mal nach. Schon das ließ Glednir und Hjalgor aufmerken.

„Sieh nur, wie flach das Wasser plötzlich ist", sagte Glednir Freistirn und deutete hinaus auf die Brandung. Dass der Wind und der Wellengang gleichzeitig nachließen, war ungewöhnlich. Normalerweise geschah das mit einiger Verzögerung, denn es brauchte Tage, bis sich das durch den Wind aufgepeitschte Meer wieder beruhigt hatte, selbst wenn Njordir seinen Windatem ganz plötzlich anhielt.

Die Gruppe der Wächter hatte in Ufernähe gekauert. Glednir erhob sich, und Hjalgor Fünfzopf folgte seinem Beispiel und stellte sich neben ihn. Beide Männer betrachteten aufmerksam die Wasseroberfläche, die fast spiegelglatt geworden war.

Alle fünf Monde spiegelten sich im Wasser und erzeugten auf der Oberfläche verwaschene Lichterscheinungen in ihren jeweiligen Farben.

Glednir wollte schon aufatmen, doch dann verblasste das Licht des Schneemondes, bis sein Spiegelbild auf der Meeresoberfläche nicht mehr auszumachen war. Auch am Himmel selbst war er kaum noch zu erkennen; da schimmerte noch die milchige Aura, die ihn umgab, doch es war, als hätte er sich hinter dichten Wolken verkrochen, die aber die anderen Monde nicht berührten.

„Whytnyr!", stieß Glednir hervor und ballte die Hände zu Fäusten. „Der Verrätergott versucht sich zu verbergen! Siehst du es auch, Hjalgor?"

Die anderen zur Wache eingeteilten Männer standen inzwischen bei ihnen und sahen, was Glednir meinte.

„Das kann nur eins bedeuten", sagte Hjalgor. „Die Brut des Verrätergottes ist bereits in der Nähe!"

Der Mann mit den fünf Zöpfen nahm daraufhin das Horn an die Lippen, das an einem zwei Finger breiten Riemen unter seiner Schulter gehangen hatte, und blies damit einen lang gezogenen Ton, dann drei kurze Töne, holte anschließend tief Luft und wiederholte den lang gezogenen Ton.

Das war das Alarmsignal bei einem Wassermenschenangriff. Daran, dass er bevorstand, konnte es keinen Zweifel mehr geben.

Glednir zog sein Schwert. „Wollen wir hoffen, dass der Zauber Fjendurs noch mächtig genug in unseren Klingen wirkt", knurrte er. Jeden Augenblick musste man damit rechnen, dass das Grauen aus der Tiefe der nordwestlichen See emporstieg.

Ein Stück weit draußen in der Bucht von Winterborg erschien ein dunkler Fleck auf dem Wasser, der beständig größer wurde. Das Licht der Monde spiegelte sich dort nicht mehr. Es schien einfach verschluckt zu werden.

Hjalgor stieß ein weiteres Mal ins Horn, damit die Krieger Winterborgs in ausreichender Zahl zur Stelle waren, wenn der Kampf begann. Von den Häusern her waren bereits aufgeregte Stimmen zu hören.

Die Dunkelheit auf dem Wasser breitete sich wie ein großer Schatten aus und reichte wenig später bereits bis zum Ufer. Dort hoben sich Gestalten aus den Fluten, deren Umrisse an Menschen erinnerten. Sie schienen aus nichts anderem als Wasser zu bestehen, das irgendein düsterer Zauber in diese Form gezwungen hatte. Die grobe Form blieb dabei stets die eines hünenhaften Menschen, der selbst die größten seemannischen Krieger um mindestens zwei Haupteslängen überragte. Die Arme waren im Vergleich zu den eher kurzen, stämmigen Beinen sehr lang, wobei der linke Arm wesentlich kräftiger als der rechte wirkte. Der rechte Arm endete in einer prankenartigen Hand, während der linke einen keulenförmigen Fortsatz bildete, der ebenso wie der gesamte Körper dieser Kreaturen aus Wasser zu bestehen schien.

Aber Glednir wusste aus der Erfahrung von mindestens hundert Kämpfen, in denen er diesen Wesen schon gegenübergestanden hatte, dass der äußere Schein trog. Mochte der Körper des Wassermenschen auch flüssig und nachgiebig sein, der Keulenfortsatz war hart wie Stein. Zumindest dann, wenn man davon getroffen wurde. Schon so mancher seemannische Krieger war von diesen Räubern aus der Tiefe erschlagen worden, und das keineswegs nur an der Küste Winterlands. Der gesamte Westen des Seereichs war von den Überfällen dieser unheimlichen Kreaturen betroffen.

Der erste Wassermensch stürmte auf Glednir zu und schwang wild den Keulenarm. Glednir Freistirn kannte die Kampfweise der Wassermenschen – allzu viele Finessen brauchte man nicht zu fürchten. Ihre Gefährlichkeit lag eher in ihrer großen Zahl und in der Tatsache, dass ihre Keulenarme offenbar niemals ermüdeten. Vielleicht war es der Verrätergott Whytnyr, der seine Getreuen mit dieser unerschöpflichen Kraft ausstattete – und außerdem mit einer vollkommenen Gleichgültigkeit gegenüber der Zahl der Toten in den eigenen Reihen.

Glednir duckte sich, und die Keule zuckte dicht über ihn hinweg. Selbst ein leichter Treffer, bei dem man vielleicht nur benommen zu Boden taumelte, konnte für den getroffenen Krieger schlimme Folgen haben, denn danach versuchte der Wassermensch für gewöhnlich, seinen Gegner mit der Prankenhand des kürzeren und weniger kräftigen rechten Arms zu fassen, und es reichte bereits eine leichte Berührung mit der Prankenhand, um eine tödliche Wirkung zu erzielen. Alles, was die Prankenhand eines Wassermenschen anfasste, zerfloss augenblicklich.

Glednir aber stieß seinem ersten Gegner das von Fjendur mit seiner Zauberkraft gestärkte Schwert in den flüssigen Leib. Der Seemannenkrieger spürte keinerlei Widerstand. Ein zischender Laut war zu hören, vermischt mit einem schmerzerfüllten Brüllen, ausgestoßen von einem Mund, der auf einmal im ansonsten vollkommen konturlosen Wassermenschengesicht erschien. Er wurde weit aufgerissen und zerfloss dann wie die gesamte Kreatur. Mit einem Gurgeln erstickte der Schrei, ehe die Flüssigkeit, aus der das Wesen bestand, die offenbar durch einen unbekannten Zauber aufgezwungene Form verlor und auf den Strand klatschte. Das galt auch für den eisharten Keulenfortsatz des linken Arms, der ansonsten hart genug war, um Schädel platzen zu lassen.

Glednir schwang das Schwert und sah sich seinem nächsten Gegner gegenüber. Wie einer der Dampfhämmer, die man in den Schmieden Feuerheims verwendete, sauste ein Keulenarm auf seinen vorne haarlos gewordenen Schädel nieder.

Gerade noch gelang es dem Seemannen, dem mörderischen Hieb mit einem Ausfallschritt zu entkommen. Die Keule sauste an ihm vorbei, und sofort ging Glednir zum Gegenangriff über. Er versenkte die Klinge seines Schwertes in den flüssigen Körper des Gegners, der daraufhin auseinanderspritzte. Die Stöße und vor allem die Hiebe gegen die Wassermenschen durfte man nicht zu hastig führen, denn dann konnte es geschehen, dass die Klinge die Kreatur wirkungslos durchdrang. Aufgrund ihrer Geschwindigkeit war wohl auch der Einsatz von Pfeilen und Armbrustbolzen beim Kampf gegen die Wassermenschen sinnlos – auch wenn sie zuvor Fjendur geweiht und mit dessen Zauber versehen worden waren, durchdrangen sie den Körper des Wassermenschen zu schnell, sodass ihr Zauber nicht auf das unheimliche Wesen übergreifen konnte.

Glednirs Kampfschrei mischte sich mit dem gurgelnden Laut seines zerfließenden Gegners. Aus den Augenwinkeln heraus bemerkte er, wie einer der anderen Männer unter einem Keulenhieb zu Boden ging. Es war Goranxor Aeriggrssohn, der älteste Sohn des Wilden Aeriggr – ein großer, kräftiger junger Mann, der sich inzwischen den Ehrennahmen Windsammelnder Goranxor verdient hatte, weil sich kaum ein anderer Seemanne Winterborgs so gut darauf verstand, die Takelage eines Langschiffs so festzuzurren, dass selbst bei vergleichsweise wenig Wind dessen schwache Kraft optimal ausgenutzt wurde. Da die Abwehr der Wassermenschen vom Kapitänsrat als Gemeinschaftsaufgabe betrachtet wurde, wurden immer zwei Drittel der Wächter aus der Sippe des erfolgreichen Seemammutjägers und ein Drittel aus allen anderen Sippen gestellt – und zu diesem letzten Drittel gehörte eben auch Goranxor Aeriggrssohn. Schließlich gereichte die Beute des einen zum Wohle aller, deshalb sollte sie – zumindest symbolisch – auch unter dem Schutz des örtlichen Kapitänsrates stehen.

Glednir wirbelte herum, um seinem Kampfgefährten beizustehen. Doch der Wassermensch, der Goranxor mit seinem wuchtigen Keulenschlag hatte zu Boden gehen lassen, warf sich nach vorn. Goranxor versuchte noch, trotz seiner Benommenheit die Beine anzuziehen, aber es war zu spät. Die Prankenhand des Angreifers fasste um das Fußgelenk.

Daraufhin zerfloss der Fuß und nahm einen ähnlich liquiden Zustand an wie die Substanz, aus der die Wassermenschen bestanden.

Goranxor schrie, während sich sein Körper auflöste. Innerhalb eines Lidschlags war das gesamte Bein betroffen, dann die rechte Seite von Goranxors Körper. Sein verflüssigter Schwertarm war nicht mehr in der Lage, die Waffe zu heben, die bald inmitten einer Pfütze im Sand lag. Der Schrei aus dem Mund des ältesten Sohnes des Wilden Aeriggr erstarb, und die Flüssigkeit, zu der er zerfloss, wurde von dem Prankenarm des Wassermenschen aufgesaugt.

Da aber fuhr Glednirs Schwert dem Mörder von Aeriggrs ältestem Sohn in den Rücken und verweilte dort lange genug, um die gewünschte Wirkung zu erzielen. Mit einem gurgelnden Brüllen zerlief auch dieser Gegner.

Für Goranxor kam das allerdings zu spät. In dem Moment, da der Wassermensch sein unheimliches Leben aushauchte, hörte der Prozess der Verflüssigung bei Goranxor zwar auf, aber zurück blieben nur seine linke Schulter und sein Kopf, der allerdings schon halb verflüssigt und schrecklich deformiert war.

Für einen kurzen Moment sah Glednir Freistirn in die vor Entsetzen weit aufgerissenen und im Tode erstarrten Augen, deren Form durch die beginnende Verflüssigung zu ovalen Gebilden verzogen waren. Ein Anblick, der selbst einem so hartgesottenen und mit den Wassern der fünf Meere gewaschenen Seefahrer und Krieger wie Glednir durch Mark und Bein ging.

Dann sah er aus den Augenwinkeln einen weiteren Angreifer. Er wich aus, doch die Keule traf ihn trotzdem noch hart genug, um ihn niederwerfen. Vor ihm erhob sich die hünenhafte Gestalt eines Wassermenschen, durch die das Licht des roten Blutmondes schimmerte. Seine Pranke griff bereits nach Glednir, doch einen wüsten Kampfschrei ausstoßend, war Hjalgor Fünfzopf zur Stelle.

Seine Axt drang von oben in die Gestalt des Wassermenschen ein. Hjalgor versuchte zwar, die Wucht des Hiebes zu bremsen, damit die Klinge mit ihrer Zauberkraft lange genug im Körper der Kreatur blieb, um sie zu vernichten, aber der Schwung war zu groß. Die Axt fuhr in den Boden.

Der Wassermensch brüllte auf. Seine Form veränderte sich. Bizarre

Auswüchse entstanden entlang der Linie, wo die Axt seinen Körper durchschnitten hatte. Sein Körper verlor die Form, aber die Verweildauer des Fjendur geweihten Eisens im Leib der Kreatur war noch nicht ausreichend für ihre völlige Vernichtung gewesen.

Glednir riss sein Schwert herum und stieß die Klinge vom Boden aus in das linke Bein des Wassermenschen. Es kam nicht darauf an, wo man sie traf, sondern *womit* und wie lange.

Der entsetzte gurgelnde Laut, der sich dem furchtbar missgestalteten Maul entrang, erstarb. Der Wassermensch zerfloss, und das Meerwasser, zu dem er wurde, rann Glednirs Klinge entlang und tropfte auf den Boden.

Der Seemannenkrieger rappelte sich wieder auf.

„Danke", sagte er knapp an Hjalgor gewandt. Sie hatten alle Waserkreaturen besiegt.

So schien es zunächst.

Doch der Blick meerwärts ließ Glednir, Hjalgor und die anderen überlebenden Wächter erstarren. Hunderte von Wassermenschen erhoben sich aus dem seichten, dunkel gewordenen Uferwasser. Und eine andere Gruppe dieser Kreaturen hatte bereits das Seemammut erreicht. Saugende und schmatzende Laute waren zu hören. Die meisten dieser Räuber befanden sich zwar im Schatten des gigantischen Seemammutkadavers, sodass man gar nicht genau sehen konnte, was sie taten, dennoch war den Seemannen vollkommen klar, was dort geschah: Sie schlugen ihre Prankenhände in den Kadaver, verflüssigten dessen Fleisch, sodass es sich mit dem giftigen Blut vermischte, und sogen es in möglichst großen Mengen in sich hinein.

Einer der Wassermenschen stieg eine der Leitern empor, die die Tagelöhner, die mit dem Zerlegen des Kadavers beschäftigt gewesen waren, stehen gelassen hatten. Mit einem triumphierenden, leicht gurgelnden, aber überraschend hohen Schrei schwang er seine Keule. Im Gegensatz zu seinen gierigen Artgenossen, die sich im Schatten befanden, war er gut und deutlich im Licht der Monde zu sehen. Er ließ sich auf die Knie seiner stämmigen Beine sinken und griff mit der Pranke seiner Rechten in das Fleisch des Seemammuts, das sich sofort verflüssigte. In einem dunklen Strom rann ein Teil davon über die Haut des Kadavers und tropfte in den Sand.

Im Licht des Blutmondes, der ihn von der Seite rötlich anstrahlte, war die Veränderung im bis dahin vollkommen konturlosen Gesicht des Wassermenschen zu sehen. Eine Öffnung tat sich auf, die erst zur wassermenschlichen Entsprechung eines Mundes wurde, bevor sich die Kinnpartie des Kopfes hervorwölbte und sich ein tierhaftes Maul bildete. Sein Triumphschrei wurde tiefer und sehr viel lauter, bevor er sich niederbeugte und dieser Schrei in einem Gurgeln erstarb, als sich das Maul in das Fleisch des Seemammuts grub.

Im Kampf gegen ein lebendes Seemammut konnten sie nicht bestehen. Erfahrene Seefahrer berichteten, dass dies mit den eigentümlichen Tönen zu tun hatte, die diese Meeresriesen von sich gaben und Seemammutjäger einen unangenehmen Druck im Bauch spüren ließen. Die Wassermenschen aber wurden davon förmlich zerrissen, sodass sie es normalerweise niemals wagten, sich einem dieser Kolosse, solange noch Leben in ihm war, auf mehr als eine halbe Meile zu nähern. War er aber tot, so zerlegten sie ihn innerhalb kurzer Zeit. Dabei war ihnen das Blut besonders wichtig. Für sie war es keineswegs giftig, sondern bildete einen wichtigen Bestandteil ihrer Nahrung, um dessentwillen sie sogar bereit waren, sich in das nordwestliche Meer zu begeben, das sie aufgrund seiner kalten Temperatur lieber mieden.

„Diese verfluchten Bestien!", rief Glednir Freistirn wütend.

Als am Strand das Hornsignal geschmettert wurde, war Rajin sofort hellwach. Es war nicht das erste Mal, dass die räuberischen Kreaturen aus der Tiefe des Ozeans Winterborg angriffen, und so wusste er gleich, was zu tun war, und gürtete sich das Schwert auf den Rücken.

Im Langhaus von Wulfgar Wulfgarssohn herrschte ein wildes Durcheinander, und aufgeregte Stimmen waren zu hören. Wulfgar klopfte Rajin auf die Schulter. „Bist du bereit? Wir werden jeden Mann brauchen!"

„Ich weiß", sagte Rajin.

Wulfgar hob die Streitaxt in seiner Linken und rief: „Zerschmettern wir die verfluchte Brut des Verrätergottes! Mag Whytnyr von seinem verhassten Exil aus zuschauen, wie wir sie vernichten!"

Die Männer aus seinem Gefolge riefen ihre Zustimmung, ein lautes, vielstimmiges „Hoo!“ Unter ihnen befand sich auch Wulfgarskint, Wulfgar Wulfgarssohns ältester, gerade vierzehn Jahre gewordener leiblicher Sohn, der sich mit Helm und Streitaxt bewaffnet hatte.

Wulfgar deutete auf die Axt in Wulfgarskints Hand. „Was soll das denn?“ Er wartete die Antwort seines Sohns erst gar nicht ab, da dessen Absichten offensichtlich waren. „Du bist noch zu jung!“

„Vater …“

„Es bleibt dabei!“

„Ja, und ich war auch noch zu jung, um auf die Seemammutjagd zu gehen!“

„So ist es!“

„Nicht mal als Schiffsjunge hast du mich mitfahren lassen!“

„Du tust einfach, was ich sage, und bleibst hier!“, grollte Wulfgar. Dann stapfte er zur Tür seines Langhauses und stürmte hinaus in die Nacht. Die Männer folgten ihm mit wildem Kriegsgeheul.

Wulfgarskint aber warf Rajin einen zornigen Blick zu. Rajin hatte schon immer eine gewisse unterschwellige Ablehnung gespürt, die ihm Wulfgar Wulfgarssohns ältester leiblicher Sohn entgegenbrachte. „Dich hat er mit vierzehn auf die Jagd mitgenommen“, zischte Wulfgarskint.

Rajin antwortete nicht. Dazu war einfach nicht der rechte Zeitpunkt. Außerdem hatte er keine Lust, sich mit dem vier Jahre jüngeren Wulfgarskint herumzustreiten, der sich vermutlich schon deshalb zurückgesetzt fühlte, weil er nur der Sohn einer Nebenfrau war. Restina hieß sie, und es hatte lange gedauert, bis Rajin die Ablehnung beider gegen ihn verstanden hatte. Wulfgarskint und seine Mutter waren wohl beide der Meinung, dass ihre Position innerhalb der Sippe eine bessere gewesen wäre, würde es dieses Findelkind mit den hässlichen Augen nicht geben, das darüber hinaus von Wulfgars Hauptfrau Kelsine, die bisher lediglich Mädchen das Leben geschenkt hatte, stets wie ihr eigen Fleisch und Blut behandelt wurde.

„Komm, Bjonn!“, rief Bratlor Sternenseher.

„Eines Tages wird sich alles ändern, Bjonn!“, sagte Wulfgarskint zum Abschied, und seine Stimme hatte dabei die Schärfe einer seemannischen Kurzaxt, wie sie vor allem von den Schiffsbauern verwendet wurde, um Hartholzstämme zu spalten.

„Ja“, sagte Rajin, bevor er sich zum Gehen wandte. „Und vielleicht wird das schon viel früher sein, als du glaubst.“

Dann folgte er den anderen.

Vom Strand war bereits Kampfeslärm zu hören, und im Licht der fünf Monde konnte man aus der Ferne schemenhafte Gestalten ausmachen, die erbittert gegeneinander kämpften.

Schaudern erfasste die Männer, als sie die Dunkelheit sahen, die sich fast über die gesamte Bucht von Winterborg ausgedehnt hatte.

„Los, lauft!“, rief Wulfgar Wulfgarssohn. „Kommen wir den Wächtern schnell zu Hilfe, sonst ist es zu spät!“

Während sich die anderen beeilten, um zum Ort des Geschehens zu gelangen, wurde Rajin von Bratlor aufgehalten.

„Was ist?“

„Jetzt wäre der Moment, Bjonn.“

„Der Moment wozu?“

„Um Winterborg zu verlassen. Wir könnten unbemerkt zu den Gehegen der Riesenschneeratten gelangen und hätten genug Vorsprung, sodass eine Verfolgung sinnlos wäre.“

Rajin schüttelte den Kopf. „Jetzt, da sich die Wassermenschen holen wollen, was wir erjagt haben? Gerade jetzt soll ich meinen Vater und die anderen im Stich lassen?“

„Du lässt sie nicht im Stich, Bjonn. Weder von dir noch von mir hängt es ab, ob dein Vater und die anderen Männer die Wassermenschen besiegen oder nicht.“

„Aber …“

„Außerdem zweifle ich nicht daran, dass sie die Wassermenschen zurück ins Meer treiben werden. Also komm jetzt – es ist eine gute Gelegenheit!“

„Nein, nicht jetzt!“, entgegnete Rajin entschieden.

„Was glaubst du denn, werden Aeriggr und Kallfaer – und außer ihnen auch viele andere – in dem Auftauchen der Wassermenschen sehen? Ein weiteres Unheil, das du über Winterborg gebracht hast! Das außergewöhnlich riesige Seemammut, das du erlegt hast, die Drachen, die zur selben Zeit das erste Mal gesichtet wurden und uns aus heiterem Himmel angriffen – und jetzt die Wassermenschen! Glaubst du wirklich, sie werden das für einen Zufall halten? Dass Groenjyr, der Gott des Schicksals, der in seinem Palast auf dem Jademond den Schicksalsteppich webt, mal wieder so betrunken war, dass ihm ein Fehler unterlief oder er die Arbeit gar unfähigen oder noch betrunkeneren Lehrlingen überlassen musste?" Er schüttelte den Kopf. „O nein, Bjonn, sie werden dich für all das verantwortlich machen. Zeichen einer geheimen Kraft, Zeichen kommenden Unglücks – vor nichts fürchten sich die angeblich so furchtlosen Seemannen so sehr!"

„Du sprichst, als wärst nicht auch du einer von ihnen!"

„In gewisser Weise trifft das zu, denn im Gegensatz zu den meisten Männern hier kenne ich auch die Häfen anderer Länder."

Rajin starrte ihn fassungslos an. Bratlor Sternenseher, den er so gut gekannt zu haben glaubte wie sonst nur ganz wenige Menschen, und der immer sein Freund gewesen war, erschien ihm in diesem Augenblick fremder denn je.

Warum meldete sich die Stimme des Weisen Liisho nicht mehr? So oft hatte Rajin ihn gerade in letzter Zeit verflucht. Aber in diesem Augenblick hätte er sich nichts sehnlicher gewünscht als seinen Rat. Doch der Weise zog es vor zu schweigen, warum auch immer.

„Lass mich zu den anderen!", sagte Rajin zu seinem Freund Bratlor, und das mit einem Unterton, der deutlich machte, dass er seine Entscheidung gefällt hatte.

Dann eilte er den anderen Männern hinterher. Bratlor folgte ihm. Er unternahm keinen weiteren Versuch, Rajin davon zu überzeugen, dass er Winterborg verlassen musste.

6

DER KAMPF MIT DEN WASSERMENSCHEN

Liisho könnte ihm wenigstens Glück für den Kampf wünschen, ging es Rajin durch den Kopf, während er das Schwert aus der auf den Rücken geschnallten Lederscheide riss und auf den Strand zulief. Aber der Weise, der all die Jahre sein unsichtbarer Begleiter gewesen war, hatte ihn offenbar verlassen.

Wie oft hatte Rajin diese Stimme verflucht und sich gewünscht, endlich frei von ihr zu sein. Frei auch darin, gegen den Bann zu verstoßen, der ihm auferlegt war. Frei, sich beispielsweise gegenüber Bratlor genauer äußern zu können, wenn es um das Drachenland und die eigene geheimnisvolle Herkunft ging. Gemeinsam hätten sie vielleicht ein paar der Rätsel entschlüsseln können.

Oft genug war Liisho ihm wie ein Tyrann vorgekommen, der unbemerkt von allen anderen die Oberherrschaft über ihn ausübte. Ein Despot, gegen den jeder Widerstand sinnlos war und der im Zweifel die Macht hatte, den eigenen Willen kompromisslos durchzusetzen.

Eigenartigerweise vermisste Rajin auf einmal die Stimme.

Der erste Wassermensch stürmte bereits auf ihn zu. Er schwang den Keulenarm, aber Rajin unterlief den ersten Schlag und stieß sein Schwert in den Leib des Gegners, um ihn zerfließen zu lassen. Gurgelnde, eine Mischung aus Verwunderung und Wut ausdrückende Laute drangen aus dem Mund, der sich kurz vor dem Ende der Kreatur noch bildete, ehe sie zerfloss und im Boden versickerte.

Aber gleich darauf hieb bereits der nächste Wassermensch auf Rajin ein. Er überragte Rajin, und die Reichweite des Keulenarms war immens. Er wirbelte ihn mit einer Geschwindigkeit, die es sehr schwer machte, den Hieben auszuweichen.

Rajin hob instinktiv sein Schwert, und die Keule seines Gegners schlug so hart gegen die Klinge, dass der junge Mann seine Waffe kaum festhalten konnte. Ein rasender Schmerz fuhr ihm durch beide Hände, mit denen er den Griff umklammert hielt. Mit einer Kombination aus weiteren, dicht aufeinanderfolgenden Keulenhieben schlug der selbst für Wassermenschen ungewöhnlich große Gegner auf Rajin ein. Ein schriller Kampfschrei drang dabei aus dem weit geöffneten Mund, der erst Augenblicke zuvor in dem ansonsten konturlosen Gesicht entstanden war. Die Kinnpartie des Wassermenschen wuchs auf die drei- bis vierfache Größe an, während das Wesen den Kampfschrei ausstieß, der immer mehr zu einem hohen Blubbern wurde, das in den Ohren schmerzte.

Rajin versuchte verzweifelt, die wuchtigen Schläge abzuwehren. Immer wieder prallte die eisharte Keule klirrend auf das Metall des Schwerts.

Bratlor konnte ihm nicht zu Hilfe kommen, denn er war selbst in einen Kampf verwickelt, sogar mit gleich zwei Wassermenschen, und hatte alle Mühe, sich ihrer zu erwehren.

Der Feind ging nicht planlos vor: Ein Teil der Wassermenschen versuchte zu den vergleichsweise schutzlosen Häusern von Winterborg durchzubrechen, um so die Kraft der Verteidiger zu spalten.

Da Winterborg normalerweise vom Land her keinen Angriff zu fürchten hatte, gab es keinerlei Schutzwall oder dergleichen. Die Häfen des Festlands waren zumindest mit mannshohen, hölzernen, oben angespitzten Palisaden befestigt. Und in den südlich gelegenen Teilen des Seereichs – etwa in Gutland, dem Südenthal-Land oder der an der Grenze zu Drachenia gelegenen Provinz Osland – verwendete man zunehmend Stein und errichtete richtige Trutzburgen, um sich vor Feinden zu schützen.

Aber gegen die Wassermenschen hätten Mauern und Palisaden ohnehin nichts genützt. Der Hafen Runborg auf der zum Seereich gehörenden Insel Runland war mit einer Steinmauer befestigt gewesen. Doch es hatte sich gezeigt, dass die Wassermenschen sogar Stein zerfließen lassen konnten, wenn sie ihn mit ihren Pranken berührten.

Die schauerlichen Geschichten, die man sich über den Überfall auf Runborg erzählte, ließen selbst die harten Seemammutjäger Winterlands bis ins Mark erschauern. Die Runborger hatten sich zu sicher gewähnt und geglaubt, dass die seinerzeit frisch errichteten Steinmauern ein wirksamer Schutz gegen die Angreifer aus dem Meer wären. Ein Irrtum, den der Großteil der Bevölkerung mit dem Leben bezahlt hatte.

Der Wassermensch, der Rajin bedrängte, trieb ihn regelrecht vor sich her. Immer weiter musste Rajin zurückweichen.

Er versuchte einen schnellen Ausfall, um dem Gegner das Schwert in den Leib zu stoßen, aber zuvor traf ihn ein furchtbarer Keulenschlag an der Schulter und warf ihn zu Boden. Die Reichweite, die dieser amorphe Krieger hatte, war einfach zu groß; Rajin hatte es nicht geschafft, nahe genug an ihn heranzukommen, um ihn die in der Klinge seines Schwertes wohnende Zauberkraft des Fjendur spüren lassen zu können.

Brüllend stand der Wassermensch vor dem am Boden liegenden jungen Seemammutjäger. Das Licht des Augenmondes schien durch seine transparente Gestalt hindurch. Man konnte fast den Eindruck haben, dass der auf dem Augenmond residierende Totengott Ogjyr in dieser Nacht mit den Angreifern im Bunde stand.

Die Keule sauste nieder. Rajin drehte sich blitzschnell zur Seite, die Keule schlug dumpf in den Boden, und Rajin nutzte diesen Moment: Noch in der Drehung riss er sein Schwert empor und stieß es in den Körper seines Widersachers. Der Kampfschrei des Wassermenschen wurde zu einem schrillen Wimmern, während er zerfloss. Die Flüssigkeit, aus der seine Gestalt bestanden hatte, rann zum Teil Rajins Klinge entlang und benetzte seine Hände.

Rajin sprang auf, wischte die Nässe instinktiv fort. Ein Geruch nach Salz und Algen erfüllte seine Nase. Diese schrecklichen Geschöpfe waren nichts anderes als Meerwasser, das von einer unheimlichen Macht in eine Form gezwungen wurde.

Schon attackierte ihn der nächste Gegner, doch mit dem wurde Rajin schnell fertig. Einen ersten Hieb mit dem Schwert führte er zu schnell und mit zu viel Wucht, sodass die Klinge ohne die beabsichtigte Wirkung durch den Körper des Wassermenschen fuhr. Dessen

Mund verzog sich zu einem Grinsen, und ein Laut, der wie ein verzerrtes, höhnisches Lachen klang, drang daraus hervor.

Doch schon beim nächsten Hieb achtete Rajin darauf, dass die Klinge lange genug im Wasserkörper verblieb, um die Kraft von Fjendurs Zauber entfalten zu können.

Während der Wassermensch zu einer schmutzigen Lache zerfloss, sah Rajin, dass Bratlor inzwischen von gleich drei Wassermenschen attackiert wurde, die ihn ein Stück zur Seite abgedrängt hatten. Verzweifelt hieb er um sich und erwehrte sich der Keulenschläge, die in rascher Folge auf ihn niederprasselten.

Einen der Angreifer ließ er Fjendurs Zauber spüren, indem er ihm die Klinge in den flüssigen Leib trieb. Auch der zweite Wassermensch zerfloss, als er sich auf den Sternenseher stürzte; Bratlor rammte ihm die Klinge genau in dem Moment in die Brust, als auch dessen Keule den Sternenseher traf.

Der junge Krieger wurde zu Boden geschleudert, rang nach Luft.

Der dritte Wassermensch stürzte sich auf ihn.

Bratlor hob abwehrend das Schwert. Ein Keulenschlag prellte es ihm aus der Hand und schleuderte die Klinge eine halbe Schiffslänge weit davon. Sie drehte sich zweimal in der Luft und fiel dann klirrend auf die Steine in Ufernähe.

Der Wassermensch stieß einen gurgelnden Triumphschrei aus.

Bratlor war ihm hilflos ausgeliefert – und Rajin war zu weit entfernt, um ihm helfen zu können. Es war unmöglich, schnell genug zur Stelle zu sein, um noch einzugreifen.

Rajin stieß einen Schrei aus. Er spürte für einen Moment die geistige Berührung von etwas sehr Fremdem, dessen unmenschliche Kälte ihn frösteln ließ. Die Seele des Wassermenschen!

Anstatt sich auf Bratlor zu stürzen, nach ihm zu greifen und den am Boden liegenden Sternenseher durch die Berührung mit der Pranke zu verflüssigen und ihn der eigenen Gestalt einzuverleiben, zögerte das Wesen und stieß einen gurgelnden Laut aus, dessen Tonhöhe zunächst sehr tief war, aber immer lauter und schriller wurde. Die Pranke zitterte. Sie verlor für einen kurzen Moment ihre klare Form, bildete einen zusätzlichen Fingerstumpf, dann verschmolzen zwei Finger miteinander. Der Wassermensch schien mit sich selbst zu ringen.

Er wandte den augenlosen Kopf, dessen einzige Konturen ein weit aufgerissener Mund und die Andeutung einer Nase waren, und schien seine Hand anzustarren.

Rajin stürmte mit einem Kampfschrei auf den Wassermenschen zu. Er spürte in sich jene gleichermaßen mächtige wie geheimnisvolle Kraft, die ihm schon im Kampf gegen den Drachen geholfen hatte. Sie durchströmte ihn, floss durch seinen Schwertarm und verursachte dort ein schmerzhaftes Kribbeln, von der Schulter bis zu den Fingerspitzen. Als die Klinge in die Gestalt des Wassermenschen stieß, glühte sie auf.

Auch Bratlor bemerkte es, und die Augen des Sternensehers weiteten sich. Eine Mischung aus Entsetzen und Hoffnung war in seinem Blick auszumachen.

Die Haltung des Wassermenschen hatte sich nicht verändert. Er war förmlich erstarrt, stand einem Eisblock gleich da.

Rajin zog das glühende Schwert wieder aus der Gestalt. Dann hieb er erneut auf den erstarrten Wassermenschen ein, zerteilte ihn mit einem wuchtigen Schlag in der Mitte. Das Glühen der Klinge wurde dabei noch stärker. Es zischte laut, als der Feuerheimer Stahl durch die wie Eis wirkende Substanz drang. Zahllose Risse verzweigten sich, und der Erstarrte bröckelte auseinander. Es blieb nichts außer ein paar kleinen Eisbrocken von ihm übrig. Eisbrocken, die in der langen Sommernacht des Winterlandes schmelzen würden.

Bratlor erhob sich, atmete tief durch und stieß ein kurzes „Danke!“ hervor.

Rajin starrte auf sein Schwert. Das Glühen ließ nach. Gleichzeitig fühlte er Schwindel. Gerade noch rechtzeitig konnte er herumwirbeln und einen angreifenden Wassermenschen abwehren. Als dessen Wasser von seiner Klinge tropfte, zischte es. Das Glühen erlosch.

„Bei Njordir!“, stieß Tjoerk Schädelspalter hervor, ein Krieger und Langschiffkapitän, der sich in der Nähe gerade zweier Wassermenschen erwehrt und das Geschehen um Rajin und Bratlor nur flüchtig beobachtet hatte. „Fjendur, der Feind der Wassermenschen, scheint auf deiner Seite zu sein, Bjonn Dunkelhaar!“

Unermüdlich kämpften die Männer von Winterborg gegen die Angreifer. Nach und nach drängten sie die Wassermenschen zurück in ihr Element. Als der Schneemond des Verrätergottes Whytnyr den Zenit überschritten hatte und zu sinken begann, gewannen die Seemannen die Oberhand.

Fjendurs Zauber schien in dieser Nacht besonders wirksam zu sein. Gurgelnde Laute ausstoßend flohen immer mehr der Wassermenschen zurück ins Meer, wo sie eins mit der See wurden.

Ein paar der Angreifer konnten nicht von dem Kadaver des Seemammuts lassen. Sie griffen mit ihren Pranken immer wieder gierig in das mühsam erjagte Fleisch und verleibten es sich ein. Lücken klafften in der toten Kreatur. Löcher, so groß, dass sich zwei oder drei Männer hätten hineinstellen können. Durch die Macht der Wassermenschen verflüssigtes Seemammutfleisch war in Strömen auf den Strand getroffen und dort zu einer zähen, sich allmählich verfestigenden und vor allem übel riechenden Masse geronnen. An manchen Stellen sanken die Seemannenkrieger knöcheltief in dieser Masse ein, wenn sie ihre Gegner verfolgten.

Nur widerwillig ließen die Wassermenschen von dem Seemammut ab. Manche von ihnen schienen regelrecht berauscht zu sein. Wahrscheinlich hatte das für Menschen so giftige Blut auf sie diese Wirkung, die sie vor allem jeden Sinn für Gefahr und jeden Schutz ihrer selbst vergessen ließ.

Während bereits überall sonst die Wassermenschen in ihr Element zurückgetrieben worden waren und sich sogar schon wieder vereinzelte kräuselnde Wellen in der Bucht von Winterborg zeigten, kämpften noch immer ein paar dieser Berauschten in unmittelbarer Nähe des Kadavers. Manche standen auch oben auf dem toten Meeresgiganten und griffen immer dann, wenn sie ihren jeweiligen Gegner mit wuchtigen Keulenschlägen von sich weg getrieben hatten, in das Fleisch der erlegten Kreatur. Überall in dem toten Leib klafften Vertiefungen, die teilweise mit verflüssigtem und wieder geronnenem Seemammutfleisch gefüllt waren.

Den Wilden Aeriggr sah man oben, auf dem Rücken des Seemammuts, die Streitaxt schwingen. Glednir Freistirn und Hjalgor Fünfzopf waren bei ihm und halfen ihm, die letzten Wassermenschen zu vertreiben oder zu vernichten.

Wulfgar Wulfgarssohn kämpfte zusammen mit einer aus allen Sippen bunt zusammengewürfelten Gruppe etwa eine halbe Schiffslänge vom Kadaver entfernt gegen einige der Angreifer, die noch einmal aus dem Meer gestiegen und ans Ufer gekommen waren. Offenbar hatten sie in einem Bogen über Land doch noch den begehrten Kadaver erreichen wollen, doch die Kämpfer aus Winterborg machten diesen Plan zunichte.

Der Blutmond schickte sich an, hinter dem Horizont zu versinken, und jenseits des Meeres sah man das erste Sonnenlicht als gleißendes Band. Das Zeichen, dass der neue Tag begann. Für die Wassermenschen war der Augenblick gekommen, den Angriff aufzugeben. Auch die Letzten zogen sich nun zurück, ihre Gestalten glitzerten im Licht der rasch aufgehenden Sonne. Man sah sie bis zu den Knien, dann bis zur Hüfte im Wasser stehen, ehe sie wieder eins mit dem Ozean wurden, dem sie entstiegen waren.

Die Seemannen von Winterborg konnten aufatmen. Sie hatten ihren Fang verteidigt. Doch zu welchem Preis! Mindestens zwei Dutzend Männer fehlten in den Reihen der Winterborger Krieger. Von den meisten war nicht einmal etwas geblieben, was man auf See hätte bestatten können, denn sie waren unter den Prankengriffen der Wassermenschen einfach zerflossen und von den unheimlichen Wesen aufgesogen worden.

In diesen Fällen war es üblich, drei Tage zu warten und dann etwas Sand vom Strand zu nehmen, der stellvertretend Njordir überantwortet wurde. Manchmal fanden sich auch noch Waffen oder andere Gegenstände aus dem Besitz des Gefallenen, die der Verflüssigung durch die Angreifer entgangen waren. Auch sie wurden für die Zeremonie benutzt. Die dreitägige Wartezeit ergab sich aus dem Umstand, dass man nach einem Kampf mit Wassermenschen die genaue Zahl der Gefallenen und deren Namen nicht bestimmen konnte. Nicht immer hatte ein Kampfgefährte genau beobachten können, was mit dem Vermissten geschehen und ob er tatsächlich ein Opfer der Angreifer geworden war. Es war auch schon vorgekommen, dass einzelne Krieger versprengt worden waren – etwa wenn sie Wassermenschen ein Stück die Küste entlang verfolgt oder sie sogar ins Landesinnere abgedrängt hatten und dann im Kampf verletzt worden waren.

Bratlor hatte recht gehabt, kam es Rajin in den Sinn, der noch ganz unter dem Eindruck des Geschehenen stand. Der Angriff der Wassermenschen wäre tatsächlich eine günstige Gelegenheit gewesen, Winterborg zu verlassen, denn jeder hätte angenommen, er wäre ein Opfer der abscheulichen Kreaturen geworden. Offenbar lastete tatsächlich ein Fluch auf ihm, dachte er, während er sein Schwert an einem Stück Moos sorgfältig reinigte. Das Moos wucherte an jener Stelle fast knöcheltief auf einem riesigen Felsbrocken, den das Eis vor langer Zeit hierhergetragen hatte, als Fjendur in seinem ewigen Kampf gegen Njordir bis zur Grenze von dessen nassem Reich vorgedrungen war.

Die vergebliche Friedensgabe – so nannten die Seemannen von Winterborg diesen Felsen. Angeblich hatte Fjendur den ewigen Kampf, der zwischen ihm und dem Meeresgott seit ihrem Streit um den heiligen Stein von Winterborg herrschte, eines Tages beenden wollen und deshalb den etwa mannshohen Brocken als Geschenk an den Strand gelegt. Eine Geste des guten Willens. Njordir hatte die Darbietung dieses Steins – der weder in seiner Form noch von seiner Beschaffenheit her mit dem heiligen Stein von Winterborg vergleichbar war – allerdings als Beleidigung aufgefasst und sich mit einem warmen Meeresstrom gerächt, der von Südwinden begleitet wurde und das Eis Fjendurs so weit zurück ins Landesinnere getrieben hatte wie niemals zuvor. Njordir hatte die vergebliche Friedensgabe mit Algen bedeckt, die sich daraufhin in Moos verwandelten und allen zur Mahnung dienen sollten, die glaubten, man könne den Meersgott betrügen oder sich bei ihm einschmeicheln.

Rajin wischte sein Schwert sehr sorgfältig ab, und viele andere Männer taten es ihm gleich, denn es brachte Unglück, ließ man die Feuchtigkeit der Wassermenschen an der Klinge trocknen.

Bratlor trat neben ihn. „Ich habe wirklich keine Ahnung, mit welchen Mächten du im Bunde stehst – aber du bist kein gewöhnlicher Krieger."

„Das war ich nie, Bratlor", erwiderte Rajin.

„Die Kraft in dir scheint nicht nur Drachen in ihren Bann schlagen zu können, sondern auch Wassermenschen …"

„Ich weiß nicht."

„Ich habe es gesehen, Bjonn. Und ich wäre nicht mehr am Leben, wenn es anders wäre."

Rajin steckte sein Schwert weg und ging ein paar Schritte zur Seite, um anderen Männern Platz zu machen, die ebenfalls ihre Waffe reinigen wollten. Bratlor folgte ihm. „Dein Schwert hat geglüht", erinnerte sich der Sternenseher. „Deine Klinge ist Fjendur geweiht und mit seinem Zauber belegt …"

„Wie die Klingen aller Männer hier, Bratlor!"

„Vielleicht ist es Fjendur, der dir diese Kraft schickt!"

„Ich weiß es nicht."

„Du könntest das Orakel befragen."

Rajin fühlte sich unwohl. Auch andere mussten das glühende Schwert gesehen haben. Jedenfalls spürte er mindestens ein Dutzend Blicke auf sich gerichtet. Blicke, die eine Mischung aus Scheu, Verwunderung und Furcht ausdrückten.

Ein rauer, heiserer Ruf drang an Rajins Ohren.

„Wo ist mein Sohn Goranxor?", rief der Wilde Aeriggr, fast außer sich vor Wut und Schmerz. Er hatte Goranxor bisher nicht unter den Überlebenden finden können, und daher schwante ihm Übles.

Glednir Freistirn trat auf ihn zu. „Goranxor starb im tapferen Kampf", berichtete er. „Ich war dabei, nur wenige Schritte von ihm entfernt, und habe gesehen, was geschah …"

Der Wilde Aeriggr erstarrte. Sein Gesicht verzog sich und wurde von tiefen Falten durchzogen. Ein Ausdruck heftigster Qual stand in seinen Zügen.

„Wo geschah dies?", fragte er fast tonlos. „Führ mich hin!"

Glednir Freistirn nickte und tat, was Aeriggr von ihm verlangte. Er führte ihn zu jener Stelle, wo die entsetzlich zugerichteten sterblichen Überreste von Goranxor Aeriggrssohn am Strand lagen. Aeriggr hatte in dem schrecklich deformierten, zerflossenen und dann erstarrten Gesicht nicht die Züge seines Sohnes wiedererkannt.

„Ich habe versucht, ihn zu retten", sagte Glednir. „Doch als ich seinem Mörder die Klinge in den Rücken stieß, war es bereits zu spät. Der Prozess der Verflüssigung kam zwar zum Erliegen, als der Wassermensch starb, aber …"

Aeriggr stieß einen wilden Schrei aus. „Nein!", rief er. „Nicht Goranxor! Verflucht seien die Götter, die dieses üble Geschick zuließen! Mögen Njordir und Fjendur mir zürnen, aber ich spucke auf sie, ich verfluche sie!“ Er zog die kurze Handaxt aus seinem Gürtel und schleuderte sie mit einem barbarischen Schrei hinaus ins Meer. „Verflucht seiet ihr alle!“ rief er. „Möge der Schneemond in dein nasses Reich stürzen, elender Njordir, der du die Wassermenschen in deinem Element duldest! Möge dieser verfluchte Fünfte Äon und die Geschichte der Welt damit beendet sein! Möge das Meer verdampfen, sodass keiner dieser Keulen schwingenden, seemammutblutgierigen Mörder noch in der Tiefe ein Versteck findet!“

„Du versündigst dich, Aeriggr!“, rief Wulfgar Wulfgarssohn dazwischen. „Verfluche Whytnyr, wie wir alle es tun – denn das ist ungefährlich, weil der Verrätergott sein Exil auf dem Schneemond nicht verlassen kann! Aber bei Njordir und Fjendur solltest du vorsichtig sein!“

Aber Wulfgar Wulfgarssohn war der Letzte, von dem sich der Wilde Aeriggr solche Ratschläge geben lassen wollte. Wutentbrannt fuhr er zu Wulfgar herum. Sein Gesicht war dunkelrot angelaufen, und er hielt Wulfgar die geballte Rechte entgegen und fauchte: „Gerade du musst mir sagen, was den Göttern gefällt! Für den Zorn des trauernden Vaters werden sie Verständnis haben, aber was ist mit dir, der du schon seit achtzehn Sommern einen Bastard großziehst, den Njordir ausspuckte?“ Hustend und rau lachte Aeriggr auf. „Er wird wissen, warum er den Jungen nicht selbst haben wollte!“

„Lass Bjonn aus dem Spiel!“, entgegnete Wulfgar düster. „Was deinen Schmerz über den Tod Goranxors anbelangt, hast du mein Mitgefühl, aber für deine grundlosen Anschuldigungen fehlt mir jedes Verständnis!“

„Grundlos?“, rief Aeriggr.

Inzwischen waren die Stimmen der anderen Männer verstummt. Alle Blicke waren auf Aeriggr gerichtet, der mit weiten Schritten auf Rajin zustampfte.

Glednir Freistirn wollte ihn zurückhalten, aber Aeriggr stieß ihn einfach zur Seite. Dann blieb er breitbeinig vor Rajin stehen. Der Daumen seiner Rechten klemmte hinter dem breiten Gürtel, mit der Linken deutete er auf Rajin. „Ist das nicht seltsam? Nicht einmal Njordir wollte dich in seinem Reich haben und spülte dich an diese Küste, Bjonn Dunkelhaar!“

„Der Schmerz nährt einen blinden Hass in dir, Aeriggr“, sagte Rajin so ruhig, wie es ihm in dieser Lage möglich war.

„Dann erkläre uns, wie es kommt, dass uns das Unglück zweimal in so kurzer Zeit heimsuchte? Seit Menschengedenken sah man keine Drachen mehr über Winterland kreisen – und nun greifen sie ausgerechnet unseren Ort an! Und wenig später werden wir auch noch vom schlimmsten Überfall der Wassermenschen seit langer Zeit heimgesucht, die angelockt wurden von jenem Seemammut, das du erlegt hast! Du bist ein Unglücksbringer, Bjonn Dunkelhaar!“

„Bringt es Unglück, das größte Seemammut zu erjagen, das seit vielen Jahren an den Strand unserer Bucht gezogen wurde?“, fragte Rajin.

Aeriggr schüttelte den Kopf. „Durch deine Beute wurden die Wassermenschen erst angelockt!“

Rajin bemerkte, dass unter den umstehenden Männern zustimmendes Gemurmel aufkam.

Aeriggr trat noch einen Schritt auf ihn zu und fuhr fort: „Ich weiß nicht, was es ist, das den Göttern an dir nicht gefällt, und was sie gegen dich und alle, die in deiner Nähe sind, aufgebracht hat – aber die Tatsachen kann niemand anzweifeln.“ Er drehte sich zu Wulfgar herum. „Ich habe dir schon vor Jahren gesagt, was du mit diesem Bastard hättest tun sollen: ihn ins Meer werfen – dorthin, wo er herkam! Mag Njordir sich an ihm verschlucken!“

„Das reicht!“, rief Wulfgar und trat heran. „Wenn du dich mit jemandem anlegen willst, dann mit mir – nicht mit meinem Sohn, der gerade erst zu einem vollwertigen Seemammutjäger herangereift ist!“

„Nur zu, ich schlage dir mit der Axt gern den Schädel ein!“, entgegnete der Wilde Aeriggr. „Offenbar gebrauchst du deinen Kopf ohnehin nur sehr selten, sonst würdest du die Hexenmacht dieses Meeresbalgs erkennen!“ Anklagend richtete er den Finger auf Rajin. „Die Drachen waren seinetwegen hier – und die Wassermenschen bestimmt auch! Das kann ein Mann wie du doch nicht leugnen, Wulfgar! Bei deinem Urahn, den wir alle Eishaar nennen – so dumm und einfältig kann man doch nicht einmal in deiner Sippe sein!“

„Dumm und einfältig?“, polterte Wulfgar und hatte die Hand bereits am Schwertgriff. „Wir können das gern mit der Klinge austragen!“

„Schluss jetzt!“, mischte sich Tjoerk Schädelspalter ein. Der Langschiffkapitän hatte eine so dröhnende Stimme, dass sie die beiden Kontrahenten zunächst verstummen ließ. Tjoerk drängte sich zwischen sie. Kaum einer der anderen Männer wäre mutig genug gewesen, um das zu wagen. „Wir haben einen schwer erkämpften und hoch bezahlten Sieg errungen“, erinnerte er die beiden Gegner an das, was gerade geschehen war. „Soll es jetzt noch einen weiteren Toten geben oder sogar ein Kampf unter den Sippen entbrennen, nur weil zwei Kapitäne in Streit geraten?“ Er wandte sich Aeriggr zu. „Trag dein Anliegen dem Kapitänsrat vor. Dort werden wir darüber sprechen!“

Der Wilde Aeriggr fletschte die Zähne wie ein Wolf, und ebenso starrte er Wulfgar an. Dann aber nickte er Tjoerk Schädelspalter zu und knurrte: „Ja, das werde ich!“

In der folgenden Nacht erschien Rajin wieder der Weise Liisho im Traum. Wulfgar Wulfgarssohns Ziehsohn lag an seinem üblichen Schlafplatz im Langhaus, in seine Decke gerollt, als das Gesicht des Weißbärtigen vor seinem inneren Auge erschien. Im ersten Moment wollte Rajin den Weisen zur Rede stellen. Warum hatte er sich nicht gemeldet und ihm nicht beigestanden? Rajin hatte sogar daran gezweifelt, ob es Liisho tatsächlich so gut mit ihm meinte, wie er stets behauptete.

„Steh auf, Rajin. Steh auf, sobald in der Nacht der Blutmond im Zenit ist und alles schläft. Ich werde dich wecken, wenn es so weit ist. Dann bewaffne dich gut, nimm dir eine der Riesenschneeratten und wende dich in das Land des ewigen Winters, wo Eis und Gletscher auch zu Mittsommer nicht schmelzen. Großes Unheil ist bereits auf dem Weg zu dir …“

„Dann bin tatsächlich ich es, der das Unheil anzieht?“, fragte Rajin in seinem Traum.

„Ja. Also flieh! Und weihe niemanden in deine Pläne ein, denn du würdest unweigerlich das Verderben auf ihn ziehen.“

Also stimmte es, was einige Leute in Winterborg vermuteten und er selbst tief in seiner Seele längst ahnte: Das doppelte Unglück, das Winterborg getroffen hatte, war mehr als nur eine üble Laune der Götter.

Im Traum sah Rajin die Gestalt des Weisen Liisho sich abwenden und davongehen.

„*Warte!*“, versuchte Rajin ihn davon abzuhalten, einfach wieder zu verschwinden.

Liisho wandte sich noch einmal halb herum. „*Es ist keine Zeit für Fragen und lange Erklärungen. Das Verhängnis kommt bereits über das Meer …*“

Traumbilder von ungewöhnlicher Intensität erschienen Rajin. Sie drängten sich ihm auf, ohne dass er sich dagegen hätte wehren können. Aber daran war Rajin gewöhnt. Es war typisch für die Träume, die Liisho ihm sandte, und Rajin hatte früh gelernt, dass es sinnlos war, sie verscheuchen zu wollen.

Ein grauer Himmel, eine schäumende See – aufgepeitscht von einem Sturmwind. Schwarze Punkte schwebten am Horizont und wurden allmählich größer. Aus der Ferne konnte man sie für einen Vogelschwarm halten. Aber die dröhnenden Schreie machten deutlich, dass es sich keineswegs um Vögel handelte.

Es waren Drachen!

Es mussten Hunderte sein …

War dies ein Bild aus der Zukunft, der Vergangenheit – oder ein Blick auf das, was in diesem Moment geschah?

Die Stimme des Weisen Liisho sprach noch einmal zu ihm. „*Es ist keine Zeit für Erklärungen. Tu, was ich dir gesagt habe. Erwache, wenn ich dich die Augen aufschlagen heiße, schleiche hinaus und weihe niemanden ein – denn sonst würdest du ihn ins Verderben ziehen …*“

Rajin starrte auf die herannahenden Drachen, die bislang jedoch kaum mehr als graue Schemen am Horizont waren. Doch auf einmal ließ ihn ein dröhnender Drachenruf aus der Nähe zusammenzucken. Er wirbelte erschrocken herum und sah jenen Drachen mit der gelb-grünen Zeichnung am Körper, der entkommen war, nachdem Rajin seinen roten Kumpan getötet hatte. Nicht einen Lidschlag lang zweifelte Rajin, dass es sich um dasselbe Monstrum handelte. Nicht nur die übereinstimmende Gestalt und die sehr charakteristische Schuppenzeichnung sprachen dafür – auch eine Berührung des Geistes, die allerdings sehr kurz war.

Erneut entrang sich dem geöffneten Maul ein dröhnender Laut, dessen tiefe Untertöne Rajins Bauchdecke vibrieren ließen. Ein noch kräftigerer und tieferer Drachenschrei musste einem die Gedärme zerreißen, dachte Rajin schaudernd.

Der Drache schwang sich mit peitschendem Flügelschlag in die Luft, beschrieb einen weiten Bogen und jagte in Richtung der Drachen-Armada am Horizont davon.

Dann wurde es dunkel vor Rajins Augen …

Kein Traumgesicht suchte ihn noch heim, bis der grüne Jademond den Zenit erreicht hatte, und er schlief wie ein Stein.

7

IN FJENDURS REICH

Als der Jademond im Zenit stand, sprach die Stimme Liishos erneut zu Rajin und weckte ihn.

Er rollte sich aus seiner Decke, erhob sich von seinem Schlafplatz und zog sich einen warmen Mantel mit Kapuze an, der außen aus Seemammuthaut bestand und mit dem Fell einer Riesenschneeratte gefüttert war. Während des Sommers trug Rajin dieses Kleidungsstück nur selten. Aber im Landesinneren Winterlands gab es keinen Sommer, und Liishos Worten zufolge würde ihn sein Weg ins ewig vergletscherte Reich des kalten Fjendur führen.

Es gab auch keine andere Möglichkeit zur Flucht. Denn wenn die Drachen, die er im Traum gesehen hatte, tatsächlich seinetwegen kamen, hätten sie leichtes Spiel, würde er sich mit einem kleinen Boot auf das Meer hinauswagen, um etwa die Küste der Provinz Sturmland auf dem Festland des Seereichs zu erreichen. Abgesehen davon wäre er an der dichter besiedelten Küste des Festlandes auf Grund seines Äußeren schnell aufgefallen, was seinen Feinden unter Umständen helfen konnte, seine Spur zu verfolgen.

Nein, er hatte wohl keine andere Wahl, als Liisho zu vertrauen. Trotzdem ärgerte es ihn, dass ihn der Weise nicht mehr ins Vertrauen gezogen hatte. Achtzehn Sommer lang hatte Rajin in Winterborg gelebt. Achtzehn Sommer und Winter hatte er diese Träume und Visionen gehabt. Eigentlich genug Zeit, ihn über alles aufzuklären und die Geheimnisse seiner Herkunft zu enthüllen.

Rajin gürtete sich das Schwert auf den Rücken und steckte sich noch einen Dolch aus dem Zahn eines Seemammutjungen und eine Handaxt, deren Stiel etwa die Länge eines Unterarms hatte, in den breiten Gürtel, in dessen Schnalle das Zeichen Njordirs eingraviert war. Ein Zeichen, das ihm bisher Glück gebracht hatte, wie er dachte.

Nachdem er in die weichen Fellstiefel geschlüpft war, schlich er aus dem Langhaus. Er bewegte sich vollkommen lautlos, sodass niemand aus dem Gefolge Wulfgar Wulfgarssohns geweckt wurde. Das Oberhaupt der Sippe selbst schlief zusammen mit seiner Hauptfrau, die bei seiner Abwesenheit auch als Herrin des Hauses fungierte, in einem hölzernen Alkoven, während alle anderen zu seinem Haushalt gehörenden Personen in dem großen Wohnraum nächtigten, der – im Gegensatz zu weniger reich ausgestatteten Kapitänshäusern – immerhin vom Werkstattbereich und den Räucherkammern für das Seemammutfleisch getrennt war.

Als Rajin einen kurzen Blick in Richtung des Alkovens warf, meldete sich die Stimme Liishos wieder in seinem Kopf.

„Du kannst weder deinen Ziehvater noch seine Frau einweihen, auch wenn sie dich wie ihr eigenes Kind aufgezogen haben. Und selbiges gilt für deinen Freund Bratlor und für Nya, deren Herz dir, wie ich weiß, sehr zugetan ist. Jedes Wort würde die Gefahr für sie vergrößern …"

Welche Wahl hatte er schon, als dem Weisen zu glauben? Doch er fühlte auch, dass Liisho die Wahrheit sagte. Er dachte an die Horde der fliegenden Drachen. Ob sie von Reitern gelenkt wurden, hatte Rajin in seinem Traum nicht erkennen können, dazu waren sie zu weit entfernt gewesen. Aber letztlich spielte das auch keine Rolle. Wenn sie sich ähnlich verhielten wie der rote Drache, den er getötet hatte, war das Schlimmste zu befürchten. Im Rückblick fügte sich alles zu einem gleichermaßen sinnvollen wie grausamen Ganzen zusammen.

Rajin verließ das Langhaus. Die Tür knarrte ein wenig, und ein Schwall kühler Luft wehte herein. Rajin drehte sich kurz ein letztes Mal um und ließ den Blick über die Schlafenden schweifen. Von den meisten, die im Haus von Wulfgar Wulfgarssohn nächtigten, war bestenfalls ein Schatten zu sehen. Das Licht des grünen Jademondes fiel durch den Rauchabzug in der Decke. Der rote und recht tief stehende Blutmond hingegen schien durch das einzige Glasfenster des

Langhauses. Es war eines der wenigen Glasfenster, die es überhaupt in Winterborg gab. Rajin erinnerte sich noch gut daran, wie Wulfgar es von einer seiner Handelsfahrten aus dem fernen Seeborg mitgebracht hatte. Rajin war damals knapp zehn Jahre alt gewesen, noch zu jung, um schon zur See zu fahren. Mit großen Ohren hatte er den Erzählungen seines Vaters gelauscht, der davon berichtet hatte, dass in Seeborg schon zahlreiche Kapitänshäuser Fenster aus Glas hätten und nicht mehr mit Alabaster oder Leinen verhängt wurden. Eine halbe Schiffsladung Stockseemammut hatte Wulfgar für das Glasfenster bezahlt, denn die Kunst der Glasherstellung wurde nur im fernen Feuerheim wirklich mit Meisterschaft beherrscht. Die Scheiben gelangten noch immer über Feuerheimer Zwischenhändler nach Norden und gewannen auf diesem Weg natürlich ein Vielfaches an Wert, zumal ein nicht unerheblicher Teil der Ware dabei zu Bruch ging.

Rajin lächelte. Vielleicht hatte Wulfgar seinerzeit auch leicht übertrieben hinsichtlich der angeblich so zahlreichen Glasfenster in Seeborg. Er konnte sich nicht vorstellen, dass es auf einem Eiland mit einer so kalten Witterung wie Winterland überhaupt sinnvoll war, Fenster mit Glasscheiben darin zu haben. Immerhin blieben die Läden gut drei Viertel des Jahres geschlossen, damit die kostbare Herdwärme nicht entwich.

Dennoch hatte es schon wenige Monate später einen zweiten stolzen Besitzer eines Glasfensters in Winterborg gegeben. Kein Geringerer als der Wilde Aeriggr hatte sogar gleich zwei Fenster in sein Langhaus eingebaut, um Wulfgar zu übertrumpfen. Allerdings war schon im Winter darauf Wasser in die Fassung des einen Fensters eingedrungen, und als es in der Nacht gefror, war das Glas gesprungen. Die anderen Kapitäne sahen darin ein Zeichen der Götter, die sehr traditionalistisch waren und alles Neumodische ablehnten. So gab es in Winterborg keine weiteren verglasten Fenster mehr, obgleich sie selbst in Witborg, Borghorst und anderen Häfen des nördlichen Seereichs inzwischen keine Seltenheit mehr waren.

Rajin gab sich einen Ruck. Es war ungewiss, ob und wann er nach Winterborg zurückkehren würde. Er atmete die kühle Nachtluft ein und schloss vorsichtig die Tür.

Der Weg zu den Pferchen der Riesenschneeratten führte am Langhaus von Kallfaer Eisenhammer vorbei.

Rajin dachte an Nya, die er liebte und die seine Gefühle erwiderte, woran weder die von den meisten Seemannen als hässlich empfundene Form seiner Augen noch die ablehnende Haltung ihres Vaters etwas ändern konnte.

Nicht einmal von ihr konnte er sich verabschieden, ging es ihm bitter durch den Kopf, und er wandte sich in Richtung der Pferche.

Er bog von der Hauptgasse ab und vernahm plötzlich Schritte. Eine Gestalt hob sich gegen das Licht der Monde ab. Die Umrisse eines Kriegers waren zu erkennen: die konische Form des Helms, das über den Rücken gegürtete Schwert und in der Hand eine schwere Streitaxt mit zwei Klingen.

Er trat weiter vor, und das Licht des Schneemondes fiel in sein Gesicht, das dadurch bleich und fahl erschien. Sein Name war Hjaertleif Twornssohn, und er war der jüngste Enkel des alten Tworn, dessen ältester Sohn ebenfalls Tworn geheißen hatte und zur Unterscheidung von seinem Vater zeitlebens als „der junge Tworn" bekannt gewesen war. Im letzten Jahr war das Schiff des jungen Tworn allerdings auf dem Rückweg von einer erfolglosen Seemammutjagd in einen furchtbaren Sturm geraten. Bei der Einfahrt in die Bucht von Winterborg war es mit Mann und Maus gesunken. Der Orkan hatte es förmlich zerrissen, nachdem die Mannschaft zuvor über einen ganzen Tag und eine Nacht gegen die Mächte des Windes angekämpft hatte. Später hatte man nur Bruchstücke gefunden, die an Land gespült worden waren.

Rajin verbarg sich in der Nische, die zum Eingang eines Kesselhauses gehörte, wo das giftige Blut aus dem Fleisch der Seemammuts gekocht wurde. Der Schatten verbarg ihn, während Hjaertleif Twornssohn an ihm vorbeiging.

Innerhalb des Orts patrouillierten nur wenige Posten, und die Pferche mit den Riesenschneeratten zu bewachen, wäre niemandem eingefallen. Die Tiere waren schlau genug, um nicht davonzulaufen, schließlich wussten sie die regelmäßige Fütterung zu schätzen. Und Schneerattendiebe gab es in Winterborg nicht. Der Ort war einfach zu klein, und da die Riesenschneeratten ohnehin Allgemeineigentum waren, hätte der Dieb auch sich selbst bestohlen.

Anders war es beim Seemammutkadaver. Dort waren die Wachen seit dem Überfall der Wassermenschen verstärkt worden, denn niemand konnte ausschließen, dass der Verrätergott Whytnyr seinen Kreaturen einen erneuten Angriff einflüsterte. Die Angst saß tief, so kurz nach dem schrecklichen Überfall, der so viele Krieger das Leben gekostet hatte.

Rajin wartete ab, bis Hjaertleif die nächste Ecke erreichte. Dort drehte sich der Enkel des alten Tworn noch einmal um und blickte direkt in Rajins Richtung.

Rajin hielt den Atem an.

Er kann dich sehen!, durchfuhr es ihn. Offenbar hatte irgendetwas Hjaertleif Twornssohn Verdacht schöpfen lassen.

Augenblicke lang herrschte beinahe vollkommene Stille. Nur der leichte Wellenschlag der Brandung war zu hören. Dann durchbrach der Schrei einer Eismöwe diese Stille.

Hjaertleif drehte sich um und setzte seinen Patrouillengang fort, ohne noch einmal in Rajins Richtung zu blicken.

Rajin kannte den Weg, den Hjaertleif nehmen würde. Auch er war schon oft genug zur Nachtwache eingeteilt gewesen.

Wenig später erreichte Rajin die Pferche der Riesenschneeratten. Die zotteligen Tiere schliefen friedlich. Manche ließen einen gurrenden Laut hören, der an menschliches Schnarchen erinnerte.

Rajin suchte sich eines der Tiere aus und weckte es mit einem Schnipsen der Finger in unmittelbarer Nähe des Rattenohrs. In einem benachbarten Verschlag aus Seemammutknochen und Seemammuthaut lagerten die Sättel und Geschirre. Ein vom Kapitänsrat ernannter Mann hatte die Aufgabe, für die Tiere zu sorgen, und bekam dafür einen fest bemessenen Anteil an der Beute jedes Winterborger Schiffs. Doch da dieses Amt gegenwärtig von einem ehemaligen Gefolgsmann Wulfgars bekleidet wurde, kam es laufend zu Streitigkeiten, denn insbesondere der Wilde Aeriggr und seine Sippe fühlten sich ständig bei der Zuweisung von Reittieren benachteiligt.

Gonjar hieß der Marschall, wie man dieses Amt seit einiger Zeit nannte. Rajin hatte manchmal den Eindruck gehabt, dass um die Besetzung des Marschallamts sogar noch härter gerungen wurde als um die Position eines Ältesten im Kapitänsrat.

Aber während frühere Marschälle oft im Schuppen für das Sattel- und Zaumzeug geschlafen hatten, wohnte Gonjar mit seiner Frau in einer Hütte am anderen Ende Winterborgs. So hatte Rajin auch von dieser Seite nichts zu befürchten.

Die Riesenschneeratte war schnell gesattelt. Rajin hatte Übung darin. Oft genug war er zusammen mit Wulfgar und dessen Männern zum Heiligtum des Fjendur geritten, um die Schwerter und Äxte der Sippe mit jenem Zauber zu versehen, der den Wassermenschen den Tod brachte.

Rajin wollte gerade die gesattelte Riesenschneeratte aus dem Gatter des Pferches führen, da sah er im Licht der Monde die Gestalt eines Seemannenkriegers. Doch obgleich das Licht des Augenmondes den Krieger voll erfasste, blieb sein Gesicht nichts weiter als ein schwarzer Fleck im Schatten einer Kapuze.

„Wolltest du dich tatsächlich ohne mich davonmachen?", fragte eine sonore Stimme.

„Bratlor!", entfuhr es Rajin.

Der Sternenseher schlug die Kapuze zurück und blieb dicht vor ihm stehen. „Du hast dir zwar viel Mühe gegeben, keinen Lärm zu machen, aber du warst trotzdem nicht leise genug, denn ich habe einen sehr leichten Schlaf." Bratlor hielt etwas in der Hand. Es handelte sich um zwei längliche Gegenstände. Einen davon reichte er Rajin. „Du hast deinen Bogen vergessen." Rajin ergriff den Köcher aus Schneerattenfell, in dem ein Reflexbogen mit gut zwei Dutzend Pfeilen steckte. „Hat man dir nicht beigebracht, dass man niemals ohne Bogen ins Reich Fjendurs reiten soll, Bjonn Dunkelhaar?"

„Danke, Bratlor."

„Lass uns keine Zeit verlieren. Mein Angebot, dich zu begleiten, war nicht einfach so dahingesagt."

„Das weiß ich."

„Und trotzdem wolltest du dich einfach so davonstehlen?" Er schüttelte den Kopf.

„Schick ihn fort!", wisperte die Stimme des Weisen Liisho in Rajins Kopf. *„Geh allein!"*

Rajin schluckte. „Fürchtest du nicht das Unheil, das Winterborg meinetwegen heimgesucht hat?"

Bratlor schüttelte den Kopf. „Erstens müsstest du mich eigentlich gut genug kennen, um zu wissen, dass ich keineswegs ein besonders ängstlicher Mann bin …“

„Das habe ich damit auch keineswegs sagen wollen“, stellte Rajin sofort klar, denn unter Seemannen war es so ziemlich die größte Beleidigung, wenn man den Mut seines Gegenübers anzweifelte.

„Nichts für ungut“, winkte Bratlor ab. „Außerdem stehe ich tief in deiner Schuld. Du hast während des Kampfes gegen die Wassermenschen mein Leben gerettet.“

„Ich bin überzeugt davon, dass du dasselbe für mich getan hättest“, entgegnete Rajin.

„So gib mir Gelegenheit dazu, Bjonn Dunkelhaar. Gib mir Gelegenheit dazu, indem ich dich begleite und vor den Dummheiten bewahre, zu denen man in deinem unerfahrenen Alter leider neigt.“

Rajin fielen keine Gegenargumente ein. Außerdem wollte er Winterborg so schnell wie möglich verlassen. Wenn sie noch weiter hier herumstanden und sich stritten, würde man seine Flucht noch entdecken. Ihm blieb einfach keine Zeit.

Also wurde eine zweite Riesenschneeratte gesattelt. Rajin half Bratlor dabei, dann führten sie ihre Reittiere aus dem Gatter. Eine der schlafenden Riesenschneeratten erwachte beinahe und stieß einen schrillen, durchdringenden Schrei aus, der in der ganzen Bucht zu hören sein musste. Dann aber rollte sich das Tier auf die andere Seite und schlief weiter.

Dass die Tiere hin und wieder derartige Laute von sich gaben, war nichts Ungewöhnliches und für niemanden Anlass, nach den Riesenschneeratten zu sehen.

Rajin und Bratlor kletterten auf ihre Reittiere. Dazu krallten sie sich am Fell fest, zogen sich hinauf und schwangen sich in die Sättel. Köcher und Bogen wurden am Sattel befestigt.

Rajin zog an den Zügeln, und das Tier unter ihm setzte sich in Bewegung. Langsam schob es sich voran, und Rajin wusste nur zu gut, woran diese Trägheit lag. Es war Sommer, und die Riesenschneeratten verloren das ganze Jahr über nicht ihr Fell, es sei denn, man scherte sie, um aus ihrer Körperbehaarung Wolle zu machen. Die ungezähmten Verwandten der Reittiere zogen sich nämlich im Sommer in kältere

Regionen zurück. Die Seemannen von Winterland schoren aber immer nur einen Teil ihrer Riesenschneeratten, um jederzeit genügend Tiere zur Verfügung zu haben, mit denen sie zum Heiligtum Fjendurs im Inneren Winterland reiten konnten. Geschorene Riesenschneeratten standen nämlich die Temperaturen im Landesinneren auch im Sommer nicht durch.

Bratlor trieb sein Tier energisch vorwärts, indem er ein paar Schnalzlaute ausstieß, auf die die Riesenschneeratten empfindlich reagierten. Rajin tat es ihm gleich.

„Du hättest allein reiten sollen!“, meldete sich wieder die Gedankenstimme des Weisen Liisho. *„Nun folge wenigstens dem Weg, den ich dir sage! Reite zum Heiligtum des Fjendur! Nur so wirst du die Mission erfüllen können, für die du ausersehen bist!“*

Rajin hätte gern mehr erfahren. Aber der Weise hüllte sich wieder in beharrliches Schweigen. Stattdessen wurde Bratlor umso redseliger, nachdem sich die beiden Reiter weit genug von Winterborg entfernt hatten, um nicht mehr Gefahr zu laufen, dass ihre Worte vom Wind bis zu den Häusern getragen wurden.

Als die beiden Riesenschneerattenreiter die ersten Ausläufer der Gletscher erreichten, zügelte Rajin sein Reittier, drehte sich noch einmal im Sattel um und blickte zurück.

Eine Handvoll Lichter am Ozean – so wirkte Winterborg aus der Entfernung. Und die meisten dieser Lichter brannten gar nicht in dem Ort selbst, sondern ein Stück weiter am Strand, wo der Kadaver des Seemammuts bewacht wurde.

„Komm jetzt, Bjonn!“, forderte Bratlor ihn auf. „Schau nicht zurück.“

„Nur einen Moment …“

„Beim Heiligtum des Fjendur wirst du Antworten auf die bohrenden Fragen in dir erhalten“, sagte Bratlor, und Rajin fragte sich, woher sein Gefährte wusste, dass das Heiligtum sein Ziel war. Doch Bratlor schien es einfach vorauszusetzen, dass Rajin versuchen würde, das Orakel zu befragen.

„Jedenfalls scheint dieses Heiligtum mein Schicksal zu sein …“, murmelte er.

Oft genug war er dort gewesen, um zusammen mit den anderen

Männern aus Wulfgar Wulfgarssohns Sippe die Schwerter und Äxte mit dem Zauber Fjendurs zu versehen. Aber zum Orakel war er nie vorgedrungen. Das war das Vorrecht des Sippenältesten, wofür er allein eine Höhle in der Nähe des Heiligtums betrat, wo er eine Opfergabe ablegte und sich Fjendurs Gedanken hingab. In der Regel hatte Wulfgar über das, was er in der Höhle erlebt hatte, geschwiegen. So forderte es die Tradition. Der Sippenführer sollte durch das Orakel Weisheit erlangen und Gefahren, die erst in der Zukunft entstanden, erkennen. Ihm allein wurde die Last dieses Wissens auferlegt, damit es seinen Männern nicht die Tatkraft und den Siegesmut nahm, falls das Orakel schlechte Nachrichten offenbarte.

Umgekehrt sollte aber eine gute Orakelbotschaft nicht zu übersteigerter Selbstsicherheit und Leichtsinn führen. Denn auch wenn man Fjendur einen besonders klaren Blick auf die Muster des Schicksalsteppichs zubilligte, den Groenjyr knüpfte, so galt der Schicksalsgott des grünen Mondes doch als sehr unzuverlässig, weil er ein trunksüchtiger Gesell war. Schon so manches Mal hatte er das Muster seines Teppichs aus einer Laune heraus wieder verworfen und in aller Eile etwas ganz anderes gefertigt, und auch ansonsten wiesen seine Werke üble Webfehler auf.

Also war eine gute Botschaft durch Fjendurs Orakel keineswegs eine Garantie auf eine gute Zukunft, auf gute Geschäfte, siegreiche Kriege oder eine erfolgreiche Seemammutjagd. Die Legenden der Seemannen erzählten von zahlreichen Helden, die sich auf ein gutes Orakel verlassen und gerade deshalb ein furchtbares Schicksal hatten erleiden müssen, aber auch von solchen, die nach einer vernichtenden Orakelbotschaft gegen alle Schicksalsmächte doch noch ihr Glück fanden.

Einmal hatte jemand im Kapitänsrat von Winterborg sogar den Vorschlag gemacht, das Erzählen solcher Geschichten zu verbieten, da sie die Ehrfurcht vor den Göttern zunichte machen könnten. Aber die Winterabende im äußersten Norden des Seereichs waren einfach zu lang, als dass sich ein derartiges Verbot hätte durchsetzen können.

Nur ganz selten war es vorgekommen, dass ein einfacher Seemanne das Orakel aufgesucht hatte. Denn dafür musste ein besonderer Grund vorliegen, und in den Legenden war der Betreffende stets allein ins Innere des Gletscherlandes geritten.

„Warum glaubst du, dass das Orakel mir antworten wird?“, fragte Rajin. „Wer es grundlos aufsucht, dem gegenüber schweigt es.“

„Du selbst bist doch davon überzeugt, dass du dort Antworten finden wirst“, entgegnete Bratlor. „Außerdem habe ich dein Schwert im Kampf gegen die Wassermenschen glühen sehen – das ist ebenso ein Zeichen dafür, dass du etwas Besonderes bist und die Götter Pläne mit dir haben, wie die Art und Weise, wie du den Drachen bezwungen hast.“

„Und du meinst, das Orakel weiß diese Zeichen zu deuten?“

„Fürchtest du dich vor der Wahrheit, oder was ist auf einmal los mit dir?“

Rajin schüttelte den Kopf. „Nein.“

Bratlor lachte auf. „Das ist eine Lüge – denn vor solchen Wahrheiten fürchtet sich jeder. Aber die Ungewissheit ist auf Dauer quälender.“

8

DAS HEILIGTUM

Als der Morgen graute und die Monde verblassten, befanden sich Rajin und Bratlor längst in einer trostlosen Schnee- und Eislandschaft. Aus der Entfernung waren Riesenschneeratten in dieser Umgebung so gut wie unsichtbar. Vor langer Zeit, an die man sich selbst in den Tagen Wulfgar Eishaars kaum noch hatte erinnern können, waren die Männer der Seemannen häufiger ins Landesinnere gezogen, um Riesenschneeratten oder ihre zwergenhaften Verwandten zu jagen. Oder die Eisraupen, die es schafften, sich selbst durch die dicksten Eisschichten hindurchzukämpfen und von denen manche sagten, sie wären eigentlich die Bewohner von verborgenen Seen, die Fjendur mit Eis zugedeckt hatte, weil alles Leben in ihnen nur ihm gehören sollte. Die Eisraupen wurden daher häufig vom jeweiligen Sippenoberhaupt dem Orakel des Fjendur als Opfer dargebracht. Damit gab man Fjendur ein Geschöpf zurück, auf das er Anspruch erhob, das ihm aber durch Groenjyrs schlampige Arbeit am Schicksalsteppich entwischt war.

In jenen frühen Tagen hatte es viele Inland-Clans gegeben, die ganz von der Jagd zu Lande gelebt und mit den großen Raubtieren dieser Ödnis um die Beute gerungen hatten. Aber nach und nach waren sie alle an die Küste gezogen, da ihre Kinder zahlreicher wurden, die Beute hingegen immer knapper und das Klima rauer geworden war. Die Jagd auf das Seemammut und der Handel mit den Häfen des Festlandes waren allemal einträglicher und weniger entbehrungsreich als das harte Leben im Inneren Winterlands. Schon zur Zeit Wulfgar Eishaars hatte es keine Inland-Sippen mehr gegeben.

Die letzte Gruppe, die das Leben im Inland aufgab, war die Sippe von Kragnjyr Eiswolftöter gewesen, den man später nur noch den Einfältigen Kragnjyr genannt hatte. Stärker als ein Eiswolf, aber so dumm wie ein Ballen Schneerattenwolle – so wurde er in den Legenden dargestellt, weshalb es niemanden gab, der seine Herkunft auf ihn zurückführen wollte. Dabei hatte er eine riesige Sippe angeführt, und so war es eigentlich undenkbar, dass sie gänzlich ausgestorben war. Doch seine Nachfahren hatten ihre wahre Herkunft aus Furcht vor Hohn und Spott geleugnet und hatten sich in ihren Erzählungen in die Stammbäume anderer Sippen eingeschmuggelt, bis sie schließlich vergaßen, wer eigentlich ihr Ahnherr gewesen war.

Inzwischen gingen die Bewohner Winterlands nur noch dann zur Jagd ins Binnenland, wenn Njordir ihnen zürnte und die Seemammuts ausblieben oder wenn sich einer von ihnen einen besonders wertvollen Pelz beschaffen wollte, etwa den des Wechselhörnchens, das die Farbe seines Fells zu ändern und der Umgebung anzupassen vermochte. Es war nahezu ausgestorben, und eine Jagd auf dieses Tier, das mitsamt seinem buschigen Schweif nicht länger als der Unterarm eines Kindes war, lohnte kaum das Futter für die Riesenschneeratten.

Gegen Mittag erreichten Rajin und Bratlor die ersten Berge. Bis dahin war das Land sehr flach. Immer wieder hatten sich die Gletscher vorgeschoben und wieder zurückgezogen, und eingefrorene Muscheln, Fische und Kraken, die man im Eis mitunter finden konnte, sprachen dafür, dass es sogar Zeiten gegeben hatte, da die Insel Winterland viel kleiner gewesen war und das Meer bis zu den ersten Anhöhen gereicht hatte. In ihrem ewigen Kampf hatten der kalte Fjendur und der nasse Njordir offenbar verbissen um dieses Land gerungen.

Die Riesenschneeratten wurden unruhig, stießen schrille, stakkatoartige Laute aus und schnüffelten im hart gefrorenen Schnee herum. Rajin wusste, was das bedeutete. Sie hatten Hunger und rochen Sonnensucher, von denen sich auch ihre wild lebenden Verwandten ernährten.

„Gönnen wir den Tieren eine Pause, um sich zu stärken“, schlug Bratlor vor und kletterte aus dem Sattel. Er rutschte am Fell der Riesenschneeratte nach unten und zog einen der dicken, mit Fell gefütterten Fäustlinge aus.

Seine Riesenschneeratte scharrte mit den Pfoten und wühlte im hart gefrorenen Schnee. Ihre Laute wurden drängender, ungeduldiger. Rajin stieg ebenfalls von seiner Riesenschneeratte, damit auch sie nach Sonnensuchern graben konnte. Mit einem Reiter auf dem Rücken hätte sie das nicht gewagt, selbst bei größtem Hunger nicht. Dazu waren die Riesenschneeratten aus den Pferchen des Kapitänsrats von Winterborg zu gut erzogen. Man achtete sehr auf die Ausbildung der Tiere, denn wenn die Reisen der Winterborger ins Binnenland auch seltener geworden waren, so konnte im Einzelfall doch das Leben des Betreffenden davon abhängen, wie diszipliniert das jeweilige Reittier war.

Mit je einem kurzen Pfiff ließen Rajin und Bratlor ihre Riesenschneeratten frei. Das Gehör der Tiere war fein genug, um die Pfiffe einzelner Reiter genauestens voneinander unterscheiden zu können. Die beiden Ratten stoben ungestüm davon, die schnüffelnden Nasen dicht über dem Boden. Sie entfernten sich fast drei Schiffslängen weit, aber weder Rajin noch Bratlor beunruhigte das; ein einziger Pfiff hätte die Tiere selbst dann wieder zu ihnen zurückgeholt, hätten sie sich eine ganze Meile entfernt.

Sie verharrten an zwei verschiedenen, etwa zwanzig Schritt voneinander entfernten Stellen und begannen zu graben. Ihr Speichel ließ Eis und Schnee schmelzen und erleichterte es ihnen, an die Sonnensucher heranzukommen – blaugrüne Gewächse, von denen man sagte, Njordir selbst hätte sie einst gepflanzt, denn mit ihrer schlangengleichen Form ähnelten sie manchen Wasserpflanzen, die vom Grund des Meeres bis zur Oberfläche wuchsen. Fjendur jedoch hatte versucht, die Sonnensucher auszurotten, indem er sie mit Eis und Schnee bedeckte. Da aber hatte Njordirskint, der Gott des Meermondes, seinen Vater Njordir beschworen, seine Geschöpfe nicht zugrunde gehen zu lassen. Und so war ihnen die Kraft verliehen worden, das Eis zu durchdringen und der Kälte zu trotzen. Ihre Wurzeln steckten im Boden unter dem Eis, und der Legende nach reichten sie bis in das heiße Herz der Welt, wo selbst Eisen und Gestein schmolzen. Von dort bezogen sie die Kraft, die sie immer wieder gegen die Kälte triumphieren und so weit emporsteigen ließ, dass sie vom Licht der Sonne beschienen wurden.

Fjendur wurde jedoch nicht müde, sie mit frischen Schichten aus Eis und Schnee zu bedecken, in der ewigen Hoffnung, ihnen damit ein kaltes Grab zu bereiten. So wurden die Sonnensucher ein Teil des Kampfes, der zwischen den Göttern tobte – und Njordirskint, der vom Meermond auf sie herabsah, ermunterte sie jede Nacht, ihr Wachstum nicht aufzugeben. Außerdem bat der Sohn des Meeresgottes die inneren Erdgeister, die während seiner Jugend seine Spielgefährten gewesen waren, um Hilfe, sodass es die Sonnensucher auch während des schlimmsten Winters stets schafften, Eis und Schnee zu widerstehen.

Bratlor griff in eine Tasche, die er unter der Schulter trug, und warf Rajin ein Stück Stockseemammut zu. Rajin fing es auf. „Iss was! Wir haben noch einen langen Weg vor uns."

„Wenn die Tiere nicht irgendwelche Schwierigkeiten machen, können wir morgen Nacht das Heiligtum erreichen", entgegnete Rajin.

„Das ist ziemlich ehrgeizig! Beim letzten Mal haben wir fast drei Tage bis zum Schwarzen Felsen gebraucht."

„Ich weiß. Aber da gab es auch keinen besonderen Grund zur Eile", sagte Rajin, „und einigen Männern aus dem Gefolge meines Vaters schien es fast genauso wichtig zu sein, ein Wechselhörnchen zu erlegen und mit dessen Fell in Winterborg anzugeben, als die Schwerter und Äxte mit dem Zauber Fjendurs zu versehen, um gegen die Wassermenschen gewappnet zu sein."

Bratlor hatte sich selbst auch ein Stück Stockseemammut genommen, führte es zum Mund und nahm einen Bissen. „Ja, so weit ist es schon gekommen", murmelte er kauend, während er den Riesenschneeratten zusah, wie sie nach den Sonnensuchern gruben. „Selbst die Seemannen von Winterland sind schon eitel wie die Großpfauen geworden, deren Federn ich einst auf dem Markt von Etana sah."

Auch Rajin nahm ein paar Bissen, obwohl er eigentlich gar keinen Hunger hatte. Aber es war ungewiss, wann sie das nächste Mal rasten würden. Wenn die Riesenschneeratten genügend Sonnensucher fanden, fraßen sie so viel davon, dass sie für die nächsten zwei Tage keine Nahrung mehr benötigten.

Nachdem sich Bratlor gesättigt hatte, holte er unter seiner Kleidung einen kleinen Behälter hervor, der aus dem Elfenbein eines Seemammutstoßzahns bestand. Er war handgroß, und seine Form ähnelte der einer Muschel. Die Oberseite war mit winzigen Runen beschriftet, die ein wahrer Künstler mit äußerst feinem Werkzeug in das Material geschnitzt und anschließend koloriert hatte.

Bratlor öffnete die Muschel. Das Innere war ebenfalls mit Runen versehen. Fünf von ihnen waren besonders hervorgehoben. Sie standen für die fünf Himmelsrichtungen Süden, Westen, Osten, Nordwesten und Nordosten. Dazwischen befand sich eine zitternde Metallnadel.

Ein Kompass!

Rajin sah interessiert zu. Er wusste, dass die Sternenseher mit Hilfe der Kompassnadel die Himmelsrichtung bestimmen konnten, da die Nadel normalerweise immer nach Süden zeigte. Eine Ausnahme bildete dabei nur die „Zeit der Irrungen", in der die Nadel wild herumtanzte, ohne eine klare Richtung anzuzeigen. Dieses Phänomen trat vollkommen unvorhersehbar auf.

Bratlor sah angestrengt auf die Nadel, und seine Stirn zog sich dabei in Falten. Für einen kurzen Moment gelang es ihm, den Kompass auszurichten, dann zuckte die Nadel herum und drehte sich mehrfach, ehe sie schließlich wieder ihre Spitze gen Süden richtete.

„Uns steht wahrscheinlich wieder eine Zeit der Irrungen bevor", murmelte der Sternenseher. „Oft beginnt es so, mit kurzen Schüben. Aber wenn wir Glück haben, sind es bis dahin noch ein paar Tage."

„Nun sag nur noch, dass der Beginn der Zeit der Irrungen ebenfalls mit mir und der üblen Magie zusammenhängt, die offenbar in mir wohnt", murrte Rajin.

Bratlor lachte auf. „Nur die unerkannten Nachfahren des Einfältigen Kragnjyr glauben den Unsinn, dass die Zeit der Irrungen etwas mit Magie oder den Streitereien unserer Götter zu tun hat. Doch leider stellen Kragnjyrs Nachfahren die Mehrheit unseres Volkes, auch wenn das keiner wahrhaben und sich niemand zu ihm als Ahnherrn bekennen will."

„Und was ist der wahre Grund dafür, dass die Zeit der Irrungen beginnt?"

„Seit fast einem Menschenalter herrscht unter den Gelehrten in Seeborg die Ansicht vor, dass sie dadurch verursacht wird, dass der

Schneemond allmählich vom Himmel fällt. Dafür spricht auch, dass diese Erscheinung in keiner Chronik aus der Zeit vor Beginn des Fünften Äons erwähnt wird."

„Solange die Sicht gut bleibt und du den Weg anhand der Gestirne oder mit Hilfe der Sonne bestimmen kannst, soll uns gleichgültig sein, ob eine neue Zeit der Irrungen ausbricht."

„Ja", murmelte Bratlor. „Aber gerade dann, wenn an der Küste Sommer herrscht und der warme Wind bis in Fjendurs Reich bläst, ist der Himmel so grau wie eine Steinwand, sodass manchmal für lange Zeit weder Sterne noch die Sonne zu sehen sind."

Schon bald, nachdem sich die Riesenschneeratten satt gefressen hatten und Rajin und Bratlor wieder aufgestiegen waren, setzte leichter Schneefall ein, und die Sonne wurde zu einem verwaschenen Lichtfleck an einem immer grauer und dunkler werdenden Himmel.

Rajin und Bratlor trieben die Tiere an. Immer wieder sah Rajin den Freund auf den Kompass blicken; noch wies ihnen die Nadel den Weg.

Sie ritten nach Nordwesten, und die Landschaft wurde bergiger. Hier und dort erhoben sich sogar schroffe Massive aus der Schneelandschaft. Schon am Nachmittag wurde das Schneegestöber so dicht, dass die beiden Männer kaum die Hand vor Augen sehen konnten. Der südliche Wind trieb dichte, schwere Wolken über den grauen Himmel, und der Schnee türmte sich zu Verwehungen auf, in die die Riesenschneeratten tief einsanken. Aber die Tiere fühlten sich offenbar wohl. Die Götter hatten sie für solch ein Wetter und eine Umgebung wie diese geschaffen.

Rajin folgte einfach dem Weg, den Bratlor vorgab. Er musste nur darauf achten, den Gefährten nicht zu verlieren.

Liisho, hörst du mich?, fragte Rajin in Gedanken. *Ist das der Weg, auf den du mich allein schicken wolltest?*

Er erhielt keine Antwort. An diese langen Zeiträume, in denen Liisho nicht zu ihm sprach, konnte sich Rajin einfach nicht gewöhnen. Früher hatte er das Gefühl gehabt, dass der Weise – oder auch nur sein Geist – immer bei ihm war und ihn auf all seinen Pfaden begleitete. Das aber hatte sich geändert, und er fragte sich nach dem Warum.

Wollte ihn Liisho erneut strafen? Früher hatte der Weise ihm auf alle Fragen geantwortet und durch den Bann verhindert, dass Rajin es weitergeben konnte. Darüber hatte sich Rajin zwar geärgert, aber die Ungewissheit war wesentlich schlimmer.

Vielleicht hatte Liisho jenen Winkel in Rajins Kopf, in dem der Weise sich bisher versteckt gehalten hatte, längst verlassen. *Wenn du dir jemand anderen für deine verfluchte Mission suchen möchtest, dann steht es dir frei, aber sag mir wenigstens Bescheid! Für mich warst du stets nur eine Belastung, die ich mit niemandem teilen konnte!*

Rajin horchte in sich hinein.

Aber der Weise Liisho ließ sich von ihm nicht provozieren und schwieg noch immer. Er schalt Rajin noch nicht einmal einen Narren, sondern strafte ihn mit Nichtbeachtung.

Mit der Zeit wandten sich Rajins Gedanken anderen Themen zu. Er dachte an Nya. Daran, dass er weder ihr noch seinem Vater oder irgendjemand anderem, den er in Winterborg zurückgelassen hatte, etwas hatte sagen können. Und er versuchte sich den Moment vorzustellen, da er dem Orakel in der Höhle gegenübertrat. Wulfgar war dort gewesen. Aber er hatte nie verraten, was ihm dort widerfahren war. Doch Rajin erinnerte sich gut an den verstörten Blick seines Ziehvaters, den er danach immer gehabt hatte. Ein Blick, den Rajin sonst nie bei Wulfgar gesehen hatte. Das, was in der Höhle geschah, musste ihn jedes Mal stark bewegt haben. Aber er sprach nie darüber, und keiner seiner Männer hätte es gewagt, ihn zu fragen.

Erst gegen Abend ließ das Schneegestöber nach. Der Himmel war dunkelgrau und die Sonne kaum noch auszumachen, und die Riesenschneeratten zeigten erste Anzeichen von Müdigkeit. Also suchten Bratlor und Rajin eine geschützte Stelle, um zu lagern. Die Riesenschneeratten rührten sich kaum noch, nachdem Bratlor und Rajin ihnen die Sättel abgenommen hatten. Schon wenig später ließen sie jene gurrenden Laute im Rhythmus ihres Atems hören, die ein untrügliches Zeichen dafür waren, dass sie schliefen.

„Es ist verdammt kalt!“, sagte Rajin, der seine Hände gegeneinander rieb. Zwar hatte auch er Fäustlinge, die bei einem längeren Aufenthalt in Fjendurs Reich unerlässlich waren, aber immer dann, wenn es darum ging, die Hände zu benutzen, musste man die wärmenden Handschuhe ausziehen.

„Man könnte denken, dass du zum ersten Mal in das Kalte Land reitest", sagte Bratlor tadelnd und deutete auf einen Beutel, der an seinem Sattel hing. Rajin wusste, was sich darin befand. Es handelte sich um einen Tranbeutel aus Seemammuthaut. Von innen war er durch eine besondere Verarbeitungsweise so abgedichtet, dass man ihn mit Flüssigkeit füllen konnte.

In diesem Fall enthielt er gut brennbaren Seemammut-Tran. Da es im Inneren Winterlands so gut wie kein Brennholz gab, war dies die einzige Möglichkeit, ein Lagerfeuer zu entzünden. Damit der Tran nicht zu einem Eisblock gefror, war ihm etwas Seemammutblut zugegeben. Außerdem hatte man den Tran durch das Herauskochen eines Großteils der Flüssigkeit so verdickt, dass er eher einem Brei glich und länger brannte.

„Daran hättest du wohl kaum gedacht, was?" Bratlor lachte. „Der Geruch des verbrannten Trans lockt zwar allerlei wilde Tiere an, aber die Flammen vertreiben einen anderen Teil der Geschöpfe dieses kalten Landes auch wieder, sodass sich beides in etwa die Waage hält."

„Ich war so durcheinander nach allem, was geschehen ist", entschuldigte sich Rajin.

Bratlor nickte. „Das verstehe ich. Aber vielleicht könntest du jetzt wenigstens dafür sorgen, dass wir uns an einem Feuer wärmen können. Ob du dabei irgendwelche schwarzmagischen Künste oder die Hilfe der Götter in Anspruch nimmst, ist mir, ehrlich gesagt, ziemlich gleichgültig."

Das Feuermachen war natürlich in dieser feuchten Umgebung äußerst schwierig und erforderte viel Geduld. Rajin nahm Bratlors Feuerstein und ein wenig vom leicht brennbaren Osland-Zunder, während Bratlor etwas von dem Tran in eine Brennschale aus Metall goss, die er mit sich führte.

Überraschend schnell gelang es Rajin, das Feuer zu entzünden, obwohl er natürlich keine Magie dafür benutzte. Eine gelbe Flamme züngelte hoch empor.

Von den Monden war in dieser Nacht nicht viel zu sehen. Nur der rote Blutmond schimmerte hin und wieder durch die dichte Wolkendecke, die auch das Licht der Sterne verschluckte. Den uralten Legenden der Inland-Clans zufolge war es Fjendurs feuchtkalter Atem, der den Himmel mit Dunst überzog, da es ihm zuwider war, dass die fünf Mondgötter auf ihn herabschauten, und hin und wieder gelang es ihm, ihnen auf diese Weise die Sicht zu nehmen.

„So dunkel sind die Sommernächte wohl an kaum einem anderen Ort der Welt", sagte Bratlor in die Stille hinein. „Und du weißt ja, wie weit ich schon herumgekommen bin."

Rajin wärmte seine Hände am Feuer. Allmählich wurde ihm wärmer. Er hatte die Worte Bratlors kaum gehört, so sehr war er in seine Gedanken vertieft gewesen. Bratlor respektierte dies und schwieg.

Dann horchten beide plötzlich auf. Schabende, knirschende Laute waren zu hören. Rajin ließ suchend den Blick schweifen, aber es war zunächst nirgends etwas zu sehen. Der Schein des Feuers reichte gerade ein Dutzend Schritt weit. Alles, was sich jenseits dieser Entfernung befand, war allenfalls noch als Schatten zu erahnen.

Die Geräusche wurden lauter. Von allen Seiten schien sich etwas zu nähern.

Rajin und Bratlor waren wie erstarrt. Sie wechselten einen kurzen Blick. An mehreren Stellen bewegte sich auf einmal der Schnee.

Bratlor griff zum Bogen und legte einen Pfeil auf die Sehne. Der Schein der Flammen flackerte unruhig in seinem Gesicht.

Eisraupen!, durchfuhr es Rajin. Es mussten Hunderte sein, die in dem gefrorenen Untergrund zu ihren Füßen herumkrochen, sich voranfraßen und dabei das Eis mithilfe eines Körpersafts schmolzen, der einen ähnlichen Geruch verströmte wie das Blut eines Seemammuts.

In dem Moment, da eine dieser armdicken, wurmähnlichen Kreaturen den vorderen Teil ihres Körpers aus dem frischen und verhältnismäßig lockeren Neuschnee steckte, schoss Bratlor den Pfeil ab. Er durchbohrte die Eisraupe knapp unterhalb des Kopfes, und die Kreatur war sofort tot und rührte sich nicht mehr.

„Eine Eisraupe als Opfergabe für das Orakel", sagte Bratlor zufrieden.

„Mal sehen, ob sich noch eines der Biester an die Oberfläche wagt."

„Dazu sind sie zu schlau", glaubte Bratlor, denn es war bekannt, dass die Eisraupen eines Schwarms in irgendeiner nicht erklärlichen Weise untereinander in Kontakt standen und bemerkten, wenn eine von ihnen ihr Leben ließ. Wurde auch nur ein einziges Tier getötet, verfielen die anderen in Angst. Den Legenden der Inland-Clans nach verständigten sie sich durch für Menschen unhörbare Geisterstimmen. Die Fähigkeit dazu war angeblich ein Geschenk Fjendurs, der mithilfe der Eisraupen die letzten Inland-Clans aus seinem Reich hatte vertreiben wollen, wurde es dadurch doch immer schwieriger für sie, genügend Beute zu erjagen, um in diesem kargen Landstrich überleben zu können.

Noch ein paar Augenblicke lang waren die schabenden Geräusche der Eisraupen zu hören. „Es ist immer das Gleiche", meinte Bratlor. „Der Geruch des brennenden Trans lockt sie an, und so bekommt man auf allzu leichte Weise ein Opfer für das Orakel." Er erhob sich, trat auf die erlegte Eisraupe zu, kniete neben ihr im Schnee nieder und zog sie zur Gänze aus Schnee und Eis hervor.

Es handelte sich um eine ganz besonders große Vertreterin ihrer Art. Sie maß mindestens drei Schritte und war in der Mitte so dick wie der Oberschenkel eines kräftigen Mannes.

Bratlor warf sie Rajin vor die Füße. „Hier, deine Opfergabe für das Orakel!", sagte er. „Damit du nicht mit leeren Händen vor den kalten Gott trittst!"

In der Nacht hörten sie das Heulen der Eiswölfe. Es gab Geschichten darüber, dass sich die Seelen der Verdammten in diese eisgrauen Raubtiere verwandelten, deren Rücken bis an die Schulter eines ausgewachsenen Mannes reichte. Sie jagten in Rudeln und fraßen alles, was sie zu schnappen bekamen. Aus ihren langen Schnauzen ragten an den Seiten dolchartige Reißzähne, mit denen sie ihre Beute zerrissen. Sie gruben nach Eisraupen, jagten wilde Schneeratten in jeder Größe und gaben sich notfalls sogar mit Sonnensuchern ab, wenn sie nichts anderes zwischen die Zähne bekamen.

„Sie fürchten sich vor dem Feuer", gab sich Rajin zuversichtlich.

„Ja, aber der Geruch unserer Riesenschneeratten zieht sie an", befürchtete Bratlor.

„Und natürlich die tote Eisraupe."

„Solange das Feuer brennt, brauchen wir uns nicht zu sorgen, es sei denn, irgendein Verdammter, den Njordir aus seinem nassen Reich verbannte, hat mit dir noch eine Rechnung offen", meinte Bratlor. „Aber wenn dir jemand Rache geschworen hätte, der unwürdig war, um zu Njordir zu sinken, hätte ich das mitbekommen, denke ich."

Alles weißt du auch nicht über mich, ging es Rajin durch den Kopf. Er nahm seinen Bogen und legte ihn so neben sich, dass er ihn jederzeit erreichen konnte. Der Köcher mit den Pfeilen befand sich direkt daneben.

Nachdem sie eine Weile den Stimmen des Eiswolfrudels gelauscht hatten, meinte Bratlor: „Wir werden abwechselnd wachen müssen."

Noch vor Sonnenaufgang brachen sie auf. Auch dieser Tag war grau, und aus den tief hängenden Wolken fiel zeitweise dichter Schnee, der den beiden Reitern aber wenigstens nicht ins Gesicht wehte, da nahezu Windstille herrschte.

Doch der Kompass wurde immer unzuverlässiger. Die Zeit der Irrungen schien früher hereinzubrechen, als Bratlor es zunächst vermutet hatte. Für eine ganze Weile konnten sie einem Gebirgszug folgen, sodass sie trotz des dichten Schneefalls und der wie verwirrt drehenden und zitternden Kompassnadel nicht den Weg verloren.

Hin und wieder sahen sie Eiswölfe in den grauen Nebelschwaden. Aber sie blieben scheu auf Abstand. Mit den Reflexbögen der Seemannen hatten viele von ihnen schon schlechte Erfahrungen gemacht. Von den besiedelten Gebieten an der winterländischen Küste hielten sie sich ohnehin vollkommen fern, von ein paar verirrten Einzelgängern abgesehen, die hin und wieder bis zu den Dörfern an den Küsten vordrangen.

Die meiste Zeit über ritten sie schweigend durch ein zerklüftetes, von Schnee und Eis bedecktes und von mächtigen Gletschern zerfurchtes Land. Ab der Mittagszeit war es nicht mehr möglich, einfach einer großen Bergkette zu folgen, und Anhöhen und Täler, Schluchten und schroffe Spalten wechselten sich so unvermittelt ab, dass darin kein Muster zu erkennen war. Ein Tal sah so weiß aus wie das andere, und die Hänge glichen sich wie ein Eismöwen-Ei dem anderen. Hier und dort gab es Markierungssteine, die den Weg zum schwarzen Felsen anzeigten, und Rajin erinnerte sich von den bisherigen Reisen zu Fjendurs Heiligtum her an einige charakteristische Felsformationen, deren Hänge teilweise so steil waren, dass sich Eis und Schnee dort nicht festkrallen konnten.

Immer öfter zügelte Bratlor seine Riesenschneeratte und warf einen sorgenvollen Blick auf die tanzende Kompassnadel. „Die Zeit der Irrungen beginnt viel heftiger als sonst“, sagte er zu Rajin. „Allmählich frage ich mich, ob das nicht vielleicht doch ein Zeichen ist.“

„Ein Zeichen der Natur oder eines, das übernatürliche Mächte gesetzt haben?“, fragte Rajin.

Bratlor steckte den Kompass wieder ein und bedachte Rajin mit einem langen nachdenklichen Blick. „Vielleicht kannst du das sogar besser beantworten als ich.“

In der Ferne hörte man das Echo eines heulenden Eiswolfs, dessen Rudel ihm gleich darauf eine vielstimmige Antwort gab.

In der zweiten Tageshälfte riss die Wolkendecke auf. Der verharschte Schnee zeigte Rajin und Bratlor, dass es in der Gegend, in die sie gelangten, seit längerer Zeit nicht geschneit hatte.

Auf einer Anhöhe, von der aus man einen sehr guten Überblick auf das Umland hatte, legten die beiden eine Rast ein. Rajin sah sich nach allen Seiten um. Ein nahezu kreisrunder Bereich war fast vollkommen wolkenlos, während sich außerhalb dieses Gebiets der wabernde graue Dunst zu düsteren, bedrückend wirkenden Wänden auftürmte.

Bratlor streckte seinen Arm aus und deutete auf eine Kette von felsigen Höhen. „Dahinter befindet sich das Heiligtum.“

Und genau dieser Bereich war es, von dem sich alle Wolken fernhielten. Bei keinem seiner bisherigen Besuche des schwarzen Felsens hatte Rajin etwas Ähnliches gesehen.

„Hier ist nichts so, wie es sein sollte“, murmelte er.

Bratlor nickte und machte einen ziemlich ratlosen Eindruck. „Das widerspricht allem, was ich auf der Sternenseher-Schule über Wetterkunde gelernt habe. Es hat den Anschein, als würde Njordir die Wolken mit seinem Windatem um dieses Gebiet *herum*blasen.“

„Muss da nicht Zauberei im Spiel sein?“, fragte Rajin.

Bratlor zuckte mit den Schultern und sah erneut auf die Kompassnadel. Anstatt nach Süden zu zeigen oder unentschlossen zu kreisen, wie dies für die beginnende Zeit der Irrungen üblich war, richtete sich die Spitze geradewegs auf jene Felsen, hinter denen sich das Heiligtum Fjendurs befand. „Der schwarze Felsen ist zweifellos ein zauberischer Ort“, sagte er. „Es wäre durchaus möglich, dass sich Fjendurs Kraft auf das Wetter auswirkt.“

„Obwohl doch Njordir auch der Gott des Windes ist?“, fragte Rajin.

„Was wissen wir schon von den Göttern? Und im Übrigen gibt es sehr unterschiedliche Ansichten zu diesen Dingen. In Feuerheim wird die Sonne für einen Gott gehalten, von der sich kein Seemanne vorzustellen vermag, dass sich dort ein Gott aufhält oder sie selbst göttliche Eigenschaften hätte. In Drachenia und dem Luftreich Tajima verehren die meisten Menschen den Unsichtbaren Gott, der die Sonne, die Monde und die Sterne an ihre Plätze gesetzt hat. Wer will da schon mit Sicherheit sagen, wer recht hat?“

„Für jemanden, der seinen Ort nie verlassen und schon gar nicht die Grenzen seines Reichs überschritten hat, stellt sich eine solche Frage nicht“, sagte Rajin.

Bratlor lachte. „Ja, da hast du recht. Seltsam, aber …“

„Was?“, fragte Rajin, als Bratlor plötzlich stockte.

„Der Hafen von Borghorst dürfte der am weitesten entfernte Ort sein, zu dem du je gegangen bist, richtig?“

„Das stimmt.“

„Und doch habe ich bei dir manchmal den Eindruck, als hätten deine Augen schon ganz andere Dinge gesehen – obwohl ich weiß, dass das nicht sein kann.“

Wenn du wüsstest, wie recht du hast, dachte Rajin. Aber der Bann, mit dem der Weise Liisho ihn belegt hatte, hinderte ihn nach wie vor daran, über das zu reden, was er vor seinem inneren Auge schon alles gesehen hatte. Nach kurzem Zögern sagte er: „Das kommt wahrscheinlich von deinen Erzählungen über deine Reisen und über die fremden Länder, die du schon gesehen hast. Ich habe immer sehr aufmerksam zugehört.“

„Mag sein.“

Bratlor blickte noch einmal auf den Kompass, dessen Spitze noch immer auf das Heiligtum wies, und meinte: „Vielleicht sollte man es mit dem Übernatürlichen so halten, wie es die Bewohner des Reiches Magus angeblich tun. Sie beten keine Götter mehr an, was einen ganz einfachen Grund haben dürfte: Sie halten sich wahrscheinlich insgeheim selbst für Götter!"

Als der Blutmond über den Horizont gestiegen war und die Sonne bereits hinter einer Kette von Bergen versank, erreichten Bratlor und Rajin das Heiligtum.

Mitten in einer schneebedeckten Senke erhob sich ein monolithischer, säulenartiger Block aus schwarzem Gestein. Er ragte drei Schiffslängen hoch empor und lief oben spitz zu, sodass Rajin seine Form immer an eine Kompassnadel erinnerte. Kein Schnee und kein Eis hafteten an diesem Gestein, das nirgends sonst auf Winterland zu finden war. Und selbst die widerstandsfähigsten Moose, die ansonsten jeden noch so kahlen Felsen auf diesem frostigen Eiland zu besiedeln vermochten, konnten den schwarzen Stein nicht erobern.

Jene Senke, die von einer Bergkette umgeben war, wurde von vielen Seemannen auch „Das wahre Reich Fjendurs" genannt – oder auch das „Frostreich", denn es gab keinen kälteren Ort auf ganz Winterland.

Schon als sie den schmalen Pfad hinunterritten, der von den umgebenden Anhöhen in die Senke führte, spürte Rajin, wie die Kälte immer mehr zunahm. Es war, als ob Fjendur an diesem Ort seine volle Kraft entfalten konnte.

Als sie den Fuß des Gebirgsrings erreichten, sah Bratlor noch einmal auf seinen Kompass: Die Nadel war immer noch deutlich auf den schwarzen Monolithen gerichtet. Sie zitterte nicht, und wie man den Kompass auch drehte und wendete, die Nadelspitze wurde vom schwarzen Felsen wie durch Zauberkraft angezogen.

„Ich bin mir nicht einmal mehr sicher, ob tatsächlich die anbrechende Zeit der Irrungen die Ursache dafür ist, dass der Kompass nicht funktioniert", bekannte Bratlor, den Rajin noch nie zuvor so ratlos gesehen hatte.

„Was dann?", fragte Rajin.

Bratlor zuckte mit den Schultern. „Es muss irgendeine Kraft sein, die stärker ist als jene, die ansonsten dafür sorgt, dass sich alle Kompassnadeln nach Süden richten."

Während des Abstiegs waren sie hintereinander hergeritten, da die Pfade einfach zu schmal waren, um zwei Riesenschneeratten Platz zu bieten. Die Tiere waren jedoch meisterhafte Kletterer, und man konnte sich ihnen selbst bei sehr steilem und rutschigem Untergrund getrost anvertrauen – zumal dann, wenn sie gut ausgebildet waren.

Seit sie die Senke erreicht hatten, ritten sie wieder nebeneinander. Bratlor hielt den Kompass näher zu Rajin und sah aufmerksam zu, wie die Nadel darauf reagierte.

„Glaubst du, dass mir diese Kraft innewohnt?", fragte Rajin.

Bratlor zögerte, ehe er eine Antwort gab. „Jetzt nicht mehr", meinte er und wirkte fast ein wenig erleichtert. „Aber es war eine Möglichkeit, die ich ausschließen wollte."

Von den Höhen wehte das Heulen der Wölfe an ihre Ohren. Wie ein Chor verdammter Seelen klangen sie. Die Silhouetten der riesenhaften Raubtiere hoben sich gegen das Licht des aufgehenden Blutmondes ab, der an diesem Abend von einer nebelhaften blassroten Aura umgeben wurde.

Die beiden Reiter drehten sich in ihren Sätteln kurz um. Den ganzen Tag über waren ihnen die Eiswölfe gefolgt und hatten sie nicht aus den Augen gelassen. Manchmal hatte Rajin schon den Eindruck gehabt, dass die Bestien sie einkreisten. Auf jeden Fall war ihre Scheu weitaus geringer, als Rajin es von seinen vorhergehenden Reisen zum Heiligtum her kannte. Aber da war er Teil einer großen Gruppe von mindestens einem Dutzend Reiter gewesen, die das Gletscherland durchquert hatten, um Fjendurs schwarzen Stein aufzusuchen. Allein ihre zahlenmäßige Stärke schien die Eiswölfe abgeschreckt zu haben. Diesmal waren sie mutiger. Allerdings folgte keine der Bestien ihnen in die Senke.

Das Frostreich schien selbst für sie zu kalt zu sein. Manche von ihnen stiegen noch ein Stück die Hänge hinab, und man hörte ihre winselnden Laute, dann wichen sie wieder zurück und blieben jenseits des Einflussbereichs von Fjendurs Eisatem.

Vor dem Felsen angekommen, stiegen Rajin und Bratlor aus ihren Sätteln. Auch die Riesenschneeratten schienen sich in der Senke nicht wohlzufühlen. Es gab ein paar Pflöcke, an denen man gut drei Dutzend Tiere festmachen konnte. Es waren Seemammutknochen, die man eigens für diesen Zweck hergebracht und in den hartgefrorenen Boden gerammt hatte, um zu verhindern, dass die Riesenschneeratten plötzlich das Weite suchten. Ob es nun an der Kälte lag oder an der eisigen Aura Fjendurs, das konnte niemand sagen, aber selbst sehr gut ausgebildete und äußerst verlässliche Riesenschneeratten, die man ansonsten getrost allein auf die Suche nach Sonnensuchern schicken konnte, suchten plötzlich wie von einer nicht erklärbaren Panik getrieben das Weite. Der Pfiff, mit dem man die Tiere ansonsten stets leicht herbeirufen konnte, war dann wirkungslos, und man musste die Tiere mühsam irgendwo jenseits der ringförmigen Bergkette einfangen.

Vorsichtig näherte sich Rajin dem schwarzen Felsen. Er streifte einen der Fäustlinge ab und berührte den sehr glatten schwarzen Stein mit der Hand und murmelte, wie es der Tradition entsprach: „Gepriesen sei Fjendur!"

Die Höhle des Orakels lag an einem Steilhang jener Höhenkette, die das Frostreich einschloss wie die verwitterten Mauern einer gewaltigen Burgruine. Anderthalb Meilen musste derjenige, der das Orakel befragen wollte, gehen, bis er den Höhleneingang erreichte. Die Reittiere blieben dabei stets beim schwarzen Felsen zurück, denn aus irgendeinem Grund scheuten die Riesenschneeratten vor dem Höhleneingang. Zahlreiche Geschichten wurden über uneinsichtige Sippenführer erzählt, die sogar von ihren Tieren aus dem Sattel geworfen worden und wie ungeschickte Trottel mit dem Hintern auf dem hart gefrorenen Eisschnee der Senke geplumpst waren. Der Gott Fjendur schien seine Weisheit nur dem zukommen zu lassen, der demütig zu Fuß zu ihm kam.

„Wir können hier den Zauber Fjendurs für unsere Waffen erneuern", sagte Bratlor. „Aber zum Orakel wirst du allein gehen müssen. Denn niemand, der in Begleitung dorthin geht, hat je Antwort erhalten."

„Ich weiß", murmelte Rajin tonlos. Ein Kribbeln durchfuhr seinen Arm und danach den gesamten Körper, während er den glatten schwarzen Stein mit der Hand berührte.

Diese Empfindung kannte er bereits. Schon bei früheren Aufenthalten am Heiligtum hatte er diese besondere Kraft, die dem Stein innewohnte, spüren können. Niemand von den Männern, mit denen er zu diesem Ort geritten war, hatte jedoch jemals über etwas Ähnliches berichtet, und als Rajin seinen Vater einmal darauf ansprach, hatte dieser nur erwidert, dass er nichts dergleichen empfunden hatte.

„Ist sie wieder da, diese Kraft?", fragte Bratlor, dem sich Rajin später anvertraut hatte. Offenbar war alles, was mit dem schwarzen Felsen zu tun hatte, nicht vom Bann des Weisen Liisho betroffen, sodass Rajin frei darüber sprechen konnte.

„Es ist stärker denn je", flüsterte er.

„Vielleicht wirst du auch darauf eine Antwort vom Orakel erhalten – weshalb du etwas zu spüren vermagst, das offensichtlich allen anderen Seemannen Winterborgs verborgen bleibt."

Plötzlich bildeten sich glitzernde Lichter auf der Oberfläche des schwarzen Steins. Der kribbelnde Strom der Kraft, den Rajin auch früher schon empfunden hatte, wurde noch ungleich intensiver und innerhalb eines einzigen Augenblicks so schmerzhaft, dass Rajins Hand zurückzuckte. Er hatte das Gefühl, sich verbrannt zu haben, und der Arm sowie die Schulter schmerzten höllisch.

Er starrte auf seine Hand und glaubte im ersten Moment, dass die Haut verbrannt sein müsste. Aber es war äußerlich nichts zu sehen. Jedenfalls nicht an der Hand, dafür aber flackerten auf einmal Lichtblitze über die schwarze Steinoberfläche. Sie wurden rasch zahlreicher und breiteten sich vom Fuß bis zur Spitze des Monolithen aus. Rajin wich von dem schwarzen Felsblock zurück, und Bratlor folgte seinem Beispiel.

„Was geht hier vor sich, Bratlor?"

„Ich weiß es nicht, Bjonn!"

Rajin betastete seine Hand. Sie hatte nicht die geringste Verletzung davongetragen, und doch war er kaum in der Lage, die Finger zu bewegen. Beißende Kälte hatte sich darin ausgebreitet.

Auf einmal entstand in den flirrenden Lichtblitzen ein Gesicht von riesenhafter Größe. Die Oberfläche des Steins wirkte dabei wie ein Fenster, das einen Blick in eine andere Wirklichkeit gestattete.

Das Gesicht war zunächst nur in Umrissen zu sehen. Umrisse, die zwei Drittel der Oberfläche auf der Ostseite des Monolithen einnahmen und sich bewegten. Die Augen traten als Erste etwas genauer hervor. Dunkelbraun waren sie, und ihr Blick wirkte so durchdringend, als würden sie bis auf den Grund von Rajins Seele schauen.

„Fjendurs Antlitz!", murmelte Bratlor ergriffen und sank auf die Knie. Wie konnte es sein, dass ausgerechnet jemandem wie ihm das Antlitz der Gottheit offenbart wurde? Fjendurs Gesicht wurde in allen bildlichen Darstellungen – das waren vor allem die Schnitzereien aus Seemammutstoßzahn, welche die Winterborger Seemannen in langen Winterabenden fertigten – stets von einer Kapuze verhüllt. Schließlich wohnte Fjendur im Reich der Kälte und hatte den mit Abstand frostigsten Bereich der Insel als sein Heiligtum gewählt, und so war es nur folgerichtig, dass er sich normalerweise tief verhüllt zeigte.

Die flirrenden Lichter verdichteten sich zu einem Bogen, der dieses Gesicht umrahmte. Gleichzeitig traten die Züge weiter hervor. Rajin glaubte, seinen Augen nicht trauen zu dürfen. Er sah einen weißen Kinnbart, der dieselbe Farbe wie die Augenbrauen hatte. Die Haut war von einem gelblichen Braunton, und die hohen Wangenknochen ließen die Augen eng und schräg erscheinen.

Liisho!

Nur einen kurzen Moment war das Gesicht in aller Klarheit auf der glatten schwarzen Oberfläche des Monolithen zu sehen, dann wurde es von den grellen Lichtern überdeckt und löste sich darin auf. Auch der Bogen, der das Gesicht umrahmt hatte, verschwand. Dann verblassten auch die Lichter und waren schließlich verschwunden.

Bratlor deutete zum Himmel, wo sich gerade der blaue Meermond über die Berge erhoben hatte. „Wahrscheinlich will sich uns Fjendur nicht weiter offenbaren, während Njordirskint auf uns herabblickt", meinte er. „Immerhin ist der Gott des Meermondes der Sohn seines ärgsten Feindes." Er drehte sich zu Rajin um und sah ihn fragend an. „Er hatte Augen wie du, Bjonn Dunkelhaar – nur dass sein Haar so weiß wie Schnee war!"

Rajin schluckte. Wie gern hätte er einfach gesagt, dass er den alten Mann seit frühester Kindheit kannte. Dass er ihn stets als Stimme in seinem Kopf hörte und sein Gesicht vor seinem inneren Auge sah.

Aber seine Zunge war wie gelähmt. Es war nicht das erste Mal, dass Rajin den Bann verfluchte, mit dem der Weise Liisho ihn belegt hatte.

9

EINE DRACHEN-ARMADA ÜBER WINTERLAND

„Kallfaer! Komm raus! Ich muss mit dir reden!“

Zusammen mit Glednir Freistirn und Hjalgor Fünfzopf stand Wulfgar Wulfgarssohn vor dem Haus von Kallfaer Eisenhammer.

Aus dem hintersten Teil des Gebäudes waren auf einmal Hammerschläge zu hören. Dort befand sich Kallfaers Schmiede. Mit der Qualität des Stahls aus Feuerheim konnten seine Waffen und Werkzeuge natürlich nicht mithalten, doch die Winterborger konnten nicht jeder Axt und jeder Hacke wegen auf Waren aus den Schmieden in Faran oder Pendabar warten, und so hatte Kallfaer dennoch genug zu tun. Sogar mehr als genug, denn sein Haupterwerb war die Seemammutjagd und der Handel, wie es bei allen Winterborger Seemannen war, und das sollte auch so bleiben, schließlich wollte Kallfaer keineswegs seinen Sitz im Kapitänsrat verlieren, was unweigerlich die Folge gewesen wäre, hätte er die Schmiede zu seinem einzigen Gewerbe gemacht.

„Gehen wir am besten gleich zur Werkstatt“, schlug Glednir vor. „Man hört den Eisenhammer dort so laut wie selten.“

In diesem Moment wurde die Tür des Hauses geöffnet, und eine Frau mit rundem Gesicht und dickem blondem Haar blickte Wulfgar und seine Gefolgsleute ärgerlich an. Es handelte sich um Siprid Braborstochter, Kallfaers Hauptfrau, deren energisch wirkendes Antlitz darauf hindeutete, dass sie nicht nur während Kallfaers Abwesenheit die Herrin des Hauses war.

„Wer schreit da so laut wie eine brünstige Riesenschneeratte?“, keifte sie. Sie sah Wulfgar stirnrunzelnd an. „Zwei Steinwürfe weit stehen unsere Häuser voneinander entfernt, und trotzdem bist du ein seltener Gast hier."

„Hör zu, Siprid. Ich will mit niemandem Streit."

„Ha, das wäre ja das erste Mal, Wulfgar! Schon über deinen Ahnherrn Wulfgar Eishaar erzählt man sich Geschichten, die von nichts anderem als seinem blindwütigen Jähzorn handeln!"

„Dein Mann ist wohl in der Werkstatt. Hol ihn her, oder ich gehe zu ihm!"

Ein fremdes Haus ohne Erlaubnis zu betreten war gegen das Gesetz, das nicht nur unter den Seemannen von Winterborg, sondern so gut wie überall im Seereich galt. Dass Wulfgar offenbar bereit war, dieses Gesetz zu missachten, wofür man ihm sogar für ein Jahr das Abstimmungsrecht im Kapitänsrat hätte entziehen können, zeigte, wie aufgebracht er war.

Wulfgar sah an Siprid vorbei ins Innere des Hauses. „Hilft Nya dir nicht bei der Arbeit? Ich …"

„Wenn du hier bist, um meinen Mann um ihre Hand für Bjonn Dunkelhaar zu bitten, hast du dir einen denkbar schlechten Zeitpunkt ausgesucht, Wulfgar", unterbrach sie ihn. „Ganz Winterborg redet darüber, dass dein verfluchter Ziehsohn die beiden Drachen und die Wassermenschenplage zu uns gelockt hat, und du hast die Stirn, dich hier blicken zu lassen, während noch nicht einmal alle Toten bestattet werden konnten!"

„Hol jetzt deinen Mann – oder Nya, denn ihretwegen bin ich tatsächlich hier!"

„Habe ich's mir doch gedacht! Es ist nicht zu fassen! Glaubst du, Kallfaer oder ich wären glücklich über Enkel, denen Bjonn seine hässlichen Augen vererbt?"

„Halt den Atem an, oder Ogjyr soll ihn dir augenblicklich nehmen!", brüllte Wulfgar. „Mein Sohn Bjonn ist verschwunden, und ich will verdammt sein, wenn deine Tochter nicht etwas darüber weiß! Alles andere ist mir im Moment vollkommen gleichgültig!"

Siprid starrte Wulfgar an, als müsse sie erst mühsam begreifen, was er ihr gerade gesagt hatte. In einem sehr viel sanfteren Tonfall sagte sie schließlich: „Sei doch froh, wenn der schlitzäugige Fluchbringer nicht mehr unter uns ist, Wulfgar."

„Glednir hat recht!“, knurrte Wulfgar und wandte sich ab. „Lass uns zum Hintereingang gehen, wo es zur Werkstatt geht, und so viel Krach schlagen, dass Kallfaer aus seinem Loch kommt! Und falls nicht, bin ich auch bereit, den Hausfrieden zu brechen, um ihn zur Rede zu stellen. Und das Gericht möchte ich sehen, dass es wagt, einen sich sorgenden Vater und verdienten Kapitän in diesem Fall zu verurteilen!“

„Warte!“, rief Siprid erschrocken, und Wulfgar drehte sich wieder um und sah sie an. Siprid vollführte eine ruckartige Bewegung mit dem Kopf. „Komm herein und folge mir, du verdienter Brüllteufel!“

Wulfgar und seine Männer traten ins Haus, und Siprid führte sie am Herdfeuer vorbei, wo eine Magd in dem großen Suppenkessel herumrührte, den Kallfaer wahrscheinlich in seiner eigenen Schmiede gefertigt hatte. Durch eine weitere Tür erreichten sie die Schmiede. Dort war es heiß, das Schmiedefeuer brannte, und Kallfaer schwang mit verzerrtem Gesicht den Hammer. Zwei seiner Männer standen rechts und links neben ihm und hielten das glühende Eisen mit Zangen auf dem Amboss. Auch Nya war anwesend. Sie trug eine Lederschürze, wie es bei Schmieden üblich war, und betätigte einen Blasebalg.

Kallfaer holte zum Schlag aus, hielt aber inne. Die Kinnlade fiel ihm herab, und er starrte erst seine Frau und anschließend Wulfgar verwundert an. „Was will der Störenfried hier? Soll er lieber auf seinen Fluchbringer-Sohn aufpassen, damit er uns nicht noch eine weitere Plage herbeiholt!“

Siprid erklärte ihrem Mann in knappen Worten, weshalb Wulfgar gekommen war, und Kallfaer legte den Hammer beiseite. Mit einer Handbewegung bedeutete er seinen Männern, das Eisen noch einmal ins Feuer zu legen. Er wischte sich mit der Hand den Schweiß von der Stirn und trat einen Schritt auf Wulfgar zu.

„Bjonn ist also verschwunden“, sagte er. „Die Götter werden traurig darüber sein, haben sie doch nun keinen Vorwand mehr, uns mit Unglück zu überschütten. Aber kein Winterborger wird sein Verschwinden bedauern! Nicht einmal deine Gefolgsleute und schon gar nicht dein eigener Sohn Wulfgarskint!“

Wulfgar wandte den Blick in Nyas Richtung. „Ich wette, du weißt mehr als ich, Nya.“

Sie schluckte. Ihre Wangen waren gerötet, sie strich sich mit der

Linken eine Haarsträhne aus dem Gesicht und wirkte eingeschüchtert.

„Wie sollte meine Tochter etwas darüber wissen?“, fragte Kallfaer.

„Lass mich mit ihr allein reden“, bat Wulfgar.

„Was erdreistest du dich? Dringst in mein Haus ein und stellst unverschämte Forderungen!“

„Es geht um meinen Sohn Bjonn – und auch wenn du es nicht gern gesehen hast, so waren deine Tochter und er doch häufig zusammen. Also lass mich mit ihr reden, und ich wäre dir sehr verbunden, wenn du nicht dabei wärst!“

„Nya hat keine Geheimnisse vor ihrem Vater!“, widersprach Kallfaer. Er wandte den Kopf und bedachte seine Tochter mit einem strengen Blick. „Oder ist es schon so weit, dass du einen schlitzäugigen Bastard unter dem Herzen trägst?“

„Tatsächlich ist es so!“, rief Nya zum Entsetzen ihrer Eltern, und mit einem Mal schossen ihr Tränen aus den Augen. „Vielleicht siehst du jetzt ja endlich ein, dass Bjonn Dunkelhaar und ich zusammengehören!“

Kallfaer Eisenhammer wurde blass. Dreimal setzte er an, etwas zu sagen, aber mehr als ein unverständliches Gestammel kam nicht über seine Lippen. Hilfe suchend blickte er seine Frau an, die allerdings ebenfalls vor Entsetzen stumm geworden war.

Nya wandte sich an Wulfgar. „Ich habe keine Ahnung, wo sich Bjonn befindet – so wie er auch noch nicht weiß, dass ich sein Kind unter dem Herzen trage! Bjonnskint soll es heißen, wenn es ein Junge wird – denn dieser Name soll meine Eltern immer daran erinnern, wer der Vater ihres Enkels ist!“

„Er hat dich nicht in seine Absicht eingeweiht, Winterborg zu verlassen?“, fragte Wulfgar, nachdem er seine Fassung zurückerlangt hatte. „Mein Sternenseher Bratlor ist ebenfalls nicht auffindbar!“

„In dem Fall würde ich mal nachsehen, ob eine der kleineren Barkassen fehlt“, knurrte Kallfaer finster. „Wahrscheinlich will Bjonn zum Festland und lässt sich dabei von seinem Sternenseher-Freund helfen.“ Der Mann, den man den „Eisenhammer“ nannte, warf seiner Tochter einen grimmigen, fast bösartigen Blick zu. „Nya wird den Vater ihres Bastards sehr wahrscheinlich nie wiedersehen. Wer weiß, vielleicht ist es das Beste. Soll er andere ins Unglück stürzen – wir haben genug davon ertragen müssen!"

„Wie kannst du so etwas sagen?", empörte sich Nya.

Einer der beiden Männer, die Kallfaer Eisenhammer in der Schmiede geholfen hatten, meldete sich zu Wort. Es war Hjaertleif Twornssohn. Der jüngste Enkel des Alten Tworn sollte bei Kallfaer das Schmiedehandwerk erlernen, da der Alte Tworn entschieden hatte, dass es für seine Sippe von Vorteil war, wenn sie in ihren Reihen auch einen Schmied hatte. „Ich hatte letzte Nacht Wachdienst. Und als ich zum Hafen ging, habe ich Bratlor gesehen. Er war allerdings nicht auf dem Weg zu den Barkassen."

„Wo ist er hingegangen?", fragte Wulfgar aufgeregt.

„Ich sah ihn zuletzt in der Nähe dieses Hauses. Danach verschwand er. Ich habe mir nichts dabei gedacht. Schließlich betreiben Sternenseher doch häufig des Nachts ihre Studien über die Gestirne."

Wulfgar ballte die Hände zu Fäusten. „Dann war er auf dem Weg zu den Pferchen. Ich gehe jede Wette ein, dass zwei der Riesenschneeratten fehlen!" Er wandte sich Nya zu, musterte sie kurz und sagte dann an Kallfaer gerichtet: „Der Sohn meines Sohnes steht unter meinem Schutz, so wie es den Gesetzen der Seemannen entspricht. Und selbst, wenn es nur eine Tochter werden sollte, gilt dasselbe!"

„Maße dir nicht an, was dir nicht zusteht!", fauchte Kallfaer. „Oder willst du behaupten, dass in Bjonns Adern das Blut von Wulfgar Eishaar oder das deine fließt? Hattest du vielleicht eine Magd mit geschlitzten Augen, die du vor uns verborgen hast?"

„Jetzt reicht es, Kallfaer!", polterte Wulfgar. „Noch ein Wort und wir treffen uns am Heiligen Stein von Winterborg, um unsere Meinungsverschiedenheit im Kampf zu entscheiden. Dann werden wir sehen, wem die Götter ihre Gunst schenken!"

Als Kallfaer daraufhin losbrausen und aller Wahrscheinlichkeit nach die Herausforderung annehmen wollte, fiel ihm Nya ins Wort, was eine ungeheure Respektlosigkeit darstellte, aber dass die beiden Großväter ihres ungeborenen Kindes zum Kampf gegeneinander antreten konnten, war ihr ein unerträglicher Gedanke. „Vater, sei doch kein Narr!", rief sie. „Wulfgar hat Bjonn als seinen Sohn anerkannt, und so billigen es die Götter!"

Sowohl Kallfaer als auch seiner Frau lagen heftige Erwiderungen auf der Zunge, aber sie kamen beide nicht mehr dazu, ihre Tochter zurechtzuweisen, denn in diesem Moment ertönten die Alarmhörner der Wächter. Es war kein Wassermenschen-Alarm, für den es ein besonderes Hornsignal gab, sondern die Tonfolge für eine nicht näher bestimmte feindliche Attacke.

„Wer außer den Wassermenschen könnte uns jetzt angreifen wollen?“, knurrte Glednir Freistirn. Seit sehr langer Zeit war dieses Signal von den Wächtern nicht mehr benutzt worden, denn abgesehen von den Wassermenschen verirrten sich kaum Piraten oder Invasoren in den äußersten Nordwesten des Seereichs. Selbst im Falle eines Krieges unter den fünf Reichen wäre Winterland kein bevorzugtes Angriffsziel gewesen. Schließlich gab es weder Reichtümer zu erobern, noch hatte diese Insel am äußersten Rand der bewohnten Welt irgendeinen strategischen Wert. Und das Heiligtum des Fjendur im Inneren des Landes wurde so gut wie ausschließlich von den Einheimischen aufgesucht, denn in den Festland-Provinzen des Seereichs wurde der Gott der Kälte, des Eises und des Schnees längst nicht so verehrt wie auf der Insel.

Wulfgar und die anderen Männer hatten ihre Hände sofort an den Waffen. Mochten die Gegensätze zwischen ihnen noch so groß sein – wenn irgendeine Bande von Narren es tatsächlich wagte, Winterborg anzugreifen, hielten sie zusammen wie der Seemammutknochenleim, den sie in ihren Kesselhäusern herstellten.

Wulfgar, Kallfaer und die anderen Krieger stürmten aus dem Haus. Überall wurde die Arbeit aufgegeben: Die Hammerschläge in den Werkstätten verstummten, die Äxte spalteten kein Holz mehr … Am Hafen hatte sich bereits eine größere Menge von Winterborgern versammelt, zumeist bewaffnete Männer. Nur wenige hatten Pfeil und Bogen bei sich, da sie wohl glaubten, dass die Wächter, die vom Seemammutkadaver aus noch immer ihr Signal schmetterten, sich geirrt und die falsche Tonfolge geblasen hatten.

Ein Blick zum Horizont machte jedoch klar, dass es sich tatsächlich nicht um einen Wassermenschen-Angriff handelte. Hunderte von mehr oder minder großen dunklen Flecken hoben sich im Osten gegen das Licht der Morgensonne ab. Schweigend standen die Seemannen da und starrten dem puren Schrecken entgegen, der sich ihrer Siedlung näherte.

„Drachen!“, entfuhr es Kallfaer. Er fasste sein Anderthalbhänder-Schwert mit beiden Fäusten. „Ein schönes Vermächtnis, das uns dein Findelkind hinterlassen hat, Wulfgar!“

Innerhalb kurzer Zeit hatte sich nahezu die gesamte Bevölkerung Winterborgs am Hafen versammelt und starrte der sich nähernden Drachenhorde entgegen. Zumeist herrschte betretenes Schweigen. Das Entsetzen wirkte wie ein lähmendes Gift. Sehr schnell wurde erkennbar, dass es sich keineswegs um wilde, ungezähmte Drachen handelte, die da in großer Zahl über die Bucht von Winterborg flogen.

Es waren Kriegsdrachen unterschiedlichster Größe und Art, wie man sie nur im Kaiserreich Drachenia zu zähmen verstand. Dutzende von Drachenreitern bildeten mit ihren Tieren die Vorhut. Kaum einer der Reitdrachen war größer als eine halbe Schiffslänge. Feuer züngelte immer wieder aus ihren Mäulern. Mit gemächlichem Flügelschlag glitten sie auf die winterländische Küste zu, und die Rüstungen der erhabenen Drachenreiter-Samurai blinkten in der Sonne. Messingfarben waren ihre Helme.

Man erzählte sich, dass es keinen Drachen gab, dessen Körperzeichnung exakt der eines anderen glich. Die schuppige Haut dieser echsenhaften, langhalsigen Kreaturen leuchtete in allen Farben.

Die Samurai hielten ihre Banner hoch: Der Drachenkopf war das Zeichen der Kaiser von Drakor. Hin und wieder stieß eines der Ungeheuer einen dröhnenden Laut aus, den der leichte Südostwind zu den Seemannen am Winterborger Hafen trug und selbst den hartgesottensten unter ihnen kalte Schauder über den Rücken jagte.

Den Reitdrachen der kaiserlichen Samurai folgten jedoch Kreaturen, die noch um ein Vielfaches größer waren. Drachen, gegen die die Reittiere der Samurai wie Winzlinge wirkten. Die Körperform war gleich, und sie gehörten ebenfalls der Drachenhauptart an, hatten lange Hälse, mächtige Gliedmaßen, die in furchterregenden Klauen mit messerscharfen Krallen endeten, und weit gespannte, lederhäutige Flügel. Auch diese Großdrachen waren mit Reitern besetzt, und dort, wo Sättel mit Riemen an den gewaltigen Körpern festgeschnallt waren, hatte man die Hornstacheln abgesägt.

Unter den Bauch dieser Giganten hatte man schiffsgroße Gondeln gehängt, in denen Armbrustschützen an ihren Schießscharten hockten und Fußsoldaten ihrem blutigen Einsatz entgegensahen.

Der größte Drache dieser Himmelsarmada bildete zusammen mit ein paar eskortierenden Drachenreitern die Nachhut. Dieses Ungetüm maß vom Kopf bis zur Schwanzspitze nicht weniger als vier Schiffslängen und trug eine besonders große und mit zahlreichen Schnitzereien verzierte Gondel, offenbar das prachtvolle Reisevehikel eines Herrschers. Der Drache unterschied sich von all seinen Artgenossen nicht nur durch seine geradezu monströse Größe, sondern vor allem dadurch, dass er zwei Köpfe hatte. Von dem mächtigen Hals, dessen Durchmesser der Breite eines großen Seemammutjägerschiffs entsprach, zweigte auf halber Länge ein zweiter Hals ab, an dessen Ende sich ein deutlich kleinerer Kopf befand.

Aus beiden Mäulern drangen tiefe, kehlige Laute, sodass ein schauderhafter Akkord entstand, und Flammen züngelten immer wieder daraus hervor.

„Bei den Göttern, womit haben wir das verdient?", raunte Kallfaer Eisenhammer, denn dass sich diese Armada in friedlicher Absicht näherte, vermochte sich nun wirklich niemand vorzustellen.

Ein Drache ohne Reiter eilte der Armada voraus. An der gelb-grünen Körperzeichnung war er leicht zu erkennen. Dröhnende Laute stieß er aus und flog dabei in einer eigenartig gewundenen Bahn. Zunächst hielt er auf Winterborg zu, dann drehte er plötzlich ab, wandte sich, als ob eine unsichtbare Macht ihm mit einer Peitsche einen Schlag versetzt hätte, und flatterte zur Armada zurück, nur um wenig später erneut die Flugbahn zu ändern und sich noch einmal vorzuwagen.

Einige Seemannenkrieger schossen Pfeile auf den gelb-grünen Drachen ab, als sich dieser wieder der Siedlung näherte. Die Kreatur brüllte laut und durchdringend auf, denn zwei der Geschosse durchbohrten einen ihrer Flügel. Der Drache drehte ab, um zur Armada zurückzukehren, und schlug dabei wild mit den Flügeln, um die Pfeile wieder loszuwerden. Drachenblut tropfte aus einer der Wunden.

Das erste Dutzend Drachenreiter bildete eine keilförmige Formation. Sie flogen knapp über die Masten der im Hafen liegenden Schiffe hinweg. Dabei leckten Flammen fauchend aus den Mäulern der riesigen Ungetüme. Es dauerte nur wenige Augenblicke, da stand bereits ein Teil der Langschiffe in Flammen.

„Zielt auf die Reiter!", rief der Alte Tworn, der wie alle anderen zum Hafen geeilt war. „Schießt sie aus den Sätteln!"

Die Reiter waren auf jeden Fall verwundbarer als die Drachen, und ein Hagel von Pfeilen wurde auf Befehl des Alten Tworn auf sie abgeschossen.

Einer der Drachenreiter wurde aus dem Sattel geholt. Der Pfeil durchdrang den Harnisch und durchbohrte die Brust, während gleichzeitig ein halbes Dutzend Pfeile den Körper des Drachen und dessen Flügel trafen. Der Todesschrei des Drachenreiters ging im dröhnenden Aufbrüllen des Drachen unter. Während der Reiter dem Boden entgegenfiel und schließlich mit einem dumpfen Laut aufschlug, flatterte der Drache wie wild mit den Flügeln und stieß einen Flammenstrahl aus dem weit aufgerissenen Maul. Einige Boote am Ufer wurden davon getroffen – aber auch mehrere Seemannen, deren Kleider und Haare sofort Feuer fingen. Sie wälzten sich auf dem Boden, ihre Schreie waren schrill und hatten kaum noch etwas Menschliches an sich.

Der reiterlose Drache zog sich zurück, so als hätte eine unhörbare Stimme ihn gerufen, doch die anderen Drachenreiter setzten ihren Angriff fort. Sie fegten im Tiefflug über Winterborg hinweg und stießen Flammenlanzen aus ihren Rachen hinab in den Ort. Häuser fingen Feuer, der schwarze Rauch von brennendem Seemammut-Tran wallte über der Siedlung.

Einige der Drachen wurden durch Pfeile getroffen, aber bei keinem von ihnen bedeutete dies, dass er nicht mehr kampffähig gewesen wäre. Im Gegenteil, es steigerte lediglich die Wut der Kreaturen – eine Wut, der die Reiter nur freien Lauf zu lassen brauchten.

In einem weiten Bogen flogen die Drachen auf den Kadaver des Seemammuts zu, aus dem inzwischen bereits hier und dort blanke Knochen ragten. Gut ein Viertel des Fleisches war verschwunden – entweder weil es herausgeschnitten und zu den Kesselhäusern gebracht oder von den Wassermenschen geraubt worden war. Die Seemannen, die dort zur Wache oder zur Arbeit eingeteilt waren, wurden nun von den Drachen angegriffen. Ein Feuerstrahl traf den Kopf des Seemammuts und verkohlte ihn.

In ohnmächtiger Wut reckte Wulfgar das Schwert gegen die Angreifer aus der Luft. „Kommt doch herunter, ihr Feiglinge, und stellt euch, wenn ihr euch im Kampf messen wollt!“, rief er heiser.

Die Drachenreiter trieben unterdessen die Männer, die sich beim Kadaver befunden hatten, regelrecht vor sich her und auf Winterborg zu, so als wollten sie ein grausames Spiel mit ihnen treiben. Zumeist sengte das Drachenfeuer dicht über die in heilloser Flucht davonlaufenden Seemannen hinweg. Da so gut wie keine Bogenschützen unter ihnen waren, hatten sie kaum eine Möglichkeit zur Gegenwehr.

Die ersten Riesendrachen näherten sich der Küste. Die Armbrustschützen in den Gondeln schossen ihre Waffen ab, und Bolzen hagelten salvenweise auf Winterborg hinab, um Dutzende von Harnischen und Helmen zu durchschlagen. Dem Alten Tworn, der aufgesehen hatte, fuhr ein solcher Bolzen durch den Nasenschutz seines Helms in den Schädel, trat am Hinterkopf wieder hervor und blieb anschließend in der Brust seines zweitältesten Sohnes Clobnjolf stecken, der gerade seinen Bogen gespannt hatte. Sein Pfeil ging ins Nichts.

Wulfgar stieß einen wütenden Schrei aus, als im nächsten Augenblick zwei weitere Bolzen rechts und links von ihm in den Boden schlugen und der ganz in seiner Nähe stehende Hjalgor Fünfzopf von gleich zwei Bolzen in Kopf und Brust getroffen wurde. Blutüberströmt wankte er zurück und schlug dann rücklings zu Boden. Einer der beiden Bolzen hatte auch bei ihm den Körper durchschlagen und noch einen anderen Seemannen in den Oberschenkel getroffen, sodass er schreiend niederging. Ein weiterer Armbrustbolzen drang im nächsten Moment in den Bauch des Kriegers und zerfetzte ihm die Gedärme.

Wulfgar duckte sich und entriss dem gefallenen Clobnjolf den Bogen. Dann drehte er die Leiche zur Seite, um an den Köcher auf dem Rücken zu gelangen. Er griff nach einem Pfeil, zielte auf eine der Schießscharten und schoss. Der Pfeil blieb dicht daneben in dem leichten, mehrschichtigen Geflecht stecken, aus dem das Äußere der Gondel bestand. Einen zweiten und dritten Pfeil schickte Wulfgar hinterher. Letzterer traf genau in die Scharte. Der Todesschrei des getroffenen Armbrustschützen war unten am Boden nicht zu hören.

Wulfgar umfasste den Rest der Pfeile mit der Linken, zog sie aus dem Köcher und rannte geduckt zur Ecke eines Kesselhauses. Es war eines von nur sehr wenigen Gebäuden in Winterborg, die inzwischen noch nicht in Flammen standen. Aber das war nur eine Frage der Zeit, denn das Feuer fraß sich voran, sprang von einem Gebäude zum nächsten und wurde durch den vom Meer her wehenden Wind noch zusätzlich angefacht.

Überall in den engen Gassen lagen inzwischen Tote. Einige hatte das Drachenfeuer bei lebendigem Leib geröstet, aber bereits nach der ersten Armbrustsalve war die Zahl derjenigen viel höher, die von den Bolzen niedergestreckt worden waren. Die Drachen mit den Schützen-Gondeln umkreisten Winterborg mittlerweile, sodass die Bolzen von allen Seiten in den Ort hagelten. Die Drachenreiter hatten sich derweil völlig aus diesem Bereich zurückgezogen, um nicht versehentlich getroffen zu werden. Stattdessen widmeten sie sich auf grausame Weise den letzten Überlebenden aus der Wach- und Arbeitsmannschaft, die zuvor vom Seemammutkadaver vertrieben worden war. Einige von ihnen versuchten auszubrechen und ins Binnenland zu flüchten. Aber es gab kaum Deckung. Andere duckten sich hinter die „Vergebliche Friedensgabe". Der Felsen war bereits so schwarz wie das Heiligtum Fjendurs im Binnenland, denn die Feuersbrunst aus den Drachenschlünden hatte den Stein nahezu völlig mit Ruß überzogen. Verkohlte Leichen lagen überall herum. Ein paar Verzweifelte verbargen sich noch hinter dem Felsen, aber als die Drachenreiter von mehreren Seiten zugleich angriffen, gab es für sie keine Möglichkeit mehr, Deckung zu finden. Gnadenlos wurden sie niedergemacht.

Der Rauch der brennenden Langhäuser wurde schließlich so dicht, dass er den Armbrustschützen die Sicht nahm. Damit kam die Abteilung von Gondel-Drachen zum Einsatz, die bisher zurückgehalten worden war und noch über der Bucht kreiste. Sie wurden von ihren Reitern aufs Festland zugelenkt. Etwas weiter draußen schwebte nur noch der übergroße Riesendrache mit der Prachtgondel.

Die zweite Abteilung der Gondel-Drachen teilte sich. An verschiedenen Punkten in der Nähe Winterborgs wurden die Gondeln sanft abgesetzt, ihre Türen öffneten sich, und Kolonnen von schwer bewaffneten Fußsoldaten stürmten heraus. Sie trugen messingfarbene Rüstungen über schwarzen Wollgewändern. Ihre Schwerter waren schmal und leicht gebogen. Etwa jeder Dritte von ihnen war entweder ein Bogenschütze oder mit einer Armbrust ausgerüstet. Außerdem wurden Speere und Piken eingesetzt, und es gab Schildträger.

Gleich nachdem die erste Kolonne ihrer Gondel entstiegen war, bildete sie eine Phalanx, und wenig später marschierte eine durch Schilde gut geschützte Front von allen Seiten auf Winterborg zu. Bogenschützen und Pikenträger hielten jeden, der auf einen Nahkampf aus war, zunächst auf Distanz.

Erst als die ersten Häuser erreicht waren, lösten die drachenischen Krieger ihre Phalanx auf. Jeder, der ihnen in den Weg kam, wurde niedergemacht. Männer, Frauen und Kinder wurden mit Pfeilen gespickt oder mit Piken und Lanzen erstochen. Nur hier und dort gab es noch Gegenwehr.

Der Wilde Aeriggr wurde von gleich einem Dutzend Drachenier in die Enge getrieben und eingekreist. Mit Streitaxt und Schwert hielt er sich die Angreifer zunächst vom Leib. Dann warf er die Streitaxt und spaltete so Helm und Schädel eines Drachenier, der wie ein gefällter Baum zu Boden sank. Ein Lanzenwurf verfehlte Aeriggr um ein Haar. Mit dem Beidhänder drang Aeriggr todesmutig auf seine Gegner ein, schlug einem Bogenschützen den Kopf ab und wich nur einen Augenblick später dem Stoß einer Pike aus. Die langen Piken und Speere der Drachenier mochten in offener Feldschlacht, wenn die Truppen ihre Phalanx aufrechterhalten konnten, nützlich sein. Für einen Kampf in engen Gassen waren sie weniger geeignet.

Aeriggr schlug einer dieser Piken mit einem wuchtigen Schwerthieb die Spitze ab und drosch dann auf einen Schild so heftig ein, dass er in zwei Hälften gespaltet wurde. Schon der dritte Hieb durchbrach nicht nur den Schild, sondern zerschlug auch den Unterarm des Schildträgers. Ein schmerzerfüllter Schrei durchdrang den Kampfeslärm. Doch er verstummte sofort, als Aeriggr seine Schwertspitze blitzschnell vorschnellen ließ und den Hals seines Gegenübers traf, wo der Harnisch ein Stück freiließ. Die Spitze des Beidhänders aus bestem Feuerheimer Stahl fand dort so gut wie keinen Widerstand.

Ein röchelnder Laut drang aus dem weit aufgerissenen Mund des Dracheniers. Sein Unterarm und die beiden Teile, in die Aeriggr den Schild gespalten hatte, lagen am Boden, die Hand des abgetrennten Arms umklammerte noch den Griff.

Der Drachenier schaffte es noch, sein Schwert zur Hälfte aus der am Gürtel befestigten und mit dem Zeichen des Drachenkaisers versehenen Lederscheide zu ziehen, ehe der Blick seiner Augen brach und die Beine unter ihm einknickten. Er sank auf die Knie und kippte dann vornüber. In der Gasse zwischen zwei Kesselhäusern blieb er leblos liegen. Beide Gebäude brannten bereits, und der dichte schwarze Tranqualm quoll aus den Häusern und machte das Atmen in der Gasse zur Qual.

„Ja, das ist der Geruch des Todes – jenes Todes, den ihr verfluchten Barbaren heraufbeschworen habt und der euch jetzt ereilen wird!", rief Aeriggr seinen Gegnern entgegen. „Möge Ogjyr eure Seelen in sein Jadereich am Himmel holen, wo er sie ungestört über Äonen hinweg quälen kann! Njordir wird euch gewiss kein Asyl in seinem nassen Reich gewähren!"

Die Drachenier verstanden kein einziges Wort von dem, was der Wilde Aeriggr ihnen da entgegenschleuderte. Stattdessen tauschten sie ein paar Worte, die für den Seemannen-Kapitän mehr als fremd klangen. Sie waren vorsichtiger geworden und hatten offenbar begriffen, dass Aeriggr bis zum letzten Atemzug um sein Leben kämpfen würde.

Einem Berserker gleich stürzte sich Aeriggr auf seine Feinde. Immer wieder ließ er die Klinge des Beidhänders durch die Luft sausen. Fünf Mann sanken in den Staub. Dann hieb er einen der Drachenier in Höhe des Bauchnabels mitten durch.

Doch ehe er das Schwert herumreißen konnte, trafen den Wilden Aeriggr ein Pfeil ins Auge und ein Speer in die Brust.

Wulfgar hatte sich zu seinem Haus durchgekämpft, das in hellen Flammen stand. Der dichte Qualm des Tran-Brandes raubte ihm schier den Atem.

Seine Nebenfrau Restina kam ihm entgegen, ein schreiendes Bündel im Arm. Es war Wulfgar Wulfgarssohns jüngstes Kind, ein Mädchen, gerade ein halbes Jahr alt und noch ohne Namen. Man nannte sie bisher „Die Letzte“, denn man wartete bis zur Festlegung eines Namens sehr oft, bis das Kind das erste Jahr überlebt hatte.

Restina war vollkommen aufgelöst, das Gesicht vom Ruß verschmiert, und die Unterarme wiesen Brandwunden auf.

„Wo sind die anderen?“, rief Wulfgar.

„Kelsine ist im Haus geblieben ... Es war zu spät ... Du kannst ihr nicht mehr helfen! Und unser Sohn Wulfgarskint ...“

Weiter kam sie nicht – denn der Bolzen einer Armbrust schlug durch das Bündel, das sie auf dem Arm trug, und von dort aus in ihre Brust. Das Bündel verfärbte sich rot. Blut rann zwischen ihren Fingern hindurch und aus ihren Mundwinkeln. Sie taumelte einen Schritt zurück und fiel dann der Länge nach hin.

Wulfgar drehte sich herum. Gut zwanzig Schritte entfernt sah er den drachenischen Schützen, der gerade einen neuen Bolzen in seine Waffe einlegen wollte, während er in seiner Heimatsprache wahrscheinlich nach Verstärkung rief.

Wulfgar stieß einen wütenden Schrei aus. Er nahm das Schwert in die Linke und griff mit der Rechten zu der kurzstieligen Axt an seinem Gürtel, riss sie heraus und schleuderte sie mit geübtem Wurf auf den Drachenier. Dieser versuchte noch auszuweichen. So traf die Axt nicht seinen Schädel, sondern den Hals. Das Blut floss in Strömen.

Der Drachenier ließ Bolzen und Armbrust fallen, um beide Hände auf die Wunde zu pressen. Wulfgar stürmte auf ihn zu. Mit einem gewaltigen Schwerthieb schlug er dem Drachenier den Kopf von den Schultern. Er rollte die etwas abschüssige Gasse entlang, während der Körper des Enthaupteten noch einen Moment regungslos dastand. Lange genug für Wulfgar, um seinem Schmerz und seiner Wut freien Lauf zu lassen und den Drachenier mit einem weiteren Hieb regelrecht zu zerteilen. Mit einem Tritt gegen das leblose Fleisch befreite er seine bluttriefende Klinge.

In diesem Moment spürte er etwas Heißes in seinem Rücken. Er wirbelte halb herum, sah aus den Augenwinkeln eine Wand aus Feuer auf sich zurasen und stolperte instinktiv nach vorn. Die Vorderfront seines Langhauses stürzte ein, direkt auf ihn zu, und das ganze Gebäude verlor die Stabilität. Heiße Glut regnete auf ihn nieder und versengte ihm den ungeschützten Nacken. Er machte einen Satz und rettete sich hinter eine Tränke für Riesenschneeratten. Außer als Reittiere für Reisen ins Binnenland wurden sie auch benutzt, um im Hafen umgeschlagene Güter zu ihrem Bestimmungsort zu bringen. Daher gab es überall im Bereich um den Hafen große Wasserbottiche zum Tränken der Tiere, sonst hätte man dafür jedes Mal zu den Pferchen zurückkehren müssen.

Wulfgar erhob sich wieder und sah einige Augenblicke lang zu, wie sein Langhaus – das erhabenste in ganz Winterborg – in einer alles verzehrenden Feuersbrunst zusammenbrach.

„Kelsine …“, murmelte er.

Für sie kam tatsächlich jede Hilfe zu spät. Und vielleicht galt das für ganz Winterborg. Jemand hatte offenbar beschlossen, diesen Ort vollständig zu vernichten und niemanden am Leben zu lassen. Der Friede zwischen den fünf Reichen dauerte nun schon so lange, dass sich niemand mehr an einen wirklich großen Krieg erinnern konnte. Kleinere Scharmützel zwischen Clans und Stämmen oder sogar Städten gab es hin und wieder mal. Aber das waren Dinge, die innerhalb eines Reichs stattfanden. Früher aber hatte es richtige Kriege mit gewaltigen Schlachten gegeben. Die Armeen verschiedener Reiche waren aufeinandergetroffen, und das Blut ungezählter Krieger hatte den Boden getränkt. Aber darüber berichteten nur noch die Legenden …

Jedes der fünf Reiche verfügte über andere Waffen: Das Seereich hatte seine Seeflotte und herrschte über die Meere, die Drachenier hatten ihre Drachenarmada, Feuerheim die Macht des Feuers, das Reich Magus die Magie und das Reich Tajima verfügte über eine Flotte von Luftschiffen. Das war das Gleichgewicht der fünf; in den vergangenen Generationen war es den Herrschern immer bewusst gewesen, dass es keinem dieser Reiche gelingen konnte, die Vorherrschaft zu erlangen, und wer den Frieden der fünf Reiche aufkündigte, ging ein hohes Risiko ein: die Gefahr der eigenen Vernichtung. Denn wenn eines der fünf Reiche versucht hätte, sich auch nur einen winzigen Vorteil gegenüber den anderen zu verschaffen, hätte dies alle vier verbliebenen Reiche auf den Plan gerufen, die sich sogleich bedroht gefühlt und zusammengeschlossen hätten, um diese aufkommende Bedrohung im Keim zu ersticken.

Und dennoch hatte der Narr auf dem Kaiserthron von Drakor seine Drachenarmada nach Winterland geschickt, in den äußersten Nordwesten des Seereichs, wo man mit einem Angriff am wenigsten rechnete. Einen weiten Weg durch das eisige Nordwestmeer hatten die Drachen hinter sich, so schloss Wulfgar. Denn dass sie das seemannische Festland einfach überflogen hatten, schloss er aus. Die Drachen wären früher oder später gesehen worden und auf Widerstand gestoßen. Der einzige Weg so weit im Nordwesten führte an der Küste von Nordenthal-Land, Borgland und Sturmland entlang, wobei die Drachenier den Abstand zum Festland und den Schifffahrtswegen der Seemannen groß genug hatten halten müssen, um nicht vom Festland aus bemerkt zu werden.

Wulfgar lief die Gasse entlang. Dabei kam ihm ein furchtbarer Gedanke. Was, wenn das Seereich längst von den Dracheniern erobert worden war? Wenn sie es im Handstreich mit ihrem Drachenreiter-Heer genommen hatten und Winterland in Wahrheit der letzte Zipfel des Reichs war, der sich noch nicht ergeben hatte?

Wulfgar streifte durch einen Ort, in dem nicht mehr viel Leben herrschte. Rauchschwaden krochen durch die Gassen, und man konnte häufig kaum die Hand vor Augen sehen. Manchmal tauchten unvermittelt drachenische Fußsoldaten auf. Dann zögerte Wulfgar nicht lange, sondern hieb sofort drauflos, spaltete Schädel, ließ Köpfe rollen oder stieß die Klinge des mächtigen Beidhänders in die Körper seiner Gegner. Auch wenn sie Harnische aus einem recht widerstandsfähigen Metall trugen, so gab es durchaus Schwachstellen in ihrer Rüstung, die Wulfgar mit kalter Grausamkeit ausnutzte.

Konnte er seine volle Kraft in einen Hieb legen, durchdrang seine Klinge zumindest die Harnische der einfachen Soldaten. Anders war es bei den drachenischen Offizieren, deren Rüstung ungleich besser war. Doch auch bei ihnen reichte häufig ein Schlag gegen den Brustkorb, um dem Gegner so lange den Atem zu nehmen, dass man ihm mit dem zweiten Hieb den Kopf vom Rumpf trennen konnte. Selbst wenn Nacken und Hals durch breite, mit Metallplättchen versehene Lederriemen geschützt waren, brach ein Schwerthieb mit dem Beidhänder in jedem Fall das Genick des Gegners.

Wulfgar steigerte sich in eine blutige Raserei. Er wusste, dass er auf verlorenem Posten kämpfte. Die Schlacht – so man nicht besser von einem Massaker sprach – neigte sich dem Ende, und die Seemannen von Winterborg waren einem übermächtigen Gegner erlegen.

Für Wulfgar ging es nur noch darum, so lange wie möglich durchzuhalten, um so viele Feinde wie möglich mit in den Tod zu nehmen.

Njordir gestattete niemandem Einlass in sein nasses Reich, der im Kampf zu früh aufgab oder gar sich selbst das Leben nahm. Er verübelte es jedem Sterblichen, der sich zu schnell den schmeichelnden Einflüsterungen Ogjyrs ergab. Aber der göttliche Herr über Leben und Tod war auch kein Ratgeber, auf den Wulfgar zu hören beabsichtigte. Den dahingemetzelten Männern, Frauen und Kindern von Winterborg war er es schuldig, dass er Rache übte, so blutig er nur konnte. Aus welchem Grund die Drachenier diesen Ort am Rande von Fjendurs kaltem Reich auch immer angegriffen hatten, sie sollten einen angemessen hohen Preis dafür zahlen.

Hustend taumelte Wulfgar weiter, nachdem ein halbes Dutzend drachenische Fußsoldaten unter seinen wütenden Schwerthieben gestorben waren. Ihr Blut troff von der Klinge seines Beidhänders, als er den sterbenden Glednir Freistirn entdeckte. Er lag halb aufgerichtet, mit dem Oberkörper gegen die Wand eines Kesselhauses gelehnt. Der rechte Arm war ihm abgetrennt worden. Die Hand umklammerte noch krampfhaft den Griff seines Schwerts, das ungefähr zwei Schritte von ihm entfernt im Staub der Gasse lag.

Der Drachenier, der das getan hatte, war darüber nicht allzu lange glücklich gewesen. Er lag ausgestreckt da, das blutige, leicht gebogene Schwert drachenischer Machart noch in der Linken und in der Rechten einen Schild. In seinem Gesicht steckte jedoch das Blatt eines Wurfbeils, das Glednirs Runenzeichen trug. Knapp unterhalb der Augen und rechts der Nase war die Axt in den Kopf des Dracheniers eingedrungen. Die weit aufgerissenen, erstarrten Augen waren mit Blut gefüllt. Rot rann es auch aus Mund und Nase.

Wulfgar kniete bei Glednir nieder, der vergeblich seine noch vorhandene Linke gegen den Armstumpf presste, um den Blutfluss zu stillen. Aber sein roter Lebenssaft rann ihm heiß und klebrig zwischen den Fingern hindurch.

„Glednir!“, rief Wulfgar außer sich.

Glednir blickte auf. Er zitterte. Er musste ungeheure Schmerzen leiden. Dennoch huschte ein mattes Lächeln über das harte, leicht grobschlächtige Gesicht des tapferen Kriegers. „Es wäre …“ Er musste eine Pause einlegen, bevor er schließlich sehr leise weitersprach: „… besser, wenn es … Winter wäre …“

Wulfgar verstand sofort, was Glednir meinte. Im Winter, wenn der eisige Wind aus dem Nordwesten über die Häuser Winterborgs blies und die kalten Mächte Fjendurs alles in ihrem unerbittlichen Griff hatten, spürte man die Schmerzen von Verwundungen weniger.

„Glednir …“, murmelte Wulfgar.

„Dein Sohn … Wulfgarskint …“

„Hast du ihn gesehen?“

„Schnee …“

„Was?“

„Schnee … Ratten … Schnee …“

Mit diesen gestammelten Worten brach Glednirs Blick, und sein Gesicht wurde starr.

Ein weiterer treuer Gefolgsmann hatte Wulfgar verlassen. „Möge dem finsteren Ogjyr deine Seele verweigert werden und Njordir dich willkommen heißen“, murmelte er, wie es unter den Seemannen üblich war, und schloss dem Toten die Augen.

Dichter werdende Rauchschwaden zwangen ihn dazu weiterzuziehen. Er hustete. Der Rauch biss in seinen Lungen. Irgendwo hinter den dunklen Schwaden brach ein Haus in sich zusammen. Menschliche Schreie mischten sich mit dem Aufbrüllen der Drachen.

Von den Drachengondeln aus wurde wegen der schlechten Sicht schon lange nicht mehr mit Armbrüsten geschossen. Dafür schwebten die Drachenreiter wieder tief über dem Ort dahin. Durch die dichte Rauchdecke war hin und wieder das Aufleuchten von Drachenfeuer zu sehen, und große Schatten verdunkelten den ohnehin schon düsteren Himmel. Aber zu tief wagten sich die Drachenreiter nicht. Offenbar scheuten sie den beißenden Rauch des brennenden Trans.

Wulfgar taumelte eine Gasse entlang. Er rang nach Luft und versuchte den schlimmsten Bränden auszuweichen. Die Häuser stürzten eines nach dem anderen in sich zusammen, und er musste aufpassen, dass ihn nicht ein brennender Balken erschlug oder ihn eine Wand unter sich begrub.

Er fand niemanden mehr, der noch lebte – weder Freund noch Feind. Die Drachenier hatten sich offenbar aus den Gassen Winterborgs zurückgezogen. Vermutlich wollten sie abwarten, bis die Brände erlosch und der dichte Rauch sich verzog.

Nur Asche würde von Winterborg bleiben …

Wulfgar erreichte die Pferche am Rande der Siedlung. Hier war die Luft klarer. Drachenreiter ließen ihre Reittiere in der Luft kreisen, und die Riesenschneeratten waren in heller Panik wegen des dröhnenden Brüllens der Drachen sowie wegen des Feuers und des Rauchs. Auf einmal wurde die Umgrenzung des Pferchs auf einer Länge von zwanzig Schritt niedergerissen, und Dutzende von Tieren sprangen ins Freie davon.

Die schrillen Schreie der Riesenschneeratten waren für die Ohren der Drachen offenbar recht unangenehm. So mancher Drachenreiter hatte Mühe, sein Reittier unter Kontrolle zu halten.

Auf einmal wurde aus den Schützengondeln mit Armbrüsten auf die Riesenschneeratten geschossen, und zwar insbesondere auf jene, die offenbar für eine Flucht zu verwirrt waren und im Pferch geblieben waren. Die schrillen Töne, die sie ausstießen, waren für Menschen und Drachen kaum auszuhalten. Nicht umsonst hatten in der alten Zeit der Inland-Clans immer auch Ohrenklappen zur Ausrüstung der Riesenschneeratten-Reiter gehört; sie hatten keineswegs nur zum Schutz gegen die Kälte gedient.

Wulfgar fiel innerhalb des Pferchs eine Riesenschneeratte auf, die einen Sattel trug. Ein Reiter von schlanker, jungenhafter Gestalt griff in das Fell des Tiers und hievte sich hinauf in den Sattel. Als er sich herumdrehte, erkannte ihn Wulfgar.

„Wulfgarskint!“, rief er.

Im selben Moment trafen Wulfgar zwei Armbrustbolzen in den Rücken. Er sank auf die Knie, stützte sich auf sein Schwert, und sein Blick traf sich mit dem seines Sohnes Wulfgarskint.

Einer der Drachenreiter ließ sein Reittier in Wulfgarskints Richtung herabstürzen. Der Junge nahm seine Handaxt vom Gürtel und schleuderte sie dem Monstrum entgegen. Sie fuhr dem Drachen in die Schulter, und Drachenblut spritzte aus der Wunde. Im gleichen Moment leckte eine Flammenzunge aus dem geöffneten Maul des Ungeheuers. Die Riesenschneeratte, auf der Wulfgarskint saß, stellte sich schrill schreiend auf die Hinterbeine, während die Flammen sie zusammen mit ihrem Reiter erfassten. Der Drache stieß dabei einen durchdringenden, tief dröhnenden Laut aus und schwebte wild mit den Flügeln schlagend in einem Bogen über sein Opfer hinweg.

Zusammen mit einem Schwall von Blut kam ein einziges Wort über Wulfgars Lippen.

„Nein!“

Dann sank er zu Boden. Die Hände um den Schwertgriff gekrallt, lag er tot da.

10

DAS ORAKEL

Bratlor reichte Rajin die erlegte Eisraupe. „Nimm die Opfergabe und geh den Weg, den jeder allein gehen muss, Bjonn Dunkelhaar!"

Rajin nickte. Er wandte den Kopf, und sein Blick folgte der langen Reihe von Steinen, die den Weg vom schwarzen Monolithen in der Mitte des Gebirgsrings bis zur Orakelhöhle markierte.

„Schick ihn fort", wisperte die Stimme des Weisen Liisho in seinem Kopf. *„Er darf nicht sehen, was sich hier ereignen wird. Um deinetwillen – und um die Mission nicht zu gefährden!"*

„Was ist?", fragte Bratlor. „Weshalb zögerst du, Bjonn?"

In der Ferne heulte die Meute von Eiswölfen, die bisher davor zurückgeschreckt war, ihnen in die kalte Senke von Fjendurs Reich zu folgen.

Rajin versuchte zu sprechen. Warum sollte er sich Bratlor nicht anvertrauen? Wer sagte ihm, dass Liisho es wirklich nur gut mit ihm meinte, Bratlor aber nicht? Er suchte nach jener inneren Kraft, die ihm auch geholfen hatte, den Drachen zu bezwingen. Warum sich der Stimme in seinem Kopf kampflos beugen, da er doch sogar einen Drachen hatte besiegen können? Er hatte es einmal geschafft, diese besondere Kraft zu sammeln und einzusetzen, warum sollte sie ihn nicht auch dazu befähigen, den Bann zu brechen, mit dem Liisho ihn belegt hatte?

„Du machst einen Fehler, Rajin!", hörte er Liishos Geisterstimme. *„Vergeude deine Energien nicht damit, gegen mich zu kämpfen, sondern tu, was ich dir sage! Du wirst deine Kräfte brauchen, um deine Mission*

zu erfüllen! Und jetzt schick Bratlor fort! Ansonsten ist sein Schicksal besiegelt."

Rajin bedachte Bratlor mit einem langen Blick. Statt seiner begann der Sternenseher zu sprechen. „Was sind das für Mächte, die dich in ihren Bann geschlagen haben, Bjonn?"

Rajin schluckte. Dass Bratlor ein kluger, weit gereister Mann war, der über mancherlei Wissen verfügte – Wissen, das den meisten Seemannen Winterlands für immer verschlossen bleiben würde –, wusste er natürlich. Genau das hatte Bratlor für ihn schon immer zu einem interessanten Gesprächspartner gemacht. Aber hatte er vielleicht noch weitergehende Fähigkeiten? Hatte eine seiner Reisen ihn vielleicht ins Land Magus geführt, wo er möglicherweise die Kunst des Gedankenlesens erlernt hatte? Rajin wurde sich der Tatsache bewusst, dass er noch längst nicht alles über den Gefährten wusste, der ihn so bereitwillig auf diesen Weg mit ungewissem Ziel begleitete.

Rajin fühlte einen dicken Kloß in seinem Hals und schluckte. „Woher ...?"

„Mir ist das schon aufgefallen, als du noch ein kleiner Junge warst. Wenn du dich unbeobachtet glaubtest, hast du mit unsichtbaren Geistern gesprochen. Es war nicht zu verstehen, du hast nur gemurmelt. Vom Klang her hatte dieses Gemurmel Ähnlichkeit mit der Sprache der Drachenier, aber sie war es nicht, sonst hätte ich einzelne Worte wiedererkennen müssen."

„Du hast mir gegenüber nie davon gesprochen", sagte Rajin.

„Ich habe gedacht, du würdest dich mir eines Tages von selbst offenbaren. Du musst mit höheren Mächten im Bund stehen."

„Dann glaubst du das, was auch Aeriggr, Kallfaer und all die anderen behaupten? Dass ich der Fluchbringer bin, der das Unglück heraufbeschwört? Der die Wassermenschen gerufen hat und dessentwegen sich die Drachen in die Kälte des Nordwestens begeben haben?"

„Ich habe nie geglaubt, dass dich irgendeine böse Absicht lenkt", sagte Bratlor. „Und außerdem solltest du wissen, dass wir Sternenseher die ärgsten Feinde des Aberglaubens sind."

„Wo ist die Grenze zwischen Glauben und Aberglauben, Bratlor? Ich bin mir nicht sicher, ob sie überhaupt so einfach zu ziehen ist."

Bratlor schwieg einen Augenblick. Dann deutete er zum schwarzen Felsen und sagte: „Die Macht Fjendurs ist jedenfalls kein Aberglaube, sondern Wirklichkeit. Und dass er uns hier und jetzt sein Gesicht offenbart hat, muss ein Zeichen sein."

„Das wird sich zeigen …"

„Du suchst nach Erkenntnis über dich selbst. Mithilfe des Orakels kannst du vielleicht einen Teil der Wahrheit erfahren. Also geh jetzt, ehe dir die Mächte, die in dir wirken, auch das untersagen!"

„Das werden sie bestimmt nicht", sagte Rajin. „Ganz im Gegenteil. Aber …"

„Aber was?"

„Geh fort von hier, Bratlor!"

„Sagen dir das auch diese Mächte?"

Darauf gab Rajin keine Antwort. Vielleicht hinderte ihn der Bann daran. Auf jeden Fall wollte Rajin verhindern, dass Bratlor in Gefahr geriet – und genau davon hatte Liisho zu ihm gesprochen.

„Hat es mit diesem Gesicht zu tun, das auf dem schwarzen Felsen zu sehen war, Bjonn?" Bratlor nickte, als wollte er seine eigenen Worte bestätigen. „Ja, so muss es sein …"

„Ich kann dich nur beschwören, diesen Ort zu verlassen, Bratlor", sagte Rajin. „Um deinetwillen."

„Du hast mir das Leben gerettet, Bjonn", erklärte Bratlor. „Da werde ich dich jetzt nicht verlassen."

„Vielleicht kannst du dir jetzt selbst das Leben retten, indem du tust, was ich dir sage."

„Du meinst, indem ich tue, was dir ein Geist eingeflüstert hat", hielt Bratlor dagegen.

„Und wenn es so wäre? Was spräche dagegen, dass er recht hat?"

„Geh jetzt zum Orakel. Ich werde hier auf dich warten, Bjonn Dunkelhaar."

„Die Zeit drängt!", meldete sich wieder die Stimme Liishos bei Rajin. *„Lass den Narren stehen! Du hast ihn gewarnt, mehr kannst du nicht für ihn tun!"*

Rajin nickte nur. Dann verließ er Bratlor und ging an den Markierungssteinen entlang. Sie waren mit Inschriften versehen, die in einer alten, lange nicht mehr gebräuchlichen Form der seemannischen Runenschrift verfasst waren. Selbst zur Zeit der Inland-Clans hatte es bereits niemanden mehr gegeben, der sie zu lesen vermocht hatte. Mit der Linken hielt Rajin die Eisraupe, die inzwischen längst gefroren war.

Er wünschte sich, Liisho hätte ihm weitere Erklärungen gegeben, doch dazu war der Weise offenbar nicht gewillt. Der Gedanke, nur ein Werkzeug dieser Stimme zu sein, störte ihn. Warum konnte ihn Liisho nicht in die Einzelheiten dessen einweihen, was der Weise als „die Mission" bezeichnete? Und hatte er nicht das Recht, selbst zu entscheiden, ob er diese „Mission" überhaupt ausführen wollte?

Ein Axiom fiel ihm ein, das einst ein namenloser drachenischer Dichter aufgestellt hatte und das Liisho immer wieder zitierte, wenn ihm Rajin zu aufsässig wurde: *Der Weise zeigt den Weg – der Schüler folgt.*

Rajin drehte sich nicht um, sondern schritt geradewegs auf die Höhle des Orakels zu. Er konzentrierte sich auf die innere Kraft, versuchte sie zu sammeln, um für alles gewappnet zu sein, was ihm in der Höhle möglicherweise begegnen oder widerfahren konnte.

„Du musst dich beeilen", wisperte die Stimme des Weisen. *„Deine Feinde sind dir bereits auf den Fersen. Sie sind darauf aus, dich zu töten, und werden dafür jedes Mittel einsetzen. Und wenn du in ihre Hände gerätst, wäre das nicht nur dein Ende, sondern würde auch jede Möglichkeit zunichte machen, das Gleichgewicht der Welt zumindest vorläufig zu erhalten …"*

Einen spöttischen Gedanken konnte sich Rajin nicht verkneifen. *So wichtig bin ich?*

„Du wirst die Wahrheit erfahren, wenn es so weit ist."

Ich dachte, die Wahrheit würde ich durch das Orakel erfahren?

„Geh weiter – und verbanne das Gift zweifelnder Gedanken aus deiner Seele, denn sie könnten deine innere Kraft schwächen und so zu guter Letzt für dein Ende verantwortlich sein!"

Rajin erreichte den Hang, wo die Orakelhöhle lag. So nahe hatte er sich noch nie an deren Eingang befunden, denn bei den bisherigen Reisen zum Schwarzen Felsen, an denen er teilgenommen hatte, war er stets mit den anderen Männern am Heiligtum zurückgeblieben, um auf Wulfgar zu warten.

Fünf Stufen waren in den Felsen geschlagen, und über dem Höhleneingang war ein glasklarer, faustgroßer Stein in den Fels eingelassen. „Das Auge des Orakels“ nannte man ihn. Im Gegensatz zu dem, was sich innerhalb der Höhle abspielte, unterlag alles, was mit diesem Juwel zusammenhing, nicht der Geheimhaltung. Oft hatte Rajin zusammen mit den anderen Männern vom schwarzen Felsen aus zugesehen, wie Wulfgar Wulfgarssohn zum Orakel gegangen und die Stufen zum Höhleneingang emporgestiegen war. Manchmal war dann gar nichts geschehen, aber bei einigen wenigen Besuchen am Heiligtum hatte das Juwel kurz aufgeleuchtet, was alle für ein gutes Omen gehalten hatten. Häufig hatten Wulfgar und die Mannschaft der „Stoßzahnsammler“ danach besonderes Glück bei der Seemammutjagd gehabt, und wenn anschließend Schwerter und Äxte mit Fjendurs Zauber belegt wurden, waren sie besonders erfolgreich im Kampf gegen die Horden der Wassermenschen gewesen.

Bevor Rajin den ersten Fuß auf die unterste Stufe setzte, drehte er sich noch einmal um. Der Jademond stieg gerade über die Berge, und von Bratlor war nichts mehr zu sehen. Der große Schatten, der den schwarzen Felsen umgab, hatte ihn wohl verschluckt.

Dann nahm Rajin die erste Stufe.

Das Juwel über dem Höhleneingang leuchtete auf. Dieses Leuchten jedoch war nicht von jener reinen weißen Helligkeit, wie sie dem Schneemond eigen war, sondern glich in der Farbgebung zunächst eher der sandigen Farbe des Augenmondes. Dann verfärbte sich das Juwel, wurde merklich dunkler und nahm schließlich die Farbe des Blutmondes an.

Rajin spürte die kurze Berührung mit einer geistigen Kraft. Dabei überkam ihn ein ganz ähnliches Gefühl wie in jenem Moment, als er die forschenden geistigen Fühler des roten Drachen gespürt hatte. Und doch wusste er sofort, dass die Macht, mit der er es diesmal zu tun hatte, von gänzlich anderer Natur war.

Rajin nahm die nächsten Stufen.

Das „Auge des Orakels“ veränderte abermals die Farbe. Blutrot, meerblau, jadegrün, sandfarben mit dunklen Flecken und schneeweiß. Es waren die Farben der fünf Monde, die sich in genau der Reihenfolge abwechselten, wie die Monde auch des Nachts am Himmel erschienen.

Rajin überkam ein Frösteln. In den Legenden der Seemannen wurde diese Erscheinung als ein besonderes Zeichen angesehen. Zuletzt war dieser Farbwechsel des Orakelauges angeblich beobachtet worden, kurz bevor Wulfgar Eishaar, der legendäre Ahnherr von Wulfgar Wulfgarssohns Sippe und ruhmreichster unter den Helden Winterlands, im Kampf gegen einen Eiswolf starb.

Es war fast so, als wollten diese räuberischen, blutgierigen Kreaturen Rajin mit ihrem fernen Heulen an diese Legende erinnern und ihm zudem sagen, dass sie ihm auflauern würden, sobald er die kalte Senke verließ.

Rajin betrat die Höhle.

Licht schimmerte aus ihrem Inneren hervor; rot schimmerndes Licht, so als würde dort ein Feuer brennen.

Dieses Feuer schien allerdings vollkommen bewegungslos zu sein. Es flackerte nicht. Nur die Zauberkraft eines Gottes konnte wohl in dieser unmenschlichen Kälte überhaupt ein Feuer am Brennen halten, überlegte Rajin. Ein eisiger Hauch wehte ihm entgegen. Das Innere der Höhle schien ihm noch einmal um ein Vielfaches kälter als selbst die Senke um den schwarzen Felsen.

Einen Schritt tat er vor den anderen. Eine breite Treppe führte hinab. Dann folgte ein kurzer Gang, und Rajin erreichte den Raum, aus dem das rote Leuchten sickerte. Er blieb zunächst am Eingang stehen.

In der Mitte des annähernd runden Raumes, der sich vor ihm eröffnete, stand eine brusthohe Säule. Auf ihr befand sich ein Juwel, das jenem über dem Höhleneingang glich. Es war von der gleichen Klarheit, nur dass dieses die Größe eines menschlichen Schädels hatte.

In der kuppelartig gewölbten Höhlendecke befand sich eine Öffnung. Genau darüber stand der Blutmond, und sein rötliches Licht strahlte auf das schädelgroße Juwel, sodass es ebenfalls rötlich leuchtete.

Es war also kein Feuer, das die Höhle mit diesem rötlichen, kalten und völlig erstarrten Schein erfüllte, sondern das Licht des Mondes, der als Heimat des Gottes Blootnyr galt. Blootnyr war der Gott des Blutes, der Gewalt, der Leidenschaft und des Feuers. Angeblich war er ursprünglich ein Gott der Drachen gewesen, als diese während des Ersten Äons die Welt beherrschten. Der Sage nach hatten die Drachen die Welt durch die kosmischen Tore erreicht, ihre Götter jedoch jenseits der Tore zurückgelassen, um endlich frei zu sein. Nur Blootnyr war es gelungen, sich durch eines der Weltentore zu mogeln, denn er hatte die Gestalt eines gewöhnlichen Drachen angenommen. Dort, auf der jungfräulichen Drachenerde, so hatte er geglaubt, wäre er der einzige Gott, und so würde ihm Verehrung und Anbetung sicher sein.

Er verwandelte sich in ein gewaltiges, imponierendes Flammenwesen. Einen Gott des Feuers, den selbst die Drachen zu fürchten hätten, und forderte ihren Gehorsam. Doch damit hatte er sich in den Drachen des Ersten Äons grundlegend getäuscht. Der Urdrache Yyuum war der Erste, der ihm den Respekt versagte, und seinem Beispiel folgte nahezu die gesamte Drachenheit. Man weigerte sich, ihm die Anbetung zuteil werden zu lassen, von der Blootnyr glaubte, dass sie ihm zustand. Er trug damals im Übrigen noch einen Namen, den kein Seemanne des ausgehenden Fünften Äons hätte aussprechen können und von dem man sich schaudernd erzählte, dass er dem scharfen Zischen des Windes in Verbindung mit dem Brausen lodernder Flammen geglichen habe.

Diese Welt, so hatten sich Yyuum und die Drachen des Ersten Äons geschworen, wollten sie allein mithilfe der Elemente und ihrer puren Kraft formen, so wie es ihnen beliebte. Wenn diese Welt Götter haben sollte, dann wollten sie selbst diesen Platz einnehmen.

Vor Wut fuhr Blootnyrs Feuergestalt hinauf zum damals fahlen und noch gar nicht roten Blutmond, der zu dieser Zeit auch noch keinen Namen hatte. Dort verwandelte er sich in seine riesenhafte Drachengestalt zurück und riss sich mit den Krallen seiner Pranken selbst die Kehle auf, sodass sein Blut den gesamten Mond überflutete und ihn rot färbte. Er hatte die Drachen damit nur beeindrucken wollen, aber mit Entsetzen musste Blootnyr feststellen, dass er auf jener Welt, die von den Drachen die Drachenerde genannt wurde, sterblich war, sobald er Drachengestalt annahm. Kurz bevor es zu spät war, verwandelte sich Blootnyr zurück in das Feuerwesen und wurde damit zum Gespött der Drachen, deren dröhnendes Gelächter die Welt so stark erzittern ließ, dass Kontinente sich spalteten.

Blootnyr aber verfluchte das lästerhafte Drachengezücht, das ihn als Gott verschmäht hatte. Eines Tages, so prophezeite er, würden schwache, unscheinbare Wesen durch die Tore kommen. Wesen, für die Drachen eher Gewürm waren denn gefährliche Gegner. Und genau dieses Gewürm würde sie versklaven, sodass sie zu willenlosen Tieren herabsänken, die für die neuen Wesen die Lasten trügen.

Noch oft sollten die Drachen an diesen Fluch denken, als Magier, Menschen und andere Kreaturen die Drachenerde betraten und genau das geschah, was Blootnyr vorhergesagt hatte.

Bratlor hatte Rajin diese Geschichte erzählt. Man hatte sie dem Sternenseher während seiner Zeit auf der Sternenseher-Schule in Seeborg beigebracht, wo es eine Unzahl uralter Schriften gab, in denen die Überlieferungen niedergelegt worden waren. Einige dieser Schriften konnte inzwischen niemand mehr lesen, da sich die Schreibgewohnheiten bei der Zeichnung der einzelnen Runen ebenso geändert hatten wie die Sprache selbst. Niemand wusste, wie viele der alten Legenden deshalb unwiederbringlich verloren waren.

Rajin war noch ein Junge gewesen, als er von Bratlor die Geschichte Blootnyrs gehört hatte – und seltsamerweise glich diese Geschichte in fast allen Details einer Erzählung, die ihm der Weise Liisho eingeflüstert hatte. Der einzige Unterschied bestand darin, dass Blootnyr in Liishos Version den Namen Bletynjij gehabt hatte und seine Rolle als Narr stärker herausgestellt wurde.

Rajin machte einen Schritt auf den Kristall zu. Auf den ersten Blick hätte man den ganzen Raum vielleicht für einen Tempel des Blootnyr halten können. Aber Rajin erkannte schnell, dass während einer Nacht sehr wahrscheinlich jeder der fünf Monde für eine gewisse Zeit seine Strahlen so exakt durch die Öffnung in der Höhlendecke herabschickte, dass das große Juwel dann in der jeweiligen Mondfarbe leuchtete.

Das rötliche Licht wurde bereits schwächer. Der Blutmond, der soeben noch die gesamte Deckenöffnung ausgefüllt hatte, ließ inzwischen einen Streifen finsterer Nacht frei, der allmählich größer wurde.

Rajin musste sich beeilen. Er wollte auf keinen Fall eine der Dunkelphasen in der Höhle erleben.

Sein Blick schweifte durch den Raum, und er sah die Schädel mehrerer Riesenschneeratten auf einem Haufen liegen. Der Boden war glatt – so glatt, dass er vor langer Zeit abgeschliffen worden sein musste. Schräg links hinter der Säule mit dem rot leuchtenden Juwel gähnte ein dunkler Schlund, nur erfüllt von Finsternis. Es handelte sich offenbar um einen weiteren Gang, der in die ungekannten Tiefen jener Berge führte, die die kalte Senke begrenzten. Ein schabendes Geräusch war von dort zu hören. Rajin überlegte, welches Getier wohl in der Lage war, diese Kälte auszuhalten.

Genau vor diesem dunklen Einlass war ein Fünfeck mit dunkler Farbe auf den Boden gezeichnet.

„*Leg die Opfergabe in die Zeichnung!*“, wisperte die Stimme Liishos. Rajin zögerte. Er spürte einen seltsamen Druck im Kopf, spürte die Anwesenheit eines fremden Geistes, spürte dessen Verwunderung …

Diese Empfindung war ähnlich jener, die der rote Drache in Winterborg in ihm ausgelöst hatte. Was mochte das sein? Der Geist Fjendurs oder sein Orakel? Sprach der Gott der Kälte zu ihm, ohne dass er in der Lage war, die Botschaft zu verstehen?

Ein dumpfer Laut, der Ähnlichkeit mit einem tiefen Atmen hatte, drang aus dem dunklen Höhleneingang.

„*Beeile dich!*“, wisperte Liishos Stimme in Rajins Kopf.

Rajin trat vor und legte den Kadaver der Eisraupe in das Fünfeck. Wieder drang ein Laut aus der Dunkelheit des Höhlengangs. Rajin mobilisierte seine innere Kraft, um dem geistigen Druck standzuhalten, der immer stärker auf ihn einwirkte.

Verärgerung …

Feindseligkeit …

Verachtung …

Eine Welle von Emotionen traf Rajin. Emotionen, die seine Annahme bestätigten, dass sich in dem Höhlengang ein uralter bösartiger Geist befand. Ein Wesen, das sich gestört fühlte von Rajins Gegenwart. War dieses Wesen auch seinem Ziehvater Wulfgar und all seinen Vorfahren erschienen, die diese Höhle betreten hatten, um das Orakel aufzusuchen? Zu dumm, dass sie alle ihr Geheimnis bewahrt und über ihre Erlebnisse geschwiegen hatten.

Jedenfalls verwarf Rajin den Gedanken, dass das Wesen in der

Finsternis mit dem Gott Fjendur identisch war. Denn dafür erschien es ihm einfach nicht stark genug.

„Kümmere dich nicht weiter um die Kreatur, deren Anwesenheit deine inneren Sinne bemerkt haben!“, wies ihn die Stimme Liishos an. *„Tu stattdessen, was ich dir sagen werde!“*

Bin ich nicht hier, um Erkenntnis zu erlangen?, fragte Rajin in Gedanken zurück.

„Du Narr! Du wirst schon noch früh genug Erkenntnis erlangen. Zumindest so viel davon, wie notwendig ist – und wie es dein noch unreifer Geist zu verkraften vermag! Aber glaubst du wirklich, dass du der Nabel des Schicksals bist? Du bist hier, um deiner Mission zu dienen!“

Ein grunzender Laut, viel durchdringender als alles, was zuvor aus dem Höhlengang gedrungen war, jagte Rajin eine Gänsehaut über den Rücken. Gleichzeitig vernahm er schabende und kratzende Geräusche.

Der innere Druck wurde stärker. Rajin spürte die geistige Kraft der Kreatur deutlicher.

Dunkle Schatten – jeder so groß wie ein Menschenkopf – huschten über den Boden. Ein Dutzend dieser käferähnlichen Geschöpfe krabbelten über den Boden. Ihre Zangen und Beißwerkzeuge rieben gegeneinander. Die Beine hoben die Panzer kaum über den Boden, sodass sie über den Stein schliffen.

Die Käfer packten mit ihren Zangen den Kadaver der Eisraupe und schleiften ihn in die Dunkelheit. Wenig später vernahm Rajin ein widerliches Schmatzen, das unmöglich von den Käfern herrühren konnte. Nein, dachte Rajin, das musste das Wesen sein, das die Käfer mit seiner geistigen Kraft zu seinen Sklaven gemacht hatte.

Weitere dumpfe Geräusche folgten. Eines davon klang wie ein sehr tiefes Atmen, und gleichzeitig drang eine eisige Wolke aus der Dunkelheit hervor. Ein Frosthauch, der wohl selbst Fjendur hätte erschaudern lassen, dachte Rajin.

„Jetzt berühre das Juwel!“, befahl der Weise Liisho. *„Nimm dazu beide Hände und sammle deine innere Kraft … rasch! Bevor die Kreatur, der die Käfer dienen, ihre Mahlzeit beendet hat! Sie isst zum Glück sehr langsam …“*

Rajin wandte sich dem Juwel auf der zylindrischen Säule zu. Das durch den Schein des Blutmondes verursachte Leuchten war bereits merklich schwächer geworden, da der Blutmond nur noch wenig Licht durch die Öffnung in der Höhlendecke sandte.

Die Dunkelphase würde in Kürze beginnen.

Rajin zog seine Fäustlinge aus und klemmte sie sich hinter den Gürtel. Die in der Höhle herrschende Kälte war schneidend, und schon nach einem kurzen Moment hatte er das Gefühl, die Finger kaum noch bewegen zu können.

Vorsichtig tat er, was der Weise Liisho ihn geheißen hatte, und berührte mit den Handflächen das Juwel. Gleichzeitig sammelte er so viel seiner inneren Kraft, wie er aufbringen konnte.

Entgegen seiner Erwartung war das Juwel keineswegs kalt. Ganz im Gegenteil. Es war handwarm und fühlte sich nach kurzer Zeit wie ein Stein an, den man eine Weile lang ins Feuer gelegt hatte. Das Juwel begann zu leuchten – sehr hell und fast weiß war das Licht, das aus ihm hervordrang, und die schwachen Reste des roten Schimmerns wurden davon überstrahlt.

Schriftzeichen erschienen auf der Oberfläche des Juwels. Sie glichen weder jenen Runen, die unter den Seemannen des Seereichs gebräuchlich waren, noch den Zeichen der drachenischen Schrift, wie Rajin sie vom Weisen Liisho während seiner Träume gelehrt bekommen hatte.

Diese Zeichen waren sehr einfach, bestanden zumeist nur aus wenigen geraden Strichen und ähnelten den seemannischen Runen, und doch waren sie vollkommen fremdartig.

Neben manchen großen Zeichen standen Kolonnen winzig kleiner Symbole, die Rajin dennoch gestochen scharf sehen konnte.

„Berühre jeweils die Zeichen auf dem Juwel, die ich dir jetzt in deinen Geist schreiben werde!“, befahl Liisho.

Im nächsten Moment erschien vor Rajins innerem Auge ein Zeichen, das aus drei schrägen Strichen und einem senkrechten Strich bestand, der die Schrägstiche kreuzte.

Rajin fand das Zeichen auf der Oberfläche des Juwels sofort und berührte es. Die Zeichenfolge auf dem Juwel änderte sich daraufhin. Liisho zeigte ihm ein weiteres Zeichen, das Rajin wiederum berührte, woraufhin sich abermals die Schrift auf der Oberfläche veränderte.

Ein stöhnender Laut aus dem Höhlengang erschreckte Rajin. Die

Kreatur schien zu bemerken, dass etwas mit dem Juwel vor sich ging. Sie schien Zauberkraft ebenso zu spüren wie Rajin. Und offenbar gefiel ihr nicht, was da geschah.

Einer der Käfer huschte aus der Dunkelheit hervor.

„Vorsicht!“, warnte Liisho. *„Ihr Gift ist tödlich!“*

Der Käfer schnellte auf Rajin zu. Dieser riss sein Schwert hervor, und mit einem gut gezielten Hieb spaltete er das schädelgroße Tier. Klirrend schlug die Klinge dabei bis zum glatten Steinboden durch.

Eine grünliche Flüssigkeit trat aus, und Rajin spürte eine fast schmerzhafte, intensive geistige Berührung von jener Kreatur, die die Käfer leitete.

Schon im nächsten Moment gefror die Flüssigkeit. Ob dies nur der unglaublichen Kälte zuzuschreiben war, die in dieser Höhle herrschte, oder der Tatsache, dass seine Klinge mit dem Zauber Fjendurs behandelt worden war, wusste Rajin nicht.

Zwei – nein, drei weitere Käfer huschten aus der Dunkelheit heran. Rajin fasste sein Schwert mit beiden Händen, dann ließ er es niederschnellen, doch die Klinge verfehlte den Käfer, auf den Rajin gezielt hatte. Im letzten Moment war er seinem Hieb ausgewichen. Das Metall klirrte gegen den Steinboden.

Ein anderer Käfer erreichte Rajins Fuß. Rajin trat nach ihm und kegelte ihn quer durch den Raum. Das Tier prallte gegen die Felswand und landete auf dem Rücken. Die Beine zuckten in der Luft. Mit etwas Schwung gelang es dem Käfer, sich erneut zu drehen.

In der Zwischenzeit griffen Rajin zwei andere Käfer an. Einen trat er zur Seite, den anderen verfehlte er knapp.

Es war, als würden sie seine Schläge vorhersehen, fiel Rajin auf. Ein bohrender Schmerz fuhr in seinen Kopf. Er rührte von der immer stärker werdenden geistigen Berührung der Kreatur aus dem Höhlengang her, davon war Rajin jedenfalls überzeugt. Er wich vor den Käfern zurück. Einen wehrte er mit dem Fuß ab. Dann umrundete er die Säule mit dem Juwel und brachte so wieder einen Abstand von mehreren Schritt zwischen sich und die Käfer, von denen drei weitere aus der Dunkelheit des Höhlengangs krabbelten, aber an der Grenze zwischen Licht und Finsternis erst einmal verharrten.

Der Blutmond verschwand unterdessen völlig. Er war durch die

Öffnung in der Höhlendecke nicht mehr zu sehen. Nur noch das Licht, das seit Rajins Berührung vom Juwel ausging, erhellte die Höhle.

Es wurde schwächer, und Rajin ahnte den Grund dafür: Es wurde von seiner inneren Kraft gespeist!

„Noch drei Zeichen hättest du erkennen müssen", dröhnte Meister Liishos Stimme in seinem Kopf, *„dann wäre es vollendet gewesen!"*

Es war keine Zeit, um zu fragen, *was* dann vollendet gewesen wäre. Rajin musste sich ganz auf seine käferartigen Gegner konzentrieren. *„Sammle die innere Kraft und achte nicht auf den Schmerz!"* Er war sich nicht sicher, ob es der Weise Liisho oder seine eigene geistige Stimme war, die ihm dies riet. Aber darauf kam es im Moment auch nicht an. Rajin spürte, dass es richtig war, und das allein zählte. Er spürte, wie die innere Kraft stärker wurde, wie sie den Schmerz zurückdrängte.

Und er fixierte die Käfer mit seinem Blick.

„Du musst sie mit deinem Geist erfassen, nicht mit deinen Augen! Sie wissen, was du tun wirst. Kehre das um, indem du ihre schwachen Seelen berührst!"

Die Käfer versuchten währenddessen, Rajin einzukreisen. Sie hatten Verstärkung von einem weiteren halben Dutzend Insekten bekommen und näherten sich von verschiedenen Seiten.

Rajin spürte, wie die innere Kraft ihn durchflutete. Dann ließ er mit einer blitzartigen Bewegung das Schwert vorschnellen. Sein Stoß nahm die Bewegung des Käfers, der sich am nächsten herangewagt hatte, vorweg. Die Spitze der Klinge drang durch den Panzer. Sofort folgten vier, fünf weitere Hiebe und Stiche mit der Klinge dicht hintereinander. Die Attacken war so präzise vorgebracht, dass der Stahl zwar die Käfer traf, nicht aber den Steinboden. Rajin ahnte ihre Ausweichbewegungen voraus und traf innerhalb weniger Augenblicke ein halbes Dutzend von ihnen.

Das Licht des Juwels war schon sehr schwach geworden. Die Käfer waren kaum noch mehr als dunkle Schatten. *„Verlasse dich auf dein inneres Auge! Wenn dein Geist sie erfasst, weißt du, wo sie sind!"*

Reglos verharrte Rajin. Die Käfer waren vorsichtiger geworden. Ein paar weitere krochen noch aus der Dunkelheit des Höhlengangs. Rajin wollte schon zur Säule gehen, um das Juwel erneut zu berühren, damit es wieder heller leuchtete.

„Nein, tu das nicht! Verschwende deine Kraft nicht dafür!“

Er zog die Hand wieder zurück – und das Licht verlosch. Es war stockdunkel. Das Schleifen der Panzer über den Boden war von überall her zu hören.

„Verlasse dich ganz auf die innere Kraft und das innere Auge!“

Rajin fasste das Schwert mit beiden Händen, stieß einen Schrei aus – noch durchdringender als jenen, den der rote Drache in Winterborg zu hören bekommen hatte – und eine Folge rasch und präzise ausgeführter Hiebe tötete einen Käfer nach dem anderen, während seine innere Kraft auf sie einwirkte. Er konnte nicht erklären, weshalb, aber er wusste genau, wo sich jedes einzelne dieser kleinen Ungeheuer gerade befand, und ahnte ihre Bewegungen voraus. Ein zweiter Schrei entrang sich ihm. Er half ihm, seine Kräfte so zu konzentrieren, wie es nötig war.

Die wenigen Käfer, die Rajin nicht getötet hatte, flohen in den Höhleneingang. Er spürte, dass sich etwas näherte. Es musste die Kreatur sein, die die Käfer lenkte und wohl auch glaubte, stark genug zu sein, ihn zu unterwerfen.

Waren Wulfgar und die anderen Sippenführer, die regelmäßig diesen Ort besucht hatten, dieser Kreatur ebenfalls begegnet? Rajin konnte sich das kaum vorstellen. Sie waren – genau wie er selbst – hergekommen, um die Antworten von Fjendurs Orakel zu empfangen. Und die Seemannen von Winterborg hatten keinen Streit mit dem Gott der Kälte. Nahm Fjendur es ihnen vielleicht noch übel, dass sich die Inland-Clans an die Küste zurückgezogen hatten und Njordir ihr höchster Gott geworden war, Fjendurs erklärter Feind?

Solange es Menschen auf Winterland gab, so lange schon lebten sie mit dem Problem, auf dem Schlachtfeld zweier verfeindeter Götter zu siedeln und deren beider Gunst erlangen zu müssen. Und im Kampf gegen die Wassermenschen hatte Fjendur durch seinen Zauber den Seemannen der Küste sogar das Überleben gesichert.

Nein, diese Kreatur konnte nicht der Gott der Kälte sein, erkannte Rajin. Er spürte den Geist der Kreatur und schauderte angesichts der Fremdheit, die von diesem Wesen ausging. Es hatte lange geschlafen. Nun kroch es auf Rajin zu, der beinahe bis zur Säule zurückwich. Ein dumpfer, grollender Laut erklang. Die Kreatur befand sich direkt vor

Rajin. Eisiger Atem zischte ihm ins Gesicht, ein Frosthauch, dessen Kälte Rajin durch Mark und Bein ging.

„Du brauchst ihn nicht zu sehen. Verlass dich einzig und allein auf deine innere Kraft!“

Er hielt das Schwert noch immer in beiden Händen. Es war so dunkel, als hätte er die Augen geschlossen. Aus Gewohnheit hob er den Kopf, denn er wusste, dass die Kreatur, die sich durch den Höhlengang gezwängt und nun aufgerichtet hatte, so hoch emporragte, dass ihr Schädel beinahe die Höhlendecke berühren musste.

Ein regelmäßiger Atem war zu hören. Rajin sammelte all seine Kraft, um sie in einem einzigen Stoß im entscheidenden Augenblick zu bündeln, so wie er es bei dem roten Drachen getan hatte.

In diesem Moment drang ein blauer Lichtstrahl durch die Öffnung in der Höhlendecke. Der Meermond, auf dem Njordirskint, der Sohn des Meeresgottes Njordir, wohnte, hatte sich ein Stück über den Rand der Öffnung geschoben, doch das Licht strahlte exakt in das Juwel hinein und ließ es so hell leuchten, dass die schauderhafte Kreatur sichtbar wurde, die aus dem Höhlengang gekommen war.

Rajin erstarrte. Die Kreatur glich einem Riesen. Ein zotteliges Fell bedeckte sie, und an den Enden ihrer gewaltigen Pranken befanden sich gebogene Krallen, die in Länge und Schärfe an drachenische Schwerter erinnerten, wie Liisho sie Rajin so oft in seinen Traumbildern gezeigt hatte.

Ein Höhlenfaultier!

Dutzende von Liedern gab es über diese Geschöpfe, denen man wundersame Fähigkeiten nachsagte, auch Zauberkräfte und eine besondere Verbindung zu Fjendur. Sie wurden uralt. In den Legenden der Inland-Clans war von Höhlenfaultieren die Rede, deren Leben mehr als tausend Jahre gezählt hatte. Sie bewegten sich kaum, schliefen viel, brauchten sehr wenig Nahrung, und selbst die grausamste Kälte machte ihnen nichts aus. Wenn es ein Geschöpf gab, das sich in der Senke um den schwarzen Stein dauerhaft anzusiedeln vermochte, dann war es gewiss dieses.

Vor langer Zeit hatten die Inland-Clans Jagd auf diese Geschöpfe gemacht, bis sie nahezu ausgerottet waren. Rajin hätte nicht geglaubt, dass es überhaupt noch eines von ihnen gab.

Das blaue Licht des Meermondes schien dem Höhlenfaultier nicht zu gefallen. Es brüllte auf und hob drohend die Arme.

„Zeig ihm, dass du der Stärkere bist und über mehr innere Kraft verfügst als die Käfer, die sich leicht lenken ließen!"

War es seine eigene Stimme, die da in Gedanken zu Rajin sprach? Oder doch der Weise Liisho? Nur kurz blitzte diese Frage in ihm auf. Es war keine Zeit, ihr weiter nachzugehen. Rajin musste alles vermeiden, was seine Konzentration stören könnte.

Das Höhlenfaultier setzte einen Fuß vor den anderen und wankte auf Rajin zu. Es öffnete das Maul, und der daraus austretende Eishauch lähmte Rajin im nächsten Moment beinahe. Die Kälte war so durchdringend, dass er glaubte, das Blut würde ihm in den Adern gefrieren. Er wollte das Schwert heben und es dem Riesentier in den Leib stoßen, wie er es bei dem roten Drachen getan hatte. Aber er konnte sich nur noch sehr, sehr langsam bewegen, und die innere Kraft, die ihn gerade noch wie ein warmer Strom durchflutet hatte, war plötzlich verschwunden, erfroren im Eishauch seines Gegenübers.

Rajin war kaum noch in der Lage, einen klaren Gedanken zu fassen. Zuerst war die eisige Kälte schmerzhaft gewesen, aber inzwischen machte sie ihn beinahe empfindungslos. Er war innerlich und äußerlich wie erstarrt. Die Schwertspitze hielt Rajin noch immer tapfer in Richtung seines Gegners. Aber der Eishauch des Höhlenfaultiers hatte dafür gesorgt, dass sich ein feiner, hauchdünner Eispanzer auf dem Metall gebildet hatte.

Das Faultier näherte sich. Es holte Luft und stieß einen weiteren Eishauch aus, der Rajin wie ein Nebel umfing. Das immer stärker durch die Deckenöffnung hereinfallende Licht des Meermondes ließ die winzigen Eiskristalle darin funkeln. Eine Eisschicht überzog nun auch Rajins Hände, und Agonie erfasste ihn. Wie aus weiter Ferne hörte er eine Stimme, die ihm eine Mission ins Gedächtnis zurückrufen wollte, eine Stimme, an die er sich zunächst gar nicht erinnern konnte.

Liisho …, dachte er dann. *Was spielt es noch für eine Rolle?*

Er sank auf die Knie, und die Schwertspitze berührte den Boden. Einer der großen, ebenfalls mit langen, scharfen Krallen bewehrten Füße des Höhlenfaultiers setzte direkt vor ihm auf.

Rajin brachte weder die geistige noch die körperliche Kraft auf emporzublicken, als ein dunkler Schatten das blaue Licht des Meermondes verdeckte. Es war der Schatten einer riesigen Pranke, deren schwertlange Krallen Rajin mit einem einzigen Hieb in Stücke reißen konnten.

Die Pranke senkte sich.

Ganz langsam.

Und todbringend.

11

DER FREVEL DES STERNENSEHERS

In das Heulen der Eiswölfe mischten sich die heiseren Schreie eines Menschen.

Während die Monde wie an einer Perlenkette über das Firmament zogen, wartete Bratlor beim schwarzen Felsen auf Rajins Rückkehr. Er hatte mit seinem Schwert und seiner Axt den Zauber Fjendurs durchgeführt, was ihm keinerlei Schwierigkeiten bereitete: Man musste einfach nur die entsprechenden Formeln sprechen und die Klinge gegen den schwarzen Felsen drücken. Manchmal fuhren dabei kleinere Funken aus dem Gestein und tänzelten um die auf diese Weise gesegneten Waffen. Man musste sie dann rechtzeitig vom schwarzen Felsen entfernen, denn wenn die Funken einen selbst trafen, konnte man ziemlich unangenehme Brandwunden davontragen.

Das Zauberfeuer der Kälte – so nannte man die Kraft, die dem schwarzen Felsen innewohnte. Manchmal bezeichnete man sie auch als den Zorn Fjendurs. Mochte dieser Zorn auch künftig die verfluchten Wassermenschen treffen!

Das Heulen der Wölfe ließ Bratlor über sich ergehen und achtete auch nicht weiter darauf. Er glaubte nicht, dass es auch nur eines der Tiere wagte, hinab in die kalte Senke zu steigen, mochte die Gier nach frischem Fleisch noch so groß sein. Also brauchte er sich vorerst auch keine Sorgen über sie zu machen.

Aber die Schreie aus der Orakelhöhle erschreckten Bratlor zutiefst. Hin und wieder hatte man schon wüste Schreie aus der Höhle gehört, doch bisher hatte noch jedes Sippenoberhaupt diesen Ort lebend verlassen, und nie hatte sie jemand zu fragen gewagt, was sich in der Höhle ereignet hatte. Das wäre Frevel gewesen. Was in der Höhle geschah, ging nur denjenigen etwas an, der das Orakel befragte.

Bratlor zögerte daher. Erst ein weiterer Schrei löste seine Erstarrung.

Er griff nach seinem Bogen, den er abgelegt hatte, dann lief er zu den Riesenschneeratten und schwang sich in den Sattel seines Reittiers. Es war während einer Reise unüblich, den Tieren den Sattel vom Rücken zu nehmen. Und wenn man sich in die kalte Senke rund um den schwarzen Felsen begab, war es für die Riesenschneeratten sogar gut, wenn sie durch die Satteldecke ein wenig gewärmt wurden.

Dem Tier, das Rajin geritten hatte, gefiel es nicht, dass es offenbar allein zurückgelassen werden sollte, und es quiekte protestierend. Bratlor lenkte seine Riesenschneeratte noch einmal so dicht neben die seines Gefährten, dass er, indem er sich stark zur Seite beugte, eines der Ohren des anderen Reittiers erreichen konnte. Er berührte eine ganz bestimmte Stelle dort. Oft genug hatte er so etwas während anderer Reisen zum schwarzen Felsen getan. Er fand den besonderen Knorpel in der Ohrmuschel und drückte sanft darauf. Ein guter Schneerattenreiter tat gut daran, diesen Griff zu beherrschen. Das Tier wurde ruhig.

„Ich komme wieder“, versprach Bratlor.

Dann trieb er seine Riesenschneeratte vorwärts und umrundete den schwarzen Felsen. Das Reittier merkte schnell, was sein Reiter vorhatte. Die unerklärliche Scheu vor dem Orakel, die allen Riesenschneeratten eigen war, erfasste es. Es stieß ein paar schrille Schreie aus und scheute zurück. Aber Bratlor hatte das untrügliche Gefühl, dass er es ohne Reittier nicht schnell genug bis zur Orakelhöhle schaffen würde. Ein tiefer, dröhnender Laut, der aus dem Inneren des Berghangs drang, schien diese Befürchtung zu bestätigen.

Die Riesenschneeratte stellte sich auf die Hinterbeine. Bratlor griff ihr ans Ohr, um sie zu beruhigen. Aber er hatte nur wenig Erfolg. Das Tier setzte die Vorderpfoten wieder auf den Boden, drehte sich aber halb herum, so als wollte es zurücklaufen. Bratlor beugte sich nach vorn, dabei hielt er sich eine fingerlange Flöte aus dem Zahn einer jungen Riesenschneeratte an den Mund und blies mit aller Kraft hinein.

Das war das letzte Mittel, um ein Reittier anzutreiben, wenn nichts mehr half, die Riesenschneeratte eigentlich erschöpft war und nicht gerade ein Rudel Eiswölfe hinter ihr her war. Riesenschneeratten konnten über kürzere Strecken hinweg sehr schnell sein, auch wenn man ihnen das aufgrund ihres eher plump wirkenden Körperbaus kaum zutraute. Aber wenn sie in der Wildnis überleben wollten, mussten sie den Eiswölfen entkommen können.

Der schrille Ton löste bei Bratlors Riesenschneeratte pures Entsetzen aus, und in diesem Zustand war das Tier zumindest für eine Weile leicht zu lenken. Es rannte einfach los und folgte bereitwillig jeder Richtung, die der Reiter ihm vorgab.

Allerdings löste der Ton der Zahnflöte zumeist einen wahren Höllenritt aus, bei dem sich nur die geschicktesten Reiter überhaupt im Sattel halten konnten. Bratlor hoffte, es zumindest bis zur Hälfte des Weges zu schaffen.

Die Riesenschneeratte rannte so schnell sie konnte über die kalte Senke, und ihr Reiter hielt sich tatsächlich im Sattel, bis sie die Hälfte des Weges hinter sich hatten. Da aber bemerkte Bratlor, wie das Tier langsamer wurde. Ein zweites Mal konnte er die Zahnflöte nicht anwenden, denn die Folge war dann bei den meisten Riesenschneeratten, dass sie für viele Tage nicht mehr einsatzfähig waren und so schreckhaft, dass sich ihnen nicht einmal ein vertrauter Reiter noch zu nähern vermochte. Sie waren dann wie von Sinnen, hörten nicht mehr auf Pfiffe, die sie herbeirufen sollten, und starben nicht selten vor Erschöpfung, da sie vor lauter Furcht unablässig in Bewegung blieben.

Bratlor beruhigte das Tier erneut mit dem Ohrgriff. Auf diese Weise brachte er gute zwei Drittel des Weges hinter sich. Mehr konnte er nicht erwarten. Wenn nur noch der geringste Laut aus der Orakelhöhle drang oder vielleicht auch irgendeine zauberische Kraft, die nur die Riesenschneeratten wahrzunehmen vermochten, würde das Reittier einfach zurückrennen – ohne Rücksicht auf seinen Herrn oder irgendetwas anderes.

Seinem sicheren Instinkt folgend warf Bratlor Bogen und Köcher zu Boden und ließ sich dann aus dem Sattel gleiten.

Er hatte mit den Füßen kaum den eisigen Untergrund erreicht, da war erneut ein dröhnender Laut aus dem Inneren der Höhle zu vernehmen. Aus der Nähe drang er viel deutlicher ans Ohr – und für das empfindliche Gehör der Riesenschneeratten musste er geradezu unerträglich sein. Ein schrilles Fiepen ausstoßend, von dem Bratlor im ersten Augenblick glaubte, es würde ihn für immer taub machen, rannte die Riesenschneeratte davon.

Bratlor hob Köcher und Bogen auf und setzte zu einem Lauf an. Schwert, Pfeil und Bogen waren die einzigen Waffen, die er trug. Sein Atem stieß als Wölkchen in die eisig kalte Luft. Er rannte die Stufen empor. Ein erneuter Schrei ließ ihn jedes Zögern vergessen.

Er gelangte in einen von bläulichem Licht erfüllten Raum und sah das vom Licht des Meermondes angestrahlte Höhlenfaultier. Vor ihm kniete die Gestalt eines jungen Mannes, während sich eine der krallenbewehrten Pranken in einer unglaublich langsamen Bewegung niedersenkte.

„Bjonn!", rief Bratlor, legte einen Pfeil auf die Sehne und schoss ihn ab. Er traf mitten in das weit geöffnete Maul.

Im nächsten Moment spürte Bratlor einen geistigen Druck, der zu einem rasenden Kopfschmerz wurde. Eine Macht, von der der Sternenseher ahnte, dass sie eigentlich viel stärker war als er, versuchte ihn zu beherrschen. Er hatte nur einen einzigen Trumpf auf seiner Seite: seine Schnelligkeit. Sein Gegner bewegte sich nicht nur mit einer schier unfassbaren Langsamkeit, er entfaltete auch die offenbar in ihm vorhandenen Kräfte nur nach und nach.

Innerhalb weniger Augenblicke schoss Bratlor zwei weitere Pfeile ab. Einer traf das Faultier ins Auge. Bratlors Reflexbogen hatte auf diese kurze Entfernung eine Durchschlagskraft, die selbst gute Harnische zu durchdringen vermochte. So verschwand der Pfeil zur Gänze im Auge des Höhlenfaultiers und trat an der Hinterseite seines Schädels zur Hälfte wieder aus.

Regungslos stand die riesenhafte Gestalt vor ihm.

Sie schwankte.

Der Kopfschmerz, der Bratlor in den letzten Augenblicken beherrscht hatte, schwoll auf ein geradezu unerträgliches Maß an, und der Sternenseher glaubte schon, dass ihm der Schädel zerspringen müsse. Dann war der Schmerz von einem Herzschlag zum anderen wie weggeblasen.

Bratlor ließ Pfeil und Bogen fallen und lief zu seinem Gefährten.

„Bjonn!", rief er. „Ich hätte dir nie empfehlen sollen, dich herzubegeben, aber …"

Er fasste den reglosen jungen Mann unter den Achseln und zog ihn fort. Im nächsten Moment stürzte die Gestalt des Höhlenfaultiers um wie ein entwurzelter Baum.

Mit der linken Pranke schlug das Faultier dabei gegen die Steinsäule in der Mitte der Höhle. Sie brach, das vom blauen Licht des Meermondes erfüllte Juwel fiel zu Boden und rollte so lange, bis es gegen den Kadaver eines zerteilten, schädelgroßen Käfers stieß.

Sogleich wurde es merklich dunkler in der Höhle, denn der blaue Strahl, der durch die Öffnung in der Höhlendecke fiel, traf nun nur noch die Pranke des zu Boden gegangenen Faultiers, aus dessen Maul die letzte Wolke seines Eisatems drang.

„Bjonn! Komm zu dir!", rief Bratlor.

Er streifte seine Fäustlinge ab und konnte daraufhin fühlen, wie kalt der Gefährte war. „Nein", flüsterte er. „Das können die Götter nicht gewollt haben!"

Der Sternenseher blickte auf. Er schluckte beim Anblick des toten Faultiers. Wenn dieses Wesen das Orakel Fjendurs gewesen war, welchen Frevel hatte er dann gerade begangen, um einen Freund zu retten?

Denn möglich war das durchaus. Es gab eine Geschichte über Wulfgar Eishaar, in der dieser mit Fjendur verhandelte, weil der Gott der Kälte einen ganzen Sommer über nicht das Eis in der Bucht von Winterborg hatte schmelzen lassen. Und in dieser Legende hatte sich Fjendur in der Gestalt eines Höhlenfaultiers gezeigt – einerseits, um von seinem Feind Njordir nicht erkannt zu werden, und andererseits, weil er Wulfgar Eishaar derart hatte beeindrucken wollen, dass fortan die Seemannen von Winterborg nur noch den Gott der Kälte und nicht mehr den nassen Herrn der Tiefe anbeteten. Wulfgar Eishaar hatte sich darauf natürlich nicht eingelassen, sodass der Gott grollend von dannen gezogen war. Da ihn aber schon damals außer den Menschen des Winterlandes kaum noch jemand verehrte, besann er sich im darauf folgenden Jahr eines Besseren und ließ die Bucht von Winterborg fast acht Monate eisfrei, was für diese Gegend ungewöhnlich lang war. Damit, so hieß es in der Legende, habe Fjendur die Seemannen von Winterborg für seinen ungerechten Zorn entschädigt.

Warum sollte Fjendur sich also nicht über Generationen hinweg eines Höhlenfaultiers als Orakel bedient haben? Wenn dies der Fall war, dann würde der Gott der Kälte jetzt vor Zorn beben und grausame Rache fordern.

Dunkelheit umgab Rajin. Er war in einen tiefen Schlaf voller wirrer Träume gefallen. Ein Chor durcheinanderredender Stimmen mischte sich mit Traumbildern, die ineinander flossen. Manchmal bestanden sie nur aus einem wirren Chaos aus Formen und Farben.

Bratlor hatte ihm mal von einem Gegenstand erzählt, den ein Kuriositätenhändler aus Magus auf dem Markt von Seeborg angeboten hatte. Kaleidoskop nannte er den Apparat, den er zu verkaufen versuchte. Bratlors Beschreibung dessen, was er bei dem Blick ins Innere des Apparats gesehen hatte, erinnerte Rajin an das, was sich momentan innerhalb seines Geistes und seiner Erinnerung abspielte.

Der erste wirklich klare und sehr unangenehme Eindruck, der ihn ins Leben zurückholte, war ein Geruch.

Seemammut-Tran!

Wie oft hatten seine Hände und seine Kleidung danach gerochen. Eigentlich hatte es in Winterborg kaum einen Gegenstand gegeben, der nicht danach roch. Aber diesmal war der Geruch sehr viel schärfer und enthielt noch andere Komponenten.

Ein warmes Gefühl durchflutete Bjonn, und die alles erstarrende Kälte, die ihn bis dahin umfangen hatte, schien sich zurückzuziehen.

„Bjonn! Komm endlich zu dir! Gib dich nicht auf!“, rief eine Stimme.

Gleichzeitig löste das Gesicht des Weisen Liisho das innere Chaos ab. *„Öffne die Augen, Rajin – und erfülle deine Aufgabe! Es ist dir noch nicht gestattet zu sterben. Vor allem nicht durch den Kältehauch eines Höhlenfaultiers.“*

Rajin schlug die Augen auf und rang nach Luft, denn der Geruch war so stechend geworden, dass es in der Lunge schmerzte.

„Na also!“, sagte Bratlors vertraute Stimme. „Ich wusste, dass du mich nicht in Stich lassen würdest, Bjonn Dunkelhaar.“

Rajin hustete. „Was …?“

„Ich habe dir eine Medizin eingeflößt, die man aus Seemammut-Tran gewinnt.“ Bratlor hielt ein kleines Fläschchen aus dickem Glas in seinen Fingern. Eine feine Arbeit, wie sie nur die Glasbläser Feuerheims anzufertigen vermochten. Böse Zungen behaupteten, dass keines der legendären Zauberlabore im Lande Magus hätte arbeiten können, ohne die Flakons, Flaschen, Kolben und anderen Glasbehälter jeglicher Form und Resistenz aus den Glasbläsereien Feuerheims. Selbst Magie stieß offenbar bisweilen an ihre Grenzen.

Bratlor roch an der Substanz in dem Fläschchen und verzog das Gesicht.

„Nicht gerade ein Hochgenuss“, stimmte der Sternenseher zu, schlug mit der Handfläche den Korken in den Flaschenhals und steckte das Fläschchen ein. Dann zog er sich die Fäustlinge über.

Rajin spürte, dass er mit dem Oberkörper an etwas Weichem lehnte. Er schreckte hoch, als er begriff, dass es das Fell des Höhlenfaultiers war, stieß einen kurzen Schrei des Entsetzens aus und stand im nächsten Moment auf seinen Beinen. Ihm war noch schwindelig.

„Keine Sorge, das Biest lebt nicht mehr“, sagte Bratlor. „Und deshalb müssen wir auch so schnell wie möglich von hier verschwinden. Fjendur mag uns in der Vergangenheit überwiegend gnädig gesonnen gewesen sein, aber nachdem ich sein Orakel getötet habe, um dich zu retten, darf ich wohl kaum noch mit seiner Güte rechnen. Und was dich betrifft …“ Bratlor zuckte mit den Schultern. „Aus irgendeinem Grund war das Orakel ja wohl nicht gut auf dich zu sprechen, sonst hätte es dich nicht angegriffen.“

„Ja“, murmelte Rajin. *Es fürchtete meine innere Kraft. Es erspürte sie und ahnte, dass ich innerlich stärker sein könnte.* Aber diesen Gedanken behielt er für sich. Stattdessen wandte er sich dem am Boden liegenden Juwel zu.

„Ich sagte, wir müssen von hier fort!“, rief Bratlor.

„Geh ruhig. Ich muss zu Ende bringen, was ich begonnen habe.“

„Wovon redest du?“

„Ich kann es dir jetzt nicht erklären!“

Dazu hatte er einfach nicht die nötige Zeit. Es war nicht nur die Stimme des Weisen Liisho, die ihn dazu drängte, sich noch einmal mit dem Juwel zu befassen. Er selbst brannte darauf zu erfahren, was es damit auf sich hatte.

Damit – und mit seiner angeblichen „Mission", von der ihm der Weise noch immer nicht gesagt hatte, worin sie eigentlich bestand.

Nein, er hatte den Weg zur Orakelhöhle keineswegs umsonst gemacht. Im Gegenteil – er hatte das Gefühl, der Beantwortung zumindest einiger seiner Fragen noch nie so nahe gewesen zu sein.

Er trat auf das Juwel zu, kniete davor nieder und berührte es mit beiden Händen, wie er es beim ersten Mal auf Anweisung des Weisen Liisho getan hatte.

„Sehr gut!", lobte ihn dessen Stimme, die er zeitweilig schon fast so sehr verflucht hatte wie die ekelerregenden Käfer, die das Höhlenfaultier mithilfe seiner inneren Kraft auf ihn gehetzt hatte.

Das Juwel begann augenblicklich zu leuchten.

„Ja, gut! Speise es mit deiner inneren Kraft!", vernahm er die Geisterstimme des Weisen Liisho. *„Speise es so lange, bis die Schriftzeichen wieder erscheinen. Es scheint durch die Tollpatschigkeit des Faultiers kein größerer Schaden entstanden zu sein. Zumindest sieht es bisher so aus ..."*

Das Leuchten des Juwels wurde stärker. Nach einer Weile waren auch wieder die Kolonnen von größeren und teilweise winzigen Schriftzeichen zu erkennen.

„Und nun konzentriere deine ganze Aufmerksamkeit auf die Zeichen! Wir müssen mit der Prozedur, die wir bereits begonnen hatten, leider noch einmal von vorn anfangen. Aber es ist noch nicht zu spät ..."

Wieder musste Rajin die Zeichen in der Reihenfolge berühren, wie der Weise Liisho es ihm vor seinem inneren Auge zeigte.

Siebzehn Zeichen waren es im Ganzen.

„Und nun lege es so auf dem Boden ab, dass der Strahl des Meermondes das Juwel trifft!", lautete die anschließende Anweisung Liishos.

Rajin gehorchte. Bratlor hingegen stand mit Köcher und Bogen auf dem Rücken da und hatte sich bereits in Richtung Ausgang gewandt. Aber irgendetwas hielt ihn davon zurück, die Höhle des Orakels allein zu verlassen. Vermutlich war es die Neugier.

Rajin hob das Juwel vom Boden auf. Trotz seiner Größe war es überraschend leicht, und wenn er nicht gleichzeitig die Oberfläche unter seinen Händen gespürt hätte, so hätte Rajin kaum glauben mögen, dass es sich wirklich um einen *Stein* handelte. Gleichgültig, ob nun edel oder gewöhnlich, so hätte er ein viel größeres Gewicht haben müssen. Rajin legte das immer stärker leuchtende Juwel in die Armbeuge des toten Höhlenfaultiers, sodass der einfallende Lichtkegel des blauen Meermondlichts es vollkommen erfasste.

Es wurde schnell so heiß, dass man es nicht mehr anfassen konnte. Aus dem Fell des Faultiers kräuselte sich Rauch, dort wo der Kristall in seiner Armbeuge lag.

Rajin wich zurück. Im nächsten Moment schoss ein Strahl aus dem Juwel, der sich sowohl aus blauem wie auch aus grellweißem Licht zusammensetzte und etwa so dick wie ein menschlicher Arm war.

Der Strahl traf auf eine Stelle in der Wand, der Rajin bisher keine Aufmerksamkeit geschenkt hatte. Dort war das schwache Relief eines Ovals zu sehen. Der Strahl schien in die Felswand einzudringen und dort zu verschwinden.

Ein Funken zuckte aus diesem Strahl, zweigte von ihm ab wie ein kleiner Ast vom großen Stamm und sprang auf den Kadaver des Faultiers über. Wie ein Blitz zuckte diese blauweiße Lichterscheinung über dessen Körper, und der Geruch von verschmortem Fleisch breitete sich aus. Innerhalb weniger Augenblicke war von dem toten Tier nichts als Asche übrig; nicht einmal Knochen blieben zurück.

„*Verlass jetzt die Höhle!*", wies Liisho Rajin an.

Bratlor schien denselben Gedanken zu haben. „Worauf wartest du denn noch? Dass uns der Zorn Fjendurs zerreißt?"

„Das ist nicht der Zorn Fjendurs!", widersprach Rajin mit einer Gewissheit, über die Bratlor nur staunen konnte.

Doch sie verließen die Höhle.

Draußen, wo sie eine nur von den Monden erhellte Nacht erwartet hatten, strahlte jedoch ein Lichtbogen. Er spannte sich von dem Juwel über dem Höhleneingang bis zum schwarzen Felsen.

Auf dessen Oberfläche erschien wie schon einmal das weißbärtige Gesicht des Weisen Liisho.

„*Dies ist ein kosmisches Tor*", wisperte dessen Stimme Rajin zu. „*Flieh aus dem direkten Einflussbereich des Zauberlichts und erwarte meine Ankunft!*"

12

DER WEISE LIISHO

„Komm!“, rief Rajin seinem Begleiter Bratlor zu.

Der Sternenseher stand jedoch vollkommen entrückt auf den Stufen, die zum Eingang der Orakelhöhle führten, und starrte in den Lichtbogen. Er war von einem strahlenden Blau, das an den Meermond erinnerte, und wurde umflort von einer Aura aus grellweißem Schein, der bald heller war als das Sonnenlicht des Tages.

Bratlor schien Rajin gar nicht mehr wahrzunehmen, zu sehr war er von diesem Lichtbogen beeindruckt. Rajin fasste ihn an der Schulter, zog ihn mit sich und rief: „Wenn dies der Zorn Fjendurs ist, dann sollten wir nicht darauf warten, bis er uns trifft!“

Die Worte des Weisen Liisho ließen zwar darauf schließen, dass diese Erscheinung nicht das Geringste mit Fjendur zu tun hatte und damit, dass dessen Orakel von dem Sternenseher getötet worden war, doch Bratlor reagierte endlich, als er den Namen des kalten Gottes vernahm.

„Wenn Fjendur uns zürnt, können wir ihm nicht entkommen“, war er überzeugt.

„So spricht kein Seemanne!“, wies ihn Rajin zurecht und riss an Bratlors Mantel, sodass der ihm zögernd folgte. Sie stolperten die letzten Stufen hinunter und liefen so schnell sie konnten vor dem gleißenden Licht davon. Dabei entfernten sie sich von der Linie der Steine, die den Weg zwischen dem schwarzen Felsen und dem Eingang der Orakelhöhle markierten, und hetzten hinein in die hart gefrorene Senke. Die kalte Luft schnitt schmerzhaft in ihre Lungen. Ein

Rauschen war hinter ihnen zu hören, und gleichzeitig erreichte sie ein warmer Hauch.

Plötzlich blieb Bratlor stehen, wandte sich um und starrte zum Lichtbogen zurück.

Auch Rajin erstarrte, als er sah, was sich unter dem Lichtbogen zeigte. Er schützte die Augen mit der Handfläche, um nicht zu sehr geblendet zu werden.

„Es ist eines der kosmischen Tore!", rief Bratlor ergriffen. „Ja, das muss es sein! Ich habe in alten Schriften in Seeborg darüber gelesen. Die Legenden, wie die Drachen und die Magier durch die Tore auf diese Welt kamen und sie sich untertan machten. Und schließlich auch die Menschen ... Ihr Götter!"

„Ja", flüsterte Rajin kaum hörbar und sehr ergriffen. Jedes Volk erzählte seine eigenen Legenden über die Tore, und es war inzwischen wohl unmöglich zu unterscheiden, was davon in all den Äonen der erfindungsreichen Fantasie der Legendensänger entsprungen war und was der Wahrheit entsprach.

Innerhalb des Lichtbogens waren auf einmal ein Meer und die Küste einer Insel zu sehen, an der sich die verfallenen Mauern einer mächtigen Ruinenstadt als dunkle Silhouette erhoben. Jenseits dieser Insel ging bereits die blutrote Morgensonne auf. Meeresrauschen war zu hören, und man hatte den Eindruck, die Wellen müssten ihre Wassermassen über die kalte Senke ergießen.

Aber das taten sie nicht. Genau dort, wo sich die Linie der Markierungssteine befand, war eine unsichtbare Grenze, die das Wasser nicht überschritt, auch wenn es ansonsten gegen sämtliche Naturgesetze zu verstoßen schien. Es sah aus, als ob eine Wand aus besonders klarem Feuerheimer Glas dieses fremde Meer vom Rest der Senke trennte.

„Ihr Götter, wenn ich je an eurer Macht gezweifelt haben sollte ...", murmelte Bratlor.

Der grelle Schein des Lichtbogens beleuchtete auch das geheimnisvolle Meer auf der anderen Seite des Tores. Der Bogen spiegelte sich deutlich im Wasser, und ein warmer Lufthauch wehte den Geruch von Seetang und Salz herüber.

Ein dunkler Schatten näherte sich von der Ruinenstadt her, und

Rajin und Bratlor erkannten die Umrisse weit gespannter Drachenflügel. Ein Feuerstrahl züngelte aus dem Maul der Bestie.

„Was geht hier nur vor?“, fragte Rajin laut und ziemlich ratlos.

„Vertrau mir!“, hörte er die Stimme des Weisen Liisho in seinem Kopf, dessen Gesicht noch immer auf der Oberfläche des schwarzen Felsens zu sehen war, wo es allerdings zusehends verblasste. Es wurde undeutlich und verwischte schließlich zu einem konturlosen Lichtfleck.

Rajin zog sein Schwert und versuchte seine innere Kraft zu sammeln – denn ganz gleich, was der Weise Liisho ihm auch einzuflüstern versuchte, er hatte mit Drachen in letzter Zeit schlechte Erfahrungen gemacht, und außerdem fragte er sich, ob es überhaupt ratsam war, den Ratschlägen des geheimnisvollen Weisen zu folgen.

Bratlor nahm seinen Reflexbogen und legte einen Pfeil auf die Sehne. Auch ihm war der Drachenangriff auf Winterborg noch lebhaft in Erinnerung.

Ein ohrenbetäubender dröhnender Laut drang von der anderen Seite des Tors herüber, so tief, dass Rajin nicht nur ein unangenehmes Drücken in der Magengegend verspürte, sondern er sogar fühlen konnte, wie der gefrorene Boden unter seinen Füßen erzitterte. Risse und kleine Spalten bildeten sich.

„Was immer du auch für Kräfte herbeigerufen hast, als du den roten Drachen besiegtest“, rief Bratlor seinem Freund zu, „ich kann dich nur beschwören, sie auch diesmal einzusetzen, sonst sind wir verloren!“

Je weiter sich der Drache näherte, desto deutlicher wurde offenbar, was für ein gigantisches Exemplar seiner Art er war. Er hatte vom Kopf bis zum Schwanz sicherlich die doppelte Größe wie jene beiden geflügelten Angreifer, die Winterborg heimgesucht hatten. Der Lichtbogen strahlte ihn an, und so war die charakteristische Körperzeichnung zumindest zeitweise gut zu erkennen: schwarze und rote Kreise auf einer gelben Schuppenhaut.

Rajin zuckte zusammen, als hätte ihn ein Faustschlag getroffen. Diese Zeichnung kannte er nur zu gut – aus Hunderten von Träumen, die ihn während seiner Kindheit und Jugend gequält hatten.

Und dann sah Rajin den Reiter auf dem Rücken des Drachen. Ein Teil des Stachelkamms des Drachen war entfernt und wahrscheinlich abgesägt worden, und dort war ein Sattel auf den Rücken des Drachen geschnallt. Und in diesem Sattel saß ein alter Mann mit weißem Bart, dessen Haupt vollkommen kahl war.

Der Weise Liisho …

Rajin hätte es laut ausgesprochen, hätte der in seine Seele eingepflanzte Bann ihn nicht daran gehindert. Innerlich fluchte er deswegen, aber es gab nichts, was er dagegen tun konnte. Bisher zumindest nicht …

Der Drache passierte das kosmische Tor und flog unter dem Lichtbogen hindurch, wobei er einen weiteren, irgendwie entsetzt klingenden Laut von sich gab. Einen Laut, der viel höher klang, als es von einem Drachen seiner Größe zu erwarten gewesen wäre, und der so schrill war, dass es in den Ohren schmerzte.

Der Drache erschrak offenbar über die furchtbare Kälte, die in der Senke herrschte, und sein Körper begann förmlich zu dampfen. Immer wieder loderte Feuer aus seinem Maul, und er bewegte hektisch die Flügel. Sein Flug wurde taumelnd, und der Reiter hatte Mühe, sich in seinem Sattel zu halten. Die Laute, die der Drache ausstieß, waren klagend und schmerzerfüllt.

Der Reiter versuchte das Tier zur Landung zu bewegen. Der Drache streckte seine stämmigen Beine aus, während er noch recht hektisch mit den Flügeln flatterte und der lange, mit Hornzacken bewehrte Schwanz wild um sich schlug, so als gelte es, einen unsichtbaren Gegner zu vertreiben.

Schließlich landete der Drache, und er brüllte laut auf, als er den von Eis und hart gefrorenem Schnee bedeckten Boden berührte. Der Reiter rutschte von seinem Rücken. In der Rechten hielt er den rohrförmigen Metallstab eines Drachenführers. Rajin hatte ähnliche Drachenstäbe schon oft in seinen Träumen gesehen, die Meister Liisho ihm geschickt hatte. Drachenreiter lenkten mithilfe solcher, aus einer besonderen Legierung hergestellter Stäbe ihre Reittiere.

Der weißbärtige Drachenreiter hatte gerade mit den Füßen den Boden berührt, als der Drache wieder wild mit den Flügeln zu schlagen begann. Der Koloss schien mit seinen Pranken ein Stück in das Eis einzusinken. Er stieß einen Schrei aus, der allerdings im Vergleich zu den Lauten zuvor seltsam gedämpft klang.

Weitere Drachenschreie, die für Rajin und Bratlor wie aus weiter Ferne klangen, obwohl sich das Ungetüm doch unmittelbar vor ihnen befand, folgten. Schreie, die immer leiser wurden. Der Koloss wandte den Kopf, starrte Rajin und Bratlor an, riss das Maul auf – und dann fauchte ein Feuerstrahl auf sie zu!

Es war unmöglich, schnell genug auszuweichen, und Rajin konnte so schnell auch nicht seine innere Kraft sammeln und auf den Angriff konzentrieren.

Es gab kein Entkommen, und im nächsten Moment erfasste der sich breit auffächernde Feuerstrahl Rajin und Bratlor!

Das ist es also, dachte Rajin, *das Ende!* Er konnte nur hoffen, dass Njordir ihren Seelen gnädig sein würde, obwohl sie im Herzen jenes Landes gestorben waren, das zum Reich seines schlimmsten Feindes Fjendur gehörte.

Rajin erwartete die grausame, alles verzehrende Hitze. Aber da war ... *nichts.* Er fiel zu Boden und spürte die durchdringende Kälte von Schnee und Eis, während er von dunkelroten Flammen umfangen wurde. Doch der Feuerstrahl des Drachen schien keinerlei Kraft zu haben. Er verlosch, ohne dass Rajin und Bratlor irgendetwas geschehen war.

Ungläubig betastete Rajin sein Gesicht und dann seinen Körper. Er war nicht einmal ein bisschen aufgewärmt, geschweige denn verbrannt worden. Und Bratlor erging es genauso. Er befühlte den Reflexbogen, der ebenso unversehrt geblieben war wie er selbst.

Die Gestalt des Drachen wurde auf einmal durchsichtig, verblasste einfach, und der Mann mit dem weißen Bart, von dem Rajin wusste, dass es sich um den Weisen Liisho handelte, hob verzweifelt die Arme, rief ein paar Sätze in drachenischer Sprache und wollte den Drachen, der immer tiefer in Eis und Schnee versank und sich dabei mehr und mehr auflöste, mit dem Drachenstab berühren. Liisho streckte den Arm aus, aber der Drachenstab drang durch die Seite des Drachenkörpers, als wäre dort nichts.

Dann war er verschwunden.

Gleichzeitig ließ die Leuchtkraft des kosmischen Tores nach, der Lichtbogen verblasste ebenso wie das Bild des fremden Meeres auf der gegenüberliegenden Seite. Innerhalb weniger Augenblicke war alles vorbei – abgesehen von einem schwachen Glühen des Juwels oberhalb des Höhleneingangs und einem bleichen Schimmer, der den schwarzen Felsen wie eine allmählich schwächer werdende Aura umgab.

Der Weißbärtige fluchte laut in drachenischer Sprache. Dann zog er sich den Mantel enger um die Schultern und die Kapuze über den Kopf. Für die mörderische Kälte, die im Reich Fjendurs herrschte, war er nur unzureichend gekleidet. Er wickelte außerdem ein Stück seines Mantels um seinen metallenen Drachenstab, damit dieser nicht so kalt wurde, dass er ihn nicht mehr anfassen konnte.

Schließlich wandte er sich Rajin und Bratlor zu, musterte sie nacheinander und sagte dann: „Eigentlich könntest du mich etwas enthusiastischer begrüßen, Rajin, auch wenn es schon eine Weile her ist, dass wir uns von Angesicht zu Angesicht gesehen haben!“

„Rajin?“, fragte Bratlor irritiert, der des Drachenischen mächtig genug war, um jedes Wort des weißbärtigen Kahlkopfs zu verstehen. Der Sternenseher warf seinem Gefährten einen fragenden Blick zu.

Rajin wollte etwas sagen, aber er konnte nicht. Seine Zunge war noch immer wie gelähmt.

Liisho runzelte die Stirn. Seine wie sein Bart schneeweißen, buschigen Augenbrauen zogen sich zusammen, dann schien er endlich zu begreifen.

Er trat vor Rajin hin, der ihn um einen ganzen Kopf überragte, streckte die Hand aus und berührte mit den Fingerspitzen kurz Rajins Stirn. Dieser spürte ein Kribbeln, das sich verästelte und in seinem ganzen Kopf ausbreitete.

„Ich vergaß den Bann zu lösen, der dir all die Jahre Schweigen auferlegte und verhinderte, dass du meinen oder deinen Namen aussprechen konntest“, murmelte der Weißbärtige.

Rajin schluckte. „Der Weise Liisho“, sprach er dann. „Manchmal habe ich nicht mehr daran geglaubt, dass es dich wirklich gibt, sondern angenommen, du wärst nur eine Ausgeburt meiner Fantasie.“

„Ich stand all die Jahre mit dir in Verbindung, seit dem Tag, da ich dich an die Küste Winterlands brachte. Ich weiß es noch, als wäre es erst gestern gewesen, denn mein Drache war äußerst unwillig und schwer zu lenken. Einen ganzen Tag lang flog ich mit ihm über die stürmische, von eisigen Winden aufgepeitschte See des Nordwestens, und das arme Tier vermochte vor lauter Kälte kaum noch seine Flügel zu bewegen." Liisho lächelte auf einmal. „Ich war immer bei dir, Rajin, all die Jahre. Schließlich musste ich dich entsprechend erziehen, damit du eines Tages für die Mission zumindest ansatzweise vorbereitet wärst, für die dich das Schicksal ausersehen hat."

„Rajin ist also dein wahrer Name", stellte Bratlor staunend fest. „Klingt drachenisch ..."

„Ja", bestätigte der junge Mann, den man auf Winterland bisher als Bjonn Dunkelhaar Wulfgarssohn gekannt hatte. Zum ersten Mal in seinem Leben konnte er den Namen aussprechen, von dem er immer schon gewusst hatte, dass er sein richtiger Name war. „Rajin ... Rajin ..."

„Du wirst dich schon daran gewöhnen", sagte Liisho und wechselte in die seemannische Sprache, in der Rajin und Bratlor gesprochen hatten. Rajin fiel auf, dass der Weißbärtige zitterte. Offenbar fröstelte ihn, was angesichts der grausamen Temperaturen, die in der Senke herrschten, kein Wunder war. Dann aber richtete er den Blick seiner stechenden Augen auf Bratlor, und musterte ihn finster. „Ich hatte dich angewiesen, ihn fortzuschicken, Rajin!"

„Er hat mir das Leben gerettet, nachdem ich das seine rettete", verteidigte sich Rajin.

„Mag sein. Aber die Tatsache, dass er hier ist, hat einiges verändert im Gewebe des Schicksalsteppichs. Möglichkeiten wurden ausgeschlossen, andere zeichnen sich dafür ab. Er hätte dich nicht retten müssen, wenn du ihn fortgeschickt hättest."

„Wie kannst du so etwas sagen, Liisho?", fuhr Rajin ihn an. „Du hast mich in diese Orakelhöhle gehen lassen, obwohl du gewusst haben musst, dass mich dort ein Höhlenfaultier erwartet, das seine versklavten Käfer auf mich hetzen würde!"

„Du sprichst vom Orakel", sagte Liisho in spöttischem Ton, „dieser Kreatur, die den einfältigen Barbaren dieses Landes heilig war." Etwas versöhnlicher fuhr er fort: „Generationen von Sippenältesten und Clanführern sind seit Urzeiten zu diesem Orakel gegangen und haben es mit Eisraupen und anderem Kleingetier, das sich als Opfergabe eignete, gefüttert. Ich habe nicht geahnt, dass es eine so ausgeprägte

Abneigung gegen dich haben könnte, da es doch auf alle anderen Besucher eher desinteressiert und träge reagierte."

„Und was ist der Grund dafür?"

„Ich weiß es nicht. Vielleicht hängt es mit deiner inneren Kraft zusammen, Rajin. Die gleiche Kraft ist auch in Höhlenfaultieren sehr ausgeprägt, wie du sicher gespürt hast."

„Ähnlich wie bei Drachen?", fragte Rajin.

Liisho nickte. „So ist es. Möglicherweise fürchtete das Faultier, dass du ihm die Herrschaft über seine Sklaven-Käfer hättest streitig machen können. Allerdings hatte ich selbst nie solche Schwierigkeiten, wenn ich hier war – was aber vielleicht damit zusammenhängen könnte, dass ich meine innere Kraft etwas besser zu verbergen weiß. Aber das wirst du hoffentlich auch noch lernen, Rajin." Er wandte sich noch einmal Bratlor zu. „Es ist wahr, was ich über den da und die veränderte Zukunft sagte. Ich weiß, dass ihr Seemannen daran glaubt, dass ein betrunkener Schicksalsgott die Webfehler der Schicksalsteppiche übersieht. Nur fürchte ich, dass die Wahrheit gelinde gesagt etwas komplizierter ist." Er schaute Bratlor mit festem Blick an. „Und darüber hinaus weiß ich nicht, ob ich dir trauen kann." Er atmete tief durch, und eine Wolke gefrierenden Atems entstand vor seinem Mund.

„Ich würde nie etwas tun, was Bjonn – oder Rajin – schadet!", entgegnete Bratlor.

„Vielleicht nicht wissentlich", sagte Liisho und richtete den Blick dorthin, wo sich vor Kurzem noch das kosmische Tor befunden hatte. „Wir müssen dorthin – und zwar möglichst schnell. Deine Feinde sind dir bereits auf der Spur, Rajin, und sie werden in Kürze hier auftauchen, um dich zu töten. Leider hat mein Drache die Passage durch das Tor nicht geschafft, sonst könnten wir mit ihm fortfliegen, was allerdings bei diesen Temperaturen alles andere als eine gemütliche Reise gewesen wäre."

„Ich finde, du solltest mir jetzt endlich ein paar Fragen beantworten!", forderte Rajin. „Wer sind meine Feinde, und warum sind sie so sehr daran interessiert, mich zu töten, dass sie sogar Drachen aussenden, um mich aufzuspüren?"

„Später!", wehrte Liisho ab. „Später. Und schon gar nicht in Anwesenheit deines Begleiters!"

„Ich habe keine Geheimnisse vor meinem besten Freund“, sagte Rajin.

„Aber ich“, entgegnete Liisho barsch. „Bei der Macht des unsichtbaren Gottes, ich bin schon fast erfroren! Bevor der letzte Blutstropfen in mir zu Eis erstarrt, werde ich sehen, ob sich nicht irgendwo ein wärmerer Ort finden oder ein Feuer entfachen lässt.“

Er wandte sich zum Gehen, aber Rajin fasste ihn an der Schulter. „Halt!“, sagte er. „Sag mir, was meine Mission ist, von der du seit so langer Zeit in meinen Träumen und Visionen zu mir gesprochen hast! Und weshalb wurde ich an die Küste Winterlands gebracht, wo mich Wulfgar Wulfgarssohn fand? Ich habe lange genug auf eine Antwort gewartet und habe das Recht, endlich die Wahrheit zu erfahren. Oder willst du mich wieder mit einem Bann belegen?“

Liisho wirbelte herum, und eine unsichtbare Kraft versetzte Rajin einen kräftigen Stoß, sodass er zwei, drei Schritte zurücktaumelte. Gleichzeitig spürte er den Geist seines Gegenübers, der sich seinem Zorn wie eine Wand entgegenstellte und versuchte, ihn in ihren Griff zu bekommen.

„Du ahnungsloser Narr!“, murmelte Liisho.

„Bist du es nicht, der an meiner Ahnungslosigkeit die Schuld trägt?“, schrie Rajin ihn so heftig an, dass seine Lungen wegen der klirrenden Kälte schmerzten.

„Ich tat es, um dich zu schützen, Rajin. Denn in der Vergangenheit wäre dieses Wissen für dich am gefährlichsten gewesen“, entgegnete Liisho hart. „Darum habe ich dir die wesentlichen Dinge verschwiegen. Deshalb war es notwendig, dich mit einem Bann des Schweigens zu belegen.“

„Aber jetzt will ich die Wahrheit erfahren!“, verlangte Rajin. „Und ich will selbst entscheiden, was dann geschieht. Andernfalls ist die Mission, die angeblich mein Schicksal ist, bereits beendet, noch bevor sie begonnen hat!“

Das Gesicht des Weisen Liisho verzog sich und nahm einen gequälten Ausdruck an. „Gut, dann höre …“, sagte er schließlich. Er straffte seine Haltung, holte tief Atem und sah Rajin direkt ins Gesicht, bevor er ihm eröffnete: „Du bist der Sohn von Kojan, dem letzten rechtmäßigen Kaiser von Drakor!“

Rajin riss die Augen weit auf und starrte Liisho an. „Ich – der Sohn des Kaisers von Drakor?“ Er schnappte nach Luft, wandte den Blick von Liisho ab und sah Bratlor Hilfe suchend an. Als dieser nur mit den Schultern zuckte, ungläubiges Erstaunen in den Augen, schüttelte Rajin entschieden den Kopf. „Nein, du kannst mir vieles erzählen, aber das ist einfach zu viel, Liisho.“

Doch der Weißbärtige ließ sich nicht beirren. „Der Usurpator Katagi, der vor achtzehn Jahren deine Eltern ermordete und sich zum Herrscher aufschwang, sucht dich seit Langem, Rajin“, warnte er. „Und jetzt, da er endlich eine Spur von dir gefunden hat, wird er nicht eher ruhen, bis er dich vernichtet hat! Dafür ist er bereit, jede Hoheitsgrenze zu missachten und sogar das Gleichgewicht zwischen den Fünf Reichen in Gefahr zu bringen.“

„Ihr sprecht von dem Überfall der zwei Drachen auf Winterborg, richtig?“, fragte Bratlor.

Liisho bedachte ihn mit einem mürrischen Blick, dann sah er wieder Rajin an. „Es ist kein einzelnes Drachenpaar, das dich jagt, Rajin, sondern die gesamte Kriegsarmada der drachenischen Samurai.“

„Aber wie kann er das wagen?“, empörte sich Bratlor.

„Katagi regiert mit purer Gewalt und scheut nicht einmal davor zurück, Mitglieder seiner eigenen Familie zu töten, wenn es der Machterhaltung dient“, erklärte Liisho. „Und mit seinen Eroberungsplänen zerstört er das äonenalte Gleichgewicht zwischen den Fünf Reichen.“

„Aber das würde Krieg bedeuten“, sagte Bratlor, während Rajin nur staunend und mit offenem Mund dastand.

„So ist es“, bestätigte Liisho. „Die Welt wird im Chaos versinken, wenn Katagi seine Pläne in die Tat umsetzt.“ Wieder starrte er Rajin an, als wollte er ihn erneut bannen. „Nur die Rückkehr des rechtmäßigen Herrschers auf den Drachenthron kann das vielleicht noch verhindern!“

Mit diesen Worten wirbelte er urplötzlich herum und ging davon.

„Wo – wo willst du hin, alter Mann?“, rief ihm Bratlor hinterher.

„Das sagte ich schon“, rief Liisho zurück, ohne sich noch einmal umzudrehen. „Mir ein wärmeres Plätzchen suchen, bevor ich zu Eis erstarre!“

Rajin und Bratlor blieben zunächst an Ort und Stelle stehen, als wären sie bereits zu Eis geworden. Dann aber schlug der Sternenseher seinem Freund auf die Schulter und sagte ganz aufgeregt: „Los, sehen wir zu, ob wir von dem Alten nicht noch mehr erfahren können!“

Damit setzte er sich in Bewegung. Rajin zögerte nur kurz, dann folgte er Bratlor und dem Weisen Liisho.

ZWEITES BUCH

KATAGI

Und als die Kriegsdrachen über Winterborg kamen, wurde der Ort zu einer Totenstätte, und die Eismöwen dort hielten ihr letztes, grausiges Festmahl, während ihr Gekreische in der Bucht widerhallte.

Da aber stieg Ogjyr vom Augenmond herab. Der Schlafbringer wandelte über das Leichenfeld und suchte nach einer Seele, mit der er handeln konnte. Eine Seele, die bereit war, sich ihm zu überantworten. Eine Seele, deren Hass groß genug war, um einem zweiten, untoten Leben Kraft zu geben.

Und siehe da: Er fand sie.

So sprach der Gott Ogjyr: „Sammle die Asche deines kurzen Lebens, Wulfgarskint Wulfgarssohn. Hassbringer sollst du von nun an heißen, und als Geschöpf der Finsternis wirst du alle verfolgen, die dir Unrecht taten. Danach aber gehört deine Seele mir allein!"

Das Buch des Usurpators

Lange diente ich den Kaisern von Drakor als Berater und Zauberer. Das Blut von Magiern und Drachenier fließt in meinen Adern, und als ich das Licht der Welt erblickte, war die Balance zwischen den Fünf Reichen im Gleichgewicht, und Drachenia wurde von gerechten Kaisern regiert.

Der unstillbare Durst nach Wissen erfüllte mich, aber nie die Gier nach Macht, auch wenn die Gnade des Unsichtbaren Gottes mir Letztere obendrein gab – und wieder nahm, als ich sie am dringendsten gebraucht hätte.

Am Hof des Kaisers erwarb ich mir den Beinamen Weiser, da ich dem Herrscher in vielen Angelegenheiten zu helfen vermochte. Mein eigentlicher Name – Liisho – bedeutet im Dialekt des Ostmeerlandes „Die Augen, die sehen", und er sollte für mein künftiges Schicksal bestimmend werden.

So vieles haben meine Augen gesehen. Die Geburt und den Tod so vieler Kaiser. Ihre Namen haben sich in mein Gedächtnis eingeschrieben. Ich wurde alt, und die Spanne eines gewöhnlichen Lebens hatte ich lange überschritten. Die Kraft so mancher Zaubertränke hatte es wohl verlängert und mir die nötige Kraft gegeben, um den süßen Verlockungen des Todes zu widerstehen. Zu vieles gab es noch zu tun, zu vieles noch zu erfahren und zu sehen.

Doch in jener Nacht, von der ich berichten will, neigte sich mein Leben scheinbar unwiderruflich dem Ende entgegen. Ich schlief ein, nachdem eine ungewöhnlich bleierne Müdigkeit über mich gekommen war und ich bereits ahnte, dass ich vielleicht nicht mehr erwachen würde. Die Augen, die sehen, schlossen sich, und im Traum erschien mir eine Gestalt in dunkler Kutte. Das Gesicht, das unter der Kapuze hervorleuchtete, glich dem Augenmond. Es war ein sandfarben leuchtendes Oval mit zwei unterschiedlich großen, schwarzen Augen darin.

„Wer bist du?", fragte ich im Traum.

Die Gestalt deutete mit dürren Fingern auf die zweischneidige Axt, auf deren Stiel sie sich stützte, und fragte: „Erkennst du mich denn nicht, Liisho, da man dich doch den Weisen nennt?" Ein schauderhaftes Gelächter folgte. „Ah, ich habe so viele Namen, dass ich nicht weiß, welchen davon ich dir empfehlen soll. Der Herr des Augenmondes werde ich genannt, Ogjyr heißt man mich im Seereich, und unter dem Namen Axtmann erschreckt man mit Geschichten über mich die Kinder der Tajimäer und der Feuerheimer. Aber ich heiße auch Traumhenker, Schlafbringer und Todverkünder – und seit man in Drachenia den Glauben an den Unsichtbaren Gott zur Staatsreligion gemacht hat, bin ich dort der Namenlose geworden. Der, den angeblich der neue Gott vernichtete und dessen Existenz doch niemand leugnen kann, der Augen hat, die zum Himmel sehen können. – Suche dir einen Namen aus, Liisho!"

„So nenne ich dich Traumhenker, weil du mich im Traum überfällst. Warum bist du gekommen?"

„Ahnst du es nicht?"

„Um meine Seele zu holen, auf dass du deinen Schabernack mit ihr treiben kannst?"

„Ich bekomme die Seelen nicht. Ich trenne sie nur. Niemand will bei mir bleiben. Die Seelen der Sterblichen meiden mein Reich, wie es in Kinderversen besungen wird, und ich meide inzwischen auch sie, denn sie sind mir

zuwider geworden. Nur hin und wieder schlage ich einem Verdammten einen Handel vor …“

„Warum nennst du mich einen Verdammten?“

„Weil du es von nun an sein wirst. Von diesem Augenblick an, da ich dir etwas anbiete, was kaum ein Sterblicher auszuschlagen vermag. Und schon gar nicht einer wie du, der den Namen Die-Augen-die-sehen trägt und dessen Augen noch längst nicht genug gesehen haben …“ Er trat näher. „Ich gebe dir Lebenskraft für ein ganzes Zeitalter, wenn deine Seele anschließend mir gehört und mir die einsamen Stunden auf dem Augenmond vertreibt!“

Mir schauderte, zumal mir bewusst war, dass er sein Angebot wirklich ernst meinte. Ich willigte ein, und am nächsten Tag erwachte ich mit neuer Kraft und einem eisernen Ring um das linke Fußgelenk, wie Gefangene sie tragen. Ich wandte mich an den kaiserlichen Schmied Lanjin, der es trotz Anwendung seiner ganzen Kunst nicht vermochte, mich von diesem Ring zu befreien, es sei denn, er hätte mir den Fuß abgeschlagen. Das Metall und seine Verarbeitungsweise waren ihm vollkommen unbekannt, und er war sich sicher, dass es sich auch nicht um eine jener besonderen Legierungen handelte, deren Geheimnisse die Schmiede Feuerheims seit ewigen Zeiten für sich bewahren. Ebenso rätselhaft waren die in das Metall gravierten Zeichen. Schriftzeichen, die weder der in Drachenia gebräuchlichen Schrift noch den Runen der Seemannen oder den Alphabeten von Magus, Feuerheim oder Tajima ähnelten. Eine Schrift der Vergangenheit, so dachte ich, die wahrscheinlich Zauberkraft besitzt – aber selbst in Ezkor, wo die Priesterschaft des Unsichtbaren Gottes die mit Abstand größte Bibliothek des Drachenlandes unterhält, wurde ich nicht fündig.

So war es wohl mein Schicksal, ein Gefangener des Traumhenkers zu sein.

Sein Wort hielt er.

Meine Lebensspanne hat jedes menschliche Maß überschritten, und selbst die Angehörigen des Magier-Volkes, deren Blut ja auch in meinen Adern fließt, können sich nicht über so lange Zeit am Leben erhalten, auch bei all ihren Elixieren und Zaubertränken nicht!

Aber ich weiß, dass irgendwann, wenn die Augen, die sehen, alles gesehen haben, der Traumhenker seinen Preis einfordern wird. Der Ring an meinem Fußgelenk erinnert mich jeden Tag daran – ebenso wie jeder

Blick zum Nachthimmel, nachdem der Augenmond aufgegangen ist und wie das Gesicht des Todverkünders auf mich herabblickt – mein Beschützer und mein Verderben zugleich. Ein Verdammter bin ich, aber auch ein Gesegneter, denn niemand hat so viel gesehen und erfahren wie ich. Niemand konnte dieses Maß an Weisheit in seiner Seele aufhäufen. Der Gedanke, dass all dies einst die Beute des Axtmannes sein wird, macht mich rasend, wenn ich nur daran denke.

Aber wer weiß? Vielleicht wird eher der Schneemond auf die Welt fallen und damit den Fünften Äon und die Geschichte selbst beenden, als dass mich der Schlafbringer zu sich holt. Dann wird ohnehin alles, was je gedacht, je gesagt und je geschrieben wurde, dem Großen Vergessen anheimfallen. Die Priester in der Heiligen Stadt Ezkor glauben, dass der Unsichtbare Gott die Kraft hätte, den langsamen Fall des Schneemondes aufzuhalten. Aber ich fürchte, ich habe inzwischen meinen Glauben verloren.

Vielleicht liegt es daran, dass ich mich durch meinen Handel einem anderen Gott verschrieben habe. Einem, von dem es in den alten heidnischen Schriften heißt, dass der Tag des Schneemond-Sturzes sein größter Feiertag sein wird, denn dann gäbe es so viele herrenlose Seelen, dass selbst der ungeliebte Traumhenker einige davon bekommen wird!

Aus den Schriften des Weisen Liisho

Ich werde die Schreie der Sterbenden nie vergessen, die erklangen, als der Usurpator Katagi mit seinen Getreuen den Kaiserpalast überfiel. Ein Teil der Drachenreiter-Samurai hatte sich mit ihm in einer schändlichen Verschwörung verbündet. Die Schreie der Sterbenden mischten sich mit dem Brüllen der Kriegsdrachen, doch der Kampf um den Palast dauerte nicht lange. Ich sah, wie Katagi selbst Kaiser Kojan mit einem Speer durchbohrte und der Kaiserin Minjanée den Kopf abschlug.

Mir aber entriss man das Kind, das ich auf dem Arm trug, und schlug seinen Kopf gegen eine Marmorsäule, da man annahm, es handele sich um Prinz Rajin. In Wahrheit war es mein eigenes Kind, dessen Geburt es mir ermöglicht hatte, im Palast als Amme zu dienen. Als man den Irrtum erkannte, zahlte man mir eine Entschädigung von drei Silberstücken und verwies mich des Palastes.

Katagi aber ließ sich am Tag darauf die Drachenkrone aufsetzen und von den Fürsten Drachenias huldigen. Selbst der Legat der Priesterschaft des Unsichtbaren Gottes soll das Haupt vor ihm geneigt haben, und zwei Monate später waren die Straßen und der Hafen Drakors für die Ankunft des Ehrwürdigen Abtes von Ezkor geschmückt, der sich nicht scheute, die Herrschaft des Usurpators zu bestätigen. Und dies, obwohl Katagi so ziemlich gegen alle Gebote des Unsichtbaren Gottes verstoßen hatte.

Mir aber bleibt nur die schwache Hoffnung, dass eines Tages jemand kommen wird, um Gerechtigkeit zu fordern.

Aus den Erinnerungen der kaiserlichen Amme Payjé

Das Blut Kaiser Kojans und seiner Gemahlin Minjanée troff noch von der Klinge des Usurpators, als er erfuhr, dass dem Weisen Liisho mit den fünf Prinzen des Kaiserhauses die Flucht aus dem Palast geglückt war. Liishos Drache Ayyaam, von dem man sagte, er sei ein direkter Nachfahre des Urdrachen Yyuum, trug sie in einer Gondel davon.

Der Usurpator Katagi riss dem toten Kaiser die drei Ringe von den Fingern, die dem Kaiser seit den Zeiten Barajans die Herrschaft über die Drachen sicherten. Doch Liishos Drache Ayyaam war mit den Ringen nicht zu beeinflussen, denn der Weise hatte ihn mit einem Bann belegt.

Liisho brachte die fünf Prinzen an entlegene Orte, um sie vor den Häschern Katagis zu verbergen.

Dies waren die Namen der Prinzen: Gajin, Haojin, Jayjin, Tanjin und Rajin.

Gajin war mit zwölf Jahren der Älteste von ihnen, während Rajin noch ein Säugling war.

Gajin ließ der Weise Liisho bei einfachen Leuten in jenen Bergen zurück, die das Dach der Welt bilden und in einem Kreis um den Vulkansee angeordnet sind, der das Zentrum des Luftreichs Tajima bildet. Prinz Haojin, ein Junge von zehn Jahren, wurde auf der Burg von Ambor im Zweifjordland versteckt, einer Provinz, die in früherer Zeit einmal dem Seereich angehört hatte. Auf Burg Ambor residierte nämlich Fürst Yetujan, ein Getreuer des wahren Kaisers, der den Jungen als entfernten Verwandten ausgab, der bei ihm zur Ausbildung zum Drachenreiter-Samurai weile. Der achtjährige

Prinz Jayjin aber kam zu Waldbauern in Tembien, der östlichsten Provinz Feuerheims, während der fünfjährige Prinz Tanjin auf der abgelegenen und zum Reich Magus gehörenden Insel Yadnam aufwachsen sollte.

Prinz Rajin aber war der Jüngste unter ihnen.

Ihn brachte Liisho nach Winterland, jene Insel im äußersten Nordwesten des Seereichs – einen Ort, zu dem aufgrund des unwirtlichen Klimas, das dort herrscht, kein Drache freiwillig fliegt. Er pflanzte den Keim des Wissens in die Seelen der Prinzen und blieb mit ihnen in Gedanken verbunden, um sie auf ihre künftige Aufgabe vorzubereiten.

Gleichzeitig aber verhinderte er mit einem Zauberbann, dass sie über ihre wahre Herkunft sprechen konnten, weil sie sich damit verraten und selbst in Gefahr gebracht hätten.

Noch war die Macht des Usurpators zu groß, um ihn stürzen zu können. Aber der Tag würde kommen, sobald wenigstens einer der Prinzen in der Lage war, die Kaiserwürde zu übernehmen.

Der Weise Liisho begab sich mit seinem Drachen Ayyaam zur Insel der Vergessenen Schatten, die weit draußen vor der Küste des Ostmeerlandes liegt. Er verbarg sich in den Ruinen von Qô und bereitete sich auf den Tag vor, da es möglich sein würde, Katagi zu stürzen und einen rechtmäßigen Herrscher den Drachenthron besteigen zu lassen.

Die Häscher Katagis aber schwärmten in alle fünf Himmelsrichtungen aus. Der neue Kaiser bediente sich übelster Zauberei, um die Aufenthaltsorte der fünf Prinzen ausfindig zu machen, und warb eine Reihe von Magiern an, die der Großmeister des Landes Magus verstoßen hatte. Und mit Hilfe der Drachenringe zwang er wild lebende Drachen unter seinen Bann, die er als willfährige Kundschafter einsetzte, um auch in fremden Ländern nach den Prinzen suchen zu können. Er sandte als Händler getarnte Mörder und Spione in aller Herren Länder aus. Nach und nach spürte Katagi die Aufenthaltsorte der Prinzen auf. Einer nach dem anderen wurde getötet.

Nur von Rajin fand sich lange Zeit keine Spur, und Katagi hoffte bereits, dass der Prinz ein natürliches Ende gefunden hatte, denn die Sterblichkeit der Säuglinge war selbst unter Fürsten und reichen Händlern hoch.

Es vergingen Jahre, ehe Katagi den ersten Hinweis darauf bekam, wo sich Prinz Rajin möglicherweise verborgen hielt …

Die Chronik des Kaiserhauses Barajan

Für Äonen hatte der Urdrache Yyuum geschlafen, sodass sein Körper eins geworden war mit dem Gebirge, das ihn umgab. Lange hatten die Berge nicht gebebt und Feuer gespien. Doch dann erwachte er.

Bergaffen waren die einzigen anderen Lebewesen in seiner Nähe. Sie zwang er unter seinen Willen und sandte sie aus, um ihm von der Welt zu berichten. Nur wenn es sich lohnte oder es unvermeidlich war, gedachte der Urdrache vollkommen zu erwachen und den Zustand eines immerwährenden Schlafs gänzlich aufzugeben.

Die Affen kehrten schließlich zurück und berichteten von dem, was sie gesehen hatten. Sie erzählten ihm, dass sich Menschen und Magier die Welt untertan gemacht hatten, dass es Menschen gab, die über das Meer herrschten, andere, die das Feuer zu ihrem Element erkoren hatten, und wieder andere mit schwebenden Schiffen den Himmel erobert hatten. Auch vom Volk der Magier berichteten die Affen – wenn auch sehr erschrocken und verhalten, da sie vieles, was sie dort gesehen und erfahren hatten, nicht einzuordnen vermochten.

Den Zorn des Urdrachen aber erregte das, was er über das Drachenland Drachenia hörte: Die Menschen hatten sich die Drachen unterworfen und behandelten sie wie Haustiere. Ihr Wille wurde durch die drei Ringe des Drachenkaisers unterdrückt, sodass sie von jedermann gezähmt werden konnten, der sich entweder von Natur aus oder durch eine besondere Gabe darauf verstand oder dies zu lernen bereit war.

„Bringt mir diese Ringe!“, befahl der Urdrache. Er brauchte keine Worte dafür, denn Drachen sprechen nicht. Ein mächtiger Gedanke war es, den er den Affen einpflanzte und so seine Ziele zu den ihren machte.

Einer dieser Affen geriet in Gefangenschaft eines umherziehenden Gauklers und gelangte so in den Palast des neuen Kaisers. Während eines Festes, bei dem Kaiser Katagi bereits dem Wein und dem berauschenden Räucherwerk seiner Magiergehilfen stark zugesprochen hatte, stahl der Affe ihm einen der drei Drachenringe und entfloh damit, um ihn dem Urdrachen Yyuum zu bringen.

Im Volk aber sprach sich dieser Vorfall herum. Man fragte sich hinter vorgehaltener Hand, ob die beiden verbliebenen Ringe des Kaisers ausreichten, den Willen der Drachen auch in Zukunft zu unterdrücken. Und manche sahen darin, dass Katagi nur noch über zwei der drei Drachenringe verfügte, auch ein Zeichen des Unsichtbaren Gottes. Ein Zeichen, dass Katagis un-

gerechtfertigte Herrschaft bald beendet sei. Schon tauchten Prediger auf, die behaupteten, dass der Unsichtbare Gott Katagis Regentschaft missbillige.

Doch jedem, der die Geschichte vom Diebstahl des Drachenrings weitererzählte, drohte nicht nur die Hinrichtung, sondern auch eine Verurteilung als Ketzer durch den Ehrwürdigen Abt von Ezkor und die ewige Verdammung der Seele nach dem Tod.

Die Legende der Drachenringe

Kaiser Katagi aber hatte beschlossen, dass das Gleichgewicht der Fünf Reiche nicht zum Besten seiner Herrschaft war. „Warum fünf Reiche bestehen lassen, wenn ich doch die Macht habe, die anderen vier zu erobern und daraus ein einziges Imperium zu machen?", sprach er zu den Befehlshabern seiner Drachenreiter-Samurai.

Der Chronist des Fünften Äons

Die fünf Prinzen von Drachenia

Es waren fünf Prinzen.
Einen erschlug die Axt,
da waren es nur noch vier.

Es waren vier Prinzen.
Einen köpfte das Schwert,
da waren es nur noch drei.

Es waren drei Prinzen.
Einen tötete die Magie,
da waren es nur noch zwei.

Es waren zwei Prinzen.
Einen tötete der Pfeil,
da war es nur noch einer.

Es war ein Prinz.
Den fand der Kaiser nicht.
Auf den warten wir.

Abzählvers aus der drachenischen Provinz Neuland – nach einer Abschrift aus dem 15. Jahr der Regierungszeit von Kaiser Katagi

Niemand aber, der ohne Recht auf dem Thron sitzt, wird dem Zorn des Unsichtbaren Gottes entgehen!

Wandspruch – von Unbekannten in die Wand des Kaiserpalastes von Drakor geritzt

So höre denn von den geheimen Kräften, die verschiedenen Geschöpfen oder Dingen innewohnen. Erfahre von ihrer Natur, und sie werden dir nicht mehr rätselhafter erscheinen als die Kraft des Windes, die Kraft, die einen geworfenen Stein zu Boden zwingt oder einen Wasserlauf vom Gebirge ins Tal und vom Tal in den Ozean fließen lässt.
Die Kraft, die den Abkömmlingen des Magier-Volkes innewohnt, ist die Magie, doch gibt es ähnliche, wenn auch für gewöhnlich nicht so stark ausgeprägte Kräfte bei Geschöpfen, in deren Adern kein Magierblut fließt. Diese Kräfte werden nicht als magisch, sondern als zauberisch bezeichnet. Auch wenn sich beide vom äußeren Anschein und ihren Auswirkungen her kaum unterscheiden mögen, so weiß doch jeder, der sich eingehender mit dieser Kunde befasst hat, dass sie von gänzlich verschiedener Art sind.
Magie und Zauberei sind die Wunderkräfte letztlich sterblicher Wesen.
Jene Wunder, die von den Göttern vollbracht werden, stehen außerhalb von Magie und Zauberei und übertreffen beide an Wirksamkeit und Ausmaß um ein Vielfaches.
Die mächtigste Kraft aber ist der Glaube, denn er lässt die Götter erst entstehen und mächtig werden.

Das Buch von den Kräften des Unsichtbaren

I

NYA

Seine linke Hand schloss sich um den Griff des Schwerts an seiner Seite. Es hatte eine leicht gebogene, sehr schlanke und außerordentlich biegsame Klinge, wie sie nur in Drachenia geschmiedet wurde, nach einem Verfahren, um das selbst die Schmiedekünstler Feuerheims die Drachenier beneideten. Mit der rechten Hand schlug er den Mantel etwas zur Seite.

Einen Mantel in Purpur, der Farbe des Kaisers.

„Dies ist nur das Vorspiel zu deinem großen Feldzug“, sagte Katagi, während er aus dem verglasten Fenster der kaiserlichen Drachengondel auf die brennenden Ruinen von Winterborg blickte. Der kaiserliche Gondelträger-Drache namens Sánshantô brüllte laut und kraftvoll auf. Er war darauf dressiert worden, den Landeanflug auf diese Weise anzukündigen, um die Insassen nicht zu erschrecken. Seit fünf Generationen stand Sánshantô bereits in den Diensten der Kaiser von Drakor. Niemand wusste, wie lange er noch kraftvoll genug sein würde, um diese Aufgabe zu erfüllen, denn die Lebensspanne von Drachen war höchst unterschiedlich. Manche lebten kaum dreimal so lange wie ein Mensch, während man sich von anderen erzählte, dass sie schon den Ersten Äon erlebt hätten. Aber zwei Jahrhunderte trauten die kundigen Drachenreiter-Samurai diesem mächtigen Koloss auf jeden Fall noch zu – schon deshalb, weil Sánshantô, seitdem er die Schale seines Drachen-Eis mit den Klauen zerhackt hatte, stetig gewachsen war.

„Die angeblich so tollkühnen und tapferen Seemannen ließen sich wie die Hasen jagen und niedermetzeln", fuhr Katagi versonnen fort. „Es war keine Schwierigkeit, ihren Widerstand zu brechen."

Er war ein Mann mit breitem Gesicht, in dessen ehedem schwarzblauem Haar sich bereits deutlich graue Strähnen zeigten. Der noch immer vollkommen schwarze Schnauzbart reichte zum Kinn herab, sodass er den abweisenden Eindruck der heruntergezogenen Mundwinkel noch verstärkte, so wie die hohen Wangenknochen den der Hochmütigkeit in dem fast reglosen, maskenhaften Gesicht. Er hatte gelernt, seine Gefühle zurückzuhalten, wenn es erforderlich war, und so hatte Kaiser Kojan ihm einst vollkommen vertraut, was sich für ihn und das ganze Reich als verhängnisvoller Fehler erwiesen hatte.

Ein leichtes Zucken der Mundwinkel war alles, was sich in diesem Augenblick in seinem Gesicht zeigte. Kein zufriedenes Lächeln, kein Ausdruck von Triumph. Aber eine leise Mischung aus Wachsamkeit und Verachtung spiegelte sich im kühlen Blick seiner dunklen Augen wider – durchsetzt von einer grenzenlosen Gier nach Macht. Eine weitere winzige, nur für den geübten Beobachter bemerkbare Nuance war ebenfalls in dieser gefährlichen Melange enthalten: Furcht.

Aber die Zeiten, in denen er sich zu fürchten brauchte, waren vorbei. Da hatte ihn die Vorstellung gequält, einer der Söhne seines Vorgängers Kojan würde eines Tages mit einem starken Heer den Kaiserpalast von Drakor angreifen.

Katagi berührte leicht die beiden Drachenringe an seiner linken Hand. Es hätten drei an der Zahl sein müssen. Aber es war nun schon ein paar Jahre her, dass ein verrückter Bergaffe, der sich sein Futter durch das Tragen lustiger Kostüme und das Vorführen von Purzelbäumen bei einem Gaukler verdiente, ihm einen der Drachenringe gestohlen hatte. Weder vom Affen noch vom Ring war danach noch eine Spur zu finden gewesen, und es hatte auch nichts geholfen, den Gaukler zu foltern.

Die Suche nach dem dritten Ring war bisher so erfolglos gewesen wie jene nach dem jüngsten Prinzen des Kaiserhauses Barajan. Aber noch hatten sich für Katagi durch den Verlust des Rings keine negativen Folgen bemerkbar gemacht – wenn man einmal von dem abergläubischen Geschwätz einiger weniger ketzerischer Prediger absah, die das Volk aufzuhetzen versuchten. Kein einziger Drache aus den Beständen der kaiserlichen Stallungen hatte etwa gegen seine Verwendung als Kriegs- oder Lastdrache rebelliert, nur weil der Kaiser nur noch zwei der drei Drachenringe besaß.

Manche waren inzwischen sogar der Ansicht, dass die Macht dieser Artefakte vielleicht nur eine Frage des Glaubens war. Aber Katagi wusste wie sonst nur seine Vorgänger auf dem Drachenthron, dass dem nicht so war. Die innere Kraft, mit deren Hilfe er mit den Drachen in Verbindung treten und ihren Willen bezwingen konnte, war in Katagi nur schwach ausgeprägt. Ein bisschen Magierblut floss in beinahe dem gesamten Adel Drachenias, aber natürlich in unterschiedlicher Stärke. Doch seit Katagi die Drachenringe an seiner Hand trug, war die innere Kraft in ihm gewachsen.

Vielleicht war sie immer noch äußerst gering im Vergleich zu einem, der aus der direkten Linie Barajans stammte, der das Kaisergeschlecht in Drachenia begründet hatte. Aber auf jeden Fall reichten Katagis Kräfte, um selbst mit zwei Drachenringen die Herrschaft über die Armada der Kriegs-, Reit- und Lastdrachen aufrechtzuerhalten – und nur darauf kam es an. Denn zu garantieren, dass die Drachen dienstbar und gehorsam blieben, war die vorderste Aufgabe des Kaisers und die Basis seiner Macht.

Katagi wusste das nur zu gut – hatte er doch lange genug seinem Vorgänger Kojan gedient und die Mechanismen der Herrschaft aus nächster Nähe beobachten können.

Zwei weitere Männer befanden sich in der Passagier-Kabine der kaiserlichen Gondel: ein Krieger und ein Magier, wie an ihrem Äußeren leicht zu erkennen war.

„Mit Verlaub, aber Ihr solltet dieses abgelegene Eiland nicht mit der Macht des Seereichs verwechseln“, entgegnete der Krieger auf Katagis Worte. Er war ein hoch gewachsener, breitschultriger Mann, über dessen Gesicht quer eine Narbe verlief: Sie begann oberhalb des linken Auges und endete zwei Fingerbreit rechts vom Kinn und stammte offenbar vom Hieb eines drachenischen Schwertes.

Er trug die Schärpe und den vergoldeten Drachenstab des Lord Drachenmeister, wie der oberste Befehlshaber der Kriegsdrachen-Armada genannt wurde, und sein Name war Tarejo Ko Joma, wobei

„Ko“ einfach nur das alt-drachenische Wort für „Haus“ und „Joma“ der Name der Adelsfamilie war, der er entstammte. Kaiser Kojan hatte das Haus Joma einst enteignet und die Ländereien und Burgen der Familie in seinen Besitz gebracht, weil mehreren Mitgliedern des Hauses Untreue und Missachtung der kaiserlichen Gesetze sowie die Erhebung nicht genehmigter Steuern vorgeworfen worden war. Diese Familienschmach war der Hauptgrund für Tarejo gewesen, sich Katagi anzuschließen.

Der neue Kaiser hatte ihn dann auch umgehend zum Lord Drachenmeister ernannt, doch es hatte eine ganze Weile gedauert, bis sich der zuvor einfache Drachenreiter-Samurai Tarejo den Respekt der altgedienten Offiziere in der kaiserlichen Kriegsdrachen-Armada erworben hatte. Ein Respekt, den der Kaiser mit purer Grausamkeit gefördert hatte. In den ersten Jahren seiner Herrschaft waren zahllose Köpfe gerollt, und manche Spötter behaupteten, dass in dieser Zeit mehr Samurai durch den Henker umgekommen waren als in allen Kämpfen zusammengenommen, die die Kriegsdrachen-Armada in den letzten Jahrhunderten zu bestehen gehabt hatte.

Dass Tarejo sich die Narbe in seinem Gesicht zugezogen hatte, lag etwa achtzehn Jahre zurück. Eine der kaiserlichen Wachen hatte sie ihm beigebracht, als er zusammen mit Katagi und dessen zu allem entschlossenen Getreuen in den Palast eingedrungen war. Schützend hatte sich der Wachmann vor seinen Kaiser und dessen Gemahlin gestellt und wie ein Löwe gekämpft.

Der Schwertstreich, den ihm der Wachmann beibrachte, hatte Tarejo rasend gemacht. Während ihm das Blut über das Gesicht gelaufen war, hatte er mit einer raschen Folge von Schwertschlägen auf seinen Gegner eingedroschen und ihn regelrecht zerteilt. Die scharfe Klinge seines drachenischen Schwertes drang ohne großen Widerstand durch Fleisch und Knochen. Während Katagi bereits mit seinem Speer des Kaisers Brust durchbohrt hatte und das blutige Haupt seiner Gemahlin in der Linken hielt, ließ Tarejo noch immer seine Klinge durch den bereits völlig zerstückelten Körper des Wachsoldaten fahren, wobei er tierhafte Laute ausstieß.

Selbst einen Mann wie Katagi hatte dieser Anblick erbleichen lassen. „Es ist gut, einen Mann mit Euren düsteren Leidenschaften nicht gegen sich zu haben, Tarejo!", so waren die Worte des Usurpators gewesen.

„So macht mich zum Lord Drachenmeister!", hatte Tarejos Vorschlag gelautet.

„Und ich hatte gedacht, die Folterkammer zu leiten wäre eher nach Eurem Geschmack – oder scheut Ihr die viele Arbeit, die in nächster Zeit auf Euch zukäme?" Katagi grinste breit. „Andererseits soll man das Angenehme nicht mit dem Notwendigen vermischen, denn dann tritt bald der Schlendrian ein. Also seid Ihr ab jetzt Lord Drachenmeister und befehligt die Kriegsdrachen-Armada!"

Katagi hatte diese Entscheidung nicht bereut. Mit unerbittlicher Härte hatte Tarejo dafür gesorgt, dass die wichtigste Säule der kaiserlichen Macht stabil blieb – und was seine finsteren Leidenschaften anging, so hatte er oft genug Gelegenheit, die Folterkeller aufzusuchen und ihnen zu frönen.

Von Katagis Mitverschwörern war Tarejo inzwischen der Einzige, der noch am Leben war. Alle anderen waren nach und nach Opfer jener Schreckensherrschaft geworden, die sie selbst mit herbeigeführt hatten.

Der dritte Mann in der Passagierkabine des Kaisers war Ubranos aus Capana, ein Magier. Äußerlich sprachen die tiefschwarzen, buschigen und nach oben gebogenen Augenbrauen für seine Herkunft und dass ihm an der Oberlippe der Bartwuchs fehlte. Wenn er seine Kräfte sehr stark konzentrierte, zeigten seine Augen zeitweilig nur noch ein leuchtendes Grün; das konnte nur Momente dauern, manchmal aber auch über Tagen oder sogar Wochen anhalten. Wie alt Ubranos genau war, wusste nicht einmal der Kaiser genau zu sagen.

Er trug ein schwarzes Gewand, aus dessen weiten Ärmeln sehr dürre und knochige Finger ragten. Die Adern an seinen Händen traten deutlich hervor. Katagi schloss daraus, dass Ubranos wesentlich älter war, als es auf den ersten Blick schien.

Der Großmeister von Magus und der Hohe Rat der Magier in Magussa hatten ihn verstoßen, da man ihm unerlaubte Anwendung von „Unaussprechlicher Magie" vorwarf. Darunter verstand man in Magus all die Praktiken, die weder der erlaubten Weißen noch der erlaubten Schwarzen Magie zuzurechnen waren und ein erhebliches Risiko bargen. Allerdings war bekannt, dass sich die Auffassungen im Hohen Rat von Magussa im Laufe der Zeit durchaus gewandelt hatten, was genau alles zur „Unaussprechlichen Magie“ zu zählen war, was dazu führte, dass ein zwar nicht besonders breiter, aber steter Strom von verstoßenen Magiern das Land Magus verließ, darunter so manch angesehener Meister, der sich daraufhin anderswo verdingen musste.

Die Gaukelei war das harmloseste Handwerk, das sich einer von ihnen suchen konnte. Die meisten wurden Berater von Königen und Fürsten, deren Erwartungen an die magischen Fähigkeiten ihrer Bediensteten allerdings zumeist vollkommen übertrieben waren.

Oft ließen es sowohl der Stolz als auch der unstillbare Durst nach Wissen und Erkenntnis nicht zu, dass diese verstoßenen Magier zurückkehrten und vor dem Rat eine Unterlassungserklärung abgaben. Und so kam es, dass es nahezu an allen Herrscherhöfen Magier als Berater, Heiler und Zukunftsseher gab. Häufig genug konnte man sie inzwischen auch schon in den Kontoren reicher Händler finden, wo sie die Vertrauenswürdigkeit von Geschäftspartnern abzuschätzen hatten oder dem kaufmännischen Erfolg mit übernatürlichen Mitteln nachhalfen.

„Ich spüre eine *Präsenz*, die …“ Ubranos griff sich an die Schläfen und schloss für einen Moment die Augen. Er wirkte angestrengt, und auf seiner Stirn bildeten sich zwei Falten, die sich genau über dem Nasenansatz trafen: Die Magierfalte war ein weiteres Kennzeichen dieses Volkes, das lange vor den Menschen die kosmischen Tore passiert und diese Welt betreten hatte. Das Kaiserhaus führte seine Herkunft auf den Magier Barajan zurück, und man hatte dieses Merkmal tatsächlich im Abstand mehrerer Generationen bei einigen kaiserlichen Familienmitgliedern bemerken können. Besonders ausgeprägt war sie bei Kaiser Kojan gewesen …

Ubranos öffnete die Augen. Sie waren vollkommen von leuchtendem Grün erfüllt und wirkten wie kleine Ebenbilder des Jademondes. Aber dieses Leuchten verschwand schon nach wenigen Herzschlägen.

Katagi hob die Augenbrauen. „Nun?“

Im selben Moment setzte die kaiserliche Gondel auf dem Boden auf. Brüllend flatterte Sánshantô mit seinen lederhäutigen Flügeln und erhob sich wieder in die Lüfte.

„Es ist eine Präsenz, deren Muster mit jenem übereinstimmt, das im Geist des ungezähmten gelb-schwarzen Drachen festgehalten wurde."

„Prinz Rajin?", stieß Katagi aufgeregt hervor.

„Es ist das gleiche Muster", murmelte Ubranos. „Der Träger dieser Präsenz kann nicht weit entfernt sein!"

„Wir werden hier alles und jeden niedermachen, bis diese *Präsenz* oder was immer Euch auch beunruhigen mag, nicht mehr vorhanden ist", versprach Tarejo.

Während zwei Krieger von außen die Gondel öffneten, legte sich die Hand des Lord Drachenmeisters grinsend um den Griff seines Schwertes.

Katagi trat ins Freie. Dutzende seiner Krieger hatten überall Posten bezogen. Das letzte Häuflein Überlebender war zusammengetrieben worden, insgesamt nicht mehr als zwei Dutzend Männer, Frauen und Kinder. Viele von ihnen waren verletzt. Mit barschen Anweisungen und den Spitzen ihrer Waffen trieben die Fußsoldaten des Kaisers sie vor sich her. Die Anweisungen verstand keiner der Gefangenen – aber die Drohungen mit Schwert und Speer verlangten keinerlei Übersetzung.

Grob stieß man die Gefangenen in den Staub, und dann trat ein Krieger mit der Schärpe eines Hauptmanns vor, kniete vor dem Kaiser nieder, und ohne den Blick zu heben, meldete er: „Dies sind die letzten der Barbaren. Alle anderen Bewohner dieses Ortes wurden niedergemacht."

„Gut so", murmelte Katagi.

„Was soll mit den Barbaren geschehen, Majestät?", erkundigte sich der Hauptmann.

„Wartet", sagte der Kaiser und richtete den Blick auf Ubranos. „Nun schlägt Eure Stunde, Magier!"

„Gewiss, Majestät", murmelte dieser, dann ging er auf die Gefangenen zu, wobei er die Stirn in der für Magier so charakteristischen Weise in Falten legte. Seine Nasenflügel begannen zu beben, wie bei einem Tier, das Witterung aufnimmt. Eigenartige Laute kamen murmelnd über seine Lippen. Silben, die keine Worte bildeten, weder in der Sprache Drachenias noch in jener, die im Lande Magus üblich war. Es handelte sich wohl eher um die nach außen dringenden Fragmente eines Dialogs, den er in seinem Inneren führte.

„Lasst sie aufstehen!", rief er plötzlich, und seine Augen begannen jadefarben zu leuchten, sodass nichts Weißes mehr in ihnen zu sehen war. Dann schnüffelte er wieder wie einer der Berghunde, die an der Grenze zu Tajima im Mitteldrachenischen Gebirge zu Hause waren, dort, wo der Legende nach der Urdrache Yyuum seit Äonen schlummerte.

Die Krieger sorgten mit brutalen Schlägen dafür, dass alle Gefangenen, die sie gerade erst grob zu Boden gestoßen hatten, innerhalb weniger Augenblicke wieder aufstanden. Einige zitterten, und viele der Verletzten hatten kaum die Kraft, sich aufrecht zu halten.

Ubranos streckte seine knochigen Finger nach dem Gesicht einer Frau aus. Sie keuchte erschrocken auf, hatte aber nicht den Mut, zurückzuweichen, und so legte er ihr die Hände seitlich an den Kopf, sodass seine Daumen gegen ihre Schläfen drückten. Das jadefarbene Licht aus den Augen des Magiers strahlte in die Augen der Gefangenen, die daraufhin wie eine Wahnsinnige aufschrie.

Der Schrei der Wehrlosen ließ ein sadistisches Grinsen im Gesicht des Lord Drachenmeister Tarejo entstehen.

„Wahrt Euer Gesicht und erweist Euch damit rücksichtsvoll gegenüber unseren Kriegern, Lord Drachenmeister", spottete der Kaiser in hohntriefendem Tonfall. „Schließlich sollen sie auch weiterhin davon überzeugt sein dürfen, dass wir die Zivilisation vertreten und die anderen die Barbaren sind."

Ubranos ließ die Frau los. Kreischend wirbelte sie herum, lief wie von Sinnen davon. Der Schwerthieb eines kaiserlichen Kriegers zerteilte ihr den Rücken, und anschließend herrschte Stille.

Der Magier ging an den anderen Gefangenen vorbei, fasste einem der Kinder unters Kinn und hob grob den Kopf des Jungen, sodass der ihm in die jadefarbenen Augen sah. Der etwa Achtjährige zitterte.

Eine ruckartige Bewegung ging durch Ubranos' Körper. Es sah aus, als würde er einen Anfall erleiden. Dann ließ er den Jungen los und fixierte mit den immer noch jadegrün leuchtenden Augen eine junge Frau, die kaum älter als siebzehn Sommer sein konnte.

Ubranos entblößte die Zähne, murmelte etwas vor sich hin, und erneut vibrierten seine Nasenflügel, wobei ein zischendes Geräusch entstand, das an die giftigen Schlangen in den Wäldern Tembierns erinnerte.

Er trat auf die junge Frau zu und fasste mit seiner langfingrigen rechten Hand nach ihrer Stirn. „Ah, hier ist es – die Präsenz ..."

„Wer ist sie?", fragte Katagi, der auf Ubranos und die junge Frau zutrat.

„Nya ... Ihr Name ist Nya, Tochter von Kallfaer ...", murmelte der Magier. „Oh, dieser schwache, schwache Geist ..." Die junge Frau begann zu zittern. Ihr ganzer Körper wurde davon erfasst. Dann erstarrte sie plötzlich wie zur Statue, und ihre Augen verdrehten sich, sodass fast nur noch das Weiße darin zu sehen war.

„Was interessieren mich die Verwandtschaftsverhältnisse dieser Barbarin!", schimpfte Katagi ungehalten. „Ich will wissen, was sie mit Rajin zu tun hat!"

„Sie kennt ihn. Das ist eindeutig ... Und da ist etwas in ihr ..." Ubranos' Hand löste sich von ihrer Stirn. Ein roter Fleck blieb dort zurück, so als hätte die Haut einen Sonnenbrand bekommen. Ubranos legte ihr die Hand auf den Bauch. Sie stöhnte auf, schien aber vollkommen unfähig, sich zu bewegen.

Ein zynisches, triumphierendes Lächeln legte sich auf das Gesicht des Magiers. „Trotz all unserer Bemühungen, sie zu dezimieren, gibt es offenbar bereits eine weitere Prinzengeneration in der Ahnenreihe des Hauses Barajan."

„Was sagt Ihr da?", stieß Katagi konsterniert hervor.

„Diese Barbarin trägt den Sohn von Prinz Rajin unter dem Herzen. Das ist eindeutig."

„Und Rajin selbst?"

„Sie weiß nicht, wo er sich befindet. Ihre Seele ist leer. Er scheint es ihr nicht gesagt zu haben."

„Wenn Ihr sie mir überlasst, könnte ich mit meinen Methoden vielleicht doch noch etwas mehr herausbekommen", meldete sich Tarejo zu Wort.

„Schweigt, Lord Drachenmeister!", herrschte der Kaiser ihn an, und Tarejo nahm daraufhin sogleich Haltung an. Das hässliche Grinsen, das gerade noch seine Lippen umspielt hatte, während er sich am Leid der Gefangenen weidete, verschwand. Er kannte diesen speziellen Tonfall in der Stimme seines Kaisers sehr gut, und die Tatsache, dass er all die Jahre an der Seite des Herrschers überlebt hatte, stand in einem sehr engen Zusammenhang mit der Fähigkeit, diesen Tonfall herauszuhören und zu interpretieren. Andere, die in dieser Hinsicht weniger begabt gewesen waren, hatten das schnell mit ihrem Leben bezahlt.

Katagi machte ein Zeichen, woraufhin der Magier von der jungen Frau abließ und zur Seite trat. Sie stand schwankend da, hielt sich den Kopf, so als ob ein rasender Schmerz in ihr toben würde. Ihr Blick wirkte wie der einer Blinden.

Töte sie!

Das war Katagis erster Gedanke. Wenn sie mitsamt ihrem Kind starb, war dieser neue Spross des Hauses Barajan im Keim vernichtet.

Aber vielleicht war es klüger, dies nicht zu tun. Er wog Vor- und Nachteile ab. Die Barbarin wusste ganz sicher nichts über die Bedeutung, die die Frucht ihres Leibes für das Kaiserreich Drachenia hatte. Vielleicht ließ sich dieses Kind benutzen. Es umzubringen war immer noch möglich.

„Tötet alle!", rief der Kaiser den Soldaten zu. „Tötet alle außer dieser Barbarin … Nya!"

Schreie gellten durch die rauchenden Ruinen von Winterborg, und Blut tränkte den Boden. Die Kaiserlichen Krieger verstanden ihr Handwerk. Innerhalb von Augenblicken lebte keiner der Gefangenen mehr, während Nya in die Gondel des Kaisers gebracht wurde – ständig bewacht von zwei Fußsoldaten.

Letzteres wäre kaum notwendig gewesen, denn der Magier Ubranos belegte sie mit einem Bann, der sie bewegungsunfähig zu Boden gehen ließ.

„Seht zu, ob Ihr unter den Toten nicht die Präsenz von Prinz Rajin findet, Meister Ubranos", forderte Katagi.

Das jadefarbene Leuchten in den Augen des Magiers blieb bestehen. Er senkte daher den Blick, denn er wusste, dass der Kaiser es nicht schätzte, auf diese Weise angesehen zu werden. Er argwöhnte dann jedes Mal, dass der Magier vielleicht versuchte, ihn auf irgendeine Weise zu beeinflussen.

Aber dagegen hatte sich Katagi abgesichert, so glaubte er. Er trug eine zauberische Medizin in einem Lederbeutel vor der Brust, die er sich vor vielen Jahren von einem anderen Magier hatte zusammenstellen lassen. Die durchweg unappetitlichen Bestandteile dieser Medizin entfalteten bei warmer Witterung einen durchdringenden Geruch, der jedem auffiel, der sich in Katagis Nähe aufhielt. Doch niemand bei Hof wagte es, ihn darauf anzusprechen, weder die Offiziere der Drachenreiter-Samurai noch die Hofdamen, Höflinge und Beamten, die den riesigen Palast von Drakor bevölkerten. Seit er Kaiser war, war Katagi unantastbar, und es war jedem im engeren Umkreis des Kaisers nur allzu bewusst, dass es schlimmere Qualen zu erleiden gab als eine stinkende Zaubermedizin, die den Herrscher vor den Einflüssen feindlicher Magie schützen sollte.

Jener Magier, der ihm die Zaubermedizin zusammengestellt hatte, war kurz darauf von einem kaiserlichen Assassinen umgebracht worden. Katagi war eben jemand, der sich um jeden Preis absichern wollte.

„Ich werde es versuchen“, versprach Ubranos. „Aber ich habe nur die Präsenz von Prinz Rajins Sohn spüren können – nicht die von Rajin selbst.“

„Aber sie muss zu spüren sein!“, sagte Katagi erregt. „Uns ist kein Schiff begegnet, und wir haben Kundschafter-Drachen in alle Richtungen entsandt. Es ist nahezu ausgeschlossen, dass Rajin die Insel auf dem Seeweg verlassen hat!“

„Das hätte ich in diesem Fall auch in dem schwachen Geist des Mädchens erkannt“, stellte Ubranos klar. „Sie steht dem Prinzen nahe, wie ich spüre, auch wenn sie nicht wusste, wer er ist und ihn mit einem barbarischen Namen benennt – Bjonn Dunkelhaar …“

„Nach Art der Seemannen eben“, lautete Tarejos Kommentar. „Wie wär's, wenn Ihr Euch einfach etwas umseht, Meister Ubranos? Möglicherweise stoßt ihr auf eine Spur. Ansonsten müssen wir wohl auch den anderen Siedlungen dieser Insel einen Besuch abstatten.“

„Es gibt keine weiteren größeren Siedlungen, nur ein paar vereinzelte Höfe an der südlichen Küste“, sagte der Magier. Auch das hatte er offenbar aus den Gedanken der Gefangenen gesogen. Er blickte ruckartig auf und sah sofort zur Seite, um den Kaiser mit seinen vollkommen von jadegrünem Schein erfüllten Augen nicht direkt anzublicken. „Allerdings gibt es ein Heiligtum im Landesinneren, das regelmäßig besucht wird."

„Ein Heiligtum?", wiederholte Katagi stirnrunzelnd.

„Und in den Gedanken der jungen Frau fand ich einen vagen Hinweis, der Rajins Präsenz mit den Pferchen der Riesenschneeratten in Verbindung bringt. Aber es könnte auch sein, dass sich dies auf frühere Ereignisse bezieht. Die Eindrücke vermischten sich." Ubranos machte eine Pause, schloss kurz die Augen, kniff sie zusammen und öffnete sie wieder, als bereitete es ihm Schwierigkeiten, das den Seelen der Barbaren entrissene Wissen zu ordnen. Schließlich fuhr er murmelnd fort: „Auf dem Rücken von Riesenschneeratten reisen sie zu einem schwarzen Felsen, um ihre Waffen von einer Gottheit weihen zu lassen. Primitiver Aberglaube, der mit der Kunst wahrer Magie nichts gemein hat."

„Ein schwarzer Felsen?", fragte Katagi. „Ich habe nicht gewusst, dass es hier, in diesem Land, ein kosmisches Tor gibt!"

„Es ist nicht gesagt, dass es sich tatsächlich um ein Tor handelt", gab der Magier zu bedenken. „In den Gedanken der Barbaren war davon nichts zu erkennen. Für sie ist es nur das Heiligtum einer Gottheit."

Katagi ballte so heftig die rechte Hand zur Faust, dass die Knöchel weiß hervortraten. „Es würde aber einen Sinn ergeben!", meinte er. „Prinz Rajin ist an einen Ort geflohen, wo er eine Möglichkeit der Flucht sieht – zu einem kosmischen Tor! Liisho wird ihn dorthin geführt haben, dieser schlaue Fuchs. Du weißt am besten, dass der alte Mann die Macht dazu hätte."

Ubranos neigte das Haupt tiefer als sonst. „Es ist gut möglich, dass Ihr mit dieser Vermutung richtigliegt, Majestät …"

Ubranos schritt durch den Ort des Gemetzels, um zu den Pferchen zu gelangen. Er folgte winzigsten Spuren einer Präsenz, die sich längst aufgelöst hatte. Prinz Rajin *war* hier gewesen, das stand fest. Vielleicht ließen sich auch noch schwache geistige Hinterlassenschaften seiner

Gegenwart erspüren, denn Ubranos beherrschte seine magischen Sinne meisterhaft.

Tatsächlich entdeckte der Magier am Pferch eine winzige Spur. Seine Nasenflügel bebten, und seine Augen leuchteten so grell, dass nicht nur die Kaiserlichen Krieger, sondern auch die in der Luft kreisenden Kriegsdrachen es vermieden, in seine Richtung zu blicken.

Die Riesenschneeratten hatten die Pferche während des Kampfes verlassen. Viele waren vom Drachenfeuer getötet worden. Die anderen irrten in der Umgebung umher.

„Na, habt Ihr etwas herausgefunden?", erkundigte sich Tarejo. Der Lord Drachenmeister war dem Magier wie ein Schatten gefolgt, während der Kaiser es vorzog, in der Nähe seiner Gondel zu bleiben.

„Es ist nur schwach ...", murmelte der Magier. „Stellt Euch vor, eine der Hofdamen im Kaiserlichen Palast würde ein Flakon mit Duftstoffen von ihrer Drachengondel aus in die Bucht von Drakor vergießen, sodass sich die Substanz mit dem Ozean vermischt – und Ihr hättet dann die Aufgabe, diesen Duft aus dem Geruch von Salz, Tang, Fisch und Möwenkot herauszuriechen."

„Ich beneide Euch nicht um Eure Aufgabe, Meister Ubranos." Am Tonfall war nicht zu erkennen, ob Tarejo dies ehrlich meinte oder spöttisch.

Ubranos ging nicht darauf ein, sondern blickte sich um. Er unterstützte seine Zaubersinne, indem er eine magische Formel vor sich hin murmelte. Dabei benutzte er eine der alten Sprachen von Magus, die den Legenden nach nur während des Zweiten Äons in Gebrauch gewesen waren, als die Magier den Drachen die Herrschaft über die Welt streitig gemacht hatten. Ubranos' Augen glühten weiterhin, während er vor sich hin sprach. Schließlich verstummte er, schaute sich noch einmal um und sagte dann auf Drachenisch: „Es sind so viele Spuren hier, dass die Nuance, die ich suche, nicht eindeutig zu bestimmen ist. Dennoch gehe ich davon aus, dass wir Rajin im Landesinneren suchen müssen. Und außerdem ist da noch etwas anderes, das alles überdeckt: Wut ... Zorn ... der Durst nach Rache ... namenloser Schmerz ... ruhelose Seelen ... Ah, ich hasse es, meine magischen Sinne auf Schlachtfeldern zu ruinieren!" Ubranos wandte ruckartig den Kopf und sah Tarejo an. „Da ist etwas Böses. Eine

Aura, die uns wie ein Fluch verfolgen wird, wenn wir noch länger bleiben."

Tarejo lachte heiser. Mit dem Stiefel stieß er einen der gefallenen Barbaren an und drehte ihn herum, sodass der Leichnam auf dem Rücken lag. „Der Fluch der gemeinen Tat? Der Schatten von Totenseelen, die einem des Nachts auf die Brust kriechen und einem den Atem rauben? Das ist Aberglaube, für den du als Ketzer verdammt werden kannst."

„Aberglaube?" Die Stimme Ubranos' wurde sehr ernst. „Ich glaube an gar nichts, außer an die Kraft der Magie und an das, was ich selbst wahrnehme, werter Lord Drachenmeister. Und davor sollten wir alle uns fürchten. Also lasst uns aufbrechen!"

„Von meiner Klinge habe ich das Blut so vieler abgewischt – ob nun Magier oder Menschen –, dass eine ganze Legion von bösen Geistern mich verfolgen müsste", höhnte Tarejo, „aber ich erfreue mich noch immer bester Gesundheit!"

Die Nasenflügel des Magiers bebten, aber seine Augen glühten nicht mehr, waren normal geworden. Er starrte den Lord Drachenmeister finster an, dann wirbelte er herum und machte sich auf den Rückweg zur kaiserlichen Gondel.

Tarejo folgte ihm, und dabei staubte unter dem Tritt seiner Stiefel die Asche jener empor, die das Feuer der Kriegsdrachen verbrannt hatte.

„Ich hoffe nur, dass die Drachen eine Reise ins Landesinnere ohne Probleme mitmachen", gab Tarejo während des Rückwegs zur Gondel seiner Hauptsorge Ausdruck. „Die Biester mögen die Kälte nicht."

„Da sagt Ihr nichts Neues", brummte Ubranos.

„Könntet Ihr da nicht etwas machen? Mit Euren magischen Fähigkeiten, meine ich."

Ubranos lachte heiser. „Das könnte ich. Solltet Ihr frieren, Lord Drachenmeister, ist es keine Schwierigkeit für mich, Euren Geist mit einem Wärmezauber so zu beeinflussen, dass Ihr Euch wohl fühlt, selbst wenn Ihr nur im Hemd die Gletscher besteigen wolltet. Zumindest für eine Weile wäre das möglich. Aber bei Drachen ist das etwas anderes. Barajans Bann ist immer noch wirksam, solange die

Drachenringe existieren, und dieser Bann verschließt uns Magiern den Geist der Drachen."

„Ist das nicht nur eine Legende?", fragte der Lord Drachenmeister. „Eine Legende, die es Euch jetzt erlaubt, Euch herauszureden?"

Ein dünnes Lächeln umspielte die Lippen des Magiers. „Wenn es nur eine Legende wäre – glaubt Ihr nicht, dass dann auch der Großmeister von Magus über eine Armada von Kriegsdrachen verfügen würde?"

„Aber was sollte der Großmeister damit anfangen wollen?", fragte Tarejo. „Schließlich stehen dem Regenten von Magus und seinen Getreuen gewiss genügend magische Mittel zur Verfügung, um Kriege zu führen. Und wenn ich die Pläne unseres Kaisers richtig verstanden habe, werden wir sehr bald wissen, wie groß die militärischen Fortschritte des Reiches Magus tatsächlich sind. Zumindest ich rechne mit einem baldigen großen Krieg."

„Gegen Magus?"

„Es wird sich zeigen, wer bereit ist, sich dem Kaiser zu unterwerfen, und wer es vorzieht, vernichtet zu werden."

„Der Kaiser ist ein Mann klarer Entscheidungen", murmelte Ubranos.

Wenig später gellten Befehle in drachenischer Sprache über jenes Ruinenfeld, das einst Winterborg gewesen und von dem, abgesehen vom Heiligen Stein in der Mitte, nichts geblieben war.

Die kaiserlichen Krieger zogen sich in die Gondeln zurück, die wenig später von den in der Luft kreisenden Großdrachen angehoben wurden. Die Seile wurden eingehakt, und es dauerte nicht lange, dann nahm die Armada der Kriegsdrachen Kurs auf das Landesinnere.

Sie ließen den im Sommer eisfreien Küstengürtel hinter sich, und bald stieg die Kälte der ersten Gletscher zu den Gondeln auf. Man hörte die dröhnenden Schreie der Drachen, denen diese klimatischen Bedingungen überhaupt nicht gefielen. Die vereinzelten Wilddrachen, die die Armada begleiteten und von Kaiser Katagi mittels seiner Drachenringe gelenkt wurden, flogen der Armada nicht mehr voraus, sondern folgten ihr widerwillig und in deutlichem Abstand.

Die kaiserlichen Navigatoren brüteten über den Karten. Vom Inneren Winterlands gab es in Drachenia nur unzulängliches Kartenmaterial. Die Navigatoren hatten innerhalb der kaiserlichen Gondel einen eigenen Raum. Dort beschäftigten sie sich mit den Werken der Kartenzeichner aus Etana und Jandrakor, von denen die meisten ihr Handwerk bei den Kartenmeistern des Luftreichs Tajima gelernt hatten.

Der Kaiser selbst stattete diesem erlauchten Kreis kluger Männer hin und wieder einen Besuch ab, aber mit Einzelheiten wollte er nicht belästigt werden. Zumeist aber stand Katagi am verglasten Aussichtsfenster seines kaiserlichen Gemachs und blickte hinaus in die schneebedeckte Ödnis. Inzwischen trug er ein wärmeres und dafür nicht ganz so prächtiges Wams unter seinem purpurnen Kaisermantel, denn die Kälte kroch mittlerweile auch in die kaiserliche Gondel.

Die Finger seiner rechten Hand glitten über die kunstvollen Gravuren der Drachenringe an seiner Linken. *Ich werde Euch finden, Prinz Rajin … Finden und zur Strecke bringen wie ein wildes Tier, zu dem Euch die Jugend in diesem barbarischen Land ja wohl gewiss auch gemacht haben dürfte …*

Nya lag reglos in einer Kabine, die kaum die halbe Größe des Alkovens maß, den ihre Eltern als Schlafstätte benutzt hatten. Eine Abstellkammer ohne Fenster, in der es stockdunkel war.

Zwischendurch kam einer der kaiserlichen Krieger und brachte ihr eine Decke, die er über ihren erstarrten Körper ausbreitete, denn es wurde immer kälter.

Ansonsten war Nya allein mit ihren Gedanken und den grausamen Erinnerungen. Sie hatte gesehen, wie ihre Mutter von einem Pfeil getötet worden war. Was mit ihrem Vater geschehen war, wusste sie nicht, aber sie war überzeugt davon, dass auch er nicht mehr am Leben war – so wie alle anderen Einwohner Winterborgs.

Nya versuchte sich zu bewegen. Aber eine unheimliche Kraft hinderte sie daran, selbst den kleinen Finger zu rühren. Die einzige Regung, die sie zustande brachte, war ein Blinzeln mit den Augenlidern. Sie atmete flach, aber regelmäßig, und ihr Herz schlug. Doch ansonsten war nichts, wie es hätte sein sollen. Der Mann mit den Jadeaugen verfügte offenbar über Zaubermacht. Ein paar winterländische Händler, die schon bis zum Hafen Dalbos im Lande Magus vorgedrungen waren, um dort Waren zu kaufen oder anzubieten, hatten einiges über das Aussehen der Magier berichtet: über die auffällig gebogenen und sehr buschigen Augenbrauen, über die sogenannte Magierfalte auf der Stirn, die von der Form her aussah wie eine nach unten gerichtete Pfeilspitze, und vor allem über das grüne Leuchten der Augen, das mal stärker und mal schwächer zutage trat und manchmal auch gar nicht zu sehen war.

Dieser Mann musste ein Magier in den Diensten des Kaisers sein. Mit Schaudern dachte Nya daran, wie er ihre Seele durchforscht und sie bis in den letzten Winkel durchdrungen hatte. Eine innere Kälte hatte sie dabei erfasst, gegen die sich der härteste Winter ihrer rauen Heimat wie ein laues Frühlingslüftchen ausnahm.

2

DER HERR DES AUGENMONDES

Als Kallfaer Eisenhammer erwachte, war alles, was er zunächst spürte, ein furchtbarer Schmerz. Das Letzte, woran er sich erinnerte, war, dass ihn etwas am Kopf getroffen hatte. Verschwommene Bilder an das wilde Kampfgetümmel zwischen einer Handvoll Winterborger Seemannen und mehr als einem Dutzend drachenischer Fußsoldaten stiegen in ihm auf, und allmählich fügten sich die Bruchstücke zu einem Ganzen zusammen. Eine neue Welle des Schmerzes durchzuckte seinen Kopf. Sein Herz hämmerte wie wild, und mit jedem dieser Hammerschläge schien der Schmerz noch zuzunehmen. Er versuchte den Kopf zu heben und die Augen zu öffnen. Eine Blutlache versickerte unmittelbar vor seinem Gesicht im Boden. Es dauerte einen Moment, bis er begriff, dass es sein eigenes Blut war.

Ein Speer hatte ihn am Kopf gestreift und ihn gefällt wie einen Baum.

Die Erinnerung daran kehrte auf einmal mit aller Macht zurück. Es fiel ihm wieder ein, wie der blutige Speer im nächsten Moment den Rücken von Svejn Lodvirssohn durchbohrt hatte. Svejn war ein treuer Gefolgsmann Kallfaers gewesen – nun lag er hingestreckt da.

Kallfaer atmete tief durch. Frisches Blut, das aus der Wunde an seinem Kopf quoll, rann ihm ins linke Auge. Er stützte sich mit den Armen auf, dann langte er nach seinem Schwert. Das lag nur eine halbe Armlänge von ihm entfernt auf dem Boden. Er umfasste den Griff. Den Dracheniern war es nicht wertvoll genug gewesen, um es mitzunehmen, obgleich die Klinge aus bestem Feuerheimer Stahl war. Aber die Schwerter der Seemannen waren den Kriegern des Drachenlandes zu plump und schwer, wohingegen man unter Seemannen häufig genug darüber spottete, dass die Drachenier einfach zu schwach waren, um ein richtiges Schwert führen zu können.

Schließlich stand Kallfaer auf seinen Beinen. Ihm schwindelte, und er betastete vorsichtig die Wunde an seinem Kopf. Die Drachenier mussten ihn für tot gehalten und deswegen ebenso achtlos liegen gelassen haben wie seine Klinge. Kallfaer wischte sich das Blut aus dem linken Auge. Er sah sich um und lauschte. Eine grausige Stille lag über Winterborg. Die Stille des Todes.

Kein Kampfeslärm, kein Wehklagen, kein Schreien von Verwundeten oder Sterbenden und kein Drachengebrüll. Und keines dieser Ungetüme verfinsterte noch mit seinen weiten Schwingen oder einer voluminösen Kriegsgondel den Himmel über dem Ruinenfeld, das einst ein blühender Ort von Seemammutjägern gewesen war. Die Schlacht war zu Ende und die Angreifer fort, und soweit Kallfaer sehen konnte, hatten sie nur Tod und Zerstörung hinterlassen.

Doch ihn wunderte, dass nicht einmal das Gekreische der Eismöwen zu hören war, denn eigentlich wäre ein Schlachtfeld wie dieses, auf dem der Axtmann Ogjyr so reiche Ernte gehalten hatte, für die geflügelten Aasfresser doch wie ein reichlich gedeckter Tisch gewesen.

Aber kein einziger Möwenschrei war zu hören …

Kallfaer steckte das Schwert ein, denn er glaubte nicht daran, noch irgendwo zwischen den Ruinen der ausgebrannten Langhäuser auf einen kampfbereiten Drachenier zu treffen. Er wankte durch die ehemaligen Gassen des Ortes. Überall lagen die Toten verstreut, manche grausam zugerichtet. Die Drachenier waren nicht einmal davor zurückgeschreckt, Kinder niederzumetzeln. Es sah aus, als hätten sie ganz Winterborg vollkommen auslöschen wollen. Selbst von dem Kadaver des roten Drachen, den Bjonn Dunkelhaar besiegt hatte und der noch nicht hatte fortgeschafft werden können, waren nur noch verkohlte Knochen und ein riesiger, fratzenhafter Schädel geblieben; offenbar hatte ihn ein Feuerstrahl aus dem Rachen einer anderen Bestie getroffen.

Kallfaer erreichte die Überreste seines eigenen niedergebrannten Hauses. Von den Toten war kaum etwas geblieben, ihre Leiber hatte das Drachenfeuer nahezu vollständig verzehrt. Der eisige Wind wehte Asche auf. Hier und dort lagen die metallenen Teile von Waffen, Spangen, Schmuck oder Münzen.

Ohnmächtige Wut kam in Kallfaer auf, als er das sah. Wut auf die skrupellosen Drachenier, die sich ausgerechnet den abgelegensten Winkel des Seereichs ausgesucht hatten, um einen Krieg zu beginnen, und die dabei so ehrlos waren, einen ganzen Ort bis zum letzten Säugling auszulöschen.

Mehrere Stunden lang irrte Kallfaer durch das, was von dem Ort übrig war, schlug sich mit seinem Schwert durch eingestürzte, vollkommen verkohlte Dächer aus Seemammuthaut und sah sich jeden noch halbwegs erkennbaren Toten an, in der stillen Hoffnung, dass irgendjemand aus seiner Sippe vielleicht überlebt hatte, so wie er.

Tränen des Zorns rannen ihm aus den Augen und in seinen vom Blut verklebten Bart.

Schließlich fand er eine Gruppe offenbar zusammengetriebener Seemannen unterschiedlichen Alters, die man ohne Gegenwehr erschlagen hatte. Es waren Männer, Frauen und Kinder, und die Männer hatte man vorher offenbar entwaffnet, denn Speere oder Schwerter fand Kallfaer bei den Toten nicht. Die Drachenier hatten ihre Mordgier an Gefangenen ausgelassen! Die Augen der Toten waren weit aufgerissen, und ein namenloser Schrecken stand in ihren Gesichtern. So als wäre ihnen der Totengott Ogjyr selbst erschienen – und nicht bloß eine Horde drachenischer Mörder.

Kallfaer ersparte es sich nicht, sich jedes dieser Gesichter anzusehen. Unter den Toten entdeckte er Xjergrid, eine seiner Nebenfrauen. „Diese Bestien!", murmelte er grimmig. „War das die Strafe dafür, dass Wulfgar diesen schmaläugigen Fluchbringer-Bastard bei sich aufnahm? Wenn dem so war, mag Njordir ihm die Aufnahme in sein nasses Reich verweigern, sodass er ein Opfer Ogjyrs wird!"

Doch Kallfaer sprach in die Stille hinein. Er zürnte einem kalten Schicksal, und die gleichgültigen Götter teilten seine Empörung offenbar nicht.

„Ein Zeichen nur, ihr Götter!", rief er verzweifelt aus. „Ein winziges Zeichen, dass ihr dereinst Gerechtigkeit herstellen werdet! Oder wollt ihr diese Aufgabe einem einsamen Sterblichen überlassen?"

Da aber erhielt Kallfaer das, wonach er verlangte.

Ein Zeichen.

Auf dem Boden lag ein silbernes Amulett, nur so groß wie ein Daumennagel. Es hing an einem zerrissenen Lederband. Kallfaer hob das Amulett auf. Eine winzige Gravur, wie sie nur die besten Silberschmiede zuwege brachten, zierte den Anhänger. *Njordir schützt Nya*, stand dort in seemannischen Runen. Dieses Amulett hatte Kallfaer Eisenhammer seiner Tochter Nya einst zum zwölften Geburtstag geschenkt, und seitdem hatte sie den Glücksbringer stets getragen.

Offenbar hatte sie es verloren, aber so sehr Kallfaer auch suchte, unter den dahingemetzelten Toten fand er sie nicht. In diesem Augenblick erschien dem Schmied der Gedanke, dass die Drachenier sie möglicherweise als Gefangene fortgeführt hatten, wie ein schwacher Trost.

Kallfaer stieß einen lauten, wütenden Schrei aus, in dem seine ganze Wut und sein innerer Schmerz zum Ausdruck kamen. Er hatte das Gefühl, als ob Fjendur selbst sein Herz mit seiner kalten Hand umfasst hätte und es erbarmungslos zusammendrückte. Warum quälten ihn die Götter, anstatt ihm beizustehen? Eine Faust schloss sich um den Talisman. Njordir hatte das Versprechen nicht halten können, dass die Runen auf dem Amulett zu geben schienen. Er hatte Nya nicht davor bewahrt, die Frucht des Bastards zu empfangen, den Wulfgar Wulfgarssohn großgezogen hatte. Vielleicht waren die drachenischen Mörder ja gekommen, um sich diese Leibesfrucht von ihresgleichen zu holen?

Dieser Gedanke ließ Kallfaer einfach nicht mehr los, und er war nahe daran, die Götter allesamt in Bausch und Bogen zu verfluchen – an erster Stelle Njordir, diesen Versager, der die Seinen offenbar nicht schützen konnte, aber auch Fjendur und die Götter der Fünf Monde, und von denen vor allem Groenjyr, den trunksüchtigen Schicksalsgott des Jademonds, der wohl zurzeit mal wieder einen schweren Rausch ausschlief!

Aber Kallfaer hielt sich zurück. Er schluckte seine Wut so gut es ging hinunter und ließ den wüsten Fluch, der ihm schon auf den Lippen lag, nicht nach draußen dringen. Mochten die Götter vielleicht auch seine Gedanken lesen, ein ausgesprochener Fluch hatte doch eine ganz andere Macht, und mit dem Amulett war ihm ja immerhin ein Zeichen gesandt worden – auch wenn Kallfaer noch nicht so recht verstand, was dieses Zeichen nun eigentlich bedeuten sollte.

Er presste seine Faust mit dem Amulett an seine Brust. Was auch immer geschehen sein mochte – wenn sich zeigen sollte, dass die Götter nicht in der Lage waren, für Gerechtigkeit zu sorgen, so war Kallfaer wild entschlossen, dies selbst in die Hand zu nehmen. Mochte es noch so lange dauern und auch er am Ende von Drachen zerrissen oder zu Asche versengt werden! Das war ihm gleichgültig.

Kallfaer schnitt mit dem langen Messer, das er am Gürtel trug, einem gefallenen Drachenier ein Stück seines Gewandes ab, woraus er sich einen Verband für die Kopfverletzung machte.

Er überlegte, was er tun konnte. Auf das Festland des Seereichs an die Küste von Sturmland überzusetzen war für einen einzelnen Mann so gut wie unmöglich. Davon abgesehen waren die Schiffe im Hafen verbrannt. Aber selbst wenn dort noch eine brauchbare Barkasse, die er allein hätte segeln können, gewesen wäre, hätte die Reise ein enormes Risiko dargestellt. Die See zwischen Winterland und Sturmland war unberechenbar, und den starken Strömungen sowie den unvorhersagbaren Wetterwendungen konnten eigentlich nur größere Schiffe trotzen.

Aber mit einer Barkasse konnte Kallfaer eventuell die Küste entlang nach Süden segeln. Am Südkap Winterlands lag der Hof von Orik Wulfgarssohn, Wulfgar Wulfgarssohns jüngerem Bruder. Vor vielen Jahren hatte Orik im Streit einen Mann erschlagen und war dafür vom Kapitänsrat verbannt worden.

Aber angesichts dessen, was sich in Winterborg zugetragen hatte, würde Orik Wulfgarssohn nicht mehr nachtragend sein, zumal die Drachenier die Sippe seines Bruders gänzlich ausgelöscht hatten.

Kallfaer wusste, dass Orik es im Laufe der Jahre zu einigem Wohlstand gebracht hatte. An die hundertfünfzig Menschen lebten auf seinem Hof, und er nannte drei prächtige Langhäuser sowie ein Kesselhaus zum Aufkochen von Seemammutfleisch sein Eigen. Außerdem züchtete er Riesenschneeratten.

Hin und wieder ankerten Händler, die nach Winterborg kamen,

zuerst in der Bucht bei Oriks Hof und verkauften ihm den besseren Teil ihrer Waren zu einem höheren Preis, was in Winterborg schon wiederholt für Missstimmung gesorgt hatte. In mehr oder minder regelmäßigen Abständen hatte der Kapitänsrat daher darüber debattiert, ob der damalige Richtspruch nicht zu milde gewesen war und man Orik nicht nachträglich noch zum Tode oder wenigstens zum Verlust seines gesamten Vermögens verurteilen könnte.

Aber diese Debatten hatten stets zum gleichen Ergebnis geführt. Es hätte sich nämlich nie jemand gefunden, der bereit gewesen wäre, ein neues Urteil mit seinen Männern durchzusetzen, da man sehr wohl wusste, dass eine Reihe sehr guter Kämpfer und Seeleute aus Borgland in Oriks Diensten standen und man Verluste in ungewisser Höhe in Kauf nehmen musste, wenn man Oriks Hof angriff.

Kallfaer musste gestehen, bei den Zusammenkünften des Winterborger Kapitänsrates stets für eine nachträgliche härtere Bestrafung Oriks gestimmt zu haben, da er der Ansicht gewesen war, dass das milde Urteil auf den Einfluss der Sippe von Wulfgar Eishaar zurückging, aber nicht dem Willen der Götter entsprach. Nun musste Kallfaer damit rechnen, dass die Kunde über sein Abstimmungsverhalten mit den Händlern auch bis zu Oriks Hof gelangt war.

Dennoch meinte er hoffen zu dürfen, dass Orik den aus seiner Sicht vielleicht gerechtfertigten Zorn gegen Kallfaer zügeln konnte, denn schließlich mussten sich alle Seemannen der Gefahr durch die drachenische Kriegsdrachenarmada entgegenstellen.

Kallfaer musste Oriks Hof erreichen. Sein Entschluss stand fest. So sah er sich im Hafen nach einer Barkasse um, die noch einigermaßen seetüchtig war oder die sich zumindest mit geringem Aufwand notdürftig reparieren ließ.

Aber die Drachenier hatten ihren Vernichtungsschlag mit aller Gründlichkeit geführt. Nur verkohlte Wracks lagen noch am Ufer. Die Barkassen waren ebenfalls zerstört. Manche hatten die Drachenier brennend hinaus in die Bucht treiben lassen, und die Ebbe hatte sie fortgezogen. Sie waren unerreichbar.

Aber noch etwas anderes fiel Kallfaer auf: An dem Felsen, den man die „Vergebliche Friedensgabe" nannte, kauerten Tausende von Eismöwen. Sie kreischten nicht, wie es sonst ihre Art war. Sie bewegten nicht einmal die Flügel. Nur etwa ein Dutzend Schritt entfernt lagen ein paar im Kampf gefallene Tote beider Seiten. Aber keiner der Vögel wagte es, sich an den Leichen gütlich zu tun.

Hin und wieder machte einer von ihnen ein paar Schritte voran, auf die Leichen zu, nur um sogleich wieder zurückzuweichen.

Kallfaer schluckte. Der Legende nach ließen die Eismöwen stets dem Totengott Ogjyr den Vortritt und stürzten sich erst dann auf die Toten, wenn der Herr des Augenmonds die Seelen von den Leibern getrennt hatte. Ogjyr musste noch da sein, und seine Aura hielt die gefiederten Aasfresser zurück. Anders war es für Kallfaer nicht erklärbar, dass die Eismöwen sich nicht an die Toten heranwagten und so furchtsam an der „Vergeblichen Friedensgabe" kauerten.

Kallfaer ließ einen letzten Blick über den Hafen und die zerstörten Schiffe schweifen. Es wurde Zeit, dass er sich von diesem Ort des Todes entfernte. Vielleicht lebte er nur noch deshalb, weil Ogjyr noch nicht dazu gekommen war, seine Seele vom Körper zu trennen, weil in den Ruinen von Winterborg so viel dieser grausamen Arbeit zu verrichten war, dass es selbst den Herrn des Augenmonds überforderte. Kallfaer hatte nicht die Absicht, dem Todverkünder die Gelegenheit zu geben, das Versäumte bei ihm nachzuholen.

Er erreichte die Pferche der Riesenschneeratten. Dort lag der gefallene Wulfgar Wulfgarssohn. Viel mochte den Schmied in letzter Zeit von dem Urenkel des großen Wulfgar Eishaars getrennt haben, aber in diesem Augenblick empfand er nur noch Trauer und Wut darüber, ihn so daliegen zu sehen.

Bei den Pferchen waren vom Drachenfeuer versengte sterbliche Überreste zu finden, die nicht allein von einem Menschen stammen konnten. Ein beklemmendes Gefühl ergriff von Kallfaer Besitz. Er konnte kaum atmen. Überall sonst hatte er sich die Toten genau angesehen und nach Spuren gesucht – aber an diesem Ort gelang es ihm nicht. Er schien gerade die Pferche zunächst instinktiv gemieden zu haben, wofür er keine rechte Erklärung fand. Doch dann erinnerte er sich an die Vögel an der „Vergeblichen Friedensgabe".

Ogjyr …

Den Aasvögeln sagte man einen sehr feinen Sinn nach, mit dem sie den Todverkünder spüren konnten. Dieser Sinn war bei den Menschen vielleicht nur etwas weniger ausgeprägt, was für die Seemannen in ganz besonderer Weise gelten musste – wie sonst wäre ihre besondere Risikobereitschaft im Kampf gegen die stürmische See und die gefährlichen Seemammuts zu erklären gewesen?

Wir glauben, dass wir den Tod verachten – in Wirklichkeit sehen wir ihn vielleicht nur nicht, dachte Kallfaer schaudernd. Aber jetzt, in diesem Moment, musste er in der Nähe sein. Kallfaer spürte es im tiefsten Inneren seiner Seele und mit jeder Faser seines Körpers. *Glaub ja nicht, dass du mit mir einen Handel schließen kannst, Ogjyr*, dachte er grimmig. *In Njordirs nassem Reich werde ich einst Ruhe finden, aber ich denke nicht daran, dir die Langeweile auf deinem tristen Mond zu vertreiben!*

In der Asche fand Kallfaer eine verrußte Mantelspange. Die Runen darauf verrieten, wer an dieser Stelle – womöglich auf einer Riesenschneeratte reitend – ein Opfer des Drachenfeuers geworden war.

Wulfgarskint Wulfgarssohn, Liebling eines Gottes und der Ahnen, stand dort in der seemannischen Runenschrift.

Hinter dem Wort „Gott“ befand sich ein Zeichen, das nicht zum Runenalphabet des Seereichs gehörte. Es war sehr verschnörkelt und offenbar eine Ligatur mehrerer Buchstaben, deren Sinn Kallfaer nicht begriff. Eine Geheimrune, die anscheinend für den Namen jenes Gottes stand, der Wulfgarskint in besonderer Weise hatte nahestehen und ihn beschützen sollen. Manche glaubten, dass die Beistandskraft größer war, wenn der Name der jeweiligen Gottheit in ein solches persönliches Zeichen gefasst wurde, anstatt dass man ihn gleich offenbarte. Aber dazu gab es unterschiedliche Ansichten.

Aber wer auch immer der Gott sein mochte, der zu Wulfgarskints Schutzpatron erkoren worden war – er hatte offensichtlich versagt und war es Kallfaers Meinung nach nicht wert, dass man sein Zeichen entschlüsselte und den Namen noch einmal in ehrender Weise aussprach.

Kallfaer steckte die Mantelspange ein und wandte sich in Richtung des toten Wulfgars. Die Tatsache, dass auch Wulfgar ein Kind verloren hatte, versöhnte Kallfaer endgültig mit dem Nachfahren Wulfgar Eishaars – auch wenn dieser den Fluchbringer aufgezogen hatte, der wahrscheinlich allein durch seine Existenz all dieses Unglück über Winterborg gebracht hatte.

Dennoch – in diesen Augenblicken fühlte Kallfaer in erster Linie eine tiefe Gemeinsamkeit. „Ich werde für uns beide Rache an den Dracheniern üben, Wulfgar Wulfgarssohn!“, versprach er.

Kallfaer sah sich nach einer Riesenschneeratte um. Ein paar der Tiere hielten sich noch in einiger Entfernung auf. Sie warteten wohl darauf, dass jemand sie einfing oder ihr Besitzer sie mit seinem Pfiff zu sich rief. Von allein trauten sie sich nicht zurück, aber sie hatten auch Angst, sich in die Eiswüsten des Inlands abzusetzen. Schließlich waren sie daran gewöhnt, dass man sich um sie kümmerte und dass sie regelmäßig versorgt wurden. Es war fraglich, ob sie zu einem auf sich gestellten Leben in der Wildnis überhaupt noch fähig waren.

Kallfaer holte eine fingergroße Flöte aus Seemammutzahn hervor und erzeugte damit einen schrillen Ton. Die Tiere schienen regelrecht darauf gewartet zu haben, denn ein gutes Dutzend von ihnen lief sofort ungestüm in seine Richtung, doch sie kehrten nicht zu den Pferchen zurück. Ungefähr hundert Schritte von Kallfaer entfernt blieben die Mutigsten stehen. Manche scheuten bereits vorher zurück, verlangsamten erst das Tempo und hielten dann inne. Sie stießen ein lautes Fiepen aus, das sehr ängstlich klang und in einem krassen Missverhältnis zur Größe und Kraft dieser Tiere stand.

Die Aura des Todes war offenbar sehr mächtig an diesem Ort …

Kallfaer pfiff noch einmal mit seiner Zahnflöte, diesmal energischer. Aber die Tiere waren einfach nicht dazu zu bewegen, sich weiter zu nähern. Wie zuvor schon die Eismöwen, die an der „Vergeblichen Friedensgabe“ ihr aasiges Leichenmahl verschmäht hatten, so war es auch den Riesenschneeratten einfach nicht möglich, zu ihren Pferchen zurückzukehren.

So suchte Kallfaer sich einen Sattel, der bei den Pferchen zurückgeblieben war, und trug ihn zu den Tieren. Dann suchte er sich ein besonders kräftiges Tier aus, von dem er zudem wusste, dass es auch ausgezeichnet gehorchte, und sattelte es. Wenig später kletterte er auf den Rücken der Riesenschneeratte und trieb sie voran.

Sein Ziel war Oriks Hof.

Und damit er nicht mit leeren Händen dort ankam, beschloss er, die restlichen Riesenschneeratten mitzunehmen. Man hatte auf Oriks Hof gewiss nichts dagegen einzuwenden, wenn die dortige Herde etwas vergrößert wurde – und in Winterborg gab es niemanden mehr, der die Tiere noch gebraucht hätte.

Kallfaer drehte sich noch einmal im Sattel um. Ein letzter, schmerzhafter Blick zurück auf jenen Ort, der einmal Winterborg gewesen war. Mochten die Götter den Kaiser Drachenias strafen für das, was er den Seemannen angetan hatte …

Die Vögel an der „Vergeblichen Friedensgabe“ wurden immer unruhiger. Es ließen sich noch weitere Schwärme bei ihnen nieder, die von weither kamen und sich wohl erhofften, an diesem letzten Festmahl, das ihnen in Winterborg bereitet wurde, teilhaben zu können. Manche dieser Schwärme versuchten zunächst, an anderer Stelle zu landen, schreckten jedoch wieder empor. Die Aura, die über dem Ort lag, hielt sie davon ab, zu tun, wofür die Götter sie als Aasfresser geschaffen hatten.

Bis zum Abend wuchs die Schar der gefiederten Tiere immer mehr an. Die ängstliche Stille war längst einem Konzert wütender, ungeduldiger Vogelstimmen gewichen.

Als aber die Sonne endlich versank und die Monde aufgingen, erstarb das Gekreische der Eismöwen.

In dieser Nacht kam ein Strahl vom Augenmond herab, als dieser über den Horizont gestiegen war. Der Strahl traf bei den Pferchen für die Riesenschneeratten auf, und im nächsten Moment erschien die düstere Gestalt Ogjyrs. Wie stets stützte er sich auf seine monströse Henkersaxt. Das fahl unter der Kapuze hervorleuchtende Gesicht glich dem Oval des Augenmonds.

Der Todverkünder ließ den Blick über das Leichenfeld schweifen. Eine vorwitzige Eismöwe zog über den Ruinen ihre Kreise, und in seiner Ungeduld stieß das Tier ein respektloses Kreischen aus.

Ogjyr streckte die freie Hand in Richtung der Möwe aus, ballte die knochigen, dürren Finger zur Faust und öffnete sie wieder.

Das Kreischen erstarb, und von einem Augenblick zum nächsten völlig entseelt, stürzte der Vogel aus dem nächtlichen Himmel und schlug mit einem dumpfen Laut auf dem Boden auf.

Der Herr des Augenmonds krampfte seine Hand wieder zur Faust zusammen – so als hätte er dem Vogel etwas Unsichtbares genommen, das er nun festhalten musste.

Er ging zu jener Stelle, wo Wulfgarskint Wulfgarssohn vom Feuer eines Kampfdrachens verbrannt worden war, während gleichzeitig sein Vater durch die Waffen der Drachenier starb.

„Ein Moment, erfüllt von der wunderbaren Kraft des Hasses", sprach der Totengott zu sich selbst. „Ein Moment, wie ihn die kunstlosen Weber der Schicksalsteppiche auf Groenjyrs Jademond nur selten zustande bringen."

Er sprach oft mit sich selbst, denn weder Sterbliche noch Götter brachten für gewöhnlich die nötige Geduld auf, ihm zuzuhören. Davon abgesehen teilten die wenigsten seinen Hang zu beißendem Sarkasmus und grausamer Ironie.

Aber wenigstens war unter all den Seelen, die es hier zu trennen galt, eine, die zu einem Handel bereit war …

Ogjyr streckte die noch immer zur Faust geballte Hand aus und machte ein paar Schritte nach vorn, wobei er sich mit der anderen Hand die Axt über die Schulter legte.

Als er direkt vor den sterblichen Überresten von Wulfgarskint stand, hielt er die Faust darüber und öffnete sie.

„Eine Seelenkraft genommen, eine Seelenkraft gegeben! Erwache, mein Seelensklave!"

Wie von einem Geisterwind aufgewirbelt, erhob sich die Asche vom Boden. Kleinste Stücke tanzten wie unruhige Mücken durch die Luft.

„Kraft sei mit dir! Die Kraft des Hasses und der Wunsch nach Vergeltung, der unstillbare Drang zu töten und die finsterste Zauberkraft, vor deren Anwendung selbst die Herren von Magus zurückschrecken würden!" Der Herr des Augenmonds stieß ein schauerliches Gelächter aus, während sich die durcheinanderwirbelnden Aschestückchen verdichteten. Immer mehr Asche, Reste verkohlten Gebeins und was sonst noch von dem vierzehnjährigen Jungen und seinem Reittier geblieben war, kreiste in einem Strudel zauberischer Kraft.

Die Gestalt eines wahren Hünen formte sich. Er war um die Hälfte größer als selbst die größten der für ihren kraftvollen Wuchs bekannten Seemannen von Winterland. Die Schultern waren so breit wie die von zwei gewöhnlichen Kriegern, und die dicken Arme endeten in riesenhaften Pranken.

Die Gestalt trug ein Wams und ebensolche Hosen nach Art der Seemannen, nur dass beides so fleckig war, als hätten die Kleidungsstücke monatelang in der Erde oder auf dem Grund von Njordirs nassem Reich gelegen, und dort vor sich hin gerottet.

Der Anblick des Gesichts machte klar, dass diese Kreatur kein Mensch mehr war. Der Kopf glich dem einer Schneeratte, nur das er im Verhältnis zum Restkörper unwesentlich größer war, als es ein menschlicher Schädel gewesen wäre.

Das Rattenmaul öffnete sich, und ein fauliger Geruch drang daraus hervor. Die Zähne glichen in keiner Weise dem typischen Gebiss einer Riesenschneeratte, sondern eher dem eines Eiswolfs.

Ein grollender Laut entrang sich der Kreatur. Sie spannte die Muskeln ihrer gewaltigen Arme, ballte die riesigen Pranken zu Fäusten, dann trommelte sich das Geschöpf auf den Brustkorb. Etwas Aschestaub löste sich dabei von seinem Körper. Der Rattenmann brüllte laut auf, und es klang gleichermaßen schmerzerfüllt und wütend.

Er starrte fassungslos auf seine riesigen Hände und betastete dann den neuen Körper, der eine groteske Mischung jener zwei Geschöpfe war, die an dieser Stelle von dem sengenden Drachenfeuer verbrannt worden waren.

Sein unförmiges Rattenmaul formte ein gequältes, für menschliche Ohren kaum verständliches Wort.

„Nein!“, schrie er.

„Hass und Rache brauchen eine Form, Wulfgarskint“, belehrte ihn der Herr des Augenmonds. „Und sie brauchen die rohe Kraft einer Kreatur wie der Riesenschneeratte, die aus purem Instinkt heraus handelt, so wie ihn die Götter ihr eingepflanzt haben.“

Doch die Worte des Todverkünders vermochten die Verzweiflung der ungeschlachten Kreatur, zu der Wulfgarskint geworden war, nicht zu dämpfen. Sie sank auf die Knie, die Pranken griffen in den Boden, wirbelten Erdreich empor. Dabei stieß das Wesen Schreie voller Wut und Schmerz aus.

„Du denkst, dass ich dich betrogen habe?“, fragte Ogjyr und lachte schallend. „Das ist gut, Wulfgarskint. Denn das wird deinen Hass vergrößern und es dir erleichtern, deiner neuen Bestimmung zu folgen. Es wird dir helfen, die Kraft aufzubringen, die du brauchst. Wenn aus so vielen verschiedenen Quellen die Ströme des Hasses entspringen, werden sie sich irgendwann vereinen und zu einem mächtigen Ozean werden. Einem Ozean aus Blut!"

Die Kreatur sprang auf und wollte sich auf den Herrn des Augenmonds stürzen. Doch der wurde transparent, löste sich auf, und der brüllende Rattenmann griff durch ihn hindurch und taumelte wie ein torkelnder Narr zu Boden.

Wie aus dem Nichts erschien Ogjyr auf einmal hinter ihm. „Auf diese Weise kann man mich nicht fassen, und eigentlich müsstest du das wissen, Wulfgarskint. Denn auch wenn mich die Seelen der Toten für gewöhnlich meiden, so genieße ich unter den Legendensängern überall im Seereich doch eine gewisse Achtung, wie ich ohne falschen Stolz behaupten darf."

Der Rattenmann richtete sich wieder auf. Er stöhnte, und dieser Laut klang beinahe menschlich.

„Dir mag es wie ein grausamer Scherz erscheinen, was ich mir mit dir erlaube", fuhr Ogjyr fort. „Aber erstens: Warum sollte dem Traumhenker und Herrn des Augenmonds als Einzigem die Heiterkeit verboten sein? Ich weiß, viele Sterbliche sind der Auffassung, der Seelentrenner dürfe keinen Sinn für Humor haben. Aber dann wäre meine Existenz trist und langweilig, darum bitte ich um Verständnis, wenn ich mir hin und wieder einen Scherz erlaube, über den nur ich zu lachen vermag." Er kicherte böse, und in seinen Augen blitzte es furchterregend. Dann wurde er wieder ernst. „Und zweitens: Glaubst du wirklich, dass ein Knabe, noch nicht einmal alt genug, um mit auf Seemammutjagd zu gehen, allein der Aufgabe gewachsen wäre, die dein Durst nach Rache dir stellt?" Er schüttelte den Kopf. „Wohl kaum."

Das schaurige Wesen, zu dem Wulfgarskint geworden war, knurrte ihn an, dann richtete es die knopfartigen Rattenaugen auf den Leichnam seines gefallenen Vaters, der kaum anderthalb Schritt von ihm entfernt lag.

Ein Laut, der wie ein Wimmern klang, drang aus dem mit Raubtierzähnen bewehrten Rattenmaul.

Auf einmal griff Wulfgarskint nach dem Schwert seines Vaters, richtete die Spitze gegen sich selbst und trieb die Klinge mit einem heftigen Stoß bis ans Heft durch seinen neuen, durch Zauberkraft entstandenen Körper. Die Klinge drang auf dem Rücken wieder heraus – aber kein einziger Tropfen Blut tropfte vom Feuerheimer Stahl.

Ungläubig blickte Wulfgarskint an sich herab. Ein durchdringender Wutschrei entrang sich seiner Kehle.

„Ja, brüll du nur!", rief der Herr des Augenmonds. „Der Handel, den wir miteinander geschlossen haben und dem deine Seele zustimmte, als ich mit ihr heute den ganzen Tag Zwiesprache hielt, ist gültig und kann nicht so einfach außer Kraft gesetzt werden!"

Der untote Rattenmann riss sich das Schwert aus dem Leib, fasste es am Griff und an der Klinge und bog es mit dermaßen gewaltiger Kraft, dass der Feuerheimer Stahl klirrend brach. Beide Teile schleuderte er davon, dann bedeckte er sein Rattengesicht mit beiden Pranken.

„Nach und nach wirst du deine Kräfte entdecken", sagte der Todverkünder. Er deutete hinauf zum Augenmond. „Und ich werde dich beobachten und mich über deine Bemühungen amüsieren."

Ogjyr trat auf den Rattenmann zu, der nun neben seinem toten Vater kniete. Seine Hand berührte den Kopf der traurigen Kreatur.

„Dies wird von nun an deine wahre Gestalt sein – bis deine Seele mir dereinst auf den Augenmond folgt, um dort meiner Unterhaltung zu dienen. Aber mir ist schon klar, dass es bisweilen sinnvoll ist, in der Gesellschaft Sterblicher kein Aufsehen zu erregen. Darum gab ich dir die Fähigkeit, zeitweise auch wieder deine alte Gestalt anzunehmen …"

Die Hand Ogjyrs ballte sich zur Faust, und der Körper des Rattenmannes schrumpfte erheblich zusammen, veränderte sich, und schließlich kniete die vergleichsweise schmächtige Gestalt des vierzehnjährigen Jungen, der Wulfgarskint gewesen war, am Boden.

Er sprang auf, betastete ungläubig seine Arme und sein Gesicht. Dann roch er an seiner Kleidung, die genauso fleckig und vermodert war wie diejenige, die der Rattenmann getragen hatte, und zum Schluss berührte er die Stelle knapp unterhalb seines Brustbeins, wo ein Loch klaffte. Genau dort, wo sich der Rattenmann das Schwert in den Leib gerammt hatte.

„Diesmal habe ich es für dich getan“, sagte Ogjyr gönnerhaft. „Aber du wirst noch merken, wie kräftezehrend es ist, eine andere als seine natürliche Gestalt zu tragen. Du wirst lernen, wie es geht – aber ich kann dir nur raten, dir genau zu überlegen, wann du diese Fähigkeit anwendest.“

„Aber – dies ist meine natürliche Gestalt!“, behauptete Wulfgarskint schleppend und ziemlich fassungslos. Sein Gesicht war zu einer starren Maske gefroren. Die Augen flackerten leicht, und das pure Entsetzen hatte sich tief in seine Züge gegraben.

Ogjyr kicherte auf eine Weise, die für die Ohren jedes sterblichen Zuhörers außerordentlich unangenehm war. „Nein, das ist ein Irrtum.“

Wulfgarskint roch an seinem Gewand. Der Gestank von Moder und Verwesung haftete ihm an – schlimmer, als es bei jedem Totengräber der Fall gewesen wäre.

Eine Falte erschien auf seiner Stirn, während er aufsah und in das leuchtende Mondgesicht des Todverkünders blickte.

„Die Aura des Todes umgibt dich, Wulfgarskint“, sprach dieser. „Manche werden es bemerken, andere werden es nicht spüren wollen, und bei wieder anderen sind die Sinne so abgestumpft, dass sie es nicht registrieren können. Den Umgang mit Letzteren solltest du bevorzugen. Schon aus praktischen Erwägungen heraus.“ Ogjyr hob einen Arm und streckte den dürren Zeigefinger aus. „Und nun geh. Geh und töte. Und unterhalte mich!“

3

DAS KOSMISCHE TOR

Sie betraten das Innere der Orakelhöhle, und der Weise Liisho, dessen wahres Alter so schwer zu schätzen war, rieb sich die Hände und zitterte wie Espenlaub.

Rajin bemerkte den Metallring um seine linke Fußfessel, und wechselte einen Blick mit Bratlor, dem der etwa handbreite Ring ebenfalls aufgefallen war. Daran, dass es sich um den Fußring eines Gefangenen handelte, bestand kaum ein Zweifel, auch wenn das Metall sehr fremdartig wirkte, ebenso wie die eigenartigen Schriftzeichen, die darin eingraviert waren.

Rajin fasste sich schließlich ein Herz und fragte: „Hast du in den Kerkern Katagis schmachten müssen?“

Liisho runzelte die Stirn, dann sagte er unwirsch: „Halten wir uns nicht mit Fragen auf, deren Beantwortung getrost noch warten kann.“

„Ich finde, ich habe ein Recht darauf, endlich die ganze Wahrheit zu erfahren“, beharrte Rajin.

„Du hast vielleicht ein gewisses Recht darauf, alle Fragen beantwortet zu bekommen, die etwas mit *dir* und deiner Bestimmung zu tun haben“, entgegnete Liisho, „aber ich sehe keine Veranlassung, dir gegenüber jede Einzelheit meines Lebens auszubreiten.“

Rajin ließ nicht locker. „Und wie soll ich dir da vertrauen?“

„Du hast gar keine Wahl, Rajin! Wie bisher auch schon nicht. Aber sei unbesorgt. Alles, was du wissen musst, wirst du auch erfahren. Zur rechten Zeit. Denn ich habe ein sehr dringendes Interesse daran, dass du deine Mission auch erfüllst.“

„Die wohl darin besteht, als Erbe meines Vaters den Thron Drachenias zu besteigen", schloss Rajin.

Liisho nickte. „So ist es."

„Auf den Gedanken, dass es mir vielleicht völlig gleichgültig sein könnte, wer auf dem drachenischen Thron sitzt, bist du wohl nicht gekommen."

„Ich habe es nicht einmal in Erwägung gezogen", gestand Liisho, „denn ich kenne dich gut genug, um zu wissen, dass es dir keineswegs gleichgültig ist, ob ein furchtbares Unglück über die Welt kommt. Schließlich bin ich seit deiner Geburt in Gedanken bei dir und habe dich zumindest zum Teil erziehen können – wenn ich jetzt auch mit Entsetzen feststellen muss, dass der Einfluss dieser seemannischen Barbaren offenbar doch größer war, als ich gedacht habe. Aber jetzt will ich erst mal, dass es wärmer wird." Er deutete auf die umgestürzte Säule, auf der sich das Juwel befunden hatte. „Helft mir und stellt die Säule wieder auf!"

„Sie ist zerbrochen", erklärte Rajin nüchtern.

„Wollt ihr zwei lange Reden schwingen, während ich in der Zwischenzeit erfriere? Stellt sie schon wieder auf! Ich würde es ja selbst tun, wenn mir vor lauter Kälte die Arme nicht so steif geworden wären, dass ich mich kaum noch zu bewegen vermag!"

Also hoben Rajin und Bratlor die umgestürzte Säule auf und stellten sie wieder auf den abgebrochenen Stumpf. Rajin war von der Leichtigkeit des Materials überrascht. Er hatte geglaubt, die Säule bestünde aus einem marmorähnlichen Stein. Aber offensichtlich sah sie nur so aus und war in Wahrheit aus einem Material mit ganz anderen Eigenschaften.

Als die Säule wieder aufrecht stand, wuchs sie mit dem Stumpf zusammen. Die Bruchstücke verschmolzen miteinander, und im nächsten Moment war nichts mehr davon zu sehen, dass das Riesenfaultier sie mit der rohen Gewalt seines Gewichts zerbrochen hatte.

Liisho aber bückte sich nach dem Juwel und nahm es in beide Hände. Er legte es auf der Säule ab und berührte es an ganz bestimmten Punkten. Woran er diese zu erkennen vermochte, war für Rajin ein Rätsel, denn für ihn sah die Oberfläche des Juwels zunächst überall gleich aus.

Das Juwel leuchtete auf einmal mit einer Intensität auf, die in den Augen schmerzte. Zeichen erschienen auf der Oberfläche, und Liisho berührte einige von ihnen.

Daraufhin nahmen die Wände der Höhle eine feuerrote Färbung an. „Es wird jetzt etwas wärmer werden", versprach Liisho. „Wir werden warten müssen, bis in der nächsten Nacht der Meermond sein Licht durch die Öffnung in der Höhlendecke schickt."

„Warten?", fragte Rajin stirnrunzelnd. „Es wäre gut, wenn du uns in deine Pläne einweihen würdest."

„Wenn mir etwas wärmer geworden ist. Davon abgesehen habe ich Hunger und nicht die Absicht, den ganzen nächsten Tag hungrig zu verbringen." Er deutete auf den Kadaver des Riesenfaultiers. „Der Bursche da mag uralt sein, aber ich nehme an, dass sein Fleisch trotzdem genießbar ist." Er bedachte Rajin und Bratlor – und vor allem ihre Waffen – mit einem abschätzigen Blick und seufzte dann hörbar. „Ich nehme an, dass es eines *richtigen* Schwertes bedarf, um ..." Er sprach nicht weiter. Stattdessen zog er das schmale, leicht gebogene drachenische Schwert, das er an der Seite trug, und hieb dem Riesenfaultier damit eine seiner Pranken ab. Dann spießte er sie mit der Waffe auf. Blut tropfte herab. „Na, das sieht doch bestens aus! Was glaubt ihr, wovon ich mich schon ernähren musste, seit ich gezwungenermaßen in meinem Exil in Qô lebe."

„Dein Exil?", fragte Rajin.

„Falls ihr zwei nicht völlig blind seid, konntet ihr einen Blick auf Qô erhaschen, als das kosmische Tor geöffnet war."

„Ich verstehe", murmelte Rajin, obwohl er in Wahrheit das Gefühl hatte, gar nichts zu verstehen. Aber das Bild von der an einer fremden Küste gelegenen Ruinenstadt war ihm noch sehr gegenwärtig. Zu eindrucksvoll war es gewesen, durch das kosmische Tor zu schauen.

„Qô – das ist eine verfallende Stadt, in der keine Menschenseele mehr lebt", erklärte Liisho. „Nur meine Wenigkeit gab es dort und einen Haufen seltsamer Kreaturen, angefangen von wilden Drachen, die den Pferchen der kaiserlichen Drachenhüter entkommen sind, bis hin zu Laufdrachen und allerlei Schattengeschöpfen, über die ich aber besser nicht allzu viel erzähle, weil dich sonst vermutlich sofort der Mut verlassen würde, mir dorthin zu folgen. Denn dorthin werden wir uns begeben, sobald das Tor wieder passierbar ist und ich meinen Drachen auf diese Seite des Tors zu bringen vermag, damit er uns auf seinen Rücken nimmt."

„Wo liegt Qô?", fragte Bratlor. „Ich bin zwar schon in Drachenia gewesen, aber von diesem Ort habe ich noch nie etwas gehört."

„Qô liegt auf einer Insel in den Weiten des östlichen Ozeans, am anderen Ende der Welt", sagte Liisho. „Es war einst der Name einer blühenden Stadt. Die Insel, auf der ihre Ruinen stehen, heißt ebenfalls Qô, wird aber häufig auch die ‚Insel der Vergessenen Schatten' genannt. Eine Bezeichnung, die durchaus zutreffend ist, wenn ich an all die Nachtkreaturen denke, die dort hausen. Den Legenden nach ist Qô der einzige Ort, an dem der Namenlose Gott keine Macht besitzt. Aber wer weiß, ob man diesen Legenden trauen darf. Jedenfalls gibt es kein besseres Exil als die Insel der Vergessenen Schatten. Nicht einmal Katagi zieht in Erwägung, ich könnte mich dort versteckt halten, wegen der reißenden Bestien, die dort leben. Aber ... na ja, das ist ein anderes Thema."

Liisho schien im Moment nicht weiter darüber reden zu wollen. Stattdessen wirkte er plötzlich sehr unruhig.

Der Weise blickte sich suchend auf dem Höhlenboden um, die Augen zu Schlitzen verengt. Rajin versuchte zu erkennen, was er dort suchte, konnte aber auf dem Höhlenboden nichts entdecken, was irgendwie bemerkenswert gewesen wäre.

„Was suchst du?", fragte Rajin.

„Ein Ceraphardon", murmelte Liisho, und bevor Rajin nachfragen konnte, erklärte er: „Das ist ein Zeichen aus der Alten Schrift, die einst von den Erbauern der Tore benutzt wurde."

Rajin zuckte mit den Schultern. „Ich sehe nichts", bekannte er.

„Oh, ich werde es dir noch beibringen, diese Dinge zu *sehen*. Allerdings gebe ich zu, dass auch ich zuerst nichts gesehen und lange gebraucht habe, um diese Zeichen zu erkennen."

„Das einzige Zeichen, das ich auf dem Boden dieser Höhle gesehen habe, war ein Fünfeck. Auf dem liegt jetzt das Riesenfaultier."

Liisho schüttelte energisch den Kopf. „Nein, nein, das ist kein Ceraphardon."

Schließlich hatte der Weise gefunden, wonach er suchte. Er schüttelte die Pranke des Riesenfaultiers von seiner Schwertspitze, sodass sie an einer ganz bestimmten Stelle am Boden zu liegen kam. Augenblicklich bildete sich dort ein Kreis aus blassrotem Feuer. Flammen, die sicher mit gewöhnlichem Feuer nicht allzu viel gemein hatten und irgendwie durch den Zauber der Orakelhöhle zum Lodern gebracht wurden.

Inzwischen war es in der Höhle deutlich wärmer geworden. Liisho schien sich tatsächlich darauf einzurichten, bis zum erneuten Lichteinfall des Meermondes bleiben zu müssen. Liisho deutete auf den Boden neben dem Zauberfeuer. „Setzt euch – oder habt ihr vor, die ganze Zeit über zu stehen? Ich zumindest werde mir das in meinem fortgeschrittenen Alter nicht zumuten."

Bevor Liisho sich aber niederließ, bückte er sich zunächst und betastete den Boden. Er schien ihm warm genug, denn der Weise nickte zufrieden und ließ sich in einer Art Lotussitz nieder. Mit derart verschränkten Beinen zu sitzen erschien Rajin jedoch kaum bequemer als zu stehen.

Was dies anging, schien Liisho seine ganz eigenen und sehr persönlichen Vorstellungen zu pflegen. Er stocherte mit der Spitze seines Schwerts im Fleisch der Riesenfaultierpranke herum. Seinen Drachenstab hatte er zuvor gegen die Höhlenwand gelehnt. Als Liisho Rajins interessierten Blick bemerkte, meinte er nur: „Auch den Umgang damit wirst du bald schon erlernen, Rajin. Es ist nicht so schwer, zumal in dir das Blut Barajans fließt – Magierblut!"

Bratlor und Rajin setzten sich zu ihm. Der Boden war überraschend warm.

„In den Träumen, die du mir gesandt hast, habe ich es dutzendfach gesehen, wie Drachenreiter-Samurai diese riesigen Monstren beherrschen …"

„Ja, ich weiß. Aber es gibt Dinge, die man erst selbst tun muss, um sie zu erlernen. Wie gesagt, die Erziehung, die ich dir angedeihen lassen konnte, war sehr unvollständig und beschränkte sich im Grunde nur auf ein paar unerlässliche Grundkenntnisse."

Rajin betastete – noch etwas ungläubig – den warmen Boden. „Du scheinst die Magie dieser Höhle sehr gut zu kennen …"

„Den Zauber, Rajin. Magie ist das, was die Magier treiben, und damit hat das hier nichts zu tun. Das ist Zauberei – älter als selbst die Drachen, denn die Tore gab es logischerweise schon, bevor die Drachen die Welt betraten."

„Wer hat sie errichtet?"

„Das weiß ich nicht, Rajin", gestand Liisho. „Uralte Götter, deren Namen heute niemand mehr kennt. Sie scheinen schon Vergangenheit gewesen zu sein, als die Drachen die Tore passierten, um sich in dieser Welt niederzulassen und sie nach ihren Vorstellungen umzugestalten. Vielleicht waren es auch die Drachen, die die Erinnerung an die uralten Götter vernichteten, um die Legende zu verbreiten, sie wären die ersten Bewohner dieser Welt gewesen. Genau genommen müsste man sagen: Von allen Geschöpfen, die heute noch die Welt bevölkern, waren sie die ersten. Aber ohne die Tore hätten sie nie ihre Pranken auf diese Welt setzen können. Das haben die Drachen mit den Vorfahren der Magier, Menschen, Laufdrachen, Seemammuts und allen anderen Geschöpfen, die im Licht der fünf Monde wandeln, gemein: Sie kamen von anderen Welten, um hier eine neue Heimat zu finden."

„Und diese geheimnisvolle Stadt Qô, von der du sprachst – sie liegt nicht in einer *anderen* Welt, oder? Jedenfalls hatte ich das so verstanden …"

Liisho nahm das Schwert und drehte mit der Spitze die inzwischen schon ziemlich verbrutzelte Pranke des Riesenfaultiers um. „Nein, Rajin. Qô liegt auf unserer Welt, wenn auch so weit im Ozean, dass die Insel tatsächlich jenseits eines kosmischen Tores existieren könnte. Vielleicht ist sie zumindest im übertragenen Sinn sogar Teil einer anderen Welt, aber das ist eher eine philosophische Sichtweise der Dinge."

„Wie sieht es in jenen anderen Welten aus, aus denen unsere Vorfahren stammen?", hakte Rajin nach. „Wenn du den Zauber der Tore entschlüsselt hast, dann bist du doch gewiss dort gewesen."

Aber Liisho schüttelte den Kopf. „Nein, ich habe den Zauber der Tore nur zum Teil entschlüsselt, und so war es mir bis jetzt lediglich möglich, mit ihnen innerhalb unserer Welt zu reisen. Es gibt fünf von ihnen. Eines spannt sich von einem schwarzen Felsen, der der Küste von Qô vorgelagert ist, bis zu einer Grotte in der Nähe der alten Stadt; dort gibt es einen Raum, der ganz ähnlich aussieht wie diese Höhle.

Offenbar war in der Zeit der Alten Torgötter – also vor Beginn des Ersten Äons und der Herrschaft der Drachen – der Wasserstand sehr viel niedriger, sodass sich das Tor von Qô nicht übers Wasser, sondern über eine Landzunge spannte."

„Oder die Alten Götter, von denen du sprichst, waren Seefahrer und durchfuhren die Tore mit ihren Schiffen", warf Bratlor ein. Der Sternenseher hatte lange geschwiegen und sich still neben Rajin gesetzt. Dass er bei Liisho nicht die größte Wertschätzung genoss, war ihm nicht verborgen geblieben, und so hatte er sich zunächst zurückgehalten.

Der Weise wandte den Kopf und betrachtete ihn abschätzend. Dann zeigte sich auf seinem Gesicht die Ahnung eines Lächelns. Irgendetwas an der Bemerkung des Sternensehers schien ihn zu amüsieren. „Ja, das ist durchaus möglich", meinte er. „Genauso, wie es möglich ist, dass einst die ganze Welt unter Wasser stand und die Alten Götter schwimmende Wesen waren, die keine Schiffe brauchten. Niemand kennt ihre Gestalt. Niemand weiß, woher sie stammten und wohin sie gingen. In meinen jüngeren Jahren habe ich eine gewisse Zeit damit verschwendet, die Legenden zu sammeln, die man sich unter den Völkern über jene Epochen erzählt, bevor sie die Tore passierten. Aber es sind eben nur Legenden – Geschichten, die mit der Wirklichkeit kaum etwas zu tun haben. Das einzige Wesen, das alt genug ist, sich an eine Welt jenseits der Tore zu erinnern, dürfte der Urdrache Yyuum sein, und wie es scheint, wird er schon bald erwachen. Aber ich glaube kaum, dass er uns Auskunft darüber geben wird, wie die Welten jenseits der kosmischen Tore beschaffen sind." Der Tonfall Liishos hatte sich bei den letzten Worten verändert. „Nicht einmal mir, der ich schließlich einen direkten Nachfahren des Urdrachen reite, auch wenn der es in Größe und Geisteskraft natürlich nicht im Entferntesten mit Yyuum aufzunehmen vermag …"

„Yyuum?", fragte Bratlor. „Ich habe in der Bibliothek der Sternenseherschule von Seeborg viel über ihn gelesen, aber ich hatte nie den Eindruck, dass dieses Wesen mehr ist als ein Ungeheuer, über das Geschichten erzählt werden, die den Tod einiger Helden verklären sollen."

„Oh, da irrst du dich, seemannischer Narr. Da irrst du dich gewaltig. Yyuum existiert wirklich. Ich weiß es – denn ich war dort, in den Höhen des mitteldrachenischen Gebirges, das sich wie der Rücken eines Drachen von Nordost nach Süden über die Grenze nach Tajima zieht, wo er an das Dach der Welt anstößt. Yyuum existiert wirklich, er liegt unter diesem Gebirge begraben. Aber schon seit einigen Generationen erzittert dort immer wieder die Erde, sodass außer einem Volk von Bergaffen sich kaum noch eine Kreatur traut, diese Gegend zu betreten. Wie sich inzwischen schon bis zu den drachenischen Untertanen herumgesprochen hat, besitzt der Usurpator Katagi nur noch zwei der drei Drachenringe, mit denen die Drachen Drachenias geknechtet und dazu gebracht werden, den Drachen-Samurai zu gehorchen. Einen dieser Ringe hat Yyuum durch den Diebstahl eines Affen, der von ihm geistig beeinflusst worden sein muss, in seinen Besitz gebracht."

Liisho wandte sich an Rajin. „Das alles lässt nichts Gutes erwarten. Über die Pläne des Urdrachen kann man nur spekulieren, und noch scheint der Prozess seines Erwachens nicht abgeschlossen zu sein. Wenn das geschehen ist, wird der mitteldrachenische Bergrücken auseinanderbersten und sich ein Ungeheuer erheben, wie es die Welt seit dem Ersten Äon nicht mehr gesehen hat – wobei zu bedenken ist, dass Drachen ihr ganzes Leben lang wachsen und natürlich auch der Urdrache Yyuum während seines langen Schlafes nicht damit aufgehört hat. Er dürfte seine frühere Größe inzwischen noch weit in den Schatten stellen. Eine Bewegung von ihm löst ein Erdbeben aus, Länder, die er betritt, würden absinken und teilweise mit Wasser überflutet werden, und wenn er im Ozean badet, würde das eine Flutwelle auslösen, die innerhalb eines Tages einmal um die ganze Welt rasen würde. Die Bevölkerungen ganzer Reiche wären auf der Flucht vor ihm. Doch das alles wäre nicht einmal das Schlimmste an der Sache …"

Liisho sprach mit einem solchen Ernst, dass Rajin mit Schaudern erkannte, wie nahe der Weise diese Gefahren bereits wähnte. Er wandte sich Rajin zu und bedachte ihn mit einem Blick, der so eindringlich war, dass Rajin das Gefühl hatte, Eiswasser würde ihm über den Rücken rieseln. „Das Schlimmste ist, Rajin, dass Yyuum die Herrschaft über die gesamte Drachenheit einfordern wird. Der

Diebstahl des Rings war nur der Anfang, und wäre es nicht ein gar so einfältiges Geschöpf wie dieser Affe gewesen, das er mit dem Diebstahl beauftragt hätte – wer weiß, vielleicht befänden sich dann jetzt bereits alle drei Ringe im Besitz des Urdrachen. Was glaubst du wohl, was geschieht, wenn die Drachen allerorts gegen ihre Herren rebellieren? Wenn sie ihre Reiter mit ihrem Feuer versengen, anstatt den Dracheniern zu gehorchen? Wenn sie sich nicht mehr mit der Fütterung mit Stockseemammut zufriedengeben, sondern das Fleisch von Menschen oder Magiern begehren? Seit Generationen schon wird es schwieriger, Drachen zu zähmen und sie unter dem Willen ihrer Reiter zu halten. Ich habe mehreren Kaisern von Drakor gedient und kann es beurteilen. Diese Geschöpfe spüren, dass da in den Bergen Mittel-Drachenias etwas vor sich geht, das die Welt verändern und die Verhältnisse vollkommen umkehren kann. Katagi, der narrenhafte Usurpator, in dessen Adern so wenig vom Magierblut Barajans fließt, dass man genauso gut irgendeinen Bauerntölpel auf den Thron hätte setzen können, will sich die vier anderen Reiche untertan machen. Er schließt die eine oder andere Koalition, doch hat er den Verrat an seinen Verbündeten in Gedanken schon vollzogen. Dieser kommende Krieg wird Unzählige das Leben kosten – aber das wird nichts sein gegen das, was uns alle erwartet, wenn sich der Urdrache erhebt."

Liisho legte Rajin eine Hand auf die Schulter. „Du bist Rajin Ko Barajan, der rechtmäßige Thronfolger Drachenias und damit legitimer Drachenkaiser. Und nur jemand, in dessen Adern das Blut Barajans fließt, hätte die Macht, die Herrschaft über die Drachen zu erhalten. Du siehst, es geht um das Schicksal der Welt – und nicht nur darum, ob der versprengte Spross eines Kaiserhauses lieber zur Seemammutjagd ausfährt oder vom Drachenthron aus Drachenia regiert!"

Rajin schüttelte leicht den Kopf. „Ich bin ein Unwissender", sagte er mit leiser Stimme. „Jemand, der nur wie eine Spielfigur beim Drachenreiter-Schach eingesetzt wird, das du mir in meinen Träumen gezeigt hast. Wie soll ich wissen, was die Wahrheit ist? Kann ich beurteilen, was das Beste für die Welt oder auch nur für Drachenia ist, da ich doch nicht einmal weiß, was für mich selbst das Beste ist?"

„Ich verstehe, dass du verwirrt bist, Rajin", sagte Liisho, und er klang auf einmal versöhnlich und mitfühlend. „Und mir ist bewusst, dass du viel lernen und auch über dich hinauswachsen musst, um deine Bestimmung zu erfüllen. Aber du kannst ihr nicht ausweichen und einfach dein bisheriges Leben fortsetzen. Schon deshalb nicht, weil deine Feinde dir schon dicht auf den Fersen sind. Sie werden dich jagen und töten. Fünf Prinzen rettete ich aus dem brennenden Palast von Drakor, in den die Schergen des Usurpators eingedrungen waren. Und du bist der einzige, den sie noch nicht zur Strecke gebracht haben. Sollten sie das schaffen, ist alles verloren. Nicht nur für dich, nicht nur für Drachenia oder das Haus Barajan – sondern für alle Menschen. Gewiss würden die Magier noch einmal versuchen, die Herrschaft über die Drachen zurückzuerlangen, die sie im Zweiten Äon schon einmal ausgeübt haben. Aber ich bezweifle, dass sie in der Lage wären, die entfesselten Urgewalten unter ihre Kontrolle zu bringen. Seit Barajans Bann haben sie sich den Drachen entfremdet, und es lebt schon seit mehreren Äonen kein Magier mehr, der sich darauf verstehen würde, sie zu lenken oder auch nur zu beeinflussen. Nein, wenn du scheiterst, Rajin, dann beginnt die Geschichte von vorn. Die Welt wird wieder eine Welt der Drachen sein, und alle anderen Geschöpfe werden sich vor ihnen fürchten müssen. Keines der fünf Reiche würde dies überstehen, und selbst die feuerspeienden Wände von Pendabar böten keinen Schutz, hinter dem man sich verkriechen könnte."

Liisho nahm die Pranke des Riesenfaultiers aus dem Zauberfeuer, indem er sie wieder auf seine Schwertspitze spießte. Das gebratene Fleisch war so schwer, dass sich die drachenische Klinge leicht bog. Liisho roch daran und verzog das Gesicht. „Ich gebe zu, dass ich in meiner Zeit als Berater des Kaisers schon besser gespeist habe, aber ich denke, dass es einigermaßen genießbar ist. Ich bin nur dankbar, dass mir eine gnädige Natur auch im fortgeschrittenen Alter die Zähne nicht hat ausfallen lassen. Sagt mir, wie groß die Teile sein sollen, die ihr beiden begehrt. Und dann sprechen wir über die Dinge, die als Nächstes zu tun sind."

Aber sowohl Rajin als auch Bratlor hatten keinerlei Appetit.

Einen ganzen Tag mussten sie nach Liishos Angaben noch in Fjendurs kalter Senke verbringen, ehe sich das kosmische Tor wieder öffnen ließ. So lange, bis der Meermond wieder aufging und sein Licht erneut durch die Öffnung in der Höhlendecke fiel. Was dieser Lichteinfall genau bewirkte, behielt Liisho allerdings für sich.

Bratlor fragte ihn zwar danach, aber Liisho antwortete nur sehr ausweichend. Er traute Bratlor offenbar noch immer nicht und hatte nur mehr oder weniger akzeptiert, dass Rajin den Sternenseher als Gefährten betrachtete. Und was Rajin selbst betraf, so schien Liisho der Meinung zu sein, dass er noch nicht reif sei für das Wissen über die kosmischen Tore.

Schlaf fanden sie nur wenig, obwohl es in der Orakelhöhle nun angenehm warm war. Liisho beschäftigte sich immer wieder mit dem Juwel auf der Säule und ließ darauf die geheimnisvollen Zeichen erscheinen, indem er das Juwel mit den Händen berührte. Dann schüttelte er jedes Mal den Kopf und legte die Stirn in Falten, manchmal murmelte er auch etwas Unverständliches vor sich hin, was ganz bestimmt nicht dem Wortschatz der drachenischen Sprache entsprang.

Auf einmal kniff Liisho die Augen zu, so als würde er sich sehr auf etwas konzentrieren. „Sie sind auf dem Weg hierher", sagte er auf einmal. „Sie kommen, Rajin – um dich zu töten!" Er schlug die Augen wieder auf, starrte Rajin an. „Ich spüre, dass sich viele Drachen nähern. Die Kälte dämpft ihre Geisteskräfte, und dennoch kann ich sie genau ausmachen!"

„Aber du denkst, dass sich das Tor öffnet, bevor sie hier sind?", vergewisserte sich Rajin.

Doch da war sich Liisho offenbar längst nicht mehr so sicher, wie es zunächst den Anschein gehabt hatte. „Ich brauche das Licht des Meermonds, und der schickt seinen Schein erst wieder kommende Nacht durch die Öffnung in der Höhlendecke – da beißt keine Riesenschneeratte ein Tau ab." Die letzten Worte hatte er in einem sehr akzentschweren Seemannisch hervorgebracht, dennoch hatten ihn sowohl Rajin als auch Bratlor verstanden. „So sagt ihr doch hier auf Winterland, oder?", fragte der Weise, als die beiden ihn verwundert anstarrten.

„So hat man vielleicht zu Zeiten von Wulfgar Eishaar geredet", widersprach Bratlor. „Aber selbst die Uralten sprechen nicht mehr so."

Liisho zuckte mit den Schultern. „Mag sein, dass ich die seemannische Sprache nicht perfekt beherrsche. Um ehrlich zu sein, ich war nicht mehr hier, seit ich Rajin in der Nähe von Winterborg aussetzte." Dann wandte er sich direkt an Rajin. „Du sollst wissen, dass ich dich nicht einfach so deinem Schicksal überlassen habe. Ich habe die Winterborger einer eingehenden Prüfung unterzogen, habe mich unter sie gemischt, um genau zu erfahren, zu welchen Leuten ich dich gebe. Ich wollte sicher sein, dass du es gut hast und in Liebe aufgezogen wirst."

Rajin schaute ihn an und fühlte auf einmal einen Kloß im Hals, sodass er nicht in der Lage war, sofort zu antworten. Alles, was mit seiner Herkunft und den Umständen seiner Aussetzung zu tun hatte, verursachte ein seltsames Unbehagen in ihm. Was Liisho ihm darüber in den Traumgeschichten mitgeteilt hatte, die ihn all die Jahre über heimgesucht hatten, war recht nebulös gewesen. Das meiste davon war wie ein Strudel von wirren Erinnerungen, die bereits in Auflösung begriffen waren.

„Du willst dich unter die Winterborger gemischt haben?", fragte jedoch Bratlor, und sein Tonfall war nicht ohne Schärfe. „In jenen Jahren war ich nicht in Winterborg, sondern auf Reisen. Aber wenn damals ein Drachenier nach Winterborg gekommen wäre, so hätte man mir das noch Jahre später zweifellos erzählt. Und die Legendensänger des Kapitänsrats hätten darüber auf jeden Fall Lieder gedichtet. Was glaubst du, wie oft sich Fremde nach Winterland verirren? Schon das Eintreffen eines Schiffs aus Storgard, Witborg oder Borghorst ist ein Ereignis. Dass unsere Männer mit ihren Schiffen an ferne Küsten gelangen, kommt da schon häufiger vor – aber umgekehrt? Selbst das Heiligtum des Fjendur und diese Orakelhöhle sind außerhalb Winterlands kaum bekannt. Fjendur gilt im Rest des Seereichs nicht als ein Gott, der Njordir ebenbürtig ist."

Liisho nickte wissend. „Die Menschen dort wissen nun mal nicht, wie machtvoll und unerbittlich die Kälte sein kann", erwiderte er. „Der Mensch neigt dazu, zu verehren, was er fürchtet. Aber wie auch immer – du bezichtigst mich der Lüge, aber das sei dir verziehen, weil du nur aus Besorgnis um Rajin so sprichst."

„Dessen kannst du sicher sein! Den Legendensängern mag es gestattet sein, die Taten der alten Helden auszuschmücken – aber dir nicht! Du bist Rajin die Wahrheit schuldig!"

„Ich habe die Wahrheit gesprochen. Ich mischte mich tatsächlich unter die Einwohner Winterborgs. Menschen sehen zu lassen, was sie sehen wollen, ist eine der einfacheren Spielarten der Zauberei; dafür braucht man kein Magierblut in den Adern zu haben. Ich habe die Gabe, in der Menge nicht aufzufallen."

„Und deinen Drachen? Ich nehme doch an, dass du auf seinem Rücken gereist bist?"

„Es war Nacht, und er war nicht mehr als ein Schatten."

„Die Nächte sind zumeist klar über Winterborg. Und wie stark die Monde in diesem Teil des Seereichs leuchten, ist dir wohl auch nicht verborgen geblieben." Der Sternenseher wandte sich Rajin zu. „Denkst du nicht, du wüsstest darüber Bescheid, hätte man in der Nacht, da man dich fand, einen Drachen gesehen?"

„Wie du schon erwähntest", sagte Liisho, und diesmal klang er schon recht ungemütlich, „du warst damals nicht in Winterborg, und auch wenn man dich an der Sternenseherschule alles Mögliche an zauberischem Halbwissen gelehrt haben mag – ich bezweifle, dass du wirklich zu beurteilen vermagst, was geschah."

„Es ist weder Halbwissen noch Zauberei, was man mich dort lehrte, sondern wahres Wissen!", entgegnete Bratlor heftig. „Man lehrte mich, der Logik des klaren Gedankens und dem Verstand zu vertrauen und mich nicht durch Vertreter des allgegenwärtigen Aberglaubens in die Irre führen zu lassen!"

„Ach – und einen solchen siehst du in mir?"

„Das muss sich noch erweisen. Aber ich bin nicht bereit, Lügen zu akzeptieren, selbst wenn du sie aus Rücksicht auf Bjonns – Rajins! – Gemüt erzählen magst", sagte Bratlor und fuhr dann fort: „Die Wahrheit ist doch die, dass du Rajin seinem Schicksal überlassen hast. Er war einer von fünf Prinzen, das hast du selbst gesagt. Einer wird schon überleben, hast du dir gedacht, und es war dir völlig gleichgültig, welcher von ihnen das sein würde und was den anderen widerfährt." Bratlor erhob sich. Er atmete tief durch, er war offenbar ziemlich erregt. Mit dem Zeigefinger der rechten Hand deutete er auf den Weisen, doch seine nächsten Worte waren wieder an Rajin gerichtet. „Dieser Zauberer dort benutzt Menschen wie Spielfiguren im Drachenreiter-Schach, das ich in den Hafentavernen von Jandrakor kennenlernte.

Bei diesem Spiel geht es darum, unwichtige Figuren für den Sieg zu opfern, den Gegner aber glauben zu machen, sie wären ungemein wichtig für die eigene Strategie und die nächsten Spielzüge. Sei auf der Hut, Bjonn. Ich fürchte, dass dieser angebliche Weise genau dies auch mit dir vorhat!"

Mit diesen Worten verließ Bratlor Sternenseher die Höhle. Er wollte wohl einfach nicht mehr zusammen mit Liisho, den er für einen Lügner hielt, an einem Ort sein.

Rajin sah ihm unschlüssig nach.

„Draußen in der Kälte wird sich sein Gemüt schnell abkühlen", gab sich Liisho überzeugt. „Dann wird er wieder zur Vernunft kommen."

„Hat er recht?", wollte Rajin wissen, und der Tonfall, in dem er die Frage stellte, schien den Weisen zu überraschen.

„Du kennst mich!", entgegnete Liisho hart. „Du kennst mich, seit deine Seele erwachte! Ich war in allen wichtigen Augenblicken deines Lebens bei dir! Glaubst du wirklich, ich könnte dir irgendetwas Schlechtes wollen oder dein Schicksal wäre mir gleichgültig gewesen?"

„Du brauchst mich."

„Die Bewohner Drachenias brauchen dich! Die Menschen aller fünf Reiche brauchen dich! Die ganze Welt braucht dich! Reicht das nicht, um sich bedeutend genug zu fühlen? Ich verfolge keine eigenen Interessen, Rajin. Ich diene nur dem Gleichgewicht und der Ordnung der Welt – einer Ordnung, die ich zwar trotz all meiner Studien gerade einmal in Ansätzen zu verstehen glaube, von der ich aber weiß, wie sehr sie durch die Kräfte des Chaos bedroht ist. Und nun will ich dir sagen, wie es in jener Nacht wirklich war. Und wenn du willst, kann ich es dir auch *zeigen*."

„Du willst es mir zeigen?", fragte Rajin überrascht.

„Indem ich dir einen Traum sende", erklärte Liisho.

„Wer garantiert mir, dass der Traum wahr ist?", fragte Rajin misstrauisch. „Nein, das hätte keinen Sinn. Du selbst hast gesagt, dass es keine leichtere Zauberei gäbe, als Menschen sehen zu lassen, was sie sehen wollen."

„Da hast du recht, Rajin", stimmte Liisho ihm zu. „Davor gibt es keinen Schutz, nie und für niemanden. Nicht für mich und nicht für die Götter – und auch nicht für deinen Freund Bratlor, der seiner Vernunft und der Logik der Gedanken vertraut, die sich in Wahrheit doch genauso täuschen lassen wie der einfältigste Bauer in seinem Aberglauben."

„Dann erzähl mir von jener Nacht", erklärte sich Rajin einverstanden. „Ich werde entscheiden, was ich dir glaube."

Liisho atmete auf. Er nickte leicht. „Das ist klug, Rajin. Vertrau auf dich selbst. Bisher konnte ich dir einflüstern, was richtig ist, aber das geht jetzt nicht mehr. Du musst deine eigene innere Stimme finden und ihr lauschen. Und ich kann nur hoffen, dass sie dich in die richtige Richtung führt. Dein Gefährte Bratlor glaubt, dass hier ein Spiel im Gang ist, bei dem Figuren verschoben werden wie beim Drachenreiter-Schach. Das ist wahr! Allerdings solltest du erkennen, dass du keine dieser Figuren bist, Rajin. Du bist der Spieler!"

Liisho lehnte sich mit dem Rücken gegen die Höhlenwand, dann erzählte er Rajin von jener Nacht, in der er sich mit seinem Drachen Ayyaam dem Ort Winterborg genähert hatte: „Die Nächte über Winterland mögen oft klar und kalt sein. Aber diese war grau und wolkenverhangen. Nur hin und wieder schimmerte das besonders intensive Licht des grünen Jademondes durch die Wolken. Ayyaam war nicht mal ein Schatten für jenen, der in dieser Nacht hoch zum Himmel geblickt hätte.

Ich hatte zuvor die Stadt ausgekundschaftet, Rajin. Den Ort – aber auch die Menschen. Ich wusste, dass es dir im Hause von Wulfgar Wulfgarssohn gut gehen würde. Aber mir war natürlich auch klar, dass dein Auffinden so unspektakulär wie möglich geschehen musste. Ein Kind mit Mandelaugen im Seereich war schon außergewöhnlich genug, und in der Tat hat es ja alle möglichen Spekulationen darüber gegeben, ob du nicht ein Fluchbringer wärst. Aber wenn jemand Ayyaam gesehen hätte, wärst du wahrscheinlich sofort ins Meer geworfen worden.

Ayyaam war von dem Flug über das kalte Land ziemlich erlahmt und konnte sich kaum noch bewegen. Ich ging mit ihm jenseits der Berge runter, die sich nordwestlich von Winterborg befinden. Die letzten Meilen legte ich zu Fuß zurück. Ein Schneesturm wehte über das Land; es war eine Nacht, in der man den ärgsten Feind nicht vor die Tür jagen würde. Mit einem Zauber sandte ich Wulfgar Wulfgarssohn einen Traum, der ihn erwachen und dich finden ließ.

Du magst diese Geschichte nun glauben oder nicht – es war mir nie gleichgültig, was mit dir geschieht. Schon deshalb nicht, weil ich mich deinem Vater sehr verbunden fühlte. Kaiser Kojan war ein großer Herrscher. Einer, dem ich es zugetraut hätte, auch dem erwachenden Urdrachen Yyuum zu begegnen und das Gleichgewicht der fünf Reiche aufrechtzuerhalten. Er hatte es nicht verdient, so grausam dahingemetzelt zu werden. Und dasselbe gilt natürlich für deine Mutter, die Kaiserin, von der immer noch in den Straßen Drakors nur Gutes erzählt wird."

Rajin sah Liisho eine Weile prüfend an. „Ich muss dir vertrauen können, Liisho. Nur darum ist es wichtig, ob in jener Nacht die Monde schienen oder nicht. Nur darum sind all diese Einzelheiten von Bedeutung."

„Soweit ich weiß, betreibt man im Seereich eine sehr ausführliche Wetteraufzeichnung, weil man dem fragwürdigen Glauben anhängt, aus dem vergangenen Wetter das zukünftige vorhersagen zu können. Vielleicht wirst du Gelegenheit finden, in diesen Aufzeichnungen nachzuprüfen, ob man in jener Nacht die Monde sehen konnte und ich die Wahrheit spreche. Das Datum deiner Auffindung ist ja bekannt."

„Von diesen Wetteraufzeichnungen hat mir Bratlor erzählt", sagte Rajin. „Nicht nur die Sternenseher betreiben das, auch manche Häfen beschäftigen Wetteraufzeichner. In Borghorst oder Witborg findet man ihre Niederschriften – aber nicht in Winterborg." Rajin lächelte verhalten. „Der Kapitänsrat war immer mit großer Mehrheit der Auffassung, dass es wichtiger sei, das Geld für genügend Legendensänger gegen die Langeweile der endlosen Winter auszugeben und für neue Kesselhäuser, als einen Wetteraufzeichner anzustellen. Schließlich ist das Wetter in der Gegend sehr beständig, nämlich immer gleich schlecht. Und außerdem sollte man in der Seefahrt lieber auf Njordir vertrauen statt auf die Vorhersagen von Wetteraufzeichnern. Einige glaubten sogar, dass unser Meeresgott so etwas als Akt des Misstrauens gegen seine Schutzmacht ansehen und sich rächen würde. Dies sei der wahre Grund, weshalb zum Beispiel Witborg so oft von Stürmen und Fluten heimgesucht wurde."

„Du bist unter einfältigen Narren groß geworden, wie mir scheint", sagte Liisho verschmitzt lächelnd, „aber dennoch wohlgeraten."

Rajin erhob sich. „Ich werde mal nach Bratlor sehen." Mit diesen Worten wandte er sich dem Höhlenausgang zu.

„Lass dich von seinem Misstrauen nicht vergiften!", rief der Weise Liisho ihm nach. „Was er die ‚Logik des Gedankens' nennt, ist in Wahrheit nur ein anderes Wort für Irrtum!"

4

KAMPF IN DER KÄLTE

Rajin trat ins Freie. Jenseits des Bergrings, der Fjendurs kalte Senke umgab, schob sich die Morgensonne als glühende Kugel empor.

Aber diese Glut blieb kraftlos. Hier, in dieser Senke war auch am Tage die Macht Fjendurs größer als die der Sonne.

In einiger Entfernung sah er Bratlor auf den schwarzen Felsen zumarschieren. Der Sternenseher ging mit energischen Schritten voran.

Rajin rief seinen Namen. Bratlor drehte sich herum und winkte ihm zu, ging aber weiter. Rajin folgte ihm und setzte zu einem Dauerlauf an. Sein Atem gefror dabei zu kleinen Wolken.

Beim schwarzen Felsen wartete der Sternenseher auf ihn.

„Wie ich sehe, hast du die Gesellschaft dieses eingebildeten Alten auch nicht mehr ertragen“, sagte er.

„Er war geistig immer bei mir. Mein Leben lang.“

„Wie du das ertragen konntest, ist mir ein Rätsel.“

„Liisho scheint es wirklich darum zu gehen, die Welt vor dem Verderben zu bewahren. Nur der rechtmäßige Herrscher aus der Linie Barajans kann die Drachen unter Kontrolle halten und verhindern, dass sie die Herrschaft über die Welt wieder übernehmen. Es geht Liisho nicht nur um das Schicksal Drachenias, nicht einmal nur um die Existenz der Fünf Reiche, sondern um das Schicksal aller Wesen, die außer den Drachen noch unter den fünf Monden wandeln.“

Bratlor atmete tief durch. „Er scheint dich ja ziemlich überzeugt zu haben. Aber ich gebe dir den Rat, ihm nicht zu sehr zu trauen.“

„Im Augenblick haben wir kaum eine Wahl.“

„Du meinst, wir haben keine Wahl als abzuwarten, dass sich das kosmische Tor erneut öffnet und Liishos Drache uns auf seinen Rücken steigen lässt, sodass wir zu dieser Ruinenstadt auf der Insel der Vergessenen Schatten entschweben?“

„Besser, als unseren Verfolgern in die Hände zu fallen, ist es allemal“, hielt Rajin dagegen.

Bratlor nickte leicht. „Trotzdem würde ich ihm nicht zu sehr vertrauen … Und was den Drachen und das kosmische Tor betrifft, haben wir auch noch eine andere Möglichkeit.“

„Wovon redest du?“

„Ich dachte, ich schaue mal nach unseren Riesenschneeratten. Irgendwo hinter dem schwarzen Felsen werden sie sein. Auch wenn selbst die Kraft eines Drachen kaum ausreichen dürfte, sie in die Nähe der Orakelhöhle zu zwingen, sie könnten uns vielleicht trotzdem helfen, von hier fortzukommen, falls sich die Zauberkunst von Meister Liisho als doch nicht so wirkungsvoll erweist.“

„Wenn du nach den Tieren sehen möchtest, nur zu“, sagte Rajin. „Bis zum erneuten Aufgang des Meermondes bleibt uns auf jeden Fall genügend Zeit.“

Sie umrundeten den schwarzen Felsen, erst dann machte es überhaupt Sinn, die Riesenschneeratten mit dem Pfiff einer Knochenflöte zu rufen.

Als sie um den Felsen herumtraten, lag die gesamte Südwesthälfte von Fjendurs kalter Senke vor ihnen. Aber die Riesenschneeratten waren nicht mehr dort, wo sie hätten sein sollen. Die Pflöcke, an denen die Reittiere festgebunden worden waren, bevor man zur Orakelhöhle ging, waren offenbar aus dem Boden gerissen worden; jedenfalls fehlten sie.

Dafür lagerte mitten in der Senke ein Rudel Eiswölfe. Ein besonders riesenhaftes Tier mit zotteligem grauem Fell und Reißzähnen, etwa so lang wie die Kurzschwerter, die gern von den Kapitänen des südlichen Seereichs als zusätzliche Waffe getragen wurden, zerfetzte gerade einen Kadaver. Es musste sich um eine der Riesenschneeratten handeln, doch nur noch das Sattelzeug wies darauf hin; es lag blutgetränkt einige Schritt entfernt auf dem gefrorenen Boden und war völlig zerrissen. Wahrscheinlich hatten sich einige der Eiswölfe darum gebalgt, bis sie schließlich begriffen hatten, dass es sich um nichts Fressbares handelte.

Während der graue Rieseneiswolf, der selbst für seine Art gewaltig wirkte, in aller Ruhe seine Mahlzeit fortsetzte, umlagerten ihn die anderen Mitglieder seines Rudels. Wolken aus gefrorenem Atem umwehten sie. Sie hechelten gierig, wagten aber kaum mehr als ein dumpfes Knurren, um anzudeuten, dass auch sie noch etwas von der Beute wollten.

Ungefähr hundert Schritt entfernt in Richtung des südwestlichen Teils des Bergringes, der Fjendurs kalte Senke umschloss, lag noch das, was – anscheinend – von der zweiten Riesenschneeratte übrig geblieben war: ein zerrissenes Fell und blutige Knochen. Ein paar halb ausgewachsene Jungtiere nagten daran herum. Die Älteren wussten offenbar, dass es sich mehr lohnte, darauf zu warten, dass der Rudelführer sein Mahl beendete – denn so groß der Appetit eines Eiswolfs auch sein mochte, so war ein Einzelner von ihnen auf keinen Fall dazu in der Lage, eine ganze Riesenschneeratte zu vertilgen. Und wenn man davon ausging, dass der graue Rudelführer auch schon von der ersten Beute seinen Teil abbekommen hatte, musste er eigentlich bald satt sein.

„Bei den Göttern! Das hat uns gerade noch gefehlt!“, murmelte Bratlor. „Die ganze Zeit über sind sie uns gefolgt …“

„Offenbar ist die Beute im restlichen Winterland für sie so knapp geworden, dass sie sich jetzt sogar in Fjendurs kalte Senke hineintrauen.“

Einer der gierig auf seine Gelegenheit wartenden Eiswölfe kam dem grauhaarigen Rudelführer offenbar zu nahe, denn dieser sprang auf, machte einen Satz nach vorn und ließ sein Maul zuschnappen. Der vorwitzige Eiswolf zuckte zurück, aber der graue Riesenwolf erwischte ihn noch an einem der Vorderläufe. Das Blut spritzte, und der Gebissene heulte auf. Winselnd leckte er sich die von den Zähnen seines Rudeloberhaupts aufgerissene Pfote und zog sich zurück.

Der große Graue wandte sich wieder seiner Mahlzeit zu. Die Langsamkeit, die er dabei an den Tag legte, schien eine Demonstration seiner Überlegenheit zu sein. Er schlug seine Fänge in das Fleisch des Kadavers und riss ein mächtiges Stück heraus.

„Wir können nur hoffen, dass die Bestien uns noch nicht bemerkt haben“, flüsterte Bratlor. Er nahm vorsorglich seinen Bogen vom Rücken und zog einen Pfeil aus dem Köcher.

Rajin bereute sehr, seinen eigenen Bogen nicht bei sich zu haben. Schon als er zu Fuß zur Orakelhöhle aufgebrochen war, hatte er Köcher und Bogen am Sattel seiner Riesenschneeratte zurückgelassen. Sie lagen wahrscheinlich irgendwo verstreut auf dem hart gefrorenen Boden der kalten Senke, zerfetzt wie das Sattelzeug.

Möge einem dieser Monstren die Bogensehne zwischen den Zähnen stecken geblieben sein, um es in alle Ewigkeit im Hals zu kitzeln, dachte Rajin grimmig und griff zu seinem Schwert.

„Auf Fjendurs Hilfe können wir wohl kaum hoffen, nachdem wir für den Tod seines Orakels verantwortlich sind“, knurrte er grimmig.

„Meinst du das Riesenfaultier?“, fragte Bratlor erstaunt. „Ich nehme an, dass sich das einfach nur dort für die letzten Jahrhunderte eingenistet und es genossen hat, ab und zu mit Opfergaben gefüttert zu werden.“

„Dann war die ganze Sache mit dem Orakel nur Aberglaube?“

„Das halte ich für möglich. Aber jetzt sollten wir erst mal sehen, dass wir nicht zur Beute dieser eisgrauen Jäger werden“, zischte der Sternenseher. „Keine plötzliche Bewegung, bitte! Wenn wir auf einmal davonlaufen, macht sie das nur auf uns aufmerksam.“

Vorsichtig schlichen die beiden Männer zurück in Richtung des schwarzen Felsens. Er warf einen tiefen Schatten, und diese Zone der Dunkelheit würde sie vielleicht für die weißgrauen Raubtiere vorerst unsichtbar machen.

Doch es war zu spät. Eine der Kreaturen warf den Kopf herum.

Der Eiswolf hatte Bratlor und Rajin zweifellos bemerkt. Mit weit ausholenden Sätzen jagte das Untier auf die beiden zu. Die Schulterhöhe des Riesenwolfs entsprach der Größe eines besonders kräftig gebauten Seemannen. Speichel troff von den Lefzen und gefror sofort am Boden. Das dumpfe Knurren wurde lauter und verriet die ungestillte Gier.

Für den Eiswolf schien dies eine willkommene Gelegenheit, leichte Beute reißen zu können, von der er den Großteil hinunterschlingen konnte, noch ehe sein Rudeloberhaupt Gelegenheit bekam, Anspruch darauf zu erheben.

Mit geöffnetem Maul stürmte der Eiswolf heran.

Bratlor spannte den Bogen, und Rajin umklammerte den Schwertgriff mit beiden Händen. Falls Bratlor das Tier verfehlte, blieb nur noch die Möglichkeit, dem Monstrum die Klinge in den Leib zu stoßen, wobei es gut sein konnte, dass der massige Leib des Eiswolfes ihn – Rajin – dabei erdrückte.

Bratlor schoss seinen Pfeil ab und traf das linke Auge der Wolfskreatur. Brüllend strauchelte das Monstrum, überschlug sich und versuchte wieder aufzustehen. Blut rann über die weit geöffnete Schnauze.

Rajin spürte eine geistige Berührung – ähnlich der, wie er sie bei seinem Zusammentreffen mit dem roten Drachen gefühlt hatte.

Nur stärker.

Im ersten Augenblick dachte er, das diese *Kraft* von dem Wolf ausging, aber als dann der zweite Pfeil den Eiswolf traf und sich durch dessen Kehle bohrte, erkannte Rajin, dass dies ein Irrtum sein musste. Der Eiswolf brüllte noch einmal auf, dann sank sein Kopf zur Seite. Spätestens da hätte auch die geistige Kraft verlöschen müssen, deren Anwesenheit Rajin spürte. Aber dem war nicht so.

„Lauf, Rajin!", rief Bratlor mit Blick auf das restliche Eiswolfrudel. Inzwischen waren etliche der Bestien auf Rajin und Bratlor aufmerksam geworden. Manche schienen noch abzuwarten, ob es sich vielleicht doch eher lohnte, sich über die gerissene Riesenschneeratte herzumachen, sobald der Leitwolf seine Aufmerksamkeit der neuen Beute zuwandte.

Der setzte die Vorderläufe auf den Kadaver der Beute, sodass er noch größer wirkte und die Lage noch besser zu überschauen vermochte. Sein Blick war auf das Geschehen am schwarzen Felsen gerichtet.

Drei der Riesenwölfe hatten sich entschieden. Sie näherten sich in drohender, geduckter Haltung dem schwarzen Felsen. Einige weitere folgten ihnen.

Bratlor trat vorsichtig zu dem toten Eiswolf und zog ihm den Pfeil aus dem Auge. Dann warf er Rajin wieder einen gehetzten Blick über die Schulter zu. „Los, verschwinde schon! Mit etwas Glück gelingt es mir, die Meute lange genug aufzuhalten, dass du zur Orakelhöhle gelangen kannst! Meister Liisho soll sich irgendein Zauberkunststück ausdenken, um mich noch zu retten!“ Und leiser fügte er hinzu: „Davon werde ich dann wohl nicht mehr viel mitbekommen …“

Aber Rajin wirkte wie erstarrt. Er rührte sich nicht, sondern starrte zum Horizont.

„Sie kommen …“, murmelte er.

„Natürlich! Und deswegen …“

„Die Drachen! Eine ganze Armada!“, rief Rajin. „Ich spüre sie so deutlich, als wären sie bereits über die Berge!“ Er deutete mit dem Schwert zum Horizont und blinzelte. Hoben sich dort nicht bereits winzige schwarze Punkte gegen die glutrote Sonnenscheibe ab?

Das mussten sie sein. Liisho hatte recht gehabt. Die Feinde waren ihm viel dichter auf den Fersen, als er bisher geglaubt hatte. Und noch etwas anderes beunruhigte ihn. Was bedeutete das Auftauchen der herannahenden Drachen-Armada für die Bewohner Winterborgs, wo sie zweifellos zuerst nach ihm gesucht hatten?

Rajin atmete tief die kalte Luft ein. Er spürte aus der Masse der sich nähernden geflügelten Bestien eine Drachenseele heraus, die ihm auf seltsame Weise vertraut vorkam. Nur für einen kurzen Moment berührte sie ihn geistig, dann wurde sie wieder eins mit den Kräften all jener Drachen, die sich der Senke Fjendurs näherten.

Es ist der Schwarz-Gelbe!, erkannte Rajin.

Er zweifelte nicht einen einzigen Augenblick daran, dass ihn das Monstrum umgekehrt ebenfalls erkannt hatte …

Ein drohendes Knurren ließ Rajin zusammenfahren.

Die Eiswölfe hatten sich bis auf wenige Dutzend Schritt genähert. Doch nun zögerten sie. Offenbar wirkte der Tod ihres Artgenossen wie eine Warnung auf sie, sodass sie sich noch zurückhielten und einen Angriff scheuten.

Bratlor hatte einen der Pfeile, die er aus dem Kadaver gezogen hatte, wieder auf die Sehne gelegt. Schließlich musste er sparsam damit sein. Das Eiswolfblut hatte die Spitze und gut ein Drittel des Schafts rot gefärbt.

Wieder warf der Sternenseher seinem jungen Freund Rajin einen Blick über die Schulter zu. „Du Narr, warum bist du nicht gelaufen?“, fragte er grimmig. „Dann hättest wenigstens du dich retten können –

und falls dieser spitzbärtige Drachenmeister nicht doch nur ein fantasierender Narr ist, wäre dies für das Schicksal der gesamten Welt doch nur von Vorteil!“

Der Zynismus in seinen letzten Worten war nicht zu überhören. Mit seiner grimmigen Ironie brachte er zum Ausdruck, wie wenig er den Worten des Weisen Liisho traute.

„Ich werde dich nicht hier allein deinem Schicksal überlassen!“, entgegnete Rajin.

„Jetzt ist es jedenfalls zu spät, um fortzulaufen“, stellte Bratlor fest.

Einer der Eiswölfe wagte sich etwas weiter vor, während die anderen zunächst einfach abwarteten, was geschah. Das Tier knurrte und fletschte die Zähne. Bratlor und Rajin konnten den aasigen Atem, der aus dem Schlund der Bestie drang, selbst aus der Entfernung riechen.

Rajin hielt den Griff seines Schwerts mit beiden Händen und wich gemeinsam mit Bratlor ein Stück weiter zurück auf den schwarzen Felsen zu.

Kaum ein Dutzend Schritte lagen noch zwischen ihnen und dem gewaltigen, aus dem Eis ragenden Monolithen, der in Wahrheit Teil eines kosmischen Tores war.

Dann schnellte der Eiswolf plötzlich vor, erreichte seinen toten Artgenossen, hielt an, legte die Pranken auf den Kadaver und schnüffelte daran.

Aus den mannigfachen Erzählungen, die von den Legendensängern über die Eiswölfe verbreitet wurden, wusste Rajin, dass sie sich bisweilen auch gegenseitig fraßen und dass es kaum je vorgekommen war, dass sie den Kadaver eines der ihren einer anderen Kreatur überlassen hätten.

Auch dieser Eiswolf schlug seine Fangzähne in den Leib seines von Bratlor hingestreckten Artgenossen. Er riss ein großes Stück Fleisch heraus und würgte es schmatzend herunter.

Ein paar der anderen Wölfe waren sofort da und folgten seinem Beispiel. Die übrigen jedoch erkannten schnell, dass für sie im Moment keine Möglichkeit bestand, an das Aas heranzukommen, und so wandten sie sich sofort wieder Rajin und Bratlor zu, die sich vorsichtig immer weiter zurückzogen, bis sie den senkrecht aufragenden schwarzen Monolithen im Rücken hatten.

Drei Eiswölfe machten sich am Kadaver zu schaffen, ein vierter wurde mit einer Beißattacke davongejagt, während die anderen Bratlor und Rajin erneut einkreisten, diesmal in einem Halbkreis, denn die beiden Menschen hatten ja den schwarzen Felsen im Rücken. Knurrend und zähnefletschend kamen die grauen Bestien bis auf wenige Schritte heran.

„Du hast doch den roten Drachen mit deinen inneren Kräften besiegt", keuchte Bratlor. „Kannst du etwas Ähnliches nicht auch mit diesen Viechern hier anstellen?"

„Ich wüsste nicht wie", gestand Rajin.

„Es reicht ja schon, wenn du sie vertreibst!"

„Aber ich *spüre* nichts."

„Heißt das, sie haben keine Seelen?"

„Die mögen sie haben, nur kann ich sie nicht erkennen …"

Der erste Eiswolf griff an. Bratlor blieb nichts anderes übrig, als seinen Pfeil abzuschießen – in der Gewissheit, dass er nicht schnell genug einen weiteren Pfeil auf die Sehne bringen konnte und sie verloren waren, wenn die anderen Bestien im nächsten Moment angriffen.

Das Geschoss jagte in das weit aufgerissene Maul des Wolfes. Ein Meisterschuss, denn die Pfeilspitze drang durch den Gaumen des Tiers in dessen Hirn und tötete es sofort. Die Wucht, mit der sein ebenso massiger wie muskulöser Körper gesprungen war, schleuderte den Wolf gegen den Felsen. Es gab ein dumpfes Geräusch, als die bereits tote Kreatur mit dem Kopf gegen den Stein prallte.

Kurz vorher sprangen Bratlor und Rajin auseinander, um dem Körper des Eiswolfs auszuweichen, der sie sonst unter sich begraben hätte.

Ein weiterer Eiswolf stürzte sich bereits auf Rajin. Dieser ließ das Schwert durch die Luft wirbeln und schlug mit der Kraft purer Verzweiflung nach seinem Gegner, traf dessen Hals, und der Wolf zuckte zurück, während Blut aus seiner aufgeschnittenen Kehle sprudelte. Dann brach der Eiswolf zusammen. Ein halb röchelnder, halb gurgelnder Laut war das Letzte, was zwischen den mörderischen Fangzähnen hervordrang.

Die Wucht des eigenen Schlags ließ Rajin taumeln. Er strauchelte zu Boden, rollte sich um die eigene Achse, die Hände um den Griff seines Anderthalbhänders geklammert.

Doch der nächste Angreifer war bereits über ihm. Rajin sah nur noch gefletschte Zähne in einem gierigen Rachen und zwei Pranken, deren Hieb ausgereicht hätte, um selbst den härtesten Seemannenkrieger sofort zu töten. Aasiger Wolfsatem streifte ihn.

Rajin riss die Waffe hoch und richtete die Schwertspitze gegen den Gegner, während gleichzeitig einer von Bratlors Pfeilen durch die Luft sirrte und den Angreifer traf. Der Pfeil bohrte sich knapp unterhalb des Halsansatzes in den Körper des Monstrums, was aber keineswegs ausreichte, um es zu töten.

Blut spritzte hervor. Der Eiswolf brüllte wütend auf, und Rajin nutzte den Moment, da die Bestie von dem Pfeiltreffer abgelenkt war, um wieder auf die Beine zu kommen. Mit beiden Händen fasste er das Schwert und stieß die Klinge tief in den Wolfsleib hinein.

Er riss den bluttriefenden Feuerheimer Stahl wieder hervor, stieß erneut zu, und dann schlug er wie in einem Zustand blutiger Raserei mit dem Schwert um sich.

Das Knurren der Eiswölfe war zu einem ohrenbetäubenden Chor angeschwollen. Doch dieser Lärm wurde von etwas übertönt, das mächtiger und durchdringender war als alles andere.

Es war der dröhnende Schrei eines Drachen.

5

VON DRACHEN UND GÖTTERN

Der dunkle Schatten riesiger Drachenschwingen hob sich gegen das rote Sonnenlicht ab. Die Drachenarmada schwebte über den Gebirgsring, der die kalte Senke Fjendurs umschloss. Dutzende von Kampfdrachen bildeten die Vorhut. Ihnen folgten die Gondelträger.

Der ganzen Armada voraus flog der schwarz-gelbe Drache, dem Rajin schon in Winterborg begegnet war und der es vorgezogen hatte zu flüchten, anstatt gegen ihn zu kämpfen. Er flog vor dem Drachenpulk her, ließ seine Flugbahn mal nach rechts und mal nach links schwenken und stieß einen dröhnenden Ruf nach dem anderen aus.

Ein Triumphgeheul!, dachte Rajin, der die Drachenarmada beobachtete. *Triumph darüber, dass er mich gefunden hat. Wer auch immer ihn dazu abrichtete, er wird jetzt ebenfalls triumphieren!*

Die Eiswölfe, die sich gerade noch angeschickt hatten, Rajin und Bratlor anzugreifen, blickten winselnd zum Himmel empor und zogen sich dann ängstlich zurück.

Der Schwarz-Gelbe näherte sich auf einer kreisenden Flugbahn. Er war der Armada weit vorausgeeilt, kehrte dann ein Stück weit zurück, nur um anschließend noch weiter vorzupreschen.

Flammen züngelten aus seinem Maul hervor. Rajin fühlte erneut die geistige Berührung mit der inneren Kraft dieser Kreatur. Sie übte einen unangenehmen Druck auf ihn aus.

Nein, du wirst mich nicht in Furcht versetzen, denn in dir ist mindestens so viel Furcht vor mir, wie ich vor dir haben sollte!, dachte Rajin grimmig, während er seine innere Kraft zu sammeln versuchte.

Die Eiswölfe hatten sich mittlerweile um ihren Leitwolf geschart. Der große Graue knurrte nur sehr verhalten, so als wollte er seinem Rudel beweisen, wie mutig er war.

Der Schwarz-Gelbe kam im Tiefflug näher und strebte geradewegs auf Rajin und Bratlor zu. Als er tief über die Eiswölfe hinwegstrich, pressten sich die riesenhaften Bestien dicht an den gefrorenen Boden, und selbst der graue Leitwolf stieß nun winselnde Laute aus.

Der Schwarz-Gelbe blies einen Flammenstrahl aus dem Maul und sengte damit im Flug über die Eiswölfe hinweg. Einige der Vierbeiner wurden davon erfasst, manche davon zu Haufen aus Asche und verkohlten Knochen verbrannt, andere stoben mit brennendem Fell davon, lebenden Fackeln gleich.

Dann hatte der Schwarz-Gelbe Rajin und Bratlor erreicht. Er riss das Maul weit auf, sog Luft in sich hinein und würde im nächsten Moment einen neuerlichen Feuerstrahl hinaus in die Kälte blasen. Rajin sammelte alles, was an innerer Kraft in ihm vorhanden war, um sie zu bündeln, so wie er es beim roten Drachen geschafft hatte.

Jetzt!, dachte er. Ein Gedanke wie ein Pfeil. Die gebündelte innere Kraft war wie eine der Explosionen, die die Herren Feuerheims mit ihrer einzigartigen Kunst der Feuerbeherrschung auszulösen vermochten. Rajin hatte diese Explosionen nie selbst mit eigenen Augen gesehen, aber Liisho hatte sie ihm in Gedanken gezeigt, und wenn das, was der Weise ihm hinsichtlich dessen in die Seele gepflanzt hatte, nicht lediglich ein wirres Konglomerat aus beeindruckenden Trugbildern war, so waren diese Ausbrüche purer Feuerkraft ein gutes Bild für das, was Rajin mit seiner inneren Kraft zu tun beabsichtigte. Ein Bild, das ihm half, jene Kräfte, die er in sich gesammelt hatte, auf einen Punkt zu richten.

Der Drache wandte wie unter Zwang den Kopf auf seinem langen Hals zur Seite. Der Feuerstrahl schoss aus dem Maul, züngelte aber in eine andere Richtung als beabsichtigt; er sengte über den schwarzen Felsen, auf dessen Oberfläche sich jedoch keinerlei Spuren des Feuers zeigten. Gleichzeitig vollführte der Drache mit seinen Schwingen unruhige, flatternde Bewegungen, mit denen er sich in der Luft zu halten versuchte, nachdem ihn der Seitwärtsschwenk seines Kopfes offenbar aus dem Gleichgewicht gebracht hatte.

Bratlor schoss einen Pfeil ab, der die Lederhaut an einer der Schwingen des Drachen aufriss, sie durchstieß und der Kreatur dann in die Brust drang.

Blitzschnell folgte ein zweiter Pfeil, der sich in den Hals des Ungeheuers bohrte. Der Drache stieß dröhnende, ohrenbetäubende Laute aus und fiel zu Boden.

Wie eine gewaltige Peitsche schnellte der mit Stacheln bewehrte Schwanz ziellos durch die Luft und schlug gegen den schwarzen Felsen; der verwundete Drache wand sich und brüllte wie von Sinnen. Ein weiterer von Bratlors Pfeilen bohrte sich seitlich in den Kopf des Ungetüms.

Da erst erschlaffte die Kreatur. Ein letzter stoßartiger und feuriger Atemzug ließ das Bodeneis auf einer Länge von drei Schritten schmelzen. Eine morastige Brühe bildete sich, allerdings nur für Augenblicke, dann gefror der Boden gleich wieder.

Rajin blickte zu der nachfolgenden Drachen-Armada.

„Der Schwarz-Gelbe hat mich erkannt!", stieß er hervor. „Und wer immer ihn kontrollierte und mit ihm in Verbindung stand – er weiß jetzt, dass ich hier bin!"

„Ja", rief Bratlor erregt, „und deshalb bleibt uns nichts anders übrig, als zu rennen und dabei zu den Göttern zu beten, dass wir die Orakelhöhle eher erreichen, als der Feuerstrahl eines Kriegsdrachen uns verbrennt!"

Rajin zögerte noch. Er sah die Eiswölfe in heilloser Flucht davonhecheln – und zwischen ihnen auf einmal die nur als Umriss erkennbare, durchscheinende Gestalt eines Vermummten, der in die entgegengesetzte Richtung lief. Im nächsten Moment war die Erscheinung verschwunden, als hätte der Erdboden sie verschluckt.

„Fjendur …", murmelte Rajin. Als Vermummter, die Kapuze seines Mantels weit über den mit Tüchern und Bandagen umwickelten Kopf gezogen – so wurde der Gott der Kälte auf unzähligen Wandgemälden dargestellt, die mit gefärbtem, brennendem Tran aufgetragen wurden. Und so beschrieben ihn auch die uralten Lieder der Legendensänger. Diese Senke war Fjendurs Reich, und vielleicht fühlte sich der Gott des Eises inzwischen doch in seiner Ruhe gestört.

„Komm endlich!", hörte Rajin seinen älteren Freund Bratlor rufen, und da wirbelte er herum und nahm die Beine in die Hand. Sie umrundeten den schwarzen Felsen, und mit jedem kalten Atemzug, den Rajin in sich hineinsog, glaubte er, innerlich zu erfrieren. So als ob die kalte Macht Fjendurs ihn völlig durchdrang.

„Denk nicht darüber nach, ob wir entkommen können, sondern lauf einfach!", keuchte Bratlor. „Verkriechen können wir uns doch nirgendwo!"

Rajins Blick folgte der langen Reihe von Steinen, die den Weg zwischen dem schwarzen Felsen und dem Eingang der Orakelhöhle markierte – und gleichzeitig auch den Verlauf des kosmischen Tores, wenn es sich öffnete.

Und wieder sah Rajin für den Bruchteil eines Augenaufschlags den Vermummten, eingehüllt in einen Kapuzenmantel und den Kopf mit Tüchern und Bandagen umwickelt. Eine durchscheinende Gestalt – viel größer als ein Mensch. So hoch wie der Mast eines mittleren seemannischen Schiffes, mit dem man schon auf die Seemammutjagd gehen konnte, ragte die Gestalt in den bläulich schimmernden Himmel. Doch noch ehe Rajin sie richtig erkannt hatte, war sie auch schon wieder verschwunden.

Der Eindruck eines Augenblicks, von dem man nicht sagen konnte, ob er sich tatsächlich ereignet hatte oder nur Einbildung gewesen war.

„Was ist los, Rajin?", schrie Bratlor seinen Gefährten an, weil dieser in einer Mischung aus Angst und Ehrfurcht stehen geblieben war.

„Hast du ihn nicht gesehen?", fragte Rajin fassungslos.

„Wen?"

„Den Vermummten ..." Rajin streckte den Arm aus. „Er war dort!"

„Ich weiß nicht, was du gesehen hast, aber ich sage dir, was da schon sehr bald hinter dem schwarzen Felsen auftauchen wird: eine Horde feuerspeiender Drachen und ihre nicht weniger blutrünstigen Reiter!"

Dann stockte auch Bratlor, denn auf einmal leuchtete das Juwel über dem Eingang zur Orakelhöhle grell auf. Gleichzeitig wurden plötzlich die Steine, die jene Linie zwischen Orakelhöhle und schwarzem Felsen bildeten, jeweils von einem bläulich schimmernden Lichtflor umgeben, dessen Leuchtkraft für einige Augenblicke stetig zunahm.

Doch dann verloschen die Lichter allesamt, von einem Moment zum anderen. Wie Seemammut-Tranfunzeln, die der Sturm ausgeblasen hatte.

„Das muss dein Freund, dieser Liisho sein", keuchte Bratlor. „Ich wette, er unternimmt gerade in der Höhle irgendwelche Experimente, um das Tor vielleicht auch ohne das Licht des Meermonds zu öffnen. Ich hoffe nur, dass er weiß, was er tut!"

Rajin und Bratlor wirbelten wieder herum, liefen weiter, und als sie auf halbem Weg zwischen dem schwarzen Felsen und dem Eingang zur Orakelhöhle waren, donnerte das Brüllen der Drachen in die Senke und wurde als Echo zwischen den Hängen hin und her geworfen.

Das erste dieser Ungeheuer flog in einer gewundenen Linie um den schwarzen Felsen herum. Es war ein gewöhnlicher Kampfdrache, nur unwesentlich größer als der Schwarz-Gelbe.

Dort, wo der Drachenreiter-Samurai in seinem Sattel saß, hatte man ihm nach drachenischer Art die Rückenstacheln auf einer Länge von zwei bis drei Schritt abgesägt.

Der Samurai trug eine drachenische Klinge am Gürtel, die – wie Rajin aus seinen Träumen wusste – eher ein Symbol seines Standes war. Normalerweise kam ein Drachenreiter-Samurai kaum dazu, sie jemals einzusetzen, denn seine mächtigste Waffe war der Drache selbst. In der Rechten hielt er den Drachenstab, den er zwischen die Rückenschuppen stieß, um bestimmte, sehr empfindsame Punkte zu berühren. Ein Werkzeug, um die innere Kraft des Drachenreiter-Samurai zu bündeln und zu lenken – so hatte Meister Liisho in seinen Traumbotschaften hinsichtlich der Wirkungsweise dieses Stabes erzählt. Aber jeder Drachenstab und die Kunst eines jeden Drachenreiter-Samurai wären wirkungslos gewesen, würden die drei Drachenringe Barajans, die das ererbte Eigentum des Drachenkaisers waren, nicht den Bann aufrechterhalten.

Rajin hatte den diesbezüglichen Ausführungen Liishos früher nie eine besondere Bedeutung beigemessen, denn er hatte sie mit nichts in Verbindung bringen können, was in seinem Leben eine Rolle spielte. Wie fern waren einem Jungen, der unbedingt mit den Seemammutjägern auf das Meer hinausfahren wollte, all diese Eindrücke und Traumbilder erschienen.

Aber auf einmal waren diese anfangs gleichermaßen rätselhaften wie unnütz erscheinenden Dinge von Bedeutung. All das Wissen, das der Weise Liisho in ihn gepflanzt hatte, tauchte aus den Tiefen seines Unterbewusstseins hervor, wo Rajin es für Jahre begraben hatte.

Er sah dem Drachen entgegen. Sein Blick begegnete dem der ihn anstierenden Drachenaugen, die so voller Hass, voller Wut und voll unterdrückter Kraft waren. Einer Kraft, die stark genug gewesen war, die Welt im Ersten Äon völlig umzugestalten, wie es in den Legenden hieß – sie aufzureißen und das glühende Feuergestein aus ihrem Inneren fließen zu lassen, das nur der Ozean hatte löschen können, sodass sich Land und Meere neu bildeten.

Schaudern erfasste Rajin bei dem Gedanken an das, was Liisho ihm von der Macht des Urdrachen berichtet hatte, dass sich die gesamte Drachenheit womöglich erheben und sich die Zeit des Ersten Äons wiederholen könnte. Eine Zeit des Chaos und der Vernichtung würde anbrechen. Eine Zeit, die wohl kein Mensch überleben würde, es sei denn, es gelang ihm, durch eines der kosmischen Tore in eine andere Welt zu entschwinden.

Glutrote Flammen schossen aus dem weit aufgerissenen Maul des Drachen; gleichzeitig schien das gesamte Untier förmlich zu dampfen. Der dröhnende, den Erdboden erzittern lassende Laut, der aus der Tiefe seiner Drachenkehle drang, schien ein einziges Aufbegehren gegen die kalte Umgebung zu sein, in der sich kein Drache wohlzufühlen vermochte. Die Legendensänger der Seemannen erzählten in ihren Liedern davon, dass die Drachen Fjendur als ihren Feind betrachteten, dass eisiger Wind sie lähmte und sie mit ihrem Feueratem dagegen anbliesen, wenn es sie widrigerweise doch einmal in die kalten Gestade verschlug.

Kampfstark waren sie dennoch. Unüberwindlich für Normalsterbliche – zumindest wenn sie in so großer Zahl auftauchten, wie Rajin sie am Horizont gesehen hatte.

Er versuchte, seine innere Kraft auf den Geist des Drachen zu richten. War es ihm nicht bereits zwei Mal gelungen, den Willen eines Drachen wenn schon nicht zu brechen, so doch derart zu beeinflussen, dass sich dadurch die Gelegenheit ergeben hatte, ihn zu vernichten?

Aber dies war der erste *gezähmte* Drache, dem er begegnete, und

Rajin hatte keine Ahnung, ob es ihm auch gelingen konnte, eine Kreatur zu manipulieren, die bereits unter einem sehr beherrschenden Einfluss stand – dem ihres Reiters.

Der Drache raste im zielgerichteten Sinkflug auf die beiden Gefährten zu.

Bratlor spannte den Bogen. Sein Pfeil pfiff durch die eiskalte Luft. Einen zweiten schickte er hinterher – und beide trafen ihr Ziel. Der erste nagelte dem Drachenreiter-Samurai mitten in die Stirn, der zweite traf ihn in die Brust.

Der Drachenstab entglitt seiner Rechten, der Samurai rutschte aus dem Sattel, und sein Körper schlug mit einem dumpfen Laut auf den hart gefrorenen Boden, während sich der Drache in der Luft wand und dabei mit den Flügeln und dem stachelbewehrten Schwanz um sich schlug. Der mörderische Flammenstoß, mit dem eigentlich die beiden Gefährten hatten versengt werden sollen, ging ins Leere. Die Hitze konnte Rajin noch so deutlich spüren, als hätte er sich nahe an das Feuer eines der Kesselhäuser von Winterborg begeben, in denen das Seemammutfleisch gekocht wurde.

Der Drache flog tief über sie hinweg, während sich Rajin und Bratlor zu Boden warfen. Der Schwanz peitschte dicht neben ihnen in das Eis und hinterließ eine knöcheltiefe Spur.

Rajin blickte auf. Das Gebrüll weiterer Kriegsdrachen war zu hören, die gerade den Felsen umrundeten oder über ihn hinwegflogen.

In einer Entfernung von zwanzig, dreißig Schritt sah Rajin den Drachenreiter-Samurai, den Bratlors Pfeile niedergestreckt hatten, in seltsam verrenkter Haltung am Boden liegen. Rajin schnellte hoch, ließ aber seinen Anderthalbhänder liegen; die schwere Waffe hätte ihn nur behindert. Er rannte los, während sich der reiterlose Drache zunächst in Richtung Orakelhöhle entfernte und dort wild mit den Flügeln schlug. Es gelang ihm, seinen Flug zu beruhigen, wieder Kontrolle über sich selbst zu erlangen, dann zog er einen Bogen und kehrte zurück.

Rajin hatte unterdessen die Leiche des Drachenreiter-Samurai erreicht. Er riss das verhältnismäßig leichte, etwas gebogene drachenische Schwert samt der dazugehörigen Lederscheide an sich und steckte es hinter seinen eigenen Gürtel. Dann griff er nach dem rohrförmigen, armlangen Drachenstab.

Dieses Exemplar war weitaus kunstvoller gefertigt als jenes, das er im Besitz von Meister Liisho gesehen hatte. Kolonnen von drachenischen Schriftzeichen waren in das Metall eingraviert – ein Metall, das sich trotz der eisigen Kälte, die in der Senke Fjendurs herrschte, angenehm warm anfühlte. So als würde eine Kraft darin wohnen, die es aufheizte. Nichts anderes als die Geisteskraft eines Drachenreiter-Samurai konnte dies bewirken, wusste Rajin, vielleicht unterstützt durch die zahlreichen Zaubersprüche, die auf der Außenseite des Stabes eingraviert waren. Liisho hatte Rajin in seinen Traumbegegnungen zwar die Kunst der drachenischen Schrift gelehrt, aber Rajin hatte dennoch Schwierigkeiten, die Sprüche fließend zu lesen, was an der Verwendung von teilweise sehr verschnörkelten und von der Standardform des jeweiligen Zeichens abweichenden Ligaturen lag.

Rajin blickte nur kurz in Richtung des schwarzen Felsens und wandte sich dann dem reiterlosen Drachen zu. Dieser schwebte in seine Richtung, unschlüssig, unentschlossen und längst nicht von dem gleichen unbändigen Tötungswillen erfüllt wie sein wilder schwarzgelber Artgenosse.

Eine Hand legte Rajin instinktiv um den Griff des Schwertes, doch ihm war klar, dass ihm diese Waffe nur wenig helfen würde. Weder gegen das einzelne herrenlose Ungetüm noch gegen die heranrückenden Drachenreiter.

Der Stab war es, auf den es ankam.

Nein, dachte Rajin, *nicht der Stab!* Er selbst war es, auf dessen Kräfte er vertrauen musste. Kräfte, die der Stab zu bündeln vermochte …

Rajin richtete den Stab auf den reiterlosen Drachen.

Alles, was an Wissen in dich hineingepflanzt wurde, musst du nun einsetzen. Wenn es je einen Sinn gehabt haben soll, was Liisho tat, als er dich als Säugling aus dem brennenden Palast von Drakor rettete, dann musst du jetzt anwenden, was man dich gelehrt hat …

Rajin murmelte Worte vor sich hin. Worte in alt-drachenischer Sprache. Sie waren plötzlich in ihm und sprudelten wie von selbst über seine Lippen. Formeln mit Zaubermacht, so glaubten vielleicht die Bauern und Fischer des drachenischen Altlandes. Aber in Wahrheit halfen sie dem Drachenreiter nur, seine innere Kraft zu sammeln und den Willen des Drachen zu bezwingen.

Der reiterlose Drache brüllte wütend, so als wollte er dagegen protestieren, diesen Fremden als seinen neuen Herrn zu akzeptieren. Aber zweifellos spürte er dessen innere Kraft – so wie Rajin den mächtigen Drachengeist spürte –, geknebelt durch die unsichtbaren Bande, die seit den Tagen Barajans die Drachen versklavten und deren Symbol die drei Drachenringe waren. Das laute Brüllen des Drachen wurde zu einem dumpfen Knurren. Anstatt eines Feuerstrahls quoll nur weißer Dampf aus seinem Maul.

Diene mir!

Ein unterdrücktes Gurgeln erscholl, so als wollte der Drache etwas herauswürgen und wäre doch gezwungen, es herunterzuschlucken. Er landete unmittelbar vor Rajin und senkte den Kopf.

Ich habe keine Furcht vor dir – umgekehrt aber solltest du mich fürchten, Drache! Denn ich bin dein Herr und Kaiser! Der Nachfolger Barajans! Der Sohn von Kojan und Minjanée, dem Kaiserpaar, dessen Meuchlern du dientest – du und dein Drachenreiter-Samurai, den das Schicksal bereits gestraft hat!

Ein Laut, der an das Winseln der fliehenden Eiswölfe erinnerte, drang zwischen den Zähnen des fast geschlossenen Drachenmauls hervor.

„Dein Name, Drache!“, forderte Rajin.

Ein Gedanke antwortete ihm.

Shiiyyoom …

„So gehorche, Shiiyyoom!“

Rajin rannte auf den mächtigen Koloss zu. Jeden noch so kleinen Anflug von Furcht musste er unterdrücken, denn er ahnte, dass der Drache dies sofort zu erkennen vermochte. Über das linke Vorderbein stieg er auf den Rücken des Drachen. An den Seiten waren die Schuppen zu handgroßen Hornplatten verhärtet. Die Lücken dazwischen waren wie Fugen in einem sehr groben Mauerwerk und so tief, dass man beim Hinaufklettern hervorragend darin Halt fand. Rajin war überrascht, wie leicht ihm diese Bewegungsabläufe fielen, die er nie zuvor in seinem Leben tatsächlich ausgeführt hatte.

Augenblicke später saß er im Sattel eines Drachenreiter-Samurai.

Er winkte Bratlor zu. „Los, komm schon!“, rief er und versuchte dabei den Lärm der sich nähernden Drachen zu übertönen.

Bratlor nahm Rajins Anderthalbhänder vom Boden auf, steckte sich die Waffe hinter den Gürtel und rannte auf den Drachen zu. Um die Hände frei zu haben, verstaute er den Bogen im Köcher und kletterte dann auf den Drachenrücken. Shiiyyoom wurde unruhig, aber Rajin berührte mit dem Drachenstab des gefallenen Samurai eine ganz bestimmte Stelle im Schuppenmuster des Giganten. *Meine Willenskraft fließe durch diesen Stab, und es sei dir nicht geraten, dich dagegen aufzulehnen!*

Dieser Gedanke schoss Rajin durch den Kopf, während Bratlor zu ihm hinaufkletterte und sich hinter ihn in den Sattel setzte.

„Ich hoffe nur, du gebietest auch wirklich über dieses Monstrum – sonst wird das ein ziemlich unruhiger Ritt!“, raunte ihm der Sternenseher von hinten ins Ohr. Er zog Rajins Anderthalbhänder hervor und steckte ihn in die Lederscheide, die der junge Mann – ebenso wie Bratlor selbst – auf dem Rücken gegürtet trug. Dann griff Bratlor zum Bogen und legte einen Pfeil ein, denn schon umschwirrten mehrere Kriegsdrachen den noch immer am Boden kauernden Shiiyyoom.

Rajin murmelte eine der Drachenreiter-Formeln in alt-drachenischer Sprache, um seine innere Kraft zu sammeln. *Ich muss dem Wissen, das in mich gepflanzt wurde, vertrauen!* Eine andere Möglichkeit hatte er nicht. Er drückte den Drachenreiter-Stab weiterhin zwischen die hornigen Schuppen, und der Drache Shiiyyoom hob die Flügel und stieß sich mit den Beinen vom Boden ab. Rajin spürte den Geist des Drachen auf ähnliche Weise, wie es bei dem Schwarz-Gelben der Fall gewesen war – oder bei dem roten Drachen, den er in Winterborg besiegt hatte. Nur, dass er jetzt stark genug war, um den Drachen zu beherrschen. Ob der Unterschied nun darin begründet lag, dass er einen Drachenstab und die alt-drachenischen Formeln zur inneren Sammlung benutzte, oder in der Tatsache, dass es sich um einen gezähmten und keinen wilden Drachen handelte, vermochte Rajin nicht zu beurteilen. Er würde den Weisen Liisho danach fragen, sobald sich die Gelegenheit dazu ergab.

Der Drache erhob sich, und es war deutlich, dass die ihn umkreisenden Kriegsdrachen keinerlei Scheu haben würden, ihresgleichen anzugreifen, auch wenn es sie zweifellos im ersten Moment verwirrte, dass Shiiyyoom von einem *Feind* geritten wurde.

Ein Feuerstrahl züngelte aus einem der Drachenmäuler. Shiiyyoom wich zur Seite, und so erreichten die Flammen weder ihn noch Rajin und Bratlor. Außerdem dämpfte die feuchte Kälte in Fjendurs Senke zweifellos auch die Kraft der Drachenfeuer. Shiiyyoom brüllte auf – und Bratlor schoss einen Pfeil ab, mit dem er einen der Drachenreiter-Samurai aus dem Sattel holte. Fast gleichzeitig betätigte einer der kaiserlichen Drachenreiter seine Armbrust, die so konstruiert war, dass man damit einhändig schießen konnte, ohne den Drachenstab loslassen zu müssen.

Der Bolzen ging dicht über Rajins Kopf hinweg. Ein Nachladen während des Gefechts war natürlich nicht möglich. In dieser Hinsicht war Bratlor im Vorteil, der wieder einen Pfeil einlegte und zuerst den Armbrustschützen und mit dem nächsten Schuss dessen Drachen traf.

Vorwärts!, gab Rajin seinen durch den Drachenstab verstärkten Gedankenbefehl an Shiiyyoom. *Vorwärts …!*

Der Drache gehorchte, doch Rajin spürte durchaus den Widerwillen der gewaltigen Kreatur. Aber sie tat letztlich, was er von ihr verlangte. Shiiyyoom schnellte nach vorn und brach aus dem Ring der Angreifer aus. Bratlor sandte den Angreifern Pfeil um Pfeil, bis nur noch zwei davon in seinem Köcher waren.

Mit den Flügeln wild um sich schlagend und den stacheligen Schwanz auf- und niederpeitschend, strebte Shiiyyoom auf den Eingang der Orakelhöhle zu.

Während Rajin ganz darauf konzentriert war, den Kriegsdrachen unter seinem Einfluss zu halten und dabei den Drachenstab mit beiden Händen umklammerte, warf Bratlor Sternenseher einen Blick zurück. Den vorletzten Pfeil hatte er inzwischen auf die Sehne seines Bogens gelegt, aber noch nicht abgeschossen.

Einige der angreifenden Monstren waren orientierungslos, weil sie ihren Reiter verloren hatten. Aber auch die anderen Kriegsdrachen schienen sich langsamer zu bewegen, und ihre Reiter hatten mehr und mehr Schwierigkeiten, sie voranzutreiben. Eine seltsame Lähmung breitete sich unter den geflügelten Bestien aus und raubte ihnen auf einmal die Kraft.

Inzwischen hatten die ersten Gondelträger-Drachen den schwarzen Felsen hinter sich gelassen. Hinter den Schießscharten warteten

Dutzende von Armbrustschützen auf ihren Schießbefehl. Gegen die tief dröhnenden Laute dieser gigantischen Riesen wirkten die durchdringenden Schreie der einfachen Reitdrachen schon fast wie leises Gesäusel.

Doch noch etwas anderes fiel Bratlor auf: Überall im nordwestlichen Teil der Senke stieg Nebel vom Boden empor. In dichten weißen Schwaden waberten sie daher und wirkten dabei wie ein einziges vielarmiges, amorphes Ungeheuer, dessen sich ständig verändernde Auswüchse in die Höhe griffen.

Nach den Drachen …

„Sieh nur!", rief Bratlor.

Zunächst hatte es Rajin seiner eigenen Stärke zugeschrieben, Shiiyyoom nun vollkommen unter seiner geistigen Kontrolle zu haben. Nun aber wurde ihm schlagartig klar, dass auch Shiiyyoom immer schwächer wurde. Der Schlag seiner Flügel wurde langsamer, die Kraft seines Geistes spürte Rajin förmlich dahinschwinden – und genauso schien es auch den Drachen der Kriegsarmada zu ergehen.

Der Nebel wallte weiter in die Höhe, auf eine Weise, die allem widersprach, was Rajin und Bratlor als Seemannen über die Bildung von Wolken wussten. Ein säulenartiges Gebilde entstand zwischen dem Eingang der Orakelhöhle und dem schwarzen Felsen – und diese Säule war fast so hoch wie der schwarze Felsen selbst.

Einen Augenblick später zeichneten sich innerhalb der Nebelsäule Konturen ab, und Rajin erkannte darin – den Vermummten!

Fjendur …!

Die Erscheinung verschwamm wieder, vermischte sich mit den Nebelschwaden, die die Wolkensäule bildeten.

Lange ist es her, dass eine so große Anzahl Drachen es wagte, diesen Ort aufzusuchen und den kalten Schlummer eines Gottes zu stören …

Elendes Echsengezücht!

Rücksichtslose Erdaufreißer und Weltveränderer des Ersten Äons!

Ah, dass ihr den Fluch der Kälte vergessen konntet, der euch einst die Grenzen eurer blindwütigen Macht zeigte! Muss sich denn alles wiederholen?

Ein Strom von Gedanken traf Rajin mit erdrückender, einschüchternder Macht.

„Was war das?“, fragte Bratlor, der so bleich wie das graue Eis der kalten Senke geworden war. Auch ihn hatte der Gedankenstrom berührt, der offenbar sehr intensiv gewesen war. Und noch stärker schienen die Drachen ihn wahrgenommen zu haben, denn sie brüllten nahezu alle im selben Moment auf. Ein ohrenbetäubender Chor dumpfer Stimmen, in dem Bratlors letzte Worte untergingen. Wie ein misstönender, dissonanter Chor verdammter Drachenseelen klang es, und Rajin glaubte im ersten Augenblick, in Zukunft nie wieder etwas hören zu können. Risse bildeten sich im hart gefrorenen Boden der Senke. Sie mäanderten als sichtbare Spuren der Drachenschreie über den Untergrund und verzweigten sich in feinste Verästelungen. Stöhnende Geräusche entstanden dabei, die Rajin an die Laute erinnerten, die beim Auseinanderbrechen des Frühjahrs-Eises in der Bucht von Winterborg entstanden, wenn sich die einzelnen Platten gegeneinander verschoben und aneinanderrieben.

Nie mehr sollte das Drachengezücht diesen Ort heimsuchen, denn dies ist mein Reich – das Reich dessen, der aus eurer Rücksichtslosigkeit entstand, der aus dem Hass dieser Erde wuchs, die ihr noch immer die Drachenerde nennt, obwohl sie in Wahrheit ursprünglich niemandem außer sich selbst und ihren fünf Monden gehörte!

Nun lernt meinen Zorn kennen!

Shiiyyoom sank zu Boden. Die Landung war hart und ganz sicher so nicht beabsichtigt. Der Drache rutschte kraftlos über den aufgesprungenen eisigen Untergrund. Keine zwanzig Schritt vom Eingang der Orakelhöhle entfernt blieb er liegen. Mit einem schmerzerfüllten Stöhnen senkte sich der Kopf auf den Boden. Eine erschreckend schwache Flamme, die kaum die Länge eines menschlichen Arms erreichte, züngelte aus seinem Maul. Die Augen waren auf einmal blutunterlaufen, so als wären Dutzende kleiner Adern in ihnen geplatzt.

Rajin und Bratlor hatten sich mit Mühe im Sattel halten können. „Los, runter hier!“, rief der Sternenseher, der im selben Moment bereits aufgesprungen war; dann balancierte er über die Schulterblätter des Drachen und machte sich daran, nach unten zu klettern.

„Shiiyyoom!“, rief Rajin, aber er ahnte, dass der Drache seine Befehle nicht mehr ausführen konnte; vielleicht verstand er sie nicht einmal mehr. Ein gurgelnder Laut entrang sich dem Ungetüm. Ein Laut, der mehr von einem Todesröcheln als von einem Aufbegehren hatte. Schäumender, zähflüssiger Drachenspeichel quoll aus seinem Maul.

Rajin folgte dem Beispiel Bratlors und kletterte am Körper des Kriegsdrachen hinab. Den Drachenstab behielt er aber bei sich. Er hatte ihn hinter seinen Gürtel geklemmt, um die Hände beim Klettern frei zu haben.

Als er den Boden erreichte, sah er, dass Liisho – durch das Getöse alarmiert – vor den Höhleneingang getreten war. Er zögerte nur kurz, dann eilte er, den eigenen Drachenstab in der Rechten, auf Rajin und Bratlor zu. „Ihr Narren!", rief er und packte Rajin an der Schulter.

Der aber blickte wie gebannt zurück. Die gesamte kalte Senke Fjendurs war bis zum Schwarzen Felsen von dichtem, grauweißem Nebel erfüllt. Man konnte kaum noch eine Drachenlänge weit sehen. Schon Shiiyyooms Schwanzstacheln waren nur noch schemenhafte Umrisse.

„Ist alles in Ordnung mit dir?", fragte Liisho besorgt.

„Ja", murmelte Rajin.

Liisho ließ ihn los und trat auf Shiiyyoom zu. Vor dessen Haupt blieb er stehen, setzte dem Ungetüm den Drachenstab auf den Halsansatz und trieb dem Drachen den Stab zwischen die Schuppen. Gleichzeitig kniff der Weise die Augen zu, als würde er sich sehr stark konzentrieren. Der Drache ließ sich das ohne irgendeine Reaktion gefallen. Dampfender Atem drang aus seinem Maul.

Liisho öffnete die Augen wieder. „Der Geist dieses Drachen ist dermaßen erlahmt, dass er kaum noch zu spüren ist."

„Da ist eine Macht, die die Drachen schwächt", sagte Rajin. „Fjendur …"

„Ja …" Liisho nickte. „Vielleicht ist das auch der Grund, dass mein eigenes Reittier so davor zurückscheute, das Tor zu passieren. Ich dachte, es liege daran, dass ich die Kunst, kosmische Tore zu öffnen, bisher nur unvollkommen beherrsche. Aber es könnte natürlich sein, dass der gute alte Ayyaam mit seinen sehr feinen Sinnen die Anwesenheit dieses *Wesens* deutlich spürte. Schließlich ist er ja ein direkter Nachfahre des Urdrachen."

„Dieses … *Wesens*?", fragte Rajin. „Du redest von einem Gott!"

Liisho schüttelte langsam und gedankenschwer den Kopf. Er schien

Rajins Worte gar nicht vernommen zu haben, war ganz in seine eigenen Überlegungen versunken. „Wie ist das möglich? Ich bin schließlich nicht zum ersten Mal hier, und nie hat die Anwesenheit meines Drachen irgendwelche schlafenden Geister geweckt, mögen sie nun nur flüchtige Wesen oder Götter sein …"

„Vielleicht war es einfach die große Anzahl der Drachen, die Fjendur aus seiner eisigen Agonie rief", vermutete Rajin. Er deutete in den weißgrauen, undurchdringlichen Nebel und fügte hinzu: „Selbst ich konnte ihr Herannahen bereits aus großer Entfernung spüren."

„Möglich", murmelte Liisho, „aber ich dachte …"

Auf einmal verstummte er, sein Kopf ruckte hoch, er verzerrte das Gesicht vor Schmerz, ließ den Drachenstab fallen und presste sich die Hände gegen den Kopf.

Rajin wollte besorgt fragen, was mit ihm sei. Doch dazu kam er nicht mehr, denn im nächsten Moment spürte auch er es: Ein Strom des Geistes berührte sie mit unfassbarer Kraft.

Er hörte Bratlor aufschreien, doch der gellende Laut drang nur wie aus weiter Ferne in sein Bewusstsein. Auch das Stöhnen Shiiyyooms vernahm er – und die unglaublich fern klingenden Schmerzensschreie der anderen Drachen jenseits des Nebels, die wie ein schauriges Echo auf den Schrei Shiiyyooms waren.

Höret die Worte Fjendurs, des kalten Gottes! Höret seine Worte, fürchtet seine lähmende Gegenwart und spürt seine Macht! Auf dass ihr die Macht des kalten Fluchs in Zukunft achtet!

6

DRACHENFLUCH

Durch die kosmischen Tore tratet ihr in die Welt, aber die Welt genügte euch nicht. Ihr wolltet sie nach eurem Gutdünken neu schaffen. Ihr gabt ihr nicht nur euren Namen, sondern auch euer Gesicht. So ward das Antlitz der Welt runzelig und zerfurcht wie der Schuppenpanzer eines Drachen, und die Erinnerung an die Zeit eurer Herrschaft lastet bis heute wie ein Fluch auf allem, was existiert. Aber jede Kraft gebiert ihre Gegenkräfte, und die Kraft, die dem Feuer aus euren Schlünden und dem Feuer aus dem Inneren der Welt, die ihr aufgerissen habt, Einhalt gebot, war die Macht der Kälte.

Habt ihr nichts gelernt? Ist es euer Fluch, dass ihr es immer wieder versucht und die Welt jedes Mal in ein Chaos stürzt, das ihr als eure besondere Form der Herrschaft zu betrachten beliebt?

Seit den Tagen, da ihr durch schwächliche Zuwanderer, die durch die kosmischen Tore kamen, gezähmt worden seid, ist eure Kraft stetig geschwunden und euer Wille mehr und mehr erlahmt. Manche von euch liegen lebendig begraben unter hohen Gebirgen, und die meisten wurden zu Sklaven, erst der Magier, dann der Menschen. Aber ist es vielleicht so, dass ihr auch eure Herren mit dem Fluch angesteckt habt, der darin besteht, das Chaos zu bringen? Teilen eure Herren inzwischen vielleicht eure verderbte Lust, das Gleichgewicht zu stören? Anders ist es kaum erklärlich, dass sie euch in so großer Zahl hierher lenkten, dass ihre Präsenz mich aus einem Traum riss. Dem Traum davon, dass meine Existenz vielleicht verzichtbar und dass meine Leiden und Anstrengungen Vergangenheit sind.

Ah, wie nah war ich daran, mich nach all den Äonen auflösen zu dürfen …

In den sich verflüchtigenden Resten meiner entschlafenden Lebenskraft hätten noch ganze Zeitalter lang Inselbarbaren ihre Waffen für den Kampf gegen die Wassermenschen verzaubern und härten können, denen das Grunzen eines einfältigen, wenn auch langlebigen Faultieres als Orakel genügte.

Ich hatte so gehofft, all der Verantwortung entbunden zu sein und zu werden, was ich einst war …

Nichts!

So lernt den Gott der Kälte kennen, wenn ihr es nicht anders wollt, ihr Narren – Drachen und Menschen!

Katagi Ko Sajiro stand auf dem schmalen Balkon der kaiserlichen Gondel und hielt sich krampfhaft am Handlauf fest. Die Gondel war in eine äußerst unangenehme Schwingung geraten. Der gewaltige Gondelträger-Drache, dessen weit gespannte Flügel sich wie ein schattiges Dach über die Gondel spannten, konnte die bei dieser Pendelbewegung entstehenden Kräfte kaum noch ausgleichen. Immer langsamer und kraftloser bewegten sich seine Schwingen auf und nieder. Der Drache schrie auf, so als wollte er die unablässig drohende Stimme damit zum Schweigen bringen, deren Worte ihnen allen im Kopf widerhallten, sowohl Drachen als auch Menschen.

Doch eine Gedankenstimme ließ sich mit Gebrüll nun einmal nicht übertönen. Sie schien nur noch bedrängender, bohrender zu werden …

Mit Entsetzen sah Katagi, dass auch die anderen Gondelträger- und Reitdrachen von einer plötzlichen Lähmung befallen wurden. Die grauweißen, eiskalten Nebelschwaden, die vom Boden aufgewallt waren, schienen das zu verursachen – und spätestens die hoch aufragende Wolkengestalt eines Vermummten machte deutlich, dass mächtige, übernatürliche Gewalten am Werk waren. Gewalten, die selbst die geballte Drachenmacht der kaiserlichen Kriegsarmada nicht so ohne Weiteres zu überwinden vermochte.

„Zurück!“, brüllte der Kaiser. „Umdrehen! Kehrt hinter den schwarzen Felsen zurück, oder wir werden alle jämmerlich zugrunde gehen!“

Sein Ruf verhallte. Mit ihm zusammen standen auch der Magier

Ubranos, Lord Drachenmeister Tarejo sowie ein Signalbläser in der Uniform eines einfachen Fußkriegers an der Brüstung. Der Signalbläser hieß Siijii – und da dies zumindest im Norden Drachenias ein recht häufiger Name war, nannte er sich Siijii, Sohn von Siijii aus Tambanien, der am weitesten im Nordosten gelegenen Provinz des Drachenlandes. Da kein adeliges Blut in seinen Adern floss, stand ihm auch nicht das Recht zu, einen regulären Familiennamen zu führen.

An einem Riemen trug er ein Horn, mit dem Befehle an den Reiter des Gondeldrachens weitergegeben werden konnten.

Katagi schrie den Signalbläser an: „Na los, worauf wartest du Narr denn noch? Sollen wir erst am Boden zerschellen, wenn die Flügel des Drachen völlig erlahmen? Gib endlich das Signal zum Rückzug!"

Etwas unschlüssig warf Siijii einen kurzen Blick zum Lord Drachenmeister, der den Befehl hätte geben müssen. Aber Tarejo stand offenbar selbst zu sehr unter dem Eindruck dessen, was sich vor seinen Augen abspielte, als dass er in der Lage gewesen wäre, zu reagieren.

Siijii blies eine Tonfolge auf seinem Horn. Aber der Reiter des kaiserlichen Gondeldrachens hatte ohnehin schon Mühe genug, den Drachen und die darunter hängende Gondel unter Kontrolle zu halten.

Auf breiter Front versuchten die Reiter der drachenischen Drachenarmada, ihre Reittiere zu wenden und zurück in das Gebiet jenseits des schwarzen Felsen zu lenken. Einer der Gondeldrachen sank ermattet so weit hinab, dass die Gondel mit ihren Armbrustschützen zuerst über den Boden schleifte und dort eine deutliche Spur hinterließ, dann blieb sie an einem Felsbrocken hängen, der aus der vereisten Oberfläche ragte. Der Drache wurde von dem Haltegeschirr der Gondel im Flug gebremst, brüllte auf, flatterte wild mit den Flügeln, strampelte mit den Beinen und zappelte mit dem Schwanz und landete unsanft auf dem Boden.

Der massige Hinterleib des Drachen begrub dabei die inzwischen umgestürzte Gondel unter sich. Das Geräusch von berstendem Holz mischte sich mit den Schreien der kaiserlichen Krieger in der Gondel. Der Drache fauchte, ließ Feuerstöße aus seinem Maul züngeln, die immer schwächer wurden, bis schließlich nur noch etwas Rauch zwischen seinen Zähnen hervorquoll – begleitet von einem gurgelnden, an das Röcheln eines Sterbenden erinnernden Laut. Der Reiter versuchte sich verzweifelt im Sattel zu halten, aber der Drache strampelte mit all seinen Gliedmaßen wie im Todeskampf völlig unkontrolliert um sich; der Reiter wurde aus dem Sattel geschleudert, rutschte über ein Vorderbein zu Boden und blieb dort für einen Moment lang benommen liegen. Als er sich erhob, erwischte ihn der Schwanz, der einer Peitsche gleich über den Boden fuhr. Einer der Stacheln durchbohrte den Reiter in Brusthöhe und ragte etwa eine Schwertlänge weit aus dem Rücken hervor. Der Schwanz bewegte sich noch zweimal in horizontaler Richtung hin und her und fegte dabei mitsamt dem aufgespießten Drachenreiter über den Boden.

Katagi sah der Tragödie, die sich da vor seinen Augen abspielte, mit regungslosem Gesicht zu. Während es der Reiter des kaiserlichen Gondeldrachens schließlich schaffte, den Drachen zu wenden, wurden die Gedanken des Usurpators nur von einer einzigen Sache beherrscht: Er überlegte, dass diese unheimliche Macht, die sich selbst als göttlich betrachtete und sich mit einem einschüchternd intensiven Strom von Gedanken in die Seele zu drängen vermochte, offenbar auf Seiten Rajins stand.

So nah war er seinem Ziel gewesen, die Linie Barajans auszurotten und sich selbst damit im Bewusstsein der Drachenier als rechtmäßigen Herrscher zu etablieren! Ein günstiges Schicksal hatte ihm Rajins ungeborenen Sohn in die Hände gespielt, sodass er ihn töten könnte, wann immer er sich daraus einen Vorteil versprach. Und auch Rajin selbst wäre beinahe von Katagis Drachenreitern zur Strecke gebracht worden! Der Plan des Weisen Liisho, irgendwann doch die alten Verhältnisse wieder herzustellen und dem Kaiserhaus Barajan wieder zur Macht zu verhelfen, wären dann endgültig gescheitert gewesen.

„Ubranos! So tut doch etwas gegen die Zauberkräfte, die hier wüten!“, wandte sich der selbst ernannte Kaiser an seinen Magier-Diener, dessen sehr buschige und nach oben gebogenen Augenbrauen sich deutlich zusammenzogen, sodass auf der Stirn die typische, einer Pfeilspitze gleichende Magierfalte erschien. „Fließt wirklich Magierblut in Euch, oder stammt die Falte auf Eurer Stirn nur vom ungeschickten Umgang mit dem höfischen Essbesteck, an das man in einer Barbarenstadt wie Capana vielleicht nicht gewöhnt ist?“, wetterte Katagi.

Ubranos' Züge waren angespannt; er wirkte ratlos. „So einfach ist das nicht, mein Kaiser! Diese Kräfte …" Er verzog schmerzverzerrt das Gesicht. „Ah, ihre Anwesenheit ist kaum zu ertragen!"

„Mein Kaiser, ich würde vorschlagen, Ihr begebt Euch wieder ins Innere der Gondel", mischte sich Tarejo ein.

„Schweigt, wenn Ihr keinen Weg wisst, wie wir Rajin doch noch töten können!", fauchte Katagi.

Die Macht der Kälte soll euch lähmen. Fühlt die Agonie des Todes, auf dass der Traumhenker eure Seelen von den Körpern trennt … Katagi spürte einen heftigen Schmerz in den Schläfen, während ihn diese Gedanken befielen, sich geradezu aufdrängten und wie ein Messer durch seine Seele schnitten.

Den anderen schien es ähnlich zu ergehen. Die Schreie von Menschen und Drachen mischten sich auf schauerliche, ja, geradezu beängstigende Weise, und Katagi war nahezu fassungslos angesichts des Chaos, das inzwischen innerhalb seiner bisher so wohlgeordneten Drachenarmada herrschte.

Inzwischen war die kaiserliche Gondel zur Gänze gewendet, der Gondeldrache umrundete mit letzter Kraft den schwarzen Felsen, und schon wenige Augenblicke, nachdem er sich nicht mehr innerhalb des vom Nebel erfüllten Bereichs befand, fiel die Schwäche von ihm ab. Ein trotziges Brüllen entrang sich seiner Kehle, begleitet von einem Flammenschlag, der fast so lang wie die kaiserliche Gondel war und vermutlich in der Lage gewesen wäre, ein seemannisches Langschiff zur Gänze in Holzkohle zu verwandeln. Mit kräftigen Flügelschlägen brachte der Drache seinen Kaiser in Sicherheit.

Flieht nur und lasst es euch eine Lehre sein. Der Frevel der Drachen ist nicht vergessen, und wer immer ihn wiederholt, wird den Zorn jener Mächte spüren, die der Welt und dem Kosmos innewohnen, um dem Chaos Zügel anzulegen wie einer Riesenschneeratte!

„Bring diese Stimme zum Schweigen oder nenn dich fortan nie wieder Magier, Ubranos aus Capana!", schrie Katagi und hielt sich den Kopf. Ein plötzlicher Ruck, und fast wäre er über die Brüstung des Gondelbalkons gestürzt, aber Siijii sprang herbei und zog den Kaiser zurück.

„In die Gondel mit ihm!", befahl Tarejo, und diesmal vermochte er sich durchzusetzen: Der schwankende Kaiser wurde zurück ins Innere der Gondel geführt, wo er sich auf einen Diwan niederließ. Trotz der großen Kälte schwitzte er, und ein Diener reichte ihm ein fünfeckiges Tuch, das mit jenen drachenischen Schriftzeichen bestickt war, die als Zeichen des Glücks galten; damit tupfte sich Katagi die Stirn ab und warf es achtlos fort, wobei es sich ausbreitete und zu Boden segelte. Es landete auf der Rückseite, sodass die drachenischen Buchstaben – die gleichzeitig auch eine Bedeutung als Bildzeichen hatten – in Spiegelschrift zu sehen waren.

Der Kaiser erschrak, sein Gesicht wurde bleich, und er musste schlucken. „Oh, seht nur, selbst das Schicksal meint es übel mit mir – die Zeichen sind gegen mich!“, stieß er hervor.

Der Lehre des Unsichtbaren Gottes zufolge war das Herauslesen der Zukunft aus derartigen *Zeichen* nichts als Aberglaube. Der Unsichtbare Gott allein vermochte die Zukunft zu offenbaren und tat diese zuweilen Auserwählten in besonderen Träumen kund. Aber der Glaube an die Macht von zauberkräftigen Schriftzeichen hatte sich trotz des großen Einflusses gehalten, den die Priesterschaft der heiligen Stadt Ezkor in Drachenia inzwischen ausübte.

Der Diener bückte sich und entfernte schnell das Unglückstuch. Mochte er sich seine Hände damit beschmutzen und das Unglück damit auf sich selbst ziehen! Katagi spürte, wie sich zum ersten Mal seit vielen Jahren wieder Furcht in seine Seele schlich. Auf leisen Sohlen kam sie und ließ sich ebenso wenig ausrotten wie die Ratten, die sich in den zahllosen Kellergewölben, geheimen Verliesen und unterirdischen Gängen des Kaiserpalastes von Drakor verbargen.

Was, wenn tatsächlich höhere Mächte auf Rajins Seite standen? An düsteren Prophezeiungen hatte es nach Katagis Machtübernahme nicht gemangelt. Die Furcht, dass alles, was er tat, letztendlich zum Scheitern verurteilt war, hatte er bisher erfolgreich unterdrücken können. Hatte er nicht beinahe jeden umgebracht, der ihm vielleicht irgendwann einmal schaden könnte? Hatten die Schreie der Gequälten und Gemarterten nicht ein solches Maß an Schrecken verbreitet, dass es zu seinen Lebzeiten ganz gewiss niemand mehr wagen würde, einen Aufstand anzuzetteln oder sonst wie gegen seine Herrschaft aufzubegehren?

„Wer oder was schützt Rajin?", fragte Katagi und ballte dabei grimmig die Rechte zur Faust.

„Es muss Liisho sein!", erklärte Tarejo.

Ubranos konnte dieser Einschätzung nur zustimmen. „Ich weiß nicht, was er getan hat, um diese Gewalten zu entfesseln, oder ob diese Macht vielleicht tatsächlich nur dadurch geweckt wurde, dass zum ersten Mal seit unvorstellbar langer Zeit wieder Drachen diesen Ort aufgesucht haben. Aber wir wissen, dass Rajin hier ist – unsere wilden Kundschafterdrachen haben das eindeutig übermittelt."

„Warum ist es dann nicht möglich, ihn zu töten!", polterte Katagi. „Es muss doch ein Mittel gegen diesen Fjendur geben!"

„Das ist nicht so leicht, wie Ihr Euch das vorstellt, mein Kaiser", erwiderte der Magier.

Katagi lachte heiser auf. „Wozu brauche ich einen Magier, der so ratlos ist wie ich selbst!", höhnte er.

Ubranos ließ sich äußerlich nichts anmerken. Aber dem Magier aus Capana war wohl bewusst, dass er sehr vorsichtig sein musste. Er hatte schließlich schon miterlebt, dass Katagi Untergebene aus weit geringfügigeren Anlässen dem Geschick seiner Henker und Folterknechte überlassen hatte.

Die Drachenarmada sammelte sich auf halbem Weg zwischen dem schwarzen Felsen und der südwestlichen Begrenzung der kalten Senke. Gut ein Dutzend Drachen hatte man verloren. Sie verendeten jämmerlich in dem sich weiterhin ausbreitenden Nebel, der ihnen jegliche Lebenskraft entzog. Auf die abgestürzten Drachenreiter und die Krieger in den Schützengondeln wurde keine Rücksicht genommen; sie mussten sich zu Fuß zum Sammelplatz durchschlagen, wo sie dann von den restlichen Gondeln aufgenommen werden konnten – vorausgesetzt sie überstanden den langen Weg in der eisigen Kälte und es gab noch Platz für sie.

Der Nebel quoll inzwischen zu beiden Seiten des schwarzen Felsens vorbei, und erste Schwaden waberten auch schon über ihn hinweg. Katagi verfolgte diese Entwicklung von einem der Gondelfenster aus. Lord Drachenmeister Tarejo drängte den Kaiser dazu, die Gondeln landen zu lassen, um den Drachen eine Verschnaufpause zu gönnen.

Gelitten hatten schließlich alle Drachen, die sich – wenn auch nur für kurze Zeit – innerhalb des Nebels und damit im Einflussbereich der Geisterstimme befunden hatten. In den Köpfen der Drachenier war noch immer ein Flüstern; die Gedankenstimme Fjendurs war zu einem unverständlichen, aber drohenden Gemurmel geworden, da man sich nicht mehr ganz so dicht an ihrem vermeintlichen Ursprung befand.

Katagi lehnte das Ansinnen seines Lord Drachenmeisters jedoch kategorisch ab. „Wir kennen die Macht unseres Gegners nicht. Wenn wir die Drachen erst einmal landen lassen, könnte es sein, dass sie nicht wieder hochkommen", befürchtete er.

So blieben zumindest die Gondeldrachen in der Luft, während nur den einfachen Reitdrachen eine Pause am Boden gegönnt wurde. Signalhörner erklangen, um die Armada erneut zu formieren. Der Lord Drachenmeister hatte sich dafür wieder auf den schmalen Balkon der kaiserlichen Gondel begeben, um einen besseren Überblick zu haben.

Katagi blieb mit Ubranos allein zurück. Der Kaiser blickte durch das Fenster. „Dieser Zaubernebel breitet sich immer weiter aus. Und seht – diese riesenhafte Gestalt, die da wie ein Schemen hindurchscheint!"

Ubranos sah es auch. „Der Vermummte ..."

„Ihr wisst etwas über ihn?"

„Es sind Legenden der Inselbarbaren", sagte Ubranos. „Ihr wisst, dass man in Magus diese Geschichten sammelt, in der Hoffnung, dadurch auf Hinweise zu stoßen ..."

„Hinweise? Hinweise worauf, Ubranos?"

„Hinweise auf übernatürliche Kraftquellen, die wir Magier durch unsere besondere Natur anzuzapfen vermögen. Da ich selbst viele Jahre lang alte Schriften und Überlieferungen studieren musste, bevor man mich zur Prüfung als Meister der Magie zuließ, bin ich auf die Erwähnung einer solchen vermummten Gestalt gestoßen. Lasst Euch durch seine Größe nicht erschrecken ..."

Der Vermummte schien sogar den schwarzen Felsen um etwa ein Viertel seiner Höhe zu überragen. Langsam schritt er voran – aber nie so schnell, dass er aus den stetig voranwabernden Nebelschwaden herausgetreten wäre und sich vollkommen offenbart hätte.

„Dann entspricht das, was uns die Gedankenstimme aufdrängte, der Wahrheit?“, fragte Katagi.

„Wahrheit ist nichts anderes als ein Standpunkt, von dem aus man Dinge betrachtet“, sagte Ubranos. „Das sind die Worte unseres legendären Großmeisters Herandos, der noch zu Zeiten Barajans über Magus herrschte ...“

Katagi verzog das Gesicht zu einem schiefen Grinsen. „Mit anderen Worten: Ihr wisst es nicht, Meister Ubranos. Anscheinend seid Ihr nicht nur ein Meister der Magie, sondern vor allem ein Meister darin, Eure Unfähigkeit mit schönen Worten zu verhüllen.“

Ubranos war klug genug, nicht auf die Anschuldigung des Kaisers einzugehen. „Jedenfalls werden wir nur kurz hier verweilen können“, sagte er. „Die Macht des Vermummten breitet sich weiter aus. Und wir sollten nicht so lange warten, bis uns dieser Zaubernebel vielleicht sogar einschließt. Dann wären wir verloren ...“

„Ihr wollt mir ehrlich einreden, ich sollte aufgeben und Rajin Ko Barajan einfach davonziehen lassen und vielleicht darauf hoffen, dass die Kälte dieser ungastlichen Gegend auch ihn dahinrafft?“ Katagi lachte heiser. „Dazu werdet Ihr mich nicht bewegen können!“

„Es gibt durchaus Mittel der Magie, die sich gegen diesen Fjendur einsetzen ließen. Aber alles, was meine Kunst in dieser Hinsicht aufbieten könnte, wäre sehr aufwendig und bräuchte Zeit ...“ Ubranos aus Capana schüttelte bedauernd den Kopf. „So viel Zeit wird uns nicht bleiben.“

„Ach, nein?“

„Als wir in das Gebiet jenseits des schwarzen Felsen einflogen, gab es ein paar sehr charakteristische Lichterscheinungen. Dann ist da dieser schwarze Felsen selbst, die Markierungssteine, die sicher nicht ohne Grund plötzlich aufleuchteten. Außerdem habe ich eine Konzentration von Kräften gespürt ... Ich kann es Euch nicht erklären, mein Kaiser. Verzeiht mir diesen ungeschickten Vergleich, aber es wäre, als wollte ich einem Tauben den Klang eines Konzertes am Hof von Drakor beschreiben oder versuchte einem Blinden die Schönheit eines Sonnenuntergangs zu vermitteln ...“

Katagi musterte den Magier eindringlich. „Worauf wollt Ihr hinaus?“

„Wir haben schon darüber gesprochen, dass dieses Heiligtum der Barbaren eigentlich ein kosmisches Tor ist."

„Richtig."

„Der Weise Liisho ist eines der wenigen noch lebenden Wesen, die wahrscheinlich Kenntnis von der Funktionsweise dieser Tore haben."

Katagi nickte. „Darüber hat man schon zu Zeiten Kaiser Kojans Geschichten erzählt – und auch darüber, dass der Tod bisher an ihm vorbeigegangen ist, denn eigentlich hat er die Lebensspanne gewöhnlicher Menschen längst überschritten ..." Er zog die Stirn in Falten. „Wir vermuten ja, dass Liisho das Tor benutzt haben könnte und hier ist, um Rajin zu helfen. Das bedeutet, er könnte das Tor jederzeit wieder benutzen und dann mit Rajin entschwinden – ohne dass er für mich noch erreichbar wäre!" Auf einmal sprang Katagi auf. Die Wut gab ihm neue Kraft. „Das könnte diesem Narren in der Maske eines Weisen so passen!" Er packte Ubranos am Kragen. „Fjendurs kalter Nebel trennt uns von ihm – aber Ihr müsst etwas unternehmen, Ubranos! Diese kosmischen Tore muss man doch magisch beeinflussen können!"

„Grundsätzlich schon. Aber das Wissen darüber ging bereits vor langer Zeit verloren", gab Ubranos zur Antwort; seine Stimme zitterte nur leicht aus Angst vor seinem Herrscher. „Ich zumindest weiß kaum etwas darüber ..." Als er sah, wie der Kaiser den Mund öffnete, um ihn anzufahren, setzte er schnell hinzu: „Und auch Liishos Wissen scheint keineswegs vollkommen zu sein. Denn wenn Ihr mich fragt, versuchte der Weise das Tor zu öffnen, als wir hier eintrafen, was die seltsamen Lichterscheinungen hervorrief, die wir gesehen haben, doch es ist ihm aus irgendeinem Grund nicht gelungen."

Katagi knurrte und ließ den Magier los. „Aber das bedeutet nicht, dass ein zweiter oder dritter Versuch ebenfalls erfolglos sein muss."

Ubranos zuckte mit den Schultern. „Vielleicht ist eine besondere Konstellation der Gestirne oder der Monde dafür erforderlich – oder gar der Stand der Sonne entscheidend. Oder man ist auf das Wohlwollen dieser Kreatur namens Fjendur angewiesen – was ich beim Gedenken an alle Großmeister von Magus nun wirklich nicht hoffen will."

„Was schlagt Ihr vor, Meister Ubranos?"

„Mein Kaiser, es gibt eine Möglichkeit, Rajin in diesem Fall dazu zu bewegen, Liisho nicht durch das Tor zu folgen. Immerhin befindet sich diese junge Frau in unserer Gewalt – Nya! Ich habe ihren Geist gründlich durchforscht, denn schließlich trägt sie ja den Enkel Kaiser Kojans unter ihrem Herzen. Ihr Geist ist schwach, und es gibt da ein paar interessante Varianten magischer Kunst, die man bei ihr anwenden könnte."

„Und was schwebt Euch da so vor?"

„Zunächst einmal werden wir Rajin eine Botschaft zukommen lassen …"

Das Licht blendete Nya, als sich die Tür öffnete und der Magier in ihr Gefängnis trat. Sie war noch immer nicht in der Lage sich zu rühren. Eine ungeheure Kälte umfing sie, und sie hatte zwischenzeitlich schon überlegt, ob sie vielleicht längst gestorben war und nur der Todverkünder und Traumhenker Ogjyr vergessen hatte, ihre Seele von ihrem längst erkalteten Leib zu trennen.

Der Magier, der sie in ihrem Gefängnis aufsuchte, war derselbe, der sie schon unmittelbar nach dem Gemetzel von Winterborg auf so unangenehme Weise berührt hatte und in ihre Seele gedrungen war. Sie hätte vor ihm gezittert, doch nicht einmal dazu war sie in der Lage.

Der Magier redete zu ihr in einer Sprache, die nicht die ihre war, aber seine Worte drangen dennoch in ihre Gedanken. Es war beinahe so wie bei der Gedankenstimme Fjendurs, deren Botschaft sie ebenso erhalten hatte wie die Drachenier.

„Dein geliebter Rajin ist ganz in der Nähe", sagte der Magier mit einer Stimme, deren Klang sie unwillkürlich schaudern ließ. „Oh, verzeih – du nennst ihn ja Bjonn Dunkelhaar. Du willst doch sicher auch, dass er von dir erfährt. Davon, dass es dir und seinem Kind gut geht." Der Magier kicherte, als hätte er schon vor langer Zeit den Verstand verloren. Seine Hand berührte ihren Bauch, dann wanderte sie höher; dazu murmelte er Worte, deren Bedeutung sie auf magische Weise nicht erfassen konnte. Worte, die aus Lauten bestanden, die sehr tief aus seiner Kehle kamen, und die sich deutlich von der Sprache unterschieden, die er bis dahin benutzt hatte.

Eine Welle des Schmerzes durchfuhr Nya. Für Augenblicke war sie nicht in der Lage, auch nur einen einzigen klaren Gedanken zu fassen. Sie hatte das Gefühl, dass ihr die Seele aus dem Körper gerissen würde …

Aber nicht nur ihre Seele, sondern auch die des ungeborenen Lebens in ihr.

Der Magier legte die Hand auf ihr Gesicht, und es war Nya, als würde sich ein ungeheures Gewicht auf sie legen, eine Last, die sie zu zerdrücken drohte. Sie konnte nicht atmen. Aber wenn es die Götter so beschlossen hatten, dachte sie, dann sollte es so sein, dann war dieser Moment vielleicht einer jener Webfehler im Schicksalsteppich, die Groenjyr, dem Gott des Jademondes, nun einmal unterliefen, wenn er zu viel getrunken hatte. Der Traumhenker sollte kommen und sie von ihrem Leib trennen – aber mit ihm gehen würde sie nicht. Sie war bereit, alles loszulassen und sich in Njordirs nasses Reich zu begeben. Dort, so war sie überzeugt, wartete der Frieden auf sie, der immerwährende Frieden des dunklen Meergrunds. Der Gedanke beruhigte sie.

Da nahm der Magier seine Hand wieder weg, und von einem Moment zum anderen war auch der unerträgliche Druck, der sie hatte ersticken wollen, nicht mehr da.

Eine Wolke aus dunklem Rauch war in der geöffneten Hand des Magiers zu sehen. Eine Vielzahl winzigster Teilchen tanzte wie ein Schwarm kleiner Fliegen durcheinander. Dann begannen diese Teilchen zu glühen. Wie glimmende Aschestücke in einem Herdfeuer, in das ein Schürhaken gefahren war.

Die Teilchen verschwanden in der Hand des Magiers, verschmolzen mit ihr und waren im nächsten Moment nicht mehr zu sehen.

„Du willst wissen, was das war?“, fragte er, und seine an sich unverständlichen Worte formten in Nyas Geist Gedanken von absoluter Klarheit. „Ein Abbild deiner Seele. Glaubst du nicht, dass dein Geliebter sich darüber freuen wird?“ Der Magier lachte schallend, und dieses Lachen hallte auf eine Weise in Nyas Kopf wider, die sie Augenblicke später völlig betäubte; eine so bleierne Müdigkeit überfiel sie, wie sie die junge Frau noch nie zuvor gespürt hatte.

Dann war da nur noch Dunkelheit.

Schwärze, die sich wie eine immerwährende Nacht über ihre Seele legte.

Sie hörte noch, wie die Tür ihres Gefängnisses geschlossen wurde. Aber schon vorher war es so stockfinster um sie, als wäre sie erblindet.

Ein kaiserlicher Diener brachte einen Käfig mit einer Zweikopfkrähe herbei. Diese Art Vogel war dafür bekannt, dass sie zuverlässig Botschaften überbrachte und für magische Beeinflussung leicht empfänglich war.

An einem mit kunstvollen Schnitzereien verzierten und sehr zierlich wirkenden Tisch, der fest im Gondelboden verankert war, hatte sich der Magier Ubranos niedergelassen. Der Tisch war ebenso wie der dazugehörige Diwan aus dem besonders leichten Holz des Vogelknochenbaums aus den Wäldern Tembiens, der östlichsten Provinz Feuerheims, gefertigt, das sich aufgrund seines geringen Gewichts auch bei den Luftschiffbauern von Tajima äußerst großer Beliebtheit erfreute. Die Schnitzereien zeigten größtenteils Drachenköpfe.

Der Magier entrollte ein besonderes Pergament, das aus der Haut eines mindestens zweihundertjährigen magusischen Fünfhornbisons gefertigt war. Diese achtbeinigen, einem hausgroßen Wollknäuel mit fünf Hörnern ähnelnden Geschöpfe lebten im Hochland von Ktabor in Mittel-Magus, einer Gegend, die man auch „Das Land der leuchtenden Steine" nannte. Das Licht dieser Steine war es, so die gängige Meinung der Magiermeister, die so manchem dort lebenden Geschöpf außergewöhnliche Eigenschaften verlieh – und hin und wieder galt das über den Tod des betreffenden Geschöpfes hinaus.

Ubranos strich das Pergament mit großer Sorgfalt glatt, nachdem er es entrollt hatte. Mit dem Finger malte er ein unsichtbares Zeichen darauf und murmelte dazu einige Worte in der Sprache der Magier.

Dann hielt er seine geöffnete rechte Hand wie einen Schirm über das Blatt. Myriaden kleiner schwarzer Teilchen drangen aus der Mitte seiner Handfläche hervor, lösten sich daraus, so als würde die Hand zu Staub zerfallen. Die feinen schwarzen Körnchen glühten auf, während sie mit unnatürlicher Langsamkeit auf die Oberfläche des Pergamentes zustrebten und sich dort verteilten.

Nachdem das geschehen war, schloss der Magier seine Hand.

Und sagte einen Namen.

„Nya."

Das Gesicht der jungen Frau erschien auf dem Pergament. Es wirkte so lebensecht, wie es nicht einmal die Meister in den Küstenstädten des drachenischen Neulandes mit ihren Pinseln und Farben zu schaffen vermochten. Dabei waren die Malerschulen von Etana und Jandrakor berühmt und ihre Werke von so hoher Kunstfertigkeit, dass man sie zunächst für die Ergebnisse von Zauberei gehalten hatte. Innerhalb der Priesterschaft des Unsichtbaren Gottes war ein generationenlanger und noch immer nicht entschiedener Streit darüber entbrannt, ob diese Art der Malerei nun einen Frevel darstellte oder nicht.

Aber das, was Ubranos auf dem Fünfhornbison-Pergament erscheinen ließ, stellte all das in den Schatten – was nicht zuletzt daran lag, dass sich das Bild der jungen Frau bewegte.

Kaiser Katagi, der den Magier mit skeptischem Blick während der gesamten Prozedur beobachtet hatte, sackte die Kinnlade herab, und er vergaß eine ganze Weile, den Mund wieder zu schließen. Ubranos nahm das mit Genugtuung zur Kenntnis. Es war sicher nicht schlecht, wenn Katagi etwas Respekt vor seiner Kunst gewann.

Die junge Frau redete in ihrer Barbarensprache. Ubranos rollte das Pergament zusammen, woraufhin die Stimme der jungen Barbarin erstarb. Ein zufriedenes Lächeln erschien auf seinem Gesicht. „Nun, könnt Ihr Euch vorstellen, dass dies auf Rajin Eindruck machen wird?"

Der Kaiser gab sich betont kühl und unbeeindruckt, auch wenn es längst zu spät war, so zu tun, als hätte ihn diese Vorführung magischer Kunst nicht in ihren Bann geschlagen. „Ich bin kein Magier und habe deshalb auch keine Vorstellung davon, wie stark das Band zwischen den beiden tatsächlich ist."

„Es ist stark", versicherte Ubranos. „Sehr stark. Ein so starkes Band, dass Ihr Rajin damit werdet erwürgen können, wenn alles nach meinem Plan verläuft."

Ubranos steckte das Pergament in eine zylinderförmige Lederschatulle, die eigens dafür gefertigt war, am Leib einer Zweikopfkrähe befestigt zu werden.

„Öffnet den Käfig!", wies Ubranos den Diener an.

Der Diener gehorchte.

Die Zweikopfkrähe hüpfte aus dem Käfig, flatterte empor und landete in der Mitte des Tisches. Die beiden Köpfe des Vogels bewegten sich ruckartig. Kurz hintereinander drangen krächzende, nach Aufmerksamkeit heischende Laute aus beiden Schnäbeln.

„Komm her, mein treuer Diener", sagte Ubranos. „Komm her und überbringe diese Nachricht an den, den ich dir zeigen werde!"

Er starrte die beiden Vögelköpfe an, und sie schienen auf einmal vollkommen gebannt zu sein. *Seht, was ich sehe – denkt, was ich denke – wisst, was ihr wissen müsst …*

Wenig später wurde ein Fenster geöffnet, und die Zweikopfkrähe flog hinaus und auf den Nebel zu. Sie krächzte mit ihren zwei Schnäbeln einen dissonanten Akkord nach dem anderen, und man hörte sie noch eine ganze Weile. Ubranos trat auf den Balkon hinaus, um ihr hinterherzuschauen, so als wäre er nicht sicher, ob das Tier nicht auch vom Nebel beeinträchtigt wurde.

„Und Ihr glaubt wirklich, dass sich Rajin darauf einlassen wird?", fragte Kaiser Katagi, nachdem der Magier ins Innere der Gondel zurückgekehrt war.

„Das wird er", versprach Ubranos. „Verlasst Euch darauf."

7

IM LICHT DES MEERMONDES

„Es ist kein Leben mehr in ihm“, stellte Bratlor fest und deutete auf den Drachen, dessen Schreie und schließlich auch Röcheln nach kurzer Zeit verstummt waren. Fjendur hatte sich in diesem ungleichen Kampf als der Stärkere erwiesen.

„Der Traumhenker hat die Seele des Drachen vom Leib getrennt“, stimmte Rajin zu. „Und ich frage mich, ob dieser Nebel auch für uns gefährlich sein könnte.“

„Nein, das glaube ich nicht“, meinte der Weise Liisho. Er rieb sich die Hände. „Mal abgesehen von der lausigen Kälte, die hier herrscht.“ Er würdigte Shiiyyoom keines Blickes mehr. „Lasst uns zur Höhle zurückgehen. Je schneller es uns gelingt, das kosmische Tor zu öffnen, desto sicherer werden wir von hier fortkommen und Katagis Schergen doch noch entwischen.“

„Du sagst ‚wir‘?“, stellte Bratlor überrascht fest. „Welche Rolle hast du denn uns dabei zugedacht?“

Liisho musterte Bratlor. „Dir ursprünglich gar keine, wie du dir ja wohl denken kannst. Aber man kann sich seine Verbündeten nicht immer aussuchen, und im Moment bin ich leider in der Situation, die Hilfe eines jeden annehmen zu müssen, um Rajins Leben zu retten – und damit die Hoffnung der Welt zu erhalten.“

Liisho drehte sich um und schritt in Richtung des Eingangs der Orakelhöhle.

„Große Worte!“, rief Bratlor. „Ihr habt einmal versucht, das Tor ohne die Kraft des Mondlichts zu öffnen, und es ist Euch nicht gelungen.

Und wie soll es jetzt geschehen, da wir von einem Nebel eingehüllt sind, der so dicht ist, dass man heute Nacht weder den Meermond noch irgendeinen anderen Himmelskörper sehen wird?“

Liisho war nach wenigen Schritten stehen geblieben und drehte sich ärgerlich um. „Ist das die Art, wie Seemannen sich Mut machen, bevor sie auf Beutefahrt gehen, um Seemammuts zu erlegen? Indem sie sich immer wieder vorhalten, dass alles schiefgehen wird und sie ohnehin viel zu schwach sind, um so etwas zu vollbringen?“ Liisho machte eine wegwerfende Handbewegung.

„Meister Liisho, sieh nur!“, fuhr Rajin dazwischen. Er deutete auf das Juwel über dem Höhleneingang. Es leuchtete pulsierend auf.

Liisho ließ den Blick suchend durch den Nebel schweifen. „Da ist irgendeine Kraft am Werk, die …“ Er sprach nicht weiter.

Eine dunkle Säule schälte sich aus dem Nebel hervor. Es war die überlebensgroße Gestalt des Vermummten – höher als der höchste Mast im Hafen von Winterborg gewesen war!

„Fjendur!“, murmelte Rajin.

Er trat dem Vermummten ein paar Schritte entgegen. Die Linke legte sich dabei um den Griff des leichten drachenischen Schwertes, das er im Gürtel trug. Doch es war ihm durchaus klar, dass weder Feuerheimer noch drachenischer Stahl etwas gegen einen Gott wie Fjendur auszurichten vermochten.

„Zurück, Rajin!“, rief Liisho, dem die ganze Situation nicht geheuer war.

„Nein, es hat keinen Sinn, Fjendur ausweichen zu wollen!“, widersprach Rajin. „Er würde uns überall finden, denn er ist ja bereits in unseren Gedanken …“

Sehr richtig!, dröhnte die Gedankenstimme des Gottes, und seine Worte hallten auf eine gleichermaßen unangenehme wie erhaben wirkende Weise in Rajins Schädel und auch in den Köpfen seiner beiden Begleiter wider. Es schmerzte, aber Rajin ließ sich nichts anmerken. Er wollte sich diese Blöße nicht geben und auf keinen Fall den Eindruck erwecken, er wäre leicht zu beeindrucken – wer immer sich ihm da auch nähern mochte.

Seltsamerweise wurde die Gestalt des Vermummten immer kleiner, je weiter sie sich näherte. In einem Abstand von einer halben Schiffslänge hatte sie gerade noch die Größe der besonders kräftig gebauten Männer Winterborgs, wie etwa Kallfaer Eisenhammer. Als der Vermummte noch näher kam, fragte sich Rajin unwillkürlich, ob sich unter den zahlreichen Schichten aus Gewändern, Tüchern und Stoffbahnen, in die sich der Gott der Kälte gewickelt hatte, nicht vielleicht in Wahrheit ein halbwüchsiger Junge verbarg, so schmal wirkten seine Schultern und so schmächtig seine ganze Erscheinung.

„Sei gegrüßt, Fjendur", sagte Rajin.

Bratlor trat neben ihn. Der Sternenseher legte eine Hand auf den Schwertgriff und schien den Oberkörper darauf zu stützen. Das war keine eindeutig kriegerische Pose, und doch signalisierte sie Kampfbereitschaft. Die in Lumpen gehüllte Gestalt des Vermummten wirkte alles andere als göttlich. Nicht der allgewaltige Gegenspieler Njordirs schien da vor ihnen zu stehen, sondern das bis auf die Knochen abgemagerte Gerippe eines halbwüchsigen Kindes, in zahlreiche Stoffbahnen eingewickelt. Das, was sich unter den stockfleckigen, teilweise zerrissenen und von Löchern übersäten Tüchern und Stoffstreifen befinden mochte, blieb der Fantasie des Betrachters überlassen, denn es ragten weder Hände daraus hervor, noch war etwas vom Gesicht zu sehen, das ebenfalls mit Stoff umwickelt war. „In uralter Zeit sollen die Magier ihre Toten derart mit Tüchern umwickelt und die Leichen mit allerlei Essenzen behandelt haben, damit ihre Leiber nicht verwesten", raunte Bratlor seinem Gefährten zu. „Diese Gestalt scheint mir Ähnlichkeit mit manchen Artefakten dieser Art zu haben, die unsere Vorfahren einst raubten. Heutzutage modern sie in den Kellern der Sternenseherschule von Seeborg vor sich hin, auf dass man den gelehrigen Schülern ein paar Kuriositäten zu präsentieren vermag."

„Ich nehme an, dass man in Magus längst bessere Möglichkeiten gefunden hat, dem Tod ein Schnippchen zu schlagen", vermutete Rajin, „nach allem, was man sich an Wunderlichem über dieses Land erzählt ..."

„Überschätze die Kunst der Magier nicht", mischte sich Liisho mit leiser Stimme ein. „Zumindest, wenn es darum geht, den Tod zu besiegen, versagen ihre Kunst und ihre Mittel auf die Dauer, wie ich am eigenen Leib schmerzvoll erfahren musste ..." Er trat zwischen die beiden Freunde. „Jedenfalls bin ich mir sicher, dass diese Erscheinung nichts mit den Mumien der Magier zu tun hat …“ Liisho trat noch einen Schritt vor. Rajin gefiel die Art und Weise nicht, wie er die Initiative übernahm, als er mit herausfordernder Stimme verlangte: „Sprich schon, wer bist du?“

Da entriss eine unsichtbare Kraft ihm den Drachenstab.

Gleichzeitig wurde auch Rajin der Drachenstab, den dieser noch bei sich trug, aus den Händen gezerrt. Die beiden Stäbe flogen im hohen Bogen durch die Luft, drehten sich dabei immer wieder um sich selbst und landeten schließlich genau vor den Füßen des Vermummten. Wie Speere stießen sie in den vereisten Boden, der ihnen jedoch keinerlei Widerstand zu bieten schien; als wären sie glühend, fuhren sie in das Eis und drangen bis zur Hälfte ihrer Länge darin ein, ehe sie zitternd verharrten. Dieses Zittern verursachte Töne, die so durchdringend waren, dass es für ein menschliches Ohr fast unerträglich war.

Sklavenhalter des Drachengezüchts – auch ihr!, drang die Gedankenstimme Fjendurs in ihre Köpfe. Rajin spürte die geistige Kraft seines Gegenübers und erschauderte.

Die Gestalt streckte die Arme aus, sodass die Hände zum Vorschein kamen, doch auch sie waren mit Tüchern umwickelt.

Tod über euch, die ihr den Tod bringt. Vernichtung über die, die das Chaos befördern …

„Du irrst dich! Wir sind nicht gegen dich – sondern deine natürlichen Verbündeten!“, rief Liisho. „Der Urdrache Yyuum erwacht – weit weg von hier, in einem Gebirge, das nicht einmal dir bekannt sein dürfte. Wenn du uns vernichtest, wird der Fünfte Äon mit einer zweiten Herrschaft der Drachen zu Ende gehen, und wir alle werden vernichtet werden, lange bevor der Schneemond auf die Welt stürzt …“

Schweig!!!

Bratlor stöhnte auf und hielt sich den Kopf, so intensiv war dieser Gedanke des Vermummten, so voller Grimm und Hass auf diejenigen, die ihn und die Welt selbst aus ihrer kalten Ordnung gerissen hatten. Rajin sammelte alles, was an innerer Kraft in ihm aufzubringen war, um der bedrängenden Gegenwart des Vermummten zu begegnen.

Liisho aber vermochte dem Druck am besten standzuhalten. Er murmelte eine Zauberformel – Rajin kannte die Sprache nicht –, streckte beide Arme aus, und die Drachenstäbe, die vor dem Vermummten im Boden steckten und gegen jedes Naturgesetz die ganze Zeit über gezittert und die unheimlichen Töne erzeugt hatten, schnellten aus dem vereisten Boden, wirbelten wie die Holzstäbe und Schauwaffen von Kampfkunst-Artisten drachenischer Zirkusse durch die Luft und auf Liisho zu. Gleichzeitig und vollkommen zielsicher fing Liisho sie auf.

Der Vermummte jedoch streckte die bandagierten Hände aus – und ein dritter Arm, der bis dahin unter den Tüchern verborgen geblieben war, kam zum Vorschein und richtete sich ebenfalls gegen Rajin und seine Gefährten.

Im selben Moment glühten die Drachenstäbe in Liishos Händen weißgelb auf. Doch welches Kunststück aus seinem Repertoire Liisho auch immer hatte vorführen wollen, es gelang ihm nicht mehr, und auch Bratlor und Rajin waren unfähig zu reagieren, als hellblaue Blitze aus den drei bandagierten Händen des Vermummten zuckten. Jeder dieser Blitze erfasste einen der drei Männer. Sie tanzten um ihre Gestalten, ließen sie zu regungslosen Statuen erstarren – Gefangene der unheimlichen Mächte, die der kalte Fjendur entfesselt hatte. Die Blitze teilten sich, bildeten viele kleine blitzartige Erscheinungen, die wie zuckende Spinnentiere aus Licht wirkten.

Die Blitze erloschen knisternd, aber die Spinnentiere aus purem Licht krabbelten noch immer über die Körper der drei Männer.

Dann öffnete der Vermummte die Bandagierung unter seiner Kapuze, die bisher sein Gesicht bedeckt hatte. Darunter war nur Schwärze. Ein Schatten, den kein Sonnenstrahl hätte erhellen können.

Im nächsten Moment wurden aus den Spinnentieren wieder Blitze, die von Rajin, Bratlor und Liisho zurück zu dem Vermummten zuckten. Sie sammelten sich unter der Kapuze – dort, wo eigentlich sein Kopf hätte sein müssen.

Ah, jetzt weiß ich, was ihr wisst … Jetzt begreife ich … Ein Weiser, der mit einem Drachen gegen die Drachenmacht kämpft … Das Schicksal erlaubt sich seltsame Scherze, und Groenjyr, der den Schicksalsteppich knüpft, scheint in diesen Tagen einen Vollrausch zu haben. Dass er in seinem Suff jedes Augenmaß verloren hat, ist ja nichts Neues, aber das, was ich nun erfahre … Einem menschlichen Legendensänger würde man viel für solchen Einfallsreichtum zahlen …

Rajin fühlte Schwindel. Alles drehte sich vor seinen Augen und drohte, sich in einem Strudel aus Licht, Farben und der zerfließenden, sich dehnenden und wieder schrumpfenden Gestalt des Vermummten aufzulösen.

Liisho und Bratlor erging es nicht besser. Alle drei taumelten zu Boden. Liisho umklammerte dabei krampfhaft die beiden Drachenstäbe, die noch immer ein wenig glühten, doch dieses Glühen erlosch kurz darauf vollständig.

Allmählich klärte sich Rajins Blick wieder. Der Vermummte trat auf ihn zu. Er blieb schließlich nur eine knappe Armlänge von Rajin entfernt stehen und hatte lediglich noch die Größe eines fünfjährigen Kindes. *Du bist also derjenige, der das Gleichgewicht erhalten soll …*

„Das hat man mir gesagt", murmelte Rajin.

Du wirst noch an innerer Stärke gewinnen müssen, ehe du dazu fähig sein wirst …

„Auch das ist mir schon oft gesagt worden."

Es ist lange her, dass ich zu Gunsten oder Ungunsten irgendeines sterblichen Menschen in die Geschicke der Welt eingegriffen habe. Lange, lange ist es her, dass ich mich wirklich mit der Welt beschäftigte. So wurden auch die Fragen der Barbarenhäuptlinge an das Orakel mir mit der Zeit so unverständlich, dass sie ein Riesenfaultier nicht schlechter hat beantworten können als ich … Kurz hallte Gelächter in Rajins Kopf so laut wider, dass er für einen Moment das Gefühl hatte, ihm würde der Schädel platzen. *Ich habe mich zurückgezogen, und die Welt und ihre Bewohner wurden mir fremd … Selbst der ewige Streit mit meinem alten Feind langweilt mich …*

„Du meinst Njordir?"

Existiert er noch, oder modert er schon am Grund seines nassen Reichs vor sich hin? Ach, es ist mir gleichgültig. Sterben einem die Feinde fort, stirbt ein Teil von einem selbst. Und irgendwann wünscht man sich nichts sehnlicher, als selbst nicht mehr zu existieren. Doch was erzähle ich dir von Dingen, die du ohnehin nicht zu begreifen vermagst. Eine Pause folgte.

Der dritte Arm des Vermummten war wieder völlig unter den Tüchern und Stoffstreifen verschwunden. Fjendur drehte sich um, wandte sich von Rajin ab und entfernte sich, wobei er wieder zu wachsen schien.

„Fjendur!“, rief Rajin. „Wir brauchen deine Hilfe!“

Die Antwort des Gottes der Kälte war ernüchternd: *Nie hätte ich gedacht, diesen uralten Kampf noch einmal ausfechten zu müssen … Ich bin mir nicht sicher, ob mein Interesse an der Welt groß genug ist, dies zu tun …*

„Dein Interesse an der Welt war groß genug, um die Drachen hinter den schwarzen Felsen zurückzudrängen!“, entgegnete Rajin, dem die Antwort des Gottes nicht gefallen wollte. „Willst du nicht dem rechtmäßigen Drachenkaiser die Möglichkeit geben, sein Erbe anzutreten, um das Gleichgewicht zu erhalten und eine zweite Herrschaft der Drachen zu verhindern?“

Der Vermummte blieb stehen – inzwischen bereits wieder auf die Größe eines halbwüchsigen Jünglings angewachsen. Er drehte sich herum, so als wollte er Rajin ansehen. Dabei war sich Rajin nicht einmal sicher, ob sein Gegenüber überhaupt so etwas wie Augen hatte. Fjendurs Gestalt verschwamm etwas; seine Konturen wurden für einen kurzen Moment undeutlich.

Ich wäge noch ab, bekannte der Gott der Kälte. *Aber ganz gleich, wie ich mich auch entscheide – sage mir, auf welche Weise ich dir helfen könnte!*

„Frag meinen Gefährten Liisho. Man nennt ihn einen Weisen. Er weiß mehr über diese Dinge als ich …“

Ein Weiser? Der Vermummte wandte sich Liisho zu. Ein leises, verächtliches Lachen ertönte in den Köpfen der drei Menschen. *Gewiss doch, das ist mir gleich aufgefallen, als ich seinen Geist berührte und seine Seele erforschte – nur Narren nennen sich selbst einen Weisen, also ist Liisho eher ein Narr!*

„Hör dir dennoch an, was er zu sagen hat“, bat Rajin.

Warum sollte ich das tun? Es wird mich sehr wahrscheinlich nur langweilen …

„Es hängt so viel davon ab!“, bettelte Rajin.

Der kalte Fjendur ließ erneut ein vor Zynismus triefendes Gelächter in Rajins Kopf widerhallen. *Ah, das ist immer ein Argument der Sterblichen: Es hängt so viel davon ab … Es war mir klar, dass du das irgendwann sagen würdest.*

„Es ist aber die Wahrheit!“

Wie auch immer – soll der weise Narr Liisho mir sagen, was ich für euch tun soll!

Der Vermummte wandte sich Liisho zu und machte eine auffordernde Bewegung mit einem seiner Arme.

„Das kosmische Tor, durch das ich kam, muss geöffnet werden!", stieß Liisho, der wieder im Vollbesitz seiner Kräfte zu sein schien und sich erhoben hatte, eilig hervor. „Kannst du das – wer oder was auch immer du sein magst?"

Es tut mir leid, erklärte der Vermummte. *Das Tor existierte schon, bevor meine Seele erwachte, und ich weiß nur wenig darüber. Das Juwel am Eingang der Orakelhöhle reagiert auf meine innere Kraft. Aber warum das geschieht, ist mir nicht bekannt … Allerdings erfuhr ich aus deinen Gedanken ein paar Neuigkeiten darüber, was man mit dem Tor anzustellen vermag. Früher hätte mich das interessiert … Heute nicht mehr …*

„Ich vermag es nur beim Schein des Meermondes zu öffnen", erklärte Liisho.

Ausgerechnet jener Mond, auf dem Njordirskint, der Sohn meines Erzfeindes Njordir residiert …

„Das Licht des Meermondes muss direkt durch die Öffnung in der Höhlendecke fallen und das Juwel auf der Säule anstrahlen", fuhr Liisho fort, ohne auf die gedanklichen Worte des Gottes einzugehen.

Ich hatte schon befürchtet, es wäre etwas wirklich Kompliziertes!, höhnten die Gedanken des Vermummten mit beißendem Spott.

„Aber bevor es so weit ist", mischte sich Rajin ein, „und sich der Meermond in der entsprechenden Position befindet, werden uns die Drachenier ermordet haben!"

Ihre Drachen werden vom Nebel zurückgehalten!

„Der Nebel ist ein weiteres Problem", sagte Liisho. „Er mag die Drachen des Usurpators fernhalten, aber erstens wird der früher oder später seine Fußsoldaten aussenden …"

Und du glaubst, mit denen würde ich nicht fertig? Narr! Ah, ich mag diese Kämpfe nicht mehr, und habe eigentlich auch schon genug der Eindringlinge getötet, um meinen Zorn abzukühlen – das gilt für Drachen ebenso wie für Drachenherren …

„… und zweitens", fuhr Liisho fort, „ist der Nebel so dick, dass er das Licht des Meermondes schluckt."

Ach wirklich? Der Vermummte wirkte amüsiert. *Dann wäre es wohl das Beste, den Meermond aufsteigen und den Nebel verschwinden zu las-*

sen! Sobald dies geschieht, müsstet ihr euch allerdings beeilen, von hier fortzukommen, denn ich habe wenig Lust, mich noch unnötig lange mit den Eindringlingen zu befassen!

„Wie bitte?“, rief Bratlor erstaunt. „Es wäre das Beste, den Meermond aufsteigen und den Nebel verschwinden zu lassen, hast du gesagt? Das … das geht einfach so?“

Der Vermummte wandte sich ihm zu. *In dieser Senke bin ich auch der Herr der Zeit. Ich kann sie anhalten oder voranfließen lassen und beschleunigen. Die Zeit anzuhalten kann ich allerdings nicht wirklich empfehlen: Sie gleicht dann einem Stauwehr, das plötzlich weggerissen wird. Die Folgen können unabsehbar sein. Doch die Zeit, diese alte Schildkröte, etwas zur Eile zu treiben, hat mir immer Freude bereitet …* Der Vermummte sah wieder Rajin an. *Du weißt nicht, was eine Schildkröte ist, junger Freund? Ich kann mich noch an Zeiten erinnern, da sie zu Abermillionen an den Stränden dieses Eilandes ihre Eier ablegten. Sie ernährten sich von Pflanzen, von denen dieses Land geradezu überwuchert war … So ändern sich die Zeiten. Abgesehen von den Drachen scheinen mich auch andere Formen des Lebens zu meiden!*

Auf einmal streckte er seine drei Arme dem Himmel entgegen und murmelte Worte, die diesmal nicht als Gedanken vermittelt wurden, sondern tatsächlich hörbare Laute waren, die Silben bildeten und dumpf unter seiner Vermummung hervordrangen.

Der Nebel, der bis dahin die Nordwesthälfte von Fjendurs Senke erfüllt hatte, löste sich auf. Wolken zogen rasend schnell über den Himmel, die Sonne sank mit der Geschwindigkeit einer landenden Eismöwe dem Horizont entgegen und verschwand schließlich jenseits des Gebirgsrings.

Kaum einen Herzschlag später erhoben sich die Monde einer farbigen Perlenkette gleich in den dunklen Himmel. Der Blutmond machte den Anfang, der blaue Meermond, auf dem Njordirskint, der Sohn des Meeresgottes Njordir, residierte, folgte, dann gingen kurz nacheinander Jademond, Augenmond und Schneemond auf, während im Hintergrund die Sterne funkelten.

Ah, ist der Schneemond groß geworden … Ich nehme an, der Verrätergott Whytnyr plagt noch immer die Bewohner des Nordens, indem er die Wassermenschen unterstützt … Ich habe mir lange nicht mehr den Nachthim-

mel angesehen. Ich betrachte die Welt mit anderen Maßstäben als ihr Sterblichen, und für mich lohnt es fast nicht mehr, irgendetwas zu beginnen – sei es nun die Verwirklichung eines Racheschwurs oder die Rettung der Welt oder gar etwas so Abstraktes wie die Erhaltung irgendeines Gleichgewichts. Was mit Letzterem auch immer konkret gemeint sein mag, der Sturz des Schneemondes wird jede Waagschale überflüssig machen und ein Chaos erzeugen, das selbst die Drachen verschlingen wird … Könnte das vielleicht der Grund für die plötzliche Aktivität des Urdrachen Yyuum sein, der doch über Äonen hinweg damit zufrieden war, unter einem Gebirge zu schlummern, und nun zu erwachen scheint, wie ich den Gedanken des weisen Narren Liisho entnehmen konnte? Wer weiß. Ich werde mich jedenfalls keiner besonderen Anstrengung mehr unterziehen, um das in Erfahrung zu bringen … Ah, was waren das für Zeiten, als ich mit so viel Elan die Feuer der Drachen und Vulkane löschte … Vorbei … Erinnerungen – nichts als Schatten der Vergangenheit …

Die Monde rasten geradezu über das Firmament.

Rajin hatte die Sorge, dass sie die richtige Konstellation verpassen würden, aber Fjendur schien den Fluss der Zeit innerhalb der kalten Senke tatsächlich auf einzigartige Weise im Griff zu haben.

Der Vermummte vollführte eine ruckartig wirkende Bewegung mit allen drei Armen gleichzeitig, und die Monde hielten in ihrem rasenden Zug über das Firmament plötzlich inne. Der Fluss der Zeit schien wieder in seinem gewohnten Tempo zu verlaufen, sodass der Eindruck entstand, als würden die Monde reglos an ihren Positionen verweilen, und man erst nach einer Weile die Veränderung bemerkte.

Beeil dich, Liisho, du Narr, der du dich einen Weisen nennst! Der Meermond steht genau an der richtigen Stelle, sodass sein Licht exakt durch das Loch in der Decke der Orakelhöhle einfallen und das Juwel treffen müsste, sofern du die Position des Artefakts nicht verändert hast … Ein überhebliches Lachen folgte. *Beeil dich, denn meinen Nebel, der die Drachen vertreibt, habe ich zurückgezogen, damit das Licht des Meermondes bis zur Erde fallen kann! Worauf wartest du, Narr Liisho?*

Liisho zitterte am ganzen Körper, einerseits vor Kälte, aber andererseits auch deshalb, weil selbst er offenbar zutiefst beeindruckt war von dem, was er soeben erlebt hatte.

Der Vermummte wandte sich dem im Licht der fünf Monde gut

erkennbaren schwarzen Felsen zu, der sich wie ein finsterer Schatten gegen die Nacht abhob. Fjendur setzte sich in Bewegung und schritt auf den Felsen zu. Offenbar sah er seinen Hilfsdienst als erledigt an. Den Rest sollten die Sterblichen selbst vollbringen: die Welt vor einer zweiten Herrschaft der Drachen zu bewahren und ihr Gleichgewicht aufrechtzuerhalten. Sich auch noch daran zu beteiligen, dafür war sein Interesse an der Gegenwart offenbar doch nicht stark genug.

„Es gibt da aber noch ein Problem!“, rief Liisho ihm nach.

Ohne sich noch einmal umzudrehen winkte Fjendur nur mit seinem dritten Arm. Eine abwehrende Geste. Er schien einfach nichts weiter mit der Sache zu tun haben zu wollen. *Finde eine Lösung und beweise, dass ich dich zu Unrecht einen Narren nannte und du dich zu Recht als einen Weisen betitelst!*

„Es wird ein Drache durch das Tor kommen!“, rief Liisho. „Es ist mein Diener Ayyaam, ein direkter Nachfahre des Urdrachen Yyuum, aber mir dennoch treu ergeben und ebenso wenig dein Feind, wie ich es bin!“

Der Vermummte wirbelte herum. Seine Gestalt wuchs innerhalb eines Augenblicks um ein Drittel, und gleichzeitig drang ein durchdringender sonorer Ton unter der Kapuze hervor, ein Laut, der wie das wütende Brummen eines Insektenschwarms klang. Fjendur hob seine drei Arme, richtete sie gegen Liisho und ließ aus jedem von ihnen einen Blitz fahren.

Diese Blitze zielten alle drei auf einen einzigen Punkt – Liishos Stirn. Der Weise wurde getroffen, mehrere Schritte weit zurückgeschleudert und landete unsanft auf dem hart gefrorenen Boden.

Fjendur ließ die Arme sinken, wuchs aber weiter – bis auf Mastlänge. *Nichts, was ich in deinen Gedanken fand, widerspricht dem, was du behauptest!*, ließ der ins Riesenhafte gewachsene Vermummte dann wissen. *Also sei es deinem Drachen gestattet, diesen Ort für kurze Zeit aufzusuchen. Aber ich warne dich: Sollte er sich nicht benehmen, werde ich dafür sorgen, dass sein Kadaver zur Beute der Eiswölfe wird und sie das Fleisch von seinen und euren Knochen nagen!*

„Du kannst unbesorgt sein“, versicherte Liisho, der ächzend versuchte, sich wieder aufzuraffen.

So sei dein Drache der erste, der mit meiner Einwilligung seine Klauen in die kalte Senke setzt, nicht verstohlen in aller Heimlichkeit und in der Hoffnung, dass ich nicht erwache und etwas davon bemerke – so wie er es bisher getan hat!

Der Vermummte ging davon. Und während er sich entfernte, wurde seine Gestalt noch immer größer, aber seine Konturen auch immer verschwommener und unklarer. Er bewegte sich sehr schnell – so schnell, dass ihm wahrscheinlich selbst ein Flugdrache nur mit Mühe hätte folgen können. Schließlich wurde er eins mit dem Schatten des schwarzen Felsens und war verschwunden.

„Auf zur Höhle!", forderte Liisho die beiden anderen auf. „Wir werden uns beeilen müssen, denn für die Kriegsarmada des Usurpators gibt es jetzt kein Hindernis mehr!"

„Um so verwunderlicher, dass sie nicht längst hier sind", murmelte Bratlor. Eine tiefe Furche teilte seine Stirn. Er lauschte und sah in Richtung des schwarzen Felsens, der wie ein drohender Schatten in der Mitte der Senke aufragte. Hätte man nicht längst die Signalhörner der Kriegsarmada hören müssen, mit denen ein erneuter Aufbruch befohlen wurde? Und wo blieb das Brüllen der Drachen? Das Rauschen ihres Flügelschlags?

„Dir kann man es wohl nie recht machen", meinte Rajin. „Seien wir doch froh, dass sie nicht angreifen!"

Bratlor nickte düster. Er hob das Kinn, und er machte den Eindruck, als würde er eine herannahende Gefahr wittern.

Sie folgten Liisho in die Orakelhöhle, wo dieser das Juwel sogleich ausrichtete. Die blaue Scheibe des Meermonds hatte sich bereits zur Hälfte über die Öffnung in der Höhlendecke geschoben. Der blaue Strahl fiel direkt auf das Juwel, das Liisho auf dem wieder aufgestellten Säulenstumpf platziert hatte, und gab ihm die nötige Kraft. Es leuchtete und tauchte das gesamte Höhleninnere in ein wässrig-blaues Licht, das sich mit dem warmen, feuerroten Glühen der Wände auf eine ganz besondere Weise vermischte. Wie schon beim ersten Mal, als Liisho das schädelgroße Juwel berührt hatte, erschienen auch diesmal wieder Myriaden geheimnisvoller Zeichen, von denen wohl auch der Weise nur einen Bruchteil zu entschlüsseln vermochte.

Liisho wirkte angestrengt. Der Blick seiner Augen war starr auf das

Juwel gerichtet, während er immer wieder die Finger auf bestimmte Symbole legte, woraufhin sich die gesamte Anordnung der zweifellos zaubermächtigen Zeichen jeweils veränderte. „Geht hinaus und sagt mir Bescheid, sobald die Markierungssteine zu glühen beginnen!", befahl er.

Rajin und Bratlor wechselten einen kurzen Blick. Vielleicht war es dem Weisen lästig, dass die beiden dermaßen intensiv jede seiner Handlungen verfolgten. Vielleicht wollte er auch einfach nur nicht, dass sie ihn dabei beobachteten, wie er das eine oder andere Mal ratlos dastand und selbst nicht genau wusste, welche Symbole er als Nächstes in welcher Reihenfolge zu berühren hatte. Mochte Liisho in mancher Hinsicht gewiss ein Meister sein, so war auch Rajin inzwischen klar geworden, dass seine Kenntnisse hinsichtlich der Funktionsweise der kosmischen Tore eher beschränkt waren.

Rajin und Bratlor folgten der Anweisung des Meisters und traten ins Freie.

Zwei der Markierungssteine hatten zu leuchten begonnen. Ebenso das Juwel über dem Höhleneingang. Aber bei den restlichen Markierungssteinen war noch immer nichts zu sehen – ebenso wenig von einem Lichtbogen, wie er sich vom Höhleneingang bis zum schwarzen Felsen gespannt hatte, als sich das Tor zum ersten Mal vor ihren Augen geöffnet hatte. Dafür aber war hin und wieder ein Flimmern in der Luft, das an Polarlichter erinnerte.

Doch noch öffnete sich das kosmische Tor nicht.

„Dein weiser Freund hat Schwierigkeiten", stellte Bratlor fest. „Aber was mich nach wie vor am meisten beunruhigt, ist, dass die Drachenarmada nicht angreift. Bjonn – Rajin ..."

„Ich habe nichts dagegen, wenn du mich aus alter Gewohnheit mit meinem Seemannen-Namen ansprichst", sagte Rajin.

„Ich hätte gedacht, Nachkommen kaiserlichen Geblütes wären hinsichtlich ihres Namens und Titels etwas empfindlicher." Bratlor zwinkerte ihm zu.

Rajin grinste verwegen. „Auf mich trifft das jedenfalls nicht zu." Dann wurde seine Miene wieder ernst. „Gleichgültig, was auch immer du über mich erfahren haben magst, Bratlor – ich bin immer noch derselbe, der ich vor wenigen Tagen war, als wir uns in einer Winterborger

Sommernacht in die Sättel unserer Riesenschneeratten geschwungen haben, um hierher zu gelangen."

„Nun, es freut mich, das zu ..." Bratlor stockte. Er griff zu seinem Bogen. Zwei Pfeile hatte er noch im Köcher. Einen davon legte er auf die Sehne.

„Was ist denn los?", fragte Rajin, denn er konnte in der Dunkelheit nichts ausmachen, was ihm irgendwie verdächtig erschienen wäre.

„Wusste ich's doch", knurrte Bratlor. „Die andere Seite führt etwas im Schilde!"

Dann sah es auch Rajin ...

Ein zweiköpfiger Vogel tauchte aus dem Dunkeln der Nacht auf; das Licht der fünf Monde ließ sein Gefieder schwarzblau schimmern. Rajin drückte Bratlor den Arm nach unten. „Nicht schießen!", forderte er. „Das ist eine Zweikopfkrähe. Man schickt uns eine Botschaft."

Zweikopfkrähen erfreuten sich auch im Seereich immer größerer Beliebtheit, allerdings vertrugen sie die Kälte nicht. Ihre eigentliche Heimat war der Wald von Tembien im Südosten Feuerheims, wo so manche wundersame Kreatur beheimatet war. Nur dort gab es wildlebende Zweikopfkrähen, und manchmal fuhren seemannische Kapitäne so weit in den Süden, um ungezähmte Exemplare dieser Art von Fängern zu erstehen und sie im Norden teuer weiterzuverkaufen.

Trotz der Kälteempfindlichkeit hatte es selbst in Winterborg immer wieder mal einzelne Kapitäne gegeben, die mithilfe dieser Vögel Kontakt zu Händlern in Witborg oder Borghorst gehalten hatten. Der Wilde Aeriggr beispielsweise hatte sich ein Jahr zuvor noch ein Dutzend gezähmte Zweikopfkrähen gehalten, die allerdings alle den letzten harten Winter nicht überlebt hatten.

Angeblich gab es im Nordenthal-Land einen Vogelhändler, der Zweikopfkrähen von robusterer Natur gezüchtet hatte, denen die Kälte des Nordwestens nichts ausmachte. Aber niemand auf Winterland hatte je so ein Tier zu Gesicht bekommen.

Der Vogel landete ungefähr zehn Schritte von Rajin entfernt. Er zitterte am ganzen Körper, die beiden Schnäbel waren weit geöffnet und stießen Laute aus, die an das Röcheln eines Lungenkranken erinnerten, und eine Wolke gefrorenen Atems bildete sich um die Zweikopfkrähe. Vorsichtig machte das Tier einen Schritt vor den anderen und bewegte dabei auch immer wieder unruhig die Flügel, so als wollte es sich dadurch warm halten.

Rajin bemerkte sofort die zylinderförmige Schatulle, die dem Vogel an den Bauch geschnallt war. Er ging auf das Tier zu, das nicht zurückscheute; Zweikopfkrähen waren es gewöhnt, dass auch für sie Fremde die Botschaft, die sie überbrachten, an sich nahmen.

„Bjonn! Rajin!", hörte er seinen Freund Bratlor rufen. „Scheuch das Vogelvieh doch einfach davon! Gleichgültig, was uns die Herrn der Drachenarmada mitzuteilen haben – es braucht uns nicht mehr zu interessieren!"

Aber Rajins Neugier war erwacht. Mehr noch, er wollte – er *musste* unbedingt erfahren, was die Drachenherrscher ihnen mitzuteilen hatten. Irgendetwas, das er sich nicht erklären konnte, drängte ihn dazu, eine Macht, die ihm einflüsterte, dass diese Botschaft von enormer Wichtigkeit für ihn sei. Er murmelte etwas vor sich hin. Einen Namen …

„Nya …"

Es war mehr ein Hauch, der über seine Lippen kam. Kaum hörbar verklang das eine Wort …

Immer wieder hatte Rajin während des Ritts zum schwarzen Felsen an sie gedacht. Doch warum sich ihr Name und ihr Gesicht ausgerechnet in diesem Augenblick so heftig in seine Gedanken drängten, wusste er nicht.

Der Name war plötzlich da, und ihr Gesicht stand so klar und deutlich vor seinem inneren Auge, als würde er eine Vision erleben.

Er kniete nieder und nahm das zusammengerollte Pergament aus der Schatulle des zweiköpfigen Vogels; das Tier ließ es ohne Weiteres mit sich geschehen, dazu waren diese Vögel abgerichtet.

Rajin entfaltete das Pergament – und sah das Bild einer jungen Frau, das im nächsten Moment aus seiner Erstarrung erwachte.

Es versetzte ihm einen Stich, als er ihre Züge erkannte.

Nya!

Ein Kloß steckte ihm im Hals, und er war im ersten Moment unfähig, auch nur einen Ton hervorzubringen.

„Bjonn! Mein geliebter Bjonn!", begann das lebende Bild zu sprechen.

„Lass diese zaubermächtige Teufelei fallen!", rief Bratlor. „Das riecht förmlich nach der List eines Magiers!"

Doch Rajin hörte nicht auf ihn, vernahm die Worte des Sternensehers nur wie aus weiter Ferne. Er starrte auf das sich bewegende Bild, das ihm wie ein Fenster in eine andere Welt erschien. Eine Welt, in der es abgesehen von Nya nur unklare, ineinander verschwimmende und zerfließende Formen gab.

„Bjonn – Geliebter! Ich bin so froh, dich zu sehen", fuhr Nya fort. „Du kannst dir nicht vorstellen, was geschehen ist! Sie haben mich gefangen genommen – und dann … Dies muss ein Traum sein! Ich weiß, dass ich in einer dunklen Kammer liege. Ein Magier war bei mir, und ein Bann verhindert, dass ich mich bewegen kann …" Sie blickte sich um, so als könnte sie es kaum glauben, sich tatsächlich bewegen zu können. Die zerfließenden Farben und Formen im Hintergrund schienen sie aus irgendeinem Grund zu ängstigen. Verzweiflung und tiefster Seelenschmerz spiegelten sich in ihren Augen. „Die Drachenier haben alle getötet … Niemand lebt noch in Winterborg! Kein Haus steht mehr … Es war so furchtbar! Die Schreie …"

Sie zuckte plötzlich zusammen, sah zur Seite. Da war irgendetwas, das sich außerhalb des Bildes befinden musste und ihr offenbar einen höllischen Schrecken einjagte …

Rajin wollte zu ihr sprechen, aber etwas in ihm hielt ihn davon ab. Da war eine unheimliche, vielleicht zaubermächtige Kraft, die er deutlich erspürte. Zumindest für einen kurzen Moment. Er schluckte und schreckte zurück.

„Rajin, hörst du mich denn nicht? Hast du mich vergessen? Durch eine glückliche Fügung der Götter kann ich dich im Traum sehen – aber du antwortest nicht …"

Bedeutet dir die Frau nichts mehr, die deinen Sohn unter dem Herzen trägt?, durchzuckte es Rajins Gedanken. Aber er spürte deutlich, dass dies nicht sein eigener Gedanke war, sondern etwas, das sich ihm aufdrängte und in irgendeiner Weise mit der Kraft zusammenhing, deren Anwesenheit er gespürt hatte.

Eine wahre Flut von Gedanken brach über sein Inneres herein und stürzte Rajins Seele in ein Chaos. Die Zeit schien stillzustehen. Wie konnte diese sich ihm aufdrängende Macht davon wissen, dass Nya ein Kind erwartete? Wie konnte diese Macht über etwas Gewissheit haben, dessen sich nicht einmal Nya schon wirklich sicher gewesen war, als sie zuletzt mit Rajin gesprochen hatte?

Und wie konnte dieser fremde Geist behaupten, dass ihr Kind ein Sohn war?

Hast du keine Worte mehr für sie? Was lässt dich zögern?

Auf einmal ragten ihre Arme in einer flehentlichen Geste aus dem Bild – so verkleinert wie die Gliedmaßen einer jener Skulpturen, die seemannische Schnitzmeister aus Seemammutzähnen herauszuarbeiten vermochten ...

Da stieß Rajin hervor. „Nya! Wie kann ich dir helfen?"

Er versuchte instinktiv, ihre herausgestreckten Arme zu berühren, aber sie glitten wie geisterhafte Erscheinungen durch seine Hand hindurch, so als hätten sie keinerlei Substanz. Ein Geisterbild. Mehr war es nicht, was der Absender des Pergaments ihm da vorgaukelte.

„Nya!"

Ein Gelächter folgte und ein Schrei. Nyas Schrei. Sie drehte sich herum, und dann geriet hinter ihr eine Gestalt ins Blickfeld, die sich offenbar bisher jenseits des Bildrands befunden hatte. Anhand der äußerst buschigen und nach oben gebogenen Augenbrauen sowie der sehr charakteristischen Stirnfalte in Form einer Pfeilspitze war er sofort als Angehöriger des Magiervolkes erkennbar.

„Du hättest ihr nicht antworten dürfen, Rajin Ko Barajan!", höhnte der Magier, während sich Nya verzweifelt aus dem Bild herausreckte, ohne jedoch daraus entkommen zu können. „Dein Instinkt für alles Magische scheint ungewöhnlich stark – aber du stammst ja schließlich auch aus der Linie Barajans, der wiederum dem Magiervolk entstammte!"

Der Magier schnipste mit den Fingern, und Nya verblasste. „Nein!", schrie sie noch voller Verzweiflung, als sie bemerkte, was mit ihr geschah. Sie löste sich einfach auf. Ihre Formen zerflossen, und sie schien wie eine Figur aus heiß gewordenem Wachs zu zerfließen. Wenig später war sie eins geworden mit den konturlosen Gebilden, die im Hintergrund waberten.

Der Magier lachte. „Du hast ihr geantwortet und dadurch die Magie des verlorenen Lebens ausgelöst. Um ein Haar hättest du die Falle bemerkt – aber du bist ein Mensch und damit ein Sklave dessen, was du liebst!" Sein Gelächter dröhnte auf eine fast ebenso unangenehme Weise in Rajins Kopf wider, wie es bei dem des Vermummten der Fall gewesen war.

Auch das Bild des Magiers verblasste. Schließlich war nicht mehr zu sehen als ein Konglomerat von Farbklecksen.

Doch noch einmal dröhnte die Gedankenstimme des Magiers in Rajins Kopf: *So empfange den Tod durch die Magie des verlorenen Lebens!*

Die Zweikopfkrähe flatterte krächzend vom Boden auf, wo sie geduldig gewartet hatte, was der herkömmlichen Erziehung dieser Boten entsprach, denn normalerweise steckte man ihnen einen Antwortbrief in die Schatulle, bevor sie wieder davonflogen.

Ungefähr bis auf die Länge des Anderthalbhänders, den Rajin auf dem Rücken trug, war das Tier aufgestiegen, als etwas urplötzlich aus dem vereisten Boden hervorbrach. Im Licht der fünf Monde wirkte es zunächst wie der Tentakel eines Riesenkraken, die in großer Meerestiefe lebten und manchmal tot an die Küste gespült wurden oder deren Überreste man hin und wieder in den Mägen von Seemammuts fand. Der schlangenartige Arm wickelte sich blitzschnell um den Körper der Zweikopfkrähe und zerquetschte sie, dass das Blut aus ihr hervorschoss wie Saft aus einer überreifen Frucht, die man zertrat.

Im nächsten Augenblick wurde Rajins rechtes Fußgelenk von einem aus dem Boden hervorbrechenden Schlangenarm umfasst.

8

DIE MAGIE DES VERLORENEN LEBENS

Rajin zuckte zurück, stolperte nach hinten und fiel zu Boden. Das Pergament hatte sich von selbst zusammengerollt, und er hielt es krampfhaft in der Linken, obwohl es offensichtlich eng mit der Magie in Zusammenhang stand, die sich gerade gegen ihn wandte. Doch es schien ihm die letzte Verbindung zu seiner geliebten Nya zu sein – denn trotz des Magiers, der in dem bewegten Bild aufgetaucht war, zweifelte Rajin nicht einen Augenblick daran, tatsächlich für einen kurzen Moment Kontakt zu ihr gehabt zu haben. Zu ihrer Seele vielleicht …

Auf welche geheimnisvolle Weise das geschehen sein mochte, konnte ihm vielleicht der Weise Liisho erklären. Rajin jedenfalls hatte im Moment keine Zeit, sich darüber den Kopf zu zerbrechen – es ging erst einmal darum, sein Leben zu retten. Am Boden liegend versuchte er sich wieder aufzurappeln, während ihn der aus der gefrorenen Erde gewachsene Schlangenarm über das Eis zu ziehen begann.

Rajin griff zur Waffe – nicht zu dem klobigen Anderthalbhänder auf seinem Rücken, sondern zu dem schmalen drachenischen Schwert eines der Drachenreiter-Samurai. Die Klinge glitt wunderbar leicht aus der Lederscheide, lag kaum schwerer als eine Feder in seiner Hand. Mit einem Hieb durchtrennte er den schlangenartigen Arm, der sich um sein Fußgelenk gelegt hatte und an ihm zog. Eine harzähnliche grünliche Flüssigkeit troff aus dem Stumpf.

Auf einmal wurde es taghell in der Senke. Rajin hatte keine Erklärung dafür, er sah nur, wie an einem Dutzend weiterer Stellen die gefrorene Erde aufbrach und sich Rankpflanzen aus den Löchern hervorschlängelten. Sie wuchsen Rajin von allen Seiten entgegen. Die Magie des verlorenen Lebens!, durchfuhr es ihn, und nun erkannte er die Bedeutung dessen, was der Magier zu ihm gesagt hatte. Dieses Leben hatte vor unvorstellbar langer Zeit an diesem Ort existiert, als Winterland noch ein sehr viel wärmeres Klima gehabt hatte. Durch die Macht der Magie wurde dieses Leben zurück in die Existenz geholt. Welch eine perfide Falle, dachte er. Seine Antwort auf Nyas Worte hatte diese Magie offenbar erst entfesselt.

Mit ein paar schnellen Hieben seiner drachenischen Klinge schlug er mehrere der aus dem Boden wachsenden Pflanzenarme ab und rappelte sich zugleich wieder auf. Das Pergament steckte er hinter seinen Gürtel, wirbelte herum und hieb eine Ranke durch, die dicker war als sein muskulöser Oberschenkel. Grüne, stechend riechende Flüssigkeit spritzte heraus.

Rajin blickte auf und sah nun den Grund dafür, dass es auf einmal in der Nordwesthälfte der kalten Senke taghell geworden war. Das Juwel über dem Eingang zur Orakelhöhle strahlte, und von ihm aus spannte sich ein Lichtbogen bis zum schwarzen Felsen, und auch sämtliche Markierungssteine leuchteten hell.

Offenbar öffnete sich das Tor. Der Weise Liisho hatte es doch noch geschafft. Noch war jenseits des Tors allerdings nichts weiter zu sehen als ein bläulich schimmernder Nebel. Weder der östliche Ozean noch die Silhouette der Ruinen von Qô waren zu erkennen, geschweige denn, dass sich bereits Liishos Drache Ayyaam gezeigt hätte. Nichts als verschwommene, durcheinanderwabernde Nebelschwaden, die Rajin auf fatale Weise an die letzten Eindrücke erinnerte, die das magische Pergament bei ihm hinterlassen hatte.

„Vorsicht!", rief Bratlor.

Als Rajin sich umdrehte, sah er gerade noch, wie das Schwert des Sternensehers durch die Luft wirbelte und eine armdicke Ranke zerteilte, deren Ende sich bereits mehrfach geteilt hatte und Rajin gefährlich nahe gekommen war.

Doch die Magie des verlorenen Lebens war immer noch aktiv: Die Erde brach an immer mehr Stellen auf, und Spalten entstanden, die mehrere Schritt lang waren und aus denen weitere Ranken wuchsen.

Rajin musste zur Seite springen, als sich unter ihm das gefrorene Erdreich knackend öffnete und eine Ranke nach ihm schlug.

„Halte dich von mir fern, Bratlor!", rief er dem Freund zu. „Diese Magie hat nur meinen Tod zum Ziel – aber nicht den deinen!"

„Für was für einen Feigling hältst du mich, dass du glaubst, ich würde dich einfach im Stich lassen!", entgegnete der Sternenseher, während er sein Schwert mit beiden Händen schwang und gleich drei Ranken wie mit einer Sense durchschlug.

Doch kaum waren diese Schlingpflanzen gekürzt, wuchsen andere in atemberaubender Geschwindigkeit und gleich dutzendfach empor.

Rajin zog auch noch den Anderthalbhänder und focht mit beiden Klingen gegen die mörderische, unheimliche Flora. Den schweren Anderthalbhänder führte er mit der stärkeren Rechten, das leichtere drachenische Schwert mit der Linken. Da die Pflanzenarme seinen Attacken kaum Widerstand entgegensetzten, waren seine Hiebe immer noch stark genug, um die Gewächse zu durchtrennen. Unermüdlich ließ er Schwertstreich auf Schwertstreich folgen, senste mit den Klingen die immer dichter werdende Ansammlung von Pflanzenarmen nieder, und dennoch war er bald von ihnen umzingelt, eingekreist. Bratlor tat alles, um das zu verhindern, aber immer zahlreicher wurden die Pflanzenarme. Davon abgesehen brachen auch immer dickere Exemplare aus der gefrorenen Erde. Manche waren so dick wie junge Bäume, aber geschmeidig und biegsam wie Grashalme.

Eine dieser riesigen Pflanzen schlängelte sich nur zwei Schritt von Rajin entfernt aus dem Erdreich hervor. Innerhalb weniger Augenblicke ragte das Gewächs masthoch vor Rajin auf. Dieser schlug mit aller Kraft den Anderthalbhänder in das faserige Gewebe, aber trotz der Wucht, die er in diesen Hieb gelegt hatte, konnte er den halmähnlichen Stamm des Gewächses nur bis zur Hälfte durchschlagen, dann blieb die Klinge des Anderthalbhänders stecken.

Rajin riss sie wieder heraus und rammte dabei den Stiefel gegen den Stamm. Das grüne Harz spritzte, dann erkannte Rajin, dass sich die riesige Pflanze nach hinten neigte, um zu einem mörderischen Schlag auszuholen. Nur ein rascher Sprung zur Seite rettete ihn. Das Gewächs schlug mit aller Gewalt zu und nahm auch keinerlei Rücksicht auf die anderen Rankenpflanzen.

Bratlor war zur Stelle. Seinen Bogen trug er schon längst nicht mehr, denn eines der Gewächse hatte ihm diesen entrissen. Er hieb mit seinem Schwert genau in die Stelle, wo Rajins Klinge in den Stamm gehackt hatte und vollendete deren Werk: Der baumstammdicke Pflanzenarm wurde durchtrennt. Das abgetrennte Stück fiel zu Boden und zuckte noch, während der Stumpf innerhalb weniger Augenblicke erneut auf die Höhe eines Schiffsmastes emporwuchs.

Im selben Moment packte ein anderer, nur etwa armdicker Pflanzenfortsatz Bratlor von hinten, legte sich um seinen Hals und zog den Sternenseher zurück, sodass dieser röchelnd zu Boden ging. Mit einer Hand versuchte er den Griff der Schlingpflanze zu lockern, während sich gleichzeitig ein weiterer Pflanzenarm um seinen Bauch schlang.

„Nein!“, schrie Rajin.

Er wollte den Anderthalbhänder herumschwingen, aber die Bewegung wurde durch mehrere Ranken aufgehalten, die sich sowohl um das Schwert als auch um Rajins rechten Arm schlangen. Dann wurde ihm die Waffe aus der Hand gerissen. Rajin befreite sich mit ein paar Hieben seiner zweiten, drachenischen Klinge; er ließ das leichte Drachenier-Schwert blitzschnell durch die Luft wirbeln, ließ den Stahl durch die unermüdlich angreifenden Ranken schneiden und schlug sich durch das dichter werdende Pflanzenwerk hindurch, das inzwischen schon ein richtiges Geflecht bildete.

Ohne nachzudenken und nur seinem inneren Instinkt folgend ließ Rajin ein paar exakt gezielte Hiebe folgen, mit denen er Bratlor aus seiner Fesselung befreite. Der Sternenseher kam wieder auf die Beine, keuchte: „Danke!“

In diesem Moment wurden sie beide von einem Licht geblendet, das so grell war, dass sie für Augenblicke nichts anderes zu sehen vermochten als strahlendes Weiß. Es war, als ob sie mit offenen Augen an einem Sommertag direkt in die Sonne gestarrt hätten.

Dazu dröhnten Worte in einer Sprache, die Rajin noch nie in seinem Leben gehört hatte. Er taumelte, für einen Moment schien sich alles um ihn herum zu drehen, und ein Gefühl der Agonie erfasste ihn. Die Füße waren schwer wie Blei, und es war ihm kaum noch möglich, sie zu bewegen, während er gleichzeitig daran zweifelte, überhaupt noch festen Boden unter sich zu haben.

Schlafen … Sich dem Nichts ergeben … Warum nicht?

Eine durchdringende Stimme weckte ihn aus diesem Zustand.

„*Rajin!*“

Er war sich nicht sicher, ob er diese Stimme tatsächlich hörte oder ob sie nur in seinen Gedanken existierte. Es war jedenfalls Liisho, der zu ihm sprach, und Rajin fühlte sich in die Zeit zurückversetzt, da er diese Stimme fast ständig in seinen Gedanken vernommen hatte, einem kommentierenden Begleiter gleich.

Das Licht wurde schwächer, sein Blick klärte sich. Rajin stand schwankend und benommen da. Der Kopf war schwer.

Bratlor ging es offensichtlich ähnlich. Er stützte sich auf sein Schwert.

Rajin brauchte einen Moment, um die Veränderung zu erfassen, die sich vollzogen hatte. Die Pflanzenarme hatten sich niedergelegt, bedeckten wie ein dichtes, unwegsames Geflecht den aufgesprengten Boden. Hier und dort zuckte noch eine der Ranken, und manche von ihnen wuchsen sogar noch, allerdings in einer sehr viel gemäßigteren Geschwindigkeit, und sie griffen auch nicht mehr an. Die Müdigkeit und Benommenheit, die Rajin und Bratlor befallen hatte, schien auch auf sie zu wirken und sie daran zu hindern, das zu tun, wofür die Magie des verlorenen Lebens sie zweifellos geweckt hatte: Sie hatten Rajin töten sollen. Dazu hatte man sie mit magischen Mitteln aus dem Reich des Todes und der Vergessenheit zurückgeholt.

Der Weise Liisho stand vor der Orakelhöhle. Er war es gewesen, der die fremdartigen Worte hervorgebracht hatte. Noch immer rief er diese Zauberformeln – Rajin war jedenfalls sicher, dass es sich um Zauberformeln handelte –, und dabei umgab ihn ein Lichtflor. Er hatte die Arme erhoben, mit der Rechten hielt er seinen Drachenstab, der grell glühte und sogar das Leuchten des Juwels über der Orakelhöhle überstrahlte.

Die letzten Pflanzenarme, die sich noch einigermaßen hatten aufrecht halten können, sanken zu Boden. Dann senkte der Weise Liisho die Arme, blickte in Rajins Richtung und rief ihn beim Namen. „Gib Acht! Die Macht der Magie des verlorenen Lebens, auf die du Narr hereingefallen bist, ist nur geschwächt, aber keineswegs besiegt!“

Rajin wollte etwas erwidern, aber er war nicht in der Lage dazu.

Ein Kloß steckte ihm im Hals und verhinderte, dass er auch nur ein einziges Wort hervorbringen konnte.

In diesem Moment klärten sich die Nebel, die bis dahin den Blick durch das kosmische Tor verwehrt hatten. Auf der anderen Seite war es heller Tag. Der Geruch von Algen und Seetang drang herüber. Eine warme Brise blies von der anderen Seite der Welt in die kalte Senke. Im Hintergrund war die Ruinenstadt Qô auf der Insel der Vergessenen Schatten zu sehen. Und doch war da eine unsichtbare Wand, die die Fluten des östlichen Ozeans daran hinderte, sich in Fjendurs Senke zu ergießen und sie innerhalb kürzester Zeit mit warmem Wasser zu füllen.

Ein gewaltiger Schatten näherte sich. Er malte sich zunächst nur auf der Meeresoberfläche ab und verdunkelte für Augenblicke sogar die Sonne, dann tauchte jener gewaltige Koloss, der diesen Schatten verursachte, tiefer, sodass er unter dem Lichtbogen des kosmischen Tores hertauchte. Das tiefe Brüllen eines Drachen ließ den Boden auf der diesseitigen Torseite erzittern.

„Ayyaam!“, rief der Weise Liisho. „Hierher!“ Er rief gewiss nicht in der Hoffnung, das Brüllen seines Drachen übertönen zu können oder in der irrigen Annahme, dass dieser ihn tatsächlich *hörte*, sondern um seine eigene innere Kraft zu sammeln und den Drachen durch seine konzentrierte Präsenz zu lenken. Der Weise richtete dabei seinen Drachenstab in Richtung des Drachen, der mit ruhigem Flügelschlag das Tor passierte.

Auf einmal entrang sich ein wütend klingender Laut seinem gewaltigen Maul. Er wandte den Kopf angewidert zur Seite und stieß einen Feuerstrahl aus, als wollte er die drachenfeindliche Kälte damit vertreiben, die ihn auf einmal umgab. Die Schwingen bewegte er nun auf eine Weise, die deutlich zeigte, wie sehr ihm die Kälte zu schaffen machte. Sein Körper dampfte förmlich. Er flog einen Halbkreis über die Senke, erst ein Stück in südwestliche Richtung, dann auf den schwarzen Felsen zu.

„Ayyaam!“, rief der Weise Liisho. Er trat gemessenen Schrittes und so, als sei es das Natürlichste der Welt, dass dieser Gigant ihm und nur ihm allein gehorchte, ein Stück weit vor und entfernte sich damit vom Eingang zur Orakelhöhle.

Der Drache kehrte zurück. Sein Brüllen ließ die Erde erneut erzittern. Selbst die durch Liishos Gegenzauber niedergedrückten Pflanzenarme vibrierten bei jedem Laut des riesenhaften Geschöpfs. Liisho befahl dem Drachen offenbar zu landen, und das gefiel diesem nicht; er wollte an diesem eisigen Ort nicht verweilen, sondern zurück in wärmere Gefilde. Aber Liishos Wille war stärker, und Ayyaam war ihm treu ergeben – auch wenn es für jeden anderen lebenden Menschen sehr schwierig gewesen wäre, einen Drachen zu zähmen, der so wild und so nah verwandt mit dem Urdrachen Yyuum war und dem man deshalb besondere Stärke nachsagte. Und das nicht nur in körperlicher Hinsicht; er hatte auch eine außergewöhnliche Geistes- und Willensstärke, die es jedem anderen Drachenreiter sehr schwer gemacht hätte, ihm dauerhaft seinen Willen aufzuzwingen.

Ayyaam landete nur wenige Schritte von Liisho entfernt. Ein leises Fauchen war das Einzige, was vom Protest der gigantischen Kreatur geblieben war. Er hob abwechselnd die Klauenfüße, da die Kälte des gefrorenen Bodens sehr unangenehm für ihn war. Rauch wölkte aus seinen Nasenlöchern. Schließlich stand er ruhig – so wie es sein Herr und Drachenmeister befohlen hatte.

Ayyaam war gesattelt. Liisho steckte den Drachenstab hinter seinen Gürtel und bestieg den Rücken des Tiers. Wenig später hockte er im Sattel, der durchaus lang genug war, um drei bis vier Personen Platz und sicheren Sitz zu bieten.

Liisho drehte sich zu Rajin und Bratlor herum und winkte ihnen. „Na los! Nur keine Müdigkeit vorschützen! Dass eure Beine sich anfühlen wie mit Blei ausgegossen liegt an dem Gegenzauber, mit dem ich die Magie des verlorenen Lebens bekämpft habe. Aber er wird die Gefahr nicht lange bannen."

Rajin und Bratlor rissen sich zusammen, setzten so schnell sie konnten einen Fuß vor den anderen und erreichten schließlich den Drachen. Der wandte den Kopf von ihnen ab, was man beinahe als eine Geste der Verachtung auslegen konnte. Rajin spürte seine starke geistige Kraft. Schon das Durchfliegen des kosmischen Tors musste ihn unendliche Überwindung gekostet haben. Und doch hatte er offenbar die ganze Zeit geduldig darauf gewartet, seinem Herrn folgen zu können.

Waren diese Regungen des Unmuts, die er nun zeigte, die ersten Anzeichen von Ungehorsam, wie er bald unter allen Drachen grassieren würde, sobald Yyuum erst zur Gänze erwacht war? Vielleicht halfen dann nicht einmal mehr die beiden Drachenringe, die im Besitz des Usurpators verblieben waren.

Auch Rajin und Bratlor stiegen auf. Die Lücken zwischen den einzelnen Verhornungen waren größer als bei einfachen Reitdrachen, wie auch Shiiyyoom einer gewesen war. Daher war es wesentlich leichter, jeweils einen Tritt zu finden und an dem Drachen hinaufzuklettern. Wenig später saßen Bratlor und Rajin hinter Liisho im Sattel.

Lärm drang vom schwarzen Felsen herüber, der eindeutig von Drachen stammt. Die Kriegsdrachen des Usurpators starteten einen weiteren Versuch, den Thronfolger von Kaiser Kojan I. in ihre Gewalt zu bekommen. Drachengebrüll aus einem Dutzend unterschiedlich großer Mäuler donnerte durch die Senke.

Unterdessen erhob sich Ayyaam. Der Weise Liisho trieb ihn zur Eile an, setzte dazu seinen Drachenreiterstab exakt an eine bestimmte Stelle unterhalb des Nackens. Der Drache bewegte die riesigen Flügel, spannte sie zur Gänze und erhob sich dann mit kräftigen Schlägen wieder in die Lüfte. Die scheinbare Leichtigkeit, mit der diese riesenhafte Kreatur vom Boden abhob, war bemerkenswert. Als ob sie kaum Kraft dazu benötigte, obwohl das Gewicht Ayyaams das mehrerer seemannischer Langschiffe gewiss übertraf.

Der Drache stieg auf, flog einen Bogen und strebte dann auf das kosmische Tor zu.

Da schnellten die drachenischen Drachenreiter heran; sie hatten den schwarzen Felsen inzwischen hinter sich gelassen. Den Reitdrachen folgte ein Gondeldrache, und die Schützen schossen bereits Armbrustbolzen auf Ayyaam ab.

Trotz der noch großen Entfernung trafen drei der Bolzen Ayyaams Leib an verschiedenen Stellen. Eines der Geschosse prallte von einer harnischgroßen Hornplatte an der Flanke des Drachen ab, die daraufhin jedoch einen gezackten Riss aufwies. Ein anderer Bolzen traf genau in einen der Zwischenräume zwischen den Hornplatten, die man beim Erklimmen des Drachenrückens als Klettergriff oder -tritt benutzte. Drachenblut rann aus der Wunde und troff auf den eiskalten Boden, wo es zischte. Insgesamt mochte die Blutmenge, die aus der Wunde quoll, dem Inhalt eines gängigen Met-Fasses entsprechen, aber für einen Drachen von der Größe Ayyaams war das nicht viel und noch nicht einmal ansatzweise lebensbedrohlich.

Der dritte Bolzen riss ein etwa faustgroßes Loch in einen der lederhäutigen Flügel. Diese Wunde blutete nur wenig, doch Ayyaam brüllte auf, wandte wütend den Kopf und sandte den herannahenden Verfolgern einen Feuerstrahl entgegen, der diese natürlich noch nicht zu erreichen vermochte.

Dafür sengte das Drachenfeuer die sich wieder aufrichtende und erneut wild wuchernde Flora nieder, die durch die Magie des verlorenen Lebens geweckt worden war. Schon wuchsen die schlangenartigen, an manche Wasserpflanzen erinnernden Ranken so weit empor, dass sie die Flughöhe des Drachen bereits überschritten. Aber Ayyaam ließ noch einen weiteren Feuerstoß folgen, der einen Großteil des Pflanzenwerks sofort zu Asche verbrannte. Übel riechender, pechschwarzer Qualm stieg zum Himmel auf.

„Dieses Gezücht des verlorenen Lebens hat sich schneller von meinem Gegenzauber erholt, als ich dachte“, knurrte Liisho.

Bratlor drehte sich im Sattel um. Den Bogen hatte er nicht mehr, und der eine Pfeil, der noch im Köcher an seiner Seite stecken, nützte ihm nichts. Die Drachenreiter des Usurpators Katagi trieben ihre Reittiere unbarmherzig voran, auch wenn sie aus irgendeinem Grund davor zurückscheuten, in den nordwestlichen Teil von Fjendurs kalter Senke einzufliegen. Vielleicht war es die noch sehr lebendige Erinnerung an den magischen Nebel und dessen Wirkung, die sie noch immer beeindruckte und ängstigte, vielleicht aber auch das instinktive Wissen darum, dass Ayyaam den meisten von ihnen körperlich und auch hinsichtlich seiner geistigen Stärke überlegen war.

Liishos treuer Drache durchflog das Tor. Der bläuliche Lichtbogen erhellte sich, und ein Lichtflor bildete sich an seinem äußeren Rand, der schon nach wenigen Augenblicken sogar den eigentlichen Bogen bei Weitem überstrahlte.

Rajin hatte das Gefühl, einen Schlag vor den Kopf zu bekommen. Anders ließ sich die Wirkung der um ein Vielfaches wärmeren Luft nicht beschreiben, als sie ihn traf. Ein ungeheuer warmer Wind blies ihnen entgegen. Gleichzeitig roch er den intensiven Geruch von Seetang, Salzwasser und Algen.

Er klammerte sich an den dafür vorgesehenen ledernen Haltegriffen des für mehrere Personen ausgelegten Drachensattels fest, während Ayyaam in die Höhe stieg und ein fast triumphierend klingendes, dröhnendes Gebrüll anstimmte, das sich mit dem Rauschen der schäumenden See und dem Geschrei der Vögel vermischte, die in Schwärmen an der Küste der nahen Insel aufstiegen, um von dort aus auf Fischfang zu gehen. Sie ähnelten in ihrem Äußeren sowie ihrer Jagdtechnik, dicht über das Meer dahinzurasen und dann zuzuschlagen, den Eismöwen, die Rajin von Winterland her kannte, nur waren diese Vögel nicht schneeweiß, sondern schmutzig grau, sodass sie kaum auszumachen waren, wenn sie über das wogende Meer dahinjagten.

Rajin drehte sich im Sattel und sah zurück zum kosmischen Tor. Es spannte sich zwischen einem schwarzen Felsen und einem Turm. Beide ragten aus dem Wasser, und Letzterer mochte vor langer Zeit ein Teil der Ruinenstadt Qô gewesen sein. An der Spitze dieses Turms leuchtete etwas, strahlte so hell wie das Juwel über dem Eingang der Orakelhöhle. Allerdings musste die Lichtquelle auf dem Turm viel größer sein. Man konnte sie kaum ansehen, so sehr blendete sie. Obwohl in diesem Teil der Welt der neue Tag längst angebrochen war, überstrahlte die Sonne die Lichtquelle nicht.

Der Drache Ayyaam schien die Ruinenstadt an der Inselküste so schnell wie möglich erreichen zu wollen, doch Liisho zügelte den fliegenden Koloss und zog ihn herum, worauf dieser mit einem dumpfen Knurren reagierte, doch er gehorchte und flog einen sanften Bogen.

In diesem Moment drangen zwei Drachenreiter mit ihren Kriegsdrachen durch das Tor, durch das man deutlich zwei der fünf Monde sehen konnte – den Blutmond und den Meermond. Letzterer musste allmählich so weit über das Firmament gezogen sein, dass sein Licht das Juwel im Inneren der Orakelhöhle bald nicht mehr erreichen würde. Der Lichtbogen zwischen dem Turm und dem schwarzen Felsen flimmerte bereits, das Leuchten an der Turmspitze schwächte sich ab.

Ein dritter Drachenreiter-Samurai passierte mit seinem Drachen das Tor, und dann folgte noch der Gondeldrachen. Auf ihn – beziehungsweise auf die Schützen in seiner Gondel – schien Ayyaam eine besondere Wut zu haben, denn schließlich hatten ihn mehrere der Armbrustbolzen verletzt. Er stieß einen fauchenden Laut aus, als er den großen Drachen bemerkte.

Liisho brauchte ihn kaum noch anzutreiben – Ayyaam schnellte voran, den Verfolgern entgegen. Die Armbrustschützen konnten ihre Waffen noch nicht einsetzen; sie hätten die vor ihnen fliegenden Reitdrachen getroffen.

Ayyaam griff frontal an. Als ihm die Feuersbrunst eines Reitdrachen entgegenzüngelte, spie er einen eigenen Strahl Feuer, der wesentlich weiter reichte als der seines Widersachers, zumal dieser sein Feuer gegen den Wind blies, Ayyaam aber die Windrichtung ausnutzen konnte, sodass sie seine Flammen weit trug. Im nächsten Moment war der Reitdrache samt seinem Samurai von Feuer eingehüllt.

Der Todesschrei eines Drachenreiter-Samurai mischte sich mit dem röchelnden Laut seines Reittiers. Das, was von ihnen blieb, fiel brennend und rauchend in die Tiefe und wurde von der gekräuselten, glitzernden See verschlungen.

Dann hatte Ayyaam seine Gegner erreicht, jagte zwischen ihnen hindurch und traf einen weiteren Kampfdrachen mit dem stachelbewehrten Schwanz, den er einer Peitsche gleich wirbeln ließ. Einer der Stachel riss dem Reitdrachen den Hals auf. Blut schoss in einer Fontäne heraus, spritzte als roter Regen bis zu Rajin, Bratlor und Liisho hinüber. Mitsamt seinem Reiter stürzte der getroffene Drache in die Tiefe und krachte auf die Wellen. Er schlug mit den Flügeln, versuchte sich verzweifelt über Wasser zu halten, aber offenbar gab es auch in diesen Gewässern Schwärme von Aasfischen, die den Beißern der nordwestlichen See ähnelten. Das Blut lockte sie an und wenig später wimmelte es um den Drachen herum nur so von gierigem Fischgetier.

Der dritte Reitdrache wich zur Seite und entging knapp dem nächsten Feuerstrahl von Liishos getreuem Diener. Im nächsten Moment schossen die Schützen des Gondeldrachen ihre Armbrüste ab. Dicht pfiffen die Bolzen rechts und links an Liisho, Rajin und Bratlor vorbei.

Ein Bolzen bohrte sich ins dicke Leder des Sattels und blieb dort stecken. Ein paar weitere trafen den Leib des Drachen oder rissen Löcher in seine Flügel. Einer traf ihn an der Nasenspitze, und Blut schoss aus der Wunde, verdampfte im Feuerstrahl, den der Koloss ausstieß.

Dieser Feuerstrahl erfasste den Kopf des Gondeldrachen, der laut und schmerzerfüllt aufbrüllte. Dann vollführte Ayyaam eine Seitwärtsbewegung. Der Schwanz fuhr herum, und ein halbes Dutzend Stacheln bohrten sich durch das leichte Holz der Gondel; es stammt aus den Wäldern zwischen der Küstenebene des drachenischen Neulands und dem mitteldrachenischen Bergrücken, der bereits zum Dach der Welt zählte und als Heimat des Urdrachen galt. Es war besonders leicht und dennoch sehr widerstandsfähig; solches Holz fand sich sonst wohl nur noch in Tembien. Aber der gewaltigen Kraft Ayyaams hatte es kaum etwas entgegenzusetzen.

Die Stacheln verhakten sich im Holz, und als der Drache den Schwanz zurückzog, wurde die Gondel förmlich auseinandergerissen. Armbrustschützen fielen kreischend in die Tiefe, und einen Augenaufschlag später zertrümmerte ein zweiter Schwanzschlag Ayyaams die Gondel völlig.

Der durch den Feuerstrahl geblendete und dadurch halb wahnsinnige Gondeldrache flatterte wie von Sinnen herum, ehe Ayyaam ihm mit einem weiteren Feuerstrahl den Garaus machte, der seinen Kopf zu einem unförmigen Klumpen verkohlte. Der tote Drache stürzte mit den Resten der Gondel ins Meer.

Der einzige noch überlebende Drachenreiter hatte wohl begriffen, dass er gegen Ayyaam nicht bestehen konnte. Er flog ein Stück in Richtung der Ruinen von Qô und beschrieb dann einen Halbkreis. Der Rückweg durch das kosmische Tor war ihm durch Ayyaam verwehrt.

Dieser knurrte und fauchte drohend. Keine der Wunden, die er davongetragen hatte, war lebensgefährlich. Aber sie schmerzten und stachelten den Zorn des Drachen an. Noch immer rann Blut aus seiner Nase und aus inzwischen fast zwei Dutzend weiteren Wunden, die er während des Kampfes davongetragen hatte.

Doch auch wenn Ayyaam zweifellos der Sinn danach stand, den letzten Kampfdrachen samt seinem Reiter ebenfalls zu töten, so entsprach dies keineswegs dem Willen seines Herrn und Drachenmeisters. „Es reicht, Ayyaam! Genug Blut ist geflossen!“, rief Liisho beschwörend und rammte dabei den Drachenstab besonders tief in eine der Lücken zwischen den hornigen Schuppen.

Ayyaam brachte sein Missfallen deutlich zum Ausdruck – mit einem fauchenden Laut und einem hasserfüllten Gedankenstrom, der so stark war, dass selbst Rajin ihn in aller Deutlichkeit zu spüren bekam, obwohl er nicht einmal einen Drachenstab angesetzt hatte.

Aber Liishos pure Willenskraft setzte sich durch. Knurrend und schnaubend gab der gewaltige Ayyaam das Tor schließlich frei. Unwillig flog er mit kräftigem Flügelschlag zur Seite, wobei er auch den langen Schweif benutzte, um seinen massigen Leib zu steuern.

Der überlebende Drachenreiter-Samurai schien dem Frieden nicht zu trauen; er zögerte zunächst, ließ seinen Drachen noch eine weitere Schleife fliegen und hielt sich dabei bewusst außerhalb der Reichweite von Ayyaams Drachenfeuer. Seine einhändig abzuschießende Armbrust war am Sattel festgemacht. Rajin konnte anhand der Stellung des Spannhebels sehen, dass sie nicht mehr geladen war.

„Jetzt einen Bogen, dann könnte ich dieses neuländische Stinktier aus dem Sattel holen!“, schimpfte Bratlor und bediente sich dabei der drachenischen Sprache.

Liisho veranlasste seinen Drachen, noch etwas weiter zurückzuweichen, um dem Drachenreiter-Samurai klarzumachen, dass man ihm keine Falle stellen wollte.

Schließlich flog der Samurai auf seinem Drachenreittier durch das Tor zurück, und das im letztmöglichen Augenblick, denn nur einen Herzschlag, nachdem er es passierte, flackerte der Lichtbogen auf, und das Bild der nächtlichen, vom Licht der Monde beschienenen Ödnis der kalten Senke verschwamm. Bläulicher Nebel wallte auf. Innerhalb weniger Sekunden war nichts mehr zu sehen. Dann verblasste das Tor, der Lichtbogen erlosch ebenso wie das Leuchten der Lichtquelle auf der Turmspitze; da war nur noch ein vom Meer umspülter schwarzer Felsen und ein aus dem Wasser ragender Turm, der Teil einer untergegangenen Ruine sein musste.

„Du hättest ihn töten können“, sagte Bratlor zu Liisho, und in seinem Tonfall lag ganz deutlich ein Vorwurf.

„Gewiss", stimmte Liisho zu.

„Warum hast du ihn entkommen lassen?", fragte Bratlor empört. „Gnade mit seinem Feind zu üben kann ein Akt der Weisheit sein, aber in diesem Fall erscheint es mir eher wie eine vollendete Torheit."

„So? Und du Barbar glaubst das beurteilen zu können?", fragte Liisho und schaute Bratlor über die Schulter hinweg an. „Wenn du so lange gelebt hättest wie ich und so viel gesehen hättest ... Ach, es ist sinnlos, diese Dinge einem Einfältigen erklären zu wollen! Selbst ein Mann von so edlem Geblüt wie unser gemeinsamer Freund Rajin hat schon Schwierigkeiten, die Zusammenhänge richtig zu begreifen, wie ich leider feststellen musste."

„Die Kunst der Herablassung scheint in Drachenia der beliebteste Sport unter den Weisen zu sein", spottete Bratlor. „Bei uns ist es die Bescheidenheit – und trotzdem nennst du *uns* Barbaren!"

„Ich würde auch gern wissen, warum du diesen Drachenreiter-Samurai hast entkommen lassen", mischte sich Rajin ein. „Er ist doch ein Verräter! Seine Ahnen dienten meinem Vater und dessen Vater und schworen einer langen Reihe von drachenischen Kaisern die Treue. Er aber kämpft und mordet für einen Thronräuber!"

„Das ist richtig", stellte Liisho fest.

„Also verdiente er doch den Tod", war Rajin überzeugt. „Außerdem werden wir ihm und seinem Drachen doch wahrscheinlich schon bald erneut im Kampf gegenüberstehen. Entweder dann, wenn er und seinesgleichen erneut versuchen, mich zu töten, oder wenn der Tag kommt, da wir deinen Plan in die Tat umsetzen und tatsächlich die Herrschaft des Usurpators beenden."

„Auch das ist richtig", gestand Liisho ein. „Aber wenn wir dem wahren Kaiser zurück auf den Drachenthron verhelfen wollen, werden wir viele Verbündete brauchen. Auch solche, die zwischenzeitlich Katagi gedient haben, weil sie dachten, dies wäre die einzige Möglichkeit, ihren Treueeid zu erfüllen, oder weil sie glaubten, keine Wahl zu haben, da Katagi durch den Besitz der Drachenringe letztlich als Einziger die Macht hat, zu verhindern, dass aus den zahmen Reitdrachen wilde, unkontrollierbare Bestien werden, die zumindest ein gewöhnlicher Drachenreiter-Samurai wohl kaum bändigen könnte. Es gibt viele Gründe, aus denen sie Katagi folgen, und nicht alle sind rein egoistischer Natur, aber so mancher unter ihnen wird seinen Fehler vielleicht erkennen und auf unsere Seite wechseln. Dieser Mann wird sich womöglich ausgewählten Freunden anvertrauen und ihnen erzählen, was ihm widerfahren ist. Und das wird wie ein langsam wirkendes Gift in den Reihen der Drachenreiter sein."

Liisho lenkte Ayyaam auf die Ruinenstadt zu. Offenbar beabsichtigte er auf einem Plateau zu landen, das sich auf einem kanzelähnlichen Vorsprung befand.

„Das bedeutet, du rechnest mit einer langen Zeit des Kampfes", wandte sich Rajin noch einmal an seinen Mentor.

„Alle wirklich großen Dinge brauchen Zeit, Rajin. Das wird in diesem Fall nicht anders sein, fürchte ich."

Der Drache ging auf dem Plateau nieder, das zur Küste hin offen war und auf der Landseite von einer Reihe halb verfallener Gebäude umgeben wurde.

Als Rajin vom Rücken des Drachen stieg, sah er die Wunden, die der Koloss davongetragen hatte. An manchen Stellen sickerte noch immer Blut hervor und suchte sich seinen Weg durch die Zwischenräume, die die hornigen Schuppen trennten.

Ayyaam ließ ein tiefes Brummen hören, das jedoch sofort sehr viel leiser wurde, als Liisho ihn entsprechend anwies und dabei den Drachenstab benutzte. „Hör auf damit", ereiferte sich der Weise, „oder willst du, dass hier überhaupt kein Stein mehr auf dem anderen stehen bleibt?"

Der Gedankenstrom, den Liisho dabei konzentrierte, war offenbar stark genug, dass der Drache nur noch einen verhaltenen Brummlaut von sich gab. Vielleicht war er ein Ausdruck der Schmerzen, die ihm seine Wunden bereiteten.

Rajin war froh, endlich wieder festen Boden unter den Füßen zu spüren. Wenig später waren auch Bratlor und der Weise Liisho vom Rücken des Drachen geklettert.

Rajin atmete tief durch. Er schwitzte erbärmlich, denn die Kleidung, die er trug, war für das warme Klima dieser Insel nicht geeignet. Also öffnete er den Mantel und schnürte den Kragen seines Wamses auf. Bratlor schien es ebenso zu gehen, denn auch dem Sternenseher stand der Schweiß auf der Stirn.

Liisho ging zum Kopf des Drachen, den dieser auf den Boden gelegt hatte. „Sieh her, Rajin! Jetzt kannst du etwas lernen, was jeder Drachenreiter – aber vor allem ein zukünftiger *Drachenkaiser* – beherzigen sollte", sprach der Weise. „Nähere dich nie von vorn! Selbst wenn diese Kreaturen es gar nicht beabsichtigen, kommt hin und wieder ein sehr heißer Luftstrom aus ihrem Maul oder den Nüstern. Manchmal ist eine Flamme zu sehen, manchmal nicht. Aber selbst wenn nichts zu sehen ist, kann dieser heiße Luftzug dich schlimm verbrennen."

„Ich werde es mir merken", versicherte Rajin. Auf jeden Fall gehörte das zu den Dingen, die Liisho ihm in den Visionen und Traumgeschichten noch nicht beigebracht hatte.

Liisho suchte eine ganz bestimmte Stelle seitlich am Kopf des Drachen. Dort befand sich eine Öffnung, von der Rajin annahm, dass es sich um das Ohr des Drachen handelte.

Ungefähr eine Handbreit darunter existierte eine kleine Vertiefung. Dorthin stieß Liisho seinen Drachenstab mit einer solchen Wucht, dass Rajin dachte, der geschuppte Riese würde unwirsch aufstöhnen. Aber der Stoß mit dem Drachenstab schien Ayyaam keineswegs Schmerzen zu bereiten – das Gegenteil war der Fall. Die Kreatur wirkte beruhigt. Der brummende Laut wurde leiser und war nicht mehr ganz so tief. Liisho murmelte daraufhin unablässig Worte in altdrachenischer Sprache vor sich hin – Formeln, mit denen er auf den Geist des Drachen einzuwirken hoffte.

Der Erfolg war klar zu erkennen: Der Drache schloss sogar die Augen, faltete die Flügel zusammen, und sein Schweif zuckte nicht mehr nervös am Boden herum. Die Pranken am Ende der mächtigen Gliedmaßen entkrampften und öffneten sich. Sogar der Atem wurde gleichmäßiger. Dennoch zeigte sich, dass Liisho hinsichtlich der Hitze des ausgestoßenen Luftstroms die Wahrheit gesprochen hatte, denn schon sehr bald waren die Steine in unmittelbarer Nähe des Mauls angerußt, obwohl der Drache gar keinen Flammenstrahl mehr ausgestoßen hatte.

„Was ist mit den Wunden?", fragte Rajin.

„Dazu kommen wir gleich", entgegnete Liisho unwirsch. Mochte Rajin auch der Sohn des letzten rechtmäßigen Kaisers von Drakor sein – der Weise mochte es nicht, wenn ihn jemand zur Unzeit mit

Fragen löcherte, die sich seiner Meinung nach von selbst beantworteten, sofern der Betreffende ein Mindestmaß an Geduld aufbrachte und einfach eine Weile abwartete.

Davon abgesehen war Liisho die Gesellschaft anderer Menschen offenbar nicht mehr gewohnt. Anscheinend lebte er seit dem Sturz von Kaiser Kojan I. vor achtzehn Jahren zurückgezogen auf dieser Insel.

Rajin begann plötzlich so etwas wie Bewunderung für ihn zu empfinden. Er stellte sich vor, wie entkräftend und zum Schluss entmutigend es gewesen sein musste, über Jahre hinweg die fünf Prinzen des Hauses Barajan nur mit der Kraft des Geistes zu unterrichten, mit ihnen durch pure Willenskraft ständig in Kontakt zu bleiben und sie zu erziehen – nur, um dann miterleben zu müssen, wie der Usurpator Katagi einen dieser Zöglinge nach dem anderen aufspürte und tötete.

Rajin versuchte sich die Verzweiflung vorzustellen, die Liisho empfunden haben musste. Schließlich war der Weise zur Untätigkeit verdammt gewesen, denn wie hätte er eingreifen können, ohne das Leben der anderen Prinzen und deren Erziehung in Gefahr zu bringen?

Nur einer hatte überlebt, und das war er – Rajin.

Er hatte bisher nicht die Zeit gehabt, wirklich über diese Dinge nachzudenken. So traf ihn die Erkenntnis mit doppelter Wucht – die Erkenntnis, dass die vier jungen Männer, die Katagi hatte ermorden lassen, seine Brüder gewesen waren, die Erkenntnis, welche Verpflichtung mit dem Erbe verbunden war, das er anzutreten hatte.

Der Drache schlief unterdessen ein, und da erst nahm Liisho den Drachenstab wieder zurück.

Er deutete damit auf eines der Gebäude. Es handelte sich um einen für die Verhältnisse von Qô relativ gut erhaltenen Kuppelbau. Schon beim ersten Rundblick war Rajin aufgefallen, das dieser eine intakte Tür und sogar ein Fenster aus bemaltem Glas aufwies, was ansonsten nirgends zu finden war.

„Dort habe ich mich einquartiert“, verriet der Weise. „Und genau dort werdet auch ihr in der nächsten Zeit wohnen. Es sei denn, euch ist meine Herberge nicht gut genug. Dann steht es euch natürlich frei, irgendwo anders Unterschlupf zu suchen. Häuser gibt es hier ja nun wirklich genug. Allerdings sind nur die wenigsten in einem Zustand, der sich mit dem Begriff ‚bewohnbar‘ umschreiben ließe. Und falls ihr glaubt, das Wetter sei immer so freundlich wie heute, sodass man im Grunde auf dieser Insel gar keine Behausung brauche, so muss ich euch leider enttäuschen."

„Der Himmel wirkt tatsächlich so, als wäre hier noch nie eine dunkle Wolke vorbeigezogen", meinte Bratlor. „Aber ich nehme an, dass sich das im Handumdrehen ändern kann."

„Oh, du bist auf deinen Reisen sogar bis zu den Ufern des östlichen Ozeans gekommen?", fragte Liisho den Sternenseher auf die herablassende, spöttische Art, die er ihm gegenüber an den Tag zu legen pflegte. „Dann scheint es ja fast, als hätte ich dich unterschätzt, Bratlor!"

Ein mildes, etwas matt wirkendes Lächeln glitt über Bratlors Züge. „Du würdest in mir wahrscheinlich auch dann noch den Barbaren sehen, würde ich mir nach Art der Drachenier den Bart rasieren."

„Gewiss", gab Liisho zurück. „Denn wie du siehst, trage ich entgegen der drachenischen Sitte auch einen Bart. Es kommt nicht auf die Haarpracht an, sondern auf das, was sich darunter verbirgt – und das ist in den meisten Fällen leider unverbesserlich!"

„So will ich dir sagen, dass ich keineswegs bis zur Küste des östlichen Ozeans gekommen bin", eröffnete ihm Bratlor. „Aber auf der Sternenseherschule gab es einige Lehrer, die uns vieles über diese heißen Gewässer zu berichten wussten. Unter anderem von Stürmen, deren Heftigkeit sich in nichts von den tosenden Unwettern der nordwestlichen See unterscheidet."

„Ja, das ist wahr", nickte Liisho. „Manchmal hört der grollende Donner über Tage und Wochen nicht auf, und man hat den Eindruck, dass die unzähligen Blitze den Himmel aufreißen, als würde ein kosmisches Tor geöffnet."

„Ist das der Grund, weshalb diese Insel nicht mehr bewohnt wird?", fragte Bratlor.

Da schüttelte der Weise den Kopf. „Nein, der Grund dafür ist ein anderer. Aber den werdet ihr noch früh genug erkennen …"

„Das klingt wie eine finstere Drohung", meinte Bratlor spöttisch.

„Das ist es durchaus", erwiderte der Weise Liisho sehr ernst. „Die Insel der Vergessenen Schatten trägt ihren Namen nicht umsonst. Und wäre sie ein lieblicher, angenehmer Ort, dann würden ihn längst

Drachenier oder Tajimäer bevölkern, und es wäre unmöglich für mich gewesen, mich hier so lange zu verbergen. Doch nun folgt mir! Ich brauche euer beider Hilfe bei der Versorgung der Drachenwunden. Es gibt da ein paar Tinkturen, die ich für solche Fälle zubereitet habe und die wir nur noch auftragen müssen. Allerdings sollten wir das hinter uns bringen, solange Ayyaam noch schläft, denn diese Prozedur ist für die arme Kreatur nicht unbedingt angenehm."

Rajin hatte zu dem Wortwechsel der beiden anderen nichts weiter beigetragen. Während Bratlor und Liisho bereits einige Schritte in Richtung des Kuppelbaus zurückgelegt hatten, war Rajin zurückgeblieben. Er hatte – einer plötzlichen Eingebung folgend – das magische Pergament aus dem Gürtel gezogen und entrollt. Dort, wo sich zunächst Nyas und anschließend des Magiers bewegtes Bild befunden hatte, waren nur verwaschene Farbflecke. Doch schon im nächsten Moment begannen sich diese Flecke zu bewegen. Sie flossen ineinander, bildeten Formen aus oder veränderten ihre Farbe.

Liisho musste irgendetwas bemerkt oder gespürt haben, denn er drehte sich um. Als er Rajin so vertieft auf das Pergament blicken sah, erstarrte er. Obgleich der Weise seine Gesichtszüge ansonsten zumeist vollkommen unter Kontrolle hatte, war für einen kurzen Augenblick das pure Entsetzen darin zu lesen.

„Rajin! Fall nicht noch einmal auf dieselbe Magie herein!", rief er beschwörend.

Rajin antwortete nicht. Er stand einfach nur da, und die Stimme des Weisen erschien ihm wie ein unbedeutendes Geräusch aus weiter Ferne. *Nya*, dachte er, und am liebsten hätte er ihren Namen laut ausgesprochen, hätte sie gerufen. Er hatte das Gefühl, dass sie ihn vielleicht hören konnte.

Die Farbkleckse bildeten eine Form, die man mit etwas Fantasie als groben Umriss einer menschlichen Gestalt interpretieren konnte. *Nya! Wie kann ich nur zulassen, dass man dich gefangen hält?*

Liisho kehrte mit weiten, entschlossen wirkenden Schritten zu Rajin zurück. „Gib mir dieses Pergament!", forderte er derart eindringlich, wie Rajin den Weisen selbst in all den Jahren, da sie nur eine geistige Verbindung miteinander gehabt hatten, nie erlebt hatte. Gleichzeitig spürte er die innere Kraft Liishos in einer nie gekannten

Deutlichkeit. Eine Kraft, die es ganz sicher mit jener der stärksten Drachen aufnehmen konnte.

Bis auf drei Schritte ließ Rajin den Weisen an sich herankommen, dann wich er zurück. Das Pergament rollte sich von selbst zusammen, und Rajin umklammerte es mit der Linken. Nein, um keinen Preis der Welt wäre er in diesem Augenblick bereit gewesen, dieses Dokument voller Magie abzugeben.

Rajin sah die Entschlossenheit in den Zügen seines Gegenübers. Der Weise streckte die geöffnete Hand aus. „Gib es mir, Rajin! Gib es mir, bevor es dich vielleicht umbringt!"

Rajin schluckte. Er schüttelte den Kopf. „Es wird mich nicht umbringen."

„Du hast die Magie des verlorenen Lebens zu spüren bekommen, Rajin! So etwas könnte jederzeit wieder geschehen – und wer weiß, welch uraltes Gezücht an dieser Stelle aus dem Stein hervorbrechen wird, um dich mit Genuss zu vertilgen. Ich habe nicht geahnt, dass du so ein Narr sein könntest, dieses verfluchte Pergament mitzunehmen, anstatt es in der kalten Senke dem Pflanzengezücht zu überlassen, das durch seinen Zauber erweckt wurde."

„Ich bin jetzt stark genug, der Magie des verlorenen Lebens zu begegnen", behauptete Rajin. „Das, was in der kalten Senke geschah, wird sich nicht noch einmal ereignen."

„Wenn du vernünftig bist und mir das magische Pergament aushändigst, sodass ich es vernichten kann, behältst du vielleicht recht!"

„Meine geliebte Nya …", murmelte Rajin, dann starrte er Liisho an. „Du müsstest wissen, wer sie ist – schließlich waren wir geistig miteinander verbunden …"

„Ja, das ist wahr."

„So weißt du auch, dass sie schwanger ist."

„Rajin …!"

„Wahrscheinlich weißt du es sogar von dem Augenblick an, da ich es erfuhr – zumindest aber von da an, als ich dich um Rat anrief und keine Antwort von dir erhielt!" Seine Stimme war auf einmal hart geworden, und eine unausgesprochene Anklage schwang darin mit.

„Mir war klar, dass sich alles von selbst lösen würde, dass es keine Rolle mehr spielen würde, ob und wann dein Vater und der deiner kleinen Freundin davon erführen“, sagte Liisho mit sanfter Stimme. „Rajin, so große Dinge kündigten sich an, da …“

„Da fiel so etwas nicht ins Gewicht und war zu unbedeutend, als dass sich der Weise mit dem großen Plan zur Welterrettung damit befassen konnte. Das ist mir inzwischen auch klar“, versetzte Rajin nicht ohne Bitterkeit. Und wieder brach das alte Misstrauen gegenüber Liisho in ihm auf. War er – Rajin – für diesen geheimnisvollen Mann nicht nur ein Werkzeug, das der Erfüllung irgendwelcher hochtrabenden Pläne diente? Beschränkte sich seine Rolle nicht darauf, ein Schwert zu sein, das scharf genug war, dem Usurpator den Kopf abzuschlagen und ebenso dem aufmüpfigen Urdrachen, dem man aber keinen ewigen Willen zubilligte?

Rajin zögerte, ehe er weitersprach. Dass das Kind, das Nya erwartete, ein Sohn sein würde, hatte Rajin erst durch das magische Pergament erfahren, und wahrscheinlich würde der Weise die Ansicht vertreten, auch darin liege eine magische List – die Absicht, Rajin zu beeinflussen oder irgendetwas in der Art. Doch Rajin entschied sich schließlich doch dafür, den Weisen mit dieser Neuigkeit zu konfrontieren. Er wollte sehen, wie Liisho darauf reagierte.

„Es wird ein Sohn, Liisho! Ein Sohn, der dereinst ebenso ein Anrecht auf den Thron haben wird wie ich. Vielleicht interessieren dich Nya und ihr Kind jetzt etwas mehr. Vielleicht können die beiden dir ja auch hinsichtlich deiner Pläne dienlich sein. Ich hätte nichts dagegen, wenn es ihr Los erleichtert.“

Liishos Blick gefror. „Sag mir, woher du weißt, dass es ein Sohn werden wird!“, forderte er, und sein Blick fixierte Rajin auf eine Weise, die diesem unangenehm war.

Die innere Kraft des Weisen wirkte auf einmal wie eine unausgesprochene Drohung. Auch wenn sein Tonfall ruhig und gütig klang, so verrieten seine Augen eine Art von unbedingter Entschlossenheit, die Rajin erschreckte.

„Nun?“, fragte Liisho. „Ich nehme nicht an, dass deine kleine Freundin über die Gabe verfügt, das Geschlecht ihres Kindes bereits im Mutterleib zu erkennen.“

Dass er Nya als seine *kleine Freundin* bezeichnete, gefiel Rajin nicht.

Der Weise trat noch einen Schritt näher, die Hand war noch immer ausgestreckt. „Nur Magier haben die Gabe, das Geschlecht eines Kindes vor dessen Geburt zu erkennen. Also nehme ich an, ein Magier hat dir dies mitgeteilt. Ein Magier, der in den Diensten des Usurpators steht. Er hat über dieses Dokument mit dir Kontakt aufgenommen – wahrscheinlich nur, um dich zu manipulieren!"

„Nein", widersprach Rajin, „*sie* hat es gesagt!"

Liisho schüttelte zornig den Kopf. „Was weißt du denn schon, welche Illusion man dir vorgespiegelt hat, um dich zu beeinflussten! Und selbst gesetzt den Fall, du hättest tatsächlich mit *ihr* Verbindung gehabt, so hätte man *sie* dazu benutzt, dich zu beeinflussen. Es läuft immer aufs selbe hinaus: Sobald du auf dieses Pergament blickst, wird dein Geist zum Spielball unserer Feinde!"

„Nein! Nicht noch einmal!", behauptete Rajin. „Ich weiß jetzt, dass ich Nya nicht hätte antworten dürfen ..."

„Und das wirst du in Zukunft vermeiden können?" Liisho lachte freudlos auf. „Wenn dich Nyas Augen flehend ansehen und unsere Feinde sie zu dir sprechen lassen? Rajin, gib mir das Dokument, damit ich es vernichten kann. Es gefährdet unseren Plan."

Rajin wich noch einen Schritt zurück. Er spürte den geistigen Druck, der immer stärker werdend von dem Weisen ausging. *Sammle deine innere Kraft!*, dachte Rajin. Du wirst ihm etwas entgegensetzen müssen, wenn du nicht willst, dass er deinen Willen einfach ausschaltet.

„Was hast du vor, Rajin?", fragte Liisho. „Vielleicht ist deine kleine Freundin ..."

„Nenn sie nicht so! Du hast ihren Namen oft genug gehört, um sie dabei zu nennen!", unterbrach ihn Rajin schroff.

Der Weise schien im ersten Moment erstaunt. Offenbar hatte er nicht mit so viel Widerstand gerechnet. Andererseits – wäre Rajin leicht zu beeinflussen und zu lenken gewesen, durfte Liisho wohl kaum hoffen, dass er den Thron von Drakor für sich zurückerobern konnte.

Liisho ließ die Hand sinken. „Gut, wie du willst. Doch wie kannst du sicher sein, dass Katagi deine kl..., dass er Nya tatsächlich in seiner Gewalt hat und man dich nicht nur mit einem magischen Trick getäuscht hat?"

„Weil nur diejenigen Illusionen wirklich überzeugen, deren Kern die Wahrheit ist. Das hast du selbst mich gelehrt." Rajin schüttelte den Kopf. „Ich kann es dir letztlich nicht erklären – ich weiß es einfach."

„Nehmen wir an, du hast recht. Dann hat Katagi von nun an ein Mittel in Händen, um dich nach Belieben zu knechten. Er wird dich irgendwann so weit haben, dass du alles tun wirst, nur damit Nya nichts geschieht – oder deinem angeblichen Sohn. Aber du kannst sicher sein, dass man Nya nichts antun wird, sofern sie tatsächlich deinen Sohn in sich trägt. Denn dieser Junge ist für Katagi als Faustpfand sehr viel wert. Wenn er ihn nach seinem Gutdünken erziehen und beeinflussen und sogar als möglichen Nachfolger vorstellen kann, wird er damit selbst jene, die bis heute dem Hause Barajan treu geblieben sind, auf seine Seite ziehen ..."

„Ich werde alles daran setzen, sie zu befreien", kündigte Rajin an.

„Du wirst sie vergessen!", widersprach Liisho entschieden. „Wenn du das nicht vermagst, wirst du nicht frei sein, um das zu tun, wozu du bestimmt bist. Rajin. Du bist jung. Du wirst andere Frauen kennenlernen, die deiner würdig sind – und mit ihnen wirst du genug Söhne zeugen, um fähige Herrscher für ein Dutzend Reiche zu haben. Aber Vorrang muss die Rückeroberung des Throns haben. Du musst die Drachenringe an dich bringen, um das Chaos aufzuhalten – und du musst deinen Platz im Thronsaal von Drakor einnehmen, damit das Gleichgewicht der fünf Reiche und das der ganzen Welt erhalten bleibt."

Rajin hob die Augenbrauen. „Alles andere ist dagegen ohne Bedeutung?"

„Ein wahrer Drachenkaiser muss erkennen, was wichtig ist und was nicht."

„Und ich habe das in meinem Fall bereits entschieden", entgegnete Rajin mit fester Stimme und so viel innerer Kraft, wie er nicht einmal in jenem Moment aufgebracht hatte, als er den roten Drachen bezwang.

Auch Liisho schien das zu spüren. Ihrer beider Blicke begegneten sich, und eine ganze Weile lang sagte keiner von ihnen ein Wort. Es war ein stummes Kräftemessen.

„Wir sollten nicht warten, bis Ayyaam erwacht, sondern zuvor seine Wunden versorgen", sagte Liisho schließlich. „Was auch immer wir als Nächstes unternehmen werden – ohne Ayyaam werden wir es nicht schaffen."

Rajin nickte. Er steckte das Pergament zurück hinter den Gürtel. „Hilf mir, Nya zu befreien, Liisho. Denn nur dann werde ich frei sein, das zu tun, was du von mir verlangst."

„Deine Bestimmung verlangt es, Rajin", korrigierte der Weise, „nicht ich."

9

WULFGARSKINTS ASCHE

Ein rastloser Dämon war Wulfgarskint geworden, der Sohn Wulfgar Wulfgarssohns aus der Sippe von Wulfgar Eishaar. Der Herr des Augenmonds hatte ihn in sein neues, untotes Leben entlassen. In ein Leben, das von Hass gespeist war – ein Hass auf alles, was in irgendeiner Weise für die Gräueltaten in Winterborg verantwortlich zu machen war. Hass auf die Drachenier und ihre Drachen, Hass auf jeden Einzelnen dieser schlitzäugigen gelbbraunen Männer, die den Tod in den nordwestlichsten Winkel des Seereichs gebracht hatten. Büßen sollten diese Mörder, die alles zerstört hatten, was er geliebt und wofür er gelebt hatte.

Aber ebenso sehr galt der brodelnde Hass in ihm seinem Findelbruder Bjonn Dunkelhaar, der all das Unglück auf Winterborg gelenkt hatte. Hatte es nicht gereicht, dass er ihm die Liebe seines Vaters stehlen musste? Nur schwer hatte es Wulfgarskint ertragen, dass Bjonn so offensichtlich bevorzugt wurde – zumindest seinem Gefühl nach. Und wie hatte Bjonn seinem Ziehvater Wulfgar Wulfgarssohn die Fürsorge und den Schutz gedankt, die dieser ihm hatte zuteil werden lassen? Das pure Unglück hatte er heraufbeschworen und bewirkt, dass sich offenbar selbst die Götter vom ruhmreichen Anführer der ebenso ruhmreichen Sippe Wulfgar Eishaars abgewandt hatten!

Das alles schrie nach Rache.

Und Wulfgarskint fühlte die tiefe Wahrheit dessen, was der Todverkünder und Traumhenker Ogjyr ihm gesagt hatte: Es war der Hass, der dem neuen Leben, das ihn erfüllte, Kraft verlieh. Also musste er alles tun, um dieses innere, verzehrende Feuer am lodern zu halten. Denn nur so lange, wie es in ihm brannte, würde er existieren.

Wulfgarskint hatte die Gestalt des Rattenmanns angenommen, die der Herr des Augenmondes ihm verliehen hatte. Der riesenhafte Aschekörper schritt über den weißen Schnee wie ein wandelnder Fleck auf dem Leichentuch Winterlands. Die Küste lag schon ein ganzes Stück hinter ihm. Immer wieder hob er die Nase, diese lange Rattenschnauze, von der sich manchmal kleine Stücke aus Asche lösten, die sich auf ihrem Flug aber wieder fingen, emporstiegen und sich an anderer Stelle mit jenem Körper wiedervereinigten, dessen Teil sie waren.

Dies war von nun seine wahre Gestalt, so hatte Ogjyr gesagt, und für Wulfgarskint war das zunächst ein schwer zu verkraftender Schlag gewesen. War er dies wirklich? Dieses Monstrum, das allein anzusehen viele schon das Grauen lehrte?

Zwischenzeitlich hatte es Wulfgarskint nicht mehr ausgehalten und die Gestalt des vierzehnjährigen Jungen angenommen. Aber auch in diesem Punkt hatte der Herr des Augenmondes die Wahrheit gesprochen: Es war so unendlich anstrengend, diese Gestalt aufrechtzuerhalten, und da ihn in dieser Öde ohnehin niemand zu Gesicht bekam, verzichtete er schließlich darauf.

Als Rattenmann ging er vorwärts – geradewegs in das weiße Landesinnere hinein. Schließlich blieb er stehen und drehte sich um. Ein letzter Blick war es, den er Winterborg sandte, dem Ort, wo alles vernichtet worden war, was ihm je etwas bedeutet hatte.

Wohin gehst du?, fragte er sich. *Gibst es da eine Spur, der du folgst? Einen Geruch, dessen Witterung dein Hass aufgenommen hat, wie ein Eiswolf es tut, wenn er nach Beute sucht?*

Erneut schnüffelte er. Die Geräusche, die dabei entstanden, erinnerten an Riesenschneeratten in den Pferchen. Wie oft hatte er sie als Junge beobachtet und manchmal auch geärgert, indem er ihnen etwa scharf riechenden, mit einigen Zusätzen angereicherten Seemammut Tran hingestellt hatte, der ihren Geruchssinn vollkommen verwirrte, was sie halb wahnsinnig machte.

Vorbei!, dachte er. Alles Vergangenheit. Schatten der Erinnerung, die im roten Nebel der Blutrache verschwammen.

Ja, es gab da eine Spur, der er folgte. Der Spur der Drachen – und jener seines Findelbruders Bjonn. Es war, als wenn beide – die Drachen und Bjonn – diesen Weg genommen hätten. Seine Sinne waren offenbar über die Maßen geschärft, seit er die Gestalt des Rattenmanns angenommen hatte.

Er sah zum Augenmond auf, der bereits kurz davor war, hinter dem Horizont zu versinken. Es war, als ob das Gesicht des Traumhenkers selbst auf ihn herabblickte. Und dann glaubte Wulfgarskint plötzlich, die Stimme Ogjyrs zu hören. Längst war der Todverkünder und Seelentrenner wieder zum Augenmond hinaufgefahren. Nun schien er äußerst ungeduldig auf das Vergnügen zu warten, das er sich von Wulfgarskints Wiedererweckung versprach. *Ich habe dir das Leben nicht gegeben, damit du dich selbst bedauerst und dich deiner Trauer hingibst, du Narr!*, vermittelte ihm Ogjyr. *Um solches Gejammer zu sehen, genügt es, die Lebenden zu betrachten, dazu bedarf es keines Untoten. Du sollst hassen und töten – und vor allem die Möglichkeiten nutzen, die dir dein neuer, untoter Körper bietet. Denn mit ihm wirst du sogar gegen Drachen bestehen können, wenn du ihn und seine Möglichkeiten ausreichend erforscht hast. Also enttäusche mich nicht!*

Wulfgarskints riesenhafte Rattengestalt stieß einen Schrei aus, der seine ganze Wut zum Ausdruck brachte. Der Laut klang wie die Mischung aus dem Ruf eines Seemammuts und dem Krächzen einer Eismöwe und war von einer Kraft, die selbst die Götter erschaudern ließ.

Nutze die Möglichkeiten deines untoten Lebens. Du hast deine neue Existenzform noch nicht einmal ansatzweise erforscht … Alles, was lebt, wird Asche – aber du bist es bereits. Und das ist deine Stärke. Also verweile nicht in der Ödnis dieser eisigen weißen Weite …

„Wenn ich dir zu langweilig bin, dann kannst du unseren Pakt gern rückgängig machen!“, brüllte Wulfgarskint zum Augenmond hinauf. „Nur zu. Ich war bereits tot, und dieser Zustand war nicht so schlimm, dass ich mich vor ihm fürchten müsste. Aber in Wahrheit bist du doch froh über jede Seele, die für einen hohen Preis bereit ist, dir die Einsamkeit zu vertreiben, da selbst die Toten dich und deinen Augenmond meiden wie einen Pestherd. Also nur zu, bestrafe mich, wenn du willst. Nimm mir das modrige, faulige, hasserfüllte Leben, das du mir gabst. Du bestrafst in Wahrheit mehr dich selbst als mich!“

Die Gedankenstimme des Todverkünders meldete sich daraufhin zunächst nicht mehr, und Wulfgarskint war dankbar für dieses Schweigen.

Er setzte seinen Weg fort und war allein mit sich, seinem Hass und seinen Gedanken, die zwangsläufig immer wieder zu einem Punkt zurückkehrten: zu der Frage, wann und wie er sich rächen konnte. Der Wunsch zu töten wurde schier übermächtig in ihm, nur war diese kalte, weitgehend unbelebte Ödnis wirklich der allerschlechteste nur denkbare Ort, um diesem Drang nachzugeben.

Die Monde versanken, und die Sonne stieg auf. Ihr Licht empfand Wulfgarskint zunächst als unangenehm, denn es erinnerte ihn an jenen Moment, da er gestorben war und das Drachenfeuer ihn verschlungen hatte. Aber dann erkannte er, dass er den Schrecken, den das Aufgehen der Sonne in ihm verursachte, auch nutzen konnte, denn die Erinnerung an das verzehrende, unbarmherzig sengende Drachenfeuer verstärkte den Hass und die Wut in ihm. Und dadurch wuchs seine Kraft.

Vielleicht steckte durchaus Wahrheit in den Gedanken, die der Tod verkündende Ogjyr ihm gesandt hatte. Er musste die Möglichkeiten zu nutzen lernen, die seine Existenz als untoter Dämon ihm bot. Und das bedeutete auch, dass er die mächtigen zerstörerischen Regungen, die ihn beherrschten, lenken musste.

Wulfgarskint dachte an die Geschichten, die ein Handelsfahrer namens Ramnjolf Silbergier aus Borghorst einst am Lagerfeuer erzählt hatte. Dessen Schiff war auf dem Rückweg von der sturmländischen Küste abgetrieben worden, und er hatte in Winterborg anlegen müssen, wo er die Gastfreundschaft Wulfgar Wulfgarssohns angenommen hatte. Wulfgarskint erinnerte sich daran, wie Ramnjolf von einem Fluss in Feuerheim berichtet hatte, dessen Wasser gestaut und umgeleitet worden war, um die Wüste jenseits von Nom-Lo zu bewässern. In Wulfgarskints Vorstellung entstand das Bild eines mächtigen Stroms, dessen Wassermassen auf einen ganz bestimmten, vorausgeplanten Weg gezwungen wurden. Einen Weg, den sie natürlicherweise niemals genommen hätten. Die Kraft dieser Wassermassen war gemeinhin nicht beherrschbar, und es gab keine Macht, die sich einem reißenden Strom entgegenzustellen vermochte, wie Ramnjolf zu berichten gewusst hatte. Und doch war es möglich, diese Kraft zu lenken.

Genau dies musste Wulfgarskint mit seinem Hass gelingen. Wulfgarskint erkannte, dass er andernfalls niemals in der Lage sein würde, die ihm gegebene Kraft wirklich zielgerichtet einzusetzen. Dass Ramnjolfs Geschichte einen schlechten Ausgang gehabt hatte, schreckte Wulfgarskint dabei nicht sonderlich: Die Feuerheimer Kanal- und Stauwehrbauer hatten offenbar nicht das Wohlwollen des Sonnengottes auf ihrer Seite gehabt. Zumindest erklärte man sich Ramnjolf zufolge in den Hafentavernen von Elabar so das Scheitern des Projekts. Das Stauwehr hatte nicht gehalten, und die Kanäle, die die Wüste jenseits von Nom-Lo hatten bewässern sollen, waren längst wieder ausgetrocknet.

In meinem Fall ist es anders, dachte Wulfgarskint. Schließlich hatte er nicht nur das Wohlwollen, sondern sogar den ausdrücklichen Auftrag eines Gottes, der vom Augenmond aus auf ihn herabblickte und zweifellos jede seiner Handlungen verfolgte.

Wulfgarskint folgte den Spuren, die ihm durch seine neuen Sinne offenbar wurden. Sowohl der Spur Bjonn Dunkelhaars als auch jener der Drachen-Armada, die sich beide in dieselbe Richtung bewegt hatten.

Während er durch den Schnee stapfte und Stunde um Stunde verging, stellte er überrascht fest, dass er nicht ermüdete. Sein untotes Leben schien keine Erholungspausen zu benötigen. Desgleichen kannte er offenbar weder Hunger noch Durst noch irgendein anderes Verlangen – abgesehen von seiner Gier nach Rache und dem Verlangen zu töten.

Als die kalte, kraftlose Sonne über Winterland ihren Höchststand erreichte, traf Wulfgarskint auf ein Rudel Eiswölfe. Einige der Tiere nagten noch an den Knochen ihrer letzten Beute. Wulfgarskint schätzte, dass es sich – der Größe und Gestalt der Knochen nach – um eine wildlebende Riesenschneeratte gehandelt hatte.

Die Eiswölfe spürten die Gefahr in dem Moment, da sie die verbrannte, faulige und modrige Witterung aufnahmen. Sie winselten und ließen von den Knochen der Riesenschneeratte ab.

Der Wunsch zu töten wurde in Wulfgarskint angesichts der lebendigen Kreaturen, deren Gegenwart er spürte, geradezu übermächtig. Auf einmal kam es ihm gar nicht mehr darauf an, wem oder was er den Tod brachte. Wichtig war nur, dass da etwas war, das ein schlagendes Herz, pulsierendes Blut und eine angstvolle Seele hatte, die sich vor nichts so sehr fürchtete wie vor einem qualvollen und grausamen Ende.

Die Wölfe sprangen auf, scharten sich um das Leittier, das deutlich größer war als der Rest des Rudels. Aber selbst der Anführer des Rudels wurde von jeglichem Mut verlassen und machte mit dem nur halb erhobenen Schwanz und dem sogar leicht gesenkten Kopf einen eher unterwürfigen Eindruck.

Wulfgarskint näherte sich dem Rudel, lief auf die Tiere zu. Doch dann hielt er inne, denn ihm kam in den Sinn, dass die Wölfe einfach die Flucht ergreifen könnten. Nichts wäre in diesem Augenblick furchtbarer für ihn gewesen, als wenn die einzigen Kreaturen im weiten Umkreis, die sein Bedürfnis zu töten befriedigen konnten, sich einfach davonmachten. Und wie schnell Eiswölfe zu laufen vermochten war Wulfgarskint aus seinem früheren Leben bekannt.

Bleibt! Bleibt und lasst euch zerfleischen!

Vielleicht spürten die Eiswölfe sogar seine Gedanken. Jedenfalls hetzten sie augenblicklich davon, als sich das Leittier endlich zur Flucht entschloss.

Nein!

Verzweiflung brandete in Wulfgarskint hoch. Die Aussicht, wieder vollkommen allein mit sich zu sein, erschreckte ihn bis in die Seele. Allein mit seiner Wut und seinem ungestillten Wunsch zu töten. Welch schlimmere Folter konnte man sich vorstellen?

Er hetzte hinter den Wölfen her, aber deren Körper waren von den Göttern für das schnelle, ausdauernde Laufen geschaffen worden, der seine nicht. Und so wurde der Abstand zwischen ihm und den fliehenden Eiswölfen immer größer.

Auf einem Hügelkamm blieb das Leittier stehen und drehte sich noch einmal mit aufmerksam gespitzten Ohren um. Wulfgarskint machte der tiefe Schnee zu schaffen, in den er beinahe bis zu den Knien einsank. Der Leitwolf stob davon, und nach wenigen Augenblicken waren die Wölfe hinter der Hügelkette verschwunden.

„Nein!“, keuchte Wulfgarskint.

Es gab kein Herz mehr, das in seinem toten Aschekörper schlug und das nach dem anstrengenden Lauf hätte rasen können – ebenso wenig wie sein untoter Körper so etwas wie Erschöpfung kannte. Und dennoch spürte Wulfgarskint, dass er an eine Grenze gelangt war, die er offenbar nicht überschreiten konnte.

Wirst du so schnell aufgeben? Enttäusche mich nicht!, drangen wie aus weiter Ferne die Gedanken des Todverkünders in seinen Geist, und Wulfgarskint glaubte im nächsten Moment gar ein höhnisches Lachen zu hören. *Oh, wie habe ich mich doch in dir getäuscht …*

Da fühlte Wulfgarskint, wie sich all die durch Hass und Wut gespeiste Kraft in ihm sammelte und zu etwas anderem wurde. Etwas, das sich in einen Kanal zwingen ließ wie das Wasser jenes Flusses in Feuerheim, von dem Ramnjolf Silbergier damals gesprochen hatte. Er musste die völlige Kontrolle über die Ansammlung von Asche an sich bringen, die nun sein Körper war. Dieser Leib war mehr als ein unvollkommenes Behältnis für die Reste seiner Seele, die der Todverkünder mit dieser Gestalt gestraft hatte.

Der Aschekörper Wulfgarskints zerfiel zu feinem Staub, der eine Wolke bildete – eine Wolke, die sich wie einer jener gefürchteten Schwärme von Fressschrecken verhielt, die die Felder im Süden des Seereichs in regelmäßigen Abständen heimsuchten, im Südenthal-Land etwa oder in der Provinz Osland an der Grenze zu Drachenia. Wulfgarskint hatte nur von Handelsfahrern von diesen Schwärmen gehört, die den Himmel verdunkeln konnten, denn abgesehen von Bratlor Sternenseher war kaum ein Mann aus Winterborg je so weit gereist.

Wie einer dieser Schwärme, jedoch bestehend aus feinsten Aschestückchen, flog Wulfgarskint über die weiße Ebene und auf die Hügelkette zu, hinter der die Eiswölfe verschwunden waren. Von einer sehr hoch fliegenden Drachengondel oder einem tajimäischen Luftschiff aus betrachtet hätte man vielleicht den Eindruck eines über den Schnee wandernden Rußflecks gehabt.

Offensichtlich war diese Art der Fortbewegung eine der Möglichkeiten seiner untoten Gestalt, von denen Ogjyr gesprochen hatte. Wulfgarskint war wütend auf sich selbst, dass er dies nicht früher entdeckt hatte. Schließlich konnte er seinen Körper ja auch derart verändern, dass er als Junge von vierzehn Jahren erschien, in seiner ursprünglichen Gestalt als Mensch.

Na, endlich hast du es erfasst!, vernahm er die Gedanken Ogjyrs.

Die Wolke aus Aschestaub, zu der Wulfgarskint geworden war, erreichte den Hügelkamm. Er hörte das Gewinsel der Eiswölfe. Sie liefen in einiger Entfernung durch den Schnee, und ihr Instinkt verriet ihnen, dass sie verfolgt wurden.

Der Schwarm aus Ascheteilchen schob sich über sie, dann fuhr er plötzlich herab und konzentrierte sich dabei auf das Leittier. Es versuchte noch auszuweichen, doch es gab kein Entkommen. Die pechschwarzen Teilchen drangen in das Maul des Tiers ein und kamen wenig später aus den Augen wieder heraus, aus denen leere, blutige Höhlen wurden.

Der Leitwolf brach zusammen und blieb reglos im Schnee liegen, während sich Wulfgarskint auf das nächste Tier stürzte. In seiner Schwarmgestalt war Wulfgarskint einfach zu schnell für die Wölfe. Er nahm ein Leben nach dem anderen, und das Blut der Wölfe tränkte den Schnee, sodass die weiße Ebene wirkte wie der Verband auf einer schwärenden Wunde.

Das Winseln und Jaulen verstummte, als er schließlich auch das letzte Tier des Rudels getötet hatte. Dann war Wulfgarskint wieder in der Lage, einen klaren Gedanken zu fassen. Seine Gestalt verdichtete sich und wurde zuerst zu dem vierzehnjährigen Jungen in der nach Moder riechenden Kleidung, ehe er sich abermals verwandelte und das Aussehen des Rattenmannes annahm.

Der Junge – das war er nicht mehr, ging es ihm durch den Sinn. Auch wenn sich ein Teil seiner Seele so sehr wünschte, dass es anders wäre, es war nichts Menschliches mehr an ihm. Eine Erkenntnis wie ein Stich mit einer Nadel aus Seemammutknochen. Aber dass sich sein Wunsch zu töten in so großartiger Weise erfüllt hatte, half ihm, diese Regung zurückzudrängen. Es gab eben Wünsche, die erfüllbar waren – und solche, von denen man sich lösen musste …

Wulfgarskint genoss eine Weile das Gefühl, das der Tod der Wölfe in ihm hervorgerufen hatte. Aber schon keimte die Ahnung in ihm auf, dass diese relative Zufriedenheit nicht lange anhalten würde.

Dann regte sich der Wunsch zu töten erneut. Vor seinem inneren Auge sah er wieder die Gräuel von Winterborg, und die Gier nach Rache brodelte in ihm hoch. Rache an allen, die in irgendeiner Weise für das Geschehene verantwortlich waren.

Seine Rattennase witterte die Spur der Drachen ebenso wie die von Bjonn Dunkelhaar, und er stellte sich vor, wie er ihre Körper zerriss, wie er ihr Blut spritzen ließ, wie er in Gestalt eines Ascheschwarms in ihre Münder und Nasenlöcher eindrang, ihr Gehirn wie ein Hagelschlag durchdrang und dann aus den Augen wieder hervortrat, nur um sogleich ein weiteres Opfer zu attackieren.

Wulfgarskint hatte das Gefühl, dass die Vernichtung der Eiswölfe ihm zusätzliche Kraft gegeben hatte. *Lebenskraft*, dachte er. Das musste es sein. Offenbar übertrug sich ein Teil der Lebensenergie, die allen Kreaturen innewohnte, auf ihn, wenn er das jeweilige Wesen tötete.

Wulfgarskint achtete nicht auf die Zeit. Er bemerkte kaum, ob es hell oder dunkel war, denn längst hatte er sich so weit an seine neue Existenzform gewöhnt, dass sein Gesichtssinn für ihn nicht mehr wichtig war. Dennoch – wenn der Augenmond am Himmel stand, dann veranlasste ihn das jedes Mal, zu ihm aufzublicken. Schmerzlich erinnerte ihn dieser Anblick daran, dass sein neues, untotes Leben alles andere als frei war.

Schon bald wurde Wulfgarskint wieder von Ruhelosigkeit erfüllt. Erneut regte sich der Drang zu töten in ihm. Denn er spürte, dass sich eine große Anzahl Drachen näherte. Jene Kreaturen, die alles zerstört hatten, was ihm je etwas bedeutet hatte.

Er flog als wirbelnder Schwarm aus Ascheteilchen bis zu einer Anhöhe und nahm dort wieder die Gestalt des Rattenmanns an. Der Blick seiner knopfartigen dunklen Augen war in die Ferne gerichtet. Dort kamen die ersten Kriegsdrachen über den Horizont. Sie hoben sich dunkel gegen das tief stehende Sonnenlicht ab und wären für ein menschliches Auge kaum zu erkennen gewesen. Aber Wulfgarskint wusste, dass sie es waren.

Er erfasste sie mit seinen neuen Sinnen, und er spürte, dass die riesigen fliegenden Ungetüme offenbar auch ihn auf diese Entfernung zur Kenntnis nahmen. Unruhe und Furcht erfüllte die Seelen der Drachen, und ihre Reiter mussten ihre ganze Kunst aufbringen, sie weiter voranzutreiben.

Hin und wieder war ein Stöhnen zu hören. Manchmal zuckten auch Flammen aus den Mäulern der Drachen, so als begehrten sie gegen einen unsichtbaren Feind auf.

Ja, fürchtet mich, dachte Wulfgarskint. *Ihr habt Grund dazu! Fürchtet niemanden mehr als mich, denn niemand wird euch mit solcher Wonne zerfleischen!*

Inzwischen tauchten auch die ersten Gondeldrachen am Horizont auf, und Wulfgarskint malte sich aus, wie ratlos die Drachenreiter und Gondelinsassen auf einmal hinsichtlich der Unruhe der Drachen waren, wie die Furcht vor diesem unsichtbaren Gegner auch sie erfasste, obwohl sie gar nicht in der Lage waren, seine Anwesenheit zu spüren. Nur die Reaktionen der Drachen verrieten ihnen, dass etwas nicht stimmte.

Vielleicht schoben sie die Ursache zunächst auf die außerordentlich kalte Witterung dieses Landes und andere Widrigkeiten, die damit verbunden waren. Sobald sie erkannten, was sie tatsächlich bedrohte, würde es zu spät sein, dachte Wulfgarskint.

Er wartete ab. Es gab keinen Grund, der Drachenarmada entgegenzukommen. Das hätte unter den Drachen vielleicht eine Panik ausgelöst, und sie hätten die Flucht ergriffen.

Der Wunsch zu töten wurde immer stärker, und er konnte es kaum noch erwarten, sich endlich auf die Drachen zu stürzen. Sie brüllten und schienen wie von Sinnen. Dann beschlich ihn die Befürchtung, dass sie womöglich ihre Reiter oder sich gegenseitig umbringen würden und Wulfgarskint damit die Möglichkeit nahmen, sie selbst zu töten.

Schließlich konnte er es nicht mehr aushalten. Als Ascheschwarm wirbelte er den Drachen entgegen. Dem ersten flog er durch das geöffnete Maul in den Rachen. Der Feuerstrahl, der im gleichen Augenblick hervorschoss, machte Wulfgarskints untoter Existenz nichts aus. Er war bereits zu Asche verbrannt worden. Er konnte nicht ein weiteres Mal durch Drachenfeuer sterben.

Bei den Augen, Ohren und Nasenlöchern traten die feinen schwarzen Ascheteilchen wieder hervor und vereinigten sich erneut zu einem

Schwarm. Das Gebrüll des Drachen erstarb. Tot stürzte er mitsamt seinem Reiter in die Tiefe.

Wulfgarskint stürzte sich auf den nächsten. Diesmal wählte er eine andere Tötungsart. Noch im Flug verwandelte er sich und nahm die Gestalt des Rattenmanns an. Drachenfeuer erfasste ihn mit fauchendem Flammen – aber es hatte keine Wirkung auf ihn. Der Rattenmann klammerte sich mit Armen und Beinen am Hals des Reitdrachen fest. Dieser schwenkte brüllend den Kopf hin und her, um den Rattenmann abzuschütteln, und der Drachenreiter-Samurai griff nach seiner Armbrust, die an einem Riemen am Sattel gehangen hatte, zielte und drückte ab.

Der Bolzen durchdrang erst den Rattenmann, riss ein Loch in dessen verkohlten Körper, in das eine Männerfaust gepasst hätte, und drang anschließend in den Hals des Drachen. Wulfgarskint ließ ein wütendes Knurren hören, als das Drachenblut in einer hohen Fontäne hervorspritzte, hatte ihm der Narr doch die Freude geraubt, den Koloss durch einen Biss in den Hals selbst zu töten.

Während der tote Drache bereits zu Boden trudelte, sprang der Rattenmann den Samurai an, zerrte ihn aus dem Sattel, riss ihm den Kopf ab und schleuderte diesen davon, während er den Körper fallen ließ.

Einen Augenblick schwebte der Rattenmann in der Luft. Er breitete Arme und Beine wie Flügel aus und fühlte Enttäuschung über das geringe Quantum an Lebenskraft, das ihm durch die Tötung des Drachenreiter-Samurai zufloss.

Die nachfolgenden Reit- und Gondeldrachen versuchten auszuweichen, und die jeweiligen Drachenreiter hatten alle Mühe, ihre Reittiere unter Kontrolle zu halten.

Wulfgarskint stürzte sich in seiner blindwütigen Mordlust auf einen der Gondeldrachen. Der Drache fauchte und stieß eine sengende Feuersbrunst aus, die den Schwarm von Ascheteilchen aufglühen ließ.

Ja, versuch es nur, triumphierte Wulfgarskint. *Du kannst mir nichts anhaben!* Es war der größte der Gondeldrachen, den er sich für seinen Angriff ausgesucht hatte. Die Gondel war reich verziert und so prächtig, dass sie wohl eher die fliegende Residenz eines hohen Herrschers war, als mehreren Dutzend Armbrustschützen als Himmelsfestung oder drachenischen Fußsoldaten als Transportmittel zu dienen. Auf dem schmalen Balkon stand ein Mann, den Wulfgarskint in seiner mordtrunkenen Raserei überhaupt nicht beachtete. Zu sehr freute er sich darauf, diesen größten der Armada-Drachen zu töten und seine Lebenskraft in sich aufzunehmen. Zu sehr fieberte er den Schreien der Gondelinsassen entgegen und dem wohligen Schauder, den sie in ihm verursachen würden.

Der Schwarm verdichtete sich und schickte sich gerade an, dem Giganten ins Maul zu schnellen, da zuckte Wulfgarskint förmlich zurück. Ein Gefühl des Entsetzens erfüllte ihn. Da war eine Kraft, die sich nach ihm ausgestreckt hatte und ihn packte. Für einen kurzen Moment formte der Ascheschwarm die Gestalt des Rattenmanns, doch schon einen Herzschlag später zerfiel sie wieder.

Der Mann auf dem Gondelbalkon rief Worte in einer unbekannten Sprache. Worte, deren Klang in all dem Drachengebrüll eigentlich hätten untergehen müssen, die aber auf geistiger Ebene widerhallten, und das sehr deutlich und intensiv. Ein Zwang ging von ihnen aus.

Nein!, wollte Wulfgarskint schreien. Doch da er im Moment nicht einmal einen Mund hatte, der dieses Wort hätte hervorbringen können, blieb es nichts als ein Gedanke.

Auf einmal war er es, der Furcht empfand, und er spürte, wie der gesamte Schwarm der Ascheteilchen, der er war, unaufhaltsam von dieser unheimlichen Kraft angezogen wurde. Zugleich erfasste sie seinen Geist, ohne dass er irgendetwas dagegen tun konnte.

Die Gestalt auf dem Balkon war zweifellos ein Magier. Die Falte auf der Stirn und die schräg nach oben wachsenden, sehr buschigen Augenbrauen verrieten es. Er hielt ein Gefäß aus Ton in den Händen. Es hatte einen schlanken Hals und eine schmale Öffnung, in die man kaum den Finger hätte stecken können, während das Gefäß selbst etwa die Ausmaße eines menschlichen Kopfes hatte.

Die Aschepartikel, aus denen Wulfgarskints untoter Körper bestand, wirbelten durch die schmale Öffnung und verschwanden im Inneren des Gefäßes. Wulfgarskint versuchte sich mit aller Kraft dagegen zu wehren. Aber das war nicht möglich, er konnte sich der Kraft des Magiers, die ihn in das Gefäß zwang, einfach nicht entziehen. Verzweiflung und Wut erfassten ihn, und bevor der Magier das Behältnis mit einem Korken verschloss, sandte ihm Wulfgarskint noch einen hasserfüllten Gedanken: *Fluch über dich, Magiergezücht! Ogjyr möge dich strafen!*

Die Antwort war ein triumphierendes, boshaftes Lachen. Ein Lachen, das überhaupt nicht mehr aufhören wollte und ihn auf besondere Weise folterte und rasend machte.

Der Magier Ubranos aus Capana ging ins Innere der Gondel. Den Krug hielt er mit beiden Händen umfasst.

„Was, um des Unsichtbaren Gottes willen, ist das?", fragte schreckensbleich Kaiser Katagi.

Ubranos lächelte überlegen, als er den Blick in Richtung des Usurpators wandte. „Der böse Geist einer bösen Tat, würde ich sagen." Diesen Eindruck hatte er, der erfahrene Magier, jedenfalls sofort gehabt, als er die Anwesenheit des untoten Wesens gespürt hatte.

„Und ein solcher Geist ist mächtig genug, um Drachen zu töten?", fragte Katagi zweifelnd.

„Dieser war es."

„Davon habe ich noch nie etwas gehört!"

„Nun, seid froh, dass er nicht mächtig genug war, meiner Magie zu widerstehen."

Katagi vollführte eine schnelle, abwehrende Geste und verzog zugleich das Gesicht zu einem Ausdruck des Abscheus. Er schien einen sehr stark ausgeprägten Widerwillen gegen den Inhalt des Kruges zu verspüren. „Hinaus damit! Werft den Krug in dieses öde Land, wo gewiss auch die Flüche böser Taten im ewigen Eis erstarren!"

„Oh nein, mein Gebieter", wagte Ubranos aus Capana zu widersprechen. „Zuerst muss ich das Gefäß versiegeln, damit es zur Urne dieses Unseligen wird."

„So tut, was immer Euch die Regeln Eurer Magie vorschreiben mögen", befahl Katagi aufbrausend, „und dann hinaus mit dem Ding!"

„Es ist nicht leicht, einen solchen Geist so zu bannen, wie ich es tat, mein Kaiser", erklärte Ubranos selbstgefällig und nach Anerkennung heischend. „Nur die besten Magiermeister vermögen dies, und selbst denen gelingt es nicht immer."

„Nur einer der besten ist würdig genug, dem Kaiser Drachenias zu dienen", versetzte Katagi grimmig.

Ubranos deutete eine Verbeugung an. „Ich will auf Folgendes hinaus, mein Gebieter: Die tödliche Kreatur, die in dieser Urne gebannt ist, sollten wir uns nutzbar machen. Bewahren wir sie auf und lassen sie zu einem Zeitpunkt frei, der Euch zum Vorteil gereicht, mein Gebieter."

Katagi runzelte die Stirn und warf einen sehr skeptischen Blick auf das Gefäß. „Ist das nicht gefährlich?"

„Nicht gefährlicher, als diesen Krug einfach über Bord zu werfen. Denn dann wissen wir nicht, ob der üble Geist – durch welche Umstände auch immer – vielleicht befreit wird und uns verfolgt."

„Das würde er tun, Meister Ubranos?", fragte Katagi misstrauisch.

Der Magier nickte. „Ich fürchte, er könnte Euch bis ans Ende der Welt folgen, mein Kaiser."

„Aber ich habe nichts mit ihm zu schaffen!"

„Es ist natürlich durchaus möglich, dass wir zufällig auf diese Kreatur gestoßen sind", sagte Ubranos aus Capana. „Aber das glaube ich nicht …"

Der Kaiser atmete tief durch. „Tut, was immer Ihr für richtig haltet, Ubranos! Aber sollte es sich als falsch herausstellen, werdet Ihr dafür zur Rechenschaft gezogen, das sollte Euch klar sein."

„Niemals würde ich es wagen, Eure Gerechtigkeit und Güte herauszufordern, mein Kaiser", versprach Ubranos. „Niemals!"

„Das ist gut", kam es nach einem prüfenden Blick und einer quälend langen Pause zwischen den schmalen Lippen des Usurpators hervor. „Sehen wir zu, dass wir dieses kalte Land so schnell wie möglich hinter uns lassen!"

10

INSEL DER VERGESSENEN SCHATTEN

Grausige Laute weckten Rajin aus dem Schlaf. Er fuhr hoch und lauschte. Nie zuvor hatte er derart schreckliche Laute gehört, hervorgebracht von tiefster Pein. Manchmal waren sie so verzerrt, dass sie kaum noch als die Schreie eines Menschen zu erkennen waren, andere glichen einem jämmerlichen Stöhnen oder einem erbarmungswürdigen Wimmern.

Auf jeden Fall mussten es Hunderte, wenn nicht Tausende sein, die da litten.

Rajin griff zum Schwert und erhob sich von seinem Lager, das er sich aus den in dieser Region überflüssigen, weil viel zu warmen Kleidungsstücken bereitet hatte. In Qô kühlte es selbst in der Nacht nur mäßig ab, und so hatten Rajin und Bratlor sich eines Teils ihrer Kleidung entledigt, die sie zuvor in mehreren Schichten übereinander getragen hatten.

„Liisho! Bratlor", rief Rajin.

In der Mitte des Raums brannte eine salzähnliche Substanz in einer Metallschale mit bläulicher Flamme. Liisho hatte dieses Feuer am Abend mit Hilfe seiner Zauberkunst entzündet und behauptet, es würde Dämonen ebenso auf Abstand halten wie die Myriaden von Insekten, die in den Nächten dieser Gegend nach Blut jagten.

Die Flamme war die einzige Lichtquelle in dem fensterlosen Raum im Inneren des Kuppelbaus, in dem der Weise Liisho sein Heim hatte. Zahllose Gegenstände und Waffen aller Art hatte er in diesem Gebäude zusammengetragen, um sie bei passender Gelegenheit entweder weiterzugeben oder selbst einzusetzen, wie er Rajin gegenüber erklärt hatte. Darunter waren unter anderem mehrere Piken von doppelter Mannslänge, an deren Spitzen sich riesige Schwämme aufstecken ließen. Bei der Versorgung von Ayyaams Wunden am Vortag hatten sie ihnen gute Dienste geleistet.

Bratlor, der ein paar Schritt von Rajin entfernt sein Lager hatte, war ebenfalls erwacht. „Was ist da draußen los, Bjonn?"

„Ich habe keine Ahnung."

„Das hört sich an wie nach der grausigsten Schlacht, wenn die Sterbenden auf dem Feld nach Erlösung schreien."

Da wurde endlich auch der Weise Liisho wach, doch er schien in keiner Weise beunruhigt. „Legt euch wieder hin", sagte er. „Hatte ich nicht erwähnt, dass die Nächte hier mitunter unruhig sein können? Zumindest für die, die einen leichten Schlaf haben ..."

„Nein, davon hast du nichts erwähnt!", gab Bratlor mit wütender Stimme zurück.

„Nun, dann muss ich es wohl vergessen haben bei all der Anstrengung gestern ..."

Lange hatten sie sich um die Wunden des Drachen Ayyaam kümmern müssen und damit alle Hände voll zu tun gehabt. Erst nachdem der Jademond aufgegangen war, fiel der Koloss endlich in einen unruhigen Schlaf, von dem man nur hoffen konnte, dass er zur Genesung der riesigen Kreatur beitrug. Liisho hatte Rajin dann noch gezeigt, wie man mithilfe des Drachenstabs und mittels der inneren Kraft beruhigend auf einen Drachen einwirken konnte. Das waren Dinge, die Rajin in den Träumen, die Liisho ihm in der Vergangenheit schickte, immer wieder gesehen hatte. Aber es machte einen Unterschied, ob man es selbst tun musste oder nur ein Traumbeobachter war.

Der Drache schlief tief und fest – so fest, dass offenbar nicht einmal das Schreien und Wehklagen ihn zu wecken vermochte.

„Dich scheint es überhaupt nicht zu beunruhigen, was dort drau ßen vor sich geht", sagte Rajin zu dem Weisen Liisho. „Ich dachte, die Insel und die Ruinen wären unbewohnt, abgesehen von ein paar wunderlichen Kreaturen, die hier hausen."

„Das sind die Stimmen der Vergessenen Schatten", erklärte Liisho. „Kein Grund, sich aufzuregen. Selbst mein guter Ayyaam lässt sich durch sie nicht aus der Ruhe bringen oder gar den Schlaf rauben. Weil er genau weiß, dass sie ihm hier nichts anhaben können. Ich habe nämlich einen Teil der Ruinen von Qô mit einem Bannkreis umgeben, der mir diese aufdringlichen Plagegeister vom Leib hält. Dass ihre Schreie und ihr Gewimmer bis hierher dringen, kommt leider hin und wieder vor. Obwohl – ich habe mich schon so an dieses Gekreische gewöhnt, ich höre es schon gar nicht mehr."

Ein besonders furchtbarer Schrei – von einem Kind, wie es Rajin schien – drang an ihrer aller Ohren, und entgegen seiner gerade geäußerten Behauptung schien dieser schreckliche Laut auch dem Weisen Liisho durch Mark und Bein zu fahren.

„Das muss unmittelbar vor diesem Gebäude gewesen sein", stieß Bratlor hervor – und Rajin teilte diesen Eindruck. Kurz entschlossen streifte er sich die Stiefel über und ging in Richtung Ausgang, das leichte drachenische Schwert in der Hand.

Einen vollkommen dunklen Gang von fünf Schritten musste er hinter sich bringen, ehe er die Tür ins Freie aufstoßen konnte.

Das Licht der fünf Monde beschien die Ruinen von Qô. Der Drache Ayyaam lag auf der Meerseite des Plateaus und hatte die Flügel nicht auf dem Rücken gefaltet, wie es bei Drachen üblich war, wenn sie ruhten, sondern breit ausgefächert. Am Vortag hatten Liisho, Rajin und Bratlor die Wunden seiner Schwingen immer wieder mit verschiedenen Tinkturen bestrichen, die den Heilungsprozess beschleunigen sollten, und auch diese Haltung diente dazu. Liisho hatte sie ihm durch seinen Willen aufgezwungen und Rajin erklärt, dass es zu den schwierigsten Künsten gehörte, einen Drachen dazu zu bringen, mit gespreizten Flügeln zu schlafen, damit Verletzungen, die der Drache dort davongetragen hatte, besser heilten.

Rajin ließ den Blick schweifen. Nirgends war etwas zu sehen, das sein Misstrauen geweckt hätte. Nur das Wimmern und Wehklagen wurde immer lauter.

Bratlor tauchte hinter ihm auf, ebenfalls mit dem Schwert in der Hand. „Ihr Götter", murrte er. „An was für einen Ort sind wir geraten?"

Ayyaams Atem ging ruhig und regelmäßig und vermischte sich mit dem Rauschen des Meeres.

Endlich erschien auch Liisho. Aber seine Sorge galt nicht den Stimmen, sondern seinem Drachen. Er ging auf Ayyaam zu, berührte ihn zwischen den Nasenlöchern mit seinem Drachenstab. Die Vorsichtsregel, die er Rajin gegeben hatte und nach der man sich nicht von vorn einem Drachenmaul nähern sollte, schien für ihn selbst keine uneingeschränkte Gültigkeit zu haben, jedenfalls dann nicht, wenn der Drache tief und fest schlief. Zwei kleine Rauchwolken staubten aus seinen Nüstern hervor, und der Drache ließ ein tiefes Grunzen hören, woraufhin Rajin ein Gefühl überkam, als würde ihm jemand auf den Bauch drücken.

Liisho atmete auf. „Alles in Ordnung", sagte er.

Rajin trat an den Rand des Plateaus. Von dort konnte er auf die tiefer gelegenen Teile der Ruinenstadt blicken, deren äußerste Viertel bereits vom Dschungel überwuchert waren. Schattenhafte Gestalten schienen sich dort zwischen den verfallenden Gassen zu bewegen.

„Du kannst ganz beruhigt sein, sie kommen nicht hierher", sagte Liisho. „Aber man sollte sich nicht bei Nacht außerhalb des Bannkreises aufhalten, der nicht viel mehr als dieses Plateau und ein paar angrenzende Ruinen umfasst. Denn die Vergessenen Schatten greifen jeden an, der ihnen begegnet, und so manchen mögen sie schon in den Wahnsinn getrieben haben. Ein Stück weiter die Küste entlang findet sich das Wrack eines Schiffs, das hier offenbar gestrandet ist. Die Menschen an Bord töteten sich gegenseitig in wilder Raserei. Man sieht es noch immer an ihren gebrochenen Knochen und eingeschlagenen Schädeln und der Art, wie ihre Gebeine daliegen. Eines Tages wirst du vielleicht stark genug sein, dich den Vergessenen Schatten zu stellen, Rajin – aber das wird noch eine ganze Weile dauern."

„Was sind das für Kreaturen?", fragte Rajin. „Welcher Fluch hat sie hervorgebracht?"

„Ein Fluch, der deine Familie betrifft, Rajin. Ein Fluch, der auf dem Kaiserhaus lastet. Einst wollten sich die Bewohner von Qô von der Herrschaft des Kaisers von Drakor lossagen und proklamierten das Zeitalter der Sechs Reiche. Doch der damals regierende Kaiser Onjin wollte das nicht dulden. Er sandte sein Heer von Drachenreitern aus und hielt ein furchtbares Blutgericht über die Bewohner von Qô. Andere Provinzen, in denen es vielleicht ähnliche Bestrebungen gab, sollten damit gewarnt und abgeschreckt werden. Was du hörst, sind die Schreie und das Wehklagen derer, die von den Samurai des Kaisers umgebracht wurden. Niemand wurde am Leben gelassen, und für Jahrhunderte betrat niemand die Insel – bis ein späterer Kaiser eine Expedition hierher schickte, um das Land wieder für Drachenia in Besitz zu nehmen. Es gab nämlich Gerüchte darüber, dass die Tajimäer ihre Luftschiffe zur Insel gesandt hätten, und denen wollte man selbst ein unbewohntes Eiland nicht überlassen. Nur ein einziger, halb wahnsinniger Drachenreiter kehrte damals von dieser Insel nach Drachenia zurück und brachte die Kunde von den Vergessenen Schatten. Von einer weiteren Expedition, die zur Insel aufbrach, hörte man nie wieder etwas, und seither gibt es in ganz Drachenia niemanden mehr, der sich freiwillig hierher begeben würde. Genau das macht die Insel für mich zum idealen Versteck ..."

„Ich hoffe nur, dass die Wirkung des Zauberbanns nicht nachlässt", murrte Bratlor, der immer noch dem Chor des schauerlichen Schreiens und Wehklagens lauschte.

„Schlaft jetzt", bestimmte Liisho.

„Trotz der Stimmen?", fragte Bratlor mürrisch.

„Ja." Liisho trat auf Rajin zu und legte ihm eine Hand auf die Schulter. „Denn morgen ist ein anstrengender Tag für dich. Du wirst lernen müssen, wie du deine innere Kraft noch besser sammeln und gezielter einsetzen kannst. Noch wärst du zu schwach, um etwa dem Urdrachen Yyuum entgegenzutreten. Aber das wird sich bald ändern. Und was die Stimmen betrifft, so lass sie dir eine Mahnung sein, auf dass du selbst dich nie auf ähnliche Weise versündigen magst wie dein Urahn, wenn du dereinst selbst den Thron in Drakor besteigst."

„Keine Nacht länger als nötig will ich diese Folter ertragen", erwiderte Rajin.

„Dann lerne schnell, sodass du dir bald einen eigenen Drachen untertan machen kannst. Einen wilden Drachen wohlgemerkt. Es gibt auf der anderen Seite der Insel eine ganze Herde davon. Danach werden wir aufs Festland gehen, um unsere Bundesgenossen zu mobilisieren!"

„Bundesgenossen?", fragte Rajin erstaunt.

Liisho nickte. „Ja, es gibt solche, die dem Kaiserhaus treu geblieben sind, die aber klug genug sind, ihre Gesinnung nicht öffentlich zu zeigen und im Verborgenen darauf zu warten, dass ein Spross des Hauses Barajan sich anschickt, den Thron zurückzuerobern. Wir werden die Hilfe dieser Bundesgenossen brauchen – bei allem, was wir tun. Aber darum kümmern wir uns nicht mehr in dieser Nacht ..."

Liisho wandte sich zum Gehen. Rajins Stimme hielt ihn nach drei Schritten jedoch zurück, und er drehte sich noch einmal um. „Warte, Liisho! Eines sollst du noch wissen!"

„Was?"

„Das, was ich über die Befreiung Nyas gesagt habe, ist mein voller Ernst."

Liisho zögerte mit der Antwort. Er setzte einmal an, öffnete den Mund und schwieg dann doch zunächst. Schließlich sagte er: „Sollte sich eine Gelegenheit ergeben, sie zu befreien, werde ich darüber nachdenken."

Bis zum frühen Morgen erwachte Rajin immer wieder durch die Schreie der Vergessenen Schatten. Albträume quälten ihn. Albträume, in denen er das Gemetzel von Qô sah. Er selbst nahm darin die Rolle des damaligen Kaisers ein. Diese Träume mischten sich mit Bildern der Ruinen von Winterborg und Nyas Stimme, die ihm noch einmal von den schrecklichen Dingen berichtete, die dort geschehen waren.

Schweißgebadet erwachte er jedes Mal, nur um draußen die klagenden Stimmen der Vergessenen Schatten zu hören und erneut in einen nicht minder unruhigen Schlaf zu fallen. Am Morgen fühlte er sich, als hätte er die ganze Nacht über kein Auge zugetan.

Liisho hatte einen großen Vorrat Nahrungsmittel, die er im Kellergewölbe des Kuppelgebäudes aufbewahrte – Fleisch, Beeren und verschiedene Wurzelarten. Der Weise hatte sie mit besonderen Salzen versetzt, deren Gebrauch unter Magiern üblich war und die Fleisch oder Wurzeln angeblich noch länger haltbar machten als Stockseemammut. Dafür war der Geschmack kaum erträglich, aber Bratlor und Rajin hatte so großen Hunger, dass sie das Frühstück dennoch hinunterwürgten.

Nach dem Essen sagte Liisho zu Rajin, er solle sich bereitmachen für einen Drachenritt. „Nimm deinen Stab mit – aber wenn du nicht länger ein Exemplar benutzten willst, das du dir von einem Verräter erobern musstest, so hätte ich noch ein paar für dich zur Auswahl."

„Nein, danke. Ich werde meinen Stab benutzen und ihn einst an die Familie des Verräters zurückgeben", kündigte Rajin an.

Liisho runzelte die Stirn, dann aber begriff er: „Wenn schon der Samurai nicht auf der richtigen Seite kämpfte, dann eben sein Drachenstab. Es ist eine sehr großzügige Geste, die du da üben willst, Rajin."

„Es wird sich herumsprechen", war Rajin überzeugt, „und es soll sich verbreiten, damit es ein Zeichen für viele andere ist, die jetzt noch bereitwillig dem Mörder meiner Eltern dienen. Denn wie du schon in der letzten Nacht sagtest: Wir sind auf Unterstützung angewiesen. Auf die Unterstützung von Bundesgenossen und solchen, die es vielleicht werden könnten."

„Allmählich fängst du an, wie ein zukünftiger Kaiser zu denken. Das gefällt mir", bekannte Liisho. „Allerdings möchte ich dir raten, es mit der Großzügigkeit nicht zu übertreiben." Dann wandte er sich an Bratlor und sagte: „Wenn du willst, kannst du uns begleiten. Aber auf eigene Gefahr! Und beklage dich nicht, wenn es dir zu gefährlich werden sollte. Ich werde jetzt nach Ayyaam sehen. Ich denke, dass es ihm heute bereits gut genug geht, um mit ihm zur anderen Seite der Insel zu fliegen."

„Dorthin, wo die wilden Drachen leben?", fragte Rajin.

Liisho nickte. „Ganz genau. Wir dürfen keine Zeit verlieren. Sammle schon mal deine innere Kraft, denn du wirst sie gleich brauchen."

Damit nahm Liisho seinen Drachenstab und machte sich auf den Weg ins Freie.

Wenig später folgten ihm Rajin und Bratlor. Es war ein sonniger Tag. Das helle Licht ließ das Wasser glitzern, und man hatte einen klaren Blick auf den aus dem Wasser ragenden schwarzen Felsen und den Turm. An dessen Spitze leuchtete etwas, aber Rajin konnte nicht erkennen, was es war. Vielleicht spiegelte das Zauberjuwel, das sich dort befinden musste, einfach nur die Sonne wider.

Ayyaam schien es tatsächlich sehr viel besser zu gehen. Liisho hieß ihn die Flügel stillzuhalten, weil er genau überprüfen wollte, ob sich die Risse und Löcher darin, die er im Kampf davongetragen hatte, bereits geschlossen hatten. Mit dem Ergebnis schien der Weise recht zufrieden zu sein. „Es ist doch immer wieder erstaunlich, wie enorm die Selbstheilungskräfte von Drachen sind, wenn man sie durch die richtigen Mittel zu unterstützen weiß", murmelte er. Auch die Wunden am Körper hatten sich größtenteils geschlossen. An einer Stelle am Halsansatz trug Liisho noch ein Pulver auf, da sich dort Schorf gebildet hatte.

Dann berührte er den Drachen mit seinem Stab und sprach dazu ein paar formelhafte Worte. Ayyaam erhob sich daraufhin, stieß einen gurgelnden Laut aus und schnaubte dann vernehmlich, sodass Feuer sowohl aus seinem Maul als auch aus den Nasenlöchern schoss.

Liisho trat etwas zurück, und das ließ es Rajin und Bratlor ratsam erscheinen, dies ebenfalls zu tun.

Ayyaam breitete die Flügel aus und erhob sich in die Lüfte. Schon im nächsten Moment glitt er auf das Meer hinaus, dem leuchtenden Turm entgegen.

„Ich lasse ihn jetzt jagen", erklärte Liisho an Rajin gewandt und lächelte dabei hintergründig. „Kein Drachenmeister des Kaisers würde dies wagen, weil sie alle fürchten, dass ihr Drache einfach nicht zurückkehren würde. Stattdessen füttern sie ihre Drachen lieber mit Stockseemammut. Aber wo sollte ich hier die Mengen davon herbekommen, die man braucht, um diesen Riesen einigermaßen bei Laune zu halten? Die Gewässer vor Qô sind sehr fischreich, da wäre es dumm, diese reichlich gefüllte Drachenkrippe nicht zu nutzen."

„Und du hast keine Sorge, dass sich auch Ayyaam eines Tages auf und davon machen könnte?", fragte Rajin verwundert.

„Es ist alles eine Frage der inneren Stärke, Rajin. Die Drachenreiter-Samurai vertrauen auf den Drachenkaiser und die Macht seiner Ringe, um ihre Drachen zu beherrschen. Daher fehlt ihnen die innere Kraft, ihre Drachen zu sich zurückzurufen, wenn diese einmal allein losfliegen." Liisho machte eine verächtliche Handbewegung. „Nun, die meisten von denen könnten einen Drachen wie Ayyaam nicht einmal reiten. Schon deshalb nicht, weil auch er ein ehemaliger Wilddrache und somit durch die Ringe des Kaisers nur schwer zu beeinflussen ist."

„Und was gibt dir den Glauben, dass *ich* das schaffen könnte?“, fragte Rajin.

Das Gesicht des Weisen veränderte sich und zeigte auf einmal deutlichen Ärger. „Zweifle niemals an dir selbst, Rajin. Andernfalls wirst du deine Aufgabe nicht erfüllen können!“

Ayyaam kehrte überraschend schnell wieder zurück und landete auf dem Plateau. Ein zufriedenes Gurren drang aus seiner Kehle.

„Er scheint gesättigt zu sein“, sagte Liisho. „Er wird jetzt tagelang nichts brauchen.“

Beim Satteln des Drachen ließ der Weise zunächst Rajin und Bratlor ihr Glück versuchen, und die beiden stellten sich gar nicht so dumm an. Dennoch musste Liisho zum Schluss doch noch geringfügig eingreifen, damit die Riemen richtig saßen.

Dann ließen sie sich von der riesenhaften Kreatur landeinwärts tragen.

Bei diesem Flug wurde deutlich, wie riesig die Stadt Qô einst gewesen war. Das, was Rajin in der Nacht für ihre Grenze zu den Urwäldern des Inlands gehalten hatte, war in Wahrheit nur ein von allerlei Pflanzen überwucherter Wall, über den die Stadt aber zu ihren besten Zeiten weit hinausgewachsen war. Überall ragten eingefallene Dächer, Kuppeln, Türme und gewaltige Steinkegel aus dem wuchernden Grün.

„Niemand kennt noch die Namen derjenigen, die einst auf dieser Insel ein sechstes Reich ausriefen, das gleichberechtigt neben den anderen fünf stehen sollte“, sagte Liisho während des Fluges. „Kaiser Onjin hat dafür gesorgt, dass sie aus allen Dokumenten und Aufzeichnungen gelöscht wurden. Selbst die Götter, denen diese mächtigen Tempel errichtet wurden, kennt niemand mehr, denn das alles geschah, bevor sich der Kult des Unsichtbaren Gottes in Drachenia ausbreitete.“

Rajin blickte hinab und dachte an die Vergessenen Schatten, die dort des Nachts erwachten – bei Tag war davon nichts zu bemerken. Ein paar sechsarmige Affen turnten auf den uralten, zum Teil verfallenen Mauern oder sprangen im Geäst der Bäume herum, die mitten auf Plätzen durch das steinerne Pflaster gebrochen waren oder sich gar in abgedeckten Häusern erhoben. Vögel flatterten durcheinander. Das alles glich eher einem verwilderten Garten als einer Stätte vergangenen Grauens.

Ayyaam flog auf das schroffe Gebirge in der Inselmitte zu. Er stieg so hoch, dass es auch empfindlich kalt wurde und Rajin sich wünschte, er hätte zumindest seinen warmen Mantel aus Winterborg mitgenommen.

Auf der Ostseite der Insel sank Ayyaam wieder tiefer. Auch dort war der Großteil des Landes von Dschungel überwuchert. Allerdings gab es viel mehr Lichtungen. „Landeplätze wilder Drachen!", rief Liisho. „Die begraben alles unter sich, wenn sie niedergehen. Selbst der dickste Stamm vermag ihnen nicht zu widerstehen!"

Tatsächlich sahen sie auf mehreren Lichtungen Drachen – der eine oder andere hatte sich mit einem ostmeerländischen Blauhai oder mit einem Riesenrochen im Maul an ein ruhiges Plätzchen zurückgezogen, damit ihm keiner seiner Artgenossen die Beute wegschnappte, andere lieferten sich blutige Zweikämpfe, wobei es wahrscheinlich um Drachenweibchen ging.

„Sie kämpfen nur am Boden und ohne Feuer!", stellte Bratlor überrascht fest. „Fast wie männliche Laufdrachen, wie ich sie mal im Hafen von Vayakor gesehen habe. Sie wurden gemeinsam in ein Geschirr gesteckt, um einen Wagen zu ziehen, obwohl sich die beiden wohl absolut nicht riechen konnten."

„Laufdrachen speien kein Feuer", erklärte Liisho. „Diese dort aber gehören der Drachenhauptart an."

„Aber warum setzen sie ihr Feuer dann nicht ein?", fragte Rajin.

„Weil sie klug sind", antwortete Liisho. „Würden sie dort am Boden Feuer speien, käme es unweigerlich zu Waldbränden, und sie würden den Ort zerstören, der ihre Heimat ist."

„Und wie reagieren diese wilden Drachen auf die Vergessenen Schatten?", wollte Bratlor wissen.

„Du hast gesehen, wie ruhig und tief Ayyaam in der letzten Nacht geschlafen hat", erinnerte Liisho. „Die Vergessenen Schatten können nur uns Menschen etwas anhaben, und die Drachen wissen das."

Liisho lenkte Ayyaam zu einem breiten weißen Sandstrand an der Nordostküste der Insel. Hunderte von Drachen lagen dort am Strand, und der Weise erläuterte, dass dies ihr Brutplatz war.

„Du hast doch nicht etwa vor, dort niederzugehen?", fragte Bratlor besorgt.

„Warum nicht?", rief Liisho zurück. „Rajin muss sich ein besonders starkes Exemplar aussuchen und zu seinem Diener machen. Hier kann man so einen Drachen finden. Aber Vorsicht vor den frisch geschlüpften Jungdrachen! Die sind zwar nicht größer als ein Mann, aber es dauert eine Weile, bis sie gut genug erzogen sind und sich an das Feuerverbot der Inseldrachen halten. Auch wenn ihr Drachenfeuer noch nicht so mächtig ist wie das eines erwachsenen Drachen, so reicht es durchaus, um einen Mann in eine lebende Fackel zu verwandeln!"

Nach diesen Worten lenkte Liisho seinen Drachen mitten in die Brutkolonie hinein. Die Drachen der Hauptart kannten keine richtige Brutzeit. Sie legten das ganze Jahr über Eier, die dann manchmal viele Jahre brauchten, bis die Jungen schlüpften. In den Drachenpferchen der Drachenier gab es eigens ausgebildete Brutpfleger, die diese äußerst empfindlichen und nur durch eine weiche, nachgiebige Schale geschützten Eier, von denen die kleineren die Höhe eines großen Mannes und die größeren die Höhe eines Riesen hatten, mit großer Hingabe vor Kälte bewahrten. Man wickelte sie nicht selten in Tierfelle oder Wolldecken ein oder entzündete in der Nähe Feuer, wenn man wusste, dass der Jungdrache kurz vorm Schlüpfen stand.

Die Drachen der Insel der Vergessenen Schatten vergruben ihre Eier einfach im Sand.

Ayyaam war größer als die meisten der Drachen am Strand. Mit einem fauchenden Laut landete er – allerdings wie die Inseldrachen ohne einen Feuerstrahl hervorschießen zu lassen. Entweder hatte Ayyaam einst selbst dieser Gemeinschaft von Inseldrachen angehört und erinnerte sich nun ihrer Regeln – oder er vermochte intuitiv zu erfassen, was die anderen von ihm erwarteten und was er auf keinen Fall tun durfte, wenn er nicht sofort allen Anwesenden als erklärter Feind begegnen wollte.

Nun, da Drachen ja durchaus begriffen, was Menschen von ihnen wollten, war anzunehmen, dass es ihnen umso leichter fiel, das auch untereinander zu erkennen.

Die anderen Drachen wichen zur Seite. Offenbar stand keinem von ihnen der Sinn danach, gegen diesen Giganten Revierstreitigkeiten vom Zaun zu brechen. Nur wenige hätten dabei überhaupt eine Chance gehabt.

Liisho drehte den Kopf und schaute Rajin, der hinter ihm saß, über die Schulter hinweg an. „So, jetzt geht es um alles oder nichts, mein zukünftiger Kaiser von Drakor. Such dir einen dieser Drachen als zukünftiges Reittier aus. Ertaste mit deiner inneren Kraft den Geist des Drachen und prüfe, wie stark er ist."

„Und welcher von ihnen wäre geeignet?", fragte Rajin.

„Der stärkste natürlich. Den, der die stärkste Präsenz hat und am schwersten zu beeinflussen ist. Du sollst es dir nicht leicht machen, Rajin. Oh nein, du musst den Weg gehen, der am schwersten ist, und den Drachen bezwingen, der den unbeugsamsten Geist hat. Und das muss nicht unbedingt der mit den größten Pranken oder den mächtigsten Muskeln sein. Selbst das heißeste Drachenfeuer nützt dir nichts, wenn es deinem Gegner gelingt, deinen Drachen zu manipulieren. Und da dein Gegner Katagi heißt und gegenwärtig leider Träger von zwei der drei Drachenringe ist, musst du damit rechnen, dass er dies bei einem schwächeren Exemplar schaffen wird."

Rajin verstand. Liisho wollte verhindern, dass sich Rajins Drache irgendwann gegen seinen eigenen Reiter wendete, weil er der Macht der Drachenringe unterlag. Selbst bei einem sehr starken und sehr wilden Drachen war das keineswegs völlig ausgeschlossen, sondern nur um einiges unwahrscheinlicher.

Rajin stieg vom Rücken Ayyaams. Mindestens ein Dutzend unterschiedlich großer Drachenköpfe wandte sich dem vergleichsweise winzigen jungen Mann zu. Der hatte es inzwischen bis zur Vorderpranke Ayyaams geschafft, als Bratlor hervorstieß: „Das ist doch Wahnsinn! Bjonn, was ist, wenn die Viecher dich als willkommene Zwischenmahlzeit betrachten?"

„Das werden sie nicht!", erwiderte Rajin, während er kurz zu Bratlor aufblickte. „Mach dir keine Sorgen, ich werde es schaffen."

„Es ist seine Bestimmung, Sternenseher." Liisho deutete auf eine lederne Satteltasche, die vorn vom Knauf seines Drachensattels hing. „Wenn du dir einen ausgesucht und ihm deinen Willen aufgezwungen hast, Rajin, steht dir übrigens das Schwierigste noch bevor!"

„So?“

„Du musst dem Auserwählten ein oder zwei Rückenstacheln absägen, je nachdem welchen Sattel du auflegen willst. Ich habe die Stachelsäge dabei.“

Rajin nickte nur. Seine Füße berührten den Boden. Er spürte die Seelenkräfte, die von den Drachen ausgingen – und sie spürten Rajins innere Kraft. Hier und dort war ein Knurren zu hören, manchmal auch Laute, die eher wie Gurgeln oder Fauchen klangen.

Ja, sammle deine innere Kraft, dachte Rajin, *und halte sie zusammen wie Wasser in einem Stauwehr, das jeden Moment geöffnet werden kann …* Er setzte einen Fuß vor den anderen und sprach innerlich zu sich selbst, um sich zu beruhigen – denn rein äußerlich betrachtet traf Bratlors Einschätzung zu. Er war den Drachen vollkommen ausgeliefert.

Er zog den Drachenstab hervor, den er neben das Schwert hinter den Gürtel gesteckt hatte. Die Drachen ließen ihn nicht aus den Augen, während er zwischen ihnen herging. Einer der Jungdrachen, vor denen Liisho ihn gewarnt hatte, machte ein paar schnelle Schritte auf ihn zu und schnaubte. Ein kratzender Reibelaut drang mit etwas Rauch aus seinen Nasenlöchern. Möglicherweise hatte er gerade eine Feuerlohe mühsam unterdrückt, was ihm in seinem Alter noch schwerfiel.

Rajin sah ihn an. Er sammelte seine innere Kraft und ließ den Jungdrachen seine Gegenwart spüren, woraufhin dieser sich wieder ein paar Schritte zurückzog. Dabei wirbelte er eine Sandwolke auf, was einige der anderen sehr viel älteren und größeren Drachen ärgerlich knurren und brummen ließ.

Rajin durchschritt die Drachenschar und versuchte jeweils das Maß ihrer inneren Kraft zu erfassen. Ein besonders imposanter Koloss, dem die anderen auswichen, bewegte sich auf Rajin zu. Die Flügel waren zunächst auf dem Rücken gefaltet, dann spreizte er sie, was die unmittelbar in der Nähe befindlichen Drachen dazu veranlasste, sich noch etwas weiter von ihm zu entfernen. Er stellte sich kurz auf die Hinterbeine, ließ die vorderen Pranken durch die Luft kreisen und stieß dabei ein markerschütterndes Gebrüll aus.

Dann ließ er sich nach vorn fallen, kam wieder auf die Vorderpranken auf und schnappte mit dem riesigen Maul nach Rajin. Sein Schlund war so gewaltig, dass er einen Menschen mit einem Happen hätte hinunterschlucken können. Ein intensiver Schwefelgeruch schlug Rajin entgegen und raubte ihm schier den Atem. Wahrscheinlich wurde er dadurch verursacht, dass auch dieser Drache das Feuerspeien mühsam unterdrückte.

Rajin tat drei Schritte nach hinten, hob den Drachenstab und benutzte die innere Kraft auf ähnliche Weise, wie er es beim Kampf gegen den roten Drachen getan hatte – nur das er inzwischen in der Lage war, diese Kraft zu dosieren.

Der Riesendrache zuckte förmlich zurück, seine Hinterbeine knickten dabei ein, und der stachelbewehrte Schwanz wischte über den Boden und traf mehrere in der Nähe befindliche Drachen. Die brüllten laut auf, fauchten und schwängerten die Luft so stark mit Schwefelgeruch, dass Rajin das Gefühl hatte, kaum noch Luft zu bekommen.

Der riesenhafte Koloss wich ein ganzes Stück zurück. *Ist das derjenige, den du dir als Diener nehmen solltest?*, überlegte Rajin. Nein, es war klar, dass die innere Kraft dieses Kolosses nicht der der äußeren Erscheinung entsprach.

Rajin setzte nach. Er machte ein paar schnelle Schritte auf sein Gegenüber zu, und dann berührte sein Drachenstab den Giganten am rechten Vorderbein.

Der Drache brüllte auf, diesmal in einer etwas höheren Tonlage, die allerdings immer noch ein ganzes Stück dunkler gefärbt war als selbst die tiefste Männerstimme. Er zog sich noch weiter zurück, während Rajin voranschritt. Er war sicher, dass die anderen Drachen genau beobachtet hatten, was gerade geschehen war und nun zumindest ein Mindestmaß an Respekt ihm gegenüber aufbrachten.

Rajin ging weiter, vorbei an einem halb aus dem Sand gegrabenen Drachenei, das dort mindestens zwei Jahrhunderte gelegen hatte. Ein etwa mannsgroßer Drachenschlüpfling hatte damit begonnen, sich aus der Schale zu befreien. Nach Schwefel riechende Dämpfe traten dabei aus seinem Maul hervor, hin und wieder züngelte auch ein Flammenstrahl, der aber kaum länger als ein menschlicher Arm war. Rajin spürte den wilden, ungezähmten Geist dieses Kleindrachens.

Eine innere Kraft war ihm eigen, die diejenige vieler weitaus größerer und älterer Artgenossen überstieg. Schade, dachte Rajin. Aber ich werde wohl nicht so lange warten können, bis du groß genug bist, um mich zu tragen …

Die Drachen wichen nun vor Rajin zurück und bildeten für ihn eine Gasse. Sie schienen begriffen zu haben, dass seine innere Kraft durchaus dazu ausreichte, um es mit ihnen aufzunehmen. Ihre Gedanken berührten Rajins Geist und er öffnete sich ihnen bereitwillig. Sie sollten ruhig erkennen, wer er war und dass er durchaus in der Lage war, einen Drachen zu töten, wenn es sein musste. Schließlich entstammte er dem Kaiserhaus Barajan und damit einer langen ehrwürdigen Ahnenreihe von Drachenbezwingern und Trägern der Drachenringe. Und auch wenn es sich bei den Inseldrachen ausschließlich um wilde Geschöpfe handelte – oder um solche, die nach der Vernichtung von Qô verwildert waren –, so hatte Rajin doch keinen Zweifel daran, dass sie Ausflüge bis zum Festland unternommen hatten und mit ihren dortigen Drachenbrüdern in Kontakt standen und so zumindest im Groben wussten, was im Drachenland vor sich ging.

Doch dann begegnete Rajin einem Drachen, der nicht vor ihm zurückwich, sondern vor ihm stehen blieb und sogar majestätisch die Flügel ausbreitete. Äußerlich wirkte er eher unscheinbar. Seine Größe entsprach etwa der eines durchschnittlichen drachenischen Kriegsdrachen, womit er deutlich kleiner war als Ayyaam und auch von der Mehrheit der Inseldrachen an Größe übertroffen wurde. Aber Rajin spürte vom ersten Augenblick an die besondere Kraft, die ihm innewohnte.

„Wie ist dein Name?“, fragte Rajin.

Der Drache senkte den Kopf, öffnete das Maul, und es war Rajin bewusst, dass nur die Tatsache, dass er das Feuer-Tabu der Inseldrachen nicht verletzen wollte, ihn daran hinderte, einfach einen Flammenstrahl hervorschießen zu lassen, um Rajin zu Asche zu zerblasen. Ein sehr tiefer Brummton drang tief aus seiner Kehle.

Und dann offenbarte er seinen Namen in einem Gedanken, der sich so intensiv aufdrängte, dass er Rajin laut im Kopf dröhnte.

Ghuurrhaan!!!

Die ganze innere Kraft dieser Kreatur lag in diesem Gedanken, diesem Namen, und Rajin hatte die allerletzten Zweifel verloren: Dies war der Drache, den er zu seinem Diener machen und auf dessen Rücken er einst in den Kaiserpalast von Drakor einfliegen wollte, um seine Bestimmung zu erfüllen und seinen Platz auf dem Drachenthron einzunehmen.

Er richtete den Drachenstab auf Ghuurrhaan.

Diene mir!

Alles, was an innerer Kraft in ihm mittlerweile versammelt war, legte er in diesen einen Gedanken.

Diene Rajin Ko Barajan, dem rechtmäßigen Erben der drachenländischen Kaiser!

Ghuurrhaan brüllte auf. Er machte eine Bewegung nach vorn und holte zu einem Schlag mit der rechten Vorderpranke aus.

Rajin blieb ruhig stehen. Er rührte sich nicht einen Fingerbreit vom Fleck.

Der inneren Kraft des zukünftigen Drachenkaisers kannst du dich nicht widersetzen, Ghuurrhaan, so groß deine Stärke auch sein mag ...!

Der Drache brüllte so laut auf, dass sich mehrere Dutzend seiner Artgenossen dazu veranlasst sahen, mit dröhnenden, für das menschliche Ohr beinahe unerträglich lauten Rufen zu antworten. Selbst Ayyaam beteiligte sich daran, und Liisho musste die ganze Kunst eines Drachenreiters aufwenden, um sein Reittier ruhig zu halten.

Ghuurrhaan stellte sich indessen auf die Hintertatzen und brüllte erneut, schlug mit den Flügeln, ließ sich dann zur Seite fallen, faltete die Flügel zusammen und ließ stattdessen den Schwanz nach vorn schnellen. Einer Sense gleich strich er über den Boden und wirbelte eine Staubwolke auf. Jeder einzelne der spitzen Hornstacheln war eine Waffe, deren Wirkung dem Stoß eines seemannischen Anderthalbhänders gleichkam.

Diesmal verharrte Rajin nicht. Doch statt die Flucht zu ergreifen, lief er der echsenartigen Kreatur entgegen, den Drachenstab gerade nach vorn gestreckt, wie es den klassischen Fechtübungen entsprach, die von den Samurai des drachenischen Kaisers einem Ritual gleich durchgeführt wurden und die letztlich auch dem Sammeln der inneren Kraft dienten.

Unzählige Male hatte Liisho ihm Bilder dieser Übungen in seine

Träume gesandt, und die anderen Jungen aus Winterborg hatten ihn seinerzeit ausgelacht, wenn sie beobachteten, wie er diese Bewegungen nachzuahmen versuchte.

Mit drei langen Schritten, die eher Sprüngen glichen, hatte Rajin den Drachen erreicht. Der Schwanz peitschte hinter ihm her, konnte ihn aber nicht mehr erreichen, und schon befand sich Rajin unter dem Oberkörper Ghuurrhaans. Die einzigen Stellen des Drachenkörpers, die er hätte erreichen können, waren die Beine und die Pranken. Der Rumpf war so hoch über ihm, dass selbst mit ausgestrecktem Arm noch ein ganzes Stück gefehlt hätte.

Doch Rajin startete keinen Angriff auf eines der Vorderbeine, sondern hob den Drachenstab empor, sodass er auf den Oberkörper des Drachen wies. Er sammelte die innere Kraft und ließ sie durch den Drachenstab fließen.

Diene …!

Der Drache richtete sich erneut auf und brüllte. Er schlug mit den Pranken durch die Luft. Sein langer Hals bog sich zurück, und der Kopf blickte hinab auf diesen vergleichsweise winzigen Menschen.

Diene …!, wiederholte Rajin in seinen Gedanken und hob dabei den Drachenstab wieder an. Ghuurrhaan fauchte laut. Es schien ihm unmöglich zu sein, Rajin anzugreifen. Wie unter dem Druck einer unsichtbaren Hand bog er den Hals noch weiter nach hinten. Dann verlor er das Gleichgewicht. Brüllend landete er auf dem Rücken. Die Hornstacheln bohrten sich in den Sand und wirbelten feuchte Brocken aus der Tiefe empor, als sich der Gigant abrollte und wieder auf die Beine kam. Die dabei arg zusammengedrückten Flügel faltete er sogleich auseinander, senkte dabei aber den Kopf.

Diene, Ghuurrhaan …!, wiederholte Rajin seine Aufforderung. Der Drache hielt den Kopf gesenkt und das Maul geschlossen. Dass etwas Rauch und sogar ein paar Funken aus den Nasenlöchern drangen, war ein Zeichen dafür, wie stark ihn Rajins innere Kraft beeindrucken musste. Ein dumpfes Gurgeln kam aus dem geschlossenen Mund.

Herr …

Der Gedanke war sehr viel verhaltener als der, den Rajin zuvor von der Kreatur empfangen hatte. Aber er war eindeutig. Rajin trat auf den Drachen zu. Mutig und von vorn – genau auf die Weise, vor der Liisho gewarnt hatte und wie es sich der Weise selbst bei seinem treuen Ayyaam nur getraute, wenn dieser fest schlief.

Bis auf einen einzigen Schritt trat Rajin an Ghuurrhaan heran. Dieser senkte den Kopf noch tiefer, sodass Rajin den Drachenstab in die Vertiefung zwischen den Nasenlöchern stoßen konnte. Ein Knurren drang aus dem Körper des Drachen. Rajin hatte für Augenblicke das Gefühl, ihm würde der Magen zerrissen, so tief war dieser Laut.

Es ist entschieden, Ghuurrhaan. Erfülle deine Bestimmung – so wie ich die meine …

Die Augen des Drachen verengten sich ein wenig. Der dumpfe Laut verstummte.

Herr!!!

Unterdessen war Liisho von Ayyaams Rücken herabgestiegen. Dass Bratlor dort allein ausharren musste, behagte dem Sternenseher überhaupt nicht. Er war blass geworden, und sein Gesichtsausdruck ließ keinen Zweifel daran, wie unwohl er sich fühlte.

Liisho bewegte sich wie völlig selbstverständlich zwischen den Drachen am Brutstrand. Auch vor ihm wichen sie nahezu ehrfürchtig zurück und schufen ihm Platz. Außer seinem Drachenstab trug er noch die Satteltasche mit der Stachelsäge bei sich; die hatte er sich über die Schulter gehängt.

„Für einen Anfänger hast du das ganz gut gemacht", sagte er, als er Rajin erreichte, der noch immer vor Ghuurrhaan stand und ihn mit dem Drachenstab zwischen den Nasenlöchern berührte.

„Aus deinem Mund muss das wohl ein Lob sein", erwiderte Rajin; er machte einen angestrengten Eindruck, denn er musste sich noch immer voll und ganz auf den Drachen konzentrieren, um ihn unter Kontrolle zu halten.

„Nun, ich bin der Auffassung, dass ein Zögling nicht übermütig werden sollte." Liisho blieb vorsichtig. Er traute weder den Fähigkeiten seines Schülers noch dem Feuerverbot der Inseldrachen so weit, dass er sich Ghuurrhaan von vorne genähert hätte; er trat von der Seite her auf den Drachen zu.

„Du kannst den Drachenstab zurücknehmen", sagte er trotzdem. „Ich glaube nicht, dass er in der nächsten Zeit versuchen wird, dich zu töten. Dafür dürfte sein Respekt dir gegenüber inzwischen zu groß sein. Aber erstens darfst du ihn jetzt nicht aus deinem Kontrollgriff entlassen …“

„Wie soll ich das anstellen?“, unterbrach ihn Rajin.

„So wie jeder einfache drachenische Samurai auch“, antwortete Liisho. „Durch geistige Präsenz. Du wirkst noch etwas angestrengt, aber die innere Disziplin ist durchaus vorhanden.“ Ein zufriedenes Lächeln glitt über das Gesicht des Weisen. „Sieh mich an. Ich stehe hier ganz unbekümmert und bin mir sicher, dass mein getreuer Drache Ayyaam deinen Gefährten Bratlor nicht einfach mit einem Peitschenschlag seines Stachelschwanzes töten wird, nur weil ich nicht in seiner Nähe bin.“

Rajin nickte nur, dann nahm er den Drachenstab aus der Vertiefung zwischen den Nasenlöchern des Drachen. Ghuurrhaan quittierte das mit einem leisen Grunzen.

„Eile dich nicht, wenn du dich aus dem feuergefährlichen Bereich vor seinem Maul begibst“, mahnte Liisho. „Denn sonst könnte er deine innere Stärke anzweifeln und dich für einen Feigling halten.“

„Glaubst du, er würde dann das Feuer-Tabu der Inseldrachen brechen?“, fragte Rajin.

„Hauptsache, du glaubst nicht, dass er das tun wird“, erwiderte Liisho. „Denn deine Unsicherheit würde er spüren. Merke dir eins, Rajin: Die Herrschaft über einen Drachen ist zuallererst die Herrschaft über deinen eigenen Willen und deine eigene innere Kraft.“ Nach diesen Worten reichte er dem jungen Mann, den er seinen *Zögling* genannt hatte, die Satteltasche mit der Säge. „Das musst du noch erledigen.“

Rajin ließ den Blick schweifen. Die anderen Drachen sahen sehr aufmerksam zu, was dort mit einem der ihren geschah. „Können wir meinen noch nicht ganz so getreuen Ghuurrhaan nicht dazu bringen, uns zu folgen, sodass wir das Absägen der Stacheln in Qô erledigen könnten?“

„Du versuchst den leichteren Weg zu gehen, Rajin!“, stellte Liisho im mahnenden Tonfall fest. „Nein, du wirst deinen Drachen nach Qô *reiten* müssen! Wenn du jetzt schon vor ihm zurückweichst, wird er dich nie dauerhaft als seinen Herrn akzeptieren. Und wenn du jetzt zögerst, ihm die Stacheln abzusägen – glaub es mir –, wirst du ewig

Schwierigkeiten mit dieser Prozedur haben, sobald sie nachwachsen."

Rajin nickte. Er nahm die Tasche, hängte sie sich über den Rücken, steckte den Drachenstab hinter den Gürtel und begann dann über das linke Vorderbein auf den Rücken des Drachen zu steigen; zwischen den hornigen Schuppen fand er genug Halt.

Ghuurrhaan ließ ein etwas lauteres Knurren hören und hob den Kopf. Rajin jedoch hielt in seinen Bewegungen nicht inne, denn auch dies hätte der Drache als Zeichen der Schwäche interpretieren können. Aber er ließ den Drachen noch einmal für einige Augenblicke etwas deutlicher seine innere Kraft spüren.

Ich bin Rajin, dein Herr!

Der Drache wurde wieder ruhiger, auch wenn nach wie vor zu spüren war, dass es ihm nicht behagte, dass ein Mensch auf ihm herumkletterte. Doch sein Knurren wurde so leise, dass es kaum noch hörbar war und an die Laute eines Insektenschwarms erinnerte, der sich in seinem Bau versammelt hatte.

„Nimm den dreizehnten Großstachel weg!", rief Liisho. „Vom Kopf aus gerechnet. Wenn du dort sitzt, bist du genau an der richtigen Stelle, um deinen Drachenstab optimal einsetzen zu können. Und damit du gleich auch Platz genug für einen größeren Sattel hast, säge auch Nummer vierzehn und fünfzehn ab!"

Rajin tat, wie der Weise ihm geheißen. Abgesehen von einem durchaus bedrohlich klingenden Knurren, dessen Lautstärke noch einmal so sehr anschwoll, dass man sein eigenes Wort nicht mehr hätte verstehen können, zeigte Ghuurrhaan keinerlei Anzeichen des Aufbegehrens mehr. Als das Knurren des Drachen zu laut wurde und vor allem auch einige seiner Artgenossen zunehmend beunruhigte, griff Rajin zum Drachenstab und berührte damit eine ganz bestimmte Stelle, die von dem Platz aus, wo sich der dreizehnte Großstachel befand, leicht zu erreichen war: Es handelte sich um eine deutliche Vertiefung zwischen zwei handgroßen, herzförmigen Hornplatten – für Rajin nicht schwer zu finden, denn in den Träumen, die Liisho ihm gesandt hatte, war ihm das oft genug vorgeführt worden.

Der Drache beruhigte sich und ließ sich ohne jeden Widerstand auch noch zwei weitere Stacheln absägen – ganz so, wie Liisho es von

Rajin verlangt hatte. Anschließend warf Rajin sowohl die Stacheln als auch die Tasche mit der Säge vom Drachenrücken nach unten. Sie landeten vor Liishos Füßen, der einen Schritt zurückwich. Dann nahm er die Tasche an sich und hängte sie sich über die Schulter. Die Stacheln ließ er zurück, so wie es drachenischer Brauch war. Denn die abgesägten Stacheln eines Drachen zu behalten, brachte Unglück.

„Deinen ersten Ritt auf diesem Prachtexemplar wirst du ohne Sattel durchführen müssen“, rief er zu Rajin empor. „Also halt dich gut fest!“

11

DRACHENREITER RAJIN

Während des Rückfluges nach Qô fügte sich Ghuurrhaan im Großen und Ganzen dem Willen seines Herrn – und wenn er doch mal auszubrechen versuchte, machte Rajin ihm klar, wer das Sagen hatte, wofür er den Drachstab einsetzte, mit dessen Handhabung er immer vertrauter wurde.

Für den Rückflug wählte Liisho nicht den Weg über den Dschungel und das Gebirge. Stattdessen hielten sie sich an der Küste und umrundeten so die Insel gewissermaßen. Rajin fragte sich, ob Liisho diese Route wählte, weil er, der zukünftige Kaiser Drachenias, noch keinen Sattel hatte und es daher etwas schwieriger für ihn war, sich auf dem Rücken des riesenhaften Geschöpfes zu halten. Einen Sturz ins Meer konnte er unter Umständen überleben, wenn er nicht gerade in einen Schwarm von Beißern fiel. Ein Absturz über Land wäre hingegen sein sicherer Tod gewesen.

Aber Rajin wollte sich darüber nicht weiter den Kopf zerbrechen. Stattdessen konzentrierte er sich darauf, den Willen des Drachen während des Fluges mehr und mehr mit dem seines Herrn zu verschmelzen. Hin und wieder spürte Rajin noch etwas inneren Widerstand, der sich auf unterschiedliche Weise manifestierte. So verlangsamte Ghuurrhaan etwa den Flug, wenn er unter sich die Rückenflosse eines Blauhais aus dem Wasser ragen sah, oder senkte sogar die Flughöhe ein wenig, so als spielte er mit dem Gedanken, sich auf diese schmackhafte Beute zu stürzen. Doch eine gezielte Berührung mit dem Drachenstab, verbunden mit einem für den Drachen deutlich wahrnehmbaren Quantum an innerer Kraft, brachte den fliegenden Riesen sehr schnell wieder unter Rajins völlige Kontrolle.

Rajin hielt sich die ganze Zeit über am – vom Kopf aus gerechnet – zwölften, ungekürzten Stachel fest. Ohne Sattel war so ein Drachenritt alles andere als komfortabel. Er hoffte, dass sich unter all den Gegenständen, die der Weise Liisho in seinem Kuppelbau in Qô gesammelt hatte, auch noch ein passabler Drachensattel befand.

In den nächsten Tagen wurde Rajin ausführlich von Liisho in der Drachenhaltung und -pflege unterwiesen, angefangen vom richtigen Anlegen des Sattelzeugs und der Frage, wie oft man einem Drachen erlauben durfte zu jagen, ohne dass er innerhalb kurzer Zeit fett und am Ende gar flugunfähig wurde, bis hin zur Versorgung von Verletzungen.

Es fand sich tatsächlich ein uralter Sattel unter Liishos pittoresker Sammlung, zu dem auch ein paar Drachenstäbe mit eigenartigen – auf jeden Fall nicht drachenischen – Schriftzeichen gehörten, über deren Funktion und Herkunft der Weise seinem Schüler allerdings nichts verraten wollte.

Rajin nahm das hin, zumal sein Mentor und Lehrer ihm erklärte, dass er diesen Sattel ohnehin nur vorläufig benutzt sollte. „In einer anderen Kammer bewahre ich noch weitere und zum Teil sogar recht kunstvoll verarbeitete Stücke auf, die ich früher benutzte“, führte Liisho aus. „Ich habe sie in zauberische Salze eingelegt, denn bei der hier herrschenden Feuchtigkeit würde sonst Schimmel sie befallen. Nur haben diese Salze einen sehr strengen Geruch, und so muss man sie erst einige Tage ins Freie legen, bevor man sie einem Drachen auflegen kann. Da Ghuurrhaan erst vor Kurzem gezähmt wurde, will ich in dieser Hinsicht kein Risiko eingehen. Der Gestank eines konservierten Sattels würde ihn um den Verstand bringen.“

„Hat es einen Grund, dass dieses Teil hier nicht mit Salzen behandelt wurde?“, fragte Rajin und hob den uralten Sattel an, den er in Händen hielt.

„Ja“, antwortete Liisho. „Diese Salze sind teuer, und ich fand, dass es sich bei diesem alten, abgenutzten Sattel nicht mehr lohnt, ihn zu konservieren.“

Die Arbeit mit Ghuurrhaan fiel Rajin leicht; viel schwerer war es, sich an die Stimmen der Vergessenen Schatten zu gewöhnen. In manchen Nächten waren sie so laut und ihr Jammern und Klagen derart eindringlich, dass Rajin kaum ein Auge zutun konnte und er sich am nächsten Morgen wie zerschlagen fühlte.

Bratlor hingegen schien die Schreie in der Nacht mit der Zeit kaum noch zu hören, und als Rajin ihn daraufhin ansprach, meinte der Sternenseher: „Es sind deine Vorfahren, die so schreckliche Verbrechen an den Bewohnern von Qô verübt haben. Vielleicht bist du deswegen hinsichtlich der Vergessenen Schatten und ihrer Klage empfindlicher."

Dafür jedoch machte Bratlor von Tag zu Tag die Langeweile und der eintönige Tagesablauf zu schaffen. Während Rajin mit Ghuurrhaan hinausflog und Liisho ihn auf Ayyaam begleitete, um seinen *Zögling* in der Kunst des Drachenreitens zu unterweisen, blieb Bratlor auf dem Plateau vor dem Kuppelgebäude zurück. Zwar waren unter den Gegenständen, die Liisho gesammelt hatte, auch zahlreiche Schriften, von denen Bratlor zumindest den Teil hätte lesen können, der in neuer drachenischer Schrift verfasst worden war. Aber Liisho bewahrte diese Schriften in einem eigenen Raum auf, den er verschlossen hielt, und ließ Bratlor nur dann darin stöbern, wenn er selbst anwesend war. Bei den Ausflügen durfte Bratlor sie nicht begleiten, denn – so sagte der Weise – ohne ihn könne sich Rajin intensiver seiner Ausbildung widmen, und er – Liisho – wollte nicht auf Bratlor aufpassen müssen, während er Rajin unterwies.

Bratlor schlug daraufhin vor, dass Liisho doch vielleicht auch ihm das Drachenreiten beibringen könnte. Immerhin könnte es beim Kampf um den Drachenthron von Drakor nur nützlich sein, wenn Rajin einen treuen Begleiter an seiner Seite hätte, der auch selbst einen Drachen zu beherrschen wüsste.

Doch davon wollte Liisho nichts wissen. Er brachte alle möglichen Argumente dagegen vor, unter anderem, dass man dafür ein weiteres Reittier vom Nordweststrand der Insel holen müsste und dass in Bratlors Adern nicht ein einziger Tropfen Samurai-Blut fließe und daher jede Bemühung schon im Vorfeld zum Scheitern verurteilt wäre.

„Und was fließt in deinen Adern für besonderes Blut?", fragte Bratlor daraufhin aufgebracht. „Das sind doch alles nur Ausreden! Der wahre Grund für deine Ablehnung mir gegenüber ist ein ganz anderer!“

„Ich bin nicht gewillt, dieses Thema weiter zu erörtern“, gab der Weise zurück. „Dazu bleibt auch keine Zeit!“

„Du traust mir noch immer nicht – das ist das eigentliche Problem!“, behauptete Bratlor. „Nicht irgendwelches Blut oder dergleichen Unsinn! Angeblich war es kein Risiko, dass du mich allein auf Ayyaam zurückgelassen hast, als du zu Rajin gegangen bist, um ihm die Stachelsäge zu bringen. Du hast behauptet, dass du den Geist deines Drachen jederzeit unter Kontrolle hast!“

„Das ist auch zutreffend“, bestätigte Liisho.

„Nun, dann wäre es ebenfalls kein Risiko, mich auf einem Drachen reiten zu lassen, den du beherrschst!“

„Wie ich sehe, hast du den wesentlichen Kern des Drachenreitens nicht begriffen, Bratlor“, hielt Liisho dagegen. „Nimm es mir nicht übel – ich habe ohnehin meine Zweifel, ob überhaupt ein Seemanne in der Lage wäre, das zu verstehen. Und damit ist diese Unterhaltung auch beendet. Ich war großzügig, als ich dich hier in Qô und an der Seite meines Zöglings geduldet habe, und ich bin durchaus bereit, diese Großmütigkeit auch weiterhin aufzubringen. Aber du solltest meine Gastfreundschaft nicht über Gebühr strapazieren.“

Bratlor erkannte, dass er Liisho bis auf Weiteres in dieser Sache nicht umstimmen konnte. So vertrieb er sich zumindest am Tag die Zeit mit Streifzügen durch die Ruinenstadt. Doch auch wenn ihn die Stimmen der Vergessenen Schatten inzwischen einigermaßen ruhig schlafen ließen, so sah er doch immer zu, dass er vor Einbruch der Dunkelheit wieder auf dem Plateau und damit innerhalb von Liishos Bannkreis war. Er war nämlich keineswegs erpicht darauf, diesen geheimnisvollen Kreaturen plötzlich von Angesicht zu Angesicht gegenüberzustehen und von ihnen angegriffen zu werden. Manchmal waren sie schon zu hören, kurz nachdem der Blutmond aufgegangen war, in anderen Nächten warteten sie, bis der Schneemond seinen Zenit erreichte, um dann allerdings umso lauter ihr Wehklagen und Schreien anzustimmen.

Als Rajin den Weisen Liisho einmal daraufhin ansprach, erklärte dieser: „Die Vergessenen Schatten sind eben in jeder Hinsicht unberechenbar. Das sollte man immer im Hinterkopf behalten. Allerdings habe ich in all den Jahren, da mir dieser Ort nun schon als Versteck dient, noch keinen von ihnen bei Tageshelle gesehen oder gehört. Vor dem Aufgang des Blutmonds und nach dem Untergang des Schneemonds möchte man glauben, dass sie gar nicht existieren, dass Qô nicht eine Stadt ist, deren Bewohner einst ein grausames Ende fanden, sondern ein Ort, den die Einwohner freiwillig verließen, um sich anderswo, in der Hoffnung auf ein besseres Leben, niederzulassen."

So sehr Rajin unter den nächtlichen Jammern und Stöhnen und Schreien litt, so machte ihm doch etwas anderes noch viel mehr zu schaffen: Der Gedanke, dass Nya offenbar nach wie vor eine Gefangene des Usurpators war, raubte ihm ebenso den Schlaf wie die Klagen der Vergessenen Schatten. Immer wieder entrollte er das Pergament. Doch mehr als zerfließende Farben und wabernde, unklare Formen waren darauf nicht zu erkennen.

Ein ganzer Monat – der im Übrigen in allen fünf Reichen anhand der Umlaufbahn des Schneemonds berechnet wurde – verging, und Rajin hatte inzwischen bereits einiges Geschick als Drachenreiter entwickelt. Dutzende von sorgsam mit Zaubersalzen konservierte Drachensättel gehörten zu dem Fundus an Gegenständen, die Liisho im Kuppelbau gesammelt hatte – und Rajin probierte verschiedene von ihnen aus. Schließlich fand er einen, der besonders gut passte. In das Leder war ein Zeichen graviert, das mehrere Bedeutungen hatte, wie Liisho erläuterte: Es stand gleichermaßen für „Schrecken", „Macht" und die Stadt Qô, die vor dem grausamen Massaker an den Qôanern der gesamten Insel ihren Namen gegeben hatte. „Dieses Zeichen wurde später aus dem Zeichensatz der drachenischen Schrift verbannt", erklärte Liisho. „Und zwar auf Anordnung des Kaisers."

„Warum das?", fragte Rajin.

„Ich nehme an, dass dein Vorfahr nicht an die Schande erinnert werden wollte, die Kaiser Onjin über das Kaiserhaus und das ganze Land gebracht hatte. Denn durch Onjins Befehl zur Ermordung der gesamten Einwohner von Qô war der Name Drachenias und der des Kaiserhauses Barajan auf ewig mit dieser Bluttat verbunden und dadurch befleckt. So wie Kaiser Onjin die Namen derjenigen, die damals ein sechstes Reich proklamierten, aus allen Dokumenten tilgen ließ, so wurde die Benutzung dieses Zeichen schlicht untersagt, in der Hoffnung, dass das Massaker von Qô irgendwann in Vergessenheit geraten würde. Nur im Ostmeerland wurde es noch Jahrhunderte später verwendet; in den Schriften der Priesterschaft von Ezkor wird es häufig stellvertretend für Unaussprechliches benutzt."

„Vielleicht ist es kein besonders gutes Omen, mit so einem Sattel zu reiten", überlegte Rajin.

„Es ist ein Zeichen der Wahrheit", entgegnete Liisho. „Was sollte daran schlecht sein? Alle diejenigen, die sich unter Katagis Herrschaft bisher darin gefielen, den namenlosen Schrecken über andere zu bringen, sollen ihn nun selbst durch dich erfahren."

Rajin holte das Pergament hervor, das er bei sich getragen hatte, entrollte es und hielt es Liisho hin. Noch immer war darauf nicht mehr zu sehen als unklare Formen, die sich ständig veränderten, und in sich verlaufende Farben. „Warum sehe ich auf diesem Pergament nichts mehr von Nya?", fragte Rajin eindringlich. „Ich weiß, dass du sie nicht für wert hältst, dass ich mir Sorgen um sie mache, aber …"

„Meine Sorge gilt dem zukünftigen Kaiser Drachenias und seiner Unabhängigkeit", fiel ihm Liisho hart ins Wort. „Ich will nicht, dass du dich durch die billigen Tricks käuflicher Magier beeinflussen lässt!"

„Nein, du irrst!", widersprach Rajin. „Sie hat wirklich zu mir gesprochen. Ich bin zutiefst überzeugt davon, dass niemand diese Illusion hätte erzeugen können. Nicht einmal ein Magier."

„Wie auch immer." Liisho nahm das Pergament, warf einen flüchtigen Blick darauf, rollte es zusammen und gab es Rajin dann zurück. „Mithilfe dieser Botschaft einer leidenden Geliebten wollte man dich töten. Der Trick hat zwar funktioniert, aber du lebst noch immer. Damit ist dies Pergament nutzlos geworden für deine Gegner und stellt jetzt keine Verbindung mehr zu deiner Geliebten dar. Und sollte ihr Gesicht wider Erwarten doch noch einmal auf diesem Pergament auftauchen, dann nur deshalb, weil man dich leiden lassen will. Dagegen solltest du gewappnet sein, denn zu Katagis Charakter würde das auf jeden Fall passen."

Rajin nahm das Pergament wieder an sich, rollte es erneut auf und starrte auf die sich ständig verändernden Farben und Formen. „Ich muss die Wahrheit wissen“, sagte er düster. „Ich muss wissen, was mit Nya ist. Diese Ungewissheit macht mich rasend.“

„Vielleicht ist genau das die Absicht! Es könnte aber auch sein ...“ Liisho biss sich auf die Lippe und schüttelte den Kopf. „Ach, nein ...“

„Sprich!“

„Rajin, es hat keinen Sinn, dass du dir das Hirn darüber zermarterst.“

„Sie könnte tot sein, nicht wahr?“

Liisho seufzte. „Wer könnte das mit Sicherheit ausschließen, Rajin?“

Eines Tages – Rajin war gerade von einem seiner immer ausgedehnteren Flüge mit Ghuurrhaan zurückgekehrt – erreichte eine Zweikopfkrähe die Insel. Sie landete mitten auf dem Platz vor dem Kuppelbau und war vollkommen erschöpft. Bereitwillig ließ sie zu, dass Liisho die für ihn bestimmte Botschaft ihrer Bauchschatulle entnahm.

„Darauf habe ich lange gewartet“, sagte der Weise und entrollte das Pergament. Rajin und Bratlor sahen ihn erwartungsvoll an, während Liisho etwas vor sich hin murmelte und die Augenbrauen erst hob und anschließend zusammenzog, sodass sein Gesichtsausdruck sehr ernst wirkte.

Schließlich blickte er auf und erklärte: „Dies ist eine Botschaft des Fürsten Sukara. Er hat nur widerwillig dem Usurpator gedient und ist innerlich dem Haus Barajan treu geblieben. In dem Augenblick, da ein rechtmäßiger Thronerbe erscheint, steht er bereit, um ihn zu unterstützen. Das hat er mir gegenüber bei seiner Ehre geschworen.“ Liisho rollte das Pergament zusammen und sah Rajin an: „Nicht mehr lange, und wir werden unserem Verbündeten einen Besuch abstatten, denn bevor er seinen Schwur erfüllt, wird er sich davon überzeugen wollen, dass du auch wirklich der Sohn Kaiser Kojans bist.“

„Und wie soll das geschehen?“, fragte Rajin.

„Er wird es erkennen, Rajin. Schließlich ist der Fürst ein ausgebildeter Drachenreiter-Samurai und Spross einer uralten Familie, in deren Adern ebenfalls das Blut Barajans fließt. Er wird dich als den erkennen, der du bist, da bin ich mir ganz sicher. Doch bis dahin sind noch einige Vorbereitungen zu treffen …"

Liisho zog sich in das Innere des Kuppelbaus zurück, um eine Antwort für den Fürsten von Sukara zu verfassen. Dieses Antwortschreiben, das er im Übrigen weder Rajin noch Bratlor zeigte, steckte er in die Schatulle der Zweikopfkrähe, die geduldig gewartet hatte. Allerdings war der Vogel noch zu erschöpft, um den Rückflug sogleich anzutreten. Zwei Tage blieb die Krähe auf dem Plateau in Qô und ließ sich von Liisho mit Beeren füttern. Sie nahm allerdings auch gern von den konservierten Fleischvorräten des Weisen, der ihr die Mahlzeiten fürsorglich zerkleinerte.

Gestärkt machte sich der Vogel schließlich auf den Flug über die breite Meeresstraße zwischen Qô und dem Festland.

Ein weiterer Monat verging, und es kam eine Zeit, in der sich beinahe jeden Tag gewaltige Wolkenberge aufeinandertürmten, heftige Gewitter niedergingen und Stürme das Wasser an der Inselküste heftig aufpeitschten.

Es war ein Wetter, das nicht nur den Körper, sondern auch die Gedanken zu lähmen schien. Und nicht nur den Männern, die sich in der Ruinenstadt mehr schlecht als recht eingerichtet hatten, erging es so, auch die beiden Drachen Ayyaam und Ghuurrhaan wurden von Tag zu Tag träger. Liisho erläuterte, dass man gut daran tat, Drachen während der Zeit von Donner und Regen nicht über Gebühr zu beanspruchen. „Es soll einst einen ehrgeizigen Drachenreiter-Samurai gegeben haben, der Hauptmann der Drachenreiter von Qô, bevor sich die Stadt und die Insel von der Herrschaft des Kaisers lossagten", berichtete er. „Aus Sorge vor einem Überraschungsangriff tajimäischer Luftschiffe hielt er die Drachenarmada von Qô über diese Zeit hinweg in dauerndem Einsatz und schickte sie auf ausgedehnte Patrouillenflüge bis zu der Küste zwischen Diria und Sukara, um den Feind früh genug zu entdecken, sollte er tatsächlich einen Angriff wagen. Er glaubte nämlich, tajimäische Luftschiffe wären völlig unempfindlich gegen Blitz und Sturm, und befürchtete, dies wollte sich der Feind für einen Überraschungsangriff zunutze machen."

„Und?", fragte Rajin. „Haben die Tajimäer angegriffen?"

„Natürlich nicht. Denn Luftschiffe sind gegen Unwetter mindestens so empfindlich wie Drachen. Und was die Drachenarmada von Qô betrifft – die Tiere fielen samt ihren Reitern reihenweise vor Erschöpfung ins Meer und ertranken, wovon die Tajimäer glücklicherweise nichts erfuhren. Denn hätten sie gewusst, dass die Insel deswegen zum Schluss nahezu schutzlos war, wären sie sicherlich einen Monat später und bei gutem Wetter mit ihrer Flotte von schwebenden Schiffen aufgetaucht, um das zu tun, wovon man im Luftreich Tajima schon seit Langem träumte: sich das damals reiche Qô einzuverleiben."

„Diese Geschichte ist eine Legende", behauptete Bratlor.

„Gewiss", stimmte ihm Liisho zu. „Aber ihr Kern ist wahr. Auch Drachen leiden unter widrigen Wetterbedingungen."

Die Zeit des Donners und des Regens wollte einfach kein Ende nehmen, und Tag für Tag bot sich dasselbe trostlose, graue Bild. Oft regnete es so heftig, dass man kaum vor den Eingang des Kuppelbaus treten konnte, um nach den beiden Drachen zu sehen, die schon seit Wochen nichts mehr gefressen hatten.

In diesem Punkt war Liisho jedoch recht zuversichtlich. „Das werden sie nachholen, sobald das Wetter wieder besser ist. Glaubt mir, ihre Laune wird durch diese Fastenzeit zwar nicht besser, aber einen Schaden tragen sie ansonsten nicht davon. Einmal habe ich den Fehler gemacht, meinen getreuen Ayyaam mit ein paar guten Stücken aus meiner Vorratskammer zu versorgen. Das hätte ich nicht tun sollen. Das arme Geschöpf hat es gar nicht vertragen, und trotz der frischen Meeresbrise hing eine Wolke beißenden Gestanks über der Stadt …" Der Weise seufzte. „Schon die Erinnerung verursacht mir Übelkeit. Aber das Schlimmste war, dass diese grauenhaft riechende Gaswolke auch feuergefährlich war und ich nicht einmal meine Flamme anzünden konnte, ohne Gefahr zu laufen, eine tödliche Verpuffung auszulösen. Die Insektenstiche nach diesen Nächten konnte ich später nicht einmal mehr zählen …"

Zwei Tage, nachdem Liisho diese Erzählung zum Besten gegeben und damit die Stimmung keineswegs gehoben hatte, zeichneten sich erstmals wieder etwas deutlichere Formen auf dem magischen Pergament ab, das Rajin noch immer aufbewahrte und ständig bei sich trug. Hoffnung und Sehnsucht keimten gleichermaßen in ihm auf, und er blickte immer öfter auf das Pergament.

In einer sturmdurchtosten Nacht, in der sich die andauernden Gewitter mit ihrem Donnergrollen auf schaurige Weise mit den Schreien der Vergessenen Schatten mischten, entrollte Rajin, der keinen Schlaf finden konnte, das magische Dokument. Die Flamme, die aus der Schale in der Mitte des Raumes emporzüngelte und die Insekten vertrieb, spendete genügend Licht, um auf dem Pergament einen Schemen zu sehen, der wenige Augenblicke später zu einem erschreckend lebendigen Bild einer jungen Frau wurde.

Nya!

Am liebsten hätte er ihren Namen gerufen und sie angesprochen. Aber im letzten Moment verkniff er sich das. Nicht noch einmal wollte er die Magie des Verlorenen Lebens herausfordern. Mochte der Todverkünder Ogjyr wissen, was für untote Kreaturen durch seine Antwort womöglich hier in Qô geweckt worden wären …

Nya bewegte sich, so als würde sie etwas oder jemanden suchen und sich in einer Umgebung befinden, in der sie sich nur schwer zurechtfand. Dann aber wandte sie den Kopf und sah Rajin direkt an.

„Bjonn!“, sagte sie, und ein Lächeln ließ ihr Gesicht für einen Moment erstrahlen. „Oh, Bjonn, ich bin so froh, dich zu sehen.“

Rajin sah sie nur an. Er durfte ihr nicht antworten und ihr auch keine Fragen stellen.

„Bjonn, mein geliebter Bjonn … Du hörst mich anscheinend nicht …“

Sie sah sich um, so als wäre jemand hinter ihr. Der Hintergrund des Bildes bestand nur aus Dunkelheit, doch Nya zuckte zusammen, als würde sie dort jemanden erblicken.

„Bjonn, ich kann nicht weitersprechen! Der Magier des Kaisers … Nein …“

Das Bild wurde dunkel.

Bratlor und Liisho hatten Rajin beobachtet, während er im Licht der Flamme auf das entrollte Pergament starrte, wobei sich sein Blick plötzlich verändert hatte.

„Du hast sie gesehen, nicht wahr?", erkannte Bratlor sofort.

Rajin nickte.

„Immerhin hast du Selbstbeherrschung gezeigt", stellte Liisho fest, aber es klang nicht wie ein Lob. „Was geschehen wäre, hättest du mit ihr gesprochen, kannst du dir kaum vorstellen. Hier schlummert mehr verlorenes Leben als an irgendeinem anderen Ort der Welt. Glaub mir, ich bin viel herumgekommen und habe mich ausführlich mit den Zeugnissen der Vergangenheit beschäftigt."

„Es war schwerer, mich selbst unter Kontrolle zu halten, als die über einen Drachen zu erringen", sagte Rajin tonlos.

„Ja, da magst du recht haben", murmelte Liisho. „Das musste ich auch einst erfahren ..." Bei diesen Worten war sein Blick nach innen gekehrt und verlor sich in der Vergangenheit. Allerdings schien der Weise nicht gewillt, seine Bemerkung näher zu erläutern.

Rajin ließ das Pergament zunächst ausgerollt, in der Hoffnung, Nya noch einmal zu sehen. Selbst die ineinander verlaufenden Farben und unklaren Formen wären ihm ein Trost gewesen, aber da war nichts als Schwärze. Schließlich fragte er: „Wer ist der Magier des Kaisers?"

„Der derzeitige Hofmagier Katagis heißt Ubranos. Ein grausamer Zeitgenosse, der überall gefürchtet wird und aus Capana stammen soll."

„Kannst du dir vorstellen, wo man Nya hingebracht haben könnte?"

Der Weise schüttelte den Kopf. „Ich weiß es nicht. Katagi wird es sich aber nicht mit den traditionell gesinnten Teilen der Samurai verscherzen wollen, und es wäre sicher nicht vorteilhaft für ihn, würde bekannt werden, dass er die Mutter eines Sprosses der Kaiserfamilie in einem der Verliese und Folterkeller unter dem Palast schmachten lässt, wo er seinen Lord Drachenmeister Tarejo dunkle Begierden ausleben lässt. So kannst du gewiss sein, dass sofern man nicht doch kurzen Prozess mit ihr gemacht und jede Spur von ihr und ihrem Kind getilgt hat – sie standesgemäß untergebracht wurde. Es mag ein Käfig sein, in dem sie sich befindet, aber gewiss ein goldener; mehr Luxus wird ein Barbarenmädchen, das es gewöhnt ist, Seemammutfleisch auszukochen und stinkenden Tran zu rühren, wohl nie erlebt haben."

„Dann willst du mir weismachen, dass Nya auch noch dankbar für ihre Gefangenschaft sein sollte?“, empörte sich Rajin.

Liisho hob die Hände, um Rajin zu beschwichtigen. „Nein, so war es nicht gemeint“, erwiderte er, der in diesem Moment spürte, wie stark die Gefühle sein mussten, die Rajin und Nya miteinander verbanden. Stärker wohl, als der Weise bisher angenommen hatte. „Hör zu, Rajin. Ich weiß nicht, wo Nya gefangen gehalten wird. Hunderte von Orten kämen dafür infrage. Aber ich weiß, wo wir sie *nicht* finden werden.“

„So?“

„Der unwahrscheinlichste Ort wäre – wie gesagt – der Kaiserpalast, denn dort lässt sich nichts geheim halten. Es gibt dort Tausende von Beamten, Dienern, Wächtern, Konkubinen, Günstlingen ... Es wäre für Katagi unmöglich, selbst zu bestimmen, ob und wann er dem Adel und dem Volk Drachenias den Enkel Kaiser Kojans präsentiert. Nein, er wird einen abgelegenen Ort gewählt haben. Ein einsames Sommerschloss, vielleicht irgendwo im Zweifjordland, in Tambanien oder in Seng-Pa ...“

Seng-Pa wurde das Land zwischen den Flüssen Seng und Pa genannt, dass nominell noch zur drachenischen Provinz Neuland gehörte. Seng-Pa war die am dünnsten besiedelte Region des Drachenlands, was sicher auch damit zu tun hatte, dass dieser Landstrich im Osten an jene Berge grenzte, unter denen der Urdrache Yyuum schlummerte. Der Name des Landstrichs war zugleich Synonym für Abgelegenheit und Weltferne.

„Irgendetwas müssen wir doch tun können!“, rief Rajin erregt.

„Im Moment, so fürchte ich, ist das unmöglich“, bekannte Liisho. „Aber wenn wir den Fürsten von Sukara in Bälde besuchen, werden wir vielleicht mehr erfahren – denn er verfügt über ein exzellentes Netz von Spitzeln und Verbindungen im ganzen Land. Und dass Nya nicht im Palast ist, heißt ja nicht, dass dort nicht über sie geredet würde ...“

12

DER FÜRST VON SUKARA

In den nächsten Tagen ließ der Regen nach, und die Gewitter waren weniger heftig. Die Zeit der Unwetter neigte sich dem Ende zu, und Liisho sagte voraus, dass sie vorbei sein würde, sobald der Blutmond wieder voll und rund geworden war.

Innerhalb einer Woche erhielt der Weise drei Mal Nachrichten vom Festland, die durch Zweikopfkrähen überbracht wurden. Liisho ließ über den Inhalt nur verlauten, dass die Preise für Drachenfutter aus Stockseemammut inzwischen in ungeahnte Höhen gestiegen seien, da zwischen dem Seereich und Drachenia Kriegszustand herrschte und die Seemannen die Häfen an der neuländischen Küste nicht mehr belieferten. „Ich sage ja immer: Gut, wenn man einen Drachen hat, der in der Lage ist, sich selbst zu ernähren", kommentierte der Weise diese Entwicklung.

Nach einer weiteren Woche – der Blutmond war nun schon seit zwei Tagen rund und voll – erhielt Liisho erneut eine Nachricht, in der ihm offenbar signalisiert wurde, dass der richtige Zeitpunkt gekommen sei, nach Sukara zu fliegen.

Mitten in der Nacht brachen sie auf, flogen den ganzen Tag und erreichten Sukara, als der Jademond in seinem Zenit stand. Es war der Wunsch des Fürsten gewesen, dass sie in der Nacht bei seiner Residenz eintrafen, sodass ihr Besuch geheim blieb.

Bratlor hatte hinter Rajin auf Ghuurrhaans Rücken Platz genommen. Das Licht der fünf Monde spiegelte sich in der glatten See des östlichen Ozeans. Obwohl es Nacht war, konnte man die Burg von

Sukara, den dazugehörigen Hafen und die Stadt schon von Weitem sehen. Der Ort glich einem Lichtermeer, wie Rajin es allenfalls in den Traumbildern des Weisen Liisho zuvor gesehen hatte. Zylinderförmige Luftschiffe aus Tajima waren an hohen Masten vertäut. Den Kapitänen war es derzeit nicht gestattet, ihre Waren ins Innere des Landes zu bringen; ein kaiserliches Gesetz verbot dies, damit den Besitzern von Last- und Laufdrachen innerhalb Drachenias keine Konkurrenz entstand. So mussten Waren, die Drachenias Häfen per Luftschiff erreichten, ebenso gelöscht werden wie jene, die in den Bäuchen der Seeschiffe transportiert worden waren.

Im Hafen selbst waren derzeit vor allem Fischerboote und kleine Dschunken für den Küstenverkehr sowie einige der schweren Dampfgaleeren aus Feuerheim zu finden. Kein einziges seemannisches Langschiff war in dem gut beleuchteten Hafen zu sehen, in dem offenbar auch in der Nacht ein geschäftiges Treiben herrschte.

Liisho hatte Rajin und Bratlor vor ihrer Abreise aus der Ruinenstadt Qô einiges über den Fürsten und seine Provinz erzählt. Mit Bedacht hatte Liisho dafür gesorgt, dass Rajin nichts über ihn – nicht einmal etwas über das Land, das er verwaltete – in den Traumgeschichten erfahren hatte. Der Weise hatte den Fürsten schützen wollen – schließlich war ja nicht gänzlich auszuschließen gewesen, dass Rajin in die Hände des Usurpators geriet.

Sie überflogen die Stadt, über der es selbst in der Nacht von fliegenden Drachen und eintreffenden tajimäischen Luftschiffen nur so wimmelte, und erreichten die Burg.

Burg und Stadt leiteten ihren Namen vom Familiennamen des Fürsten Payu Ko Sukara ab, der von hier aus das Land zwischen Südfluss und tajimäischer Grenze verwaltete. Südflussland nannte man dieses Gebiet – oder auch einfach nur Südfluss. Nominell war es Teil der Provinz Ostmeerland, aber aufgrund der Abgelegenheit dieses Reichsteils war Fürst Payu faktisch nur dem Kaiser in Drakor verantwortlich.

Ghuurrhaan und Ayyaam landeten im Burghof und wurden bereits erwartet. Diener und Wächter eilten herbei, darunter auch solche, die offenbar ausgebildete Drachenpfleger waren. Sie näherten sich von der Seite und warfen den beiden Drachen gewürztes Stockseemammut vor.

Rajin, Bratlor und Liisho kletterten von ihren Reittieren. Der Hauptmann der fürstlichen Leibwache trat vor und verneigte sich.

„Folgt mir!", waren seine einzigen Worte.

Sie wurden durch das Portal des Haupthauses in den Audienzsaal des Fürsten geführt. Fürst Payu Ko Sukara wartete dort bereits. Er war ein Mann von erhabener Gestalt, mit silberdurchwirktem Haar, einem dünnen Oberlippenbart und edlen, hochwangigen Gesichtszügen. Er machte ein Zeichen, woraufhin sämtliche Diener und Wachen den Raum verließen. Alle Türen und Fenster wurden geschlossen. Das Licht von sieben Kronleuchtern – fünf großen und zwei kleinen – erfüllte den Raum. Sie hingen von der Decke, die mit einer Karte der Welt bemalt war. Die großen Leuchter standen für die fünf Reiche, die beiden kleinen für das Südflussland und Qô, denn der Fürstenpalast war in der Zeit vor der Zerstörung Qôs errichtet worden. Sowohl im Südflussland als auch auf der Insel hatte man in jenen Tagen die Hoffnung gehegt, sich irgendwann unabhängig machen zu können, und war für diese Bestrebungen bestraft worden. Qô hatte sich von Drachenia lösen wollen und war dem Zorn Kaiser Onjins anheim gefallen; Sukara und das Südflussland hingegen hatten sich vom Luftreich Tajima gelöst; doch nur um anschließend eine Beute Drachenias zu werden, zu dem das Gebiet seitdem gehörte.

„Seid gegrüßt, mein erhabener Fürst", sagte Liisho.

„Ich erwidere Euren Gruß, Meister Liisho", sagte Fürst Payu und unterzog dabei Rajin und Bratlor einer kritischen Musterung. „Ihr habt mir Großes angekündigt …"

„Und nicht übertrieben", beteuerte Liisho und wies auf Rajin. „Vor Euch steht Rajin Ko Barajan, der rechtmäßige Erbe des Thrones von Drakor, den sein Vater, unser geliebter Kaiser Kojan, durch feigen Verrat und Mord verlor."

„Wer ist der Mann neben ihm?", fragte der Fürst.

Da Liisho keinerlei Neigung zu haben schien, Bratlor vorzustellen, sah dieser sich gezwungen, dies kurzerhand selbst zu tun. „Bratlor Sternenseher bin ich", erklärte er in dem gepflegtesten Drachenisch, das er zuwege brachte. „Ich komme aus Winterland."

„Aus Winterland?", wiederholte Fürst Payu erstaunt. „Ein Barbarenfreund für einen Prinzen und zukünftigen Kaiser?"

„Dafür treu ergeben und so loyal wie niemand sonst", gab Bratlor zurück. „Und das sollte in Zeiten wie diesen mehr wert sein als hohe Geburt."

„Deinesgleichen sorgt zurzeit dafür, dass unseren Drachen die Mägen knurren", sagte Fürst Payu anklagend; doch offenbar war dies nicht ernst gemeint, ebenso wenig wie seine nächsten Worte, die er mit einem stillen Lächeln sprach: „Vielleicht sollten wir daher langfristig zu jener Art von Drachenpflege übergehen, die unser verehrter Meister Liisho betreibt, von dem ja bekannt ist, dass er seinen Ayyaam sich selbst ernähren lässt."

„Es gäbe so manch fetten, fluguntauglichen Koloss weniger in der Kaiserlichen Armada, hätte man meine Ratschläge schon vor zwei Generationen befolgt", behauptete Liisho.

Der Fürst lächelte milde. „Ja, das ist die Weisheit Eures hohen Alters … Vielleicht könnt Ihr mir in dieser Hinsicht auch ein paar Ratschläge geben, bevor sich an mir mehr Spuren der Jahre zeigen, als nur etwas Silber im Haar. Aber gekommen seid Ihr ja seinetwegen." Er wies auf den jungen Mann neben Bratlor. „Rajin… Das war in der Tat der Name eines der Prinzen, die das Glück des Kaiserpaares waren, bevor der Usurpator die Macht ergriff. Doch ich will sicher sein …"

„Vertraut Ihr nicht meinem Wort, meiner Zauberei und meiner Treue dem alten Kaiser gegenüber?", begehrte Liisho auf.

„Doch, ich vertraue Euch schon, Liisho", erwiderte der Fürst. „Aber noch mehr traue ich dem hier!" Seine rechte Hand, die bis dahin nicht zu sehen gewesen war, kam aus dem weiten Ärmel seines Gewandes hervor. Sie hielt ein Amulett aus purem rötlich schimmerndem Gold.

Drachengold …

Das Amulett bestand aus einer goldenen Scheibe, in der eine vereinfachte Karte der fünf Reiche durch winzige eingearbeitete Edelsteine nachgezeichnet war. Jedes der Reiche wurde durch Edelsteine in einer anderen Farbe dargestellt. Den oberen Rand des Amuletts zierten fünf unterschiedlich große Steine, deren Farben denen der fünf Monde entsprachen. Rechts und links aber schmiegte sich jeweils ein Drache aus Gold an den Rand des Amuletts. Auf der Unterseite waren die Schwänze der beiden Drachen ineinander verschlungen. Ihre Augen waren mit winzigen Jadesteinen besetzt, die auf eine Weise leuchteten, wie Rajin es bereits einmal in einem seiner Träume gesehen hatte, die ihm Meister Liisho während seines Exils auf Winterland gesandt hatte.

„Dieses Amulett“, erklärte Fürst Payu, „wird erweisen, ob du tatsächlich derjenige bist, auf den wir warten, und ob ich dir vertrauen kann …“

Rajin schluckte. Erinnerungen stiegen in ihm auf. Erinnerungen an zum Teil verwirrende Träume. Die Jadeaugen … Im Palast von Drakor gab es Dutzende von Statuen und goldenen Figuren, die mit den gleichen Augen ausgestattet waren.

„Mein Vater hat Euch dieses Amulett gegeben“, sagte Rajin, plötzlich von Gewissheit erfüllt.

„Das … ist richtig“, bestätigte Fürst Payu zögernd. „Er gab es mir zur Bestätigung meiner Herrschaft in seinem Namen über Sukara und das Südflussland. Doch dass Ihr davon wisst, ist noch kein Beweis. Liisho könnte es Euch erzählt haben, denn er war seinerzeit dabei …“ Der Fürst erhob sich, trat auf Rajin zu und reichte ihm das Amulett. „Er sagte mir, dass jeder, der rechtmäßig in der Nachfolge des Hauses Barajan steht, dies mithilfe des Amuletts zu beweisen vermag. Damit wollte Kojan sicherstellen, dass kein unrechtmäßiger Kaiser die Herrschaft über das Fürstentum Südfluss zurückfordert, auch wenn dieser auf dem Thron in Drakor sitzt. Kojan wollte damit einen Freund, dem er im Kampf viel verdankte, gegen die Intrigen des Palastes schützen.“

„So hat mein Vater bereits geahnt, dass es zu einer Verschwörung kommen könnte?“, fragte Rajin.

„Beweise erst, dass du derjenige bist, den wir erwarten, bevor ich dir Antworten gebe – derjenige, der aus Barajans Linie stammt.“

„Wie?“

„Du wirst es erkennen. Oder du bist es nicht.“

Rajin umfasste das Amulett und sah es an. In diesem Moment leuchteten die Jadeaugen der Drachen auf. Rajin stieß einen erstaunten Laut aus und starrte Payu an. „Ist dies das Zeichen, mein Fürst?“

Payu winkte unbeeindruckt ab. „Jeder Magier und jeder Zauberkundige vom Jahrmarkt vermag dies auch zu bewerkstelligen“, lautete die kühle Einschätzung des Fürsten vom Südfluss. „Du hast noch nicht gezeigt, dass du derjenige bist, auf den wir so lange gehofft haben. Meister Liisho wird mir recht geben, wenn ich sage, dass niemand seine innere Kraft besser beherrschen muss als der Drachenkaiser auf dem Thron von Drakor."

Rajin verstand und nickte. Er sammelte seine innere Kraft und ließ sie durch seinen Arm in das Amulett fließen – auf eine ähnliche Weise, wie er es während des Kampfes gegen den roten Drachen mit seinem Schwert gemacht hatte.

Er spürte einen Widerstand. Etwas schien dem Amulett innezuwohnen, das seine Kräfte schwächte oder vielmehr sie einfach verschluckte, sie in sich aufsog, ohne dass sie irgendeine Wirkung entfalten konnten. *Da ist noch mehr in dir*, sagte er sich und versuchte sich selbst dazu zu bringen, auch die letzten Reserven zu mobilisieren.

Da spürte er plötzlich die Gegenkraft, die dem Amulett innewohnte. Für einen Moment glaubte er nicht, ihr etwas entgegensetzen zu können. Er fühlte, wie sein Geist förmlich in das Amulett hineingesogen wurde. Furcht sprang ihn an. Furcht davor, in diesem unsichtbaren Schlund zu verschwinden und sich zu verlieren. Ihm wurde schwindelig. Sein Griff um das Amulett wurde so fest, dass die Knöchel unter der Haut weiß hervortraten. Er hob die Goldscheibe vor sein Gesicht und schloss die Augen.

Plötzlich war er eins mit der Gegenkraft im Amulett. Die beiden goldenen Drachen bewegten sich. Ohne die Augen zu öffnen sah er, wie die beiden Drachen die Köpfe hoben, die zusammengefalteten Flügel ausbreiteten und kleine Feuerstöße aus ihren geöffneten und erschreckend naturgetreuen Mäulern züngelten. Er spürte auch, wie die Drachen an den Amuletträndern glühend heiß wurden. Es schmerzte, doch er war überzeugt, seinen Griff um keinen Preis der Welt lockern zu dürfen. Seine Seele war verloren, wenn er das tat, das spürte er ganz deutlich.

Rajin öffnete den Mund, und mit ungewöhnlich tiefer Stimme sprach er Worte in Alt-Drachenisch. Worte, an deren einzelne exakte Bedeutungen er sich ebenso nebulös erinnerte wie an die von Liisho gesandten Träume, in denen sie eine Rolle gespielt hatten. Rajin sprach formelhaft vor sich hin.

Die Drachen fauchten wütend. Das Amulett war mittlerweile ein glühendes Stück Metall, und die Edelsteine, die die fünf Monde symbolisierten, leuchteten so hell auf, dass der Fürst von Sukara, der Rajin gegenüberstand, schützend die Hand vor die Augen halten musste.

Dann erstarrten die Drachen wieder in ihrer ursprünglichen Stellung. Die Glut war verschwunden. Rajin glaubte, dass seine Hände nur noch verkohlte Stümpfe sein müssten, aber sie hielten das Amulett noch immer. Er öffnete die Augen, sah, dass seine Hände völlig unverletzt waren, atmete erleichtert auf und reichte das Amulett an Fürst Payu zurück.

„Glaubt Ihr mir nun, Fürst?", fragte Rajin.

Payu errötete. „Ihr seid es wirklich. Prinz Rajin. Rechtmäßiger Anwärter auf den Kaiserthron." Payu Ko Sukara kniete nieder und senkte den Kopf. „Verzeiht mein Misstrauen. Doch man hört so viel von Magie und Täuschung, die in Drakor regieren. Der gegenwärtige Herrscher lässt sich von Magiern beraten, und wer weiß, mit welchen Mächten er sonst noch im Bunde steht. Dennoch – ich tat Euch Unrecht!"

„Erhebt Euch, Fürst Payu", sagte Rajin. „Erhebt Euch, denn ich brauche Euren Beistand, Euer Wissen und Eure Erfahrung als Samurai und als Fürst – nicht aber Eure Demut."

Fürst Payu atmete tief durch und stemmte sich hoch. „Achtzehn lange Jahre haben wir auf diesen Augenblick warten müssen. Achtzehn Mal kam die Zeit von Regen und Donner und verging wieder, ohne dass der Unsichtbare Gott die Gebete der Rechtgläubigen erhört hätte. Aber jetzt seid Ihr gekommen, Prinz Rajin. Und das bedeutet, dass in diesem Augenblick ein neues Zeitalter für Drachenia beginnt und die Tage des Usurpators gezählt sind."

„Ich werde alles tun, um den Tyrannen zu stürzen", versprach Rajin.

„Auf meine Hilfe könnt Ihr dabei immer zählen – und auch auf die meiner ergebenen Krieger."

„Ihr erwähntet einen Magier, der Katagi berät ..."

„Ja, Ubranos aus Capana", bestätigte Fürst Payu.

„Sind Euch vielleicht Gerüchte aus dem Palast zugetragen worden ...", begann Rajin vorsichtig und bemerkte sehr wohl Liishos tadelnden Blick.

„Gerüchte über Ubranos?“, fragte der Fürst. „Es gibt über kaum jemanden so viele Gerüchte wie über ihn und den Lord Drachenmeister Tarejo, und jede Geschichte, die man sich über die beiden erzählt, ist grausiger als die andere.“

„Er soll eine junge Frau namens Nya gefangen halten, die meinen Sohn unter dem Herzen trägt“, erklärte Rajin, woraufhin Liisho mürrisch die Stirn runzelte, wie der Prinz aus den Augenwinkeln sah. Offenbar fand Liisho es nicht richtig, diese Sache hier und jetzt anzusprechen. Ob es nun daran lag, dass er Fürst Payu doch nicht so unvoreingenommen vertraute, wie er bisher behauptet hatte, darüber konnte Rajin rätseln. „Habt Ihr etwas darüber gehört?“

„Nein, tut mir leid, mein Prinz. Meine Zuträger sind sehr zuverlässig, und täglich erreicht mich mindestens eine Nachricht per Zweikopfkrähe. Aber davon ist bisher nichts hierher gedrungen, nicht einmal gerüchteweise.“

„Wenn Ihr doch einmal etwas über eine Gefangene hören solltet, so sorgt bitte dafür, dass auch ich davon erfahre“, bat Rajin mit belegter Stimme.

„Gewiss.“ Payu verneigte sich. „Und falls sich dann die Gelegenheit ergeben sollte, die Mutter Eures ungeborenen Kindes zu befreien, so stehen meine Männer und ich Euch zur Seite. Welche Unterstützung Ihr auch immer benötigen solltet – sei es Unterschlupf, eine Schar kundiger Drachenreiter oder ein Trupp verwegener Ninjas –, Ihr werdet sie haben, Prinz Rajin.“

„Dafür danke ich Euch bereits im Voraus“, erwiderte Rajin.

„Und Ihr solltet dafür sorgen, dass sich die Nachricht verbreitet, dass Prinz Rajin erschienen ist, um den Tyrannen zu stürzen“, ergänzte Liisho. „Streut es aus, dann wird diese Nachricht mehr Schlachten für uns gewinnen, als eine ganze Drachenarmada es vermag.“

Fürst Payu wandte den Kopf und sah den Weisen an. „Das wird geschehen und gewiss auch seine Wirkung zeigen. Aber seid nicht zu optimistisch. Viele – auch viele der Fürsten und hohen Samurai – haben sich mit der Herrschaft Katagis arrangiert. Er scheint ihnen der Garant für die Einheit des Reiches und den Gehorsam der Drachen zu sein. Und so ungern ich es sage, aber vielen fehlt auch schlicht der Mut, sich zu erheben. Davon abgesehen hat Katagi an den meisten

Schaltstellen der Macht ihm ergebene Männer eingesetzt. Männer, die oft aus den einfachen Samurai-Rängen stammen und ihren Aufstieg Katagi verdanken. Sie werden alles tun, um ihn zu verteidigen."

„Niemand hat gesagt, dass es leicht werden wird, den Schreckensherrscher zu besiegen, mein Fürst", gab Liisho zurück.

„Aber wir werden genug Getreue auf unserer Seite haben, um den Kampf wagen zu können", glaubte Fürst Payu. „Nicht jetzt, aber in einiger Zeit. Dessen bin ich sicher – genauso, wie ich mir sicher bin, dass die Zahl dieser Getreuen stetig anwachsen wird."

Für die Nacht wurden ihnen luxuriöse Gemächer in einem abgeschlossenen Teil der Burg zugewiesen.

Rajin lag schließlich allein in einem prächtigen Bett, und das Herz war ihm schwer. Er holte das Pergament hervor, in der Hoffnung, Nya zu sehen.

Wie oft hatte er in der letzten Zeit auf das Pergament gestarrt und nichts als Schwärze dort gesehen. Am Tag vor dem Flug nach Sukara waren bunte Schlieren darübergezogen und hatten ihm Hoffnung gemacht, doch bald wieder Nyas Gesicht zu erblicken und ihre Stimme zu hören, so schwer es ihm dann auch fiel, ihr nicht zu antworten. Doch dann hatten sich die Farben wieder aufgelöst, und erneut war nichts als die kalte, drückende Schwärze auf dem Pergament gewesen.

Dieses Mal hatte er Glück. Er konnte es kaum fassen, als sich erneut Formen und Farben zeigten, die sich dann tatsächlich auch verdichteten, um schließlich zu Nyas vertrauter Gestalt zu werden.

„Oh Bjonn, Geliebter! Da bist du ja!", sagte sie. „Ich weiß nicht, wie viel Zeit wir haben und wann man uns wieder trennen wird. Deshalb werde ich einfach zu dir reden, auch wenn du mir nicht antworten magst oder kannst. Es wird einen Grund dafür geben, dass du es nicht tust …"

Rajin schluckte und dachte: *Die innere Kraft der Gedanken, der Wille eines Menschen und sein Geist vermögen so viel. Wenn diese Kraft die Drachen zu beherrschen vermag, warum kann sie dann nicht auch zwei Liebende miteinander verbinden? Vielleicht verstehst du mich auch, wenn ich nicht zu dir sprechen kann, Nya …*

„Es ist seltsam“, fuhr sie fort. „Zunächst ließ der Magier mich erstarren und reglos daliegen, sodass ich keinen Widerstand leisten konnte. Später schlief ich ein und bin seitdem nicht mehr erwacht. Zweifellos ist ein Bann dieses Magiers dafür verantwortlich, der mich hin und wieder sogar in meinen Träumen verfolgt.“

Erzähl mir von den Träumen, Nya!, dachte Rajin. *Denn dann kann ich dir vielleicht wenigstens in ihnen nahe sein.* Er legte all die innere Kraft in diesen Gedanken, die er aufbringen konnte. Es war deutlich mehr, als er gebraucht hatte, um den wilden roten Drachen zu bezwingen, mehr sogar als er hatte aufwenden müssen, um Ghuurrhaan zu seinem Diener zu machen.

Nya sah ihn im ersten Moment etwas verwirrt an. Sie schien verwundert, erstaunt. Ihre Augen wurden schmal, und sie schluckte. Hatte sie ihn verstanden? War es möglich, über den Abgrund, der zwischen ihnen lag, eine Verbindung des Geistes zu knüpfen?

Bitte!

Die junge Frau sprach weiter: „Manchmal kann ich mich in diesen Träumen selbst sehen, wie ich in einem Kasten gebettet liege, der vollkommen aus Glas zu sein scheint. Glas, das viel klarer ist als die wenigen Fenstergläser, die es in Winterborg gab, und das aus sich selbst heraus zu strahlen scheint. Dieser Kasten schwebt in einem hohen Raum, der aussieht, als sei er der Tempel eines sehr mächtigen Gottes. Überall sind Drachenköpfe zu sehen …“ Ein Lächeln glitt über ihre Lippen. „Und manchmal träume ich, dich durch ein Fenster mitten im Nichts sehen zu können. So wie jetzt. Obwohl du nichts sagst, habe ich das Gefühl, dich zu verstehen, so wie ich auch glaube, dass du mich verstehst, auch wenn du nicht antwortest …“

Sie stutzte plötzlich und drehte kurz den Kopf, um einen Blick über die Schulter hinter sich zu werfen. Der dunkle, verschwommene Hintergrund klärte sich auf. Eine Zitadelle mit fünf Türmen war zu sehen. Sie lag auf einem Felsen am Meer. In der Nähe gab es einen Hafen und eine Stadt, aber der Felsen, auf dem die Zitadelle lag, war so schroff, dass kein Weg von der Stadt emporzuführen schien.

Auf einmal sah Rajin alles mit unglaublicher Genauigkeit, so als wäre er in das Bild eingetaucht und könnte alles aus verschiedenen Perspektiven und von nah und fern beobachten. Es war, als würde er einen Traum erleben. Oder als wäre er ein Geist, der über dem Geschehen schwebte.

Die fünf Türme waren weiß wie die Stoßzähne von Seemammuts und glichen in ihrer Form Drachenhälsen mit Köpfen, die in die fünf Himmelsrichtungen dieser Welt gerichtet waren. Wächter standen in den Mäulern dieser Köpfe postiert und blickten zwischen den steinernen Zähnen hindurch, als wären es die Zinnen einer Burg. Das Banner des Kaisers wehte über der Zitadelle.

Ein von Dutzenden einfachen Kriegsdrachen eskortierter Gondeldrache schwebte über allem und sank langsam tiefer. Die Gondel war mit dem Wappen des Kaisers geschmückt.

Und auf dem schmalen Balkon stand jemand, dessen Antlitz Rajin wohl hundert Mal in den Traumbildern gesehen hatte, die ihm der Weise Liisho gesandt hatte.

Katagi!

Dann verschwammen die Bilder zu einem Brei ineinander verschlungener Schlieren. Dasselbe geschah mit Nyas Antlitz. Innerhalb eines Augenblicks war nichts mehr zu sehen.

Alles, was blieb, war ein Farben- und Formengemisch, das aussah wie die Kleckserei eines künstlerisch völlig unbegabten Kindes.

13
DIE ZITADELLE DER DRACHENTÜRME

Rajin berichtete sofort Liisho und Bratlor von seinem Erlebnis. Die beiden nächtigten in benachbarten Gemächern, und auch wenn weder der Schneemond bereits untergegangen, noch die Sonne den Horizont erklommen hatte, so weckte er sie dennoch auf.

„Kennst du einen Ort, der fünf Türme hat? Türme, die Drachenhälsen gleichen?“, fragte er den Weisen Liisho. „Die Wächter stehen in den Drachenmäulern und stecken ihre Armbrüste durch die steinernen Zahnreihen, wie bei den Schießscharten einer Burg!“

„Oh, es gibt viele solcher Orte …“, wich Liisho aus und gähnte.

„Es muss dort einen Tempel von gewaltiger Größe geben!“

„Rajin, das sind Traumbilder. Davon abgesehen ist Drachenia ein dem Glauben an den Unsichtbaren Gott ergebenes Land. Es gibt Hunderte von Tempeln und Kathedralen.“

Auch bei dieser Antwort hatte Rajin den Eindruck, dass der Weise ihm nur ausweichen wollte, vielleicht weil er fürchtete, dass Rajin sofort zu jenem Ort aufbrechen wollte, um Nya zu befreien.

„Du weißt genau, von welchem Ort ich spreche!“, behauptete er aufgebracht. „Es war auf jeden Fall nicht der Kaiserpalast in Drakor, denn den hast du mir ja oft genug in den Träumen gezeigt, die du mir sandtest.“ Rajin atmete tief durch. „Gut, wenn du mir nicht helfen willst, werde ich den Fürst vom Südfluss fragen, denn der wird es mir ganz gewiss sagen können!“

„Rajin, das sind Trugbilder, mit denen dich der Magier des Usurpators beeinflussen will“, sagte Liisho in nahezu beschwörendem Tonfall. Er wandte sich an Bratlor. „Wenn du wirklich sein Freund bist, Barbar, dann mach ihm klar, dass er dieses Pergament vernichten muss. Es behindert ihn nur dabei, seiner Bestimmung nachzukommen. Und genau das beabsichtigt Katagi doch. Er rennt in sein Unglück, wenn er glaubt, dass es die Realität ist, die er dort sieht!"

„Woher soll ein Barbar wie ich das beurteilen können?", fragte Bratlor spöttisch.

„Nein, es war zweifellos Nya, zu der ich Verbindung hatte", war Rajin überzeugt, und nach einer kurzen Pause fuhr er fort: „Ich bin mir ebenfalls sicher, dass sich nicht nur Nya, sondern auch Katagi selbst in dieser Zitadelle aufhält! – Liisho!", sprach er dann den Weisen direkt an. „Mit einem einzigen gezielten Angriff könnten wir sowohl Nya befreien als auch Katagis Herrschaft beenden!"

„Illusionen!", beharrte Liisho und machte eine wegwerfende Handbewegung, doch als der Prinz noch einmal damit drohte, Fürst Payu nach der Zitadelle zu fragen, gab der Weise schließlich nach und gab zu, zu wissen, um welches fünftürmige Bauwerk es sich handelte. „Es ist die Zitadelle von Kenda", sagte er. „Sie liegt auf einem Felsen, auf den niemand aus der zu seinen Füßen gelegenen Hafenstadt aufzusteigen vermag. Zu schroff sind die Wände, und dort, wo es einst natürliche Aufstiegsmöglichkeiten gab, wurden sie geschliffen; einzig und allein aus der Luft ist die Zitadelle zu erreichen. Es gibt dort die Kathedrale des Heiligen Sheloo, einen der größten Tempel des Unsichtbaren Gottes, sowie ein Kloster, in dem eine Bruderschaft von Kriegermönchen lebt; deren einzige Aufgaben sind die Bewachung der Zitadelle und die Instandhaltung der Kathedrale. Aufgaben, mit denen sie allerdings erst Katagi betraut hat – gegen den Protest der Priester von Ezkor. Katagi hat sich durchgesetzt und die Kriegermönche aus dem Status von Ketzern zu den Bewachern eines Heiligtums erhöht. Aus ihren Reihen wählt er mit Vorliebe seine Meuchelmörder, denn sie sind ihm treu ergeben …"

Später ließen sich Liisho, Rajin und Bratlor abermals von Fürst Payu empfangen, und Rajin berichtete auch ihm von dem, was er mithilfe des magischen Pergaments erfahren zu haben glaubte.

„Nun, es wäre durchaus folgerichtig, wenn Katagi Eure geliebte

Gefährtin und Euren ungeborenen Sohn in der Zitadelle von Kenda gefangen halten würde. Die Kriegermönche aus der Bruderschaft des Leao sind ihm auf jeden Fall so fanatisch ergeben, dass er unter ihnen nicht einen Verräter zu fürchten braucht. Kenda liegt zwar nur wenige Drachenstunden vom Kaiserpalast in Drakor entfernt, und doch gleicht die Zitadelle einem abgeschlossenen Kokon. Euer Vater, der selige Kaiser Kojan, hat sich übrigens häufig dorthin zurückgezogen, wenn er sich in der Abgeschiedenheit erholen oder in Ruhe nachdenken wollte. Damals wurde die Kathedrale des Heiligen Sheloo allerdings noch von gewöhnlichen Priestern aus Ezkor bewacht, und sie war auch noch zu Fuß zu erreichen, auch wenn der Aufstieg mühsam war."

„Ihr wart auch schon dort?", fragte Rajin.

„Oh, gewiss. Des Öfteren hat mich Kaiser Kojan dorthin eingeladen, und wir haben dann die Situation im Reich erörtert."

„Haltet Ihr es für möglich, dort einzudringen, Nya zu befreien und gegebenenfalls sogar den Usurpator gefangen zu nehmen?", fragte Rajin zögerlich; Liisho bedachte ihn mit einem mürrischen Seitenblick.

„Ich würde Euch empfehlen, ihn sofort zu töten, mein Prinz", erwiderte der Fürst. Dann nickte er. „Gewiss ist das möglich. Aber es bedarf einer guten Planung und der richtigen Männer, die zunächst einmal die Wachen ausschalten. In meinen Diensten befinden sich nicht nur einige tollkühne Drachenreiter, sondern auch ein Trupp von Ninjas, die sich auf diese besonderen Künste verstehen." Payu hob die Schultern. „Ein Fürst bedarf manchmal solcher Männer, um das zu tun, was die Ehre einem gewöhnlichen Drachenreiter verbietet und umso mehr natürlich einem Herrscher von edlem Geblüt. Aber manchmal müssen auch ehrlose Dinge getan werden, um die Macht der Ehrbaren zu erhalten ..."

Rajin wandte sich an Liisho, dessen Miene immer grimmiger geworden war. „Du bist immer noch gegen diesen Plan – dabei hast du mir das Versprechen gegeben, mir bei der Befreiung Nyas zu helfen, falls sich die Gelegenheit dazu ergeben sollte. Und nun ergibt sie sich!"

„Mein Gefühl und meine Erfahrung sagen mir, dass dies nicht der richtige Weg ist", sagte Liisho murrend.

„Aber davon abgesehen sind all deine Einwände entkräftet", entgegnete Rajin, der den Weisen an sein Wort binden wollte.

„Das muss ich zugeben", gestand Liisho unwohl ein. „Und so werde ich dir natürlich meine Unterstützung nicht versagen. Unter einer Bedingung."

„Und die wäre?"

„Wir sollten uns zuvor davon überzeugen, dass sich Katagi tatsächlich in der Zitadelle aufhält. Im Palast wird man wissen, ob die kaiserliche Gondel dorthin aufgebrochen ist – und damit wissen es auch die Zuträger des Fürsten. Ein paar Tage, Rajin, dann wissen wir es. So lange, wie Flug und Rückflug einer Zweikopfkrähe vom Kaiserpalast bis Burg Sukara braucht ... Diese Tage brauchen wir ohnehin, um den Plan vorzubereiten."

Rajin stimmte zu. „Einverstanden."

Der Fürst ließ über eine Zweikopfkrähe einem seiner Zuträger eine Nachricht zukommen. Nach ein paar Tagen erhielt er die Antwort. Katagi hatte mit seiner Drachengondel tatsächlich den Palast in südwestliche Richtung verlassen, und Eingeweihte wollten wissen, dass er sich seinen kaiserlichen Vorgängern gleich für eine Weile nach Kenda zurückziehen wollte. Offenbar verwunderte das so manchen im Palast, denn Katagi war bisher keineswegs durch einen besonders innigen Glauben an den Unsichtbaren Gott aufgefallen und hatte sich während seiner bisherigen, nunmehr achtzehnjährigen Herrschaft über Drachenia niemals zur Meditation und inneren Einkehr nach Kenda zurückgezogen, wie es frühere Kaiser getan hatten.

Weitere drei Tage vergingen, ehe Fürst Payu seinen Trupp von vierundzwanzig Ninjas zusammengerufen hatte. Sie kamen aus verschiedenen Dörfern des Fürstentums Südfluss, manche sogar aus dem Grenzland zu Tajima, und so dauerte es eine Weile, bis sie alle verständigt worden waren. Der Hauptmann dieser Schattenkrieger, wie sie auch genannt wurden, hieß Ganjon. Seine Kleidung war schwarz, und ein dunkles Tuch, um den Kopf gewickelt, verhüllte sein Gesicht, wie es unter seinesgleichen üblich war. Nur die Augen der Schattenkrieger blieben frei. Ihre Bewaffnung bestand aus leichten drachenischen Schwertern, die sie über den Rücken gegürtet trugen, während der

Hüftgurt von einer Reihe kleinerer Taschen, sowie einem Arsenal von verschiedenen Wurf- und Stichwaffen besetzt wurde.

Einzeln wurden die vierundzwanzig Schattenkrieger dem Prinzen vorgestellt, wobei Fürst Payu darauf hinwies, dass nur ihre Kriegsnamen genannt wurden. Unter welchem Namen sie in den Dörfern des Südflusslandes ihr normales Leben bestritten, erfuhr niemand – so wie auch nie jemand ihre Gesichter zu sehen bekam.

Hauptmann Ganjon ragte im wahrsten Sinn des Wortes unter diesen Männern hervor. Er war breitschultriger und größer als die anderen. Außerdem waren seine Augen meergrün, was sowohl in Drachenia als auch im benachbarten Luftreich Tajima sehr selten war. Dichte hellbraune Brauen und eine Augenform, die nicht einmal im Ansatz mandelförmig zu nennen war, ließen Rajin eher auf einen Mann aus dem Seereich tippen.

Er sprach ihn daher auf Seemannisch an, und der Hauptmann, dessen Kriegsname Ganjon lautete, war trotz des verhüllten Gesichts sichtlich überrascht.

„Mein Prinz, Ihr scheint sprachbegabt zu sein", erwiderte er auf Seemannisch. „Aber erlaubt einem Schattenkrieger, sein Geheimnis zu wahren, wie es üblich ist."

„Gewiss", sagte Rajin.

Wer mochte er sein? Ein gestrandeter Seemanne, den das Schicksal auf einem Handelsschiff ins Südflussland verschlagen hatte? War sein Schiff an den Klippen südlich von Sukara zerschellt, oder hatte er sich mit seinem Kapitän wegen des Anteils an einer Ladung Stockseemammut zerstritten, sodass man ihn zurückgelassen hatte und er ein neues Leben hatte beginnen müssen? Darüber konnte Rajin nur rätseln, aber gewiss hatte er ein bewegtes Schicksal hinter sich.

Am nächsten Tag brachen Rajin und seine Getreuen auf. Fürst Payu bot an, ihnen noch einige seiner Drachenreiter mitzugeben, aber dies lehnte Rajin ab, und Hauptmann Ganjon stimmte dem Prinzen darin zu. Es sollte möglichst wenig Aufsehen erregt werden, und eine ganze Drachenschar fiel schon von Weitem am Himmel auf. Also flog man nur mit Ghuurrhaan und Ayyaam.

Die vierundzwanzig Schattenkrieger des Fürsten vom Südfluss wurden auf die Rücken der beiden Drachen verteilt, auf die zusätzliche Sättel aus den Sattelkammern der fürstlichen Drachenställe geschnallt worden waren. Ganjon war der Auffassung, dass dies eigentlich nicht notwendig sei, aber der Fürst bestand darauf.

Für die Drachen war es nicht von Belang, ob nun nur ein einzelner oder ein Dutzend Reiter auf ihnen Platz nahm. Selbst Ghuurrhaan machte das nichts aus, obwohl er erst vor verhältnismäßig kurzer Zeit gezähmt worden war.

Abgesehen von den zusätzlichen Sätteln waren den Drachen auch noch Taschen mit Vorräten aufgeschnallt worden, denn während des langen Drachenritts nach Kenda sollte niemand Hunger leiden.

Liisho übernahm mit Ayyaam die Führung, denn beide hatten diesen Weg in der Vergangenheit schon oft hinter sich gebracht. Zunächst hielt man sich entlang der Küste Richtung Nordwesten. Als sie jedoch die Mündung des Südflusses und damit die Grenze des Fürstentums erreichten, flogen sie weit auf das Meer hinaus. Am Tag reisten sie stets außer Sichtweite der Küste, und wenn zwischenzeitlich Frachtdrachen, Drachenreiter oder tajimäische Luftschiffe am Himmel auftauchten, so wichen sie ihnen in einem weiten Bogen aus.

Eine Dampfgaleere aus Feuerheim quälte sich gen Ezkor und zog eine meilenweite Rauchfahne hinter sich her, und die Segel einiger kleinerer ostmeerländischer Küstendschunken waren am Horizont zu sehen. Ihre bunten Segel wirkten wie Schmetterlingsflügel.

In der Nacht näherten sie sich im Licht der fünf Monde, deren gegenwärtiger Phasenstand sie glücklicherweise nicht ganz so hell leuchten ließ, wieder bis auf Sichtweite der Küste, um sich besser orientieren zu können.

Rajin konnte es kaum erwarten, endlich die Zitadelle von Kenda zu sehen. Immer wieder hatte er bis kurz vor dem Aufbruch vom Burghof in Sukara das magische Pergament entrollt und auf die verwaschenen Farben geblickt, in der Hoffnung, dass er vielleicht doch noch einmal seiner geliebten Nya ansichtig wurde. Aber das geschah nicht. Aus Gründen, die in der Magie liegen mussten, mit der man Nya in ihren unnatürlichen Schlaf versetzt hatte, gelang es ihr offenbar nicht mehr, in ihren Träumen zu ihm zu finden.

Irgendwann des Nachts hörte Rajin in der Ferne Drachenschreie, und wenig später waren im Licht des Jademonds mehrere Wildrachen zu sehen – etwa von der Art des roten Drachen, den Rajin in Winterborg besiegt hatte. Auf jeden Fall waren sie deutlich kleiner als die wildlebenden Drachen auf der Insel der Vergessenen Schatten. Für einen kurzen Moment spürte Rajin den Geist eines dieser Geschöpfe, dann änderten die Kreaturen die Flugrichtung und verschwanden in der Dunkelheit.

„In Seng-Pa gibt es noch vereinzelte Wilddrachenkolonien", rief Hauptmann Ganjon, der zu den Schattenkriegern gehörte, die auf Ghuurrhaan Platz genommen hatten. „Aber ich habe nicht gewusst, dass sie so weit hinausfliegen."

„Tun sie auch nicht freiwillig", murmelte Rajin. „Diese Drachen hat jemand geschickt."

Das, was soeben geschehen war, ergab für Rajin nur eine logische Schlussfolgerung:

Wir werden erwartet …

„Ah, ich wusste es!", stieß Kaiser Katagi zufrieden hervor. Mit geschlossenen Augen stand er hinter den steinernen Zähnen im Maul eines der fünf Drachenköpfe der Zitadelle von Kenda; es war jener Drachenkopf, der nach Süden gerichtet war. Die Hände mit den beiden ihm gebliebenen Drachenringen streckte er mehreren Wilddrachen entgegen, die er unter seine Kontrolle gebracht hatte und als unauffällige Kundschafter aussandte.

Außer dem Usurpator befanden sich noch Lord Drachenmeister Tarejo und der Magier Ubranos im Maul des Steindrachen und blickten hinaus in die Nacht, während der Schneemond unmittelbar davor stand, seinen Zenit zu erreichen.

„Prinz Rajin kann dem Köder nicht widerstehen, den ich für ihn ausgelegt habe", meldete sich Ubranos zufrieden und selbstverliebt zu Wort, und ein Lächeln, das eher ein schäbiges Grinsen war, lag dabei auf seinen Zügen.

„Jetzt muss er nur noch anbeißen und diesen Köder schlucken", ließ sich Tarejo mit einiger Vorsicht vernehmen. „Aber tut mir einen Gefallen, Ubranos: Dass Prinz Rajin sofort sterben muss, ohne dass jemand die Möglichkeit erhält, sich an seinen Qualen zu erfreuen, ist bedauerlich, doch ich sehe die Notwendigkeit ein. Aber falls es uns gelingen sollte, diesen alten Mann lebendig in die Hände zu kriegen, der angeblich mithilfe von Zaubertinkturen und dem Beistand von Dämonen sein Leben über das natürliche Maß verlängert hat …"

„… so werden wir ihn ganz gewiss genauso schnell und sicher töten wie Prinz Rajin", bestimmte der Usurpator. „Denn Liisho ist mindestens ebenso gefährlich für meine Herrschaft wie dieser kaiserliche Bastard." Katagi verzog das Gesicht. „Es tut mir leid, mein getreuer Lord Drachenmeister, aber Ihr werdet Eure düsteren Leidenschaften an denen ausleben müssen, die den Prinzen sonst noch begleiten."

Tarejo zog die Stirn in Falten. „An unbedeutenden Lakaien? Das Schicksal gönnt mir derzeit kaum eine Freude."

Katagi lächelte nachsichtig. „Ihr habt sicher Verständnis dafür, dass die Staatsräson in diesem Fall vorgeht und Eure blutigen Begierden etwas zurückstehen müssen, Lord Drachenmeister."

Die Wilddrachen flogen davon und verschwanden in der Dunkelheit. Die Stunde der Entscheidung nahte – und Katagi ging davon aus, dass sie diesmal endgültig zu seinen Gunsten ausfallen würde …

Im Morgengrauen erreichten Rajin und seine Getreuen Kenda. Nebelbänke umsäumten die Küste und verbargen die Lichter des Hafens und der Stadt. Lediglich die Zitadelle auf dem hohen Felssockel ragte über die grauen Schwaden hinweg.

Rajin ließ Ghuurrhaan etwas tiefer fliegen, und Liisho lenkte seinen Drachen auf die Wehrmauer zu. Ayyaam schwebte einen Moment auf der Stelle, bewegte dabei die Flügel mit einer Geschwindigkeit auf und nieder, die man diesem riesenhaften Geschöpf kaum zugetraut hätte. An Seilen ließ sich das Dutzend Schattenkrieger, das auf Ayyaam die mühevolle Reise bestritten hatte, herab. Wurfdolche und Pfeile aus kurzen Blasrohren töteten innerhalb weniger Augenblicke gleich mehrere Wächter.

Währenddessen landete Ghuurrhaan im Innenhof der Zitadelle. Ganjon und die anderen Schattenkrieger sprangen geschickt vom Rücken des Drachen, beschrieben dabei Rollen in der Luft, als wären sie

Akrobaten, und kamen lautlos auf den Füßen auf. Ganjon gab ein paar Anweisungen, woraufhin sie sich in alle Richtungen verteilten. Ohne ein Geräusch zu verursachen, huschten sie durch die Nacht, und wenig später waren hier und dort unterdrückte Schreie zu hören.

Ganjon blieb bei Rajin und Bratlor. Auf der Nordostseite der Zitadelle befand sich die gewaltige Kathedrale des Heiligen Sheloo. Die mächtigen grauen Mauern, die durch das Licht der aufgehenden Sonne von einem leuchtenden Flor umgeben waren, ragten hoch empor und wirkten wie ein Stein gewordenes Bild der Erhabenheit des Unsichtbaren Gottes.

Reliefs zeigten Drachenreiter in kunstvoller Ausgestaltung. Manche von ihnen trugen – so wie die Kriegermönche vom Orden des Leao – das Zeichen der sich überlappenden zwei Kreise auf der Brust, das Symbol des Unsichtbaren Gottes. Aber Kolonnen von Mischwesen aus Drache und Mensch wiesen darauf hin, dass an gleicher Stelle wohl früher auch schon andere Götter verherrlicht worden waren und man das Zeichen des Unsichtbaren Gottes erst später hinzugefügt hatte.

Rajin sammelte seine innere Kraft, um Ghuurrhaans Geist zu erreichen.

Warte hier!

Rajin hatte keinen Zweifel daran, dass der Drache den Befehl befolgen würde. Ein sehr leises und ziemlich dumpfes Knurren drang aus dessen geschlossenem Maul.

Während Liisho sich von Ayyaams Rücken herabbemühte, ließ Rajin den Blick schweifen. An verschiedenen Stellen in der Zitadelle wurde offenbar nahezu lautlos, aber verbissen gekämpft.

Der Körper eines toten Kriegermönchs fiel von der Wehrmauer, dann erklang irgendwo ein gellender Schrei – und im nächsten Moment wurde auf einem der Drachentürme ein Hornsignal geblasen!

Rajin blickte zum Tor der Kathedrale. Nya war ganz in der Nähe. Sie waren am Ziel.

Dennoch, dachte Rajin, es war zu leicht. Doch er verscheuchte diesen Gedanken sofort wieder, steckte den Drachenstab hinter den Gürtel und zog seine drachenische Klinge.

„Also los, worauf warten wir?“, rief Bratlor ihm und Ganjon zu; der

Sternenseher hatte den seemannischen Anderthalbhänder bereits in der Rechten. Rajin ging voran, gefolgt von Bratlor und dem Hauptmann der Schattenkrieger.

Sie erreichten das Tor zur Kathedrale. Die beiden Flügel ließen sich leicht öffnen, und so traten sie ein.

Rajin erstarrte für einen Moment, als er den gläsernen Kasten frei unter dem Kuppeldach der Kathedrale schweben sah. Welch finstere Magie mochte ihn dort halten?

„Sei willkommen, Prinz Rajin, du Spross einer Linie, die heute den Kaiserthron auf ewig verlieren wird!", rief eine dröhnende Stimme.

Vor dem quaderförmigen, dem Unsichtbaren Gott geweihten Altar stand niemand anderes als Katagi!

Er lachte triumphierend. „Du wirst schon erwartet, mein Prinz!"

Rajin schritt vorwärts, das Schwert in der Hand.

Liisho tauchte in der Pforte zur Kathedrale auf, erfasste mit einem Blick, was geschah, und rief: „Warte!"

Doch Rajin war nicht zu halten. Er schritt dem Usurpator entgegen und blieb erst drei Schritte von ihm entfernt stehen, und Bratlor und Ganjon postierten sich hinter ihm.

Liisho folgte zögernd und blickte sich immer wieder um, so als würde ihn die innere Kraft auf irgendetwas aufmerksam machen, das ihn beunruhigte.

„Du bist gekommen, um deine Gefährtin und dein ungeborenes Kind aus meiner Gewalt zu befreien?", fragte Katagi und deutete empor zu dem gläsernen Kasten. „Dort sind sie!" Er lachte erneut.

Der gläserne Kasten schwebte herab und setzte sanft und ohne einen Laut auf den Boden auf.

Nya lag darin, regungslos und mit geschlossenen Augen. Ihre Haut wirkte wächsern und bleich wie bei einer Toten. Rajin versuchte mit seiner inneren Kraft ihren Geist zu berühren, aber da war nichts.

„Was hat man mit ihr getan?", fragte er tonlos.

„Ihre Seele ist in einem Reich, aus dem es normalerweise keine Wiederkehr gibt, Prinz Rajin", erklärte Katagi mit süffisantem Grinsen. „Und du – wirst ihr folgen!"

„Nein!", schrie Rajin. Eine unbändige Wut hatte ihn erfasst. Dass man ihm seine geliebte Nya für immer genommen haben sollte, wollte er einfach nicht akzeptieren.

Er sah in Nyas bleiches Antlitz und fasste dann das drachenische Schwert mit zwei Händen, so wie er es früher mit dem viel schwereren seemannischen Anderthalbhänder getan hatte. Tränen des Zorns traten ihm in die Augen, und sein Gesicht verzerrte sich.

Alle Kraft – sowohl die innere des Geistes als auch die äußere seiner Muskeln und Sehnen – legte er in seinen Hieb.

Die Klinge fuhr widerstandslos durch Katagis Hals. Der Schwertstreich hätte dem Thronräuber den Kopf vom Körper trennen müssen, aber stattdessen lächelte er Rajin weiterhin triumphierend an.

Ein zweiter Hieb, der ihm vertikal durch den Schädel fuhr, war ebenso wirkungslos.

Dann erfüllte dröhnendes Gelächter die ganze Kathedrale und hallte dutzendfach von den hohen Wänden wider.

Ein Trugbild!, durchfuhr es Rajin. *Ein Trugbild, um mich zum Narren zu halten und mir innere Kraft zu nehmen!*

Die Gestalt Katagis verblasste zusehends, während der Usurpator weitersprach: „Mein Hausmagier Ubranos ist ein Meister der Illusion und war so freundlich, mich auf diese ungewöhnliche Weise an diesem wichtigen Ereignis teilnehmen zu lassen. Dir persönlich zu begegnen, davon riet mir mein Lord Drachenmeister ab, und so warte ich nun an einem sicheren Ort ab, was geschieht, und kann Euch dennoch dank der Fähigkeiten meines Magiers beim Sterben zuschauen …“ Erneut folgte höhnisches Gelächter, dann war er verschwunden.

„Es gibt noch jemanden, der dir zu begegnen wünscht, Rajin!“, rief eine Stimme von einer der Emporen. Fünf von ihnen gab es in der Kathedrale, und sie waren allesamt geformt wie Drachenköpfe, die aus den Wänden ragten.

Bei der Gestalt, die so plötzlich auf einer dieser Emporen erschienen war, handelte es sich um jenen Magier, den Rajin bereits auf dem Pergament gesehen hatte.

„Ubranos!“, entfuhr es Liisho. Er wandte sich an Ganjon. „Töte ihn!“

Ganjon griff an seinen Gürtel, und im nächsten Moment schleuderte er einen Wurfring, aus dem während des Fluges durch einen ausgeklügelten Mechanismus insgesamt fünf Klingen herausklappten.

Der Wurfring traf den Magier im Oberkörper – und glitt einfach durch ihn hindurch. „Wenn ich selbst Euch zu täuschen vermag, ehrwürdiger Meister Liisho, dann sind meine Illusionen gewiss nicht die schlechtesten!", hörte man Ubranos' Stimme durch das Gewölbe hallen, während auch seine Gestalt verblasste. Stattdessen erschien Ubranos auf einer anderen Drachenkopfempore.

„So plump sind Eure Methoden geworden, Meister Liisho?", rief der Magier. „Vertraut Ihr den Fähigkeiten eines gewöhnlichen Meuchelmörders mehr als Eurer Zauberei? Ehrlich gesagt habe ich ein gewisses Verständnis dafür, denn da ja kein Magierblut in Euren Adern fließt, bleibt alles, was Ihr versucht, nur Stückwerk und Stümperei."

Der Magier hielt auf einmal einen Krug in den Händen und richtete den Blick auf Rajin. „Und nun zu Euch, Prinz ohne Königreich, und einem guten alten Bekannten, der Euch zu sehen wünscht."

Ubranos zog den Korken aus dem schmalen Hals des Krugs, murmelte ein paar Worte, drehte den Krug herum und ließ schwarze Asche aus ihm hervorrieseln. Asche, deren winzige Teilchen wie ein Insektenschwarm umeinanderschwirrten. Sie drängten geradezu aus dem Krug und schwebten herab, um sich schließlich zu sammeln und zu verdichten – zur Gestalt eines Jungen von etwa vierzehn Jahren.

„Wulfgarskint!", entfuhr es Rajin, der zugleich eine bedrängende geistige Präsenz spürte, die ihn für einen Moment fast lähmte.

Es ist Wulfgarskint, erkannte er, *aber da ist auch noch etwas anderes …* Etwas, das mit ihm … *vermischt* wurde …

Rajin spürte den ungeheuer starken Wunsch seines Gegenübers zu töten. Ein Wunsch, der insbesondere ihm – Rajin –, aber auch jedem anderen lebenden Wesen galt.

„Erfüllt nun beide eure Bestimmung!", rief Ubranos, der offenbar Wulfgarskints Geist gründlich durchforscht hatte, und lachte triumphierend.

„So sehen wir uns wieder, Fluchbringer!", sagte der Junge an Rajin gewandt und trat auf ihn zu. „Weißt du, wie es in Winterborg aussieht? Weißt du, was dort durch deine Schuld geschehen ist, nachdem du dich rechtzeitig in Sicherheit gebracht hattest? Der Geruch von Fäulnis und Verwesung liegt über dem Ort, und ich musste mitansehen, wie der Mann starb, der dich wie einen Sohn aufgenommen und groß gezogen hat – hingemetzelt von den elenden Drachentreibern, die deinesgleichen sind!"

„Wulfgarskint, das ist nicht wahr!"

„Auch ich bin tot. Ich existiere nur noch, um zu rächen und Leben zu nehmen", fuhr der Junge fort, als hätte er Rajins Einwand nicht einmal gehört. „Du wirst spüren, wie mächtig dieser Drang ist!"

Die Gestalt des Jungen löste sich auf und wurde wieder zu einem Schwarm dunkler Teilchen …

… die auf Bratlor zuwirbelten!

Rajin sah es, schrie laut auf: „Neeeiiin!!!"

Der Sternenseher wollte ausweichen, doch das schaffte er nicht mehr. Die schwarzen Teilchen drangen durch den Mund in seinen Kopf, ließen ihn taumeln und zittern, um dann wieder aus Augen und Nasenlöchern auszutreten.

„Bratlor!", schrie Rajin außer sich, während sein Freund zu Boden stürzte und regungslos liegen blieb.

Die Augen waren blutige Höhlen, eine glitschige hellrote Masse sickerte ihm aus der Nase, das Gesicht war zu einer Maske des Entsetzens erstarrt.

„Bratlor!", schrie Rajin erneut, vom Schmerz schier überwältigt. „Nein, nein, nein …!"

Die Ascheteilchen bildeten wieder eine Gestalt – allerdings nicht jene des vierzehnjährigen Wulfgarskint, sondern diejenige, die inzwischen seine wahre Existenz verkörperte.

Ein übermenschlich großer, grauer Rattenmann stand vor Rajin, der zurücktaumelte. Die innere Kraft dieser untoten Kreatur war durch Bratlors Tod anscheinend noch gewachsen, und Rajin glaubte im Geist seines Gegners sogar noch Reste jener Seele zu erkennen, die einst die von Bratlor gewesen und deren Kraft offenbar durch die Kreatur aufgesogen worden war.

Der Rattenmann näherte sich Rajin. Der Prinz spürte, wie sich dessen Kräfte sammelten und sich auf ihn ausrichteten. Die Gedanken des Wesens, das einst Wulfgarskint gewesen war, drangen mit Macht in Rajins Geist und hallten so schmerzhaft in seinem Kopf wider, dass er wie erstarrt dastand.

Töten … Jetzt bist du an der Reihe … Dein Fluch ereilt jetzt dich, Fluchbringer!

Ganjon schleuderte einen Wurfdolch, der jedoch glatt durch den Körper des Rattenmanns hindurchging und irgendwo hinter ihm auf den Steinboden klirrte. Die Waffe hatte zwar ein Loch im Leib des Rattenmanns hinterlassen, doch das schloss sich rasch wieder.

Liisho deutete hoch zur Empore, schrie Ganjon zu: „Töte ihn! Dieses Magiergezücht dort ist keine Illusion! Ich bin mir sicher! Sonst könnte er die Kreatur nicht kontrollieren!"

Liisho trat vor, begann eine Formel zu murmeln. Mit drei Schritten war der Rattenmann heran, hob einen Arm, und Liisho wurde zu Boden geschleudert, rutschte über den Stein bis zu einer Säule und schlug hart mit dem Hinterkopf dagegen. Er war benommen, versuchte zu sprechen und seine Formel zu Ende zu bringen, aber der Griff einer unsichtbaren Hand drückte ihm die Kehle zu, ließ ihn röcheln und nach Luft schnappen.

Doch der Rattenmann war durch Liisho für einen kurzen Moment abgelenkt. Und diesen Moment nutzte Rajin. Wie beim Kampf gegen den roten Drachen lenkte er alles, was an innerer Kraft in ihm war, in sein Schwert, ließ einen vor Energie prickelnden Strom in seine Klinge fließen.

Der Rattenmann begann sich bereits aufzulösen, um seine ascheähnlichen Teilchen in Rajin eindringen zu lassen. Die erste Wolke strömte auf den Prinzen zu, aber der wich nicht aus, sondern stürzte nach vorn, die drachenische Klinge voran.

Zischend drang das Metall in den untoten Körper. Blitze zuckten um die Klinge herum und erfassten sowohl Rajin als auch den Rattenmann.

Und das untote Wesen, zu dem Wulfgarskint geworden war, zerfiel zu Asche – Ascheteilchen, die glühten, die durch die Luft wirbelten, sich aber nicht mehr zu einem Schwarm vereinigen konnten. Bis zum Kuppeldach stiegen sie empor, flammten dort noch einmal in einem kräftigen Orange auf wie vergehende Sterne und waren verschwunden.

Rajin sank auf die Knie, das Schwert in beiden Händen. Er keuchte und schnaufte, rang ebenso nach Atem wie Liisho, röchelte, hustete – und dann drang eine Wolke feinsten Aschestaubes aus seinem Mund.

Er sank zu Boden.

Während des Kampfes zwischen Rajin und Wulfgarskint war Ganjon mit schnellen geschickten Bewegungen die Empore hochgeklettert. Er erinnerte an ein Insekt, wie er überall in den Vertiefungen und Überständen der Wandreliefs Halt fand, sodass er sich nur wenige Augenblicke später über die aus der unteren Zahnreihe bestehende Brüstung der Drachenkopf-Empore schwingen konnte.

Ubranos, Formeln murmelnd und offenbar bemüht, das Geschehen in der Kathedrale auf magische Weise zu beeinflussen, löste sich zu spät aus seiner inneren Sammlung. Er wich zurück, dann hallte sein Schrei durch das Kuppelgewölbe.

Ganjon erschien hinter der Reihe der steinernen Zähne – das Haupt des Magiers in der linken und sein blutiges Schwert in der rechten Hand.

Rajin raffte sich mühsam wieder auf, dann trat er schwankend auf den reglos daliegenden Bratlor zu.

„So habe ich also auch über dich einen Fluch gebracht, mein Freund“, murmelte er schmerzerfüllt. „Und ich kann dir noch nicht einmal die Augen schließen …“

Er steckte seine drachenische Klinge ein, nahm Bratlors seemannisches Schwert und fasste den Anderthalbhänder mit beiden Händen.

Liisho hatte sich inzwischen einigermaßen erholt und erhob sich, während Ganjon den Kopf des Magiers von der Empore warf und dann wieder nach unten kletterte.

Rajin trat vor den gläsernen Kasten, in dem Nya lag. Liisho stellte sich zu ihm.

Unterdessen öffnete sich ein Flügel der Kathedralenpforte. Einer der Schattenkrieger des Fürsten vom Südfluss trat ein. „Mein Prinz! Alle Wächter sind getötet, aber eine Armada von Kriegsdrachen nähert sich der Zitadelle! Wir haben nicht mehr viel Zeit!“

„Wir werden gleich aufbrechen“, versprach Liisho. „Katagi werden wir wohl nicht mehr in diesen Gemäuern finden, auch wenn uns Ubranos sein magisches Abbild präsentierte.“ Er trat näher an Rajin heran und legte ihm eine Hand auf die Schulter. „Komm jetzt, Rajin. Seien wir zufrieden damit, einen der schlimmsten Schergen des Usurpators getötet zu haben.“

„Ist Nya wirklich tot?“, fragte Rajin. „Stimmt es, was Ubranos sagte?“

Liisho berührte den gläsernen Kasten. Eine Falte entstand mitten auf seiner Stirn. „Ihre Seele ist an einem Ort, an den du ihr nicht zu folgen vermagst“, sagte er nach einer Weile. „In dieser Hinsicht sprach Ubranos die Wahrheit. Aber ich würde ihren Zustand eher als einen todesähnlichen Schlaf bezeichnen.“

„Und das Kind?“

„Ich weiß es nicht.“

„Aber es besteht Hoffnung?“

„Rajin“, sagte Liisho sehr ernst, „wenn du in die Hände des Feindes fällst, besteht für niemanden mehr Hoffnung!“

Rajin hob den Anderthalbhänder, holte aus, um den gläsernen Kasten zu zerschlagen.

„Nein, Rajin!“ Liisho hielt ihn auf, indem er sich zwischen Rajin und dem sargähnlichen Kasten stellte. „Es kann sein, dass sich ihr Zustand dadurch von einem todesähnlichen Schlaf in einen schlafähnlichen Tod wandelt.“

Rajin starrte ihn an, senkte das Schwert. Er wandte sich an Ganjon. „Ich brauche Männer, die diesen Kasten hier rausbringen und ihn auf Ghuurrhaans Drachenrücken schnallen“, rief er. „Ich werde weder Nya noch mein ungeborenes Kind noch den Leichnam meines treuen Freundes Bratlor hier zurücklassen!“

Die Männer zurrten den gläsernen Kasten auf Ghuurrhaans Rücken mit Riemen und Seilen fest. Gleiches taten sie mit dem Leichnam Bratlors.

Als sich Ghuurrhaan und Ayyaam in die Lüfte erhoben, waren die ersten Kriegsdrachen schon heran. Ayyaam versengte sie mit einem Feuerstrahl, der mächtiger war als alles Drachenfeuer, zu dem die

Geschöpfe aus den kaiserlichen Ställen jemals fähig gewesen wären. Außerdem wandte Liisho einen Zauber an, mit dem er den Geist der Drachen kurzzeitig verwirrte.

Liisho, Rajin und Ganjons Schattenkrieger gewannen so einigen Vorsprung. Noch eine ganze Weile hörten sie hinter sich das dröhnende Gebrüll der kaiserlichen Kriegsdrachen, bis sie in eine dichte Wolkenfront eintauchten und es ihnen gelang, die Verfolger abzuschütteln.

Höher und höher stiegen sie auf, und die Kälte, die er auf einmal spürte, erinnerte Rajin an den Ort, an dem er aufgewachsen war. Schließlich traf gleißendes Sonnenlicht die beiden Drachen. Die Wolkenfront hatten sie unter sich gelassen. Die Luft war so dünn wie auf hohen Bergen und von vollkommener Klarheit.

„Nur die Inseldrachen wagen es, so hoch zu steigen", erklärte Liisho später dazu.

Rajin aber dachte an Nya: *Wo immer deine Seele auch sein mag, vielleicht hört sie jetzt meine Gedanken. Und so werde ich meine Gedanken sprechen lassen, ohne zu wissen, ob du sie verstehst, so wie auch du mit mir gesprochen hast, ohne eine Antwort zu erwarten …*

EPILOG

So kehrte Prinz Rajin ins Südflussland zurück, und sein Herz war schwer. Nya wurde in dem gläsernen, an einen Sarg nach drachenischer Art gemahnenden Kasten in der Gruft von Burg Sukara aufgebahrt, ebenso wie der Leichnam von Bratlor Sternenseher, der dem Prinzen ein teurer Freund und Kampfgefährte gewesen war und dem deshalb jede Ehre zuteil wurde.

Die Nachricht aber, dass Rajin Ko Barajan den Kampf gegen den Tyrannen auf dem Drachenthron aufgenommen hatte, verbreitete sich wie ein Lauffeuer im ganzen Land und war ein Fanal für alle, die schon nicht mehr zu hoffen gewagt hatten.

Die Chronik der Fürsten vom Südfluss; XXIV. Foliant